本丛书为
北京外国语大学中国文化“走出去”协同创新中心重点项目

中国当代文学海外传播研究

Studies on the Communication of Contemporary Chinese Literature Abroad:
An Anthology of Essays

姚建彬　主编

中国文化『走出去』研究丛书

总主编　张西平

北京大学出版社
PEKING UNIVERSITY PRESS

图书在版编目 (CIP) 数据

中国当代文学海外传播研究 / 姚建彬主编 .—北京：北京大学出版社 ,2016.6
ISBN 978-7-301-27214-5

Ⅰ. ①中… Ⅱ. ①姚… Ⅲ. ①中国文学 – 当代文学 – 国际化 – 文化传播 – 研究
Ⅳ. ① I206.7

中国版本图书馆 CIP 数据核字 (2016) 第 126815 号

书　　名	中国当代文学海外传播研究 ZHONGGUO DANGDAI WENXUE HAIWAI CHUANBO YANJIU
著作责任者	姚建彬　主编
责任编辑	朱丽娜
标准书号	ISBN 978-7-301-27214-5
出版发行	北京大学出版社
地　　址	北京市海淀区成府路 205 号　100871
网　　址	http://www.pup.cn　　新浪微博：@ 北京大学出版社
电子信箱	zpup@pup.cn
电　　话	邮购部 62752015　发行部 62750672　编辑部 62759634
印 刷 者	北京大学印刷厂
经 销 者	新华书店
	720 毫米 ×1020 毫米　16 开本　29 印张　460 千字
	2016 年 6 月第 1 版　2016 年 6 月第 1 次印刷
定　　价	82.00 元

总 序

提高中国文化国际影响力的新尝试

2013 年 11 月 12 日，党的十八届三中全会通过的《中共中央关于全面深化改革若干重大问题的决定》，首次明确提出“加强中国特色新型智库建设，建立健全决策咨询制度”。2014 年 10 月 27 日，习近平总书记在中央全面深化改革领导小组第六次会议中强调，要重点建设一批具有较大影响和国际知名度的高端智库。2014 年 2 月 10 日教育部印发《中国特色新型高校智库建设推进计划》，2015 年 1 月 20 日，中共中央办公厅和国务院办公厅联合印发了《关于加强中国特色新型智库建设的意见》，这标志着我国由政府统筹的高校智库建设正式启动。

《关于加强中国特色新型智库建设的意见》中对高校智库提出专门的要求，文件指出：“推动高校智库发展完善。发挥高校学科齐全、人才密集和对外交流广泛的优势，深入实施中国特色新型高校智库建设推进计划，推动高校智力服务能力整体提升。深化高校智库管理体制改革，创新组织形式，整合优质资源，着力打造一批党和政府信得过、用得上的新型智库，建设一批社会科学专题数据库和实验室、软科学研究基地。实施高校哲学社会科学‘走出去’计划，重点建设一批全球和区域问题研究基地、海外中国学术研究中心。”教育部在《中国特色新型高校智库建设推进计划》文件中就高校智库要“聚焦国家急需，确定主攻方向”，将“文化建设”列为主攻方向之一，文件指出“围绕提升国家软实力、深化文化体制改革等重大问题，重点推进社会主义核心价值体系建设、中华优秀传统文化传承创新、文化产业发展、中国文化‘走出去’等重点领域研究”。

中国文化“走出去”是一个伟大的事业，“提高中国文化国际影响力”是几代人共同的奋斗目标，因为这样一个目标是和整个世界格局的转变联系在一起的。我们必须认识到中国文化“走出去”绝非一路凯歌，中国文化将随着中国国家整体实力的崛起，重新回到世界文化的中心，在整个过程中伴随着与西方文化占主导地位的世界文化格局的博弈，这个历史过程必将充满变数，一切都是崭新的。因此，中国文化“走出去”的战略研究需要有我们对中国文化自我表达的创新研究为基础，有对中国文化在世界各民族的传播轨迹与路径、各国汉学(中国学)发展与历史变迁、世界各国的中国形象形成的机制等问题的系统深入的学术研究做支撑，才能真正揭示文明互鉴中的中国文化的世界性意义，做出有学术含量和有实际指导意义的战略研究。

一、文化自觉是中国文化“走出去”的前提

中华文明是人类历史上最古老的文明之一，是唯一流传至今，仍生机勃勃的文明。中华文化不仅始终保持着独立的、一以贯之的发展系统，而且长期以来以其高度的发展影响着周边的文化。从秦至清大约两千年间，中国始终是亚洲历史舞台上的主角，中华文明强烈地影响着东亚国家。在19世纪以前，以中国文化为中心，形成了包括中国在内的日本、朝鲜、越南的中华文化圈。由此，成为与西方的基督教文化圈、东正教文化圈、伊斯兰教文化圈和印度文化圈共存的世界五大文化圈之一。

近代以来中国文化历经磨难，即便此时，中国知识分子对其的祈盼从未停顿。“纵有千古，横有八荒。前途似海，来日方长。美哉我少年中国，与天不老，壮哉我中国少年，与国无疆。”[①]梁启超这激越的文字给处在转折中的中国人多少理想。

---

① 梁启超:《少年中国说》。

19世纪以来，中国已经不可能在自己固有的文化发展的逻辑中演化前进。作为后发现代化的中国，在西方外来势力的干扰下，打断了它自身发展的逻辑，而中华文化其固有的深厚底蕴，中国人民顽强的奋进和努力的探索，也不可能使外来文化毫不改变地移植到中国。“中国近现代新文化既非单纯的西学东渐，也非中华传统文化全方位的直接延续，而是西学与中国传统文化相杂交、相化合的产物。”①

当代中国的发展有着自己的逻辑，它所取得的伟大成就并非空中楼阁，中华文化是其伟大成就的思想支撑。中国的古代、近代和现代文化并不是一个断裂的文化，中国古代文化并未死亡，它以新的形态存活在当代文化中，从近代以来中国传统文化所面临的主要问题是如何消化西方文化的问题，完成自己的社会转变。中国有着自己的文化和历史，它不需要，也不可能完全按照西方的道路实现自己的现代化，而是要学习西方乃至世界各种先进和优秀的文化为我所用，在自己文化的基础上创造新的文化。近四百年的中国文化的演变大体是沿着这样的逻辑发展的。中国文化并不是一个博物馆的文化，一个只是发古人之幽思的死去的文化，它活着，它是发展的。中国文化从晚明以来的四百年历史有着一个一以贯之的逻辑和思想：学习西方、走自己的路，这样的自觉性使得中国文化获得新生。三千年、一百年、六十年，环环相扣，代代相传，万变不离其宗，中国文化，历经磨难，凤凰涅槃。

国家的独立、民族的自觉是中国文化百年变更的一个最重要成果，中华民族在1949年获得国家的独立和民族文化的再生有着中国历史和文化的内在逻辑。美国著名中国学家费正清告诫西方人“要了解中国，不能仅仅靠移植西方的名词，它是一个不同的生命。它的政治只能从其内部进行演变性的了解”。他又说：“中国的国家和社会的当代的形式，是一个基本上独立的进化过程的最终产品，它可以与希腊—罗马的犹太—基督教的西方相比，但绝不是一样的。”②文化民族主义、在西方帝国主义压迫下的国家独立与民族存亡的思想、

① 冯天瑜、何晓明、周积明：《中华文化史》第2卷，上海：上海人民出版社，2005年，第924页。

② ［美］R.麦克法夸尔、［美］费正清：《革命的中国兴起》，北京：中国社会科学出版社，1990年，第14、15页。

中国几千年的传统文化，所有这些构成了中国当代历史发展的逻辑基础。历史中国和当代中国是融合在一起的一个完整的中国。

今天发展的中国以更大的包容性吸收着各种外来文化，在这个“三千年未有之变局”的伟大历史转折中，中国的传统文化作为它的底色，为现代文化的创新提供了智慧和思想，近现代文化的变迁和发展成为我们今天创造新文化的出发点。正像经过六百年的消化和吸收，中国彻底完成了对佛教的吸收一样。四百年来对西方文化的吸收与改造为今天中华文化的重建打下了坚实的基础，中国以其特有的古代文化的资源和现代文化再生的历程可以给当代世界展示其文化的独特魅力，可以为今天的世界提供一种古代与现代融为一体的智慧与思想。中国传统文化经过近代和当代的洗礼，以新的形态存活在中国人的心中，经过近现代西方文化洗礼后的中华文化仍是我们中国人的精神家园。

在探索中行进的中国人并未迷路，在困顿中创新的中国人并未停顿探索。分歧和争论时时发生，矛盾与苦恼处处缠绕着我们，但我们知道这是一个更为成熟的新的文化形态形成的标志；思想从未像今天这样活跃，社会生活从未像今天这样复杂多面，历史的转型从未像今天这样急速，但我们知道，我们在开创着历史，这一切都是崭新的。在向世界学习的过程中，我们的文化观念开始开阔，在消化外来文化之时，我们开始自觉。在发展中我们获得新生，在伟大的历史成就面前我们有理由为我们的文化感到自豪。中国近三十年所取得的伟大成就完全可以和人类史上任何一段最辉煌的历史相比，我们有理由将自己积淀在三千年文化基础上，历经百年磨难后在这个伟大的时代所迸发出来的思想和智慧介绍给世界，与各国人民分享中国的智慧。

二、全球视野是中国文化“走出去”的学术基础

梁启超当年在谈到中国历史的研究时曾说过，根据中国的历史的发展，研究中国的历史可以划分为：“中国之中国”“亚洲之中国”以及“世界之中国”三个阶段。所谓“中国之中国”的研究阶段是指中国

的先秦史，自黄帝时代直至秦统一。这是“中国民族自发达自竞争自团结之时代。”所谓“亚洲之中国”的研究阶段，是为中世史，时间是从秦统一后至清代乾隆末年。这是中华民族与亚洲各民族相互交流并不断融合的时代。所谓“世界之中国”的研究阶段是为近世史。自乾隆末年至当时，这是中华民族与亚洲各民族开始同西方民族交流并产生激烈竞争之时代。由此开始，中国成为世界的一部分。

梁公这样的历时性划分虽然有一定的道理，但实际上中国和世界的关系是一直存在的，尽管中国的地缘有一定的封闭性，但中国文化从一开始就不是一个封闭的文化。中国和世界的关系，并不是从乾隆年间才开始。中国文化在东亚的传播，如果从汉籍传入为起点已经有一千多年①，中国和欧洲的关系也可追溯到久远年代，在汉书中已经有了“大秦国”的记载②，而早在希腊拉丁作家的著作中也开始有了中国的记载，虽然在地理和名称上都尚不准确③。我将西方对中国的认识划分为“游记汉学阶段”“传教士汉学阶段”和“专业汉学阶段”三个阶段，虽然这样的划分有待细化，但大体说明欧洲人对中国认识的历史进程。这说明中国文化从来就不是一个完全封闭性的文化，它是在与外部世界文化的交流和会通中发展起来的。因此，在世界范围展开中国文化的研究，这是中国文化的历史本质所要求的。唯有此，才能真正揭示中国文化的世界性意义。

中国文化要“走出去”，必须具有全球视野，这就要求我们要探索中国文化对世界各国的传播与影响，对在世界范围内展开的中国文化研究给予学术的关照。在中外文化交流史的背景下追踪中国文化典籍外传的历史与轨迹，梳理中国文化典籍外译的历史、人物和各种译本，研究各国汉学(中国学)发展与变迁的历史，并通过对各国重要的汉学家、汉学名著的翻译和研究，勾勒出世界主要国家汉学(中国学)的发展史。

---

① 参阅严绍璗：《日本中国学史》，南昌：江西人民出版社，1999 年。

② 参阅[德]夏德著、朱杰勤译：《大秦国全录》，郑州：大象出版社，2009 年；[美]费雷德里克·J. 梯加特著、丘进译：《罗马与中国》，郑州：大象出版社，2009 年；[英]H. 裕尔著、张绪山译：《东域纪程录丛》，昆明：云南人民出版社，2002 年。

③ [法]戈岱司编、耿昇译：《希腊拉丁作家远东古文献辑录》，北京：中华书局，1987 年。

严绍璗先生在谈到近三十年来的海外汉学(中国学)研究的意义时说:“对中国学术界来说,国际中国学(汉学)正在成为一门引人注目的学术。它意味着我国学术界对中国文化所具有的世界历史性意义的认识愈来愈深入;也意味着我国学术界愈来愈多的人士开始认识到,中国文化作为世界人类的共同精神财富,对它的研究,事实上具有世界性。或许可以说,这是20年来我国人文科学的学术观念的最重要的转变与最重大的提升的标志。”①

我们必须看到中国文化学术的研究已经是一项国际性的学术事业,我们应该在世界范围内展开对中国人文学术的研究,诸如文学、历史、哲学、艺术、宗教、考古,等等,严先生所说的“我国人文科学的学术观念的最重要的转变与最重大的提升”,就是说对中国人文的研究已经不仅仅局限在中国本土,而应在世界范围内展开。

当年梁启超这样立论他的中国历史研究时就有两个目的:其一,对西方主导的世界史不满意,因为在西方主导的世界史中中国对人类史的贡献是看不到的。1901年,他在《中国史叙论》中说:“今世之著世界史者,必以泰西各国为中心点,虽日本、俄罗斯之史家(凡著世界史者,日本、俄罗斯皆摈不录)亦无异议焉。盖以过去、现在之间,能推衍文明之力以左右世界者,实惟泰西民族,而他族莫能与争也。”这里他对“西方中心论”的不满已经十分清楚。其二,从世界史的角度重新看待中国文化的地位和贡献。他指出中国史主要应“说明中国民族所产文化,以何为基本,其与世界他部分文化相互之影响何如”,“说明中国民族在人类全体上之位置及其特性,与其将来对人类所应负之责任”。② 虽然当时中国弱积弱贫,但他认为:“中国文明力未必不可以左右世界,即中国史在世界史中当占一强有力之位置也。”③

只有对在世界范围内展开的中国文化研究给予关照,打通中外,从世界的观点来看中国才能揭示中国文化的共同价值和意义。

---

① 任继愈主编:《国际汉学》第5期,郑州:大象出版社,2000年,第6页。

② 梁启超:《中国历史研究法》,《饮冰室合集》专集之七十三,第7页。

③ 梁启超:《中国史叙论》,《饮冰室合集》文集之六,第2页。

三、中国文化学术"走出去"的宏观思考

发展的中国需要在世界范围内重塑自己的国际形象，作为世界大国的中国需要在世界话语体系中有自己的声音，作为唯一延续下来的世界文明古国的中国应向世界展示中华文明特有的魅力，而要做到这一点，进一步推动中国文化走向世界，在世界范围内从更高的学术层面介绍中国文化已经成为中国和平发展之急需。

中国现在已经成为世界性大国，中国不仅在全球有着自己的政治利益和经济利益，同时也有着自己的文化利益。一个大国的崛起不仅仅是经济和政治的崛起，同时也是文化和价值观念的崛起。因此，我们不仅需要从全球的角度谋划我们的经济和政治的发展，同时也需要对中国学术和文化在全球的发展有战略性的规划，从而为中国的国家利益提供学术、文化与价值的支撑。

语言是基础，文化是外围，学术是核心，这是世界主要国家向外部传播自己的文化和观念的基本经验。我们应认真吸取这些经验，在继续做好孔子学院和中国文化中心建设的同时，开始设计中国人文社会科学"走出去"的战略计划，并将中国人文社会科学"走出去"的规划置于国家软实力"走出去"整体战略的核心，给予充分的重视和支持。我们应清醒地认识到：真正能够最终为国家的战略发展服务，使中国影响世界，确保中国发展的和平世界环境，并逐步开始使中国掌握学术和思想的话语权的是中国人文社会科学的研究在世界范围内产生影响。所以，要有更大的眼光，更深刻的认识来全面规划中国人文社会科学的"走出去"战略，提升中国软实力"走出去"的层次和水平，从而使中国的"走出去"战略有分工，有合作，有层次，有计划，形成整个中国软实力"走出去"的整体力量，为中国的进一步发展服务。

在传播自己文化和学术时最忌讳的是将国内政治运作的方式搬到国外。中国人文社会科学学术"走出去"的大忌是：不做调查研究，不从实际出发，在布局和展开这项工作中不是从国外的实际形势出发，完全依靠个人经验和意志来进行决策。在工作内容上，只求国内

舆论的热闹，完全不按照学术和文化本身的特点运作，这样必然最终会使中国学术“走出去”计划失败。不大张旗鼓，不轰轰烈烈，“随风潜入夜，润物细无声”，这是它的基本工作方式。在工作的布局和节奏上要掌握好，要有全局性的考虑，全国一盘棋，将学术“走出去”和国家的大战略紧密配合，连成一体。

在全球化的今天，在中国已经成为世界大国的今天，我们应反思我们过去外宣存在的问题，以适应新的形势和新的发展。要根据新的形势，重新思考中国学术“走出去”的思路。以下两个思路是要特别注意避免的。

意识形态的宣传方式。冷战已经结束，冷战时的一些语言和宣传的方法要改变，现在是你中有我，我中有你。从全球化的角度讲中国的贡献；从世界近代史的角度讲中国现代历史的合理性；在金融危机情况下，介绍中国道路和中国模式。这样要比单纯讲中国的成就更为合理。冷战结束，并不意味着西方对中国文化的态度转变。但目前在西方对中国的态度中既有国家的立场，也有意识形态的立场。如何分清西方的这两种立场，有效地宣传中国是很重要的。要解决这个问题就必须站在全球化的背景下考虑国家的利益，站在世界的角度为中国辩护。

西方中心主义的模式。在看待中国和世界的关系时没有文化自觉，没有中国立场是个很严重的问题。一切跟着西方跑，在观念、规则、方法上都是西方的，缺乏文化的自觉性，这样的文化立场在国内已经存在很长时间，因而必然影响我们的学术“走出去”。中国有着自己的历史和文化传统，不能完全按照西方的模式来指导中国的发展。要从文化的多元性说明中国的正当性。那种在骨子里看不起自己的文化，对西方文化顶礼膜拜的观念是极其危险的，这样的观念将会使中国学术“走出去”彻底失败。

四、对话与博弈将是我们与西方文化相处的常态

随着我国综合国力的不断增强，中华文化在世界文化格局中的地位越来越重要。当前，推动中华文化“走出去”、提高中华文化国际

影响力，可谓正逢其时。同时也应清醒地认识到，中华文化“走出去”的过程不可能一帆风顺，必然要付出一番艰辛努力。在这个过程中，我们要认真吸收借鉴世界其他民族的优秀文化，使之为我所用；同时要在世界舞台展现中华文化的魅力，让世界了解中华文化的价值。

近代以来，西方国家在世界文化格局中一直处于主导地位。我国在政治制度、文化传统等方面与西方国家存在较大差异，一些西方媒体至今仍惯用冷战思维、戴着有色眼镜看待中国，甚至从一些文化问题入手，频频向我们提出质疑、诘问。如何应对西方在文化上对中国的偏见、误解，甚至挑衅，是推动中华文化“走出去”必须要认真对待和解决的问题。我们应积极开展平等的文化交流对话，在与其他国家文化交流互动中阐明自己的观点主张，在回击无理指责、澄清误读误解中寻找共同点、增进共识。习近平主席在许多重要外交场合发表讲话，勾画了中华文化的基本立场和轮廓，表达了对待西方文化和世界各种文化的态度。他指出：“当代中国是历史中国的延续和发展，当代中国思想文化也是中国传统思想文化的传承和升华，要认识今天的中国、今天的中国人，就要深入了解中国的文化血脉，准确把握滋养中国人的文化土壤。”这是对中国历史文化发展脉络的科学阐释，为推动中华文化“走出去”、为世界深入了解中华文化提供了基本立足点和视角。他还指出，“文化因交流而多彩，文明因互鉴而丰富”，为不同文化进行平等交流提供了宽广视野和理论支撑。

推动中华文化“走出去”，既需要我们以多种形式向世界推介中华文化，也需要国内学术界、文化界进一步加强与拓展对其他国家优秀文化传统和成果的研究阐发。同时，对其他国家，尤其是西方国家来说，认识和理解历史悠久又不断焕发新的生机的中华文化，也是一个重要课题。对话与博弈，将是未来相当长时间我们与西方文化相处的基本状态。

在文化传播方面改变西强我弱的局面，推动文化平等交流，需要创新和发展我们自己的传播学理论，努力占据世界文化交流对话的制高点。这需要我们深入探究当今世界格局变化的文化背景与原因，探索建构既具有中国特色，又具有国际视野的文化话语体系，进一步增强我们在世界文化发展中的话语权。需要强调的是，文化与意识形态紧密联系，文化传播工作者一定要把文化传播与维护意识形态安全作为一体两面，纳入自己对中华文化“走出去”的理解与实践。应时刻牢记，“不断扩大中华文化国际影响力，形成与我国国际地位相称的文化软实力，牢牢掌握思想文化领域国际斗争主动权，切实维护国家文化安全”是中华文化“走出去”的根本与前提。

五、发挥外语大学的学术优势，服务国家文化发展战略

北京外国语大学在65年校庆时正式提出北外的战略使命是“把世界介绍给中国和把中国介绍给世界”。这是我国外语大学第一次自觉地将大学的发展与国家的战略任务紧密结合起来。因为中国文化“走出去”是说着外语“走出去”的。同时，中国文化“走出去”作为一项国家战略，急需加强顶层设计、建设高端智库，从中国的国家实力和地位出发，为中国文化“走出去”设计总体战略、中长期发展规划提供咨询；急需充分发挥高校的人才培养的优势，解决当下中国文化“走出去”人才匮乏，高端人才稀缺的不利局面；急需动员高校的学术力量，对中国文化在海外传播的历史、特点、规律做系统研究，为中国文化“走出去”提供学术支撑；急需从国家文化战略的高度做好海外汉学家的工作，充分发挥汉学家在中国文化海外传播的重要作用，培养传播中国文化的国际队伍与本土力量。正是在这样的思考下，北外在2012年建立了中国文化“走出去”协同创新中心，与国内高校、国家机关、学术团体等联合展开中国文化“走出去”的战略研究，为中国文化全球发展提供智慧，为中国文化全球发展培养人才队伍。

战略研究、人才培养、政策建言、舆论引导和公共外交是智库的五大功能。北京外国语大学作为以中国文化在全球发展为其研究目标的智库，这五大功能更有着自己特殊的意义。

就战略研究来说，中国文化“走出去”是一个伟大的事业，“提高中国文化国际影响力”是几代人共同的奋斗目标，因为这样一个目标是和整个世界格局的转变联系在一起的。我们必须认识到中国文化“走出去”绝非一路凯歌，中国文化将随着中国国家整体实力的崛起，

重新回到世界文化的中心，在整个过程中伴随着与西方文化占主导地位的世界文化格局的博弈。因此，中国文化“走出去”的战略研究需要有我们对中国文化自我表达的创新研究为基础，有对中国文化在世界各民族的传播轨迹与路径、各国汉学（中国学）发展与历史变迁、世界各国的中国形象形成的机制等问题的系统深入的学术研究做支撑，只有这样才能真正揭示文明互鉴中的中国文化的世界性意义，做出有学术含量和有实际指导意义的战略研究。

就人才培养来说，北京外国语大紧密配合中国国家利益在全球发展的利益新需求，在做好为国家部门、企业和社会急需的跨文化交流人才培养，做好文化“走出去”急需的复合型专门人才、战略性语言人才和国际化领袖人才的培养方面已经取得了重要的成果，成为我国高端外语人才的培养基地，中国文化“走出去”高端人才培养基地，中国外交家的摇篮。

就政策建言来说，《中国文化“走出去”年度研究报告》是我们的主要成果，这份年度报告至今仍是国内唯一一份跨行业、跨学科，全面展现中国文化“走出去”的研究报告，也是国内高校唯一一份系统考察中国文化“走出去”轨迹，并从学术上加以总结的年度研究报告。2013 年我们已经出版了《中国文化走出去年度研究报告（2012 卷）》，这次我们出版的《中国文化“走出去”年度研究报告（2015 卷）》给读者呈现中国文化在全球发展的新进展、新成果以及我们对其的新思考。为全面总结中国文化“走出去”战略的实施，总结经验，这次我们编辑了近十年来在中国文化“走出去”的各个领域的重要文章。读者可以从这些文集中看到我国各个行业与领域对中国文化“走出去”的认识。

就舆论引导而言，2015 年央视多个频道播出了由北外中国海外汉学研究中心主编的大型学术纪录片《纽带》，受到学术界各方面的好评。

2016 年是北外中国海外汉学研究中心成立 20 周年。北外中国海外汉学研究中心作为北外中国文化“走出去”协同创新中心的核心实体单位做了大量的工作。高校智库建设是“以学者为核心，以机构建设为重点，以项目为抓手，以成果转化平台为基础，创新体制机制，整合优质资源，打造高校智库品牌”。作为我校中国文化“走出去”协同创新中心的核心实体单位，为进一步做好智库建设，2015 年 6 月我们将“中国海外汉学研究中心”更名为“国际中国文化研究院”，新的名称含有新的寓意，这就是我们的研究对象不再仅仅局限于海外汉学研究，而是把中国文化在海外传播与发展作为我们的研究对象；新的名称预示着我们有了新的目标，我们不仅要在中国文化海外传播的历史、文献、规律等基础学术研究上推出新的研究成果，同时，也预示着我们开始扩张我们的学术研究领域，将当下中国文化在全球的发展研究作为我们的重要任务之一。这次更名表明了我们不仅要在海外汉学研究这一学术研究领域居于领先地位，而且要将我们的基础研究转化为服务国家文化发展的智慧，努力将“国际中国文化研究院”建设成一流的国家智库。

在“我国前所未有地靠近世界舞台中心，前所未有地接近实现中华民族伟大复兴目标、前所未有地具有实现这个目标的能力和信心”这样伟大的历史时刻，回顾我们 20 年的学术历程，或许李大钊先生的“铁肩担道义，妙手著文章”是我们最好的总结，将安静的书桌和沸腾的生活融合在一起将是我们今后追求的目标。

谨以此为序。

张西平

2016 年 3 月 5 日写于岳各庄东路阅园小区游心书屋

编选前言

姚建彬

《中国当代文学海外传播研究》的编选，是为了配合我承担的中国文学海外传播2012—2014年度报告而做的论文结集。这样做的用意有三：其一，与中国文学走出去的战略部署形成一种互看互视的格局；其二，为从事中国文学（尤其是中国当代文学）海外传播研究的学界提供一点可资借鉴的资料；其三，配合中国文化走出去协同中心的整体工作部署。

自清朝以来到21世纪，中国文学的海外传播大致经历了从晚清的自发状态，到民国时期的内外参与，再到新中国成立以后的政府主导，然后到20世纪末期至21世纪官民齐参与、内外互相推动，并且逐渐形成中外良性互动格局的发展历程。自1840年第一次鸦片战争至20世纪末期，这期间一百多年的中国文化史的历程，大抵呈现“西学东渐”为主导的格局。进入21世纪以来，无论是在国家层面，还是在民间层面或者是学院层面，我们都在有意识地推动“东学西渐”。最近十年来，随着中国政府积极推行文化“走出去”的国家战略部署，举国上下对于包括中国文学在内的中国文化“走出去”，有了较以往任何历史时期更加明确的认识和推动的热情。中国文学走出去不仅已经成为学界研究的热点，而且也无可置疑地成为了提升中国国际形象，展示国家“软实力”的有效途径。如果说“东学西渐第一人”陈季同面向西方世界，尤其是法国所译介的中国文学还是零散的、不成体系的话，如果说老舍在伦敦亚非学院任教期间协助伊格顿翻译《金瓶梅》还是一种为他人做嫁衣裳的被动文学传播行为的话，如果说林语堂向英语世界译介中国文学还主要是出于个人文学审美趣味的沟通行为的话……那么，随着1949年中华人民共和国的成立，国家外文局于1951年创办英语版《中国文学》(*Chinese Literature*)，面向域外世界主动翻译、推介中国文学，则标志着中国文学的海外传播进入了民族自觉的阶段。与之相配套的是，我们还向域外世界推出了"熊猫丛书"(Panda Books)。[①] 尽管由于多方面的原因，《中国文学》这本刊物在2000年被迫停刊，但是，在推动中国文学走向海外世界，塑造积极正面的中国形象过程中，它所发挥的作用是非常值得肯定的。[②]

进入21世纪以来，中国文学走出去更是牵动着方方面面的神经，成为了党的决议、政府工作报告和学术界热议的话题。大家对于中国文学要不要走出去，如何走出去等问题，都已经有了很多的讨论，质疑者有之，观望者有之，积极提倡与推动者有之，认真实践者有之。不管你持哪一种态度，中国文学走出去已经是21世纪的当下中国最具有话题性和吸睛度的热点话题之一。

随着中国政府采取的多项举措[③]的问世，文学界、翻译界、出版界乃至海外汉学界、批评界的神经一次又一次被弹触。不过，大家更多的是在关注中国文学到底"走出去"了多少的数字计算。这有点像当年韦勒克批评比较文学的"法国学派"时所抨击的那种情况，我们的批评家们似乎也在用文学外贸的尺度来衡量中国文学走出去，以至于我们现在随处都可能听到这样的言论：中国文学的海外传播与外国文学在中国文学的传播是一种对比鲜明的"入超"现象，是一种让人非常尴尬的"文学贸易逆差"，如此等等，不一而足。其实，跨文化的、跨语际的、跨地域的文学交流中的不对等现象，并不是什么新

---

① 从这套丛书的命名来看，寄托着初创者们的美好期待和勃勃雄心，意在仿效英国的"企鹅丛书"，打造一个声名远播的图书品牌。

② 有关该刊在推动中国文学的海外传播方面所发挥的作用，国内已经有一篇博士论文进行过专门的研究。参见郑晔：《国家机构赞助下中国文学的对外译介——以英文版〈中国文学〉(1951—2000)为个案》，上海：上海外国语大学，2012。

③ 如"中国图书对外推广计划""中国当代文学百部精品译介工程""经典中国国际出版工程"等。

鲜事物，应该说自有这样的交流以来就已经存在了，而且在人类未来的文明进程中还将长期存在。因此，刻意地去讨论中国文学在海外的传播与海外文学在中国的传播构成了一种反差明显的对比，构成了一种“入超”远远大于“出超”的反差格局这样的话题，在我看来是没有太多建设性意义的。如果说这样的反差能够激发我们对本国文学的热爱，能够激发我们更加积极主动向海外译介和传播中国文学的话，那么，这样的讨论当是不乏其积极意义的。但是，如果我们仅仅止步于这样的讨论，而不采取具体而行之有效的措施去推动中国文学的海外传播，那么这样的讨论就是一种没有生产性和创造性的“纸上谈兵”。

我们还要注意的是，作为一种跨文化的交流行为，最晚从陈季同算起，中国文学的海外传播已经有了一百多年的历史。然而，我们对于中国文学海外传播进行自觉的理论探讨，却还是比较晚近的事情。在这方面，陈铨的《中德文学研究》应该说具有开风气之先的作用，而范存忠对于《赵氏孤儿》在启蒙时期的欧洲的传播所作的梳理，则延续了这样的风气。到 20 世纪 90 年代初，随着乐黛云主编的“中国文学在海外”丛书的出版，随着江苏人民出版社推出的“海外中国学研究”大型丛书[①]的问世，使得学术界对中国文学在海外传播的情况有了进一步的了解。进入 21 世纪，学界与出版界对海外汉学的关注度呈现出前所未有的热情。北京外国语大学海外汉学研究中心主办的“大象国际汉学研究书系”[②]，商务印书馆推出的“商务印书馆海外汉学书系”，学苑出版社推出的“列国汉学史书系”，中华书局推出的“世界汉学论丛”，上海古籍出版社推出的“海外汉学丛书”，广西师范大学出版社推出的“海外中国学丛书”，郝平与张西平主编的“国际汉学研究丛书”[③]，钱林森主编的“外国作家与中国文化跨文化丛书”[④]，张健、张清华主编的“中国文学海外传播研究书系”，张健、刘洪涛和石

---

① 此处提及的丛书及以下列举的丛书，其中均有部分著作涉及中国文学海外传播相关问题，而并非指整个丛书都是研究中国文学在海外传播相关问题的。

② 该书系下设“西方早期汉学经典译丛”“当代海外汉学名著译丛”以及“海外汉学研究丛书”三个子系列。

③ 该丛书由外语教学与研究出版社出版。

④ 该丛书由宁夏人民出版社出版。

江山主编的“21世纪北美中国文学研究著译丛书”，王尧和季进主编的“苏州大学海外汉学研究丛书”等系列丛书[①]的相继问世，无疑是这种前所未有的热情的外在显现与证明。如果再加上其他出版社零星出版的中国文学海外传播研究方面的著作(如姜智芹的《中国新时期文学在国外的传播与研究》，齐鲁书社，2011年；杨四平的《跨文化的对话与想象：现代中国文学海外传播与接受》，中国出版集团·东方出版中心，2014年)，以及《国际汉学》(任继愈主编)、《跨文化对话》(乐黛云、李比雄任主编，钱林森任执行主编)[②]、《汉学研究》(阎纯德主编)、《世界汉学》(杨慧林主编)、《海外中国学评论》(朱政惠主编)[③]、《海外汉籍研究集刊》(张伯伟主编)、《国际汉学论坛》(陈学超主编)、《国际汉学集刊》(陈学超主编)、《国际汉学研究通讯》[④]、《复旦汉学论丛》(吴中伟主编)等刊物上发表的相关研究成果，我们有理由说，中国文学的海外传播及其翻译研究，的确已经成为当下学术研究的热点[⑤]。

毫无疑问，主要由比较文学、中国现当代文学及外国文学三大学科领域的学者们所推动的、对于中国文学在海外的传播所开展的研究，已蔚然成风。但是，迄今为止，学术界并没有把中国文学海外传播研究当成一个学科属性明确、研究对象清晰、研究方法独到的学科来对待。这种学科属性的不明晰、不稳定状态，与中国文学海外传播

---

① 需要指出的是，此处提到的这些系列丛书，整体上属于宽泛意义上的海外中国学研究成果，其中有一部分直接涉及中国文学海外传播相关问题。这些丛书的出版，对于推动包括中国文学海外传播在内的海外中国学的研究，无疑具有多方面的积极意义和现实价值。

② 该刊最初由上海文化出版社出版，后改由江苏人民出版社出版，目前由生活·读书·新知三联书店出版。

③ 该刊由华东师范大学海外中国学研究中心暨华东师范大学海外中国学研究创新团队主办。

④ 该刊由北京大学国际汉学家研修基地主办。

⑤ 《光明日报》理论部、《学术月刊》编辑部、中国人民大学书报资料中心：《2013年度中国十大学术热点》，http://news.gmw.cn/2014-01/15/content_10119022_5.htm

研究如火如荼的当下学界生态[①]之间构成了一种非常有意味的对照。在我看来，如果要更加有效而有序地推动中国文学在海外的传播，就必须着手认真探讨中国文学海外传播研究的学科属性与学科地位了。我们知道，从人类学术史的发展历程来看，任何一门学科的建立，都是以人类认识世界，认识人与自然的关系为基础所做的理论总结和概括。就此意义而言，任何一门学科的理论都是建立在这门学科已有的实践[②]基础上的一种知识结晶。按照这样的理论认识框架，如果我们能够展望一门叫做中国文学海外传播学的新兴学科的出现，那么它也一定是建立在我们对于中国文学海外传播的既有实践基础之上所作的理论总结和概括。

有鉴于此，我希望这本论文集的编选与出版，能够为推动中国文学的海外传播及其翻译研究走向更自觉的学术探究起到些许推波助澜的作用。

---

① 据笔者不完全统计，最近5年来，以中国文学海外传播为选题的研究论著大有激增的趋势，每年在全国主要学术刊物上发表的相关学术论文不下300篇，学位论文在30篇左右。这些数字，还不包括在全国大大小小的报纸上所发表的或长或短的相关文章，更不包括有关中国文学海外传播实践成果的新闻报道，也不包括人们在互联网上所开展的相关讨论，乃至我们在这个微信时代所转发的相关信息或者由专门的微信公众号所推送的专业文章。在国家社科基金、教育部人文社科研究基金、中国作协科研项目以及其他不同层级的科研项目规划与审核中，都出现了明确的中国文学海外传播研究的课题。在专著方面，姜智芹的《中国新时期文学在国外的传播与研究》(济南：齐鲁书社，2011年)，刘江凯的博士论文《认同与"延异"——中国当代文学的海外接受》(北京师范大学，2011年)，杨四平的《跨文化的对话与想象：现代中国文学海外传播与接受》(东方出版中心，2014年)堪称这几年在该领域问世的较有代表性的研究成果。

② 我这里所说的实践，既指学科意义上的研究实践，也指这个学科创立以后自觉去关注和探讨的那些实践行为和相关活动。

目　录

第一编　中国当代文学海外传播研究的理论探索

第二编　中国当代文学海外传播与中国形象

第三编　中国当代文学海外传播的译介与出版

第四编　莫言与中国当代文学的海外传播

第五编　中国当代文学海外传播个案研究

第一编

中国当代文学海外传播研究的理论探索

当代文学海外传播的几个问题[①]

程光炜

在三十年来中国社会发展的历史主轴上，“走向世界”的理念具有发动机的作用。在这个认识框架中讨论“当代文学海外传播”，它的意义自然不言自明。近年来，一些年轻研究者开始注意这一领域，令人印象深刻的有武汉大学方长安教授指导的博士论文《“我们”视野中的“他者”文学——冷战期间美英对中国“十七年文学”的解读研究》，北师大张清华教授指导的博士论文《认同与“延异”——中国当代文学的海外接受》（作者刘江凯）。两部博士论文花费相当大的工夫，对当代文学“汉译”的作品数量、译者、读者反应作了详细统计和分析，这种基础性的工作对下一步工作的展开，显然有奠基性作用。尽管如此，我仍然觉得一些问题需要深度展开和讨论，如果不了解“海外传播”的具体历史场域、现场氛围等细部情况，我们的研究可能只会给人观念化的印象，从而影响对中国当代文学在世界文学中的定位的基本判断。

① 本文为 2010 年 4 月北京师范大学召开的“中国当代文学海外传播研究国际学术研讨会”上的发言。

一、翻译介绍中国当代文学的汉学家在西方主流学术界的权威性问题

我们知道，最近200年来，西方主流学术关注的是欧美文学问题，即使偶尔涉及亚洲、非洲文学，也基本是为阐释欧美文学的“正宗地位”服务的。所以，在西方学术界视野里，被“汉译”的“中国当代文学”连同它们的汉学家都处在边缘性位置。按照传播学理论、传播方式及其对象一般分“主传播渠道”和“分支性传播渠道”等形式，处在主传播渠道中的作家作品，当然更容易被主流化的西方读者所重视和接受；与之相反，处在分支性传播渠道上的非西方国家的作家作品，即使偶尔会进入西方主流读者视野，但总体上仍然是被整体性忽视的状态。我想提出的问题是，一些在中国当代文学界可能大名鼎鼎的汉学家，在西方读者界其实无人知晓，经由他们翻译介绍并在西方国家出版的中国当代作家的命运也就可想而知。然而，我们在很多当代作家作品的“作者简历”“序言”和“后记”中，经常看到他们的作品已被译成英、法、德、俄、日、韩等几十种文字，再加上有些作家附在小说集前面的“英译本序”“法译本序”“意大利本序”等等，这就使中国读者产生一种印象，这些中国当代作家在西方各国已广为人知并大受欢迎。这种“错位”式的对当代文学海外传播的理解，使很多人，包括我们这样的专业研究者都相信，随着中国经济在世界经济体系中举足轻重的影响和位置，“中国当代文学”已经真正地“走向世界”。不过，在我看来，处在这种“错位”式理解中的中国当代文学，恰恰是我们理解中国当代文学与世界文学关系的一个小小的角度。这个角度不仅涉及当代文学与世界文学的确切关系，也涉及当代文学如何自我定位，而不是靠世界文学的框架来定位，与此同时更牵涉到当代作家与西方汉学家的关系等等问题。至少有一个问题我觉得需要提出来，这些年来，我们有些一线当代作家在创作上是不是过于期待和依赖汉学家们的“评价”，后者的文学趣味、审美选择和优越的翻译身份，是不是会变成一种暗示，一种事先存在的认识性装置，被放在了当代作家的创作过程之中。当然，这个问题过于复杂，我在这里

不作详细讨论。我的担心只是，在当代文学海外传播的过程中，中国作家会不会因而使自己的作品变成与汉学家相约相知的“小圈子”的文学。这都是令人担心的事实。我们的海外传播研究，不可能不带着自省的性质。

二、当代作家在海外演讲的问题

这是当代作家在海外传播的另一种重要方式，因为讲演可以通过大众媒体迅速提升演讲者在文学受众中的知名度，借此平台使其作品得以畅销，进入读者视野。但问题在于，我目前对这种情况的把握，基本来自国内媒体宣称某某作家在英国剑桥大学、美国哈佛大学、哥伦比亚大学等著名学府讲演的零星信息，以及作家本人的“口传文学”——当然这是他们对海外讲演故事的典型叙述。有些诗人自海外访问归来，写出诸多回忆性文章，谈到自己演讲如何引起轰动，如何产生很大影响等等，诗人的笔触表现出比小说家们更为夸张的风格，自然这不令人奇怪。不过，因资料整理不足，目前我们还很难了解到演讲者的听众层次和范围，也不知道海外报道这种消息的媒体到底是小报小刊，例如华人报刊，还是主流媒体。如果听众层次和范围只限于汉学家、东亚系学生、来自中国的访问学者，那么这种传播的受众面和影响力就会大打折扣。这事实上是一种“小圈子”里的传播，或叫“内部传播”。2010 年获得诺贝尔文学奖的秘鲁作家略萨来中国社科院演讲，我们发现到场的全是北京的主流媒体、主流翻译界、当代重要作家，以及研究中国现当代文学、西班牙文学的中国人民大学、北京大学和社科院的师生。令人惊讶的是，有两个知名女作家还当场拿出 20 多年前购买的略萨翻译成中文的小说，借以展示这次演讲所衍生的历史长度和深度。另外值得举的例子是，听完略萨演讲后，我去见一位来自上海的亲戚。听说我刚听完演讲，他马上说上海已经报道了略萨去北京访问的消息。这完全是一个“文学圈”之外的人士，略萨的动向居然连他都知道，这真是匪夷所思。这一迹象，足以说明略萨是“世界级”的作家，他在中国的影响远远超出了“专业圈子”的范围，关于他来中国讲演的各种报道，一时间充斥北京的各大媒体，成为一个重要的“文学事件”。在这里，我拿略萨的演讲与中国当代作家在海外演讲作比较，不是说略萨的小说就一定比中国当代作家的小说高很多档次，而是说，由于听他演讲的听众层次、范围和报道的媒体的不同，我们可以观察到这种“海外传播”才是真正具有世界影响的一个事实。通过这种传播，它显然已经对中国作家和读者构成了支配性的影响力，因为略萨小说获奖，其小说在北京一度热销的情况足够证明。以上情况说明一个问题，即我们在评价当代文学在海外传播的时候，不能仅仅根据某些作家和国内媒体的“自说自话”，而应该直接去他们演讲国的媒体上取样，收集详细材料，对演讲现场情况有真正的掌握和了解，才可能有基本判断。在文学史研究中，作家、作品、读者和研究者既是一种合谋的关系，也是一种相互猜忌的关系。完全沉溺在作品情节中不能自拔的读者，显然不是具有自觉和研究意识的读者。同样道理，完全被作家的自我叙述所暗示和控制，不能作出自己独立观察和判断的研究者，也不能算是有见解和优秀的研究者。因此，在听到当代作家“海外演讲”的自我叙述后，研究者首先应该想到的，就是如何想办法在网上收集信息，判断这些信息来自国外哪些层次的媒体，了解其真实情形，而不是跟着作家的叙述再重新叙述。因为，这种纯粹根据作家自我叙述建立起来的“海外传播”研究，不能算是经过资料筛选和整理后的历史研究，由于它的主观色彩，它仍然处在文学史研究的“非历史化”状态。它的学术价值因此是不可靠的。

三、出国参加各种文学活动的问题

海外传播的第三种方式，显然与国外邀请中国当代作家参加文学活动有密切联系。能被邀请参加这些活动，说明当代作家在国外受到的关注度，尤其是被一些西方大国的会议主办单位所邀请，更说明他们正在逐步进入主流国家的社会视野，这对当代文学的海外传播自然是好事。但我希望讨论的问题是，由于国外的文化环境相对自由，出版和会议组织采取“注册制度”，这就使无论著作出版还是举办会议的自由度都很高，因此也造成分层化的状况，即这些出版物和会议实际是参差不齐、良莠不分的。如果不作实证分析，我们还会以为这些会议都等同国内要求严格、层级较高的“国际会议”。但实际情况可能正好相反。例如，一位作家朋友年初去澳大利亚参加一个文学活动，到那里才知道，这种所谓的“文学活动”，实际是一场大型综合性的文艺活动的一个“分活动”。各种电影、绘画、音乐、表演的活动同时进行，有种众声喧哗的感觉。他这次去只作了一个小讲演，听众属于临时组织来的，三五成群、聚散无常，令组织者也比较难堪。然而，如果不是我认识这位作家，这种活动在回国后的叙述中就会被放大，其影响会被人为扩散，造成某种“文学化”的效果。在 1980 年代的文学杂志中，我们经常会看到某作家受邀参加国际会议的散文、随笔，由于当时很多人没有出国机会，大家会把文学想象带入对这些散文、随笔的解读之中，从而无形中扩大这些会议的神秘性、严肃性和权威性。对 1980 年代的读者的我而言，这种“误读”式的阅读经验，可以说是记忆犹新的，我想很多人都会有相似的经历。那么，为什么我要在这里讨论这个问题呢？因为“文学会议”是“组织文学生产”的特殊方式，很多重要的文学会议，包括它的出席者，最后都在文学史上“青史留名”。例如，1984 年底在杭州召开的“文学与当代性”座谈会，就被认为是“寻根文学”的发端，出席这次座谈会的作家、批评家虽然后来在创作上有不少贡献，但不能不指出，作为“出席者”的“身份”往往被附加在他们后来作品的“影响力”上，他们会被文学史家编入某个文学流派，从而大大提高他们在文学界的个人声望。以上两种情况，都说明参加文学活动对于“重塑作家形象”的重要性。依我所见，由于国内对“当代文学海外传播”的研究明显滞后于当代作家的出访，加上缺少第一手资料，研究者根本无从把握和了解这些国际性文学活动的档次、影响力和地位，等等。也因为这种情况，鉴于作家本人对这些文学活动的夸张性叙述，会无形中放大它们在西方国家的影响力和文学地位，这就使我们无法准确地把握真实状况。这种情况下，将作家出访与他国际影响力相挂钩的海外传播研究，必然会出现一些问题。

四、异识文学作品在“海外传播”中的增量问题

东西方国家在价值取向和历史文化传统上存在明显差异，这是不争的事实。随着中国三十年改革开放取得的巨大成就，双方的价值分歧和冲突自会大大增加而不会减少。有些汉学家在选择中国当代文学作品翻译介绍给西方读者时，可能会将这种集体无意识带进去，他们往往把一些“闯祸”的作品视为“异识”作品，这些作品一旦被纳入这种意识形态系统，其文学价值便会大大增量。这些作品也因此变为“名作”“名著”而广为流传。当然，不能排除有些作家乐见这种局面，他们会借此提高自己的国际影响力，转销国内同时对文学批评和文学史研究形成暗示和控制。但我想指出的是，这种文学筛选程序所存在的问题，是随着文学评价标准的意识形态化，作品的艺术价值逊位于其社会价值，被它选择的作品可能往往都不是作家本人最优秀的作品。这种增量现象，还会发生在西方读者的文学接受中；他们会以为，这就是对中国现实的真实表现，是“中国形象”的真实写照。当然，我们也不能把这种文学作品筛选程序的严重性估计得太高。对于社会观念和文化形态更为多元化的西方读者来说，即使是非常夸张的异识文学作品也不过是一种文化商品，它们本身就存在着某种时效性，也会很快贬值。当新的文化商品被推出，这些西方读者的兴趣会立即转移，他们不可能永远停留在对中国当代文学的兴奋点上。因此，值得关注的倒是造成海外传播过程中异识作品增量背后的两个问题：一是由于中国实行了三十年的改革开放，中国社会的物质层面，例如摩天大楼、高架桥、地铁、高速铁路、互联网，包括普通人的饮食衣着，与西方国家社会产生了更多的同质性。所以，西方读者在阅读被汉学家选择的异识作品时，其好奇性便会被极大地刺激起来。这一过程中，这些异识作品的重要性便会被提升到前沿性、尖端性的位置；二是中国经济的快速发展和民众财富的增加，会使西方一些人的“欧美中心论”产生挫折感，这种价值观的冲突有时候便延绵到对异识作品的故意挑选上，这种故意挑选构成了对这种挫折感的宽慰和转移。我们不能否认，在现代化的历史进程中，各国之间

的竞争除了经济实力的竞争外，还包括了军事、政治和文化的竞争。不能以为西方国家坚持普世价值，他们就会把普世价值带入对非西方国家的竞争关系之中。可能恰恰相反，这种包含着潜在国别竞争的文学选择和文学评价，很大程度上将影响到这些异识作品历史位置的挪移。因为在中国读者中，这些作品的艺术价值也许并不高；而在西方某些汉学家和读者心目中，它们可能就是中国当代文学的“代表性作品”。在进行海外传播研究过程中，研究者应该警惕这种现象的发生，对此作出更理性的分析和评估，否则文学传播本身的意义便会随之贬值。

对于200年来怀揣着进入世界先进国家行列梦想的中国人来说，当代文学的海外传播自然是实现这种梦想的一个重要环节。对于国内当代文学史研究者而言，这一课题的前沿性和尖端性显然构成了对他们过去工作的一种挑战。也正因为如此，我们对它的意义不能低估。但更应该注意的是，对它的研究不能停留在感性阶段上，应该加强实证性、客观性的研究，先建立起丰富详细的资料库，通过对这些资料的取样、分析和整理，逐步将研究的问题推向深入。也许只有这样，对当代文学的海外传播现象的研究，才真正会进入实质性阶段。

走向世界：中国文学的焦虑[①]

吴　俊

一、何谓世界？走向什么世界？

如何判断、描述、探讨“中国文学”与“世界”的关系，从近年中国文学界的基本观点或结论来说，主要可以归结为三种（句式）：一、中国文学“已经”走向世界；二、中国文学“正在”走向世界；三、中国文学“如何”走向世界？姑且不论这三种说法的短长，它们实际上都暗含了一个共同的思想前提：中国文学与世界的关系“状态”，主要不是一种单纯的文学事实，而是一种关涉文学价值的评判，即可以根据中国文学与世界的关系程度而对前者进行价值判断。同时，这三种说法也都又泄露出了一个共同的心理情结或症状：“走向世界”已经成为中国文学的一种重要关切乃至焦虑——两相结合，借助时下的一个时髦说法，就是中国文学与世界的关系关乎中国文学的核心利益。

显然，这是讨论（宏观范畴的）中国文学（问题）的一种新语境。

为使这种讨论的实际所指和边际有所确定，有必要先对所涉关键词（概念）有所规范。看似比较简单能够搞定的是“中国文学”，实际所指的应该主要是当代、当下、现时的中国文学，进一步明确说，主

① 本文获得教育部哲学社会科学研究重大课题攻关项目资助，项目批准号：10JZD0010；并为2010年5月北京师范大学召开的“中国当代文学海外传播研究国际学术研讨会”上的发言。

要就是“文化大革命”后、新时期以来的中国文学。相对难说清的是，所谓世界究竟何指？

世界就是全球、全世界？还是包括中国在内的全世界？这两个设问性的回答既有点同义反复，又太宽泛不着边际。将中国文学输出到域外实际空间范围的全世界，事实上并不可能，也没有一种国别文学有此可能；所谓世界必有所空间限定。第二种回答则貌似将中国置于世界之中，实则有点抗衡西方中心的潜台词，意谓在中国的中国文学也就在世界之中。只是这种潜台词已经实际取消了中国文学走向世界的问题本身，虽仍不失为一种文学性颇强的说辞，但“世界”因之有了“消失”的可能，也就没有意义或无从讨论下去了。

中国（不仅是文学）走向世界的问题产生，显然有其明显的历史生成缘由，比如可以追溯到清代中晚期，甚至明代中国的域外交通，但这个问题之所以每每会成为历史上的当下性焦虑，显然都有其当下性的特定缘由。从历史上看，这种缘由大多或主要起于中国与欧美的力量和利益碰撞；从当下情境上看，也同样不外乎相同的缘由——当我们反思西方中心观的时候，大多视其为西方的强权或霸权，但西方中心观恰恰、至少也是经由晚清、五四时代的中国精英和先进分子才在中国获得了合法性和正确性。作为一项遗产，不管原因，结果就是中国对之的认可和认同；否则也就不会有“走向世界”的问题产生。

因此，“世界”的不言自明的经验性认识，中国语境中对于世界的实际或真实的所指，历来就是以欧美列强为中心的世界观。获得与欧美列强同等、平等的国家与世界地位，也就是中国走向世界的基本目标和目的。这种世界观难言绝对的正确与否，但其中形成的挑战和困难因之同样成为中国走向世界的障碍。

就中国文学走向世界这一当下性的话题本身而论，如前所说，其中不仅关乎事实判断，而且主要同时（或是潜在地）也含有价值判断。走向世界是否意味着中国文学必须主要以欧美、西方文学的价值观作为准入门槛？或者，是否意味着后者被迫、不得不认可、包容异质性的中国文学价值观？文学价值当然有其同质性，但同质性在这里显然没有讨论意义；着眼于同质性也就不会有中国文学走向世界的问题性和焦虑性。只有突出走向世界的中国文学的价值异质性，这个问题才会是真实的，并且，也才能最大程度地彰显中国文学的价值独特性。所谓挑战和困难就在于此。不能消弭这种挑战和困难，障碍也就还将长期横亘在中国文学和所谓世界之间。

也就是说，如果中国文学走向世界是一个真实的问题，那么这个问题恐怕还会延续下去，就像它几乎已经延续了一百多年一样。如果中国文学与世界的关系关乎中国文学的价值地位，并且关乎中国文学的核心利益，那么中国文学的价值地位和核心利益在这种判断视野里，至少目前依然还只能是模糊的和暧昧的——这正是我们和中国文学的焦虑所在。只是有时我们不太愿意自觉地去正视它、接受它、放下它。

当然还有另外一种处理方法，那就是将世界当作一种纯粹性的概念或符号，甚至干脆就视其为一种言说逻辑中的乌托邦，寄予期待，不予落实。我们同样能够获得有关中国文学走向世界的一种真实语境。

二、海外研究：作为世界（文学）

资源的中国文学换一个角度看，所谓世界的不确定性和歧义，并不妨碍中国文学作为世界（文学）资源的真实性和使用价值。也就是中国文学仍拥有世界流通的实际交换功能。

不妨由德国汉学家顾彬教授的案例来管中窥豹。我原以为顾彬只在中国才是个争议人物，据说是因为他的中国当代文学“垃圾论”、中国当代文学成就不高要怪罪于作家不懂外文等“奇谈怪论”。于是就有中国学者不仅质疑顾彬的学术水平远不够研究中国文学，而且更严厉地批判其西方帝国主义的意识形态，最后还有一个负气之问：“既如此看不起、贬低中国当代文学，为什么还要研究中国文学呢？”其他姑置不论，这最后的负气一问，倒在某种意义上击中了问题的要害——外国学者为何研究中国文学呢？

我不能正面回答这一质问，也不可能逐一追问寻求答案。但不妨另求路径进入这个问题。正当顾彬在中国搅得风生水起之时，我意外得知他在海外中国文学研究圈里也同样成了一个问题人物。只不过海外的风波不如中国这般激烈，同时海外的波澜似乎主要只是中国风潮的余波，但又反馈到了中国。这是一个极有意思的循环。当我近年几次向日本、美国和欧洲诸国（包括德国）的中国文学研究者问及对顾彬中国文学研究的看法时，除去意料之中的外交辞令外，几乎每个人都对顾彬的"苛论"中国文学表达了明确的不屑和反对——与中国学者一样，这些海外学者也并不追问顾彬言论的真相，部分原因或是他们的资讯主要来源于中国对顾彬的反应或反感，甚至有学者不解且生气："你们中国人为什么这么热衷谈顾彬？他在海外根本没有地位，我们根本就不知道他。"我的个人直接遭遇是，因为一个会议发言要将夏志清与顾彬进行影响力比较论，当下就被质疑"顾彬怎么能同夏志清相提并论？"——此时质问者其实还没有看我的发言稿。真相变得不重要了，态度和动机才是最值得探究的。

直到目前还只是少数几个国家才有所谓的中国文学研究界，要说顾彬在欧美的中国文学研究界里根本不为人所知，那无疑是一种表达极端态度的情绪化说辞。目的不应该是在否定顾彬的学术存在，倒是更像"吃醋"于顾彬在中国的流行及明星般的曝光率。而在这"吃醋"情绪的背后，隐隐流露出了另一种潜台词：顾彬不能也没有资格代表海外中国文学研究的水平，"我们"才是。

随着"中国崛起"的现实，海外中国研究已经不再只限于一种国别"文学"研究的意义，"文学"成为海外学者进入中国话题的一种途径，由此途径获得的则是关于中国话题、中国问题、中国研究的国际话语权。与以往的不同在于，"崛起的中国"现在已经有了赋予、认可、命名这种话语权的权利。海外学者所表达的对顾彬的不满，真实意图或是针对中国文学界"滥用"权利的不满——顾彬不能、也不应该"独占"中国文学的国际利益。从中不难感受到海外中国（文学）研究中的力量博弈的激烈性。

海外中国研究的原始资源和基本资源无疑来自中国。在彼此关系上，如果说以往的中国多处于一种被动状态，被静观式地被研究，比如夏志清的《中国现代小说史》虽然具有强烈的"针对"中国的色彩，但是，中国文学界在最初的十几年里并没有对它有过真正实质性的反应。只是在改革开放以后，中国的国际反响姿态渐趋主动和自觉,有意识地对海外中国研究作出了越来越多的反馈,这种反馈的力量也已经深刻影响了海外中国研究具体成果的国际地位。夏志清的《中国现代小说史》在中国终于被公认为学术"经典",在某种程度上也可以被理解为是关于夏著的最终地位的确立和完成方式。作为资源和研究对象的中国文学,已经以一种对话者、互动者、利益攸关者或者干脆说一种权利拥有者和批评权威者的多重身份,全面介入了海外中国文学研究的力量和利益格局中了。海外中国研究者要获得的不再满足于作为原始资源的中国,更是要获得中国反响的积极支持,并且后者还开始成为他们最重要的现实资源。在此意义上,顾彬无疑是最近十几、二十年间海外中国文学研究者中最为成功的一位。树大招风,这也就难怪他会有点意外的遭遇。

当然,这样说并非表示海外中国研究纯粹或全部出于功利的动机。但不可否认,中国文学走向世界的真实语境已经具有了一种现实性和世界性,中国概念具有了当下的国际性和世界性,这种(文学)现实必然影响、改变和重组海外关于中国(文学)研究的力量和利益关注。手上握有一张中国牌,在很多牌局中已经能够决定输赢。这样的牌谁不觉得越多越好呢。

海外中国文学研究的这种态势并不能直接定论中国文学是否走向世界的判断,但能直接证明中国文学的某种特定价值功能或用途。作个类比吧,"中国制造"走向世界了吗?它已散布到了全球每个角落。但是如何确定"中国制造"的价值地位呢?中国文学之走向世界,与作为日用品如鞋子、裤子等"中国制造"的价值区别又在哪里呢?中国(文学)的改变,正像中国有了"中国制造",在某种程度上引发了海外中国(文学)研究的焦虑,顾彬之被"抨击"也是这种焦虑的一种折射。但对中国文学的感受而言,这种海外焦虑非但没有消除而且还强化了、加深了中国文学走向世界的焦虑:我们其实比以往任何时候都更加在意、敏感"世界"对我们的看法。所以我们才会为顾彬的"垃圾论"而如此群情激奋。说到底,中国文学的世界地位必须获得一种世界性的公认,使其走向世界不再成为中国自身的一个问题,这种焦虑才会最终释放和消弭。

中国文学走出去：问题与实质

谢天振

中国文学如何才能切实有效地“走出去”？随着中国经济实力的增强和国际地位的提升，这个问题被越来越多的人所关注，从国家领导人到普通百姓大众。追溯起来，中国人通过自己亲历亲为的翻译活动让中国文学“走出去”的努力其实早就开始了。不追溯得太远的话，可以举出被称为“东学西渐第一人”的陈季同，他于 1884 年出版的《中国人自画像》一书中，即把我国唐代诗人李白、杜甫、孟浩然、白居易等人的诗翻译成了法文，他同年出版的另一本书《中国故事》，则把《聊斋志异》中的一些故事译介给了法语读者。至于辜鸿铭在其所著的《春秋大义》中把儒家经典的一些片段翻译成了英文，敬隐渔把《阿 Q 正传》翻译成法文，林语堂把中国文化译介给英语世界，等等，都为中国文学、文化“走出去”做出了各自的贡献。

当然，有意识、有组织、有规模地向世界译介中国文学和文化，那还是 1949 年以后的事。新中国成立以后，领导人迫切希望向世界宣传新生共和国的情况，而文学作品的外译是一个很合适的宣传渠道，因此对中国文学作品的外译非常重视，于 1951 年创办了英文版的期刊《中国文学》。该期刊自 1958 年起改为定期出版，最后发展成月刊，并同时推出了法文版。在相当长的时期里，它是新中国向外译介中国文学最主要的渠道，“文化大革命”期间停刊，“文化大革命”后复刊,但后来国外读者越来越少,最终于 2000 年停刊。①

“文化大革命”以后,在 20 世纪的八九十年代,我们国家在向外译介中国文学方面还有过一个引人注目的行为,那就是由著名翻译家杨宪益主持编辑、组织翻译、出版的“熊猫丛书”。这套“熊猫丛书”共翻译出版了 195 部文学作品,包括小说 145 部、诗歌 24 部、民间传说 14 部、散文 8 部、寓言 3 部、戏剧 1 部。但正如研究者所指出的,这套丛书同样“并未获得预期的效果。除个别译本获得英美读者的欢迎外,大部分译本并未在他们中间产生任何反响”。② 因此,“熊猫丛书”最后也难以为继,而于 2000 年黯然收场。

进入新世纪以后,这方面另一个更引人注目的行为可推汉英对照的《大中华文库》的翻译出版了。这套标举“全面系统地翻译介绍中国传统文化典籍”,旨在让“中学西传”的丛书,规模宏大,拟译选题达 200 种,几乎囊括了全部中国古典文学名著和传统文化典籍。迄今为止,这套丛书已经翻译出版了一百余种选题,一百七八十册,然而除个别几个选题被国外相关出版机构看中购买走版权外,其余绝大多数已经出版的选题都局限在国内的发行圈内,似尚未真正“传出去”。

不难发现,新中国成立六十余年来,我们国家的领导人和相关翻译出版部门在推动中国文学、文化“走出去”一事上倾注了极大的热情和关怀,组织了一大批国内(还有部分国外的)中译外的翻译专家,投入了大量的人力、物力、财力,然而总体而言,如上所述,收效甚微,实际效果并不理想。原因何在?

2012 年年底,第一位中国籍作家莫言获得诺贝尔文学奖之后,曾引发国内学术界和翻译界围绕中国文学、文化“走出去”问题的广泛讨论,并想通过对莫言获得诺贝尔文学奖背后翻译问题的讨论,获得对中国文学、文化典籍外译的启示。我当时就撰文指出,严格而言,对莫言获奖背后的翻译问题的讨论,已经超出了传统翻译认识和

---

① 有关《中国文学》译介中国文学的详细分析,可参阅上海外国语大学郑晔的博士论文《中国文学在现当代美国的传播和接受——以〈中国文学〉(1951—2000)的对外译介为个案》。

② 详见上海外国语大学耿强的博士论文:《文学译介与中国文学“走向世界”——熊猫丛书英译中国文学研究》。

研究中那种狭隘的语言文字转换层面上的讨论，而是进入了译介学的层面，这就意味着我们今天在讨论中国文学、文化外译问题时，不仅要关注如何翻译的问题，还要关注译作的传播与接受等问题。在我看来，"经过了中外翻译界一两千年的讨论，前一个问题已经基本解决，'翻译应该忠实原作'已是译界的基本常识，毋须赘言；至于应该'逐字译''逐意译'，还是两相结合等等，具有独特追求的翻译家自有其主张，也不必强求一律。倒是对后一个问题，即译作的传播与接受等问题，长期以来遭到我们的忽视甚至无视，需要我们认真对待。由于长期以来我们国家对外来的先进文化和优秀文学作品一直有一种强烈的需求，所以我们的翻译家只需关心如何把原作翻译好，而甚少，甚至根本无需关心译作在我国的传播与接受问题。然而今天我们面对的却是一个新的问题：中国文学与文化的外译问题。更有甚者，在国外，尤其在西方尚未形成像我们国家这样一个对外来文化、文学有强烈需求的接受环境，这就要求我们必须考虑如何在国外，尤其是在西方国家培育中国文学和文化的受众和接受环境的问题。"①

莫言作品外译的成功让我们注意到了以往我们在思考、讨论翻译时所忽视的一些问题。一是"谁来译"的问题。莫言作品的外译者都是国外著名的汉学家、翻译家，虽然单就外语水平而言，我们国内并不缺乏与这些国外翻译家水平相当的翻译家，但是在对译入语国家读者细微的用语习惯、独特的文字偏好、微妙的审美品味等方面的把握上，我们还是得承认，国外翻译家显示出了我们国内翻译家较难企及的优势，这也就是为什么由这些国外翻译家翻译的中国文学作品更易为国外读者接受的原因。有些人对这个问题不理解，觉得这些国外的翻译家在对原文的理解，甚至表达方面有时候其实还比不上我们自己的翻译家，我们为何不能用自己的翻译家呢？这个问题其实只要换位思考一下就很容易解释清楚，试想一想，我们国家的读者接受国外文学、文化典籍是依靠我们自己的翻译家、通过自己翻译家的翻译作品接受外来文学、文化的呢，还是通过外国翻译家把他们的文学作品、文化典籍译介给我们的？设想在你面前摆着两本巴尔

① 谢天振：《莫言作品"外译"成功的启示》，《文汇读书周报》2012 年 12 月 14 日。

扎克小说的译作，一本是一位精通中文的法国汉学家翻译成中文的，一本是我国著名翻译家傅雷翻译的，你会选择哪一本呢？答案是不言而喻的。实际上可以说，世界上绝大多数的国家和民族接受外来文学和文化主要都是通过本国和本民族翻译家的翻译来实现的，这是文学、文化跨语言、跨国界译介的一条基本规律。

二是“作者对译者的态度”问题。莫言在对待他的作品的外译者方面表现得特别宽容和大度，给予了充分的理解和尊重。他不仅没有把译者当作自己的“奴隶”，而且还对他们明确放手：“外文我不懂，我把书交给你翻译，这就是你的书了，你做主吧，想怎么弄就怎么弄。”正是由于莫言对待译者的这种宽容大度，所以他的译者才得以放开手脚，大胆地“连译带改”以适应译入语环境读者的阅读习惯和审美趣味，从而让莫言作品的外译本顺利跨越了“中西方文化心理与叙述模式差异”的“隐形门槛”，成功地进入了西方的主流阅读语境。我们国内有的作家不懂这个道理，自以为很认真，要求国外翻译家先试译一两个章节给他看。其实这个作家本人并不懂外文，而是请他懂外文的两个朋友帮忙审阅。然而这两个朋友能审阅出什么问题来呢？无非是看看译文有无错译、漏译，文字是否顺畅而已。然而一个没有错译、漏译、文字顺畅的译文能否保证译文在译入语环境中受到欢迎、得到广泛的传播并产生影响呢？《红楼梦》在英语世界有两个著名的译本，一个是英国翻译家霍克思的译本，另一个是杨宪益夫妇的译本，前者因其中的某些误译、错译而颇受我们国内翻译界的诟病，后者则因其翻译上的信达被国内翻译界推崇备至。然而有研究者在美国高校进行实地调研后发现，大量的数据表明，在英语世界霍译本更受欢迎，而杨译本却备受冷遇。①这个事实应该引起我们的有些作家，更应该引起我们国内翻译界的反思。

三是“谁来出版”的问题。莫言作品的译作都是由国外一流的重要出版社出版，譬如他的法译本的出版社瑟伊(Seuil)出版社就是法国最重要的出版社之一，这使得莫言的外译作品能很快进入西方的主流发行渠道，得到有效的传播。反之，如果莫言的译作全是由国内

① 详见复旦大学江帆博士论文：《他乡的石头记：〈红楼梦〉百年英译史研究》。

出版社出版的，恐怕就很难取得目前的成功。近年来国内出版社已经注意到这一问题，开始积极开展与国外出版社的合作，这很值得肯定。

四是“作品本身的可译性”也是一个需要予以注意的问题。这里的可译性不是指一般意义上的作品翻译时的难易程度，而是指作品在翻译过程中其原有的风格、创作特征、原作特有的“滋味”的可传递性，在译成外文后这些风格、这些特征、这些“滋味”能否基本保留下来并被译入语读者所理解和接受。譬如有的作品以独特的语言风格见长，其“土得掉渣”的语言让中国读者印象深刻并颇为欣赏，但是经过翻译后，它的“土味”荡然无存，也就不易获得在中文语境中同样的接受效果。莫言作品翻译成外文后，“既接近西方社会的文学标准，又符合西方世界对中国文学的期待”，这就让西方读者较易接受。其实类似情况在中国文学史上也早有先例，譬如白居易、寒山的诗外译的就很多，传播也广，相比较而言李商隐诗的外译和传播就要少，原因就在于前两者的诗浅显、直白，易于译介。寒山诗更由于其内容中的“禅意”而在正好盛行学禅之风的 20 世纪五六十年代的日本和美国得到广泛传播，其地位甚至超过了孟浩然。作品本身的可译性问题提醒我们，在对外译介中国文学作品、文化典籍时，应挑选具有可译性的，也就是在译入语环境里容易接受的作品首先进行译介。

以上关于莫言作品外译成功原因的几点分析，其触及的几个问题其实也还是表面上的，如果对上述《中国文学》期刊等个案进行进一步深入分析的话，那么我们当能发现，真正影响中国文学、文化切实有效地走出去的原因还与以下几个实质性问题有关。

首先，与我们在对翻译的认识上存在误区有关。

大家都知道，中国文学、文化要“走出去”，里面有个翻译的问题，然而却远非所有的人都清楚翻译是个什么样的问题。绝大多数人都以为，翻译嘛，无非就是两种语言文字之间的转换。我们要让中国文学、文化走出去，只要把用中国语言文字写成的文学作品、典籍作品翻译成外文就可以了。应该说，这样的翻译认识不仅仅是我们翻译界、学术界，甚至还是我们全社会的一个共识。譬如我们的权威工具书《辞海》(1980 年版)对“翻译”的释义就是：“把一种语言文字的意义用另一种语言文字表达出来。”另一部权威工具书《中国大百科全书·语言文字卷》(1988年版)对“翻译”的定义也与此相仿:“把已说出或写出的话的意思用另一种语言表达出来的活动。”正是在这样的翻译认识或翻译思想的指导下,长期以来我们在进行中国文学作品、文化典籍外译时,考虑的问题仅限于如何尽可能忠实、准确地进行两种语言文字之间的转换,或者说得更具体一些,考虑的问题就是如何交出一份“合格的译文”。然而问题是:交出一份“合格的译文”后是否就意味着能够让中国文学、文化自然而然地“走出去”了呢?上述几个个案表明,事情显然并没有那么简单,因为在上述个案里,无论是长达半个世纪的英、法文版《中国文学》杂志,还是杨宪益主持的“熊猫丛书”,以及目前仍然在热闹地进行着的《大中华文库》的编辑、翻译、出版,其中的大多数甚至绝大多数译文都堪称“合格”,然而一个无可回避且不免让人感到沮丧的事实是,这些“合格”的译文除了极小部分外,并没有促成我们的中国文学、文化切实有效地“走出去”。

问题出在哪里?我以为就出在我们对翻译有失偏颇的认识上。我们一直简单地认为翻译就只是两种语言文字之间的转换行为,却忽视了翻译的任务和目标。我们相当忠实地、准确地实现了两种语言文字之间的转换,或者说交出了一份份“合格的译文”,然而如果这些行为和译文并不能促成两种文化之间的有效交际,并不能让翻译成外文的中国文学作品、中国文化典籍在译入语环境中被接受、被传播,并产生影响,那么这样的转换(翻译行为)及其成果(译文)恐怕就很难说是成功的,这样的译文,尽管从传统的翻译标准来看都不失为一篇篇“合格的译文”,但恐怕与一堆废纸都并无实质性的差异。这个话也许说得重了些,但事实就是如此。当你看到那一本本堆放在各地高校图书馆里的翻译成外文的中国文学、文化典籍无人借阅、无人问津时,你会作何感想呢?为此,我以为我们今天在定义翻译的概念时有必要重温我国唐代贾公彦在其所撰《周礼义疏》里对翻译所下的定义,即:“译即易,谓换易言语使相解也。”

我很欣赏一千多年前贾公彦所下的这个翻译定义,寥寥十几个字,言简意赅,简洁却不失全面。这个定义首先指出“翻译就是两种语言之间的转换”(译即易),然后强调“换易言语”的目的是“使相解也”,也即要促成交际双方相互理解,达成有效的交流。我们把它与上述两个权威工具书对翻译所下的定义进行一下对照的话,可以发现,贾公彦的翻译定义并没有仅仅局限在对两种语言文字转换的描述上,而是把翻译的目的、任务也一并包含进去了。而在我看来,这才是一个比较完整的翻译定义,一个在今天仍然不失其现实意义的翻译定义。我们应该看到,两种语言文字之间的转换(包括口头的和书面的)只是翻译的表象,而翻译的目的和任务,也即是促成操不同语言的双方实现切实有效的交流、达成交际双方相互之间切实有效的理解和沟通,这才是翻译的本质。然而,一千多年来我们在谈论翻译的认识或是在进行翻译活动(尤其是笔译活动)时,恰恰是在这个翻译的本质问题上偏离了甚至迷失了方向:我们经常只顾盯着完成两种语言文字之间的转换,却忘了完成这种语言文字转换的目的是什么,任务是什么。我们的翻译研究者也把他们的研究对象局限在探讨“怎么译”“怎样才能译得更好、译得更准确”等问题上,于是在相当长的历史时期内,我们的翻译研究就一直停留在研究翻译技巧的层面上。这也许就是60多年来尽管我们花了大量的人力、物力、财力进行中国文学、文化典籍的外译,希望以此推动中国文学、文化走出去,然而却未能取得预期效果的一个重要原因吧。

其次,与我们看不到译入(in-coming translation)与译出(out-going translation)这两种翻译行为之间的区别有关。因为对翻译的认识存在偏颇、偏离甚至迷失了翻译的本质目标,于是对于译入与译出两种翻译行为之间的区别也就同样未能引起充分的重视。只看到它们都是两种语言文字之间的转换,而看不到两者之间的极为重要的实质性差别,以为仅仅是翻译的方向有所不同而已。其实前者(译入)是建立在一个国家、一个民族内在的对异族他国文学、文化的强烈需求基础上的翻译行为,而后者(译出)在多数情况下则是一个国家、一个民族一厢情愿地向异族他国译介自己的文学和文化,对方对你的文学、文化不一定有强烈的需求。这样,由于译入行为所处的语境对外来文学、文化已经具有一种强烈的内在需求,因此译入活动的发起者和具体从事译入活动的译介者考虑的问题,就只是如何把外来的文学作品、文化典籍译得忠实、准确和流畅，也就是传统译学理念中的交出一份“合格的译作”，而基本不考虑译入语环境中制约或影响翻译行为的诸多因素。对他们而言，只要交出了“合格的译作”，他们的翻译活动及其翻译成果也就自然而然地能够赢得读者，赢得市场，甚至在译入语环境里产生一定的影响。过去两千多年来，我们国家的翻译活动基本上就是这样一种性质的活动，即建立在以外译中为主的基础上的译入行为。无论是历史上长达千年之久的佛经翻译，还是清末民初以来这一百多年间的文学名著和社科经典翻译，莫不如此。

但是译出行为则不然。由于译出行为的目的语方对你的文学、文化尚未产生强烈的内在需求，更遑论形成一个比较成熟的接受群体和接受环境，在这样的情况下，译出行为的发起者和译者如果也像译入行为的发起者和译介者一样，只考虑译得忠实、准确、流畅，而不考虑其他许多制约和影响翻译活动成败得失的因素，包括目的语国家读者的阅读习惯、审美趣味，包括目的语国家的意识形态、诗学观念，以及译介者自己的译介方式、方法、策略等因素，那么这样的译介行为能否取得预期的成功显然是值得怀疑的。

然而令人遗憾的是，这样一个显而易见的道理却并没有被我们国家发起和从事中国文学、中国文化典籍外译工作的有关领导和具体翻译工作者所理解和接受。其原因同样是显而易见的，因为在两千年来的译入翻译实践（从古代的佛经翻译到清末民初以来的文学名著、社科经典翻译）中形成的译学理念——奉“忠实原文”为翻译的唯一标准，拜“原文至上”为圭臬等——已经深深地扎根在这些领导和翻译工作者的脑海之中，他们以建立在译入翻译实践基础上的这些翻译理念、标准、方法论来看待和指导今天中国文学、文化典籍的译出行为，继续只关心语言文字转换层面的“怎么译”的问题，而甚少甚至完全不考虑翻译行为以外的诸种因素，如传播手段、接受环境、译出行为的目的语国家的意识形态、诗学观念，等等。由此我们也就不难明白：上述几个个案之所以未能取得理想的译出效果，完全是情理之中的事了。所以我在拙著《隐身与现身——从传统译论到现代译论》中明确指出：“简单地用建立在‘译入’翻译实践基础上的翻译理论(更遑论经验)来指导当今的中国文学、文化‘走出去’的‘译出’翻译实践,那就不可能取得预期的成功。”①

再次,是对文学、文化的跨语言传播与交流的基本译介规律缺乏应有的认识。

一般情况下,文化总是由强势文化向弱势文化译介,而且总是由弱势文化语境里的译者主动地把强势文化译入自己的文化语境。历史上,当中华文化处于强势文化地位时,我们周边的东南亚国家就曾纷纷主动地把中华文化译入他们各自的国家即是一例。而当西方文化处于强势地位、中华文化处于弱势地位时,譬如在晚清时期,我国的知识分子也是积极主动地把西方文化译介给我国读者的。今天在整个世界文化格局中西方文化仍然处于强势地位,与之相比,中华文化也仍然处于弱势地位,这从各自国家的翻译出版物数量也可见出:数年前联合国教科文组织的一份统计资料表明,翻译出版物仅占美国全部出版物总数的3%,占英国全部出版物总数的5%。而在我们国家,我虽然没有看到具体的数据,但粗略估计一下,说翻译出版物占我国出版物总数将近一半恐怕不会算太过吧。

翻译出版物占一个国家出版物总数比例的高低其实也从一个方面折射出这个国家对待外来文学、文化的态度和立场。翻译出版物在英美两国以及相关英语国家的总出版物中所占的比例相当低,反映出来的正是英语世界对待发展中国家包括中国的文学、文化的那种强势文化国家的心态和立场。由此可见,要让中国文学、文化走出去(其实质首先是希望走进英语世界)实际上是一种由弱势文化向强势文化的“逆势”译介行为,这样的译介行为要取得成功,不能仅仅停留在把中国文学、文化典籍翻译成外文、交出一份所谓的“合格的译文”就算完事,而必须从译介学规律的高度全面审时度势并对之进行合理的调整。

最后,迄今为止我们在中国文学、文化走出去一事上未能取得预期的理想效果,还与我们未能认识到并正视在中西文化交流中存在的两个特殊现象或称事实有关,那就是“时间差”(time gap)和“语言

① 谢天振:《隐身与现身——从传统译论到现代译论》,北京:北京大学出版社,2014.

差”(language gap)。

所谓时间差,指的是中国人全面、深入地认识西方、了解西方已经有一百多年的历史了,而当代西方人对中国开始有比较全面深入的了解,也就是最近这短短的二三十年的时间罢了。具体而言,从鸦片战争时期起,西方列强已经开始进入中国并带来了西方文化,从清末民初起中国人更是兴起了积极主动学习西方文化的热潮。与之形成对照的是,西方国家开始有比较多的人积极主动地来认识和了解中国文学、文化,就是最近这二三十年的事。这种时间上的差别,使得我们拥有丰厚的西方文化的积累,我们的广大读者也都能较轻松地阅读和理解译自西方的文学作品和学术著作,而西方则不具备我们这样的条件和优势,他们更缺乏相当数量的能够轻松阅读和理解译自中国的文学作品和学术著作的读者。从某种程度上而言,当今西方各国的中国文学作品和文化典籍的普通读者,其接受水平相当于我们国家严复、林纾那个年代的阅读西方作品的中国读者。我们不妨回想一下,在严复、林纾那个年代,我们国家的西方文学、西方文化典籍的读者是怎样的接受水平:译自西方的学术著作肯定都有大幅度的删节,如严复翻译的《天演论》,译自西方的小说,其中的风景描写、心理描写等通常都会被删去,如林纾、伍光建的译作。不仅如此,有时整部小说的形式都要被改造成章回体小说的样子,还要给每一章取一个对仗的标题,在每一章的结尾处还要写上“欲知后事如何,且听下回分解”,等等。更有甚者,一些译者明确标榜:“译者宜参以己见,当笔则笔,当削则削耳。”[①]明乎此,我们也就能够理解,为什么当今西方的翻译家们在翻译中国作品时,多会采取归化的手法,且对原作都会有不同程度甚至大幅度的删节。

时间差这个事实提醒我们,在积极推进中国文学、文化走出去时,现阶段不宜贪大求全,编译一本诸如《先秦诸子百家寓言故事选》《聊斋志异故事选》《唐宋传奇故事选》也许比花了大力气翻译出版的一大套诸子百家全集更受当代西方读者的欢迎。有人担心如此迁就西方读者的接受水平和阅读趣味,他们会接触不到中国文化的精华,

---

① 谢天振:《译介学》(增订本),南京:译林出版社,2013.

读不到中国文学的名著。这些人是把文学交流与文化交际与开设文学史课和文化教程混为一谈了，想一想我们当初接受西方文学和文化，难道都非得是从荷马史诗、柏拉图、亚里士多德开始的吗？

所谓语言差，指的是操汉语的中国人在学习、掌握英语等现代西方语言并理解与之相关的文化方面，比操英、法、德、西、俄等西方现代语言的各西方国家的人民学习、掌握汉语要来得容易。这种语言差使得我们国家能够拥有一批精通英、法、德、西、俄等西方语言并理解相关文化的专家学者，甚至还有一大批粗通这些语言并比较了解与之相关的民族文化的普通读者，而在西方我们就不可能指望他们也有许多精通汉语并深刻理解博大精深的中国文化的专家学者，更不可能指望有一大批能够直接阅读中文作品、能够轻松理解中国文化的普通读者。

语言差这个事实告诉我们，在现阶段乃至今后相当长的一个时期里，在西方国家中国文学和文化典籍的读者注定还是相当有限的，能够胜任和从事中国文学和文化译介工作的当地汉学家、翻译家也将是有限的，这就要求我们在推动中国文学、文化走出去的同时，还必须关注如何在西方国家培育中国文学、文化的接受群体的问题——近年来我们与有关国家互相举办对方国家的"文化年"即是一个相当不错且有效的举措，还必须关注如何扩大国外汉学家、翻译家的队伍问题，关注如何为他们提供切实有效的帮助，从项目资金到提供专家咨询、配备翻译合作者等。文学、文化的跨语言、跨国界传播是一项牵涉面广、制约因素复杂的活动，决定文学译介的效果更是有多方面的原因，但只要我们树立起正确、全面的翻译理念，理解译介学的规律，正视中西文化交流中存在的"语言差""时间差"等实际情况，树立起正确的指导思想，那么中国文学和文化就一定能够切实有效地"走出去"。

中国文学走出去靠什么

赵　勇

让中国文学走出去，近年来似乎已成某种共识。中央政府很着急，近日召开的“作代会”与“文代会”就有相关表述；文学圈内的人也很焦虑，有代表甚至建议：是否可以考虑选拔一些语言功底好的青少年，到世界各大语种地区去学习、生活，培养他们成为优秀的翻译家、作家。[①] 与此同时，一些地方也正在把这件事情落到实处。比如，我所任职的文学院，近年已启动“中国文学海外传播工程”。我参加过几次相关的会议，总的感觉是很好很强大，中国文学走向世界似乎已指日可待了。

但来自种种渠道的消息表明，中国文学走出去的形势不容乐观。在去年的一篇报道中何建明说道：作家出版社 5 年出版了 170 部外国作品，而促成走向国际的中国文学只有 5 部。美国翻译家白睿文则介绍：2009 年，全美国只出版了 8 本中国小说，仅占美国外国文学总数的 4%。[②] 阎连科近日(2011 年 11 月 20 日)发微博说：“参加美国迈阿密书展，一如中国以为自己是大国强国，却又不得不在世界舞台上扮演配角之角色，中国当代文学以为自己了得，也同样在世界文

① 参见《文代会代表：培养跨文化人才 让中国文学走出去》，http://culture.people.com.cn/GB/22219/16386808.html.

② 孟晓光：《理智看待中国文学走向世界》，http://culture.people.com.cn/GB/12798094.html.

学中小媳妇样羞涩躲闪。”[1]毕飞宇出国，被西方记者问的最多的问题是：中国的文学是不是已经走向世界了？他只好老实回答说：“还没有。”[2]

于是有必要追问，究竟是什么原因阻碍或延缓了中国文学走出去的步伐？估计答案有很多。有人可能认为是“送”的力度不够。因为以往我们侧重于“拿来”，如今国力强大了，我们便觉得有了“送去”的资本，于是有了“送去主义”。但我很怀疑这样的“送”究竟能有多大效果，甚至会不会遭人反感。设身处地想一想，我们“拿来”时是从我们的需要出发的，自然也经过了我们的选择。但我们“送去”时问过人家需要什么样的文学产品吗？如果“送”出去的东西不合人家口味，那大概就只能落入“不送白不送，送了也白送”的窠臼了。所以，依我之见，如何由我们的“送去”变为他们的“拿来”，实为关键。

还有人认为主要是翻译原因。比如，若是遇上了一个二五眼翻译，再好的作品被蹂躏一遍之后也会变得惨不忍睹。号称中国现当代文学“接生婆”的美国翻译家葛浩文(Howard Goldblatt)曾举例说：有一年，夏威夷大学出版社的编辑曾交给他一份《废都》的译稿，让他看看能否修改得像样一些。葛浩文读后觉得完全是一堆文字垃圾。原来此稿是一位在美留学的中国博士生翻译的，英文水平非常差。结果《废都》的英译本始终没有面世。[3] 但问题是，除了翻译原因还有没有别的原因呢？如果没有别的原因，为什么葛浩文会觉得“这本书有点乏味”呢？

所以我想，除了种种技术层面的原因外，一定还有更本质的原因。这个本质原因是什么？说白了其实很简单：我们的文学作品是否足够好，那里面是不是蕴含着一种共同的价值观。

让我对以上观点稍作解释。今年 6 月，莫言在接受记者采访时指出：过去我们当代文学政治意向太重，作品里的人物形象大多趋于扁平化，因此很难产生一流的作品。中国当代文学想要获得国外读

---

① 参见 http://t.qq.com/p/t/69605078550115.

② 参见何碧玉、毕飞宇：《中国文学走向世界的路还很长……》，http://www.eeo.com.cn/2011/0520/201847.shtml.

③ 张英：《葛浩文谈中国文学》，《南方周末》2008 年 3 月 26 日。

者青睐，必须打破过去局限的立场，站在人类共同的立场上，去表现普遍人性。真正世界性的文学作品必须表现普遍的人性，才能引起世界各地读者的共鸣。[①] 这个观点我基本同意，但我觉得还可以在“表现普遍人性”的基础上再向前走一步，变成一种文学的共同的价值观。

任何文学都有价值观，但它有共同的价值观吗？我觉得有。那些伟大作家的文学作品，不仅会呈现其独特的文学价值观，而且这个价值观在走出国门时一定是能拿得出手的。托尔斯泰、鲁迅这种作家的例子不举也罢，仅以获得“诺奖”的作家为例，这个问题便能够得到说明。略萨 2011 年来中国演讲时指出：萨特与福克纳对他影响很大，“萨特的书对我就像《圣经》一样。他强调文学应该具有社会责任，是一种行动的方式，不应该脱离社会和政治。这些话铿锵有力。萨特认为通过语言、文字去行动，可以对人们产生引导和影响，小说不能言之无物，空洞没有思想。”[②]像这样的思考与说辞，就蕴含着共同的价值观。一旦它们内化于文学，文学便有了魅力，也有了力量。

想一想最近十年中国当代文学的输出，不能说其中没有好作品，但一些作品在国外赢得名声，却是因为别的原因，而与共同的价值观并无干系。比如，《上海宝贝》在国外走俏，其原因是作品在国内没有出版。而国外出版商往往认为，只要是未出版之书，便有了商业卖点。再比如，《狼图腾》的版权曾被卖到十多个国家，版权贸易成交总金额曾达 110 万美元，英文翻译则由葛浩文担纲。这本书动静闹得如此之大，却不过是国内出版社强力推销的结果。《上海宝贝》是否与共同的价值观沾亲带故不需要我多说，单说《狼图腾》出版后，引起了一些批评家的批评。李建军认为：此书体现着“一种具有侵略性质和法西斯主义倾向的文化情绪和价值主张：以狼为师，率兽食人，只求成功，不讲道义”[③]。如果此说成立，《狼图腾》就不光是背离了共

① 参见《著名作家莫言：中国文学走向世界须表现普遍人性》，http://www.chinanews.com/cul/2011/06－25/3136866.shtml.

② 《巴尔加斯·略萨：为文学正名》，http://www.people.com.cn/h/2011/0622/c25408－3430238569.html.

③ 李建军：《送去主义与“狼图腾”崇拜》，见《文学的态度》，北京：作家出版社 2011 年版，第 54 页。

同的价值，而且还在与共同的价值观相对抗。但这样的文学却大摇大摆地走出了国门。

有人可能会说，没有共同的价值观，中国文学不是也走出去了吗？而我想到的则是，即便这种文学走向了世界又能怎么样呢？答案可能是，西方读者或者会看笑话，或者会说：你瞧，中国文学就是这德性。

中国文学海外传播的几组辩证关系

姜智芹

中国文学的海外传播是影响国家文化软实力的重要因素，目前已成为学术研究的热点。对于中国文学海外传播的现状、机制、瓶颈、认识误区、策略建议等，学术界已有见仁见智的论述。本文从几组辩证关系——传播现状中的逆差与顺差、译介主体的送与拿、海外接受中的小众与大众、域外诠释中的偏好解读与全面解读，结合作家作品传播的个案，对中国文学海外传播中存在的问题作一管窥式探讨。

一、传播现状：逆差与顺差

我国的文化产品贸易一直处于逆差状态，也就是说对外文化交流与传播中存在着赤字现象。据《中国版权年鉴》统计，多年来，我国的图书进出口比例约为10：1，而且出口的图书主要销往亚洲国家和中国的港、澳、台地区，面对美、英、德、法、加拿大等欧美主要发达国家的逆差则达到100：1以上。尽管近年来在中国政府积极对外推广的努力下逆差有所缩小，但总的来看逆差现象仍然存在。相关统计数字表明，2008年，我国文化产品引进与输出的比例是7：1，原新闻出版总署发布的《2010年新闻出版产业分析报告》显示，2009年全国版权贸易引进与输出的比例缩小到3.3：1，2010年降至2.9：

1，2011年制定的《新闻出版业“十二五”时期发展规划》要在“十二五”时期实现版权引进与输出2∶1的比例。不过，未来一段时间内，中国图书版权输入与输出的逆差还将难以消失。在历届北京国际图书博览会上，外版图书都“炙手可热”，国内各家出版社和个体书商争相把购买国外图书版权作为重头戏。而争抢外版图书的结果不仅使版税节节攀升，极大地挤压了利润空间，也使逆差蔓延滋长。

文化传播逆差的一个直接表现是文化交流事实上的不平等，导致逆差方的文化信息大量缺失，在全球化语境中处于失语状态。同时也导致外国人对中国了解不充分，致使东方主义盛行，形成西方读者的优势心理，对东方文化采取畸形视角，带来东西方文明的冲突。

但也不必因为存在逆差就焦虑、自卑。其一，“这种不平等的交流不仅存在于中国与西方之间，也存在于西方内部，存在于欧洲与美国之间，甚至存在于同种同语的英美之间。”①西方发达国家引进的图书总体来讲数量不大。就美国来说，引进的图书只占美国原创图书的3%。这3%的引进图书再分布到世界上100多个国家，其数量可以想见。

其二，中国图书引进与输出的逆差和“时间差”“语言差”有一定关系。诚如谢天振所言：“要知道，中国人积极主动地译介西方文化至今已经持续了一百多年的历史了，而西方人对中国开始有比较全面深入的了解，也就是中国经济崛起的这二三十年的时间。另一方面，操汉语的中国人在学习、掌握英语等现代西方语言并理解与之相关的文化方面，比操英、法、德、俄等西方现代语言的各西方国家的人们学习、掌握汉语及理解相关的中国文化要来得容易。”②文学、文化的输出与域外接受需要较长时间内形成的氛围，需要语言和文化上的接受机制，而在这两方面，中国仍需做大量的工作并等待时机。国外特别是西方世界对中国的犹疑还没有消除，对中国的全面认可还有待时日，对中国文化、文学作品的“拿来”还处在散兵游勇阶段，这都会影响中国文学在海外的传播。再者，目前英语的强势态势与主

---

① 李洱：《中国文学海外传播的瓶颈》，《社会科学报》2011年7月7日。

② 傅小平：《中国文学“走出去”：亟须跨越认识误区》，《文学报》2012年12月20日。

导地位是汉语难以匹敌的。英语在 21 世纪已成为全世界通用的语言。据预测，到 2050 年，世界上将有一半的人口英语达到熟练应用的程度。相比之下，全球讲汉语的人数虽然不少，但那是基于中国在世界人口中的比重大，真正说汉语、识汉字的外国人并不多。对一国的语言不掌握、不了解，会影响到对该国文学、文化的引进与接受的主动性。"时间差"和"语言差"提醒我们在中国文学的海外传播方面不仅要打攻坚战，还要打持久战。

其三，中国存在着图书输出与引进的逆差也有其合理性。中国要拿来的是全世界的先进文化，以一国之力面对全世界的文化精华，存在逆差是正常现象，并不是什么不光彩的事情，我们不能以一国的文化去和全世界做平衡、对等，甚至一定要顺差。而且，中国作为一个发展中国家，承认逆差就意味着认识到了差距，认识到差距就有了前进的动力。如此，不利因素遂变成了促动性力量。当然，逆差的合理性和造成逆差的诸多客观因素并不能成为懈怠中国文学海外传播的理由，我们的目标是不断扩大中国文学在海外的传播面和影响力。

二、译介主体：送与拿

中国文学海外传播的途径从宏观上说有两种：一是"送"，二是"拿"。"送"的主体是中方，是自我传播；"拿"的主体是外方，是他者传播。

"送"主要体现为国家的支持和政府的努力，这种支持和努力在新中国成立之初就开始了。1951 年创刊的《中国文学》杂志及时、系统地向海外翻译、介绍了一大批中国古代、现当代文学作品。据统计，在《中国文学》存续的 50 年里，共出版 590 期，介绍作家、艺术家 2000 多人次，译载文学作品 3200 篇。[①] 1981 年开始出版的"熊猫丛书"承继《中国文学》的宗旨，主要用英、法两种语言推介中国文学作品，出版图书 190 多种，发行到世界上 150 多个国家和地区。一大批中国现当代作家都在"熊猫丛书"出版过专辑，开启了他们走向世界

① 徐慎贵：《〈中国文学〉对外传播的历史贡献》，《对外大传播》2007 年第 8 期。

的文学之旅。

21世纪以来，中国政府多措并举，进一步加大中国文学海外推广的力度。2003年中国新闻出版总署提出新闻出版业“走出去”战略。2004年国务院新闻办公室与新闻出版总署启动“中国图书对外推广计划”，成立“中国图书对外推广计划”工作小组，每年召开专门会议，出版《“中国图书对外推广计划”推荐书目》。2006年，中国作家协会推出“中国当代文学百部精品译介工程”，2009年开始实施“经典中国国际出版工程”，并全面推行“中国文化著作翻译出版工程”。总而言之，把中国文学推向海外是由政府主导的宏大文化工程，是“送”出去的主体部分。

除了“送”之外，国外的汉学家、中国文学研究者与爱好者的“拿”是中国文学海外传播的另一主渠道。与“送”出去的相比，“拿”来的范围更广，取得的实绩更突出。不仅四大名著被译成世界上多种语言，由汉学家翻译出去的中国当代文学作品在数量上亦蔚为大观。新时期的作品从伤痕文学、反思文学、改革文学，到寻根文学、先锋小说等，都得到了译介。《伤痕：描写“文化大革命”的新小说，1977—1978》①收录了卢新华、孔捷生、刘心武等作家的作品，《新现实主义：“文化大革命”之后的中国文学作品集》②收入了“反思文学”和“改革文学”的作品，《春笋：中国当代短篇小说选》③是一部“寻根文学”作品集，《中国先锋小说选》④收入了格非、余华、苏童、残雪、孙甘露、马原等人创作的先锋小说。

英语世界对中国女作家特别是新时期的女作家颇为关注。《玫瑰色的晚餐：中国当代女作家新作集》⑤《恬静的白色：中国当代女作

---

① Geremie Barmé and Bennett Lee(eds.), *The Wounded: New Stories of the Cultural Revolution*, 77—78. Joint Publishing Co., 1979.

② Lee Yee (ed.), *The New Realism: Writings from China After the Cultural Revolution*, Hippocrene Books Inc. 1983.

③ Jeanne Tai (ed.), *Spring Bamboo: A Collection of Contemporary Chinese Short Stories*, Random House, 1989.

④ Wang Jing (ed.), *China's Avant-Garde Fiction: An Anthology*, Duke University Press, 1998.

⑤ Nienling Liu et al(trans.), *The Rose Colored Dinner: New Works by Contemporary Chinese Women Writers*, Joint Publishing Co., 1988.

家之女性小说》①《我要属狼：中国女性作家的新呼声》②《蜻蜓：20 世纪中国女作家作品选》③《红色不是唯一的颜色》④等收入了谌容、张洁、张抗抗、宗璞、茹志鹃、王安忆、张辛欣、铁凝，蒋子丹、池莉、陈染等作家的作品。

以上的列举仅是英语世界译介中国当代文学的沧海一粟，还有根据地域、专题、时间段等编选的各种合集译本。中国当代作家的作品单行本也在国外得到大量译介，一批汉学家为中国文学的海外传播做出了卓越贡献。被誉为中国现当代文学首席翻译家的美国汉学家葛浩文翻译了萧红、杨绛、张洁、贾平凹、刘恒、苏童、王朔、李锐、朱天文、阿来、毕飞宇、张炜等一大批中国现当代作家的作品。葛浩文尤其是莫言的旷世知音，用他的生花译笔把莫言的大多数作品带到英语读者面前。另一位美国汉学家白睿文翻译了王安忆的《长恨歌》、余华的《活着》、叶兆言的《一九三七年的爱情》等作品。英国汉学家蓝诗玲翻译了包括韩少功的《马桥词典》、朱文的《我爱美元》、阎连科的《为人民服务》、张爱玲的《色·戒》、《阿 Q 正传及其他中国故事——鲁迅小说全集》等在内的大量中国现当代作品。法国汉学家安妮·居里安翻译了陆文夫的《美食家》《井》，韩少功的《山上的声音》《诱惑》《女女女》《鞋癖》，以及汪曾祺、王蒙、张承志、张抗抗、范小青、王安忆、史铁生、李锐、高行健、何士光、王小波等人的作品。德国汉学家顾彬将茅盾、丁玲、巴金、鲁迅等人的小说以及北岛、杨炼等人的诗歌译介给了德国民众。

作为中国文学海外传播的两大主渠道，“送”与“拿”的目的、原则以及由此带来的接受效果并不一致。《中国文学》译介的目的是展现中国文学发展的脉络和创作实绩，通过文学作品展现新中国的社会

---

① Zhu Hong(ed.), *The Serenity of Whiteness: Stories by and about Women in Contemporary China*, Ballantine Books, 1991.

② Diana B. Kingsbury (trans.), *I Wish I Were a Wolf: The New Voice in Chinese Women's Literature*, New World Press, 1994.

③ Shu-ning Sciban and Fred Edwards(eds.), *Dragonflies: Fiction by Chinese Women in the Twentieth Century*, East Asia Program, Cornell University, 2003.

④ Patricia Sieber (ed.), *Red Is Not the Only Color: A Collection of Contemporary Chinese Fiction on Love and Sex Between Women*, Rowman & Littlefield Publishers, 2001.

现实和人民生活，因此在选材时倾向于那些彰显中国文化中主流价值取向、强调伦理道德规范、传达正面中国形象的作品。“熊猫丛书”的选本很多时候考虑到主流意识形态，一些非现实主义的作品难以得到译介。鉴于意识形态方面的考虑，“送”出去的作品没有把中国文学在美学层面的独特贡献和国外读者内化了的阅读、接受机制放在首要位置，因而其接受效果并不理想。翻译理论家谢天振指出，近些年为推进中国文学“走出去”做了不少努力，但一直没有达到预期的效果：“譬如，我们以国家、政府的名义，编辑发行英、法文版的《中国文学》月刊，以向外译介中国文学和文化，翻译、出版介绍中国文学作品的‘熊猫丛书’，还有国家有关领导部门组织翻译出版的达 200 种之多的英译中国文学、文化典籍的《大中华文库》等。其效果都不尽如人意。”①

“拿”虽然也难免意识形态因素，比如是否体现了拿来者心目中所想象的富有情趣而不失神秘的东方化的中国，但“拿”考虑了译入语读者的需求、喜好和接受心理，是经过本土文化过滤后在甄别的基础上挑选出来的。“拿”来的东西通常认为是安全的，有价值信任度的。有鉴于此，南京大学许钧教授说道：“我觉得我们最好不要急着去送，而是建设自己，壮大自己，让人家自己来拿。”②事实上，只有拿来者知道他们究竟想要什么。“拿”和“送”的效果有时有着显著的差别。杨宪益夫妇和戴维·霍克斯翻译的《红楼梦》都堪称高水平的英译本，但前者是“送”出去的，其接受主要局限于学院之内，而后者作为主动“拿”来的产物，在西方广泛接受。同样，中国新时期作家像莫言、苏童、余华、王安忆等之所以在域外产生较大影响，和“拿”来有很大关系。特别是莫言能够获得 2012 年的诺贝尔文学奖，汉学家们的“拿”来翻译有不可磨灭的功劳。

为什么“送”去和“拿”来的文学作品在接受上有如此大的差别？这是因为“拿”来更符合文学输出的本质。“历史上但凡文学艺术的所谓输出，大多数时候本质上是接受者自己主动地去‘拿来’，历史上

① 傅小平：《中国文学“走出去”：亟须跨越认识误区》，《文学报》2012 年 12 月 20 日。
② 舒晋瑜：《中国文学走出去，贡献什么样的作品》，《人民日报》(海外版)2013 年 2 月 26 日。

东亚的日韩诸国对中国文化的长时期持续接受是如此,近代以来中国对西方文学的大规模翻译和接受也是如此。"[①]当然,这么说也不是要否认"送"出去的意义和价值。在文学、文化的输出方面,"送"是必要阶段,"拿"是理想状态,主动"送"出去是为了别人心甘情愿地来"拿",光靠"送"完不成文学交流的任务。

三、海外接受:小众与大众

中国文学海外传播的成功与否最终要落实到实际的传播效果上,在于能否走进海外大众的内心深处,也即更依赖于海外读者的接受与认同。中国作家的作品如果不能真正进入其他国家的主流文化和图书市场,不能进入商业运作而局限于国外少数大学出版社,不能突破汉学界的小圈子而局限于汉学家曲高和寡式的研究和大学校园内的阅读,那就不能说是真正走向了世界。

目前中国文学在海外的接受主要局限于学术层面,显得比较边缘化、小众化,缺乏系统性,难以进入西方主流社会话语的阅读与研究层面,传播效应有限,没有广泛的读者群,社会反响总体来看不大。这一点与外国文学在中国文学界的接受与影响形成强烈对比。如果说中国对外国文学的阅读已走向了大众层面的话,中国文学在海外的接受尚处在小众范围。中国读者对外国作家特别是西方的现当代作家了如指掌,西方读者对中国当代作家却所知甚少,他们对中国文学的认知还停留在《西游记》《三国演义》《红楼梦》等经典名著上,这是不争的事实,也是汉学家和中国作家的共识。美国汉学家葛浩文说:"现在,当代中国文学的翻译比以前多了,但是,这是不是意味着读者群同时也在扩大……这很难说。"[②]英国汉学家蓝诗玲说:"尽管媒体对中国多有关注,尤其是政治经济方面,但几十年来,中国文学的翻译作品对母语为英语的大众来说始终不易被接受。你若到剑桥这个大学城浏览其最好的学术书店,就会发现中国文学古今所有书

---

① 陈跃红:《扩容与融入:简论中国文学海外传播的某些观念误区》,第 228 页,"中国文学海外传播"国际学术研讨会会议论文,2011 年。

② 葛浩文:《从翻译视角看中国文学在美国的传播》,《中国社会科学报》2010 年 2 月 23 日。

籍也不过占据了书架的一层而已，其长度不足一米。”[①]身为被译介主角的中国新时期作家同样有此感受。苏童说：“中国文学在海外是很边缘的。”[②]余华说自己的作品在西方国家“只能说出版了而已，没有说多受欢迎”[③]。

当然也不是说中国文学没有走入国外主流话语和大众视野的。像王安忆的《长恨歌》译成英文就让她走出汉学家的小众群体，来到了美国文化精英面前。《纽约时报》（*New York Times*）、《当代世界文学》（*World Literature Today*）、《出版者周刊》（*Publisher Weekly*）、《芝加哥论坛报》（*The Chicago Tribune*）等美国主流媒体都予以关注，登载评论文章，赞赏王安忆的写作技巧，对她在小说中表现出来的怀旧主题、女性体验和对日常生活的描绘产生共鸣。再如，《狼图腾》创造了中国文学走向世界的奇迹。据统计，《狼图腾》已被译成世界上 30 多种语言，在全球 110 个国家和地区发行，获得美国的《纽约时报》《时代周刊》，英国的《泰晤士报》《卫报》，德国的《明镜周刊》《德意志报》等西方主流媒体的评论。

不过，少量中国文学作品走进海外的主流话语和大众视野并不能掩盖中国文学在国外小众圈子里传播的现实。在扩大中国文学海外传播的同时，我们也要注意扩大海外读者对中国文学的接受范围，培养潜在的海外读者群。在这方面有两点可为。一是通过在海外的孔子学院和高校中开设中国文学和中国文化之类的选修课程，为海外的年轻读者提供中国文学启蒙教育，培养他们对中国文学的兴趣，引导他们阅读中国文学作品。二是在翻译出去的文学作品中加强序和跋的作用，不仅在序和跋里向域外读者展现作家鲜活的面影，还要对故事的背景、人物、情节、主题做简洁、活泼的介绍。将序和跋作为作者、译者、读者和评论者之间诠释与接受的重要载体，充分发挥其“第一印象”的门户作用，使作品更容易获得海外读者的接受与认同。

---

① 《海外译介难进主流市场　中国文学何时真正走向世界》，http://www.gmw.cn/content/2010－08/17/content_1217867_4.htm.

② 田志凌：《当代作家如何“走出去”?》，《南方都市报》2006 年 4 月 3 日。

③ 同上。

四、异域诠释:偏好解读与全面解读

文学的重要特征是审美,在域外的中国文学诠释中,本应将经验的异质性和美学的独特性作为重心,用心去体察中国故事中所体现的共同的价值与人文精神,感受中国文学作品所传达的那些人同此心、心同此理的东西。但中国文学在国外的诠释却被过度政治化了,当成一扇了解中国社会的窗口,其独特的本土经验、美学价值反而被忽视、弱化。

不可否认,文学担负着政治使命,特别是在中国。自晚清以来,文学就被委以建设现代民族国家的重任,被视为启蒙的武器、革命和改革的利器。但西方对中国表述意识形态的作品又非常的排斥,用汉学家葛浩文的话说,他们喜欢的是"讽刺的、批评政府的、唱反调的作品"[①],用国内学者的话讲:"是否是本国文化的批判者和政治上的异见人士,是他们取舍的首要依据。"[②]基于意识形态方面的原因,西方国家对中国当代的"禁书"十分感兴趣。阎连科的《为人民服务》在国内被禁后,西方很快就出版了该书的英译本,并在封面上写着"Banned in China""The Sexy Satirical Sensation"等醒目的字眼。同样,《上海宝贝》在大陆被禁后,西方出版社臆想其中隐藏着巨大商机,购买版权并大批量印刷发行。即便是一些在国内公开出版的热销书,译成英语出版后也被刻意政治化。比如《狼图腾》,西方评论中首先突出其作者不愿见媒体、多次入狱、知青生活等经历。这种政治层面的渲染和挖掘无非是要告诉西方读者《狼图腾》是一部能引起他们阅读期待的小说。

不仅如此,西方国家在阐释译介到海外的中国文学作品时,也倾向于运用政治诠释的思维定势。葛浩文认为"莫言的《天堂蒜薹之歌》以激越的元小说形式,暴露了地方官员的贪污腐败"[③]。"《酒国》

---

① 罗屿:《葛浩文:美国人喜欢唱反调的作品》,《新世纪周刊》2008 年第 10 期。

② 张清华:《身份困境或价值迷局——中国当代文学的世界处境》,《文艺争鸣》2012 年第 8 期。

③ Howard Goldblatt, "Mo Yan's Novels Are Wearing Me Out," *World Literature Today*, Jul. /Aug. 2009.

更是对中国当代社会的尖锐批评……莫言以拉伯雷式的风格对中国社会的某些方面进行了批评和讽刺。"[①]余华的《许三观卖血记》被视为"详细描写了当代中国最动荡年代里的混乱以及生命的脆弱"[②]。贾平凹的《浮躁》则"融史诗、爱情和政治寓言于一体,让读者置身于一个《易经》和《毛泽东选集》和谐共处的世界,最狂热的理想和诱惑、放荡、政治交织在一起"[③]。就连王安忆刻意隐去历史和政治大叙事的《长恨歌》,西方诠释者也牵强附会地予以政治性解读。英文网络版杂志《对话季刊》登载的一篇评论文章认为王安忆自始至终都在用一种委婉、隐晦的方式展开政治批评,流言是"对女性世界的一种去政治化的控制","展示了一种与李主任迥然不同的权势",而且这种"去政治化的控制"和"权势""常常体现在中国当代的变革和政治运动中"。[④] 国外研究者与读者的这种政治指向性诠释使得对传播过去的中国文学的理解变得走样、走调、褊狭。

通过译介到海外的文学作品了解中国社会是域外研究者的另一诠释偏好。汉学家葛浩文这样评价西方世界对中国当代作家的接受:"人们阅读他们的作品,一来是为了欣赏他们的文学才华,二来是为了通过他们的作品来了解当代中国社会。"[⑤]美国俄克拉荷马大学孔子学院理事长、文理学院院长博文理(Paul Bell)表示:"我的梦想是为西方了解东方、为世界了解中国、为美国人民更好地了解中国人民打开一扇窗,通过这扇窗去看一看当今真实的中国,了解生活在这片土地上的人民——而了解一种异己文化以及这一文化构架中的人的观点和动机,最好的渠道之一就是文学。"[⑥]中国作家同样有此感

---

① Howard Goldblatt, "Mo Yan's Novels Are Wearing Me Out," *World Literature Today*, Jul/Aug 2009.

② Yu Hua, *Chronicle of a Blood Merchant*, trans. Andrew F. Jones, back cover. Pantheon Books, 2004.

③ Jia Pingwa, *Turbulence*, Howard Goldblatt (trans. , inside front and back cover. Louisiana University Press, 1991.

④ Gregory McCormick, "The Song of Everlasting Sorrow by Wang Anyi, " The Quarterly Conversation, http://quarterlyconversation.com/the－song－of－everlasting－sorrow－by－wang－anyi－review.

⑤ 葛浩文:《从翻译视角看中国文学在美国的传播》,《中国文化报》2010 年 1 月 25 日。

⑥ 刘莉娜:《当代文学如何让海外读者摘下"眼镜"》,《上海采风》2011 年第 7 期。

受。李洱的长篇小说《石榴树上结樱桃》译成德文后在德国图书市场大受欢迎，他从出版社和翻译那里了解到的原因之一是："许多德国人对中国农村的了解，是通过那些来过中国的传教士写的书。当他们看到这本书的时候，非常惊讶中国乡村已经深深卷入全球化进程了，他们想知道这里面到底发生了什么。"[①]铁凝也发表过类似的感想："在和外国作家、汉学家的交流中，很多外国朋友都谈到，他们对表现中国现实生活的作品有特殊的兴趣，他们在生活中通过'MADE IN CHINA'时刻意识到中国的存在，他们想知道在中国这片土地上正在发生什么，想知道中国人的的生活、心灵、感受和梦想。"[②]事实也的确如此，那些作品译介到海外较多、在国外受到欢迎的作家，和他们在作品中对中国当代社会的书写有一定关系。比如余华在"文化大革命"、市场经济等典型中国环境中塑造的福贵、许三观、李光头、宋钢等典型中国人物，成为西方人了解中国的一扇窗口。余华的《兄弟》译成法文后，法国《十字架报》指出："从'文化大革命'的残酷到市场经济的残酷，余华涤荡了近年来的历史……为了解当今的中国，慷慨地打开了一扇门。"[③]再比如王安忆的《长恨歌》在西方获得认可的一个重要原因是小说提供了上海的一个个速写，使西方读者得以管窥中国的城市生活和历史变迁。

不过，随着中国当代文学创作水平的提高和国外研究者思维定式的消解、解读偏好的扭转，海外对中国文学的研究整体上已由意识形态向文学审美回归，从社会学材料向文学作品回归，由单向度走向多元化。尽管如此，我们也不能过分乐观。在国外主流社会对中国文学的接受中，非文学价值受重视的程度要大于文学价值。龙应台通过自己的亲身观察体验，发现"西方对当代中国文学的接纳角度，仍旧是新闻性、社会性、政治性的，还有，观光性的"[④]。显然，海外对中国文学的解读仍然缺乏社会文化上的认同与接纳，他们用心造的

---

① 于翠玲：《宏观背景 出版视角——中国文学海外传播研究的多维思考》，90页，载"中国文学海外传播"国际学术研讨会会议论文，2011年。

② 刘莉娜：《当代文学如何让海外读者摘下"眼镜"》，载《上海采风》2011年第7期。

③ 詹妮弗·威尔卡姆：《受伤的中国景象》，载法国《十字架报》2008年5月29日。

④ 龙应台：《人在欧洲》，62页，北京：三联书店1994年版。

幻象来评判、解读甚至扭曲中国文学作品，离客观、全面的解读还有短时间内无法消除的距离。

中国文学的海外传播是一个系统工程，只有把译介、传播、接受、诠释几个方面的资源和力量整合起来，形成一个流畅的传播链和协同作用的传播场，才能改变中国文学传播现状中的逆差、域外接受的小众局面和诠释中的政治化、资料化偏好，让国外的出版机构争相来“拿”，而不是花大力气但又效果不尽如人意的“送”去。另外，在中国文学的海外传播方面，急躁、求多、求快的情绪也是要克制的，因为文学的海外传播不同于商品出口，它是一个缓慢的过程，世界可能会以百年为周期衡量一个国家的文学，我们要做的是踏踏实实地做好传播链条上的每一个环节。

“走出去”“走进去”与“中国学”建构的文化战略

杨四平

一、文学译介与“走出去”

从现代中国文学走向世界的历史进程来看，粗略地划分，可以把现代中国文学在海外译介、传播和接受分为三个阶段。第一阶段是从晚清到新中国成立之前，此期主要是海外中国学家，包括传教士、留学生、记者、外交官，在从事对外译介现代中国文学的工作，译者队伍不大，且翻译多为自发行为，影响面也比较窄。第二个阶段是建国后至改革开放前，此期国家机构的译介规模大于个人译介规模，文学译介成为对外宣传的一种载体，受制于国内国际政治风云的变幻。第三个阶段是改革开放以来一直到现在，这是现代中国文学对外译介最好的历史时期，文学对外译介的队伍日益壮大、译介的模式日益多样化，译介的成果逐渐丰富，影响的力度也在扩大。总体而言，现代中国文学对外译介的历史不算太长，且时断时续，散兵游勇，所以它的阶段性比较明显，而且在海外产生的影响还十分有限。也就是说，它在海外的文学场域中所积累的文化资本还十分薄弱，乃至西方仍然有人在指责现代中国文学是些陈词滥调的、拾人牙慧的、落伍过时的通俗书写。比如著名的东方主义学者詹姆逊就如此不屑一顾地说：“第三世界小说不会带给我们阅读普鲁斯特或乔伊斯时的满足感；或许更糟糕的是，这些小说反而提醒我们它们不过是我们第一世界文化发展的过时阶段，于是我们不得不得出结论‘第三世界作家现在仍然是像德莱塞或舍伍德·安德森那样写作’”[①]。这种状况表明，西方对现代中国文学还相当隔膜。

近年来，文学界、文化界和学术界都在谈论现代中国文学如何“走出去”的问题。有人主张“渠道为王”，有人主张“媒体为王”，有人主张“资金为重”，但更多的人认同“内容为本”。虽然大家的着眼点和出发点不尽相同，但相对而言话题大都聚集于“走出去”的路径与介质，即出版、版权和产品“走出去”的三条路径以及纸介、数字、网络和影像传播。总之，现代中国文学“走出去”的途径和介质是多种多样的。

从晚清陈季同、曾朴那里开始一直到当下，为什么人们要乐此不倦地提出现代中国文学“走出去”的话题呢？难道它们从未“走出去”吗？难道它们从来就没有参与世界文学发展的进程吗？远的情况不说，单从2000年出版了50年之久的《中国文学》刊物的停刊和出版了20年的“熊猫丛书”的停印这件事情上看，在诸种不合历史事实的提法背后，其实有它们自身的合逻辑性。这就是，尽管现代中国文学早就开始了在海外传播与接受的历程，但是由于语言的、历史的、政治的、经济的和交流方面的原因，其量与质一直都不理想。然而，随着全球化的全面来临，随着当代中国的强劲崛起，随着现代中国文学的日臻成熟，现代中国文学渴望能够强劲地、持续地、有效的“走出去”，期盼能够得到国际社会和世界文坛的普遍认同与有效接受，就显得比以往任何历史时期尤为急迫。对此，国内不少学者发表了他们的高见，如胡志挥的《谁来向国外译介中国作品》[②]、肖惊鸿的《把中国文学推向世界》[③]、王勇的《中国文学译介阵地丢失的文化反思

---

① Fredric Jameson, “Third-World Literature in the Era of Multinational Capitalism”, *Social Text*, No. 15, Autumn, 1986, pp. 65—88.

② 胡志挥：《谁来向国外译介中国作品——为我国英语编译水准一辩》，《中华读书报》2003年1月29日。

③ 肖惊鸿：《把中国文学推向世界——经济全球化语境下中国文学译介的现状和问题》《文艺报》，2003年4月17日。

与对策》[①]、潘文国的《译入与译出》[②]、徐慎贵的《中国文学出版社"熊猫丛书"简况》[③]、谢天振的《谁来向世界译介中国文学与中国文化?》[④]、胡德香的《对译入译出的文化思考》[⑤]、王恩冕的《从母语译入外语:东亚三国的经验对比》[⑥]、唐述宗和何琼的《文化全球化背景下的"东学西渐"》[⑦],等等。学界的这些热议,足见现代中国文学"走出去"的命题已经引发了人们的新一轮深思。

现代中国文学"走出去",首先遭遇到的"瓶颈"是语言和文化问题。然而,在很多人看来,这仅仅是一个翻译问题。翻译学的学者特别注重翻译在推动现代中国文学走向世界中所发挥的重要作用。王宁认为,通过对外翻译中国文学,能够助力于中国文学走向世界,重塑中国的文学大国形象。[⑧] 胡志挥从语言的角度说:"只要翻得好,编得好,市场就不愁"[⑨]。其实问题并非如此简单和乐观。现代中国文学翻译的问题通常又派生出西方心态、中国文本和翻译技术等方面的问题。具体来说就是,第一,在西方强势话语影响下,不少欧美学者、作家、诗人认为,文学不可译,诗歌更不可译。比如,美国诗人弗罗斯特说的"诗就是翻译中丢掉的东西",就具有代表性。其实,这是英语作为世界通用语对世界其他语种包括汉语及其汉语文学的歧视和否定的别样表现,仿佛只有英语文学才是有价值的文学,代表了世界文学的标准,其他语种的文学可有可无。因此,现代中国文学翻译出去的很少,而且在英语世界所拥有的读者也不是很多。这种英语强势心态严重影响和制约了现代中国文学的翻译、传播与接受。第二,从现代中国文学的文本来看,一些现实主义的作品,故事性很

① 王勇:《中国文学译介阵地丢失的文化反思与对策》,《许昌学院学报》2003年第6期。

② 潘文国:《译入与译出——谈中国译者从事汉籍英译的意义》,《中国翻译》2004年第2期。

③ 徐慎贵:《中国文学出版社"熊猫丛书"简况》,《青山在》2005年第4期。

④ 谢天振:《谁来向世界译介中国文学与中国文化?》,《文景》2005年第5期。

⑤ 胡德香:《对译入译出的文化思考》,《湖南大学学报》2006年第3期。

⑥ 王恩冕:《从母语译入外语:东亚三国的经验对比》,《中国翻译》2008年第1期。

⑦ 唐述宗、何琼:《文化全球化背景下的"东学西渐"——寻求与西方文明的平等对话》,《中国科技翻译》2008年第2期。

⑧ 王宁:《"世界文学"与翻译》,《文艺研究》2009年第3期。

⑨ 胡志挥:《谁来向国外译介中国作品——为我国英语编译水准一辩》,《中华读书报》2003年1月29日。

强的作品，就容易翻译，而一些浪漫主义的作品，抒情的作品，相对就难翻译些；如果从文体上看，诗歌又比小说、散文和戏剧难译些；如果仅仅拿诗歌翻译来说，那些以节奏、语感和气息见长的诗歌又比另一些以词语、理性和事实见长的诗歌难翻译一些。比如，北岛诗歌因为具有“抗磨损性”而被广泛译介就是一个典型案例。第三，从翻译技术上看，不少人停留在传统翻译学领域谈论翻译的“归化”或“异化”问题。所谓“归化”，指“译者所要做的就是让他/她的译作‘隐形’，以产生一种虚幻的透明效果，同时遮掩住其虚幻身份，使译作看上去‘自然天成’，看不出翻译的痕迹”①。联系到现代中国文学作品的翻译，就是指翻译家在翻译现代中国文学作品时，尽量按照“目标语”国家的文化传统、思维方式和语言习惯来翻译，乃至“改写”中文原著，让海外读者最终在译作中感觉不到中国文化、思维和汉语诸如此类异质化的、陌生化的因素，与他们国家作家原创的作品相仿佛，基本上看不出是中国作家创作的作品。所谓“异化”，指“通过干扰目标语文化中通行的方法，来彰显异域文本的差异性”②。它强调最大限度地忠实于原著，以便在翻译中还能保留“源语国”文学作品的原汁原味。质言之，“归化”看重“达”，“异化”看重“信”。目前，在西方认同并流行的是“归化”策略。美国中国学家胡志德高度评价葛浩文采用“归化法”翻译萧红的《呼兰河传》所达到的出人意料的良好效果。他说：“葛浩文的翻译清晰、准确，最重要的是他捕捉到了原作的神韵”，“我觉得在好几个地方，尤其是小说的开头，英译本读起来比原作还要好。实际上，这是我们对于译者所表现出来的出色英语文体风格的敬意”③。

如上所述，不少学者把文学翻译中的“归化”与“异化”对立起来看问题，但是美国的中国学家奚密并没有作如是观，或者说，她放弃执著纠缠于两者的谁是谁非，而是努力调和两者之间的紧张关系，提

① Lawrence Venuti, *The Translator's Invisibility: A History of Translation*, Shanghai: Shanghai Foreign Language Education Press, 2004, p. 5.

② Ibid., p. 20.

③ Theodore Huters, "Book Review: The Field of Life and Death and Tales of Hulan River", *Chinese Literature: Essays, Articles, Reviews*, Vol. 3, No. 1, January 1981.

出了“选择性的亲和”的理想方案。她在《现代汉诗：翻译与可译性》里说，“可译的中国”必须到“选择性的契合”或者说“选择性的亲和”里去寻找。她以现代汉诗为例，颇有见地地指出，首先，译者与其翻译作品之间最明显的契合是它的“新”，即“高度原创性的前卫作品”；其次就是读者、作家、诗人、翻译家与现代中国文学建立在知性与美学共鸣基础上的广泛“接触”。她的结论是：“翻译既不是对‘同’的确认，也不是对‘异’的追求。它是相遇，是亲和，是一种开启新世界的方法。”①

其实，不管是谈“归化”，还是谈“异化”，还是谈“选择性的亲和”，它们还都只是在封闭的纯翻译学的“小天地”里讨论现代中国文学海外译介这一“综合工程”的“大问题”，其视野之狭窄，观念之陈旧，显而易见。也就是说，传统翻译学理论已经解释不了，也解决不了现代中国文学海外译介、传播和接受这类庞杂的问题，比如通常占主导作用的“译入语文化中的诗学、赞助人和意识形态的三大要素”②之类的问题。因为，如果以英语为例，正如翻译家谢天振所言：“我们不仅需要把文本翻译成不错的英文，也要考虑译成英文后的作品如何才能在英语国家传播，被英语国家的读者接受。”③

更有甚者，有不少国家对现代中国文学的译介，还是依靠贩卖“二手货”。这就造成了跨文化传播与接受过程中的以讹传讹的现象。“亚洲文化圈情况较为乐观，英语地区也还尚可，最麻烦的是人们通常认为的‘小语种’地区。在西班牙某大学的一次博士论文答辩会上，精通汉语、西语的教授雷爱琳气愤地发现，学生博士论文引用的西语译文错误百出：‘我爱你到死’被简化为‘我爱你’，‘总是’被译成‘有时候’，一些对仗、夸张的修辞被直白地译出。这些错误使得作品发生了本质变化，从而失掉了其本身的特点。这一现象在小语种翻译中并不少见，一个很重要的原因是，这些翻译并非直接从中文翻

① [美]奚密：《现代汉诗：翻译与可译性》，《“中国文学海外传播”国际学术研讨会会议论文·摘要汇编》，北京：北京师范大学文学院，2011年4月自印，第17—18页。

② Lefevere, André, "Translated Literature: An Integrated Theory", *The Bulletin of the Midwest Modern Language Association*, Vol. 14, No. 1, Spring, 1981, p. 75 in pp. 68—78.

③ 谢天振、王研：《如何向世界告知中国文化》，《辽宁日报》2008年5月9日。

译得到，而是从英译本转译而来。这部分翻译家抱怨，英语世界的读者至少有机会分辨中文作品的好与坏，而他们的选择实在少之又少。基于此，建立一套行之有效的翻译工作机制、培养优秀翻译人才就十分重要。"①"大语种"翻译的问题都没有解决，"小语种"翻译的问题更是难以提上议事日程。由此可见，跨语际翻译的问题的确十分复杂而难解。但是，宿命的是，我们又不得不认真思考并尝试着去解决这些难题。

我们首先要解决的问题是，走出传统翻译学里面的某些认识上的误区和盲区。从"译介学"的视角，分析制约现代中国文学"走出去"的综合因素。与传统翻译研究不同的是，译介学不认为翻译仅仅限于不同语码之间的转换与还原，而是一种译介行为。"它以文学译介为基本研究对象，由此展开文学传播、接受、影响等方面的研究。"②这是 20 世纪 70—80 年代西方兴起的"文化转向"在翻译研究领域所取得的一个重要成果。它突破了纯粹的语言学研究视野，"转而讨论跨越语言界限的文本生产所涉及的诸多因素"③，也就是说，它不再追究"应该如何翻译？""什么是好的翻译？""翻译的原则是什么"诸如此类的老生常谈的问题，而是"把重点放在了一种描述性的方法是，去探索'译本在做什么？它们怎样在世上流通并引起反响？"④美国华盛顿大学伯佑铭教授说："中国国际综合实力、意识形态差异、影视传播、作家交流、学术推动、中国当代文学的地域风情、民俗特色、传统与时代内容，以及独特文学经验和达到的艺术水平等，都是推动当代文学海外传播的重要原因。"⑤质言之，现代中国文学海外传播与接受，不仅仅是如何翻译、翻译得好不好的问题，而是要综合考虑传播与接受过程中内因和外因等方方面面的问题。

---

① 李晓晨：《让优秀的中国文学走向世界》，《文艺报》2012 年 12 月 5 日。

② 查明建：《译介学：渊源、性质、内容与方法——兼评比较文学论著、教材中有关"译介学"的论述》，《中国比较文学》2005 年第 1 期。

③ Suan Bassnett and André Lefevere, *Constructing Cultures: Essays on Literary Translation*, Clevedon & London: Multilingual Matters Ltd, 1998, p. 133.

④ Sherry Simon, *Gender in Translation: Cultural Identity and the Politics of Transmission*, Routledge: London and New York, 1996, p. 7.

⑤ 转引自刘江凯：《本土性、民族性的世界写作——莫言的海外传播与接受》，《当代作家评论》2011 年第 4 期。

文本之外的影响现代中国文学海外传播与接受的因素中，首当其冲的是，传媒的介入与推动。现代中国文学作品的电影化、电视剧化助力了它的海外传播与接受，比如，电影《红高粱》、《白棉花》、《幸福时光》(《师傅越来越幽默》)、《暖》(《白狗秋千架》)、《人到中年》、《活着》、《边走边唱》(《命若琴弦》)、《大红灯笼高高挂》(《妻妾成群》)、《黄土地》(《深谷回声》)、《菊豆》(《伏羲伏羲》)、《秋菊打官司》和电视剧《从森林里来的孩子》(张洁)等。在谈到自己的作品在国外的影响时，莫言毫不讳言地说，客观地讲，有张艺谋的功劳在里面。1987 年，电影《红高粱》在德国得了金熊奖，很多人先是看了电影然后找原著、找作家。20 世纪 80 年代末，不少作家都沾了张艺谋的光。张艺谋的电影开路，后面就是小说跟上去。① 这一点是不容否定的。但是，我们也并不能因此就把电影和电视剧的助力强调到极点。其实真正能持续影响读者的还是小说本身的魅力，像莫言的《酒国》《丰乳肥臀》《生死疲劳》等作品并没有被拍成电影或电视剧，但它们在海外的影响并不比《红高粱》低。尤其是，近年来，域外翻译家、出版社和经纪人开始摒弃意识形态、文化隔膜和流行"跟风"，理性化地、审美地关注中国作家和中国文学，比如，葛浩文对毕飞宇、苏童等作家作品的翻译就是例证。

2000 年 10 月，中国共产党十五届五中全会审议通过《中共中央关于制定国民经济和社会发展第十个五年计划的建议》，提出了"走出去"战略，只不过限于经济"走出去"。在 2007 年 10 月 25 日召开的党的十七大上，胡锦涛在报告中明确提出："加强对外文化交流，吸收各国优秀文明成果，增强中华文化国际影响力。"由此，中国文化"走出去"的国家观念正式形成。在此政治背景下，政府着力推动现代中国文学的对外译介和对外宣传。比如，中国作家百部精品工程，"中国图书对外推广计划"，"中国文化著作翻译出版工程"，中华图书特别贡献奖，北京国际图书博览会，等等。《中国文学》和"熊猫丛书"数十年来在译介现代中国文学的得失经验和教训告诉我们，我们必须改变国家"包办"的译介模式，由"包办"而"引导"：国家给予政策和

① 转见舒晋瑜：《莫言：土，是我走向世界的原因》，《中华读书报》2010 年 2 月 8 日。

资金等方面的支持，由中国学家主导，本土译者和作家协助，拓宽译介渠道，让更多关心现代中国文学海外传播与接受的各方力量参与进来，构建国内与国外、国家机构与民间组织、译者与资助人、翻译与评论之间的良性互动局面。比如，高等教育出版社与美国老牌Springer出版社联合推出英文版的季刊 *Frontiers of Literary Studies in China*，先由编委会从近年来中文期刊上发表的学术论文中挑选出优秀者，翻译成英文，然后交美方出版社定稿。在此基础上，有人建议：建立"中译外"基地，如翻译夏令营、工作坊、翻译研讨班等。就后者而言，中国国家新闻出版署与英国艺术委员会、英国文学翻译中心、澳大利亚悉尼大学等几个机构合作，由凤凰集团与英国企鹅出版集团联合承办，先后在莫干山和苏州开办了第一、二届中英文学翻译研讨班，主要以交流的形式，就一些翻译实例，让海外翻译家与国内作家坐在一起进行非常有针对性的研讨，研讨班除了邀请葛浩文、杜博妮、蓝诗玲等著名翻译家外，还邀请阎连科、毕飞宇、盛可以等作家到场。还有，就是通过网络形成了几个翻译圈子，如著名的Paper Republic(纸上共和国)等。此外，中国外文局外文出版社与香港中文大学、台湾大学合作正在建设中的中文翻译网站"译道"，专为翻译提供中国文学作品的作者和译者介绍以及翻译时间等信息，可以用中英文进行查询。它将大大便利于中国文学的对外翻译与研究，等等。许多中国学家对现代中国文学与文化怀有深厚而真挚的情感，其中还有个别中国学家为此停止乃至放弃原有的工作，全身心地投入现代中国文学的对外译介和研究中来。因此，国家新闻出版总署等相关部门应因势利导，募集"现代中国文学域外译介"专项基金，设立域外译介奖，奖励那些翻译、评论、研究现代中国文学的国外翻译家、图书评论员、媒体记者和中国学家，以资鼓励他们及时翻译中国文学的最新力作，撰写新书推介文章，并发表在海外主流媒体上，像当年拉美国家打开美国市场那样。当然，也要鼓励中国本土评论家到海外主流报刊发表文章，就像张颐武等在美国权威杂志《今日世界文学》2007年6—7月号"当代中国文学专刊"上发表评说中国当代文学的文章那样，对现代中国文学进行符号价值的再生产，以增加它们在海外文学场域中的文化资本，除了会让西方读者感受到亲切感，产生“无缝对接”的效果，也会扩大现代中国文学的世界影响。最后，在国外设立“外译中”图书销售机构或联络海外知名图书经销商代理销售，就像当年“熊猫丛书”所拓展的营销渠道那样：中国国际书店在英国和美国分别开设了“常青图书（英国）有限公司”和“常青图书（美国）有限公司”，以及在北美地区联系了南加州的“中国书刊公司”（China Books & Periodicals Ins.）和波士顿的“陈随公司”（Cheng & Tsui Company）。

尤其值得特别提出的是，改革开放以来，由于我们国家把经济建设放在头等重要的位置，导致我们主要与西方发达国家打交道，着力于中西经济/文化/文学交流，而把此前长期与我们打交道的老朋友第三世界的亚非拉国家放到了次要位置，因此，这些国家就成为眼下现代中国文学海外传播的薄弱环节。我们应该加快推进这方面的工作，把他们的作家请进来，让作家们零距离地接触现代中国文学，并向本国传递现代中国文学的资讯，再次促进现代中国文学在那里的有效传播与接受。巴金逝世的那一年，毛里求斯作家协会秘书长、作家斯巴鲁克来中国访问。在华期间，他在电视上，在报纸上，在中国现代文学馆巴金灵堂里，在上海作家协会巴金图片展厅里，耳濡目染，亲身体会到中国人民对巴金的热爱，备受感动。他说：“来中国之前，我不知道巴金，也没读过他的作品，但这几天从新闻媒体有关巴金先生的报道中，我知道了他是怎样一位伟大的作家，他的人品和文品在中国人心目中的地位。他的逝世已经成为中国的一个重大事件。在文学日益边缘化、社会物质化、充满种种诱惑的今天，读者对巴金的真挚感情，让我看到了文学蕴含的巨大力量，看到了文学的希望和未来。我为巴金骄傲，为中国文学骄傲，也为自己是一个作家而感到欣慰。”①我相信，有了如此跨国的文学感动，巴金一定会成为他此后了解现代中国文学的重要契机和窗口。试想，如果这样的事件多了，这样的感动多了，现代中国文学海外传播与接受的窗口也会渐渐多起来。盛世中国甚至会彻底地征服这些外来的“访客”。也是在

---

① 陈喜儒：《斯巴鲁克先生》，陈喜儒：《中国魅力——外国作家在中国》，上海：上海文艺出版社，2009年，第28页。

同年，与斯巴鲁克同行的毛里求斯作家协会副主席、诗人阿卜杜拉提夫在中国访问的一个星期里，写了一本厚厚的笔记。整个行程下来，让他突然想起了恺撒大帝的一句霸气冲天的话“我来了，我看到了，我征服了”，只不过因时因地因事因人不同，现在他要反其意而用之，面对崛起的中国，他心悦诚服地说：“我来了，我看到了，我被征服了！”他还解释了他的思想前后发生如此巨大变化的根本原因：“我到过四十多个国家，但从来没有这样震惊。过去，我读过一些关于中国的书，知道中国有灿烂的古代文明，但在近代落伍，贫穷落后，被侵略掠夺，饱受屈辱，是发展中的国家。然而来到中国一看，经济发展神速，现代化设施应有尽有，我恍若置身于欧洲发达国家。我从书本上了解的中国，与我亲眼看到的中国，有天壤之别，简直不敢相信。中国大地上古老与现代的和谐交融，中国人民的热情友好和对文化的珍视和尊重，确实征服了我，所以我才想起恺撒的话。”[①]由此，我们进一步看到，现代中国文学要“走出去”，就很有必要“请进来”，尤其是邀请国外作家、翻译家、汉学家、出版家来华访问，使他们在耳闻目睹崛起的中国后，也由衷发出“我来了，我看到了，我被征服了”的由衷感叹，改变他们对中国的固有观念，重新认识中国，加深对真实中国的了解，并最终愿意为中外文化/文学交流做出贡献。如此一来，何愁现代中国文学走不出去！

二、“中国学”的理性建构

真正要使翻译出去的现代中国文学作品在海外得以广泛传播，乃至有产生深度的接受和影响，落地生根，影响到海外的文学系统，就像西方现代文学影响现代中国文学系统那样，除了通常大家谈到的要从民族特色和普遍人性方面提高现代中国文学水平，凸显翻译、译介和传播在使现代中国文学走向世界过程中所扮演的角色外，还必须把“走出去”的方略与“中国学”的建构联动起来。也就是说，鉴

① 陈喜儒：《文学是一面窗子》，陈喜儒：《中国魅力——外国作家在中国》，上海：上海文艺出版社，2009年，第33页。

于目前现代中国文学"走出去"和"中国学"建构的有限性、零散性和可能性，我们有必要进行如下的多维度思考：既要建设好现代中国文学"走出去"系统工程，又要展现好现代中国文学的海外推广活动；既要思考人的因素，又要思考艺术技巧的因素；还有就是，让自我传播与他者传播相融，把文化认同与文化改写结合，使小众话语与大众话语互渗，同时，要处理好本土经验与共同价值、文化自信与文化自省、仿造性与原创性的关系[①]；还要分析外媒的相关报道；最后还要做的工作就是研究现代文学的海外传播史与接受史。

悠久的汉学传统，良好的汉学环境，以及强大的综合国力，是现代中国文学海外传播与接受的坚实基础。像法国那样有着深厚汉学传统的国家，18 世纪就掀起了"中国热"，还由此催生了世界的"中国热"。那时，法国的启蒙思想运动是全世界的榜样，而中国的道德哲学，乃至康熙皇帝是法国的楷模。也就是说，那时，经由法国，汉学走向世界，进入了一种良性互动的传播与接受的轨道。正是有了这样的氛围，所以，现代中国文学作品基本上在法国都有译介。同样，像日本这样具有深厚汉学传统的国家，对现代中国文学的研究，不仅是男人的天下，女性学者也脱颖而出，比如日本早稻田大学教授岸阳子，除了翻译贾平凹、韩少功、陈建功、张承志、扎西达娃、洪峰等当代中国作家的小说，还长期致力于研究现代中国女性作家，除了研究许广平、关露、张洁、王安忆、叶广芩、残雪等现代中国女性作家的"个体"外，还出版了综论性的学术专著《东北沦陷时期的中国女作家》。像美国这样的世界超级大国，面对中国的崛起，在 21 世纪也加紧了对中国的研究，而在美国译介的现代中国文学作品，自然而然地影响到整个西方国家。

有坚实基础传播与接受现代中国文学的国家固然重要，但我们不能满足于此。我们还要从建构"中国学"的长远发展着眼，开展一系列行之有效的工作。首先，我们应该认识到接受和培养来华的海外留学生也是"中国学"建构的重要举措。如此一来，"中国学"的建

① 方爱武、吴秀明：《文学的中国想象与跨域——跨文化语境下的"中国形象"塑造及传播》，吴秀明主编：《文化转型与百年文学"中国形象"塑造》，杭州：浙江工商大学出版社，2011 年。

构后继有人、薪火相传。特别是那些渴望来华学习的留学生更是我们需要特别关心的对象。比如，2006 年，约旦《舆论报》记者、青年作家、诗人萨瓦尔访问中国后，动情地说："我还想向教育部申请，来中国留学，学习汉语，将来从事约旦与中国文学交流和作品的互译工作"①。其次，我们应该鼓励海外中国学家、作家、记者、外交官写一些普及性的介绍现代中国文学的文章，让海外读者对现代中国文学有个大体的印象，激发和培养他们对现代中国文学的爱好和兴趣。比如，20 世纪 40 年代之前，在"欧洲语言中有关中国的新文学几乎什么记载都没有"②的情况下，对中国"知识阶层、作家、新文学"最为熟悉的捷克的中国学家普实克，出于"严厉"地"热爱"中国，主要根据他在中国的实地考察和研究，满腔热忱地向欧洲读者写作了介绍中国文化的通俗易懂的随笔集《中国——我的姐妹》。1940 年，该书在捷克出版后，在欧洲引起了强烈反响，激起了许多欧洲青年学习汉语、访问中国、研究中国的热望。后来，"布拉格学派"的形成与此不无关联。当然，在海外，真正能够深入了解和研究现代中国文学的学者，还不是国外学者，更不是留学生，而是外籍华裔学者。也就是说，华人学者才是海外"中国学"建构的主力军。夏志清也谈到过这方面的意见。他说："一般美国人都很笨的，洋学者还是不行，中国现代文学研究最终还是要靠华人学者"③。比如，王德威在与哥伦比亚大学出版公司合作时，就是本着多元的、"大中华"的、文化中国的理念来主编出版"中国文学翻译系列"的，推出了陈染的《私人生活》、朱文的《我爱美元》、韩少功的《马桥词典》、叶兆言的《一九三七年的爱情》、王安忆的《长恨歌》、张爱玲的《海上花》和《流言》、张大春的《野孩子》、朱天文的《荒人手记》、吴浊流的《亚细亚的孤儿》、李乔的《寒夜》等。我想，如果不是深谙现代中国文学的华人学者，是不可能有如此全面而精当的识见的。

海外的现代中国文学研究与国内的现代中国文学研究可以形成互动，成功的例子很多，但是也有失败的情况，比如关于"后学"的讨

① 转引自陈喜儒：《中国魅力——外国作家在中国》，上海：上海文艺出版社，2009 年，第 38 页。

② ［捷］普实克：《中国——我的姐妹》，丛林等译，北京：外语教学与研究出版社，2005 年，第 425 页。

③ 转引自季进：《另一种声音——海外汉学访谈录》，上海：复旦大学出版社，2011 年，第 43 页。

论。所以，我们既不可小视这种互动，也不可夸大它们。我赞同王德威的话："海外的中国现代文学研究过去的二十几年给国内学界带来的一些影响，我觉得是值得肯定的，尤其是相对于中国的国情，相对于历史和政治的因素，海外汉学所代表的一种很有想象力的研究方向，绝对是一个正面的效应。但是，进入九十年代以后，海外与国内的交流越来越频繁，国内出去的人也多了，对海外汉学，我现在倒觉得应该更多地用平常心来对待了，不必过于夸大它的功效"①。因此，为了使现代中国文学更好地"走向世界"，必须把"走出去"的战略考量与夯实"中国学"基础结合起来予以通盘考虑，以使现代中国文学在海外传播与接受得更长久，更有实效。质言之，我们需要从翻译层面、译介学层面、国家与社会支援层面以及中国学学科建设层面规划现代中国文学海外传播与接受的战略方案。

至此，我们对于现代中国文学"走出去"与"中国学"建构的探讨并没有停止。在此基础上，有的专家又作出了如下进一步的提醒。他认为，不要以为仅仅"依靠文本翻译输出、文学史扩容或者文学教学课程"，中国文学就能顺理成章地走向世界，更不能以为中国文学走向世界就真的成了世界文学了，要"重新理解和建立关于民族文学与世界文学的新观念"，要把中国文学作为一种世界文学来反观自身，也就是说，只有以这种"文学外位性的普遍理解"，克服民族文学僵化的片面性和封闭性，中国文学最终"才有可能在鲜活的存在层面真正成为世界文学的有机部分"②。简而言之，现代中国文学在海外传播与接受不只是浅表上的、空间上的"扩容"问题，而是深层次的、时空兼备的、灵活的"融入"问题。看来，重新梳理、反思我们现有的文学观念、翻译观念和译介学观念，从观念的改变着手，才不至于出现方向性的错误，更不至于最终导致将西方文学永久放在"超经典"的光荣榜上，相应地，把中国文学始终钉在第三世界文学/弱国文学的耻辱柱上。

对此，陈思和也作了更为深入的反思。他说："这时候'走向世

① 转引自季进：《另一种声音——海外汉学访谈录》，上海：复旦大学出版社，2011年，第78页。

② 陈跃红：《扩容与融入：简论中国文学海外传播的某些观念误区》，《"中国文学海外传播"国际学术研讨会会议论文·摘要汇编》，北京：北京师范大学文学院，2011年4月自印，第228—229页。

界’就成为文学界的一个时髦话题，这个语词里隐含着时代的焦虑与渴望：所谓‘走向’，即意味着中国至今尚未走进‘世界’，尚未成为世界的一个成员，那么，是什么样的‘世界’既排除了中国又制约着中国呢？（与此相伴的是当时的流行语‘落后要挨打’‘开除球籍’等，都反映了类似的时代情绪。）显然，在现代化的全球性语境里，中国与世界的关系成为一种时间性的同向差距，中外文学关系相应地趋向于这种诠释：中国的现代文学是在世界文学思潮的影响下形成的，中国文学惟有对世界文学样板的模仿与追求中，才能产生世界性的意义。虽然在影响研究中也注意到民族性的关系，但所谓‘愈是民族的愈具有世界性’的格言，使用的仍然是‘世界’的标准，潜藏其背后的依然是被‘世界’承认的渴望”。[①] 也就是说，应该把中国文学的海外传播与接受、中国文化的输出战略与中国文学世界性维度的建构结合起来考察，而不是在一个自我封闭的环境里思考这些统关全局性的重大问题。

莫言获得 2012 年诺贝尔文学奖以及此前许多现代中国作家获得国际各级各类文学奖项后，是否就意味着现代中国文学与现代西方文学不存在“时间性的同一差距”了？是否能够就此证明现代中国文学与现代西方文学已然处于“空间性的同一位置”上了？说到底，有没有一种所谓的终极的“世界文学”？有没有一个所谓的同一性的“世界”标准？对这些问题的解答，还需要从理论与实践上做进一步清理。

面对“中国走向世界”“21 世纪是中国的世纪” 的时代呼声，以及孔子学院在世界各地纷纷建立，有的学者认为这些现象的背后，隐藏着一系列更为深层次的问题，即中国文化“走出去”，到底是为了向世界解释中国崛起的意图？还是要另立一个足以与西方抗衡的主流文化标准？还是与西方携手共建一个公正、和平的东西文化秩序？[②] 我想，后者才是中国文学“走出去”的理想境界。俗话说得好，人无远虑，必有近忧。显然，以上这些思考纯属“远虑”或者说“愿景”。

---

① 陈思和：《20 世纪中外文学关系研究中的“世界性因素”的几点思考》，《中国比较文学》2001 年第 1 期。

② 参见《中国崛起：中国文化如何走向世界？》，凤凰网专稿，2008 年 12 月 19 日。

愿景终归是愿景，现实终归是现实。而现实是在中外文学的输出与输入中，我们的“文学赤字”惊人！如果我们暂时还达不到双向或多向交流，那么在“走出去”不畅达的情况下，进一步“请进来”仍然是必要的。乃至有人毫不客气说：“目前中国应以译入为主，要成为真正意义上的翻译输出国尚需时日”[①]。毕竟中国人对于西方文化的了解远远超过西方人对中国文化的了解。“现代中国文学界对西方文学了解之透彻，远非光顾一下中国文学的西方任何学术机构能比拟。如果让中国文学界专家（假定没有官员坐镇）评定诺贝尔文学奖，绝对会比瑞典人弄出的现在这张单子更准，更精彩”[②]。此乃现代中国文学“走出去”的十分有利条件。这样的知己知彼，这样的以退为进、攻防并举，目的只有一个，那就是，进一步促使中国文学与世界文学的互相聚首，尤其是让世界文学理解中国文学，长此以往，中国文学“走出去”就顺当了。也就是说，增强沟通、对话与理解，在“走出去”的同时也不要忘了“请进来”。因为，鲁迅当年就告诫过我们：中国作家必须不断通过学习外国文学来丰富自己；因为，我们既在世界中，也在世界外。

同时，“对于中国的出版商而言，最重要的是，要转变思维方式。他们应该思考的，不是‘西方出版社会从我们的书目中选中哪本’，而是‘我们有哪些他们需要的产品或者我们能够做点什么满足他们的需要’。他们需要更多的耐心，因为任何一次成功的合作都需要长期的沟通。在中国文学的海外译介上更是如此”[③]。

德国汉堡大学教授、作家关愚谦说：“一个国家只要国强民富，必然会引起世界的关注和兴趣。目前，中国经济崛起，政治影响不断扩大，我完全有信心，中国文学走向世界的高潮必将到来”[④]。而法国 Philippe Picquier 出版社“中国文学丛书”主编陈丰说，中国文学已经

---

① 胡德香：《对译入译出的文化思考》，《湖南大学学报》2006 年第 3 期。

② 赵毅衡：《对岸的诱惑：中西文化交流记》增编版，上海：上海人民出版社，2007 年，第 105 页。

③ 傅小平：《国外专家、学者聚焦“中国文学走向世界”话题——如何与西方文学传统求得共识?》，《文学报》2012 年 9 月 6 日。

④ 转引自《何建明：中国文学将给世界世界文学增添一个奇迹》，www.people.com.cn，2010 年 8 月 12 日。

走向世界了[①]。这两句话都没错，只是立足点不同而已。前者是说，现代中国文学在海外的译介、传播与影响还很有限，需要加大力度。他是从现代中国文学在海外“扩容”的角度上讲的。后者是说，现代中国文学一直就是世界文学的一部分，而且也已经达到了国际水平；它一直在场，只是在海外的数量少了些。他是从现代中国文学的“现代观念”和“写作水准”上来讲的。质言之，一个说的是现代中国文学的外在发展问题，一个谈的却是现代中国文学内在水平问题，两者之间并不矛盾。因此，我们需要把两者统筹起来予以综合考虑，把量与质，把观念与事实，把“走出去”与“中国学”结合起来考虑。只有这样，我们才能既避免在构建世界文学关系时有可能出现的狭隘的民族主义倾向，又避免将中国文学海外传播与接受视为“定义”中国文学的世界地位的工具，即要求“承认的政治”的工具。

我始终坚信：传播不息，接受不止！

① 转引自《海外译介难进主流市场 中国文学何时真正走向世界》，http://www.gmw.cn/content/2010－08/17/ content_1217867_4.htm.

通与隔——中国当代文学海外接受的问题①

刘江凯

在研究中国当代文学海外接受的过程中，我尝试着和许多海外学者进行了书信沟通，如美国俄亥俄州立大学的邓腾克（Kirk Denton）教授、马里兰大学的刘剑梅教授、康涅狄克大学的黄亦兵副教授等，他们热情的回复给予我极大的帮助。利用去美国访学的机会，除了查找资料外，也和哈佛大学的王德威教授进行了一次关于中国当代文学的访谈。在这之前，我也收到了来自华盛顿大学的伯佑铭（Yomi Braester）教授对我调查问卷的回复。本文我们将从这份调查问卷和访谈开始，探讨一些中国当代文学海外接受的问题。

一、一份调查问卷与一次访谈

我对伯佑铭教授的调查问卷和王德威教授的访谈，基本都是围绕着中国当代文学海外接受的相关问题展开。他们的回答也有许多互相印证之处，并且和我自己的统计信息以及阅读感受也基本保持了一致判断。针对伯估铭教授的研究情况，我一共问了他六个问题。第一个问题是：通过哪些途径了解中国当代文学？如订阅期刊、影视

---

① 本文系2012年教育部人文社会科学青年项目（批准号：12YJC751054）、浙江省哲学社会科学规划课题（批准号：12JCZW04YB）阶段性成果。

宣传、朋友推荐、凭着自己兴趣去发现。经常关注哪些(中外)文学期刊?并请他写出最常参考的期刊、学者、著作的名称。他的回答首先指出在美国,"当代文学"的概念已经至少在十年前就被重新定义,正如他参与编辑的"中国现代文学与文化"(他特别用英语大写的方式"as modern Chinese literature AND CULTURE"突出了"文化"),包括流行音乐、影视等都已纳入到"当代文学"的研究范围。并且认为传统的"汉学"时代已经结束,在今天全球化的背景下,如果不从更广大的学科视野中出发,已经很难理解中国当代文学与文化了。在这样广大的一个领域中,有成百上千份期刊和更多的出版物,他经常阅读的包括 *MCLC*, *JAS*, *JMLC*, *Modern China*, *Screen*, *Cinema Journal* 和另外一些想不起来的读物。中文资料方面,他经常使用中国知网(CNKI),学者方面更多地阅读戴锦华、陈平原、陈晓明、汪辉和许多其他学者的著作,名单列出来恐怕有上百位。

第二问是他个人比较喜欢的中国当代文学作家、作品有哪些,以及喜欢的理由。他回答说有很多。在举例时列出张贤亮作为代表,还有王朔和王小波,刘心武、冯骥才、王蒙以及其他一些城市文学,但这些并不包括他最喜欢的一些作者——即那些电影制造者。这一点我能理解,因为伯佑铭教授的研究现在集中于电影方面。从他列举的这些作家名字来看,基本都是上世纪八九十年代的作家,显然,伯教授从文学到电影的研究转型影响了他对当代文学新作的了解。王德威教授在访谈时曾表示:我可能会对美国很失望,如果是基于文本的文学性研究,原因是现在很多人都在搞文化评论,从文化评论再转接到政治、后殖民评论。虽然他表示对文学定义的改变会持更加宽容的态度,就他本人而言,还是会坚持文学文本的阅读与分析,避免使用晦涩的西方理论。我第三个问题是:您持续阅读中国当代文学作品吗?是什么原因使您持续或中断阅读中国当代文学?就您的个人阅读史而言,您觉得中国当代文学有什么明显的变化?海外的研究又有什么明显的变化?他回答如下:"近年来,我已经很少有时间阅读基本的文学作品,每年需要看近 200 部电影,我尽量阅读翻译成英语的每部新作品(我能接触到的),我的职业活动让我很少有时间阅读更多的作品。英语作品的翻译更重要一些,因为可以用于本科生的教学。近年来海外中国当代文学的变化正如第一个问题里提到的，多学科研究的趋势正在不断加强，并且渐渐地从传统的‘中国研究’领域中溢出”。当我在第四问中请他列举一下2008年以来读过的中国当代文学作品，他回答说没有读过任何作品(I haven't read any of them)，但又补充道：“我的阅读名单取决于在中文书店里比较突出位置的那些作品。”伯佑铭教授的回答从另一个方面验证了王德威教授的怀疑：今天的美国中国文学研究者，还有多少人在及时地阅读中国最新的小说作品？如果问起他们贾平凹的《古炉》、王安忆的《天香》，大概没有多少人了解吧。第五个问题是：您认为中国当代文学如果想扩大在海外的影响，从国家到作家以及中国学者还需要在哪些方面做出努力？教授表示现在唯一能切实做好的是：使用好的翻译者，比如像葛浩文、白睿文(Michael Berry)等。王德威教授在访谈中也持同样观点，当我问到目前中国当代文学海外传播与影响存在着哪些问题时，他表示“这个问题也可以说不是问题吧。传播第一最重要的条件就是 translation，translation，translation(翻译)”。翻译是目前中国文学海外传播最需优先着力解决的问题，MCLC(《中国现代文学与文化》)主编邓腾克教授在问卷回信中也持同样的观点。

最后一个问题是关于中国当代文学在海外受到关注、研究、传播的原因，我列出了若干选项：如中国国际影响力的提升自然地带动了中国当代文学的国际影响；中国政府通过各种大型国际活动加强中国文化、文学的对外输出；中外意识形态差异造成的阅读兴趣；文学改编后的电影在国际上的获奖影响带动了人们的阅读兴趣；中外作家、学者越来越多的国际交流；海外汉学研究机构与翻译者、学者的积极推动；中国当代文学中的异域风景、民俗风情、地方特色、传统文化等；中国当代文学既有自身独特的文学经验表达，又体现了世界文学共通的特性，应当成为世界文学的一个组成部分；部分优秀的中国当代文学的写作观念与艺术性已经达到世界水平，得到世界性的关注也是应该的；只是为了客观反映中国当代文学创作现状，因此对其各类文学创作都要有所译介等。伯佑铭教授认为以上原因都有，没有做出更详细的解释。王德威教授因为是访谈，有机会对这些原因做出次序上的选择和详细的解释。

在以上各类原因中，王德威首先非常同意国家发展带动的国际影响力。他认为文学永远是地理、政治的，即有 politic（政治）的。综合国力和国际影响对于作家的海外传播真的存在，虽然大家都不怎么谈。中外作家、学者的交流也确实起到了一定的推动作用。中国当代文学既有自身独特的文学经验表达，又体现了世界文学共通的特性，应当成为世界文学的一个组成部分。教授觉得这个很难定义，因为对国外的人大概也谈不上，国外一般读者的领会力其实是有限的，这一点和我对两位外国朋友的提问以及田晓菲教授的判断也一致。王德威特别肯定了部分优秀的中国当代文学的写作观念与艺术性已经达到世界水平，得到世界性的关注也是应该的。他认为"好就是好，一向就相信这个，而且你是很不一样的"。但不管怎么样，还是要经过翻译的介绍，所以跟政府是有关系的，这是一个很细腻的，很慢的、大型的翻译计划，需要慢慢地推动，尤其是在学校里的推广，在中文系里有好的翻译作品。

那么，中国当代文学如果想扩大在海外的影响，从国家到作家以及中国学者还需要在哪些方面做出努力？王德威认为首先和一个国家的综合国力、国际影响力确实有关。虽然我们觉得文学在理论上，应该独立于国家机器之外，作家本身的才华，还有他所期望的一个好的阅读环境，才是文学影响扩大真正的理由，所以如果最简单、最浮面地回答，就是作家写出好作品。同时，他也认为这不过是一种乌托邦的说法。因为文学确实跟地理、政治、国家的形象、异国情调都有关系，作家写出好作品之后，还需要有好的文化代理人，这个代理人的形象可能是海外翻译者，或者学者教授，也可能是一个更细腻的国家级的文化机构操作跟资金。他提到一个例子：哈佛和中国作协搞了一个中美作家论坛，作协有个人让他们安排一个哈佛大学讲软实力的、经济系的教授做一个报告。这个人大概听说是软实力，就觉得应该安排经济学教授对文学讲软实力，这显然是完全不懂状况的安排。因为安排这样一个经济系的教授来讲软实力，不但侮辱了中国作家代表团，也侮辱了他们邀请来的其他作家。所以最后拒绝了，请了哈佛自己的文学教授。这个例子很形象地说明了中国当代文学需要什么样的文化代理人，以及这些文化代理人应该如何细腻地操作文化事业。

二、流通环节的海外接受——多重视野看问题

阅读国内某些媒体关于中国当代文学的报道时，笔者往往会形成一种印象：中国当代文学海外接受状况正在改善，形势一年比一年好。虽然事实确实如此，但媒体语言的暗示，舆论的导向，同时会给读者造成一种夸大事实的印象，就像一个孩子刚刚学会蹒跚走路，她的妈妈却向周围的邻居们夸耀说："看，我家的孩子昨天自己去外面散步了，回来还给我拿了朵花呢。"国内某些媒体的宣传在好多事情上都有这种倾向，好像中国当代文学真的在国外已经形成相当的影响力一样。事实是，海外的许多书店甚至根本找不到翻译过去的中国当代文学，如果有，数量少到几乎可以忽略的程度。法兰克福书展期间，波恩最大的书店里有一个小架子上专门列出莫言《生死疲劳》、余华《兄弟》等中国当代小说；书展结束一个多月后，我再去找就发现已经撤销了那个小专柜。中国当代文学在海外的实际接受状况究竟如何？造成这一状况的原因又有哪些？也许我们应该倾听更多不同角度的声音。

不论是 2009 年法兰克福书展期间，还是笔者在海外的其他亲历体验，中国当代文学海外接受并不如想象的那么乐观，其海外接受既有良好地发展机遇，也面临着许多现实困境。有个小例子十分形象地可以说明中国当代文学在海外的实际影响力，作为世界上最著名的法兰克福书展的主席，博斯应该比绝大多数德国人对中国图书了解要多一点，对于最喜欢的中国文学作品这个问题，他给出的答案是"梁山泊的故事"。笔者对此也深有感触，在海外书店如果能找到中国方面的书籍，往往是古典和政治两大类的最多。这也难怪媒体会惊呼中外版权巨大的贸易逆差：中国作家出版社社长何建明坦言，中国当代文学走出不易，得到广泛认可更为不易。仅以作家出版社为例，五年出版 170 部外国作品，而国内作家版权输出、译介到国际上

只有5部[①]。以至于苏童小说《碧奴》的译者、中央大学的饭冢容教授认为："今后中国小说的翻译恐怕大部分都要靠大学的研究经费支持才行[②]。"王安忆《长恨歌》的英译出版也验证了这一看法：白睿文(Michael Berry)把译好的《长恨歌》拿给一家出版社，后者一听是中国当代文学就表示没有兴趣。在白睿文的竭力推荐下，出版社方面勉强看了部分译稿后同意出版，但提出书名要改成《上海小姐》——理由是有这样一个书名做噱头，"肯定能卖得好"。最后忠实于原名的《长恨歌》(*The Song of Everlasting Sorrow*)由美国哥伦比亚大学出版社出版。

影响当代文学海外接受的因素很多，如不同作家作品风格在海外接受状况也会很不一样。笔者发现一个有趣的现象，王安忆、贾平凹在国内的文学影响力应该和莫言、余华、苏童相差不大，但在海外市场上却有较明显的差距。按照顾彬教授的意见：他以前因为受到包括王安忆等人影响，没有发现《长恨歌》；可是最近因为讲学的需要，重新读了《长恨歌》，包括英文版和中文版。就直接的阅读印象而言，他一改对中国当代小说恶劣评论，觉得这部作品非常好，甚至有可能是新中国成立以来最优秀的小说之一。王德威教授在访谈中也肯定了这部作品，提到当初台湾出版社犹豫是否出版时，他认为实在太精彩了，应该出。他认为王安忆的作品不容易进去，所以会影响到她的海外接受效果。贾平凹对于自己作品海外接受的情况有比较清醒的认识，他在一次采访中谈道[③]："十几年前，一个国外博士生来找我，说太喜欢《废都》了，要买下它的海外版权。那时候中国作家都没有海外出版的经验，我的态度更是无所谓，谁要谁就拿走。可这位译者的中英文水平都不怎么样，译到一半就译不下去了，前面译的那一半，出版社也嫌差不肯出。版权在他手里就一直攥着，直到几年前，才交给了比较有名的汉学家葛浩文。"贾平凹总结这些年和海外打交道的三点感受是：一、中国文学最大的问题是"翻不出来"，比如《秦

---

① 应妮：《文化观察：中国当代文学的"世界梦"》，参考中国新闻网2010年9月6日。http://culture.people.com.cn/GB/22219/12641196.html

② 毛丹青：《中日当代文学的逆差现象说明了什么》，载《北京晚报》2010年4月19日。

③ 吴越：《铁凝、贾平凹：中国文学"走出去"门槛多》，载《文汇报》2009年11月9日。

腔》，翻出来就没有味道了，因为它没有故事，纯粹是语言。二、中国目前最缺乏的是一批专业、优秀的海外版权经纪人。比如《高兴》，来过四五个谈海外版权的人，有的要卖给英国，有的要卖给美国，后来都见不到了。他以前所有在国外出版的十几种译本，也都是别人零碎找上门谈的，他根本不知道怎么去找他们。三、要培养一批中国自己的在职翻译家。应该说贾平凹的体会是非常准确的，翻译的确是中国当代文学走向世界最大的直接障碍，尤其是对一些非常有中国传统特色、语言、民俗地理的作品，确实存在着“翻不出来”的苦衷，或者翻出也变味了。

稿酬太低、缺乏优秀的出版经纪人也是影响中国当代文学“走出去”的一个重要因素。西方出版界预付版税超过 100 万美元的图书屡见不鲜，有的预付版税高达 800 万美元之巨。而在中国，这一制度甚至还在雏形中。东西方文化的巨大差异以及西方社会对中国当代文学意识形态偏见，或者阅读习惯的差异也会在二者交流间设下一道巨大的鸿沟。比如不少西方人仍然把中国当代文学视作为中国政府歌功颂德之作，还有些西方人不喜欢阅读篇幅太长的作品等。另外，我们讲故事的方式和艺术水准也的确需要提高，欧美读者的确是需要看质量的，这里可以举卫慧和莫言为例：卫慧以《上海宝贝》在西方可以说一炮打红，按照笔者的统计，她这本书的外译语种超过 20 种，远远高于莫言、苏童、余华等。但是她的作品数量却仅有两本，说得不客气点，她就是典型的“一本书”。相反，莫言等人却稳扎稳打地拓展着自己的海外市场，这和莫言等人作品艺术性是绝对分不开的。类似的还有《狼图腾》，这可能是海外出版市场上的“新一本书”现象吧？如果站在汉学圈子以外观察几十年来的西方出版界，几乎没有真正畅销的中国当代文学，虽然借助炒作、书展以及策划会产生一些暂时的影响，但中国当代文学海外接受的长远之计，关键还在于出现让世人能够普遍认可高的质量作品。

导致中外版权交易巨大逆差、中国当代文学在海外市场所占份额不大的原因，并不见得只是我们不够努力的问题，以美国为例，其实有着极强的文化孤立主义和自闭传统。按照“百分之三”的报告[①]：百分之三只是就全门类译作而言，在小说和诗歌领域，译作比例竟连1％都不到——大约只有0.7％！2008年以来，美国出版英译汉语文学作品分别为12、8和9种，共计29种，其中，当代中国内地作家的长短篇小说仅19种，品种少，销量低，几乎无一进入大众视野。最近三年，在美国出书最多的中国作家是莫言和毕飞宇，各出英译小说两种。亚马逊北美店销售榜2011年1月11日的排名显示，毕飞宇的《青衣》排在第288502位，《玉米》排在第325242位，而莫言的《生死疲劳》和《变》，排位均在60万名之外。以小说类的三年内新书计，10万位之后的排名，表明其销量是非常非常小的。余华的《兄弟》(纸皮平装本)也排在第206596位，姜戎的《狼图腾》(硬皮精装本)则排到了第84187位，相对同胞们的其他作品而言，已属非常可观。这个统计也印证了王德威和我在访谈中提到的观点：“我们没有必要期望美国这样一个中产阶级的读者，突然有一天拥抱中国当代文学，法国作家在美国有几个有名的？德国作家又有几个？日本的几个作家，川端康成，日本政府在60年代有系统地推动，在美国也不过是有一席之地。”中国从媒体到民间都充斥着一种“认同”焦虑，而且是“强势认同焦虑”。比如同样是海外接受，我们更看重欧美等发达国家，没有多少人会真正在意非洲等不发达国家地区的影响力。显然获得欧美等强势“认同”，不论是作家本人还是媒体宣传，都会多了层个人成就感或者民族自豪感。随着中国的强大，我们有理由期待更多的国际认同，与此同时，保持一颗平常心，大概更能显示出我们的自信心来。

总结一下众多意见，中国当代文学“走出去”，除了我们自身生产、创作的因素外，目前最需要着力解决的问题在笔者看来有两个：其一，要有好的翻译，这是许多学者、作家、出版机构等共同反复提到的意见，是一个看似简单却要有一系列配合机制才能解决的问题。

---

① 所谓百分之三，最早来自鲍克公司数年前的统计，指每年在美国出版的图书中，译作仅占3％。纽约罗切斯特大学的学者们怀疑，3％也属高估，遂决定创设“百分之三”计划，进行追踪和统计翻译文学所占的比例。文中其他未注明资料出自《中国当代文学在美国：一少二低三无名》，《中华读书报》2011年1月12日，04版。

其二,要有成熟有效的文化代理机制。这里的“文化代理”包括翻译人才的培养、版权经纪人的联系、中外出版机构的合作,从国家政府到民间机构层面的推动等。尚未有效地建立起完善的“文化代理”机制,既是目前中国文学与文化海外传播最大的失败之处,也是我们必须着力解决的根本问题。

三、生产制约着海外接受——以哈佛大学图书馆的中国当代文学信息为例

哈佛大学图书馆大大小小的分馆有九十多个,其中,中国当代文学资源比较集中的图书馆有:哈佛燕京学社、费正清中国研究中心(Fung Library)、以及主图书馆 Widener Library,当然,还包括其他一些图书馆如 Lamont 等。美国是当前中国学研究的重镇,哈佛大学可算是重中之重,无论是从资料的丰富性、还是权威性讲,哈佛大学图书馆的信息都应该很有代表性。笔者在美国访学期间,哈佛大学开放的图书系统极大地方便了我的检索和查阅。

通过哈佛大学的电脑检索系统,我们可以得到一些关于中国当代文学的宏观信息,这些信息也将为我们从整体上了解和观察当代文学海外接受,提供一些必要的支持。想起赵园老师曾在一次讲学中提醒过我们:警惕电脑检索带来的信息流失。这的确是我们这一代学人应该注意的问题,一方面,各类学术资源的数字化给我们带来高效和便捷,另一方面也确实存在着信息和现场感的丢失等问题。首先,许多资料还没有数字资源,只能通过钻故纸堆来查阅;其次,一些有趣、有价值的信息分散于各类图书杂志里,仅仅依靠题名、关键词检索肯定会错过这些内容;再次,一些期刊、图书资料本身已经成为历史文物,只有在现场翻阅时才能更好地感受到其中沉淀下来的丰富历史信息,激发起更多的主体感觉。这正如通过 DVD 或 CD 欣赏芭蕾舞和交响乐是没法和现场欣赏相提并论一样。这一点,我是深有体会的。梵高的名画《向日葵》在图册里不知看过多少回,每次都在疑惑它究竟有什么好?2009 年 4 月有机会参观荷兰阿姆斯特丹的梵高艺术博物馆时,才真正感受并理解了梵高的艺术力量。坦

白地讲，我并不是一个懂画的人，在欧洲参观过许多博物馆，对于绘画都没怎么激动过。开始我也没有感受到梵高画的力量，走马观花地看着，心里想着那么贵的门票好像有点不值当。当我站在那幅举世闻名的《向日葵》（只是其中的一幅）和另外几幅画前时，我仔细地远观近看，终于看到了一些令人惊奇的力量。那些浓重粘稠的画泥构筑成的画面似乎活动了起来，静止的画面变得流动起来，沉默的画面好像变成了一个发狂呐喊的人，我不禁目瞪口呆了；我能感受到梵高作画时的心情，想像他骄狂作画时的样子，颜料或浓或淡，用凝固的方式完好地保存了梵高当时每一笔的心境。我觉得自己体内有一种莫名的激动和骄躁，这种感受随着他笔画的延伸也在起起伏伏，舒缓张弛。因此，在哈佛大学图书馆，虽然有些资料我已通过网络找到了 PDF 文件或相关目录，仍然会习惯性地翻阅，寻找和纸张文字亲密接触的那种感觉。如北京出版的《中国文学》，从 1953 年至 1999 年，我在燕京学社资料室两排书架中间的小桌子上，用了大半天时间，大致翻看了一遍，从封面、纸张印刷、作品目录中感受了四十多年当代主流文学的变化。

从统计意义的角度讲，在一个设计合理、信息全面的检索系统中，确实可以为我们提供许多值得参考的宏观信息。如哈佛大学图书馆 2011 年 2 月 17 日检索信息如下：

表格 1　哈佛大学图书馆中国当代文学检索信息表

检索公共词		Contemporary Chinese（中国当代）			
中文	区别词 英文	Literature （文学）	Fiction （小说）	Poetry （诗歌）	Drama （戏剧）
网络	Online	68	27	54	38
出版日期 三年内	Publication Date in the last 3 years	25	9	10	3
十年内	In the last 10 years	104	43	50	26
所有	All years by decade	295	133	143	81
作者/编者	Author/Creator	1066	576	509	331

续表

检索公共词		Contemporary Chinese(中国当代)			
形式	Format	8	5	6	6
书	Book	(246)	(118)	(109)	(53)
存档	Archives/Menu	(61)	(23)	(46)	(33)
声音	Sound recording	(2)	(1)	(3)	
音乐	Music score	(2)			
期刊	Journal / Serial	(2)	(1)		(1)
图像	Image	(1)		(1)	(2)
影音	Video/Film	(1)	(2)	(1)	(6)
电脑数据	Computer / Data	(1)		(1)	(1)
语言	Language	16	10		12
英	English	(255)	(122)		(75)
中	Chinese	(55)	(25)		(9)
法	French	(13)	(5)		(6)
德	German	(9)	(3)	18	(4)
西	Spanish	(6)	(4)	(129)	(5)
藏	Tibetan	(4)		(26)	
意	Italian	(3)	(2)	(10)	(2)
俄	Russian	(2)	(2)	(7)	(3)
日	Japanese	(2)		(7)	
希伯来	Hebrew	(1)		(3)	(1)
犹太	Yiddish	(1)		(4)	(1)
阿	Arabic	(1)		(2)	
波兰	Polish	(1)	(1)	(2)	
拉丁	Latin	(1)		以下略	
葡	Portuguese	(1)	(2)		(1)
荷	Dutch	(1)			
韩	Korean		(1)		(1)

续表

检索公共词		Contemporary Chinese(中国当代)			
分类	Genre/Form	152	82	140	103
科目/对象	Subject	670	273	424	246
地区	Region	61	19	44	23
时期	Time period	36	23	31	24
人物	Person	699	266	700	332
其他	Other Title	13	12	11	6
丛书	Series	88	38	37	15

虽然这个统计数据有一定的误差,因为在同样的系统中检索,我们可以忽略误差,来观察中国当代文学海外翻译与出版简况。首先,就中国当代小说、诗歌、戏剧三大类型而言,小说显然在整体上占有优势,戏剧相对数量不足,诗歌却表现出有趣的特征:它明显优于戏剧的翻译传播,除了个别数据外,表现甚至并不逊色于小说,这和国内小说绝对一统文坛的局面显然很不一样,显示出诗歌在海外独特的传播特征。

从出版时期来看,在过去三年、十年和所有总数里,小说和诗歌的总体数量差不多,并且增幅比例也比较接近,大概在 1∶5∶15 之间;而戏剧大约为 1∶9∶27。这个比例说明戏剧在近年来的翻译不如小说和诗歌稳健、迅速。研究成果总数涉及的编、作者数量比例大体为 1∶4,小说、诗歌、戏剧的数量都超过三百人。在成果形式里,图书出版占据了绝对的优势,其次为各种档案材料和手稿。而资料语言中,英语和中文分列第一和第二,其他较大的语种主要有:法语、德语、西班牙、意大利、俄语和日语等。接下来的几个统计项目都是检索系统为了更好地区分这些对象,进行了更为精确的分类,我们这里不作讨论。

如果说上表因为存在误差还有失准确的话,我们想通过更准确地分类检索再来比照一组数据。我把检索条件设置为:中国当代文学→(科目)中国文学史与批评→(语言)英语,以及用同样的方法检索小说、诗歌、戏剧时,得到的统计信息如下:

表格 2 哈佛大学图书馆中国当代文学精确检索信息表

检索公共词 中文 区别词 英文		Contemporary Chinese(中国当代)			
		Literature 文学	Fiction 小说	Poetry 诗歌	Drama 戏剧
Subject 区别选项(/前后表示两个不同选择的数据,/后空白表示没有数据)		文学史与批评	小说史与批评/中国小说英译	诗歌史与批评/中国诗歌	戏剧史与批评
出版日期 三年	Publication Date In the last 3 years	4	0/1990s:8 1980s:6	1/ 1	0
十年	In the last 10 years	12	2/ 1970s:1	5/ 10	3
所有	All years by 10 decade	33	14/ 1950s:1	10/ 15	10
对象:时期	Subject:20 century	27	12/	8/	8
作/编者	Author/creator	41	17/ 17	12/	10

表二的数据应该非常准确地反映了表中几个对比对象。因为在“Subject(分类对象)”一栏里,会同时呈现不同的选项,如小说除“小说史与批评外”,还有“中国小说英译”(16 条)、“中国文学史与批评”(14 条)、“中国小说”(12 条)等诸多选项,所以在小说和诗歌里增加了一项对比数据,以便得到更多的统计信息。以表中“中国小说英译→(语言)英语”为例,出版年代又详细分为 20 世纪 50 年代、20 世纪 70 年代、20 世纪 80 年代、20 世纪 90 年代。同样,诗歌选项为“中国诗歌”时,时期一栏里又细分为 20 世纪和 21 世纪,出版数量分别是 8 和 2。综合这些信息,我们可以发现小说、诗歌、戏剧的整体特征仍然和表一类似,即小说和诗歌是中国当代文学海外传播的主体,戏剧次之。在“小说英译”的出版时间方面,数据显示上世纪 50 年代有 1 部,60 年代记录为 0,再到 70 年代的有 1 部,八九十年代合计 14 部,这一特征既符合我们对中国当代文学史的一般发展特征,也符合我通过其他图书馆(如 WorldCat,“世界图书馆联机检索”)检索得到的

印象。哈佛大学因为是处在英语国家，所以，显示出英语资料的绝对优势。实际上，通过其他方式检索的信息却显示：许多中国当代作家小说翻译最多的语种并不是英语，而是法语甚至越南语。

综合以上两表的信息，我们发现，制约当代文学海外接受的根本因素在于国内的创作，这一特征也同样符合小说、诗歌、戏剧的传播特点。虽然我们现在普遍地认为翻译和良好的国际文化代理，在整体上制约着中国当代文学的海外接受，但这应该是"流通、传播"环节的重要因素，这里反映的却是"生产"方面的问题。我们常说的小说、诗歌、戏剧、散文四大类别，国内散文在文坛上的乏力表现同样也直接表现在海外接受上，有关的翻译出版、研究著述明显较少，似乎也很难占据海外学者关注的重心；国内戏剧的现实状况直接决定了海外接受的整体特点，甚至具体的年代特征也基本一致；国内小说的大一统地位，自然地决定了海外接受中，它也是最为倚重的一支力量；只有诗歌，海外表现出和国内不完全一致的特征来。文学"生产"在根本上制约着"海外接受"，这一点同样也体现在作家个人的比较中。如笔者对中国当代部分作家进行了相关调查，统计显示：其一，作家知名度、写作水平在根本上决定着对外传播范围；其二，在前一基础上，才会涉及因为作家语言、文风、翻译质量、营销策略等"流通"环节造成的不同接受情况。关于海外传播的发展与接受，当然还有着许多精彩有趣的细节内容，这里我们只是提供一些宏观、整体的感受，笔者将努力在以后的研究中呈现出更多的信息和结论。

中国当代作家的“汉学心态”

张晓峰

希望中国文学能够走向世界，为更多的人所知道和了解，这是值得向往和努力的。实现它的难度，人们已经有所意识和探讨。但我这里想指出的是另一个问题，即中国当代文学的海外传播，对于当前中国的小说创作而言，在具有鼓舞和鞭策意义的同时，是否还起着另外一种不容忽视的副作用？

首先是当代作家的“国际化”想象。这一现象在当代那些已经有所建树、期待着更大进展的作家身上，表现得尤为突出。例如贾平凹就提出，理想中的作品应该是“作品是中国人写的，但精神内涵，作品的境界已经和西方接轨。这样，作品才有厚度，别人才会来看”①。在这里，作品的思想境界是否“已经和西方接轨”，无形中已成为一个标准。贾平凹认为西方的作品中有一种“现代意识”，而“咱的作品老升腾不起来，没有翅膀，就缺乏这些”。他又认为“现代意识可以说是人类意识，地球上大多数人在想什么，思考什么，你得追寻那个东西”②。文学究竟应该是“我”在想什么，还是努力去琢磨“地球上大多数人在想什么”，这竟然成了一个问题。

---

① 贾平凹、王尧：《我的血管里面没有贵族的血液——贾平凹访谈录》，见王尧：《在汉语中出生入死：关于汉语写作的高端访谈》，春风文艺出版社，2005年1月版。

② 贾平凹、黄平：《贾平凹与新时期文学三十年》，《南方文坛》2007年第6期。

放眼世界的"别人"将怎么看、怎么想，事实上已经影响了当代作家的写作。李锐曾经以对吕梁山农民深刻的体验，用独特的文学表达写出了具有地老天荒意味的《厚土》，其中对中国人和中国人生活的理解，在当时引起了广泛的关注，并深得马悦然等汉学家的赞赏。李锐本人后来一直在思索"本土中国与当代汉语写作"的问题[①]，呼吁中国作家"用方块字深刻地表达自己"[②]，这些主张无疑是鼓舞人心的。但李锐竭力要在西方化或全球化的语境中彰显并坚持中国特色，并没有使他的创作更上层楼。相反，他的小说创作被某种文学图景、被自己的或他人的文学期待拘束住了，一板一式都显得郑重而拘谨。他的新作《太平风物》在评论家看来"写得不错，只是觉得太有意味了……有点'做'"[③]。

2010 年，莫言反映中国"计划生育"问题的长篇《蛙》，被有的批评家认为是"缺乏思想内涵，更遗憾的是才华尽失"，"唯一吸引眼球的是题材——对新中国计划生育故事的传奇性书写，既不会对国家权力构成真正的冒犯，又特别能引起西方读者的兴趣"，因此"这部小说的最大价值恐怕也就在于作为中国作家'诺贝尔焦虑症'的解读个案"。[④] 从这些作家的作品中所体现出的"国际化想象"，可能是一个不容忽略的事实，这一事实根植于作家的叙事策略当中，所起到的作用却常常是适得其反或过犹不及。

其次是作为叙事策略的意识形态与语言问题。中国文学究竟能够凭借什么赢得世界的目光和尊重？对这个问题的理解，几乎可以决定当代文学海外传播的成败。从一部分作家的努力来看，意识形态的特殊性成为他们不约而同的首选。2001 年，阎连科以一部《坚硬如水》引起国内外文坛的重视。王德威在分析《坚硬如水》时认为，"阎连科的近作之所以可观，还是来自它对自身所经历的共和国历史，提供了一个新的想象——和反省的角度"，"人民共和国的大叙事

---

① 李锐、王尧：《本土中国与当代汉语写作》，见王尧：《在汉语中出生入死：关于汉语写作的高端访谈》，春风文艺出版社，2005 年 1 月版，第 67 页。

② 李锐：《用方块字深刻地表达自己》，《今天》2005 年夏季号。

③ 季进：《当代文学：评论与翻译——王德威访谈录》，《当代作家评论》2008 年第 8 期。

④ 邵燕君：《危机与突围——2009 年小说综述》，《南方文坛》2010 年第 2 期。

向来强调生生不息、奋斗不已的‘雄浑’(sublime)愿景。阎连科的革命历史故事却写出了一种缠绵凄厉的风格，在引人侧目。他的受欢迎和他的被争议足以说明一个以革命为号召的社会在过去、在现在所潜藏的‘历史的不安’。”[①]王德威的论述是从“革命时代”与“人民共和国的大叙事”这些角度展开的，但这并不是说阎连科的作品刻意地为研究这些提供了文本。《坚硬如水》描绘的虽然是革命时代的欲望，但它是一部非常严肃的作品。在作家看来，“革命”与“性”在某些本质上有着惊人的相似。但是，这部小说的主题确实引起了汉学界的注意，尽管作者可能并没有这样的意图。

2004年，阎连科推出了在文坛引起轩然大波的《受活》。但《受活》本身最突出的问题，不在于它是否运用了过度的夸张和荒诞来表现现实，而在于其中主要情节的设置是否具有基本的合理性。文学作品可以虚构，也从不排斥夸张和荒诞，但要讲究起码的逻辑性。来自河南的各种“绝活”表演，不少城镇都有过，阎连科没有夸张。他的想象任性、混乱的地方在于：其一，购买列宁遗体这样一个乡干部的异想天开，在复杂敏感、如履薄冰的官场文化中是否能一路畅通？一层层上级干部的头脑是否会如此简单？行事又是否会如此大胆鲁莽？作者显然太偏爱购买列宁遗体这一情节了，其中寓意重大，无法舍弃。其二，作者通过一系列情节来突出茅枝婆的“退社”。小说中的正在进行时，是当代的商品社会，“人民公社”早已解体，农村行政区域的划分，是乡、村(庄)、组，“公社”已不复存在，“退社”还有必要吗？受活庄人走南闯北，并非困守一隅，“不知有汉，无论魏晋”。如果说作者所渲染的“退社”只是为了强调对回到无拘无束、自给自足状态的渴望，这种渴望应该是来源于人类久远的乌托邦幻想的，但作者所表现的对立面——“入社”后的种种遭遇，却不仅仅是有着严酷现实的反乌托邦，而是体现为政治灾难和迫害，从被迫交纳余粮到大炼钢铁、大兴水利、揪斗阶级敌人。在这一连串的历史灾难中，起主要作用的，不是因为从前人的自在状态被管束了，而是因为意识形态把它荒谬的意图强加给了体制中的人们。所以，茅枝婆所渴望摆脱

① 王德威：《革命时代的爱与死——论阎连科的小说》，《当代作家评论》2007年第5期。

的，只能是扭曲残酷的意识形态，而不是哲学意义上的人性约束。

小说作者无论站在什么立场上，他对意识形态的揭示和批判都是无可指责的。作者对较为敏感的社会现象、历史问题的揭露和抨击，未必就有明确的政治目的和动机。即使当局者这样认定，那些有着大胸怀大见地的作家，一定会断然否定。如果一定要认为《古拉格群岛》《1984》《日瓦戈医生》是有着某种意识形态企图的，那么这种怀疑不是对作家的诬陷，而是对他们的写作和思想的侮辱。布尔加科夫让魔鬼撒旦来考察莫斯科，他发现最重要的是“人心变了”，而不仅仅是有人在受政治迫害。《受活》对历史运动中人们所受灾难的一一回顾，几乎与作者的思考无关。它们走过场般地被描述，虽然骇人听闻，但更像是罗列历史事件以示众。

对于历史，人们需要的可能是认知，而不仅仅是讨伐。一味地清算，并伴以挖苦和嘲弄，只能是较低级的表现，甚至可以说是另一种形式的文攻武斗。而且面对那些沉重的事实，心绪仍然能够飞扬的，一定是和这些事实分离的，它是它、我是我，是作者和材料的关系。因此，外界通过作品看到的，只能是作者的姿态。在那些对历史事件剥皮揭疮式的展示中，对于西方而言，作者不同于或是敢于冒犯意识形态的态度，常常是第一个引起他们关注的因素。

除了意识形态上的定位，“汉学心态”还体现为作家们在语言上的考虑。在中国文学译介到国外的过程中，文化上的隔膜自不必说，主要的障碍也许还在语言。对于汉学家来说，“汉语的复杂性，以及汉语长篇小说的篇幅巨大，要让他下决心读一本当代汉语小说，更不用说下决心去翻译，肯定是极其困难的事。”早在 20 世纪 90 年代余华的写作发生“转型”之际，一种微妙而复杂的动因可能就已经隐藏在作家的叙事策略当中。2010 年，陈晓明在《回应批评：重新阐释中国当代文学的价值》中，提到了他对国内某些著名作家的批评，其中指出了这样一个事实：“余华的小说越写越明白，越写越简单，从《活着》到《许三观卖血记》不能不说包含着他的国际化想象，为的是好读和好翻译。”[1]在研究者看来，“余华多年前就参透了这本经”，因此他会越写越简单。“这就是汉语小说的命运，一是欧洲的纯文学观念；二是翻译的难度。”虽然“国际化”已经是“中国文学的软肋”，但人们还是希望“汉语文学要有点中国的立场”。[2]

再有一点，是对文学以及对中国文学的误解。“国际化”不只是少数“纯文学”作家的梦想，它在当代所有重要作家中都具有普遍性。这种追求有值得尊敬的一面，但也可能成为一种妨碍。从上文分析的意识形态领域里和语言策略上的投机，人们已经可以看出作家对艺术的理解发生了偏差。

但最大的问题，可能会出在对于中国文学的特点缺乏较为全面的认识上。20 世纪 40 年代，中国现代文学经过二十余年的探索实践，艺术已经相对成熟，达到了一个高峰，出现了《憩园》《呼兰河传》《围城》《金锁记》《果园城记》《北京人》这样的作品。这些作品很少再有新文学初期那些澎湃的激情、内心的挣扎以及形式上的各种尝试，而显示出一派秋天的宁静、圆熟和从容。这一时期的艺术创作可以代表中国现代文学在成熟期的最高成就，能够体现出中国现代文学别具一格的审美追求。在事关民族危亡的抗战尚未结束的 20 世纪 40 年代，这些被称为写出了“汉语文学杰作”的作家们，几乎全部在表现普通人的日常生活：张爱玲关心着那些“女结婚员”的命运，钱钟书在为琐碎生活中的知识分子穷形尽相；即使是国破家亡，巴金在《憩园》中为之沉痛的依然是家教的无方和子孙的不肖。至于在《果园城记》中，更看不到一点战争的影子，作者为之惆怅神伤的，不是民族的命运，而是普通人和世事的寥落。这种对日常生活的钟爱、对个人心灵的重视、对时光无情的感慨，事实上是与中国文学中最优秀的那一部分相贯通的。《三国演义》巨笔如椽写天下大事的分分合合，归纳起来却是“滚滚长江东逝水，浪花淘尽英雄。是非成败转头空，青山依旧在，几度夕阳红”。《红楼梦》中的贾宝玉在听到黛玉的“花落人亡两不知”时，很快推之于“宝钗、香菱、袭人等亦可以到无可寻

---

① 陈晓明：《回应批评：重新阐释中国当代文学的价值——答〈羊城晚报〉记者吴小攀问》，《文艺争鸣》2010 年第 2 期。

② 同上。

觅之时矣”，以及“自己又安在呢？且自身尚不知何在何往，将来斯处、斯园、斯花、斯柳，又不知当属谁姓？因此一而二二而三反复推求了去，真不知此时此际如何解释这段悲伤！”他很早就能说出“等我化成一股轻烟，风一吹就散了的时候儿，你们也管不得我，我也顾不得你们了，凭你们爱那里去那里去就完了”，这才是文学的大彻悟，大悲凉。

我们不能说日常生活和个人的感时伤生是中国文学的全部，但至少，它们是中国文学的一个重要特征，是能够以此和别国文学区别开来的美学风格。但这一特征在当代作家那里却被或多或少地忽略了。长篇小说往往能反映一个作家的文学抱负，纵观当代文学中的长篇小说，它们中的大多数不约而同都在反映历史，反映特定历史时期的社会生活。其中既有民国旧梦，更有20世纪50至70年代的特殊风云，也有被商品经济所改写的城乡。可以说，当代中国每一时刻的历史变动，都能在小说中得到及时而充分的反映。“文化大革命”时被时代所压抑的，过后也以再现和反思的形式得到反复地书写。不少作家的创作，是跟着当代历史的变迁如影随形的，贾平凹这样表达过他的创作心愿：“《秦腔》我写了咱这儿的农民怎样一步步从土地上走出，现在《高兴》又写了他们走出土地后的城里生活，我总算写了……。”[①]“文化大革命”可能是当代那些有影响的作家们都想一试身手的领域，“‘文化大革命’这个题材很有诱惑力，‘文化大革命’结束这么多年，很多作家试图写”。《古炉》的问世被文学批评家称为“贾平凹老老实实地写了一个村子文化大革命的全过程……中国目前没有一个人这样写文化大革命”[②]。这与贾平凹自己的文学主张是一致的，他说：“如果我们的作品都可能是过渡性的、速朽的话，那么我们不妨把我们的作品写成这个时代的一份记录而留给历史。这或许是我们的出路，也是我们最大的野心。”[③]

在这里，文学究竟是对历史的记录还是对历史的思考成为了一个问题。在基本的文学常识之外，其实还存在一个被忘却被遮蔽的

---

① 贾平凹：《我和刘高兴——长篇小说〈高兴〉后记》，《美文》（上半月）2007年第8期。

② 狄蕊红：《贾平凹新书〈古炉〉面世》，《华商报》2010年11月8日。

③ 贾平凹：《做一个时代的记录者》，《文艺报》2007年7月6日。

事实,是什么把当代文学引向了对历史和社会生活的注目?中国文学的灵魂究竟是什么?使我们从童年起就爱上文学的,究竟是个体的孤独感还是历史使命?

第二编

中国当代文学海外传播与中国形象

中国当代文学海外传播与中国形象塑造[①]

姜智芹

中国当代文学在海外的传播是中国形象塑造的一个维度。中国形象和中国文学海外传播之间既有同构性，也有因文学传播的多样性而带来的中国形象的复杂性。文学的向外传播从宏观上讲有两个主渠道：外方作为主体的“拿”和中方作为主体的“送”。“拿”是外方基于自身的欲望、需求、好恶和价值观，塑造的多少带有某种偏见的“他者”形象；“送”是中国政府基于外宣需求传播的具有正向价值的“自我”形象，是对西方塑造的定型化中国形象的矫正和消解。这两种中国形象在新中国的每一个历史时期铰结并存，构建出中国形象的不同侧影。

一、20 世纪 50—60 年代：定性译介与敌对性形象

意识形态对文学传播和形象塑造起着不容忽视的作用。新中国成立之初，中国文学的海外传播和外国人眼中的中国形象受冷战思维的影响，呈现出定性译介和敌对性的形象特点。

---

① 见 Hsu，Kai-yu trans. & ed，*Twentieth Century Chinese Poetry*：*An Anthology*，New York：Anchor，1964.

海外的中国形象在不同阶段有不同的主导塑造者：18 世纪是法国，19 世纪是英国和德国，20 世纪以来主要是美国。20 世纪 50—60 年代美国的中国形象主导、影响着西方的中国形象，而这一时期由于美苏冷战和朝鲜战争的爆发，中国被美国视为敌国，负面的中国形象成为抹不去的主色调。在这一中国形象主导下，西方英语世界对中国当代文学的译介甚少，仅有王蒙揭露官僚主义的小说《组织部新来的青年人》，郭沫若的《浪淘沙·看溜冰》、冯至的《韩波砍柴》《我歌唱鞍钢》、何其芳的《我好像听见了波涛的呼啸》、臧克家的《短歌迎新年》《你听》、艾青的《在智利的纸烟盒上》《寄广岛》、毛泽东的《北戴河》《游泳》等部分诗歌，老舍的戏剧《龙须沟》[①]等。我们以对王蒙《组织部新来的青年人》的译介略作阐释。这篇小说收入《苦涩的收获：铁幕后知识分子的反抗》一书，该书选择的是当时社会主义阵营如苏联、东德、波兰、匈牙利、中国等国的作品，偏重于那些揭露社会黑暗、干预生活的小说、诗歌、杂文。编选者埃德蒙·史蒂曼坚持入选的作品要“鲜明地表达了这些国家的作家想要打破政治压抑，独立、真实地表达个人感情、经历和思想的愿望”[②]，因而，那些大胆揭示社会弊端、批判政党管理方式的作品是《苦涩的收获：铁幕后知识分子的反抗》选择的重点，王蒙的小说《组织部新来的青年人》即被看作是满足了这样的要求而收入的作品。编者埃德蒙·史蒂曼特别强调了这部小说描写对象的特殊性——北京某区党委，说这个区党委是一处“懒惰和错误像‘空气中漂浮的灰尘’那样悬挂着的地方”，该小说的主人公——新来的林震“与不知因何堕落的韩常新、刘世吾展开斗争以拯救区党委”，并特意指出《组织部新来的青年人》作为“中国知识分子的春天中较早开放的鲜花”“受到了严厉打击”[③]。史蒂曼意在借文学作品窥探社会主义新中国的政治管理和社会发展状况。

---

① 见 Shimer, Dorothy Blair ed, *The Mentor Book of Modern Asian Literature from the Khyber Pass to Fuji*, New York: New American Library, 1969.

② Bitter Harvest: *The Intellectual Revolt behind the Iron Curtain*, edited by Edmund Stillman, with an introduction by François Bondy, London: Thames & Hudson, 1959, p. xvii, p. 143.

③ Ibid.

从这一时期英语世界的研究来看,新中国文学中所谓的“异端文学”成为关注的重心。鉴于当时资本主义阵营和社会主义阵营之间的冷战与对峙,西方研究者多采取潜在的敌视新中国的立场,对那些背离了主流文学规范的作品给予较高评价,旨在证明作家与新生的社会主义政权之间的矛盾。典型的研究如谷梅的《胡风与共产主义文学界权威的冲突》[①]《共产主义中国的文学异端》[②]、包华德的《毛泽东统治下的文学世界》[③]等。其中谷梅几乎完全将注意力集中在新中国的“异端”作家身上,将他们视为新中国知识分子的代表,从而忽略了更大范围内的“正统”作家,反映出她批判新生的社会主义政权,用所谓的社会主义社会的残暴来反证西方社会自由、民主的意图。对西方英语世界而言,中国是意识形态上的“他者”,专制、残暴的中国形象更符合西方自我形象建构和文化身份认同的需要。

与此同时,新中国也通过对外译介文学作品,向西方展示自我塑造的中国形象。新中国成立后,由于西方国家的封锁政策和中国采取的严密防范措施,中西交流的大门关闭了,幸而《中国文学》杂志通过向外译介文学作品介绍新中国的真实情况,以抵消西方媒体报道中对我国形象造成的消极影响。

1951 年创刊的《中国文学》以英、法两种语言向西方世界译介中国文学。就当代文学来说,20 世纪 50—60 年代主要选译反映新中国成立后人民群众生活的作品,宣扬革命、斗争、战争等工农兵题材的尤多。如《王贵与李香香》《新儿女英雄传》、魏巍的《谁是最可爱的人》、刘白羽的《朝鲜在战火中前进》、赵树理为配合新中国第一部婚姻法出台而创作的《登记》、沙汀歌颂新型农民的《你追我赶》等。“文化大革命”开始后样板戏成为译介的新方向,《沙家浜》《智取威虎山》《红灯记》都通过《中国文学》走向了海外。《中国文学》由于承担着外宣任务,在译介的篇目选择上受到主流意识形态、配合国家外交需要

---

① Goldman, Merle, “Hu Feng's Conflict with the Communist Literary Authorities”, *The China Quarterly*, No. 12, 1962.

② Goldman, Merle, *Literary Dissent in Communist China*, Cambridge, Mass.: Harvard University Press, 1967.

③ Boorman, Howard L, “The Literary World of Mao Tse-tung”, *The China Quarterly*, No. 13, 1963.

等因素的制约，服从于对外宣传我国文艺发展变化的需要，通常以作家的政治身份为标准选择当代作家，不支持“左倾”思想的作家作品往往被排斥在外。在思想倾向上，《中国文学》支持亚非拉、东欧等第三世界国家的民族解放运动，声援法国的社会运动，批评英美国家的侵略行径。因而，从接受情况来看，《中国文学》受到亚非拉国家的称赞，遭到欧美国家的批评。亚非拉国家的读者通过阅读《中国文学》确曾受到鼓舞，西方资本主义国家的读者虽然从中对中国的现实生活和文学创作有所了解，但并没有带来同情和理解，反而招致否定和排斥。特别是《中国文学》上刊登的反美斗争文章，引起外国读者的强烈反应，这种对立面形象的自我塑造同样使得西方对中国的认识片面化、妖魔化，以“蓝蚂蚁”①“蚂蚁山②”等蔑视性词汇来描述中国。

二、20世纪70年代：“正统”文学译介与美好新世界形象

20世纪70年代，以美国为首的西方世界与新中国的关系发生了较大转变。此时深陷越战泥潭的美国出现一股自我反思、自我批判的情绪，越来越认识到资本主义社会的弊端和帝国主义战争给其他国家造成的伤害，转而肯定殖民地国家的反帝斗争。尤其是尼克松1972年的访华使美国人心目中邪恶的中国形象得到扭转，此后西方各行各业的人寻找机会来到中国，看到红色中国巨大的物质进步和社会主义“新人新风尚”，带回大量有关中国的正面报道：“中国是一个开明的国家……是一个信仰虔诚、道德高尚的社会……人民看上去健康快乐，丰衣足食。”③一个美好的新世界形象出现在西方人的视野里。70年代末中国改革开放的方针和邓小平访美，使西方美好的中国形象进一步走向深入。由于改革开放的思路与传统的马列

① Guillain, Robert, *The Blue Ants*: 600 *Million Chinese Under the Red Flag*, translated [from the French] by Mervyn Savill, London: Secker & Warburg, 1957.

② Labin, Suzanne and Fitzgerald, Edward, *The Anthill*: *the Chinese Human Condition in Communist China*, New York: Praeger, 1960.

③ Hollander, Paul, *Political Pilgrims*: *Travels of Western Intellectuals to the Soviet Union, China, and Cuba*, 1928—1978, New York, Oxford: Oxford University Press, 1981, p. 278.

社会主义存在一定差别，西方世界将之误读为中国开始放弃社会主义，向资本主义靠拢。在苏联这个最大敌人的陪衬下，改革开放并“资本主义化”的中国形象显得无比美好。

在如此的形象背景下，英语世界对新中国文学的译介不再将重点放在“异端文学”上，而是加大了对正统的、主旋律文学的关注。海外中国文学研究者的政治立场亦发生较大转变，不再像 20 世纪 50—60 年代那样敌视新中国，而是理解、同情中国共产党的革命斗争，把描写革命与建设的新中国文学视为严肃的作品，肯定新中国文学中的价值质素。这一时期英语世界译介的新中国文学远远超过上一个时期，涵盖小说、戏剧、诗歌等多种体裁，择其要者有英国汉学家詹纳编选的《现代中国小说选》[①]，收入孙犁的《铁木前传》等；美国学者沃尔特・麦瑟夫和鲁斯・麦瑟夫编选的《共产主义中国现代戏剧选》[②]，收入《龙须沟》《白毛女》《妇女代表》《马兰花》《红灯记》等当时有代表性的剧目；巴恩斯顿与郭清波合译的《毛泽东诗词》[③]以及聂华苓、保罗・安格尔合译的《毛泽东诗词》[④]，二者收录的都是新中国成立后毛泽东发表的诗歌，编目上大同小异，只在注释方式上有所不同；约翰・米歇尔编选的《红梨园：革命中国的三部伟大戏剧》[⑤]，收入了《白蛇传》《野猪林》《智取威虎山》；许芥昱编选的《中国文学图景：一个作家的中华人民共和国之行》[⑥]，节选了杨沫的《青春之歌》、高玉宝的自传体小说《高玉宝》、浩然的《金光大道》等主旋律作品；许芥昱的另一个选本《中华人民共和国文学作品选》[⑦]收入了杨朔的

---

① Jenner, W. J. F. ed., *Modern Chinese Stories*, London: Oxford University Press, 1970.

② Meserve, Walter J. and Meserve, Ruth I. eds., *Modern Drama from Communist China*, New York: New York University Press and London: University of London Press, 1970.

③ *The Poems of Mao Tse-Tung*, Translation, Introduction, Notes By Willis Barnstone in Collaboration with Ko Ching-Po, New York: Harper & Row, 1972.

④ Engle, Hua-ling Nieh and Engle, Paul, eds., *The Poetry of Mao Tse-tung*, London: Wildwood House, 1973.

⑤ Mitchell, John D. ed., *The Red Pear Garden: Three Great Dramas of Revolutionary China*, Boston: David R. Godine, 1973.

⑥ Hsu, Kai-yu, *The Chinese literary Scene: A Writer's Visit to the People's Republic*, New York: Vintage Books, 1975.

⑦ Hsu, Kai-yu ed., *Literature of the People's Republic of China*, Bloomington: Indiana University Press, 1980.

《三千里江山》、李准的《不能走那条路》、艾芜的《夜归》、峻青的《黎明的河边》、周立波的《山乡巨变》、茹志鹃的《百合花》、梁斌的《红旗谱》、杨沫《青春之歌》、柳青的《创业史》、李英儒的《野火春风斗古城》等或节选或全文的内容;美国汉学家白志昂与胡志德合编的《中国革命文学选》[①],收入了秦兆阳的《沉默》、周立波的《新客》、浩然的《初显身手》等;聂华苓的《"百花"时期的文学》卷2《诗歌与小说》[②],收入了张贤亮的《大风歌》、王若望的《见大人》、李国文的《改选》、王蒙的《组织部新来的青年人》等作品。总的来说,这些选本的意识形态色彩与第一个时期相比明显减弱,编选者更注重从文学发展轨迹及作品的审美特性出发选译作品。他们的言说中虽然不能完全排除抨击新中国政权的话语,但敌对态度大为缓和。选本和研究中透露出来的中国形象比第一个阶段明显友善。

20世纪70年代,《中国文学》杂志继续向国外译介中国当代文学。"文化大革命"期间,样板戏受到异乎寻常的重视,继续得到译介,并刊载相关评论文章,对"样板戏"的思想内容和艺术价值予以评价,以引导异域读者,促进在海外的接受。浩然等硕果仅存的"合法"作家塑造"社会主义新人"形象的作品也成为此时对外译介的重要对象,浩然的《艳阳天》《金光大道》《西沙儿女》、李心田的《闪闪的红星》、高玉宝的《高玉宝》等,都作为代表时代特色的作品译介到国外。而集体翻译的毛泽东诗词无疑是该时期最重要的英译作品,为此专门成立了毛泽东诗词英文版定稿组,有的负责翻译,有的负责润色,并向国内高校师生和亲善中国的美国记者安娜·路易斯·斯特朗征求意见,于1976年隆重推出,以至于国内有学者指出:"毛诗翻译受重视程度之高,翻译过程持续时间之长,参与人员之复杂,规格之高,译入语种之多,总印数之大,在世界诗歌史和文学翻译史上是罕见的。"[③]"文化大革命"后至70年代末,《中国文学》也及时译介、刊载了

---

① Berninghausen, John and Huters, Theodore, eds., *Revolutionary Literature in China: An Anthology*, White Plains, New York: M. E. Sharpe, 1976.

② Hieh, Hua-ling ed., *Literature of the Hundred Flowers Period*, Vol. 1 Criticism and Polemics; Vol. 2 Poetry and Fiction, New York: Columbia University Press, 1981.

③ 马士奎:《文学输出和意识形态输出——"文革"时期毛泽东诗词的对外翻译》,《中国翻译》,2006年第6期。

反映新时期中国人民真实心声的作品，如伤痕小说宗璞的《弦上的梦》、刘心武的《班主任》等。

《中国文学》此一时期推出的这些译作集中体现了新中国方方面面的发展变化，向世界展示一代“社会主义新人”形象。这些作品对外传递的是与西方社会的个人主义截然不同的、以集体主义为核心的价值观，旨在树立新的自我文化形象，以显示社会主义制度的优越性。

三、新时期以降：多元化译介与“淡色中国”形象

新时期以降，以美国为主导的西方的中国形象是变动不居的。先是中美建交结束了两国多年的对抗与猜疑，随后邓小平访美以及中国改革开放的深入使得美国舆论对中国的赞成率大幅上升。美国媒体对中国经济改革的正面报道越来越多，尤其是《时代》周刊以不无欣喜的态度，不断报道中国充满活力的经济、丰富多样的市场和“新体制试验田”取得的成功。但美好的中国形象并没有持续多久，20 世纪 80 年代末的那场政治风波使西方的中国形象陡然逆转，再加上 90 年代初东欧社会主义阵营的解体，中国不仅失去了制衡苏联的地缘政治意义，而且成为资本主义全球化大潮中唯一一个社会主义大国，被视为“对抗世界”的“他者”，是美国主宰的世界秩序下的异己。于是，“中国威胁论”“中美冲突论”成为 20 世纪 90 年代西方之中国形象的主调。21 世纪以来，“中国机遇论”逐渐成为西方人的共识。2004 年，美国一位家庭主妇萨拉·邦乔尼对没有“中国制造”的日子的慨叹让西方人认识到中国既是竞争对手，更是合作伙伴。中国的发展不仅让西方人享受中国制造的质优价廉的商品，也给西方经济注入了活力，并在“反恐”问题上站在美国一边，西方对中国的好感暗自增长。美国著名的中国问题专家、高盛公司高级顾问乔舒亚·库珀·雷默将中国形象界定为“淡色中国”。他说这个词不很强势，又非常开放，同时体现出中国传统的和谐价值观，因为“淡”字将“水”和“火”两种不相容的东西结合在一起，使对立的东西和谐起来。雷默认为中国要想在世界上塑造良好的形象，最强有力的办法就是

保持开放的姿态，而不是硬性推销中国文化。[①] 这种观点何尝不体现了历史上西方对中国的态度和看法：长期以来，西方的中国形象在“浪漫化”和“妖魔化”之间徘徊，在喜爱和憎恨之间摇摆。西方需要抛弃意识形态的偏见，摆脱欲望化的视角，用“淡色”来看待中国。

与对中国变动不居的认知相应，新时期以来西方世界对中国当代文学的译介呈现出多元化、多样性的特点。既有不同作家的合集，也有单个作家的作品集、小说单行本；既有对新时期不同文学流派的追踪翻译，也有对女作家群体的结集译介；既有按主题编选的译本，也有按时间段编排的选本；既有对正统文学的关注，也有对争议性作品的偏好。

就合集译介来说，新时期的作品从伤痕文学、反思文学、改革文学，到寻根文学、先锋小说等，都引起海外学者的关注。比如《伤痕：描写文革的新小说，1977—1978》[②]收录了卢新华的《伤痕》、孔捷生的《姻缘》、刘心武的《班主任》和《醒来吧，弟弟》等伤痕文学作品；《新现实主义：“文化大革命”之后的中国文学作品集》[③]收入了高晓声的《李顺大造屋》、蒋子龙的《乔厂长上任记》、叶文福的《将军，你不能这样做！》、王蒙的《夜之眼》、谌容的《人到中年》、张弦的《被爱情遗忘的角落》等“反思文学”和“改革文学”作品；《春笋：中国当代短篇小说选》[④]收录了郑万隆的《钟》、韩少功的《归去来》、王安忆的《老康归来》、陈建功的《找乐》、扎西达娃的《系在皮绳扣上的魂》、阿城的《树王》等“寻根文学”作品；《中国先锋小说选》[⑤]收入了格非、余华、苏童的、残雪、孙甘露、马原等人创作的先锋小说。

除多人合集外，新时期一些作家的个人作品集和小说单行本也

---

① 参见乔舒亚·库珀·雷默等著：《中国形象：外国学者眼里的中国》，沈晓雷等译，北京：社会科学文献出版社，2006 年版，第 16—17 页。

② Barmé, Geremie and Lee, Bennett eds., *The Wounded: New Stories of the Cultural Revolution*, 77—78, Hong Kong: Joint Publishing Co., 1979.

③ Lee, Yee ed., *The New Realism: Writings from China After the Cultural Revolution*, New York: Hippocrene Books Inc., 1983.

④ Tai, Jeanne ed., *Spring Bamboo: A Collection of Contemporary Chinese Short Stories*, New York: Random House, 1989.

⑤ Wang, Jing ed., *China's Avant-Garde Fiction: An Anthology*, Durham: Duke University Press, 1998.

得到大量译介。像莫言的短篇小说集《爆炸及其他故事》《师傅越来越幽默》，小说单行本《红高粱》《天堂蒜薹之歌》《酒国》《丰乳肥臀》《生死疲劳》《变》《檀香刑》《四十一炮》等都被译成英语，“译成法语的作品有近20部”[①]。余华的短篇小说集《往事与刑罚》，长篇小说《活着》《许三观卖血记》《在细雨中呼喊》《兄弟》；苏童的中篇小说集《大红灯笼高高挂》《刺青》，短篇小说集《桥上的疯女人》，长篇小说《米》《我的帝王生涯》《碧奴》《河岸》；贾平凹的《浮躁》《古堡》《废都》等，也都译成英语、法语出版。

新时期一些有争议的作品也是西方关注的对象之一。美国汉学家林培瑞编选的《倔强的草："文化大革命"后中国的流行文学及争议性作品》[②]选入的大多是20世纪70年代末有影响、有争议的小说和诗歌；同样是他编选的《玫瑰与刺：中国小说的第二次百花齐放，1979—1980》[③]收入了发表于1979—1980年间的不同程度上的“刺”，他认为在中国，歌颂性的作品是“花”，批评性的作品是“刺”。《火种：中国良知的声音》[④]收入的是中国文坛上的杂沓之声，其中有些是有争议的作品，而堪称《火种：中国良知的声音》续篇的《新鬼旧梦录》[⑤]收录的是和原来严格的意识形态文学不同的文坛新声。被视为“中国现当代文学中事实上的、最具争议性的作家”[⑥]阎连科，其《丁庄梦》《年月日》《受活》等都被译成法语，“阎连科的‘被禁’以及他的‘批判意识’”“赢得法国人的无数好感”。[⑦]

海外对中国新时期文学的多元译介反映了西方人心目中杂色的

---

① 许方、许钧：《翻译与创作——许钧教授谈莫言获奖及其作品的翻译》，《小说评论》，2013年第2期。

② Link, Perry ed., *Stubborn Weeds: Popular and Controversial Chinese Literature after the Cultural Revolution*, Bloomington: Indiana University Press, 1983.

③ Link, Perry ed., *Roses and Thorns: The Second Blooming of the Hundred Flowers in Chinese Fiction*, 1979—80, Berkeley: University of California Press, 1984.

④ Barmé, Geremie R. and Minford, John eds., *Seeds of Fire: Chinese Voices of Conscience*, New York: Hill and Wang, 1988.

⑤ Barmé, Geremie and Jaivin, Linda eds., *New Ghosts, Old Dreams*. New York: Random House, 1992.

⑥ 胡安江、祝一舒：《译介动机与阐释维度——试论阎连科作品法译及其阐释》，《小说评论》，2013年第5期。

⑦ 同上。

中国形象。虽然文学的交流不能和渗透着意识形态的异国形象严格对应，但隐秘地投射出西方人对中国的态度和看法。

在海外“拿”来中国新时期文学的同时，中国在“送”出去方面也加大力度。《中国文学》在新时期拓宽译介的题材范围，并注重同英美国家的文学交流。20 世纪 80 年代初推出的“熊猫丛书”把诸多新时期作家如池莉、冯骥才、方方、邓友梅、梁晓声、刘绍棠、王蒙、张洁、张贤亮、周大新等人的作品传播到国外，其中销售较好的《中国当代七位女作家选》《北京人》《芙蓉镇》《人到中年》《爱，是不能忘记的》等引起英美一些主流报刊如《纽约时报书评》的关注。

21 世纪以来，中国政府多措并举，进一步加大中国文学海外推广的力度。2003 年中国新闻出版总署提出新闻出版业“走出去”战略。2004 年国务院新闻办公室与新闻出版总署启动“中国图书对外推广计划”，成立“中国图书对外推广计划”工作小组，每年召开专门会议，出版《“中国图书对外推广计划”推荐书目》。2006 年，中国作家协会推出“中国当代文学百部精品译介工程”，2009 年开始实施“经典中国国际出版工程”，并全面推行“中国文化著作翻译出版工程”。中国政府旨在通过这些文学、文化层面的努力，塑造一个多元、开放、积极的中国形象。

但不管是西方的“拿”过来还是中国的“送”出去，对新时期女作家作品的译介都是焦点之一。我们下面通过西方自发译介和《中国文学》、“熊猫丛书”自主输出的中国新时期女作家的作品，看看文学译介中“他塑形象”和“自塑形象”的不同。

英语世界对新时期女作家颇为关注。《玫瑰色的晚餐：中国当代女作家新作集》①《恬静的白色：中国当代女作家之女性小说》②《我要

① Liu, Nienling et al eds., *The Rose Colored Dinner: New Works by Contemporary Chinese Women Writers*, Hong Kong: Joint Publishing Co., 1988.

② Zhu, Hong ed., *The Serenity of Whiteness: Stories by and about Women in Contemporary China*, New York: Ballantine Books, 1991.

属狼：中国女性作家的新呼声》[①]《蜻蜓：20 世纪中国女作家作品选》[②]《红色不是唯一的颜色》[③]等收入了谌容、张洁、张抗抗、宗璞、茹志鹃、王安忆、张辛欣、铁凝，蒋子丹、池莉、陈染等作家的作品。此外还译介不少女作家的个人作品集和小说单行本。国内对新时期女作家的译介也相当重视。承担《中国文学》和"熊猫丛书"外译出版工作的中国文学出版社出版了七卷中国新时期女作家的合集和个人文集，将茹志娟、谌容、宗璞、古华、王安忆、张洁、方方、池莉、铁凝、程乃姗等众多女作家的作品推向海外。但中外在选译女作家的作品时秉承的理念、原则迥然不同。海外的译介主要是用他者文本烛照本土观念，以印证本国的文学传统和价值观念，是在借"他者"言说"自我"，"是认识自身、丰富自身的需要，也是以'他者'为鉴，更好地把握自身的需要。"[④]而中国是要通过对本土文学的译介，塑造积极、正面的中国形象，彰显中国的文化软实力，为改革开放和经济建设创造有利的国际环境。以海外、国内对王安忆作品的译介为例。英语世界最早选译的是王安忆探讨男女隐秘幽深的本能欲望的"三恋"——《小城之恋》《荒山之恋》和《锦绣谷之恋》，这种选择偏好和西方的女性主义诗学传统以及 20 世纪 70—80 年代女性主义批评理论在西方的兴起与发展有关。"三恋"让英语世界的读者在他国文学中看到了熟悉的影子，并因此给予好评："王安忆对人类性意识的描写敏感且具有说服力……任何一个熟悉过去几年中国文学发展的人都会认识到王安忆坦诚、公开地探讨性主题，需要何等的勇气。"[⑤]从中可以看出，英语世界对中国文学的译介内在里隐含着对自身文化的自恋式欣赏，是在用他者确认自我，完成的是自己的身份认同。

国内对王安忆的译介则体现出截然不同的选材倾向。尽管王安

---

① *I Wish I Were a Wolf*: *The New Voice in Chinese Women's Literature*, compiled and translated by Diana B. Kingsbury, Beijing: New World Press, 1994.

② Sciban, Shu-ning and Edwards, Fred eds., *Dragonflies*: *Fiction by Chinese Women in the Twentieth Century*, New York: East Asia Program, Cornell University, 2003.

③ Sieber, Patricia ed., *Red Is Not the Only Color*: *A Collection of Contemporary Chinese Fiction on Love and Sex Between Women*, Lanham, Maryland: Rowman & Littlefield Publishers, 2001.

④ 许钧：《我看中国现当代文学在法国的译介》，《中国外语》，2013 年第 5 期。

⑤ Mason, Caroline, "Book Review: Love on a Barren Mountain", *The China Quarterly*, No. 129, March 1992, p. 250.

忆的创作题材十分广泛，从伤痕、反思、寻根，到先锋、新写实、新历史无不涉猎，但《中国文学》和“熊猫丛书”选译的却是《小院琐记》《妙妙》《雨，沙沙沙》《人人之间》《流逝》等短篇小说。究其原因，恐怕和这些小说在主题上符合“主旋律”、在艺术表现上中规中矩有关。《中国文学》和“熊猫丛书”偏重选择以现实主义为基调的作品，试图通过中国文学向世界展示一个秉承传统文化价值观、生活化、市井化的中国形象。“三恋”虽然在王安忆的创作中占有重要位置，但其对女性欲望的大胆直面使得对爱情的表现由彰显灵魂到突出本能欲求，不仅在审美趣味上和中国传统的观念相距甚远，也与国家倡导的主流文学不相符合，因而被排除在外也就在所难免。

新中国成立以来，构建良好的中国形象受到国家层面的高度重视。从人民民主国家到改革开放的形象，从对外宣传中展示中国的“五个形象”到树立和平、合作、发展、负责任的大国形象，从提出文化软实力战略到具体实施各项“译介工程”“推广计划”“出版工程”，中国一直在致力于塑造一个国际舞台上良好的中国形象。但中国对自我形象的认知和其他国家对中国的认知尚有很多不一致之处，尽管这在国与国之间是普遍存在的现象，但在中国身上尤为突出。怎样通过文学的译介增近彼此的共识，缩小二者间的差距，让世界理解并认可中国自我塑造的形象，是我们要进一步思考的问题。

中国新时期文学在德国的传播与德国的中国形象

谢　淼

长久以来，对于大多数的德国人而言，中国都是一个遥远而陌生的国度。从旅行家的引介到传教士的宣扬、从启蒙家的褒扬到外交官的批判、从商人的肆意诋毁到学者的理性剖析，随着这几百年间“中国热”在德国一次次的高涨、反拨与消退，中国形象亦摆荡在被理想化与被妖魔化的两个极端，时而是纯美的桃花源、智性的乌托邦，时而是饥荒的大本营、恐怖的策源地。

在德国的中国形象建构过程中，中国文学作品在德语世界的译介和传播逐渐成为了一个重要的互动因素，原有的中国形象很大程度上决定了德国译者对中文作品的选择和阐释以及读者对德文译本的接受和反馈，而隐含着固有形象的中国文学译介又必然会参与到之后的中国形象建构，如此循环往复，螺旋更新。20 世纪 80 年代以后，这样的互动关系尤为活跃，中国新时期文学在德国的译介与研究在数量和质量上都远远超过了以往任何一个时期，是当代德国中国形象塑造的一个重要媒介，而这一价值无论是在中国当代文学领域还是形象学领域都没有得到充分的重视。中国形象在何种程度上介入了中国新时期文学在德国的传播，而后者又在何种程度上更新了德国的当代中国形象？双方曾经、正在和将要产生怎样的影响？这种影响背后的主导性因素是什么？是中国的“他者”因素还是德国的自我因素？……对这些问题的探讨，也将为我们理性评估中国当代文学尤其是新时期文学在对外（德）文化传播中的价值、科学制定当代中国的文化输出策略、批判接受德国汉学的中国当代文学研究成果提供一些思路与参考。

一、反省重构与继承延续的复杂关系

要理清中国新时期文学在德国的译介和传播与原有的中国形象的复杂关系，有必要对德国在20世纪80年代之前的中国形象做一个简单的梳理。1295年《马可·波罗游记》问世所带给欧洲的中国神话，在其后的14、15世纪相继转译传播，1477年该游记的德译本出版，成为中国形象在德语世界第一次较为集中的呈现。自此，德国的中国形象与整个欧洲的文化思潮密不可分。16世纪利玛窦、汤若望等耶稣会传教士对中国文明的亲身体验与热情歌颂，促发了欧洲（包括德国）的“中国热”，并且直接带来了17、18世纪欧洲思想家对中国的特别关注，伏尔泰、莱布尼茨等对中国的赞美与黑格尔、赫尔德等对中国的批评，将中国形象光辉灿烂和黯淡缺失的两面传达给了欧洲人。到了19世纪，中国在欧洲的形象随着国际地位的下降一落千丈，此时的来华外交官员和商人更多地把中国描述成贫穷落后的愚昧之地，德国流行的名词“schlitzaugen”（眯缝眼），不仅是侮辱性的中国人代名词，同时还是描绘中国人性格“狡猾、阴险、欺诈”的同义词。在经历了两次世界大战与世界政治格局瞬息万变的20世纪，中国在德国的形象也在极端神化与极端丑化之间跌宕起伏、交错盘结，即使是在同一时代，也会存在几种不同的、甚至完全相反的中国形象：世纪初对“黄祸”和义和团的恐惧与对道家文化、田园中国的向往并存，共和国成立后的“红祸”威胁论亦与1960年代“美好中国”的传奇同在……20世纪80年代之前中国在德国的形象就在美好与邪恶、可敬与可怕、获得仰视追捧与遭受敌视抵制之间忽明忽暗、轮回纠结。

总结起来，德国所“仰视追捧”的中国形象之“美好”与“可敬”主要有三个方面：一是从马可·波罗时代开始的对于物质中国的惊叹，体现为延续至今的对于中国的景物、风俗、美食、艺术等的强烈兴趣；二是从莱布尼茨时代开始的对于政治中国的礼赞，包括 18 世纪理想化了的伦理道德文明之都和 1960 年代的朝圣者的“乌托邦”；三是从歌德时代开始的对于文化中国的借鉴，后来发展为卫礼贤、黑塞、德布林、托马斯·曼以及诸多当代德国汉学家对于中国传统文化中“现代欧洲的良药和救赎”价值[①]的挖掘和诠释。而德国所“敌视抵制”的中国形象之“邪恶”与“可怕”，也有对应的三个方面：一是从后期传教士、来华商人日记中便开始的对饥荒瘟疫、贫穷落后、肮脏混乱的中国形象的反感；二是从黑格尔、赫尔德时期开始的对“家长政府”“停滞轮回”的中国文化的批判；三是种族主义和意识形态视野下对于“集权暴力”的红色政权和无处不在的“蓝蚂蚁”般的中国人形象的恐惧。

改革开放时代的到来，意味着与世隔绝近三十年的神秘中国终于打开了一个窗口，同时也意味着新一轮的中国形象的建构。德国人期望对这个遥远的东方古国和潜在的巨大市场拥有更深入、具体的了解，并且不满足于从中国公开报刊渠道获得的官方报道，而渴望接触更全方位、多角度的民间信息。新时期文学作品恰恰适应了他们的这一需求，其翻译数量在 1979 年至 1987 年之间急剧增长，以单行本或者合集等形式在不同出版社出版，1987 年是迄今为止西德译介中国文学作品数量最高的一年。从“伤痕”到“反思”到“改革”，从“寻根”到“先锋”到“新写实”，从“朦胧派”到“新生代”到“新新人类”，新时期文学各个阶段、潮流、类型、风格的代表作品几乎都拥有德译本和程度不一的论述文章或者零散点评。而这些译作和相关评论因为填补了德国此前的中国经验空白，成为了这一轮中国形象建构中一个重要的思想资源和推断依据，它们所呈现和诠释的当代中国风貌给予了原有的中国形象以冲击、反省、丰富和调整，进而实现了某种程度的重构。

德国 20 世纪 80 年代之前的中国形象，无论是 20 世纪 50 年代西德官方宣称的“野心勃勃、极富侵略性、意图称霸全球”的中国，还

---

① Richard Wilhelm：Die Seele Chinas，Frankfurt：Insel Verlag，1980（1926 年初版），S. 347.

是"1968年抗议运动"中左翼宣告的"看到未来和希望"的中国,或者更早以前时而是地狱、时而是天堂的极端中国,大多是基于种族主义、意识形态或者自我精神需求的一种想象与虚构。然而1980年代以后,这些想象与虚构开始被日新月异的通讯交通方式、频繁的实际接触以及大量中国当代文学作品的传播所逐渐改变。比如从1960年代末开始的对"文化大革命"的极度神化(在此过程中必然包含对冷战时期被妖魔化了的中国形象的反拨),在遭遇了一系列反映"文革"历史的文学作品之后,开始得以清算和反省。清算从暴露"文革"真相开始,《伤痕》《班主任》《于无无声处》《假如我是真的》[①]等作品的翻译和传播,成为击碎"文革"传奇和解构中国神话的利器,意识到"美好中国的假象后面隐藏着一个巨大的混乱不堪的国家"[②]。相关的作品被译介至德国的还有《布礼》《最宝贵的》《天云山传奇》《芙蓉镇》《人啊,人》《干校六记》《随想录》[③]等,这些作品成为德国深入了解中国社会问题和精神状况的资源性文本,并以此建构起"文革"噩梦过后痛楚、反思、文明空白和人道主义缓慢复苏的中国形象。随后译介至德国的中国"先锋文学""寻根文学""新写实文学"和"通俗文学",又呈现出转型期从古老走向现代的中国形象——一个试图挣脱"文革"阴影却又总是陷入新的矛盾、一个在不断变革与回归传统的纠结中挣扎探索的中国形象。值得一提的是新时期的女性作家,她

---

① 《伤痕》《班主任》收入 Jochen Noth: Der Jadefelsen. Chineseche Kurzgeschichten (1977－1979), Frankfurt: Sendler, 1981, S. 131－142;《于无声处》收入 Martin Krott: Politisches Theater im Peking Frühling 1978 "Aus der Stille" von Zong Fuxian. Übersetzung und KommentarBochum: Brockmeyer, 1980;《假如我是真的》收入 Rudolf G. Wagner: Literatur und Politik in der Volksrepublik China, Frankfurt: Suhrkamp, 1983, S. 105－176, S. 354－367.

② Miriam and Ivan London: "The Other China", Worldview, May June, July 1976.

③ 《布礼》收入 Irmtraud Fessen-Henjes: *Das Auge der Nacht*, Zürich: Unions verlag, 1987, S. 7－117;《最宝贵的》收入 Inse Cornelssen und Sun Junhua: *Wang Meng. Lauter F*ürsprecher und andere Geschichten, *Bochum: Brockmeyer*, 1989, S. 139－147;《天云山传奇》收入 *Eike Zschacke*: Die wunderbare Geschichte vom Himmel-wolken-berges, *Berlin: Verlag Volk und Welt Berlin*, 1981;《芙蓉镇》见 *Peter Kleinhempel*: Hibiskus, oder Vom Wandel der Beständigkeit, *Verlag Volk und Welt Berlin*, 1986;《人啊,人》收入 *Monika Bessert*, *Renate Stephan-Bahle*: Die grosse Mauer*ünchen*: *Hanser Verlag*, 1987;《随想录》见 *Martin Helmut*: Gedanken unter der Zeit, *Diederichs Eugen*, 2007;《干校六记》见 *Martin Helmut und Christiane Hammer*: Die Auflösung der Abteilung f*ür Haarspalterei*. *Texte moderner chinesecher Autoren*, Rowolht: Reinbek bei Hamburg, 1991, S. 68－76.

们的女性身份、对中国社会的现实书写、对中国人心路历程的独特剖析，使得她们的创作在中国形象建构中颇具分量：张洁的《沉重的翅膀》[①]是德国最为畅销的中国当代小说(1987 年 Hanser 出版社就已出版了七版，总发行量为 8 万册到 10 万册)，为德国读者带去了一个向现代化国家艰难过渡的“改革中国”形象；王安忆笔下的旖旎上海和细腻气质、池莉笔下的激情武汉和冷热生存，为德国带去了各具韵味的城市个性以及“情调中国”与“世俗中国”的形象；[②]卫慧、棉棉笔下世纪末光怪陆离的都市生活和混乱复杂的情感体验，则为德国带去了和当代西方青年几乎没有差异的一批中国“新新人类”的形象[③]……

然而，中国新时期文学在对德国 1980 年代以前的中国形象进行上述反省重构的同时，又不可避免地显示出了原有中国形象的深刻烙印与持续影响。一方面，原有的中国形象构成了德国读者对于中国新时期文学的文化预设和阅读期待，导致出版社不得不出于市场的考虑，去找寻那些更迎合普通读者东方想象的作品。另一方面，原有中国形象也是德国的中国当代文学翻译者和研究者们理解中国的知识储备和评价标准之一，这让他们在解读和诠释新时期文学时，选择了那些更符合他们的预设和推断的立场角度，而基于这一学术背景的译介研究成果显然又进一步加固了原有的中国形象。也就是说，新时期文学在德国的传播与接受，不同程度地继承延续了原有的中国形象。具体而言，这种延续主要体现在三个方面：一是对于中国风物的持续兴趣，冯骥才《神鞭》里的市井生活、邓友梅《烟壶》里的民间技艺、陆文夫《美食家》里的中国饮食文化、莫言的山东高密乡、苏

① 《沉重的翅膀》见 Michael Kahn-Ackermann：Schwere Flügel, München：Carl Hanser, 1985, Berlin：Aufbau Verlag, 1986.

② 王安忆作品评论见 Ulrike Solmecke：*Zwischen äußerer und innerer Welt. Erzählprosa der chinesischen Autorin Wang Anyi* 1980－1990, Berlin：Projekt Verlag, 1995；池莉作品评论见 Thomas Sturm："Zwischen den Diskursen. Die chineseche neorealistische Erählung", in：Oriens Extremus 40(1997), S. 102－152.

③ 卫慧、棉棉作品评论见 Beate Geist：Die neue Menschheit in chinas Großstädten. Eine Untersuchung zur chinesichen Gegenwartsliteratur, Hamburg：Institute für Asienkunde, 2003, S. 60－65.

童的枫杨树乡，以及马建、马原、阿来等作家笔下的西藏世界[①]……对德国读者散发着永恒魅力。二是对中国政治事件的强烈关注，这一关注既体现在对于新时期作家右派家庭、知青身份、流散体验等生命经历的特别重视与充分阐释，也体现在对于显露或隐含在文本中的政治立场和意识形态的竭力挖掘，比如顾彬对于格非的《迷舟》、苏童的《罂粟之家》中某些细节的格外专注，并将其解读为中国严格审批制度下的“政治正确策略”[②]，虽说不失为一种思考路径，却也有过度阐释之嫌。三是对中国传统文化的独特青睐，德国汉学界对丰子恺《缘缘堂续笔》中的道家式生存、汪曾祺《受戒》中的“原始人道主义精神”、阿城《棋王》中的“无为与存在的完全统一”[③]格外重视，并将这种来自“他者”的异域视野与文化启示，当作缓解和拯治他们自身精神困境的一种寄托与期望。总之，中国新时期文学在德国的译介和传播对于德国1980年代之前的中国形象，存在着既反省重构、又继承延续的复杂关系，二者并生共长、互为因果、循环往复、螺旋上升，并以此产生了既一脉相承，又与时俱进的新一轮的中国形象。

二、紧密渗透与相对游离的不同阶段

中国新时期文学在德国的译介和传播与1980年代之后德国的中国形象建构之间，经历了从紧密渗透到相对游离的不同阶段。以波鸿鲁尔大学的卫礼贤翻译中心和德国图书销售交易协会的统计数据为据，1995年被看作是划分这两个阶段的一个分水岭（当然不是绝对的）。在此之前，中国新时期文学作品在德国的翻译数量呈增长状态，1979年至1987年持续上扬并于1987年达到最高点，之后有所

① 《神鞭》见 Helmut Martin：Die lange Dünne und ihr kleiner Mann，Projekt Hannelore Salzmann，1994；《烟壶》见 Günter Appoldt：Das Schnupftabakfläschchen，Peking：Foreign Languages Press，1990；《美食家》见 Ulrich Kautz：Der Gourmet，Diogenes，1983；莫言的山东高密乡系列、苏童的枫杨树乡系列以及马建的《亮出你的舌头或空空荡荡》、马原的《拉萨河的女神》、阿来的《尘埃落定》等西藏系列小说都有德译本。

② ［德］顾彬：《二十世纪中国文学史》，范劲等译，上海：华东师大出版社，2008，第347－349、355－356页。

③ ［德］汉雅娜：《处于现代化痴迷之中的文化交流》，李雪涛译，收入《德语世界的汉学发展：历史、发展、人物和视角》，郑州：大象出版社，2005，第645－647页。

回落，到 1990 年代初又再次经历了小高潮，译介至德国的这些作品对这一时期德国的中国形象建构起到了至关重要的影响、渗透和转变作用。而在此之后，新时期文学在德国的翻译和销售数量严重下降，1995 年陷入低谷后再也难以回升，这些作品在新的中国形象建构中尽管仍是诸多活跃因素之一，但已逐渐处于相对游离的地位。那么，新时期文学的德译何以在 1980 年代如此深刻地影响了中国形象的建构？而这一紧密关系又何以在 1990 年代之后逐渐弱化呢？

当我们回顾一下历史上德国的中国形象建立与中国文学译介之间的关系，便会清楚地看到，影响中国形象建构的最初和最主要的文本，往往都是直接出自欧洲人之手，而不是出自中国人之手。《马可·波罗游记》德译本的出版常被看作中国形象在德国的形成之始，而这一文化事件也勾勒出了 20 世纪以前中国形象的经典建构途径：那就是欧洲人(包括旅行家、传教士、商人、官员、作家、思想家等)通过自身的写作(包括游记、日记、书信、思想著作、文学创作、中国文学的仿作等)将遥远中国的形象或纪实描绘、理性归纳，或虚构想象、感性创造，而这些文本历经数年，在法语、拉丁语、德语、英语等不同语言世界中翻译传阅，最终形成了中国形象在欧洲的世纪性思潮。其中，中国文学作品的译本最早出现在 17 世纪的英国和法国，在随后几十年中转译至德国，包括《诗经》、戏曲《赵氏孤儿》、小说集《今古奇观》等。相比此时与中国相关的历险小说、旅行小说、虚构信函以及盛行于 18 世纪的中国题材的各式仿作而言，中国文学在德国的译介数量和影响都颇为有限，对中国形象建构的辐射力也是非常次要的、边缘的。20 世纪以后，卫礼贤翻译的中国儒家经典(《大学》《论语》等)和道家经典(《道德经》《庄子》等)、弗兰茨·库恩翻译的中国古典长篇小说(《红楼梦》等)、晚清长篇小说(《儿女英雄传》等)对于中国文化价值在德国的重新发现，以及中国形象在德国的生动化、具体化都起到了延续至今的重要作用。第二次世界大战后两德分裂，中国文学的译介和传播受到意识形态的严格控制，1950 年代中国现当代文学的德译本数量明显增多，茅盾、巴金、老舍、丁玲、萧军等作家的作品均在此时翻译出版——这些都是同在社会主义阵营中的东德翻译家们的功劳，出于文学的魅力，更出于政治的需求，“在民主德国，翻译者们一开始就给自己定下了这样的目标:要让说德语的读者熟悉中国的现当代文学。"①。1960 年代中苏关系破裂以后,东德的中国现当代文学翻译工作也随之断裂,相反一直对共和国处于冷漠敌对状态的西德,受到"1968 年抗议运动"的影响,开始对中国重新产生兴趣,又因为 1949 年以后中国与西方世界的隔绝状态,更加对当代中国充满热望。

这个包裹得严严实实的中国,被 1978 年的改革开放撬开了数道缝隙,德国人对当代中国主观上的强烈好奇和客观上的经验空白,使得他们难以抑制在这些缝隙中寻找真相(至少是他们认为的"真相")的冲动和兴奋。当代文学作品无疑是 1980 年代走进中国的最佳媒介,中国人压抑得太久的思想和激情开始爆发在文学阵地,此起彼伏,层出不穷,文学是 1980 年代的中国文化生活的绝对主角。如同德国著名翻译家卡尔·戴得尤斯所说,"一个民族的文学是一扇窗户……他国人可以透过这扇窗户瞥见这个民族的生活世界"②。前文提到的在德国发行量非常大的的张洁的作品,论及其畅销原因,其译者阿克曼认为起码有两个:"一个是《沉重的翅膀》确实写得不错,很有文学翻译价值;第二,因为那个时候德国人对中国,特别是改革开放之后的中国并不了解,这本书以文学的形式来记录了这个信息,所以这个小说很受欢迎,不完全是从文学方面解释的原因。"③顾彬也认为后一点不容忽视,"因为读者希望去了解中国的社会,中国的女人"④。当然,除了对于所谓"真相"的追逐,德国对当代中国的渴望和热情还来自另外两个重要方面:一是对中国实行开放政策以后即将成为世界工厂和欧洲最大经贸合作伙伴的预期,这一经济驱动力导致德国书店里当代中国纪实文本远比虚构文本更为畅销;二是后工业时代里德国人的种种难以在其自身文化中获得解决的精神困惑,被寄希望于从中国文化中寻求救赎,这使得那些蕴含着中国传统

① Eva Müller:"Chinesische Literatur in der DDR", in Hsia, Adrian/Siegfrid Hoefert (Hg.), ernöstliche Brückenschläge: zu den deutsch-chinesischen Literaturbezuehungen im 20. Jahrhundert, Frankfurt:Peter Lang, 1992, S. 199—210.

② Karl Dedecius:Vom Übersetzen. Theorie und Praxis, Frankfurt:Suhrkamp Verlag, 1986, S. 13.

③ 中国网:《致力于文化交流 汉学家阿克曼的中国不了情》,2008 年 7 月 8 日。

④ 《新京报》:《顾彬:中德文学应更多一些交融》,2007 年 8 月 31 日。

文化的新时期作品在德国更受青睐。因为文化交流、经济交往和自身精神的而产生的种种需求，已经足以解释 1980 年代新时期文学在德国的大量译介、传播和接受，但论及这些作品对德国的中国形象建构的紧密渗透力和强大影响力，很大程度上还得益于在这场跨文化交流里中德双方所努力营造的对话基础。就德国而言，德国专业汉学在经历了几十年的曲折发展之后，1980 年代进入了繁荣期，人员众多、规模庞大、课题涉及广泛、思考深入，德国汉学的发展为新时期文学的翻译和研究提供了学术资源、研讨氛围、出版经费、翻译人才等各种有利条件。就中国而言，中国外文局、相关学者和译者在文化输出方面做出了卓有成效的努力，如《中国文学》杂志和其主编杨宪益先生提出出版的“熊猫丛书”，为新时期文学在德国（以及其他西方国家）的传播和接受起到了不可忽视的作用（尽管该丛书仅有少量德文版，但其大量的英文、法文版作品同样为德国了解和接受中国文学提供了一个窗口，很多译者因此与中国当代文学结缘并将其转译为德文）。

然而，在经历了 1987 年的译介制高点之后，新时期文学作品在德国的翻译数量和影响力开始逐年下降，中国当代文学在德国的中国形象建构中的地位也随之弱化。辉煌不再的原因首先应该归结为译介渠道的不畅和译介水平的局限。一方面，中国当代文学作品数量浩如烟海，小说篇幅大多很长，汉学家、译者阅读量有限，通常是经人介绍或推荐才会接触到某一作品，真正有艺术创造力的作品未必被他们翻译、甚至从未听说；另一方面，对于德国普通读者而言，对中国文学的兴趣主要集中在那些记录社会发展和政治变动的作品、以神秘方式表现中国的传记作品、以“在中国大陆遭禁”作为噱头的情色作品等，多数德国出版社出于市场效益会选择迎合读者，这大概也能解释像卫慧、棉棉、虹影这些作家，这边被顾彬骂作“垃圾”、那边被出版社隆重推出的强烈反差了。同时，“中国学”在德国尽管比早年热闹了不少，但文学翻译对于译者的双语水平和艺术感受力要求颇高，真正愿意、也有能力从事文学翻译的人才毕竟数量极少，加之翻译工作不受重视、收入低廉，很多热爱中国文学事业的译者不得不忍痛割爱、另谋高就。这些现实难题导致真正优秀的中国当代文学不为人所知，或者为人所知，却不为人所译，或者为人知、为人译，却难以译出原文韵味，又或者译得精彩却因经费原因、宣传策略原因、社会大环境等原因没有引起应有的关注和反响。同样的困境在中国翻译界，尤其是德语翻译界中也大量存在，尽管近年来文化输出越来越被重视，但真正落实到具体的政策、人才、经费等等，仍然显得捉襟见肘、杯水车薪。

新时期文学传播影响力在德国急剧下降的另一个重要原因则是时代主题的转变与大众传媒的兴起。20 世纪两次中国文学翻译高潮(1920 年代和 1980 年代)的出现都与当时的“中国热”密切相关，1990 年代以后，德国社会的时代主题逐渐转移到与其自身生活更加密切相关的问题的探讨，如对两德统一进程的反思、欧洲一体化利弊的权衡、绿色环保生活的倡导等等，中国一方面以超速发展的经济令人刮目相看、暗自惊叹，另一方面在文化上又渐遭冷落、风光不再，常常只能以神秘学说或异国情调来获取海外读者的青睐。在德国书店的中国书架上，最受欢迎的是关于太极、气功、风水之类的工具书以及其他实用类书籍，当代文学的译本少得可怜，编辑们也不愿意在文学书上冒险，他们往往先参考美国的翻译和销售状况，再决定是否引进版权，并且常常直接从英文转译。另一方面，便捷的交通工具、高速的信息传播方式、大众传媒的兴起，极大地丰富了人们走进中国的实时资料和获取途径，报刊、电视、网络等反应及时、图文并茂的传播很大程度地代替了 1980 年代中国文学作品的对外媒介功能。从这个角度而言，当代文学译介与中国形象建构之间关系的日渐游离，也是纸质文本与信息化、传媒化生活方式的日渐游离的社会生活状态的一个缩影。如何在这一大环境下将科技发展的优势运用到中国当代文学对外输出的实际操作中，是我们必须积极面对和重点思考的问题。

三、他者接受与自我观照的交错心理

中国新时期文学在德国的译介和传播以及与此相关的中国形象建构，表面上取决于翻译者的文本选择和研究者的阐释角度，但事实上，无论是译介工作本身还是译介成果的接受，都不仅仅由翻译者、研究者自身的喜好或者能力决定，而是处在一个由译者、学者、书评撰稿人、出版商、书商、主编、编辑、出版许可证管理人员等等组成的复合作用体当中。这些人员和机构大致分属于两个不同的体系，而这两个体系基本上与中国新时期文学在德国的两种译介渠道相对应。一是学院渠道，包括大学体制内相关的汉学研究机构、学者、图书馆藏书、杂志期刊等，二是民间渠道，包括大学体制外相关的民间组织、基金会、出版社、自由译者等。与前者相关的是大学学科设置、科研经费、学术方向及其背后的国家意志和战略考量，与后者相关的是谋生（或者兴趣、责任）、出版社、读者及其背后的市场大手和商业规则。1990 年代以前学院渠道影响更大，1990 年代以后随着汉学学科的经济学转向、教师职位的精简、科研经费的压缩，商业化而非学术化的民间渠道的社会影响增大。1980 年代学院渠道对朦胧诗、伤痕文学、改革文学的特别关注，以及对万象更新的中国形象的建构，与 1970 年代以后蓬勃发展、遍地开花、或传承、或新建的德国大学汉学系分不开，更与自 1972 年以来中德双边关系的恢复和改革开放后经贸伙伴关系的确立等政治经济形势分不开。而近年来民间渠道对“政治”“情色”“遭禁”等书籍标签的极大热忱，以及对“人权受损地”“经济终将超过美国”等中国形象的建构，包括出版社为一些遭禁作家或“美女作家”设计安排的巨幅海报、巡回朗诵、签名销售等一系列宣传造势，与德国读者对中国政治和中国女人的暧昧兴趣分不开，更与图书生产全球化趋势下已获考验的市场效应（主要指美国市场）和商业回报分不开。

由此可见，新时期文学在德国的译介与 1980 年代之前的中国形象之间既反省重构、又继承延续的复杂关系，与 1980 年代之后中国形象建构之间或紧密渗透、或相对游离的不同阶段，除了受到“中国怎么样”的影响（前面已经着重分析）以外，更受到“德国怎么样”的影响。事实上，中国形象的历次建构，都与德国自身的社会政治状况和民族文化诉求密切相关。“人们最需要通过创造一个‘非我’来发泄不满和寄托希望，富于创见的作家和思想家总是要探寻存在于自己已知领域之外的异域,长期以来,中国正是作为这样一个'他者'出现的。"[①]德国文化精英历史上每一次大规模地集中眺望东方和"中国热"的兴起,总是由于他们自身感受到了某种生存困境却又难以从同质文化中找到出路,于是便充满期待地试图从遥远东方的异质文化中获取心灵慰藉与思路启发。而中国文学在德国的译介和传播,也折射出了这种文化心理,他们期望从新时期文学中汲取的,除了关于当代中国真实场景的种种信息,还有就是与日耳曼文化相异的因素,并借此展开对中德文化差异部分的诠释,获得一种对于自身文化互补互参的中国途径。例如他们对于阿城《棋王》中道家生存智慧、天人合一思想的推崇,正是德国在现代化进程中远离自然、背弃自然、失去自然的忧患意识的反映,他们在王一生无为而为的淡定处世方式中寻觅到了医治现代病的希望,《棋王》类型的文本因而也得到了德国汉学界和图书界的颇多肯定。例如他们对于杨炼将"祖国的古朴原始与西方现代美学相结合"的诗风的赞誉,一方面因为杨炼的诗歌与他们自身对于人类原始灵魂的寻求相一致,另一方面又与从海德格尔到希尼等人的思想精神相契合,杨炼等当代诗人在德国汉学界的声名也因此远胜于国内绝大多数小说家。可以说,德国人是在认识、译介和建构中国的路上,发现了给予德国问题以希望的曙光,或者说,为了解决德国的问题,他们才找到了中国,译介中国文学,建构中国形象,并试图经由中国再返回自我、思考自我。

根据上面的分析,我们是否可以得出这样的结论:新时期文学在德国的传播以及中国形象的建构,实际上是由相互关联的两个因素决定的,一个是中国新时期文学的创作及其所展现的中国形象与中华民族心灵史,另一个则是德国学者、译者们的翻译传播及其他们所处时代的文化思潮与历史语境。德国人试图通过对中国新时期文学的译介与研究,探寻和揭示中国自1980年以来真实的生存图景和精神历程,并以此为镜获得对他们自身的一种精神观照和反思。事实上,翻译家戴得尤斯还说过这样的话,"只有通过深入体会异国语言

---

① 乐黛云:《世界文化总体对话中的中国形象》,收入史景迁:《文化类同与文化利用》,北京:北京大学出版社,1990,第8页。

的精神，我们才会发现我们自己语言的美妙之处和种种可能性。"①这个结论不仅适用于语言，也适用于社会文化，德国对中国新时期文学的翻译和研究，正是中国"他者"形态和德国自我状况共同作用和交错影响的结果。

如果说，前面对于新时期文学与德国的中国形象之间复杂关系的梳理，佐证了中国当代文学对外传播的重要价值，对于新时期文学与中国形象建构之间影响阶段的分析，增加了中国当代文化对外输出的参考策略，那么，对于德国译介中国新时期文学的过程中这种"他者接受"与"自我观照"交错心理的揭示，则多少为我们客观评价和选择借鉴德国汉学的中国当代文学翻译研究成果提供了一种视野和方法，既不狭隘敌视，也不盲目追从，以他者为镜，观察和反思"他们眼中的我们"，并试图由此获得反省自身创作与批评的新的思维路径和参与国际学术对话的新的话语资源。

① Karl Dedecius: Vom Übersetzen. Theorie und Praxis, Frankfurt: Suhrkamp Verlag, 1986, S. 176.

建国十七年中国国家形象的塑造与传播

——以《中国文学》(英文版)革命历史题材作品的选取为例①

林文艺

一

历史上，许多外国人或亲临中国，或通过到中国经商、旅游的人间接了解中国，留下许多关于中国形象的文本。这些文本既是创作者自身言说中国的结晶，也是其他人幻想中国的原材料。不同时期、不同文化背景的外国“注视者”以不同的角度言说中国。复杂多元的中国像一面多棱镜折射出“他者”的多重视角，构建出一系列在中西交流史和世界文明史上具有重要地位的立体多面的中国形象。② 中华文化(包括精神思想文化、艺术文化、物质文化)，特别是物质文化(如丝绸、瓷器、园林、武术、烹调等)曾经远播到国外，在世界上特别是对周边国家产生重要影响。而自唐代开始到17世纪中叶的上千年间，中国曾经是世界上最繁荣和最文明的国家之一，以自己卓越的文明塑造了辉煌的国家形象，赢得过世界的尊敬，如13世纪意大利的著名旅行家马可·波罗把中国誉为人间天堂，欧洲启蒙运动的思

---

① 本文为福建省教育厅2012A类课题“跨文化交流中《中国文学》(英文版)作品翻译选材研究”(课题编号:JA12410S)的研究成果。

② 林文艺:《中世纪欧洲游记〈曼德维尔游记〉中的中国形象》,《福建师范大学硕士论文》。

想家狄德罗、伏尔泰等人都对中国充满了敬仰之情。但自明清以来，由于闭关锁国并伴随着列强的侵略，中国大国地位迅速沉沦并被边缘化，从而被载入世界近代屈辱史册，沦落到被人睥睨的境地。中国不仅从传统的世界体系的中心沦落到现代世界体系的边缘，并以落后的地位及形象被长久地定格于国际体系之中。新中国的成立，才逐渐改变落后的国家形象的全新时代。①

国家形象是国际社会公众对一个国家的相对稳定的总体评价。国家形象对一个国家的发展和国际地位的影响是非常重要和直接的。一个国家往往通过多种方式传播和塑造国家形象。其中，文化传播是塑造和传播国家形象一个重要的渠道。许多国家越来越重视文化软实力和国家形象建设，以谋求增强自身思想文化影响力。比如，美国小布什政府成立“全球交流办公室”，奥巴马政府提出采用“巧实力”重塑美国形象；俄罗斯成立改善俄国国家形象的专门委员会；韩国也设立国家形象委员会。因为文学文化具有包容、渗透的功能，通过它们传播塑造国家形象，像是“润物细无声”的“春雨”，具有持久和潜移默化的作用。例如，中国的功夫文化、茶文化、餐饮文化，以及京剧、民俗、民间文化等等，都成为国家形象的重要塑造手段。2008年北京奥运会华丽、恢弘的开幕式，是对中国文化精神及与时俱进的民族精神的阐释，展示了一个文明灿烂、改革开放的中国国家形象，更是扭转了一些对中国形象有偏见的人的观点。因而，许多国家通过文化的传递来建构国家形象。② 美国的好莱坞就是使美国国家形象具有世界影响力的一个典型例子。一个国家的实体形象与一个国家的文化形象其实正是国家形象的两个重要组成部分，缺一不可。种种情况说明，加强对外宣传、提高国家文化软实力、树立良好国家形象，对于维护国家战略利益，增强国际影响力和竞争力，提高国际地位，都具有现实和长远的重要意义。③

十七年文学以毛泽东文艺思想作为指导思想，在当时百废俱兴局面的鼓舞下，文学界创作活跃，充满革命理想精神和战斗的激情。

---

① 陈正良：《增强中国“软实力”与国家形象塑造》，《江汉论坛》2008年第2期。

② 参见史伟：《试析西方媒体北京奥运报道与中国国家形象》，《东岳论丛》2009年第8期。

③ http://wenku.baidu.com/view/66b002fbf705cc1755270960.html

谱写革命历史，反映土地改革，表现抗美援朝，描画社会主义改造和建设，反对帝国主义和封建主义，广大作家极力于文学表现的民族化和大众化，各种文体和作品创作都走向繁荣。这种创作势头由于新编历史剧《海瑞罢官》被批判和林彪委托江青召开的《部队文艺工作座谈会纪要》的颁布而被打断。[①] 而十七年文学间产生一大批反映战争时期中国共产党领导下中国革命斗争史的文学作品，人们习惯的称之为“红色经典”。“红色经典”的核心价值在于它的英雄主义精神，它是与几代人坚定的革命理想和豪迈的战斗精神紧紧联系在一起，在当时语境下，被看作是心灵的滋养和精神的提升。“红色经典”的作品都是当时革命现实主义的代表作，不可避免带有那个特定时代过分强调阶级斗争，生活情趣展现不足的痕迹。政治化是十七年文学的主要特征，但有些作品如《林海雪原》《沙家浜》等，在今天看来仍然有着艺术价值。

新中国成立后，中国政府重视对外交流，主要通过对外广播、发行书刊、参与国际事务及汉籍外译等方式对外塑造和传播国家形象。而始建于1951年中国外文局所属的中国文学出版社，是我国十七年间出版外文图书最多、外文出版规模最大的出版社。期间，政府也以英文版《中国文学》[②]（*Chinese Literature*）（下文简称《中国文学》）为平台，向国外翻译介绍中国文学精品，传播中国文化，展现全新的国家形象。该杂志发行100多个国家和地区，受到国外读者的欢迎。是新中国成立后国内最早向外传播中国文化，塑造国家形象的杂志。

英文版《中国文学》对外译介各种题材作品，包括文学、艺术、考古等内容。杂志各个历史阶段的选材都具有特色，但均以文学作品为媒介。无论是选择古代文学的一些经典著作，诸如《诗经》《水浒传》《西游记》等，还是现当代文学精品，其意图却是很明显的：“大体而言，这些翻译的主要目的是向外国读者展示中国古典文学悠久而丰富的传统，对于宣传国家形象，无疑是很有积极的作用的”[③]。尤

---

① 洪子诚：《中国当代文学史》，高等教育出版社，2001年版。

② 英文版《中国文学》杂志1951年创刊初期为不定期丛刊，1954年起改为季刊，1958年为双月刊，1959年为月刊，1964年增加法文版，此后英法两种版本并存，1984年恢复季刊，2001年春季停刊。

③ 王宏志：《重释“信达雅”：二十世纪中国翻译研究》，东方出版中心1999年版，第50页。

其是十七年间杂志选译的革命战争、革命历史题材等红色经典的意图更是明显，即对外传播文化从而传播国家形象。

二

《中国文学》在新中国成立十七年间翻译的文学作品，就题材而言，译介的作品有小说、诗歌、散文，戏曲、电影剧本等，其中革命战争、革命历史题材等红色经典作品是重要内容之一。中国革命历史题材的作品，在建国前后始终是文坛的主流。无论是农民的翻身做主，还是革命者演绎的轰轰烈烈的爱情，或者是宗族家庭内部的复杂斗争，在当代文学作品中，都在中国革命这条主线下被连接起来。作为对外宣传的一个窗口，《中国文学》在翻译题材的选取上，始终是以中国革命历史题材的作品为主流，但其具体情况又有差异。概而言之，在革命题材作品的体裁上，《中国文学》译介的内容主要包括两个大的方面：

首先，译介革命历史小说的纵向演进。《中国文学》几乎对新中国成立十七年所有的革命战争题材小说等都进行译载：1. 反映第一次和第二次国内革命战争的小说。杂志非常注重中国国内革命战争的宣传，例如，1959 年第 1—5 期刊发梁斌的《红旗谱》，该小说享有中国农民革命运动的“史诗”之誉。译文塑造了民主革命时期党领导下的农民革命英雄的形象。再如高云览的长篇小说《小城春秋》(1958)，该小说记录了 1930 年代厦门大劫狱事件。还有欧阳山的《三家巷》(1961)，重现了 1920 年代包括省港罢工、广州起义在内的南国风云。2. 反映抗日战争的小说。从 1951 年创刊号译介反映抗日战争的《新儿女英雄传》开始，《中国文学》刊登的抗日战争题材的小说数目较多，特别是当时引起广泛影响的名作大都得到选译刊发。如 1960 年第 3—6 期译载杨沫的优秀长篇小说《青春之歌》。译文成功地塑造了爱国知识青年林道静这一艺术典型，特别在青年学生中影响广泛。再如孙犁的《风云初记》(1963)、徐光耀的《平原烈火》(l955)、李英儒的《野火春风斗古城》(1965)、冯德英的《苦菜花》(1966)等。杂志译载的这些作品分别反映抗日战争期间鲁南、冀中、胶东等地区我党地下工作者复杂、富有传奇色彩的敌后斗争,塑造了许多可歌可泣的人物形象。3.反映解放战争题材的小说。杂志介绍、登载了杜鹏程的长篇小说《保卫延安》(1955 年第 2 期)及其中一章《长城线上》(1956 年第 1 期)。该小说是当代文学史上第一部正面描写解放战争的革命战争题材小说。还有曲波的有关东北剿匪斗争的长篇小说《林海雪原》。译文中塑造的解放军英雄形象也就成了新中国的典型代表。其他以解放战争为题材的,有长篇小说柳青的《铜墙铁壁》、吴强的《红日》、罗广斌、杨益言的《红岩》等。杂志刊载的还有陈登科的《活人塘》(1952)、刘白羽的《火光在前》(新中国成立后的第一部中篇小说,1954)等。短篇小说有茹志鹃的《百合花》、王愿坚的《七根火柴》等,作品展示了战争时期英勇悲壮的共产党员形象,给读者留下深刻的印象。4.反映抗美援朝战争的作品。《中国文学》选译较有影响力的、体现抗美援朝战争的作品,包括散文、报告文学、通讯等。诸如魏巍的《朝鲜前线通讯:谁是最可爱的人》《汉江南岸的日日夜夜》、刘白羽的《朝鲜在战火中前进》、柴川若的《志愿军与美军俘虏》、丁玲的《寄给在朝鲜的中国人民志愿军部队》、杨朔的《三千里江山》、陆柱国的《上甘岭》、李元兴的《我的战友邱少云》等。

其次,革命者诗词及带有革命题材的戏曲、话剧、电影文学剧本等的选译。在中国革命的过程中,一些革命者留下了大量反映革命者坚贞斗志、对理想信念坚定不移等方面的诗词。《中国文学》1963 年第 1 期登载毛泽东的《清平乐·蒋桂战争》《七律·人民解放军占领南京》,以及陈毅的《赣南游击词》《梅岭三章》、陶铸的《狱中》、叶挺的《囚歌》、恽代英的《狱中诗》等诗词,展示了奉持坚定不移理想信念的革命者形象。

革命题材的戏曲、话剧、电影文学剧本等在《中国文学》中也得到大量译介。譬如,杂志 1956 年第 2 期译介《万水千山》,译文为域外读者真实地再现了中国工农红军历尽千辛万苦完成两万五千里长征这一举世无双的壮举,展现了中华民族坚定无畏的精神。再如电影剧本《红色娘子军》《闪闪的红星》《南征北战》《小兵张嘎》《平原游击队》《地道战》等亦得到介绍。

杂志选译这些“红色经典”作品是因为其对无产阶级革命事业作

出过重大贡献，对革命事业都作了正面描述，因而成为中华民族时代精神重要的组成部分。

三

中外交流的历史源远流长。来华的外国商人、游客、传教士留下许多记录中国的文本，包括民俗风情、地理概况、英雄人物、重大历史事件等等。这种以“他者”为视角的叙述，为异域人民了解中国打开了一扇重要的窗口，也为中国人了解中国提供了“陌生化”的视角。无论这些文本真实性如何，都对中国国家形象的重构具有重要的意义。《中国文学》有关红色经典等题材的翻译选材策略，也借鉴了这一特征。《中国文学》译介上述的红色经典对外塑造的形象有：

第一，农民英雄形象。《中国文学》选取的革命历史题材展示许多勇敢的农民英雄的形象，尤其以1959年第1—5期译载梁斌的《红旗谱》塑造的农民英雄朱老忠最为典型。杂志选译的部分塑造了继承革命农民俭朴、勤劳的优秀传统品格，具有传统的革命精神，又有鲜明的时代特征的农民英雄形象。朱老忠是我国文学史上首次出现的反映深广的历史传统和现实精神相统一的革命农民的英雄典型。作为一个理想、完美的艺术形象，朱老忠出现在我国社会主义文学大发展初期，对现代文学创作中有着典范意义和重大的社会意义，也教育了广大的青年一代。[①] 杂志选译的其他作品，如《新儿女英雄传》等亦展示农民英雄黑老蔡、牛大水等形象。

第二，英勇的解放军形象。《中国文学》选取杜鹏程《保卫延安》的第五章《长城线上》(1956年)、曲波的《林海雪原》(1958年)和吴强的《红日》(1960年)中塑造的英勇解放军形象最为典型。《长城线上》主要描述了长城线上的激烈战斗，塑造了周大勇、李诚、王老虎等无所畏惧的、英勇善战的英雄形象。特别是连长周大勇身负重伤，以无比的刚毅和勇猛，机智和沉着，率领战士成功突出重围，展示了在

---

① 李屏锦:《崇高的农民英雄形象——论《红旗谱》中的朱老忠》，原以集体署名发表于1960年9月21日《光明日报》。

紧张的战斗和严酷的考验中，在党的教育下，成长起来的人民英雄形象。杂志译载的《林海雪原》则塑造了各式各样的英雄人物形象：足智多谋的团参谋长少剑波；智谋过人、只身闯进威虎山的侦察英雄杨子荣；虎胆熊心，两条腿长得比一般人长，在传递情报的过程中发挥了重要作用的孙达得；机灵如猴子，在奇袭奶头山战斗中架起那关键“绳桥”的栾超家等英雄形象。杂志译载的《红日》则塑造了一批引人注目的形象。作为高级指战员，军长沈振新坚定勇敢，沉着冷静，与普通战士一样有着丰富的感情，为失败而痛苦忧虑，为胜利而欢欣鼓舞。副军长梁波开朗乐观、幽默风趣，显示出军事家及政治家的才干。还有，冲锋陷阵，奋勇杀敌，英勇牺牲的英雄团长刘胜，以及敢于在枪林弹雨中坚守阵地连长石东根等英雄形象。

第三，革命女性及革命知识分子形象。《中国文学》译介的革命历史题材对外塑造众多革命女性形象，以《青春之歌》和《红岩》最为典型。杂志 1960 年第 3—6 期译载杨沫的长篇小说《青春之歌》，译文成功地塑造了女知识青年林道静从个人反抗走上革命道路的艺术典型，反映了在阶级矛盾、民族矛盾日益尖锐激烈的动荡年代，中国知识分子的觉醒和分化。译文还展示了国难当头，走不同道路的知识分子形象，如爽朗热情、坚贞不屈的卢嘉川；稳健沉着、机智勇敢的江华；积极向上的徐辉、罗大方、许宁等形象。杂志 1962 年第 5—7 期选译罗广斌、杨益言的《红岩》，塑造了稳重、坚强，对革命事业无比忠贞的的江姐（江竹筠）形象。同时，译文塑造了许云峰、成岗、刘思扬、徐新江等众多可歌可泣、令人难忘的革命英雄形象，深刻展示了革命者的崇高精神境界和思想光辉。

综观《中国文学》译载的红色经典等题材及其塑造的中国形象，可以发现具有以下的特征：

首先，在艺术风格上有自己鲜明的特色：澎湃的激情、浓郁的诗意与深刻哲理的高度结合；在严酷的典型环境中塑造英雄形象，气势恢宏，笔调豪放、粗犷。《中国文学》通过译介红色经典等题材为域外读者塑造革命、英勇的中国人形象，这是中国人自塑的形象，与史上中国形象都是由西方人构建的存在着很大的不同。这些自塑的中国形象为西方的中国国家形象观提供了新的视角。

其次,《中国文学》通过刊载红色经典等作品,塑造勇敢、具有坚定信念的中国人形象是基于国内革命战争的史实,但因为文学作品的艺术表现手法,杂志塑造的这些形象具有真实而又有某些虚构的特点;但这种形象同时又具有文化传播的功能,体现了形象学中形象塑造的基本特征和规律。

《中国文学》在译介革命题材等红色经典作品所展示的中国形象的过程中,始终保持以中国人为中心来看待整个中华民族形象的"眼光"。由于新中国成立初期我国文学的主潮是介绍反映革命战争题材及社会现实题材的相关创作,《中国文学》与时俱进,顺应中国文学发展主潮,对外介绍描写解放战争、抗日战争、抗美援朝战争以及第一、二次国内革命战争等有关题材(长中短篇小说、散文、报告文学等)的作品。这些作品大多格调高昂,色彩明快,无论是写人写事,都能激发读者积极向上,具有鼓舞人心的力量。[①] 通过它们,展示了在中国共产党领导革命斗争的各个历史阶段,革命英雄主义和乐观主义成为普遍心态,舍己为人、大公无私的时代理想精神和伦理道德典范的英雄形象处处可见。[②]

四

《中国文学》这种翻译选材及对英雄的人形象的塑造,具有重要的意义,体现在下面几点:

其一,《中国文学》之所以选译《红日》《红岩》《红旗谱》等"红色经典",是因为这些作品所具有的文化同一性,反映了时代精神,弘扬中华民族伟大精神,建构了传奇的民族性。杂志译载"红色经典"作品反映了对祖国和人民的深挚的爱,这些作品延续了传奇小说的叙事形式和内部构造,它们在装进了"新的内容",起到了教育人民、建构民族的防卫屏障的同时,也替代了过去言情、武侠、侦探等通俗小说的娱乐功能。杂志译介红色经典所塑造的中国形象对西方与现代中

---

① 倪秀华:《建国十七年间"革命历史小说"英译研究——以《林海雪原》英译为个案》,《外语与翻译》2008年第4期。

② 同上。

国都具有非常重要的意义。它不但借助国人对自我形象的塑造，表达了国人的情感诉求、自我反思，以及理想寄托，也实现通过借助西方人的眼光来反思、认识中国本土文化。它把不畏强暴、舍生取义，为真理和理想而献身的高尚品格的中国形象全面展示在外国读者面前，让他们得以从立体的视角了解中国人勤劳、英勇、坚贞不屈的民族精神，也引发了西方对中国形象新的期待与幻想。

其二，《中国文学》译介红色经典的这些作品所展示的中国形象个性鲜明、富有特色，重视表现对新中国成立与英雄人物的颂扬、民族平等与团结等思想主题，具有空前的民族精神和时代特色，在一定程度上丰富和发展了中国文学。[①] 杂志选择的这些"红色经典"作品，以深厚的思想内涵和独特的艺术样式，成为了新中国文学发展史上的传世之作。这些传世之作展现中国作家用优秀作品反映出那个历史阶段的真实状况，无疑对发扬革命传统有着重要的意义，塑造具有革命精神和革命传统的形象，已经内化为一种伟大的人格和高尚品德，并成为人们效法的榜样和做人的楷模。这些形象展示了中华民族精神的继承与发扬，不仅能够鼓舞、教育当代人，而且将会激励一代又一代，使中华民族的优秀品质与民族精神薪火相传。

其三，《中国文学》大量译介十七年的红色经典并塑造可歌可泣的中国人形象，在开拓文学表现题材方面，它是值得称道的。因此《中国文学》译介红色经典题材作品及塑造的革命的中国人形象促进中国文化融入世界，促进了中外文化的对话与交流，推动了中国国家形象的发展与完善。

《中国文学》主动对外译介革命战争题材的作品，旨在突破西方资本主义国家对新中国的文化封锁，不仅体现了中国在建立现代民族国家过程中的一种自主意识，同时也是力图修正当时东西方权力关系不平等的一种努力。《中国文学》十七年间选取革命题材的相关作品，是因为这些作品间接参与了中国革命历史的记录，而这些作品刻画的解放军英雄形象也成了新中国的典型代表。因此，在对外译介此类作品时，往往删除或省略了一些影响人物形象的描述，使人物

---

① 李鸿然：《三十五年来的少数民族文学创作》，《民族文学研究》1984 年第 4 期。

形象更加正面。例如,《林海雪原》原文中栾超家说的粗俗的话:“百鸡宴上拿座山雕,就好比裤筒里抓……”在译文中被删除以对外塑造高、大、全的英雄形象。[①] 此外,《中国文学》译载的革命题材作品大都正面描述中国革命的历史事件,因而成为中国现代民族国家叙事的不可或缺的一部分。这些革命题材的作品,一定程度上向国外传播了中国革命的经验和影响,宣传了中国人民反侵略、爱和平,为建设社会主义而斗争的精神,展现了新中国各方面的成就及逐步改善的真实的人民生活状况,从而鼓舞了当时尚未解放的各国人民。[②] 通过《中国文学》的介绍,不少外国读者改变了因西方长期发动宣传造成对中国形象的歪曲观念,促进读者对我国解放斗争的正义性的认识,增进了各国人民对中国的了解。印度一位进步作家阅读杂志后,来信说:“通过《中国文学》,我们眼前展开了新中国新的人民形象,你们反压迫、反剥削、敢于抗争,给大家指出了一条道路。《谁是最可爱的人》气贯长虹,给人以无穷的力量……”。[③]

新中国成立后,革命战争、革命历史题材作品创作热潮的形成,既是特定时代政治革命的产物,也是时代和人民召唤的产物;它既是解放区文学传统的延续,也是作家个体对生活的体验和反映。[④] 虽然《中国文学》翻译的许多革命历史题材作品尤其长篇小说是节选的,并不能完全反映当时国内文坛上革命历史题材创作的全貌,但作为政府主办的对外宣传的杂志,选译这些革命历史题材的作品,无论在翻译动机和译本的最终面貌上,旨在构建一个新生政权的新形象,更重要的是向世界宣传一个全新的社会主义中国国家形象。[⑤] 因而,《中国文学》这一时期革命历史题材的英译活动,可以使我们了解在该时期,中国现代民族国家是如何被想象的,从而加深我们对中国现代民族国家话语实践的理解。[⑥]

---

① 曲波:《林海雪原(第二版)》,作家出版社,1962年。

② 参见张学庆:《中国现当代文学与美国文学翻译》,《江汉论坛》2009年第11期。

③ 吴旸:《中国文学》的诞生,《对外传播》,1999年第6期。

④ 徐成:《十七年革命历史题材小说创作热潮成因探析》,《名作欣赏》2006年第24期。

⑤ 倪秀华:《建国十七年间“革命历史小说”英译研究——以《林海雪原》英译为个案》,《外语与翻译》2008年第4期。

⑥ 徐成:《十七年革命历史题材小说创作热潮成因探析》,《名作欣赏》2006年第24期。

五

《中国文学》发行半个世纪，为中国文学的外译事业、文化及国家形象的传播做出很大贡献。但是，作为文学刊物，《中国文学》杂志连同出版社一起受到市场经济大潮的冲击，于 2001 年春季停刊，成为中国文学译介史上的一道远逝的风景。在此，以《中国文学》为鉴，认为影响中国文化及中国形象传播的主要因素有：

其一，中外文化及中西方意识形态的差异。由于东西方文化的差异和意识形态的不同，加上根深蒂固的“东方观”所造成的对中国的偏见长期存在，这是导致《中国文学》停刊的因素之一，也制约中国文化的外播，从而影响中国国家形象的外播。其二，汉语言翻译的难度。由于汉语语言自身的特点，使中国文学作品的对外翻译确实存在诸多困难。伊娃·克奈索[①]在文章《中国作品的西方命运》里，分别从题材的限制、翻译的艰难性、政策和环境等方面分析了中国当代文学作品对外翻译的难处，这些因素约束了中国文化的外播，从而影响中国国家形象的传播。

我们要认识到“中国文化输出及中国形象”的重要性和必要性，文化是活的生命，只有发展，才有持久的生命力，只有传播，才有影响力。其实没有有效的跨文化传播，再优秀的民族文化也不会为世人所知，再好的国家形象也不会为世人所接受。当然，只有中国经济的发展和综合国力的不断提高，才会为中国文化及国家形象的远播创造更好的条件。为此，中国要加强与世界的沟通，在大力弘扬优秀传统文化的基础上，应当更加深层次地思考和推进优秀文化传统的现代转化，以具有时代气息和民族特色的文化成果，确立中国文化的现代形象，在崭新的现代境遇中彰显不断创新发展着的中国文化的实力和魅力，[②]从而不断提升中国国家形象。

---

① 伊娃·克奈索 2006 年 6 月获得 LudwigMaximilians 大学汉学学士学位，2006 年 9 月—2007 年 9 月在英国牛津布鲁克斯大学进修出版专业课程。2003 年和 2005 年分别在中国台北和上海从事国际合作出版工作，现居德国慕尼黑。

② http://wenku.baidu.com/view/66b002fbf705cc1755270960.html

第三编

中国当代文学海外传播的译介与出版

宏观背景出版视角

——中国文学海外传播的多维思考

于翠玲

中国文学是一个涵盖古今的整体概念，中国文学在海外传播有着不同的途径，但印刷出版的图书是向海外读者进行传播的重要媒介。在当今媒介全球化的背景下，中国图书出版"走出去"工程以及海外推广活动，涉及政府主管部门、作者、翻译、读者、市场、宣传等传播环节，而中国文学书籍的海外传播也显现出不同以往的特点，值得从多种维度加以思考和研究。

一、宏观背景：提高国家文化软实力

如今人们已经习惯于用全球化或地球村来形容整个世界的变化及其景观。伴随着经济全球化、媒介全球化的进程，人类的文化传播活动也发生了巨大变化。与经济贸易交往活动不同的是，人类的文化传播是指"文化特质或文化元素从一个社会传递到另一个社会，从一个区域传递到另一个区域，是文化向外传递、扩散而超出其产生地区的一种流动现象"①。媒介全球化不仅促进了世界各国的文化传

① 司马云杰：《文化社会学》，中国社会科学出版社，2001年，第269页。

播，也引发了学者们对“文化帝国主义”的批判及其反思[①]。即使是欧洲国家也对美国大众文化的入侵保持警惕，有法国学者指出：“在过去，从来没有过美国今天所做的这样的事情，可以通过媒介的势力大量侵入其他国家”；特别是“互联网在媒介中所扮演的角色，能够将英语作为一种‘基础性的’、基本的、常用的、一种全球性的用语，并且这样促使当地语言让步，而这种当地语言与那些民族性的、继承下来的并且有着蓬勃生命力的文化的繁荣密切相关”。[②]因而，如何建立“多种声音，一个世界”的国际传播秩序已经成为联合国教科文组织所关注的问题。

图书是文化内容的载体，也是文化传播的媒介。中国在近代经历了“西学东渐”的过程，大量西学图书被翻译引入中国，并通过印刷出版得到了广泛传播。从近代到当代，一百多年以来，外国图书在中国广泛传播，其门类繁多，不计其数，其对中国社会转型和文化演变所产生的影响更是十分深远。然而，中国图书在对外传播方面是相对落后的，即使从版权贸易的角度来看，中国图书版权输出至今仍然存在逆差。中国改革开放三十多年以来，中国的综合国力显著提高，中国在国际舞台上的地位也越来越重要，如何让世界了解今日中国的变化，如何通过多种媒介来建构和传播中国形象，如何提高国家的文化软实力，在世界文化传播格局中讲好中国的故事、发出中国的声音，这不仅是中国对外文化传播的重要课题，也是中国政府全力推动的具有战略意义的文化工程。

2001 年 12 月中国正式加入世界贸易组织（WTO）后，中国出版物的零售市场和出版批发市场已经全部对外开放，中国与世界各国间的文化交流和版权贸易活动更加活跃，这也为中国图书出版业真正走向世界提供了前所未有的机遇。2003 年中国新闻出版总署提出了发展我国新闻出版业的“走出去”战略。2004 年国务院新闻办公室与新闻出版总署开始启动“中国图书对外推广计划”（以下简称“推广计划”），主要采取资助翻译费的方式来鼓励各国出版机构翻译

---

① 参见李彬：《传播学引论》（增补版）第十二章，新华出版社，2003 年。

② [法]让-诺埃尔·让纳内著：《西方媒介史》，段慧敏译，广西师范大学出版社，2005 年，第 339－340 页。

出版中国图书，目的是为外国读者用自己熟悉的语言阅读关于中国的图书、了解中国提供便利。2006年“中国图书对外推广计划”工作小组成立，成员单位包括中国出版集团、中国国际出版集团等33家国内知名出版机构，每年出版《“中国图书对外推广计划”推荐书目》，利用书展、媒体、网站、杂志等各种渠道向国内外出版机构介绍推荐图书。工作小组每年都要召开专门会议，总结经验，提出新措施。例如，2009年开始实施“经典中国国际出版工程”，采用项目管理方式资助外向型优秀图书选题的翻译、出版、推广，每年评审一次；同年还全面推行“中国文化著作翻译出版工程”，继续加大对国际出版合作的扶持和资助力度。2011年“推广计划”关注的重点是提高版权输出数量和质量、数字出版“走出去”、出版企业开拓海外阵地三方面内容：进一步加强选题策划能力，寻找具有国际水平的选题和方向，在增加版权输出数量基础上提高质量；鼓励企业加快推进优秀出版物通过数字出版方式进入国际市场，让“中国主题”和“中国内容”跟上国际数字出版的潮流；鼓励有实力的出版企业开发海外阵地，推进本土化进程，使境外市场主体形成“自我造血”机能，增强中国出版业的可持续发展能力。[①] 此外，新闻出版总署制定的《新闻出版业“十二五”时期发展规划》提出大力推动新闻出版业“走出去”，目标更为具体，包括“有计划地布局布点，着力打造一批具有国际竞争力的大型传媒集团和物流企业，打造具有重要影响力的国际版权交易平台，打造具有核心竞争力的知名出版传媒品牌，使新闻出版产品、服务、企业、资本‘走出去’步伐明显加快。资助优秀出版物对外翻译，扩展版权输出与对外合作出版的区域和范围，提高版权输出质量。‘十二五’时期实现版权引进与输出比例降至2∶1”等方面的内容。[②]

总之，中国图书出版“走出去”是由政府主导的宏大的文化工程，各主管部门高度重视，从各个方面予以资助、全力推进，已经初见成效。2007年，相关资助金额就由1000万元增加到1300万元。[③] 2010年，参与“推广计划”的出版机构共向海外输出版权2450项，同

---

① 王玉梅：《“中国图书对外推广计划”重点关注数字化本土化》，《中国新闻出版报》2011年4月11日。

② 《新闻出版业“十二五”时期发展规划》，《中国新闻出版报》2011年4月21日。

③ 曹胜利、谭学余：《“走出去”的存在问题、机遇和建议》，《出版广角》2008年第9期。

比增长17%,创下历史新高;多家中国出版企业“走出去”,在美国、日本、法国等国家开设了分支机构,开展本土化运作。2010年“中国文化著作翻译出版工程”资助了373种图书“走出去”,涉及9个国家和6个文版。① 到2013年,“推广计划”工作小组成员单位全年共向国外输出版权3754种,有227项“两个工程”②已资助项目由海外合作出版机构出版,在国际图书市场与海外读者见面。③ 在这种宏观背景下,中国图书的海外出版被视为提高国家文化软实力的具体成果,中国文学图书的海外出版传播实际上是政府工程的一个组成部分,因而具有了不同以往的新特点。

二、出版视角:中国图书海外推广活动

图书出版“走出去”是对外传播中国形象的一种途径。近年来,中国政府多个部门投入了大量资金,通过多种媒介,进行中国形象海外宣传活动。例如,2009年中国商务部推出一则商业广告,播出对象以国际主流媒体为主,旨在提升“中国制造”的国际形象。2011年1月国务院新闻办推出了中国形象宣传片(《角度篇》《人物篇》),不仅在美国纽约时代广场亮相,还在CNN等电视台播出。与这些视频图像相比,中国是印刷技术的发明国,中国图书具有悠久的历史和厚重的文化内涵,无疑是塑造中国文化形象的最好名片。因而,中国领导人曾多次利用出访国外的机会,以中国图书作为特殊礼物,进行文化外交。2006年4月21日,时任国家主席的胡锦涛应邀到耶鲁大学发表演讲时,向耶鲁大学赠送了精心挑选的567种、1346册中国图书;2009年在工作访问期间向土库曼斯坦赠送了1056套、2054册(盘)中国图书。2009年时任国务院总理的温家宝访问英国期间,将一套方正阿帕比电子书及数字图书馆系统——“中华数字书苑”作为国礼赠送给英国剑桥大学。此后,“中华数字书苑”作为国家领导人

---

① 冯源:《“中国图书对外推广计划”5年助推近2000种图书“走出去”》,新华网,2011-04-08。

② “中国图书对外推广计划”和“中国文化著作翻译出版工程”,简称“两个工程”。

③ 《“中国图书对外推广计划”会议召开》,国务院新闻办公室门户网站 www.scio.gov.cn ,2014-05-23 。

出访的礼物，先后多次被赠予国外著名大学或图书馆。与签订商业订单相比，让中国图书进入西方世界的图书馆无疑是更有文化价值、更有深远影响的礼物。

从出版角度来看，参加大型国际书展是中国图书面向海外进行推广的最好平台。2004年中法文化年活动期间，中国作为主宾国参加了"第24届法国国际图书沙龙"，其主题就是"中国文学"。图书沙龙开幕时，中国新闻出版总署的官员向希拉克总统赠送了一套线装影印本《李翰林集》。国务院新闻办公室和新闻出版总署合作、由国务院新闻办公室提供资助、法国出版机构翻译出版的70种法文版中国图书在沙龙上展出并销售。一年一度的法兰克福书展被称作图书出版界的"奥林匹克"，尤其引人关注。其中的主宾国活动以图书展示、版权贸易、翻译出版、学术交流、作家学者巡讲和作品朗诵为主要形式，同时包括文艺演出、美术和电影展览等其他多种文化形式，历届主宾国活动的数量都有数百场之多。2009年中国成为法兰克福书展的主宾国，其主题是"中国——经典与创新"。时任新闻出版总署署长的柳斌杰表示："法兰克福书展中国主宾国活动是继北京奥运会后中国最重要的对外文化展示活动，也是新中国成立六十年来中国出版业在国外举办的规模最大、影响最大的一次出版文化交流活动，中国希望以开放、友善、合作的形象，向全世界展示博大精深的中华文化和蓬勃发展的中国出版业。"[①]中国主宾国活动作为政府主导的文化外交活动，从2009年3月的莱比锡书展开始，到10月的法兰克福书展达到高潮，历时8个多月，各种活动共有612场，其中作家活动150多场，出版社交流活动300多场，出版专业活动近30场。有关文学图书的活动有"中欧文学翻译出版论坛"，其主题是"文学翻译在文化传播中的作用及中欧图书市场新前景"。人民文学出版社也举办了"全球一体化中的文学独创性与融合性"论坛、中德文学翻译奖签约仪式等活动。

大型国际书展为中国文学"走出去"以及中国作家"走出去"打开了大门。作为2009年主宾国活动的重要项目之一，新闻出版总署发

---

① 中新社：《中国冀通过法兰克福书展主宾国活动介绍中国模式》，中国新闻网2009年10月8日。

起2009年法兰克福书展中国主宾国图书翻译出版工程，共有114种图书被纳入项目，其中就包括《狼图腾》《兄弟》《我叫刘跃进》等小说作品。而中国作家学者的交流活动被称为“重头戏”，分为三个阶段进行：第一阶段是莱比锡书展期间的作家交流活动。据报道，2009年3月13日晚，高洪波、舒婷、黄蓓佳、徐璐、西川、毕飞宇6位中国作家参加了莱比锡书展别具一格的“中国之夜”活动。当晚，本来只能容纳三四十人的莱比锡孔子学院教室里，一下子拥进了上百人，主办方只好打开隔壁的房间，尽管如此，还是有不少人在过道上站着听。① 第二阶段是从4月到10月的“德国朗读之旅”，有多位中国作家在德国慕尼黑、汉诺威、柏林、法兰克福等城市举行演讲、作品朗读等活动。第三阶段是10月14日至18日的法兰克福书展期间，也有多位中国当代著名作家、文化学者在法兰克福书展现场举办了一系列文化活动。显然，中国作家在文学图书海外推广活动中扮演着不可缺少的角色。

三、中国文学图书海外传播研究的多维思考

（一）纵向比较：研究中外图书交流史

从中国的历史来看，图书交流活动是双向的，有输出，也有输入。这也反映了中国的综合实力以及文化思潮变迁等方面的情况。中国在文化强盛的唐宋时期，曾经通过朝廷外交赐书、外国人士携带或贩运等方式，使中国图书流传到周边的国家，促进了“汉字文化圈”的形成。在明代，徐光启与来华的意大利传教士利玛窦共同翻译了《几何原本》等西方图书，利玛窦等传教士也将中国的经典图书介绍到了欧洲，这种图书交流活动依然是双向的。中国在近代则经历了“西学东渐”的过程，先是由西方传教士引进了大量西学图书，此后中国的官方以及民间出版机构都致力于翻译、印刷、出版西学图书，希望从中寻求使中国富强的文化资源。当时人所编写的西学书目就记录了西学图书的分类和数量比例的变化，而中国图书对外翻译出版的情况

① 刘华新：《阅读和交流中感知中国》，《人民日报》2009年3月17日（03版）。

显然是不能与之相比的，当时商务印书馆等大型出版机构就以向中国翻译出版海外图书著称。这促使我们反思，在西学图书输入中国的进程中，外国文学的图书占有什么比例？例如，当时商务印书馆在1914年编辑出版了林纾等人翻译的上百种外国小说，1928年出版了"世界文学名著丛书"。正是这些文学出版物建构了"世界文学名著"的概念，至今依然是中国的出版机构不断再版的品牌图书。但这些文学书籍与有关西方科学技术、政治制度、社会文化等方面的书籍相比，数量要少得多。

历史是现实社会发展的"后视镜"。自1949年以来，新中国的图书海外传播工作也走过了数十年的历程。何明星《新中国书刊海外发行传播60年(1949－2009)》一书对有关资料进行了详细梳理，其中也涉及中国文学图书海外出版的具体数据统计，例如，"20世纪80年代苏联出版中国现当代文学作品表""20世纪20—80年代苏联出版中国古典文学作品目录"等。[①] 中国当今实施的"推广计划"是前所未有的文化工程，不仅是为了让世界了解中国，也便于中国进一步了解世界以及反观自身。具体到中国文学图书海外传播来说，有必要研究其具体的出版环节和海外推广活动，如分析"经典中国国际出版工程""中国文化著作翻译出版工程"已资助出版的图书目录，了解其中文学图书所占的比例[②]，进而调查海外读者对中国哪些类型的图书感兴趣。

再者，中国文学是一个整体的概念，包括古典文学、现代文学和当代文学，如今在已经翻译出版的中国文学图书中，古典文学、现代文学以及当代文学各占有什么比例？海外读者所熟悉或喜欢的是哪些中国文学图书？只有考察海外图书市场(包括图书馆收藏、普通读者购买、图书评论等)情况，才能恰当评价中国作家及其文学作品在当今海外市场传播的实际效果。目前由北京外国语大学承担的"中

---

① 何明星:《新中国书刊海外发行传播60年(1949—2009)》，中国书籍出版社，2010年，第233－236页。

② 根据《"中国图书对外推广计划"重点推荐书目2009(上半年)》，其中183种图书，文学图书主要有"熊猫丛书"，包括刘震云等当代作家的小说11种。2011年"经典中国国际出版工程"资助出版项目公示名单(46个)中，包括《山楂树之恋》《水浒传》《穆斯林的葬礼》《我的爱情绽放如雪》等小说。

国文化海外传播动态数据库”已经初具规模，其中重点子库“国外中国主题出版机构数据库”已经顺利建成，内容主要包括迄今为止出版过中国主题的国外 112 家出版机构的详细介绍，已出版过的中国主题图书的目录等重要信息，涵盖全球 9 个语种 18 个国家。[①] 这一数据库将为考察中国文学图书“走出去”的动态情况提供参考依据。当然，从整体来看，中国出版业在版权引进与输出比例方面仍然存在的逆差及其正在缩小的变化也是不可忽视的指标。

(二) 阅读史角度:读者与作者的对话

西方书籍史、阅读史研究不仅关注图书的编辑、出版、营销模式等问题，还研究读者及其阅读活动，即“读者是谁、读什么，以及如何取得、在哪里读”，包括“读者为什么以及如何阅读”等问题。[②] 这为我们研究中国读者对外国文学书籍的阅读（接受），以及外国读者对中国文学书籍的阅读（接受），提供了开阔的思路。

读者对外来文学图书的阅读，离不开出版渠道和传播环节。以中国读者对海外图书的接受为例，钱锺书曾回忆：“商务印书馆发行的那两小箱《林译小说丛书》是我十一二岁时的大发现，带领我进了一个新天地、一个在《水浒》《西游记》《聊斋志异》以外另辟的世界……接触了林译，我才知道西洋小说会那么迷人。”[③]现代文学著名作家鲁迅、叶圣陶、巴金等人既是外国文学图书的读者，也曾翻译或编辑外国文学图书。对当代作家来说，这些早期引进的外国文学名著依然具有滋养作用。2004 年“第 24 届巴黎图书沙龙暨中文文学”活动期间，有 30 多位华人作家应邀出席。余华就感慨他过去“在文学作品中了解过法国，像巴尔扎克、司汤达、雨果、蒙田，都是 19 世纪作家，我非常喜欢他们。他们已经成为经典。经典对我们意味着什么？就像父亲的经历对于儿子、母亲的经历对于女儿一样，经典让

---

① 李智：《建设中国文化海外传播动态数据库 力促文化走出去》，新闻中心—中国网 news.china.com.cn，2013－05－28。

② 秦曼仪：《书籍史方法论的反省与实践——马尔坦和夏提埃对于书籍、阅读及书写文化史的研究》，载《台大历史学报》第 41 期，2008 年 6 月，第 298 页。

③ 钱锺书：《林纾的翻译》，载薛绥之、张俊才编：《林纾研究资料》，福建人民出版社，1983 年，第 295－296 页。

我们体验到思维的美好和感受力的亲切，经典作品应该是我们经历的榜样”。[①] 这种读者与作者跨越时空的对话，正是以文字为媒介的文学名著所特有的传播功能。

在当今全球化的环境中，中国的文学图书不断向海外输出，中国当代作家也有更多机会直接与海外读者对话，及时了解读者对自己图书的反馈信息，了解读者真正喜欢什么书籍。例如，苏叔阳撰写的《中国读本》先后被译成英、法、德、日、俄、捷克、斯洛伐克、波兰等十余种文字，被认为是中国图书“走出去”影响较大的一本书。2006 年在法兰克福图书博览会上，外国友人因喜爱《中国读本》的叙述方式，建议苏叔阳再写一个《西藏读本》，来探讨西藏的历史与文化，于是他在 2008 年末又出版了《西藏读本》一书，此书也列入了 2011 年“经典中国国际出版工程”资助出版项目。此外，为了让海外读者了解中国，多种“中国主题”和“中国内容”图书被纳入了“翻译出版工程”，例如，北京大学出版社的《中华文明史》四卷本、上海世纪出版集团的“发现中国”系列、江苏凤凰出版集团的“中国符号”系列、五洲传播出版社的“人文中国”系列、中国对外翻译出版公司的《图说中国文化》，此外还有成功输出版权的上海文艺出版社的《话说中国》，等等，这些从不同角度解读和介绍中国的图书可以概称为广义的“中国读本”，或者说是海外读者了解中国文化的普及读本及系列参考书。

与这些“中国读本”相比，文学作品（小说）的特点是有人物形象、有故事情节，能以生动形象的叙述方式来表现中国，应该对海外更多的读者有吸引力。一个为媒体津津乐道的例子是，2007 年作家李洱的长篇小说《石榴树上结樱桃》德文版在德国图书市场上受到欢迎，被多次加印。德国总理默克尔在 2008 年 10 月 23 日正式访问中国期间，曾将此书德文版作为礼物送给温家宝总理；10 月 24 日还特邀李洱见面，进行了一个多小时的交谈。李洱从出版社和翻译那里了解到，“许多德国人对中国农村的了解，是通过那些来过中国的传教士写的书。当他们看到这本书的时候，非常惊讶中国乡村已经深深卷入全球化进程了，他们想知道这里面到底发生了什么”。在西方读

---

① 夏榆：《巴黎中国沙龙：意外的热闹》，《南方周末》2004 年 4 月 23 日。

者眼里,《石榴树上结樱桃》就是一把打开中国当代社会大门的钥匙,正像李洱告诉默克尔的,“中国乡村是后现代、现代和前现代的混合。乡村是中国现实的缩影”[①]。

中国图书“走出去”不是一个单向推广工程,而是一个与海外读者互动、潜移默化进行的跨文化交流过程。改革开放以后,中国政府逐渐转变了观念,在词语和概念表述上,已经将对外宣传改换为对外传播。习近平在第61届法兰克福国际书展开幕式上就提到“加强世界各国文化交流,扩大不同文化背景下人民的心灵沟通是推动建设和谐世界的重要途径”;新闻出版总署对外交流与合作司有关负责人也强调,出版业要深入了解国际图书市场特点与规律以及国外读者的阅读消费心理,开发生产出既体现中国文化特色又具备国际传播潜力的产品和品牌,引领世界思想文化潮流,最终实现中国的价值观“走出去”。实际上,中外图书交流需要相互包容、多元并存的文化环境,而不能期待单向传输某种价值观念。且不说比较严肃的学术著作,就是作为畅销书被推出去的小说,也要接受国外读者的自主选择。“推广计划”工作小组办公室负责人曾感慨:“(图书“走出去”)特别是讲到价值观时,就极其困难,这是一个事实。比如,《狼图腾》在中国这么畅销,英国企鹅出版集团高价购买版权,结果卖得不好,原因就是东西方的文化背景差异。”[②]当然,这本书被海外读者接受也需要一个过程。据报道,《狼图腾》在出版十年后的2014年已经拥有39个语种的版本,覆盖世界110个国家和地区,此书的电影版权在售出10年后,电影《狼图腾》终于进入了后期制作阶段,[③]2015年已经上映。一位参加了2009年法兰克福书展的出版人也发现,“国内和国外的主流阅读群体构成有很大的不同,国外的主流阅读群体普遍要比我们的阅读群体成熟。所以,我们青春气息十足的文艺类图书排行榜上的作品很少成为西方出版人追逐的目标”。[④] 由此可见,有效促进海内外出版人和读者之间的沟通,及时了解海外出版的动

① 张英、李邑兰:《李洱:不知道为什么他们喜欢我》,《人民日报海外版》2008年11月26日。
② 孟晓光等:《中国图书“走出去”步伐加快》,《人民日报海外版》2010年9月4日。
③ 路艳霞:《〈狼图腾〉十年读出新意义》,《北京日报》2014年5月26日。
④ 赵萍:《国际书展与文学输出》,《出版广角》2010年第5期。

态信息是非常必要的，目前国务院新闻办公室、新闻出版广电总局建立的“中国图书对外推广网”就提供了一个多语种交流的平台。

(三)横向比较:不同媒介对书籍推广活动的作用

新闻媒体对中国图书“走出去”工程、图书推广计划及相关活动都进行了及时报道。特别是关于2009年法兰克福书展中国主宾国活动，《人民日报》《中国新闻出版报》以及专题网站等，都以大量篇幅进行了全程报道，这实际上也参与了对中国文化形象的建构和传播活动。今天的新闻是明天的历史，研究中国文学的海外传播现象，不仅有必要了解中国媒体的相关报道，还应搜集和比较海外媒体的相关报道，了解中国图书海外推广活动所产生的反响。例如，《石榴树上结樱桃》一书在德国出版后，国外出版社专门为李洱在德国举办了系列朗诵会。李洱回国后收到了国外寄来的一叠报纸，上面都刊登着《石榴树上结樱桃》的书评和对他的专访。[①] 这些报纸可以说是研究当代作家作品在海外传播情况的一种资料。而法兰克福书展中国主宾国活动，有多位著名作家参与其中，他们的所见所闻所感也被国内外媒体追踪报道，由此可以考察作家在朗读活动中是如何推广图书的、媒体是如何报道的、作家是如何讲述的、国外读者有什么反响、中外媒体的报道有什么差异等问题。

除了新闻报道，文学图书被改编为电影是促进图书传播的重要途径。海外读者非常关注作家在中国文坛的名气、图书内容的文学价值和影响，“比如，是否是一个很棒的故事、是否有独特的气质，是否在国外有其他媒介例如电影同时推出”，这些因素都会影响到小说的推广。[②] 在2009年法兰克福书展上，莫言由于小说《红高粱》被改编为电影且获得了柏林电影节金熊奖，而受到了德国读者的关注；他在2012年获得诺贝尔文学奖，更成为全球媒体聚焦、各种报道铺天盖地而来的事件，也带动了他的文学作品更大规模地在国内外出版传播。这说明大众媒介的传播效果远远超出了读者对小说文本的实

---

① 张英、李邑兰:《李洱:不知道为什么他们喜欢我》,《人民日报海外版》,2008－11－26(07)。

② 赵萍:《国际书展与文学输出》,《出版广角》2010年第5期。

际阅读。2010 年人民文学出版社的《山楂树之恋》输出到英国、法国、意大利、西班牙、荷兰、挪威、希腊、瑞典、加拿大、日本等国家，也离不开网络、电影媒介的广泛传播力和影响力。

在当今复杂的媒介传播环境中，作家个人的生活体验已经无法摆脱各种媒介的影响，因而作家如何透过大众媒体信息的迷雾，通过自我的“心灵检测”，发现并表现有独特价值的“中国经验”[①]？作家如何看待自己的作品在“海外推广”或海外获奖现象及其在国内外带来的轰动效应？是否会因为潜在的海外读者的接受视野而调整自己的创作思路或风格？而文学评论家如何分析大众媒体的报道及其对作家及其作品的影响？这些都是值得从阅读史角度深入研究的问题。

(四) 面向未来：培养中文书籍的潜在读者

目前全球已经建立了数百家孔子学院，孔子学院为传播中国语言文化做出了重要贡献，也是中文图书的推广者。2009 年法兰克福书展中国主宾国活动就包括了由中国国际出版集团和孔子学院总部共同主办的“国际汉学与当代中国”论坛。

与学识渊博的汉学家对中国图书的阅读和研究水平相比，孔子学院所培养的学生有着复杂的文化背景、不同的学习目的。他们不一定会成为汉学家，却是中文图书的潜在读者。孔子学院可以通过语言文字教学，培养学生对中国文学的兴趣；还可以通过遍布世界的孔子学院网络开展有关中国图书阅读情况的调查。在 2009 年法兰克福书展中国主宾国活动中，曾任歌德学院中国总院以及北京分院院长的米歇尔·康·阿克曼先生，在与德国汉堡孔子学院的中国教师对话时曾提到，很多德国人认为中国就是一个《红楼梦》中的中国，或者是一个革命的中国，“这很荒谬”。但事实是：很多外国作家中文很好，但他们都是学中国的古典文学，只看得懂文言文。[②] 这使人联想到中国文学出版社于 1981 年陆续推出的上百本“熊猫丛书”，这是

---

① 东西：《经验，在最深处》，“中国文学海外传播”国际学术研讨会会议论文(未出版)，第 52 页，2011 年 4 月。

② 顾明：《2009 法兰克福书展 中国文学的日与夜》，上海壹周网 2009 年 10 月 27 日。

一套高质量的英语版中国经典图书(其中有杨宪益和夫人戴乃迭翻译的《红楼梦》等古典文学名著),曾在海外产生很大影响,这自然有助于培养能够阅读中国古典文学的海外读者。

今天的情况是,中国当代作家的不少文学作品被翻译出版,海外的普通读者(不是作家、汉学家)也开始对中国文学图书感兴趣。据报道,作家余华 2004 年参加了"第 24 届巴黎图书沙龙暨中文文学"活动,大为感慨:"仅仅 7 天,中国馆里就卖掉了 15000 本中国作家的法文版书,销售情况超过了去年作为主宾国的英国和前年的主宾国德国,而且里边的人多得令人惊讶。国外这样的情况极少。中国开始在法国热起来,这可能是一个信号。当然也不能说中国文学在法国就有多大的影响,也许它仅仅是被关注。但这种关注不是来自出版社,也不是所谓的书评家们,而是来自普通读者,这是很重要的。"[①]由此我们提出的问题是:海外读者通过什么图书来了解改革开放以来的中国形象?中国文学图书能否进入海外主流发行渠道(这很重要),在海外产生比较广泛的影响?换个角度说,中国当代作家可以告诉海外读者一个怎样的中国形象呢?过不了多少年,成千上万从孔子学院走出来的学生,不仅会讲中国话,还可以直接阅读中文图书,而且越来越频繁地走进中国人的社会生活,他们对中国的认识不一定来自被"推广"的图书,或者说与他们从"中国读本"以及媒体信息中所了解的"中国形象"有一定差异。"推广计划"既要抓住前所未有的出版机遇,也要面对未来不同层次的海外读者的多方面需求。

综上所述,中国图书出版"走出去"工程对建构文化中国形象、提升国家文化软实力具有重要战略意义;中国图书海外推广活动促进了中国当代作家"走出去"以及当代文学作品在海外的传播。但是,中国图书不仅要"走出去",还要为海外读者所接受,这就必须真正面对海外的广泛而长期的出版市场和多种媒介的发行渠道,而不能依赖政府资助来获得一时的成效。研究当今的中国文学海外传播现象,还应参照宏观的社会文化背景,关注图书"走出去"所涉及的诸多

---

① 夏榆:《巴黎中国沙龙:意外的热闹》,《南方周末》2004 年 4 月 23 日。

环节(作者、翻译者、出版者、展示推广及营销者、评论〈评奖〉者、媒体、读者等);还应借鉴文化传播理论,对全球化语境中文化与传播的关系、文化传播背后政治和经济等因素的作用等问题,进行多维度的思考和探讨。在媒介全球化的生态环境中,中国图书的海外推广和传播活动,不仅仅是为了建构中国文化形象,更不能简单看作是对外宣传工作,而是为了展示中华民族悠久的历史文明、生机勃发的现实与充满梦想的未来,促进人类社会向文化多元、平衡有序的方向发展。

文学翻译模式与中国文学对外译介
——关于葛浩文的翻译

刘云虹　许　钧

一、引言

2012年12月10日，在瑞典首都斯德哥尔摩音乐厅举行的2012年诺贝尔奖颁奖仪式上，中国作家莫言从瑞典国王手中领取了该年度诺贝尔文学奖。至此，纠结了中国作家甚至包括普通读者在内的整个读书界大半个世纪的“诺奖情结”终于得以释放或缓解。然而，随着所谓“后诺奖”时代的到来，国内学界的氛围也由以往的焦虑和渴望转变为疑惑与反思。

正如有学者所指出的，莫言获诺贝尔奖主要涉及了两个问题：一个是莫言该不该获奖的问题，另一个是莫言凭什么获奖，或者说为什么获奖的问题。第一个问题不是译学界关注的重点，第二个问题却与翻译密切相关。我们看到，在文学界、翻译界乃至读者大众的热切讨论中，莫言作品的翻译、翻译与创作的关系、译本选择与翻译方法、翻译对中国文化走出去的影响等一系列与翻译有关的问题成为普遍关注的焦点。毫不夸张地说，莫言获奖后，翻译的重要性受到整个国内学界和读书界空前的关注，译者的地位与作用、翻译策略与翻译接受、文学译介与文化传播等诸多相关问题也得到广泛的重视。从莫言获奖引发对翻译问题的种种讨论，到“公认的中国现代、当代文学之首席翻译家"葛浩文出场，再到对中国文学、文化如何"走出去"的探寻，在这样的语境下，翻译界部分学者和媒体对翻译方法与翻译观念等涉及翻译的根本性问题也提出了各种观点，我们认为有必要对文学译介中的翻译方法甚或翻译模式等相关问题做出进一步思考，澄清一些模糊的认识。

二、莫言获奖与葛浩文的翻译

2012 年莫言获得诺贝尔文学奖，这一度成为中国学界和文化界最关注的核心事件，各种媒体上都充斥着相关的报道、介绍或讨论。之所以如此引人注目，原因自然不言而喻：诺贝尔文学奖数十年以来一直让中国作家乃至整个文学界饱尝了焦虑、渴望与等待，在经历了鲁迅、沈从文、林语堂、老舍、巴金、北岛等一次又一次与诺奖的擦肩而过之后，莫言终于让这根深蒂固的"诺奖情结"有了着落。然而，除此之外，可以说还有另外一个重要原因：莫言是一位真正的中国本土作家，从来没有用中文之外的其他语言进行写作，外国评论家和读者，当然也包括诺贝尔奖的评委们，除极少数汉学家以外，绝大多数都必须依赖莫言作品的外文译本来阅读、理解和评价莫言，于是，翻译对莫言获奖的决定性作用以及与之相关的诸多问题使单纯的获奖事件有了林林种种引人关注也值得探讨的后续话题。

在中国驻瑞典大使馆举行的见面会上，莫言曾表示，"翻译的工作特别重要，我之所以获得诺奖，离不开各国翻译者的创造性工作。"诺奖的获得离不开翻译，这不仅是莫言出席此次官方活动时的表述，也是他在不同场合多次表明的态度，更是在莫言获奖所带来的各种话题中深受国内媒体和学界关注的问题之一。如果说，一直默默耕耘的中国文学因为莫言的获奖终于在国际舞台受到热切的瞩目，那么，一直静静付出的翻译者们也借此一改昔日的"隐形人"身份，从幕后被推至台前，并收获了极为珍贵的肯定与赞美。一时间，莫言作品的英译者葛浩文、法译者杜特莱夫妇、瑞典语译者陈安娜以及日语译者藤井省三等都迅速成为国内媒体和学界的新宠，而在他们之中，由于英语在全球无可比拟的地位，葛浩文自然成为最重要也最具代表性的一位。其实，在中国文学的视野下，无论那个曾在呼兰河畔“热泪纵横”的“萧红迷”，还是那个执著于中国现当代文学研究并推动其在英语世界传播的学者，葛浩文远不是陌生、遥远的名字。然而，尽管早已被了解甚至熟知，葛浩文在中国学界最绚丽的出场无疑得益于莫言的获奖以及由此产生的对翻译、创作与获奖三者之间关系等问题的大规模探讨。

实际上，莫言获奖后翻译的重要性以及译者的中介作用备受关注，这在目前的文化语境下应该说是一个不难理解的现象。虽然全球的汉语学习热已经是不争的事实，但汉语仍然是远居英、法等西方语言之后的非主流语言，中国文学要想在世界范围内得到阅读、理解与接受，翻译是不可逾越的必然途径。于是，伴随着葛浩文的出场，国内学界围绕莫言获奖与葛浩文的翻译而展开的广泛探讨中，涉及的首要问题就是翻译的作用。诺贝尔文学奖一经揭晓，国内各大媒体便不约而同地将莫言的获奖与其作品的翻译联系在一起，有关翻译在莫言获奖中起关键作用的报道不胜枚举，例如：《解放日报》的“莫言获奖，翻译有功”、《人民日报》（海外版）的“文学翻译助力莫奖”，等等。于是，葛浩文被媒体称为“莫言唯一首席接生婆”，陈安娜则是“莫言得奖背后最重要的外国女人”。与媒体的热烈反应相比，文化界和翻译界学者们的思考自然要冷静、缜密得多，但概括来看，除个别持谨慎态度，例如有所保留地提出“莫言作品之所以能获得国际认同，固然不能缺少翻译环节，但其获奖的原因却远没有这么简单”之外，绝大部分都对以葛浩文、陈安娜为代表的外国译者在莫言获得国际认可的过程中所发挥的重要作用给予了肯定。例如，有学者认为，“如果没有汉学家葛浩文和陈安娜将他的主要作品译成优美的英文和瑞典文的话，莫言的获奖至少会延宕十年左右，或许他一生都有可能与这项崇高的奖项失之交臂”；还有学者提出，“中国的近现代史上文学贡献比莫言大者不在少数，单是林语堂就被提名诺贝尔文学奖多次，但最终却都是无果而终。究其原因，作品由汉语译为英语的水平不足是重要原因，这次在一定程度上可以说是外国的译者成就了莫言。”这些言辞并不激烈却立场鲜明的论述可以说是颇具代表性的。

随着国内媒体和学界围绕莫言获奖与葛浩文的翻译的讨论逐渐深入，焦点话题也由翻译的作用问题进一步上升至中国文学、文化走出去的策略或战略问题——尽管有学者不主张诸如"策略"或"战略"这样的提法，但在国内目前的文化语境下，似乎非这样的表述不足以显示中国文化"走出去"这一问题的重要性和迫切性。也就是说，在莫言获奖之后葛浩文的翻译所引发的持续不断的话题中，受到广泛关注的不仅是单纯的翻译与创作、翻译与获奖的关系问题，而且是翻译对中国文学、文化走出去的影响和作用等具有更深层次意义的问题。诺贝尔文学奖设立以来的一百多年历史里，获奖者大多为欧洲和北美作家，除莫言之外，亚洲仅有印度的泰戈尔、以色列的阿格农和日本的川端康成、大江健三郎四位作家曾获得这一奖项，在这样的基本事实下，语言问题一直被普遍认为是文学作品能否赢得国际认可的关键所在。因此，对于深受语言因素制约的中国文学、文化如何才能走出去的问题，翻译必然成为其中绕不过去的核心与焦点。这已经是翻译界、文学界和文化界的共识，正如有学者所指出的，"大家也都知道中国文学、文化'走出去'这个问题的背后有一个翻译问题"。应该说，如何在中国文学、文化走出去这一目标下来看待翻译及其相关问题，这并非十分新鲜的论题，然而，在莫言历史性的获奖和葛浩文翻译受到空前关注和热议的背景下，对这一问题的讨论呈现出更为清晰的指向性，探讨和研究的主要内容在很大程度上集中于译者模式和翻译策略两个层面，也就是说，由什么样的译者、采用什么样的方法和策略进行翻译才能有效地促进中国文学、文化走出去。对于译者模式问题，文化界和翻译界的观点可以说相当一致，基本上都认同汉学家译者模式或汉学家与中国学者相结合的翻译模式。以 2012 年 12 月中旬由上海大学英美文学研究中心和上海市比较文学研究会举办的"从莫言获奖看中国文学如何走出去——作家、译家和评论家三家谈"学术峰会为例，针对"中国文学的外译工作怎样才能成功？""中国文学到底怎样才能走出去？"等问题，郑克鲁提出"文学外译还是让目标语翻译家来做"，季进认为"真正好的翻译是汉学家与中国学者合作的产物"，而这些正是与会的国内著名作家、翻译家和评论家中绝大多数人所持的观点。当然，并非所有的汉学家

都能胜任推动中国文学、文化走出去这项工作，

鉴于此，有学者对这一译者模式的理性建构进行了颇为深入而有益的思考，指出“汉学家译者模式的选择标准，大致应该以葛浩文为参照蓝本。总结起来，即是：中国经历、中文天赋、中学底蕴以及中国情谊。这四者的结合，无疑是汉学家模式选择中最理想的一种类型。”如果说，葛浩文、陈安娜等国外著名汉学家对中国文学走出去所发挥的推动作用已经由莫言的获奖而在很大程度上得到了有力证明，以葛浩文为参照的译者模式也因此得到了媒体的推崇和学界的认可，那么，对于中国文学译介中应采用什么样的翻译方法与策略这一更具有普遍意义的问题，或许出于对葛浩文翻译方法的不同认识，或许出于翻译方法这一问题本身所蕴含的丰富内容与复杂关系，目前却存在着一些模糊的认识，有待国内学界特别是翻译界进行更为深入而理性的思考。

三、葛浩文翻译方法与文学译介

如果说中国文学、文化走出去必然离不开翻译，那么在这一过程中我们需要的究竟是怎样的翻译？如果说葛浩文堪称文学译介的汉学家译者模式的参照和典范，那么他究竟采用了怎样的方法和策略来翻译中国文学作品，国内文化界和翻译界对此又是如何认识的？由于莫言获奖后媒体对翻译问题空前热切的关注，伴随着汉学家葛浩文的名字迅速进入公众视野的除了他的翻译作品、他对中国文学的执著热爱和有力推介，还有他在译介中国文学作品时所采用的特色鲜明的翻译方法。在众多媒体上，“删节”“改译”甚至“整体编译”等翻译策略成为了葛浩文翻译的标签。

或许文学经典的评价标准实在难以形成普遍的共识，诺贝尔文学奖似乎从来都无法远离争议和质疑，国外如此，国内也同样如此，只不过由于翻译问题的加入，使原本就已经十分热闹的局面变得更为复杂。2013 年 1 月 10 日，评论家李建军在目前国内文学评论重镇之一的《文学报》“新批评”专栏发表长文《直议莫言与诺奖》，对莫言的获奖提出了强烈质疑。针对莫言作品的翻译，他认为，文化沟通和

文学交流上的巨大障碍使得“诺贝尔文学奖的评委们无法读懂原汁原味的‘实质性文本’，只能阅读经过翻译家‘改头换面’的‘象征性文本’。而在被翻译的过程中，汉语独特的韵味和魅力，几乎荡然无存；在转换之后的‘象征文本’里，中国作家的各个不同文体特点和语言特色，都被抹平了。”基于这样的认识，李建军数次提及葛浩文的翻译对莫言作品的美化，并指出，“诺奖的评委们对莫言的认同和奖赏，很大程度上，就只能建立在由于信息不对称而造成的误读上——对莫言原著在语法上的错误，修辞上的疏拙，细节上的失实，逻辑上的混乱，趣味上的怪异，他们全然无从判断；同样，对于中国的文学成就，他们也无法准确而公正地评价”，因此，除了诺奖的选择和评价标准本身的偏失之外，莫言的获奖“很大程度上，是‘诺奖’评委根据‘象征性文本’误读的结果，——他们从莫言的作品里看到的，是符合自己想象的‘中国’‘中国人’和‘中国文化’，而不是真正的‘中国’‘中国人’和‘中国文化’。”显而易见，在李建军看来，莫言是在以葛浩文为代表的翻译家的帮助下才得以受到诺奖的垂青，也就是说，打动诺奖评委们的并不是莫言作品本身，而是“脱胎换骨”、彻底“美化”的译文。并且，在这样的翻译所导致的“误读”中，中国文学的真正成就甚至中国文化的真正内涵都一并被误读了，这或许是比莫言的作品究竟应不应该获奖更值得深思的问题。在这个意义上，我们似乎可以再追问一句：中国文学、文化走出去固然是举国上下的共同目标，但倘若走出去的在某种程度上说是被误读、误解的文学和文化，那如此的“走出去”到底还值不值得期盼？评论界从来都不缺观点，也不缺各种观点之间的交锋，何况是莫言获奖加葛浩文翻译再加评论家的“酷评”如此吸引眼球的事件。4 月 7 日，《收获》杂志执行主编、作家程永新在微博上对李建军针对莫言的评论文章表示了不满与愤慨，认为“李建军对莫言的攻讦已越过文学批评的底线，纯意识形态的思维，‘文革式’的刻薄语言，感觉是已经疯掉的批评家要把有才华的作家也一个个逼疯。”[①]两天后，《文学报》主编陈歆耕在接受《新京报》电话采访时对此给予了回击，他表示，“李建军万余字的文章，程永新

① 程永新：里程微博，2013－04－07. http：//weibo. com/u /2201421755.

仅用100多字便将其否定，这种做法简单、草率、缺乏学理依据。”4月10日，评论家杨光祖在博客上发表“关于《收获》主编程永新质疑《文学报》的一点意见”，直问“中国的作家，中国的文坛，什么时候能够成熟起来呢？能够容忍不同的声音？能够给批评家成长一个宽容的空间？中国的作家能不能既能听取廉价的表扬，也能听取严厉的、逆耳的批评呢？”看来，莫言的获奖以及随之而来的翻译问题所引起的震动远远超出了文学界或翻译界的单纯范围，已经引发了中国文学、文化走出去大背景下整个国内文化界与学术界对相关问题的普遍关注、探讨甚至争论。

除了国内评论界，国外汉学界和美国评论界对葛浩文的翻译也有种种观点和认识。德国汉学家顾彬曾经表示，莫言的获奖在很大程度上是因为他遇到了葛浩文这位“杰出的翻译家”，尽管如此，他对葛浩文的翻译方法却颇有微词，认为他的翻译“在很大程度上是创造了译本畅销书，而不是严肃的文学翻译”，因为，“他根本不是从作家原来的意思和意义来考虑，他只考虑到美国和西方的立场”。对于这样的评价，葛浩文尽管没有正面回应，却始终坚持自己的立场：“为读者翻译”。美国当代著名小说家厄普代克曾经在《纽约客》上以《苦竹：两部中国小说》[①]为题对苏童的《我的帝王生涯》和莫言的《丰乳肥臀》的译本进行了评价，在这篇被认为对于中国文学在美国的影响而言颇为重要的评论文章中，作者提到了葛浩文的翻译并对某些译文提出了批评：“这样的陈词滥调式的英语译文，的确显得苍白无力。”对此，葛浩文显然是不能接受的，他直言：“厄普代克那个评论非常有问题。也许他评艺术评得好，可他连翻译都要批评，他不懂中文，凭什么批评翻得好不好呢？他说 Duanwen was now licking his wounds 这句英语是什么陈词滥调，也许对他而言，这在英文里是陈词滥调，可是我回去看原文，原文就是‘舔吮自己的伤口’，还能翻成什么？”

以上评论家之间、汉学家之间、评论家与译者之间的种种争论与交锋尽管都直接或间接地涉及葛浩文的翻译方法，但有褒有贬，没有

① 厄普代克：《苦竹：两部中国小说》，季进，林源译，当代作家评论，2005，(4)：37－41.

定论，也并非真正意义上对翻译方法的探讨。如果说，学界对此应该如杨光祖所言给予更宽容的空间的话，那么，最近一段时间来自翻译界的对葛浩文翻译方法的某种认识，以及由此产生的对中国文化走出去这一背景下的文学译介与文学翻译方法的讨论与呼吁，却不能不引起学界尤其是翻译理论界足够的重视。

谢天振教授是国内翻译研究的重要学者之一，长期致力于译介学研究，并从译介学的角度对中国文学、文化如何更好地走出去这一有着重要现实意义的问题进行了积极的思考，提出了不少鲜明的观点。由于汉语的非主流语言地位，翻译活动肩负着促进中国文化更好地走出去这一可谓艰巨的历史使命，然而，"中国文化走出去不是简单的翻译问题"，谢天振认为不能简单、表面地看待中国文化走出去进程中翻译的作用与影响，并一再提醒学界注意两个现象："何以我们提供的无疑是更加忠实于原文、更加完整的译本在西方却会遭到冷遇？何以当今西方国家的翻译家们在翻译中国作品时，多会采取归化的手法，且对原本都会有不同程度的删节？"这两个现象或者"事实"揭示出的无疑是翻译方法和翻译策略的问题，对此可以有两点最直接的理解：一是中国文学作品忠实的、完整的译本在西方的接受不尽如人意；二是归化和删节是西方在译介中国文学时惯常采用的翻译方法。毋庸置疑，无论翻译方法还是翻译策略，都向来与翻译观念息息相关，正因为如此，他指出，"今天我们也开始越来越多地关心中译外的问题，越来越多地关心如何通过翻译把中国文化介绍给世界各国人民、让'中国文化走出去'的问题。然而，建立在千百年来以引进、译入外来文化为目的的'译入翻译'基础上的译学理念却很难有效地指导今天的'译出翻译'的行为和实践，这是因为受建立在'译入翻译'基础上的译学理念的影响，翻译者和翻译研究者通常甚少甚至完全不考虑翻译行为以外的种种因素，诸如传播手段、接受环境、译入国的意识形态、诗学观念，等等，而只关心语言文字转换层面的'怎么译'的问题。因此，在这样的译学理念指导下的翻译（译出）行为，能不能让中国文化有效地'走出去'，显然是要打上一个问号的。"基于此，他认为，"我们在向外译介中国文学时，就不能操之过急，贪多、贪大、贪全，在现阶段不妨考虑多出节译本、改写本，这样做的效果恐怕更好”，同时，多次强调并呼吁，在中国文学向外译介的过程中“要尽快更新翻译观念”。对于这样的认识，在深入加以分析之前，我们想先提出两点：第一，翻译活动是涉及两种语言的双向交流，在语言、文化、历史、社会以及意识形态等多种因素的作用下，译入翻译和译出翻译必然具有一定的差异性，这应该是翻译活动中的客观事实，也是翻译界的基本共识。第二，随着翻译研究的不断深化，人们对翻译的理解、对翻译复杂性的认识也逐步深入，翻译界可以说已经明确认识到翻译不仅是单纯的语言转换行为，而且还是受文本内部与外部诸多要素共同制约的复杂活动。在这样的基本事实下，倘若仍然提出“翻译者和翻译研究者通常甚少甚至完全不考虑翻译行为以外的种种因素，诸如传播手段、接受环境、译入国的意识形态、诗学观念，等等，而关心语言文字转换层面的‘怎么译’的问题”这样的论断，并将此归结为翻译观念的陈旧，是否有失偏颇？是否有悖于国内译学界在三十多年的艰难探索中所取得的研究成果？

莫言获诺奖所产生的巨大影响力使国内媒体对翻译问题产生了浓厚兴趣并给予了空前的关注，而且，这样的关注不仅涉及事件本身，还进一步延伸到译学界对翻译理论问题的探寻。《文汇报》2013年9月11日头版“文汇深呼吸”专栏刊登了“中国文化如何更好地‘走出去’”系列报道之七《“抠字眼”的翻译理念该更新了》。[①] 文章第一段即开宗明义地提出：“做翻译就要‘忠实于原文’，这几乎是绝大多数人对于翻译的常识。但沪上翻译界的一些专家却试图告诉人们：常识需要更新了！这种陈旧的翻译理念，已经成了影响中国文学和文化‘走出去’的绊脚石。”随即，文章以“很多典籍有了英译本却‘走不出去’”为例，并援引谢天振的话指出：“翻译的译出行为是有特殊性的。如果译者对接受地市场的读者口味和审美习惯缺乏了解，只是一味地抠字眼，讲求翻译准确，即便做得再苦再累，译作也注定是无人问津。”接着，文章论及莫言的获奖与葛浩文的翻译，他认为：“莫言摘获诺奖，其作品的外译者功不可没，其中包括莫言作品的英译者、美国汉学家葛浩文。要知道，葛浩文不仅没有逐字逐句翻译，

① 樊丽萍：《“抠字眼”的翻译理念该更新了》，《文汇报》2013年9月11日。

离‘忠实原文’的准则也相去甚远。他的翻译‘连译带改’，在翻译《天堂蒜薹之歌》时，甚至把原作的结尾改成了相反的结局。”基于这样的认识，文章表示，“莫言热”带给翻译界的启示应该是“好的翻译可‘连译带改’”，并强调：“一部作品的最终译文不仅取决于原文，还取决于它的‘服务对象’，以及译作接受地人们的语言习惯、审美口味、公众心理等非语言层面的因素。或许，只有从根本上认识这一点，卡在中国文化‘走出去’途中的障碍才能消失。”一千余字的文章并不算长，却字字掷地有声，直指翻译标准、翻译方法以及翻译立场、翻译观念等翻译范畴内的根本性问题，并立足中国文化走出去的宏大背景对所谓“传统的翻译观念”提出责问，“陈旧的翻译理念”“中国文学和文化‘走出去’的绊脚石”等字眼屡屡让人触目惊心。9 月 11 日中国新闻网以“专家：翻译‘忠实原著’成文学‘走出去’绊脚石”为题转载该文，9 月 16 日《济南日报》以及人民网、新华网、中国经济网等国内主要媒体以“文学翻译‘忠于原著’成为‘走出去’绊脚石”为题也纷纷对该文进行了转载。

在此，我们首先就文章的内容澄清一点，文章在表明葛浩文采用的是“连译带改”式的非忠实性翻译方法时，以莫言的《天堂蒜薹之歌》的译本为例，称葛浩文“甚至把原作的结尾改成了相反的结局”。《天堂蒜薹之歌》的结尾确实发生了变化，可这一改动背后的事实究竟如何呢？在一次访谈中，葛浩文对此进行了说明和解释：“莫言的《天堂蒜薹之歌》，那是个充满愤怒的故事，结尾有些不了了之。我把编辑的看法告诉了莫言，十天后，他发给了我一个全新的结尾，我花了两天时间翻译出来，发给编辑，结果皆大欢喜。而且，此后再发行的中文版都改用了这个新的结尾。”可见，改动原作结尾的是莫言本人，只不过他是在葛浩文的建议下进行修改的，这似乎可以被理解为译者与原作者之间的互动与合作的一次生动例证，甚至是翻译中可遇而不可求的境界，但无论如何也不能算作葛浩文的单方面改动，更不能简单地由此得出译者不忠实于原著这样根本性的结论。

或许，这只是不经意间的“疏忽”，但文章意欲传达的核心观点却昭然若揭：以“忠实”为原则的翻译观念阻碍了中国文化走出去的步伐，仿佛只有葛浩文的“连译带改”的翻译方式才是中国文学对外译介能获得成功的唯一模式。

四、文学译介的复杂性与不平衡性

在莫言获奖以及莫言作品在西方的译介所引发的对翻译作用与翻译方法、对中国文学与文化如何更好地走出去等问题的持续关注与讨论中，在翻译界尤其是翻译理论界，有一种呼吁更新翻译观念、转换翻译方法的声音不绝于耳，并在媒体的助力下似有形成主流认识之势。翻译界利用这一契机，对翻译方法与翻译观念等根本性问题进行反思，这对翻译研究的深化，进而对促进中国文学、文化更好地走出去无疑都是及时和必要的。然而，倘若翻译理论界和媒体在这样的思考中将葛浩文的翻译定性为“连译带改”的翻译，并将这种“不忠实”的翻译方法上升为译介中国文学的唯一正确方法，甚至是唯一正确模式，并据此对以“忠实”为原则的翻译观念提出质疑，这是否同样有简单化、片面化看待问题之嫌？对此，我们认为有必要就文学译介中的翻译方法和翻译观念等问题展开深入思考，对某些观点和认识进一步加以辨析，澄清以下几个方面的问题。

（一）翻译方法与翻译忠实性

“忠实”是翻译研究的根本问题之一，也是翻译活动的基本原则之一，从伦理的角度来看甚至是保证翻译自身存在的内在需要。然而，在莫言获奖与葛浩文的翻译所引发的讨论中，忠实性却一再被用来对所谓的传统翻译理念提出质疑，一时间，翻译“忠实于原文”不仅被视为需要更新的陈旧翻译观念，更被看作“影响中国文学和文化‘走出去’的绊脚石”。而葛浩文采用删节和改译等翻译方法在中国文学译介中获得的成功仿佛成为这种观点的有力论据和有效证明，或者，换句话说，葛浩文在译介中国文学作品中的删节和改译等似乎被理解为与忠实性观念与原则相对立的翻译方法。

事实果真如此吗？我们不禁想问一问：“忠实”到底是什么？或者，当人们在谈论翻译的忠实性时，翻译到底应该忠实的是原文的什么？是文字忠实、意义忠实、审美忠实、效果忠实抑或其他？国内翻译界曾经对村上春树的“御用”译者林少华的翻译有过不小的争议，有学者认为林少华用“文语体、书面语体”来翻译村上春树作品的“口语体”，林译因而在风格和准确性上都存在问题。然而，有意思的是，一方面，学术界对林译的忠实性提出质疑，另一方面，林少华在报纸、杂志、博客等诸多媒体一再表明他对文学翻译的理解、阐述他所信奉的以“审美忠实”为核心价值的翻译观，并指出，文学翻译的忠实性应体现在译文的“整体审美效果”，也就是说，“文学翻译最重要的是审美忠实”，因为，“无论有多少理由，翻译文学作品都不该译丢了文学性”。当然，我们无意于在此评价关于村上春树作品汉译的争论，只是这个例子多少可以提醒我们关注这样一个事实，即翻译的忠实并非仅在于语言和文字层面，忠实于原文远远不能被局限于“抠字眼”的范畴，无论在翻译观念中还是在翻译行为中，对于忠实性原则的理解都存在着不同的层面和维度。既然译学界对翻译活动的复杂性已经有了越来越深刻的理解，那么对翻译的“忠实”也应当具有更加理性的认识。正如翻译史一再表明的，文字层面的忠实并不等同于伦理层面的忠实，同样，删节、改译等翻译方法折射出的也并非必然是“忠实”的绝对对立面。

再看另一个问题：如果说葛浩文在翻译中对原文的删节和改译已经在客观上有悖于人们对“忠实”一词的基本理解，那么，翻译的忠实性原则在他的翻译过程中究竟是否存在？葛浩文在一次访谈中谈起自己的翻译计划时曾说道，“还有家出版社邀我重翻《骆驼祥子》。《骆驼祥子》已经有三个译本了，都不好。最早的译本是抗战时一个日本集中营里的英国人翻的，他认为英美读者看中国的东西要是一个悲剧的话，会接受不了，所以就改了一个喜剧性的结局，完全歪曲了原著。

后来北京外文出版社又出一本，可是他们依据的是老舍根据政治需要改过的版本，又是照字面翻译，没了老舍作品的味儿。还有一个译本是一个美国人翻的，夏威夷大学出版社出的，这个译者不知道文学作品的好坏，英文的把握也很有问题。我觉得这实在对不起老舍。”我们知道，伊万·金 1945 年翻译出版的《骆驼祥子》英译本对老舍作品真正走向世界具有重要意义，之后，不仅“以此英译本为基础，转译为法、德、意、瑞士、瑞典、捷克、西班牙等许多语种”，而且还“带动了海外的老舍其他作品的翻译与研究活动”。而葛浩文此番意欲重译《骆驼祥子》的原因很明确，并不在于原译本过于陈旧等历史原因，而是要“对得起”老舍，力求忠实地再现老舍作品的精神价值和美学趣味，译本既不能“歪曲了原著”，也不能“没了老舍作品的味儿”。这个事实或许至少可以从一个侧面说明，葛浩文在翻译中对忠实性原则不仅没有忽略，而且还有所追求。

如此看来，葛浩文所惯常采用的删节和改译等翻译方法不应被片面地视为一种对翻译忠实性的违背，更不应被借以否定以“忠实”为基本原则的翻译理念。如果说林少华强调的是“审美忠实”，那么，在葛浩文那里，“忠实”不在于语言层面，而在于意义层面，正如他所说，“只要我在翻译词汇、短语或更长的东西上没有犯错，我的责任在于忠实地再现作者的意思，而不一定是他写出来的词句。这两者之间有细微差别，但也许是一个重要的区别。”应该说，从这个意义上来认识葛浩文的翻译方法与翻译忠实性原则之间的关系更为公允。

（二）翻译方法与翻译观念

对于翻译方法与翻译观念之间的关系，译学界普遍认同的观点是：翻译是一种语言层面上“脱胎换骨”的再生过程，因而也是一种具有强烈的主观意识和理性色彩的活动，正是在这个意义上，翻译被认为是一个选择的过程，从“译什么”到“怎么译”的整个翻译过程中译者时时处处面临选择，包括对拟翻译文本的选择、对翻译形式的选择、对文本意义的选择、对文化立场与翻译策略的选择，等等。无疑，任何翻译方法的运用也同样不是盲目的，而是自觉的、有意识的，渗透着译者对翻译本质、目标与价值的主观理解与认识。在《选择、适应、影响——译者主体性与翻译批评》[①]一文中，我们曾以林纾、鲁迅和傅雷的翻译为例，详细分析了翻译方法与翻译观念之间的密切关联，无论是林纾的“意译”、鲁迅的“直译”，还是傅雷对“以流畅性与可

---

① 刘云虹：《选择、适应、影响——译者主体性与翻译批评》，《外语教学理论与实践》，2012，(4)：48—54。

读性为显著特征的译文语体”的运用，三位译者对翻译方法的选择都是以实现其心目中翻译所承载的价值为目标的，也就是说，“正是在翻译救国新民、翻译振兴中华民族、翻译重构文化的不同目标与理想下，林纾、傅雷和鲁迅在各自的翻译中做出了不同的选择。”

葛浩文自然也不例外。那么，在翻译中国文学作品的过程中，葛浩文对翻译行为以及翻译的价值目标具有怎样的理解呢？作为译者的葛浩文虽然并不从事翻译理论研究，却对文学翻译持有鲜明的立场与态度，并在不同场合多次有所表述，例如在一次演讲中他表示，“我们的工作目的是尽量取悦于一位不了解目标语国家语言的作家，尽力去忠实于他的原作吗？答案当然是否定的。作者写作不是为了自己、也不是为他的译者，而是为了他的读者。而我们也是在为读者翻译。”又如在一次访谈中他明确指出，“我认为一个做翻译的，责任可大了，要对得起作者，对得起文本，对得起读者，我要多想的话，恐怕早就放弃了，所以我不大去想这些问题。我觉得最重要的是要对得起读者，而不是作者。”可见，正如我们在上文所提到的，“为读者翻译”，这是葛浩文对于文学翻译一贯所持的立场与态度。为读者而翻译，葛浩文所面对的是出版社编辑这个特殊的读者以及“他所代表的英美读者”，如何让他们接受并喜爱充满异域情调和陌生氛围的中国文学作品，他必须在翻译策略和翻译方法上有所选择。媒体和学界普遍认为，葛浩文式的“连译带改”翻译策略常常体现在作品的开头部分，究其原因，葛浩文曾在访谈中做出如下解释：“英美读者习惯先看小说的第一页，来决定这个小说是否值得买回家读下去；中国作家偏偏不重视小说的第一句话，而中国的读者对此也十分宽容，很有耐心地读下去。国外的编辑认为小说需要好的开篇来吸引读者的注意。”在《苦竹：两部中国小说》中，厄普代克曾说，美国读者那颗“又硬又老的心，我不敢保证中国人能够打动它”。倘若美国读者的心真的如此难以打动，又往往没有慢慢探寻和品味的耐心，那着实必须有一下子就能吸引眼球的精彩开头不可。因此，为了吸引读者，“除了删减之外，编辑最爱提的另一个要求是调整小说的结构”，以刘震云的《手机》为例，“编辑认为中国三四十年前的事情是很难吸引美国的读者的，他们想要看的是现在发生的故事”，在这样的情况下，葛浩文没有完全忠实地翻译原著的开头，而是“把小说第二章讲述现在故事的一小部分拿出来，放在小说开头”。通过这个例子可以清楚地看到，在坚持“为读者翻译”的葛浩文那里，翻译的目的是为了接受，是为了更多的不通汉语的英语读者能喜爱中国文学作品，因此，读者的期待与喜好对翻译中是否删改原著以及如何删改就具有了决定性意义。试想，如果每部小说的开头都像哈金的《等待》的开篇第一句“孔林每年夏天都回到乡下去和他的妻子离婚”一样精彩，一样符合美国读者的审美标准的话，葛浩文也无需费力地在翻译中加以处理了。对原著的删改远不是翻译中必然采用的方法，更不是翻译中固定不变的模式，而是翻译观念作用下译者的一次选择。

（三）翻译方法与译者责任

莫言获奖后，创作与翻译、作家与译者之间的关系一直是颇为引人关注的话题，莫言对翻译采取的开放态度被认为不仅给译者很大的发挥空间，也因而对他的获奖发挥了至关重要的作用。如果说莫言对译者毫无保留地信任，其他作家却不尽然，比如另一位在海外颇具影响力的作家余华认为，“在文学翻译作品中做一些内科式的治疗是应该的，打打针、吃吃药，但是我不赞成动外科手术，截掉一条大腿、切掉一个肺，所以最好不要做外科手术”①，而昆德拉对译者的不满几乎是众所周知的，“作品《玩笑》的最初三个英译本让他大为不满——尤其不满译者动辄在不同地方换用同义词来表达原文中同一个词的意思的做法。他曾公开对译者表示不满，说‘你们这些搞翻译的，别把我们又是糟蹋，又是凌辱的’”。可见，作家对翻译的态度，可以说因人而异，莫言在多种场合表示了对译者的信任和感谢，这或许因为“他很清楚汉语与英语之间不可能逐字逐句对应的，与其他语言之间也是如此”，又或许因为他明白“翻译可以延长一部文学作品的生命，并可以揭示原来文本中所隐藏的东西”，但恐怕另一个更为重要的原因在于，他遇到了葛浩文这样一个“真心喜欢莫言的所有小

---

① 高方，余华：《“尊重原著应该是翻译的底线”——关于中国文学译介与传播》，《中国翻译》，2014，(3)。

说”、并如顾彬所言“采用一种非常巧妙的方式”进行翻译的好译者。

无疑，莫言对葛浩文的态度不是盲目的，他所说的“想怎么弄就怎么弄”完全是出于对葛浩文的了解和信任。而这种信任的另一面就是译者的责任问题。翻译是一个充满选择的过程，选择必然具有主观性，也就必然意味着责任。对任何一个有责任心的译者而言，翻译过程中做出的每一个选择都不是随意的、盲目的，而是有清醒意识和明确目标的，力求通过解决翻译中遭遇的各种矛盾而实现翻译的价值。在这个意义上，具体到葛浩文的翻译方法，他对原文的删节、改译甚至整体编译无一不是其主观性和主体意志的体现，每部文学作品都具有各自的特色，删不删、改不改以及如何删、怎么改，都需要译者根据文本内外的不同情况做出判断、进行选择。况且，译者对于翻译过程中的每一次选择都必须谨慎行事，一方面各种选择之间存在互为因果、互相影响的密切关系，另一方面各种选择都是语言、历史、文化、社会、政治等文本内部与外部诸多因素共同作用的结果。因此，如果说翻译活动中有很多不可为而为之的艰难，完全忠实于原著不易，那么，删节、改译等体现主观性和创造性的行为也同样不易，正如葛浩文所言，“既要创造又要忠实——甚至两者之间免不了的折中——那股费琢磨劲儿”完全是一种挑战。而这艰难与挑战的背后所折射出的正是译者作为翻译主体的责任意识。莫言曾这样描述他与葛浩文的合作：“我与葛浩文教授 1988 年便开始了合作，他写给我的信大概有一百多封，他打给我的电话更是无法统计，……教授经常为了一个字、为了我在小说中写到的他不熟悉的一件东西，而反复磋商，……由此可见，葛浩文教授不但是一个才华横溢的翻译家，而且还是一个作风严谨的翻译家……”毋庸置疑，这一百多封信和无法统计次数的电话所体现的正是译者对原作、对原作者、对翻译活动所承担的一份责任。

对作家和译者之间关系的理解可以说见仁见智，或像毕飞宇一再表示认同的那样，“一个好作家遇上一个好翻译，几乎就是一场艳遇”，或像余华认为的那样，“像是拳击比赛，译文给原文一拳，原文还译文一拳，你来我往，有时候原文赢了，有时候译文赢了，十个回合以后打了一个平手，然后伟大的译文出现了”。然而，从伦理角度来看，译者与原文之间首先具有一种责任关系,“翻译可以成全一个作家也可以毁掉一个作家”,这种颇为极端却又富有深意的说法或许是对译者责任的最好诠释。甚至,我们有理由认为,比起亦步亦趋地按照原文直译,当葛浩文采用删节和改译等翻译方法时,他对作者和读者所承担的责任都更为重大,因为无论原作者还是读者,对于从原文到译文究竟发生了什么样的变化基本上是无从知晓的。想必正是在这个意义上,葛浩文坦言,“作者与译者之间的关系可能是不安、互惠互利且脆弱的”。无论删节还是改译,葛浩文的翻译方法不仅具有强烈的主观色彩,更必然对原作、原作者和读者负有更大的责任,如何能将这样一种“不安而脆弱”的关系理解为文学译介中的唯一方法和固定模式呢?

(四) 翻译方法与文化接受的不平衡性

翻译就其根本目的而言是为了促进不同文化之间的交流,而交流必然依赖并取决于对来自异域的他者的接受。因此,在文学译介,尤其是在两种存在显著差异的语言和文化之间进行文学译介时,读者的接受是翻译过程中译者必须要考虑的首要问题。葛浩文之所以坚持“为读者翻译”的理念,无疑正是出于对翻译接受的重要性的认识。然而,翻译的接受远不是简单的语言问题,目的语国家的文化语境、读者的接受心态以及源语与译语文化之间的关系等,这些都是在其中产生重要影响的因素。

目前,国内对于外国文学作品的翻译以忠实于原著为原则,出版的一般都是全译本,改译、节译或编译等处理是不被接受甚至不能容忍的,这是因为,中国对外国文学尤其是西方文学的接受已经经历了相当长的历史,无论文化接受语境还是读者接受心态都达到了较高的水平,忠于原著的翻译不仅在读者接受层面不会产生障碍,更成为社会对于翻译活动的一种要求。反观中国文学在西方国家的译介,可以说还处在刚刚起步的阶段,媒体有过这样的统计:“目前作品被译介的中国当代作家有150多位,只占中国作家协会会员的1.3%。中国每年出版的引进版外国当代文学作品数量却十分巨大。在美国的文学市场上,翻译作品所占比例大概只有3%左右,而在3%的份额中,中国当代小说更是微乎其微。"可见,中译外与外译中之间的不平衡极为明显,中国文学输出与西方文学输入之间存在着巨大的逆差。这一事实导致的必然结果就是中国与西方国家在文化接受语境和读者接受心态两方面的显著差距。而由于这样的差异和不平衡性,为了最大程度地吸引西方读者的兴趣从而推进中国文学在西方的接受,译者在翻译中就必然以读者为归依,对原著进行适当调整,使之在更大程度上契合读者的阅读习惯与期待视野。就葛浩文的翻译而言,他在翻译中国文学作品时采用的翻译策略与方法,也正是以西方读者的接受为出发点,以便在西方目前的文化接受语境下更有力地推介莫言等优秀作家的作品。

实际上,在中国文学翻译史上也不乏类似的例子,最有代表性的就是林纾对西方文学作品的翻译。在今天的翻译研究视野下,林纾的翻译往往由于他在翻译中采取的"意译"的翻译方法以及由此产生的对原著的种种背叛与不忠实而备受责难,然而,在当时特定的历史与文化背景下,"林译小说"却将翻译在文化交流中具有的"媒"和"诱"的作用发挥得淋漓尽致,进而在中国近代文学史上做出了卓越的贡献。究其原因,文化接受语境无疑是其中极为重要的一点,我们知道,在林纾所处的晚清时代,文学界和评论界对外国小说怀有一种"根深蒂固的偏见",普遍认为"吾国小说之价值,真过于西洋万万也"。出于这样一种对西方文化的态度与对本土文化价值的立场,为了加强翻译小说的可读性从而激发读者的阅读兴趣,虽然林纾极力提倡借助外国小说来实现改良社会、救国新民的目标,但翻译中重要的只是保留原作的内容,完成译介小说"知风俗、鉴得失"的使命,任何被认为符合这一需要的删改都不是问题。同样,我们也看到,正如任何翻译活动都必然具有历史性一样,林纾的翻译以及他采用的达旨、译述的翻译方法也是特定历史文化语境下的阶段性产物,并随着历史文化语境的改变最终退出了历史舞台。以史为鉴,我们可以试想,目前国内对葛浩文的翻译方法的推崇正是中国和西方对于异域文化接受程度的差异的反映,也正是中国和西方在文学译介上的不平衡性的体现,那么,随着差异的缩小以及不平衡现状的改变,葛浩文式的翻译方法是否也如同林纾的翻译那样,终将在新的历史时期中成为中国文学译介史上的曾经？在中西方文化接受语境存在明显差异的情况下，除了读者的接受之外，另外有一点不得不提的就是商业利益问题。在市场和商业利益的作用下，正如葛浩文所言，“译者交付译稿之后，编辑最关心的是怎么让作品变得更好。他们最喜欢做的就是删和改。”如此情形下，作为译者的葛浩文常常要一再坚持和“斗争”，为的就是“不能让编辑这样随意改动”并“尽量保留更多的原文”。诚然，倾向于市场化的译本最终对文学译介本身无益，可遗憾的是，经济利益至上的商业性出版社恐怕难以为了文学的前途而无私奉献。这种与出版者在斗争与妥协之间的博弈远非个案，其他的译者也同样面临。王安忆的《长恨歌》出版前，出版社主张将书名改为《上海小姐》，理由是“有这样一个书名做噱头好卖”，但译者白睿文一再坚持忠实于原名的翻译，最终《长恨歌》的英文版辗转到美国非盈利性的哥伦比亚大学出版社才得以出版。无论葛浩文还是白睿文，译者的无奈和坚持都显而易见，对原文的某种删节和改译恐怕，一如林丽君所言，真的是译者“完全不能控制的事情”，是无论如何也不能将之与翻译方法本身的唯一性或正确性相提并论的。

以上几个方面的问题都从不同层面揭示出文学译介活动的复杂性与丰富内涵，而在中国与西方国家在语言、文化、社会、意识形态等方面都客观存在着巨大差异的背景下，中国文学译介过程中尤其凸显出无法避免的阶段性和不平衡性等特征，而葛浩文——其他译者也同样——对翻译策略与方法的选择与运用是特定历史时期中主客观多重因素共同作用的结果，具有显著的历史感和时代氛围，也强烈体现着译者的主体意识。在这个意义上，如果将葛浩文的翻译方法绝对化、唯一化和模式化，甚至据此而质疑以忠实为原则的翻译观念恐怕是有失偏颇的，也无益于在中国文化、文学走出去的深层次意义上来讨论翻译的作用和价值等根本问题。

五、结语

葛浩文对莫言作品的译介无疑是出色的，在一定程度上帮助莫言获得了重要的国际声誉，也使中国文学在其世界化进程中迈出了关键的一步，这是不争的事实。然而，我们是不是应该思考这样一个问题：中国当代作家逐渐被译介到国外，包括莫言、余华、毕飞宇、苏童、刘震云等在内的一批作家都非常优秀，而葛浩文本人也已经翻译了中国二十多位作家的作品，为何获得诺贝尔奖的是莫言？可见，虽然好的翻译是中国文学得到国际认可的必要条件，但并不是仅凭好的翻译就能获奖，莫言作品本身的精神价值、艺术魅力与东方文化特质等才是其获奖的关键因素。另一方面，作为译者的葛浩文的成功在很大程度上得益于他的眼光和选择，因为他选择了莫言这样一位足以引起西方读者兴趣的作家。因此，删节和改译等翻译方法可以说在一定程度上促使莫言获得诺贝尔奖，也使得葛浩文的翻译收获了极大的赞誉，但对两人的成功而言都并非决定性因素。

可以肯定，随着莫言的获奖，莫言的国际知名度已经达到了新的高度，中国文学在世界范围内的影响力不断增强，西方国家对中国文学、文化的接受程度也将随之提高，那时，无论西方读者还是中国作家，都会逐渐不满足于目前的翻译处理方法，会对翻译的忠实性和完整性提出更高的要求，毕竟原汁原味的译本才能最大限度地再现文学的魅力。正如莫言所说，"世界需要通过文学观察中国，中国也需要通过文学来展示自己的真实形象。"这是双方的需要，也是历史发展的必然。文学作品的译介和传播确实是个非常复杂的问题，涉及主客观层面的多种因素，如果说用"外译中"的眼光来看待"中译外"是把问题简单化了，那么，将目前获得成功和认可的翻译方法视为中国文学对外译介中唯一正确的方法、唯一可行的模式，这同样是一种片面的认识。针对部分学者和媒体对葛浩文式翻译方法的推崇、对所谓传统翻译观念的质疑，翻译理论界应当以翻译活动的本质与目标为出发点，对相关问题进行深入的反思、对某些认识予以澄清和引导。

中国现当代文学作品英译的出版传播及研究方法刍议

王建开

一、引言

在过去半个多世纪里，中国文学作品的英译事业取得了长足进步，近年来更是发展迅速。随着中华文化走出去战略的实施及逐步深化，作为其中重要组成部分的中国文学作品的英译（以下简称“英译作品”）借助有关机构和出版界的大力推动，出版的英译作品日益增多，已成为走出去国家战略的重要组成部分。党的十七届六中全会（2011 年 10 月）提出要大力增强国家软实力[①]，推动中华文化走向世界，增强其在世界上的感召力和影响力，并明确要“组织对外翻译优秀学术成果和文化精品”[②]。

---

① “软实力”（soft power）最初由哈佛大学肯尼迪政府学院教授约瑟夫·奈伊（Joseph S. Nye）提出，2004 年 3 月，他的专著 *Soft Power：The Means to Success in World Politics* 由 Public Affairs 出版。参看 www. hks. harvard. edu/about/faculty－staff－directory/joseph－nye。

② 见《中共中央关于深化文化体制改革推动社会主义文化大发展大繁荣若干重大问题的决定》（2011 年 10 月 18 日中国共产党第十七届中央委员会第六次全体会议通过）之“七、进一步深化改革开放，加快构建有利于文化繁荣发展的体制机制”的“（五）推动中华文化走向世界”，其中说：“开展多渠道多形式多层次对外文化交流，广泛参与世界文明对话，促进文化相互借鉴，增强中华文化在世界上的感召力和影响力，共同维护文化多样性。……加强海外中国文化中心和孔子学院建设，鼓励代表国家水平的各类学术团体、艺术机构在相应国际组织中发挥建设性作用，组织对外翻译优秀学术成果和文化精品。”（此段原文载《人民日报》（海外版）2011 年 10 月 26 日第三版，全文第一至三版。）

国家学术机构采取了一系列措施，对此给予有力支持。国家社科基金设立“中华学术外译项目”，随时受理申报，集中评审①，教育部2012年的“哲学社会科学研究重大课题公关项目”中专设对英译作品出版和研究的资助，其“招标课题指南”的第16项名为“英语世界中国文学的译介与研究”②。一些省级学术机构也有专门项目，资助英(外)译作品的研究③。

在出版上，中国作品英译得到国家机构和出版社的扶持，大型出版项目频出。国务院新闻办、新闻出版总署从2004年开始发起并实施“中国图书对外推广计划”(China Book International)，2009年启动“中国文化著作翻译出版工程”④。中国作协从2006年2月起启动“中国当代文学百部精品对外译介工程”，通过联系外国翻译者和出版商，适当资助翻译费、出版费等，在3年内把百余部中国优秀作家

---

① 全国哲学社会科学规划办公室2012年2月7日下发的“2012年国家社科基金中华学术外译项目申报公告”之“三、资助范围：中华学术外译项目资助国家社会科学基金项目优秀成果、我国当代哲学社会科学优秀成果以及20世纪以来我国哲学社会科学优秀成果的翻译出版，主要领域包括：1.(略)。2.(略)。3.研究当代中国经济、政治、文化、法律、社会等各个领域，有助于国外了解中国发展变化、了解中国社会科学研究前沿的优秀成果；4.研究中国传统文化、哲学、历史、文学、艺术、宗教、民俗等具有文化积累和传播价值，有助于国外了解中国文化和民族精神的优秀成果；5.其他适合向国外翻译推介的优秀成果。”中华学术外译项目常年随时受理申报，6月、11月各集中评审一次。

② “2012年教育部哲学社会科学研究重大课题公关项目招标课题指南”一共50项，第16项题为“英语世界中国文学的译介与研究”。2011年资助的人文社科青年项目包括“晚清至现代中国文学对外译介史”(耿强主持)。

③ 例如，广东省教育厅文科重点研究基地创新团队项目《汉译英小说叙述文体研究》(316－GK090028)、广东省211工程三期重点学科建设子项目《小说译本形式的社会属性》(GDUFS211－1－053)，其部分成果有：方开瑞，《早期的小说汉译中的重写模式——以〈一睡七十年〉和〈谈瀛小录〉为中心》，《中西文化交流学报》第3卷第2期(2011年12月)。

④ 详见以下三篇报道：朱璐、高霞《“中国文化著作翻译出版工程”助推“走出去”——“中国图书对外推广计划”工作小组第五次工作会议在湘举行》，《出版广角》(2009年第5期)；《有时候，我们说的不是他想要听的：专访“中国图书对外推广计划”负责人吴伟》，《南方周末》(2009年10月22日)；《“中国文化著作翻译出版工程”又有新成果》，刊《图书馆报》(2010年9月3日A4版)。另外，“中国文化著作翻译出版工程”是“中国图书对外推广计划”的组成部分，目前已(或将)出版的有：1.浙江大学出版社与德国施普林格出版社合作的“中国科技进展”丛书，2009年8月与国务院新闻办公室签约并获310万元基金资助。由中国科学家用英文写作，面向全球发行。2.五洲传播出版社和总部位于美国的圣智学习出版集团(原汤姆森学习集团)合作的“中国丛书”，2010年8月30日在第17届北京国际图书博览会开幕当天推出全球英文版首发式，包括中、英两种文字的12个分册，分别介绍中国的政治制度、经济、历史、文化、地理、社会、外交、国防、科技教育、民族宗教、法律、环境等领域，是外国读者了解当代中国各方面基本情况的基础读物。3.黄山书社出版的《经典中国艺术史》和《中国历代文物集》(后者于2010年12月入选，获得400万元翻译资助)等。

作品译介到外国，增强中国作家和作品的国际影响力。2008 年 10 月 24 日，中国人民大学宣布启动“国剧海外传播工程”，包括“百部国剧英译工程”“国剧口述历史编纂整理工程”“京剧中国”有声普及读本、“交响乐京剧海外巡演”等系列子项目。其中，“百部国剧英译工程”将把近 100 部国剧剧本译为英文。① 2009 年 7 月，北京师范大学文学院与美国俄克拉荷马大学孔子学院共同申请“中国文学海外传播”工程由国家汉办批准立项，计划三年内出版 10 卷本“今日中国文学”英译丛书，由俄克拉荷马大学出版社出版和发行②。2009 年底，新闻出版总署又一个重点项目“经典中国出版工程”编选工作开始，包括《20 世纪中国文学选集》英文版，分六卷本向世界展示 20 世纪中国的优秀和经典文学作品，以中外合作翻译和出版的方式进入英美国家的主流出版机构，同时为大学的中国文学教学和研究提供参考。③

多家出版社参与的“大中华文库”工程（Library of Chinese Classics）自 1994 年立项以来已出版 110 种以上，英译本居多④，湖南人民出版社有多部，如《茶经》和《续茶经》（姜欣、姜怡译），西安世界图书出版公司的《黄帝内经素问》和《黄帝内经灵枢》（李照国译，2005、2008）、岳麓书社的《喻世明言》（杨曙辉、杨韵琴译）等。另有上海外语教育出版社的“中国文化汉外对照丛书”和中国对外翻译出版公司的“中译经典文库：中华传统文化精粹”，后者已出 26 种（2007—2014），包括汉英对照《中国现代诗选》（*Modern Chinese Poems*，庞秉钧、闵福德、高尔登译）、老舍《茶馆》（*Teahouse*，英若诚译）等。2011 年 11 月，《人民文学》推出其英文版 *Pathlight*（《路灯》）季刊，由 20 多位英、美、澳汉学家及中国学者共同将中国作品译为英文。2009 年 4 月，在西安举行的“第十三届中国东西部合作与投资贸易洽谈会”下设“首届东西部文化翻译产业论坛”，在全国率先推出 SLOT

---

① 周逸梅：《人民大学启动“国剧海外传播工程”/百部国剧将被翻译成英文》，《京华时报》2008 年 10 月 25 日第 5 版。

② 见《中国日报》（*China Daily*）的报道《北师大举办“中国文学海外传播”学术研讨会》，见于 www.chinadaily.com.cn/hqss/2010－01/19/content_9344432.htm，2010 年 1 月 19 日。

③ 王宁：《世界文学与中国》，《中国比较文学》2010 年第 4 期，第 10－22 页。

④ 其中的英译书目可查“大中华文库”网站 www.libraryofchineseclassics.com，以及各英译本的书勒。

(Shaanxi Literature Overseas Translation,"陕西文学海外翻译计划"),把陕西 20 位著名作家的短篇小说代表作译成英文,于 2009 年 9 月同时在国内外出版发行①。

可以预测,在各个部门、各种措施的倾力推动下,英译作品将迎来更大规模的发展。与此同时,为在数量的基础上求得质量,需要有相关的追踪研究,探讨其中的不足,为今后的进步提供借鉴。

本文尝试对中国现当代作品英译的出版历程作一个概览,聚焦于其中的若干重要事件并给予简要评述。这些出版经验也可为英译作品的研究提示有益的昭示和方法。

二、英译作品的出版发行与传播

中国现当代文学作品出现于 1920 年代,其英译自然也是在此之后。其间,诞生了一些显著的译介事件,包括专载英译作品的文艺期刊和单行本英译作品。以下从出版和传播的角度对之加以评述。

现代中国的英文期刊《天下》月刊(*T'ien Hsia Monthly*)登载了大量英译作品及文学评论等,为中外文学和文化的交流做出了贡献。其出版和影响已引起学术界的关注,对其的研究逐渐增多。有论者②对该刊 1935 至 1941 年间登载的英译作品作了较为详细的梳理,尤其是凌淑华的英译作品和英语写作以及她与英国布鲁姆斯布里(Bloomsbury)文化圈的第二代代表人物贝尔(Julian Bell)的文学交往。另有专著列出《天下》月刊的部分英译篇目以及该刊在海内外的销售点③,包括亚洲、英、美以及法国、德国等,以发行细节显示该刊的英译作品之传播情况。另一篇相同内容的研究则讲到个别英译作

① 该计划已出《陕西作家短篇小说集》(*Old land new tales*: *20 best stories of Shaanxi Writers*, Beijing: China Intercontinental Press (五洲传播出版社),2011 年 8 月)。参看;李朝全《中国当代文学对外译介情况汇报与工作设想》(在西安举行的"第十三届中国东西部合作与投资贸易洽谈会"之"首届东西部文化翻译产业论坛"上的致辞),2009 年 4 月 7 日,见陕西省翻译协会网站 www.chsta.org/news_detail.asp? id=238)。

② 严慧:《〈天下〉杂志与京派文学英译传播》,《中国现代文学研究丛刊》,2009 年第 6 期第 104－114 页。

③ 严慧:《超越与建构——〈天下〉与中西文化交流(1935—1941)》,北京:光明日报出版社,2011 年 8 月。

品在海外的发行情况，展示其影响。其中说到，凌淑华在《天下》月刊发表的英文自传，实际上是创作和翻译的合成品，连载之后，于1953年结集为《古歌集》(*Ancient Melodies*)，由英国作家伍尔芙与丈夫合办的霍加斯出版社(Hogarth Press)出版[①]。该文说，《古歌集》发表的第二年(1954)，英国《泰晤士文学增刊》(*Times Literary Supplement*)登载专文介绍这部作品，不久还被译成法、德、俄、瑞典语出版。[②] 其他相关研究也提供了外刊的评论材料，借以说明这份英文期刊的影响。例如，有论者指出，[③]不同于当时在上海的其他侧重政治时局的英文报刊如《字林西报》(*The North China Daily News*)和《中国评论周刊》(*The China Critic Weekly*)等，《天下》月刊是纯文化期刊，登载的英译中国文学作品产生了较大影响，依据有二：一是纽约《亚细亚杂志》(*Asia*)的评论，其中认为凡是能读英文的人，都应该读《天下》(引在《宇宙风》1936年8月16日第23期关于《天下》月刊的宣传广告)；其二，英国文艺刊物《伦敦今日的人文》季刊也发表评论，认为《天下》是"有高水准的思想，风格和学力"。如果将以上这些来自英美媒体的第一手及其他细节加以整合，可以见出较为完整的传播和影响，比起译介事实的罗列更有说服力，尽管数据仅是表象，尚不足以完全说明英译的接受情况(还可考察深层次的因素如对英语文学和文化的影响)。

英文版《中国文学》(*Chinese Literature*)于1951年创刊，至2001年停止运作(中国文学出版社这一年被撤销、《中国文学》杂志停刊)，其间催生了"熊猫丛书"(见下一段)，在中国文学作品的英译上做出了显著成绩，成为近年来英译作品研究的一个热点议题。当事人徐慎贵[④]做过统计，在总共590期里，《中国文学》先后介绍作家、艺术家2000多人次，译载文学作品3200篇。在20世纪80年代，英、法两种文版的总印数达到6万份以上，刊物发行到100多个国家和地区。

---

① 耿强，《文学译介与中国文学"走出去"》，《解放军外国语学院学报》，2010年第3期第82—87页。

② 同上。

③ 黄芳：《试论英文杂志《天下月刊》的文化价值》，《华北水利水电学院学报》(社科版)2008年第5期第68—71页。

④ 徐慎贵：《〈中国文学〉对外传播的历史贡献》，《对外大传播》(北京)2007年第8期第46—49页。

此前(1980年代),《中国文学》的订户和读者主要分布在亚非等第三世界,之后,欧美地区的订户和读者增多,据1986年的数字,英文版《中国文学》的各国订户数为:美国1731户、芬兰1195户、法国(巴黎)1026户(法文版)。而到20世纪末,《中国文学》的发行量从数万册锐减到3000册左右,2000年起全面改版,由季刊变为双月刊并将原先的英文版改为中英对照版。虽然收到一定效果,该刊仍于2001年初停刊。[①] 这一连串的具体数据,展现出清晰明了的传播图景。同时,这也是英译作品研究不可或缺的方法,据此可进一步深挖,揭示背后的社会语境因素。

近年来中译外研究的另一个热点是"熊猫丛书"[②],中国文学(*Chinese Literature*)杂志社的这套丛书目的是在于中国文学作品译介给西方读者。据统计,1981年至2000年期间,"熊猫丛书"共出版中国文学译作(以现当代为主):英文130种、法文66种、日文1种、德文1种及中、英、法、日四文种对照版1种。[③] 持续时间之长、规模之庞大,引起学术界的关注。另一统计更为全面:截至2007年底,"熊猫丛书"共出版英文图书194部(包括重印版),其中,1981—1990出版96部,1991—2001出版98部,2001年以后出版23部。[④] 由于有详细的出版数据,以上两篇文章使读者看到整个出版的清晰概貌,也为英译作品的反应和影响研究提供了具体可靠的支撑。

以上列举的论述,均有具体事例,包括出版情况、外刊评论和销量,这些发行细节有助于佐证论点,值得提倡。其中,销量的信息尤其重要,涉及读者反应,有必要专门论述(见下节)。

三、销量与影响

英译作品在英语世界的接受境况如何,有多种检验标准,销量无

---

① 何琳、赵新宇:《新中国文学西播前驱——〈中国文学〉五十年》,《中华读书报》2003年9月24日第5版。

② 关于"熊猫丛书"英译作品的情况,耿强的系列文章有详细研究,其博士学位论文在目前"熊猫丛书"的研究中最为详尽。

③ 徐慎贵:《中国文学出版社熊猫丛书简况》,《青山在》,2005年第4期第19—21页。

④ 耿强:《文学译介与中国文学"走出去"》,《解放军外国语学院学报》,2010年第3期第82—87页。

疑是一项有说服力的风向标，理应更多地被引用。

老舍小说《骆驼祥子》由 Evan King 译为英语(*Rickshaw Boy*)，1945 年由 Reynal & Hitchcock 公司在美国纽约出版。当时国内《开明少年》第 9 期(1946 年 3 月 16 日)发表署名“斯人”的文章《“骆驼祥子”的英译本》，介绍说：“‘骆驼祥子’已经翻译成英文，书名译成‘黄包车夫’，在美国非常受欢迎。美国一般人对中国的情形不大清楚，对于中国下层社会的情形，他们更不明瞭。因此他们争着看老舍先生那样精深的描写黄包车夫生活的小说。不过在那个译本里，美国人加上了插图，图中的人还拖着辫子。茅盾先生在欢送老舍、曹禺两位先生出国赴美的会上，说从书中的人还拖着辫子看来，美国人还没有了解我们中国。希望他们两位先生到了美国，多多地把我们中国的情形介绍给美国人[民]。”(第 46 页)虽然讲到了这部英译小说有助于外国对中国的了解(引者注：潘文国教授查看了原文，1945 年版纽约英译本 *Rickshaw boy* 封面及插图的人物并无辫子)，但所谓“非常受欢迎”却没有任何佐证，不能让人信服。另有刊于《文章》1946 年第 3 期(封面字样“4、5 月号合刊”)署名“铮”的文章《“骆驼祥子”的英译》，其中说：“老舍的长篇小说‘骆驼祥子’，经译成英文，于去年(1945)夏季在美国出版后，传诵一时。在出版后的两星期内，即销去五万本。该书的英译者是 Evan King，出版者为美国‘Reynal & Hitchcock 图书公司’，定价美金二元七角半。出版后，即由美国‘每月新书推荐会’选定为一九四五年八月份的最佳文艺书籍。该书的题名被译成‘Rickshaw Boy’(洋车夫)；书中几个主要人物的译名，‘祥子’为 Happy Boy，‘虎姑娘’为 Tiger Girl，‘小福子’为 Little Lucky。全书译文大体尚不错，但有许多地方，似乎尚见英译者未能完全了解原作，因而颇有文不对题处。不但[不知]奇美的老舍先生感觉如何?”(第 81 页)这篇文章与前一篇形成鲜明对比，它对诸多细节逐一交代(如销量)，信息详尽，《骆驼祥子》英译本的影响一目了然。还有论者讲到，《骆驼祥子》在国外有以下语种的译本：日、朝、英、法、德、意、瑞士、西班牙、南斯拉夫、匈牙利、捷克斯洛伐克、丹麦、瑞典、俄、拉脱维亚、哈萨克等①，直观地显示出该英译本在全球的接受情况。另据笔者掌握的资料，美国俄亥俄州立大学现代中国文学与文化信息中心（MCLC＝Modern Chinese Literature and Culture Resource Center）编辑的资料"Literature Resources"，在"Lao She"项下列有31部（篇）老舍小说英译本（见 http://mclc.osu.edu/rc/bib3.htm#L），为英译作品的影响提供了可靠的数据（不仅是数字）。

再以姜戎（吕嘉民）的畅销书《狼图腾》的英译出版为例。2005年8月，英国企鹅出版公司以十万美元预付款及10%的版税购得《狼图腾》全球英文版权，交由美国翻译家葛浩文译为英语（*Wolf Totem: A Novel*），英文版首发仪式于2008年3月13日在北京故宫举行。有报道说这部书的英文版销量不好②，但没有具体数据。另一篇华慧的报道《葛浩文谈中国当代文学在西方》（《东方早报》2009年4月8日）则援引该书译者的话说："《狼图腾》的书评我都看。它的书评十有八九都是非常好的，甚至有人说这是今年最好的中文小说。甚至美国销路最多最大的刊物（《国家地理》），也评了《狼图腾》，非常令人惊讶的事情发生了，那篇书评说 this is the best book this year（这是年度最佳图书）。不仅是中国的最佳图书，而是全世界的。这可能会有影响，因为 *National Geographic* 发行量很大，每个月上百万份。所以我相信，《狼图腾》会有读者。"其中引用了知名杂志《国家地理》的评论，自然令人信服。另有林芳的报道《英文版〈狼图腾〉故宫首发》（《广州日报》2008年3月17日）介绍说，《狼图腾》已有多个语种的译本，包括英、法、意大利、荷兰、日、韩、越南语等，同样有力佐证了这部小说英译本产生的影响。

四、不同读者群体的反应与接受

英译作品针对的是全球的英语读者，所以要评价英译作品的效

① 舒济：《老舍著译目录》，《社会科学战线》，1979年第1期第334—339页。

② 见张英、杜越对"中国图书对外推广计划"负责人吴伟的专访《有时候，我们说的不是他想要听的》，《南方周末》2009年10月22日。

果，各种衡量指标中最有说服力的当然是读者的接受程度。上述的销售数量固然是晴雨表，但应区分不同读者群体的取向，这是英译作品出版及研究在分析数据时要注意的，不应混淆。

目前存在一个现象，即研究者以畅销书的销量标准去衡量整个中国文学作品英译的传播，由此得出的结论不免有失偏颇。应当指出，各国文学作品本来就有通俗的和经典的之分，各自的读者群体不同，其评价标准自然各异。期望严肃文学作品取得与畅销书相同的市场效果，那是逻辑上的错位。

例如，相比于《狼图腾》英译本的畅销（如上所述），有些类型的中国文学作品英译本的读者却很少。美国的葛浩文已经把 40 多部中国文学作品译成英语出版，曾因翻译《狼图腾》获得“曼氏亚洲文学奖”（The Man Asian Literary Prize，颁给亚洲作家用英语创作或被译为英语的小说）。在一次的访谈中他坦陈说，他本人以及相当一些美国读者喜欢阅读的中国小说英译本包括性爱、政治、科技、侦探等[①]。这与英语侦探小说受美国读者青睐的倾向相吻合，例如华裔作家裘小龙以陈超探长（也是诗人兼英美悬念小说翻译者）为主角的推理系列小说已出版了 6 种，其中第一本《红英之死》（*Death of a Red Heroine*，2000）使他获得第 23 届世界推理小说大奖“安东尼小说奖”（Anthony Award）并被选为大学教材[②]。而深刻描写内心的作品、所谓知识分子小说，销路就不好。“中国图书对外推广计划”负责人吴伟在一次采访中提到，张炜的小说《古船》英译本（*The Ancient Ship: A Novel*）由美国哈波出版集团和人民文学出版社合作于

① 华慧：《葛浩文谈中国当代文学在西方》，《东方早报》2009 年 4 月 5 日 B02 版。

② 裘小龙的英文推理小说《石库门骊歌》（When Red Is Black）被洛杉矶加州大学的社会学系选为社会学的教材。他的系列英文推理小说另有：《红英之死》《外滩花园》和《红鼠》。其中，《红英之死》最受欢迎，在美国重版 4 次并译成十多种文字在英、法、德、日等国出版；曾入围美国“爱伦·坡推理小说奖”“白瑞推理小说奖”并获评纽约《新闻日报》2000 年度十部最佳小说之一和第 23 届世界推理小说大奖“安东尼小说奖”（2001）。参看蒯乐昊：《访作家裘小龙：谁说中国人写不了侦探小说》（刊《南方人物周刊》2005 年 4 月 29 日）。又如，以 Charlie Chan 为主角的美国系列侦探小说曾一度风行，参见黄禄善《美国通俗小说史》（译林出版社 2003 年出版）。

2008 年 8 月推出，但销售不多[①]，尽管这部小说英译本的封面说"INTERNATIONAL BESTSELLER"(大小写照原文)，并且中文原著在 2007 年获得了由美国总统亚太顾问委员会颁发的杰出成就奖[②]。

中国经典文学英译作品在海外的对象主要是专业读者，出版的目的不是为了营利。王惠民(Ted Wang)和陈陈翻译了《二拍》(*The Abbot and the Widow: Tales from the Ming Dynasty*, translated and edited by Ted Wang and Chen Chen, New York: EastBridge Signature Books, 2004)和《卖油郎独占花魁》(《三言》的 8 个故事)(*The Oil Vendor and the Courtesan Tales from the Ming Dynasty*, translated by Ted Wang and Chen Chen, New York: Welcome Rain, December, 2006)，他们没有稿费，只拿销售的版税，并调侃说赚钱要等到孙子辈[③]。有的英译作品针对的读者群体不是大众，而是学生和学者，供他们学习和研究之用。美国戴维斯加州大学的奚密(Michelle Yeh)教授证实，现代汉诗的英译本出版以后，购买者主要是文学读者，如学校的学生[④]。面对采访记者"在美国，愿意出版中国小说的出版社多吗?"的提问时，葛浩文举例说，哥伦比亚大学出版了台湾系列和大陆系列作品，有些好的作品商业出版社不愿意出的话，大学出版社会出，"因为那些念大学、中学的学生需要，所以他们一直放在那，一年就卖个两三百本、三五百本，也就可以了。"[⑤]这里所说的中国小说是英译本。另一例是英译作品的研究成果出版，如中国古典诗歌英译与美国新诗运动的关系。1920 年代，一批美国诗人或翻译或模仿中国古典诗歌，国内对此有过一段研究热，持续至

---

① 引自张英、杜越:《有时候，我们说的不是他想要听的:专访"中国图书对外推广计划"负责人吴伟》，《南方周末》2009 年 10 月 22 日。参看华慧:《葛浩文谈中国当代文学在西方》，《东方早报》2009 年 4 月 8 日。

② 引自周凡恺、王子夏:《张炜获美国大奖(沈从文老舍作品入选)》，《天津日报》2007 年 6 月 12 日第七版。

③ 引自《王惠民与其译著〈三言二拍〉》，《新民晚报》2007 年 1 月 16 日。

④ 但凝洁、奚密:《现代汉诗的海外传播与阅读——"中国文学海外传播"国际学术研讨会奚密教授访谈录》，《楚雄师范学院学报》2011 年第 11 期第 35—41 页。

⑤ 华慧:《葛浩文谈中国当代文学在西方》，《东方早报》2009 年 4 月 5 日 B02 版。

今,其中有代表性的成果包括赵毅衡和钟玲[①]。为了说明中国诗歌英译在美国的接受情况,前者[②]列出了以下三个统计,展示其中登载的中国诗歌英译数量:1. 波士顿编辑出版的美国诗歌年鉴性刊物《刊物诗选》(*Anthology of Magazine Verse*)于1915—1923年间刊登的世界各国(不含英语国家)诗歌;2. 美国新诗运动的代表性刊物《诗刊》(*Poetry: A Magazine of Verse*)于1913—1922年间刊载的各国(不含英语国家)诗歌翻译、创作、评论的统计;3.《诗刊》(*Poetry: A Magazine of Verse*)1913—1922十年间自身创作与翻译的统计。作者的用意是借此说明中国诗对美国意象派诗歌运动的开展以及整个美国的新诗运动的巨大影响。由此可以得出如下推论:尽管这些英译作品的研究(刊于专业性很强的期刊)读者不会多,但因这一读者群体是知识分子(主要在文学圈、教育界等),其社会影响超过畅销书的普通读者(为娱乐和消遣而阅读)。

再如,瑞典汉学家马悦然(Nils Goran David Malmqvist)担任总主编的英文系列书籍《中国文学手册1900—1949》,是欧洲汉学协会3项主要国际学术研究计划项目之一,由欧洲11个国家及美、加、澳、香港地区的100多位学者完成,分为四卷:"中长篇小说""短篇小说""诗歌""戏剧",每一分卷前面都刊有一篇学术水平较高的序言。此研究成果规模大、入选作品条件严格、资料性强,赏析评论部分也具有较高水平[③]。收入其中的中国文学英译作品主要供学术界研究使用,但能促进英译作品在其他国家和地区的学者、学生中传播,其产生的影响是学术的、深层次的、主动的,而不是商业性的、被动的。这项研究也是对有关领域的一个补充,值得研究者关注。因为目前对英译作品传播和影响的研究,较多集中于美国,对美国以外的英译

---

① 钟玲:《中国诗歌英译文如何在美国成为本土化传统:以简·何丝费尔吸纳杜甫译文为例》,《中国比较文学》2010年第2期第41—52页。

② 赵毅衡:《远游的诗神:中国古典诗歌对美国新诗运动的影响》,成都:四川人民出版社,1985年7月。

③ 马悦然这套英文版《中国文学手册1900—1949》分为四卷,出版细节如下:总书名:Malmqvist, Nils Goran David, *A Selective Guide to Chinese Literature*, 1900—1949, Leiden: E. J. Brill, 1988—1990;各卷为:*Volume* 1: *The Novel* (edited by Milena Dolezelova, 1988);*Volume* 2: *The Short Story* (edited by Zbigniew Slupsky, 1988);*Volume* 3 *The Poem* (edited by Lloyd Haft, 1989);*Volume* 4 *The Drama* (edited by Bernd Eberstein, 1990)。

作品传播情况有所忽略(尽管中美合作的翻译和出版确实较多)。

以上例子在方法上有着可取之处,提醒我们在考虑英译作品的接受程度时,应区别文学读者和非文学读者,不以后者的多寡来判定其价值。

五、中外合作:英译作品出版的新模式

观察英译作品的出版史,有两种情况,一是中、外机构或个人各自行事,依据自身的观念(存在文化差异)和目的(宣传或商业)来选择翻译,有时难免出现不对路的情况。二是双方联合,发挥并整合各自的优势,缩小文化差异以求实现跨文化交流。

早在1930年代,英译作品的合作出版模式即已开始,例如伊文思的《草鞋脚》和斯诺《活的中国》,以下是一个回顾,从中可以得到有益的启示。

美国记者伊罗生(Harold Robert Isaacs,1910—1986)1930年代来华,与鲁迅、茅盾等人共同编选中国现代短篇小说集《草鞋:1918—1933年中国短篇小说》收入作品26篇并亲自将其译为英文,向国外读者介绍中国青年左翼作家的作品。因各种原因,英译本直到1974年才由美国麻省理工学院出版(*Straw Sandals*: *Chinese Short Stories*: 1918—1933, edited by Harold Isaacs, foreword by Lu Hsun, Cambridge: MIT Press, 1974)[①]。同样是在1930年代,另一名美国记者斯诺编辑了小说集《活的中国》,1936年在英国出版(Snow, Allen Edgar, *Living China*: *Modern Chinese Short Stories*, London: George G. Harrao and Co. Ltd, 1936),书中附录一篇评论《中国现代文学运动》(Nym Wales, "Modern Chinese Literary Movement")。之后,黄源在一篇"附记"(刊《译文》1936年11月16日新2卷3期"哀悼鲁迅先生特辑")作了介绍:"前述的施乐先生(Edgar Snow)曾编译过一部中国近代短篇小说集,名 *Living*

① 中文部分于1982年重编,以《草鞋脚》(喻工农大众文艺)为书名在湖南人民出版社出版,恢复了被英译本删除的篇目。详见《中国现代短篇小说前进的足迹——评鲁迅、茅盾编〈草鞋脚〉》,载蔡清富:《现代文学纵横谈》,北京师范大学出版社1992年8月出版。

China。全书分为二部，第一部专译鲁迅先生的作品，计七篇：《药》《孔乙己》《祝福》《风筝》《论“他妈的”》《离婚》等。第二部译了茅盾，巴金、田军、郭沫若、沙汀、萧乾等诸家的小说。施乐先生编译此书时，曾得鲁迅先生的很多帮助和指示，他也时常问起这书，如今此书刚到上海，先生却不及看见。此书由 Harrap 书局出版，定价八先令六便士，顺便介绍一下。”（第 7 页）另有梁盛志《瀛海汉学丛录》一文（刊《中国公论》1943 年 2 月 8 卷 5 期），说得更加详细：“法国罗曼·罗兰主编《欧罗巴杂志》首刊《阿 Q 正传》法译文，鲁迅西传之首，斯诺编辑《活中国》（*Living China*）短篇小说集，威尔斯（Nym Wales）女士为之序，收鲁迅小说七篇，泰姆士报文艺附刊特刊评论，称为中国之柴霍夫，文中谓：‘书中最初七篇为鲁迅原著，彼乃世界公认之现代中国文学天才，毫无可疑。鲁迅于此集中所收诸作者之作品，乃中国新文化阶段之簇新忠实表现，社会意义，极为重大。……仅读英译，其成功、其魅力、其自然之力，以古典传统为背景之纯中国作风，跃然如见。惟因为迻译，原作之力量韵味不免减失。’”（第 55 页）

中外合作一般由国外出版社发行，优势之一是，外方出版社熟悉市场（读者的倾向），发行渠道完善。正如斯诺在《活的中国》问世 33 年后从瑞士致信姚克（姚莘农）说：“我的日本经纪人来信说，东京一家出版商想重印英文版的《活的中国》。众所周知，美国的中国语言文学课也需要这一本书。此外，不但许多美国人，也有不少中国人也向我索要此书。如果日本人真想再版，他们可能会通过 Tuttle 公司承担发行，因为该公司在美国的教科书领域里具有良好的发行渠道。请您考虑撰写一篇简短的序言。你远比我清楚此书在整个中国当代文学中的地位。另外，你还可谈一下我们同鲁迅的会面，以及该书是如何形成的。《活的中国》一书销量寥寥无几，其收入不足以支付数额菲薄的版税预付金。也许这次会大有起色，特别是因为有你撰写的序言。”①

另一例是罗伯特·白英与袁嘉华及中国译者杨周翰等编译的《当代中国短篇小说选》（*Contemporary Chinese Short Stories*，

---

① 金坚范、胡志挥：《姚克钩沉》，《传记文学》，2006 年第 8 期。

London/New York: N. Carrington, 1946, ed. and tr. by Yuan Jiahua and Robert Payne),收有作家鲁迅、沈从文、老舍、杨振声、施蛰存、张天翼、端木蕻良、姚雪垠和卞之琳的共11篇短篇小说。

这些发生在现代中国的中外合作出版英译作品的实践,其过程及经验值得当今英译作品的出版者和研究者借鉴。

合作出版在建国后几乎中断(《中国文学》英文版和“熊猫丛书”有少量的合作),改革开放之后逐渐增多,21世纪开始成为常态。2011年11月,《人民文学》英文版“Pathlight”(《路灯》)创刊。主编李敬泽说,该刊编辑人员包括中、外人士,20多位翻译人员主要来自母语为英语的英、美、澳大利亚等国,他们常年研究中国文学且有较高中文水平,保证了译文能够符合目标人群的阅读习惯[①]。甚至出现了合办的专门期刊。前述北京师范大学文学院与美国俄克拉荷马大学孔子学院合作的“中国文学海外传播”工程项目,内容之一是要与后者的《当代世界文学》(*World Literature Today*)联合创办英文学术期刊《今日中国文学》(*Chinese Literature Today*),刊登优秀的当代中国文学作品。该刊已于2010年10月21日创刊发行,至今已有一年以上,并于2011年4月28日至30在北京召开了与此项目有关的“中国文学海外传播”国际学术研讨会。只是这份刊物的发行到底怎样,尚未见到论述,期待来者。

中外合作出版英译作品近年来逐渐增多,已成为一个趋势,在接受效果上肯定胜于各自为战的模式。

六、多元途径探究英译作品的接受

以上从四个方面简要评述了英译作品的出版传播的大致情况,也为英译作品的研究指出了需要关注的方面。要想提高英译作品出版的传播效果,还应进一步下工夫,知悉更多的读者反应,从中了解深层次的接受信息。例如,可以采用调查英语读者阅读书目的方式,

① 胡军:《让文化交流旅途多一盏文学之灯——〈人民文学〉杂志推出英文版试刊号》,《文艺报》2011年12月9日。

做实地调查(实证是西方人喜用的研究方式)。目前已有论者做了这方面的工作[①],但还有很大的拓展空间。其实早在1930年代,就有西方学者调查外来文学作品中译本在中国的被阅读情况。莱昂曾于1934年委托国立北平图书馆的袁同礼[②],对当年该馆读者阅读的各国文学译作进行统计,结果显示,美国作品中辛克莱的三部小说借阅最多(Lyon, 1934:63－64)。[③] 这一发现不仅为外来文学的接受增添了依据,还生成了一个重要对比:恰在同一年,辛克莱《石炭王》和《屠场》的中译本在中国被查禁。并且,这份调查把统计与量化引入了中国的译介研究,有着方法上的启迪意义。

相对于读者阅读书目的调查,来自个体读者的具体陈述有更为直接的参考价值,尽管不具前者的普遍性。美国现代女诗人卡萝琳·凯惹写过诗集《敲唤寂寞》诗集,其中的诗作模拟《乐府诗集》的"子夜歌",她在该书卷首的"致谢"中说:"我像其他美国现代诗人一样,从小就一直读韦理的译诗,我对他的热爱及得到的受益是数也数不清的。"(Kizer, 1965:"Acknowledgements")[④]美国译者葛浩文在一次采访中说,当年他在海外读到的中国文学英译本几乎全是杨宪益、戴乃迭的手笔,包括古典诗词、《三国演义》及鲁迅的作品[⑤]。

七、结语

20世纪前后,由于国情的需要(向域外寻找救国良方),中国知

---

① 田文文的《〈中国文学〉(英文版)(1951—1966)研究》是硕士学位论文(华侨大学2009年),包括第三章"《中国文学》(英文版)的影响研究"之"第一节"《中国文学》(英文版)的读者群体"(第33－34页)、第二节"《中国文学》(英文版)的发行"(第34－35页"和第三节"《中国文学》的影响之浅析"(第35－36页)。

② 袁同礼1916年曾做过清华图书馆主任助理,后留学美国、欧洲,1926年回国后任北京国立图书馆(后改名国立北平图书馆)副馆长。《吴宓自编年谱:1894—1925》(北京三联书店1995年版第152、255页)对他有描述。

③ Lyon, David Willard, "The Past Decade in Chinese Literature", in Journal of the North China Branch of the Royal Asiatic Society(for the year 1934)(J), Vol. LXV, Shanghai: Kelly & Walsh, Limited, 1934, pp. 62－72

④ Kizer, Carolyn Ashley, "Acknowledgments"in Knock upon Silence: Poems, Washington University Press, 1965

⑤ 引自赋格、张健,《葛浩文:首席且惟一的"接生婆"》,《南方周末》2008年3月26日。葛浩文1980年到北京,拜访过杨宪益和夫人戴乃迭。

识分子再次(继 17 世纪的科技翻译之后)开始大量译介外来文献。从那以来,外来文献的译入成为主流,并持续至今,使我国成为一个翻译大国。但其中存在一个较大的不平衡,即输入的书籍远多于输出的书籍[①],造成中外图书贸易的逆差。进入 21 世纪,这种情况有了明显的改观,中国文化名著和文学名著的英译本开始有规模地向外输出(参看本文的“引言”)。

在英译作品不断出版之际,有必要看到,为了让世界更好地了解中国传统文化和文学,只有数量远远不够,还须设法提高效率。正如论者[②]所说,尽管我们对于一直不遗余力地推出英译作品,结果却不尽如人意。说到具体例子,论者[③]指出,1980 年代推出的“熊猫丛书”英译本没有选择英美主流的商业出版社出版,而是在国内出版并通过国内的销售商(中国国际书店)进行推广,这样的发行方式加上别的原因致使其在海外的发行效果不理想。

从目前情况来看,相对于出版机构付出的巨大努力,对传播与影响的研究有些滞后,而缺少研究,英译作品的发展会有盲目性。为此,当前学术界应做好两方面的工作:一是厘清英译作品的发展史(出版和传播的轨迹),发现重要的现象和事件;二是在此基础上对已知英译作品的传播情况进行分析和总结,找出其中的值得注意的得与失。

中国文学作品的英译研究是对我国翻译史研究的一个极好的充实,原因是多年来,学术界偏重外来文学的译入,而对我国文学作品的译出研究明显不足[④]。因此,其学术意义不言而喻,理应、也正在成为目前国内的一个学术新热点,这方面还有很多工作要做。例如,要拓宽研究视角和途径,从多元化层面探索英译作品的传播和影响,

---

① 关于中国与世界各国的图书贸易逆差,“中国图书对外推广计划”负责人吴伟提供的数字是,中国每年引进图书一万本左右,输出仅两千多本(截至 2009 年),见张英、杜越:《有时候,我们说的不是他想要听的》,《南方周末》2009 年 10 月 22 日。另有一个例子。美国翻译家白睿文谈到推介中文翻译作品的市场经验时说,2009 年全美只出版了八本中国小说,仅占美国外国文学出版总数的 4%。(见王杨:《译介传播:推动文学“走出去”》,引自中国作家网 2010 年 8 月 13 日 http://www.ilf.cn/Theo/87902.html)。

② 马琳:《“交流的无奈”——中国文学走向世界的传播困境与突围》,《社会科学辑刊》,2007 年第 5 期,第 224—228 页。

③ 耿强,《文学译介与中国文学“走出去”》,《解放军外国语学院学报》,2010 年第 3 期第 82—87 页。

④ 潘文国:《译入与译出——谈中国译者从事汉籍英译的意义》,《中国翻译》,2004 年第 2 期。

认清英译作品在世界各国接受过程中发生的契合和冲突并了解背后的原因，诸如英语（及西方）国家的文化传统以及读者的心理期待和阅读习惯等。如此，将有助于出版机构和译者调整翻译策略并采用恰当的方式，让英译中国作品更好地实现跨文化交流[①]。

---

① 英译作品的研究，其作用除了为英译作品的传播效果提供咨询，还有学科发展的意义，即：它同时也是（或也会成为）一门独立的学科。

新中国成立后中国文学的英语外译作品及其传播效果研究

王国礼

当今世界的竞争是综合国力的竞争，而综合国力的一个重要组成部分是文化影响力。中国科学院中国现代化研究中心在《中国现代化报告 2009——文化现代化研究》中依据 2005 年世界各国的相关指标数据，认为中国的文化影响力指数在全世界排名第七，居美国、德国、英国、法国、意大利、西班牙之后，这与中国在经济、政治、军事等方面的影响力是不相称的。中国文化“走出去”这一战略构想就是在此背景下提出的。文学是文化的载体，中国文学在传播中华文化的过程中扮演着重要的角色，但 1949 年以后的中国文学英语外译作品的传播效果并不理想。

一、1949 年后中国文学作品英语外译的总体情况回顾及其传播效果分析

尽管中国文化“走出去”的战略是近年提出的，但中国文化“走出去”的实践始于 20 世纪 50 年代。以《中国文学》杂志、“熊猫丛书”和“大中华文库”为主要载体，相关部门组织了一批国内外翻译家（外国翻译家占少数）翻译了大批中国文学作品，但这些作品在国外传播的效果并不尽如人意，其中的原因很值得我们深思。首先让我们回顾

1949年以来中国文学作品英语外译的总体情况。

新中国成立之初，国外对当代中国文学的状况知之甚少。鉴于此，时任对外文化联络事务局局长的洪深倡议创办《中国文学》杂志，这一倡议得到文化部副部长周扬的支持。1950年刚从英国回来的叶君健受命负责筹办该杂志。1951年，《中国文学》英文版诞生，1964年，法文版问世。《中国文学》由两部分内容组成：文学和艺术，以文学为主。文学部分刊载了自《诗经》以来的中国文学作品译文，但以鲁迅之后的当代文学作品为主。此外，该杂志还刊载一些选自国内报刊和书籍的文艺评论。杂志起初为年刊，1954年改为季刊，1958年改为双月刊，1959年改为月刊。由当时的文化部部长、中国作家协会主席茅盾担任主编，实际工作则由副主编叶君健负责。1986年中国文学出版社成立，负责《中国文学》杂志英文、法文版的出版与发行。1998—2000年中国文学出版社与外语教学与研究出版社合作出版中英、中法两种文字对照本的《中国文学》杂志。2001年由于种种原因中国文学出版社被撤销，《中国文学》杂志也随之停刊。20世纪80年代初，受朗文出版集团公司“企鹅丛书”的启发，《中国文学》主编杨宪益提出了出版“熊猫丛书”的设想（以熊猫为丛书标记），随后这一设想付诸实施。“熊猫丛书”将《中国文学》已刊载过、但还未单独出版的中国文学译作结集出版，后来又增加了新译的作品。丛书主要出版中国文学的英文和法文译作，也有少量的德文和日文等语言的译作。翻译出版了《诗经全译本》《汉魏六朝诗文选》《唐代传奇选》《明清诗文选》等作品，包括陶渊明、王维、蒲松龄、鲁迅、沈从文、贾平凹、扎西达娃等七十余位作家的作品。2000年底中国文学出版社被撤销，“熊猫丛书”的出版也告一段落。2009年在德国法兰克福书展开幕前夕，外文局决定将“熊猫丛书”重新整合包装出版，由外文社成立专门项目组，精心策划，最后选择了其中影响力最大，最有代表性的现当代作家作品作为第一辑出版，首批英译了40位中国现当代作家作品。中国文学作品外译的另一重要成果是“大中华文库”（汉英对照）。该项目1995年启动，时间跨度为先秦至近代，涉及文学、历史、哲学、经济、军事、科技等内容。《文库》选择了中国传统文化最具代表性的经典著作，主要的文学作品包括：《儒林外史》(全 3 册)、《牡丹亭》(全 2 册)、《西厢记》《陶渊明集》《楚辞》《汉魏六朝诗三百首》(全 2 册)、《红楼梦》(全 6 册)、《西游记》(全 6 册)、《水浒传》(全 5 册)、《三国演义》(全 5 册)等作品,包含各类典籍 51 种,总计 92 册。

中国文学作品外译的最终目的是向译入国读者推介中国文学,使他们熟悉并了解中国文学,以此来提高中国文学的世界影响力,但传播效果如何呢?《中国文学》杂志出版 590 期,“熊猫丛书”出版 190 多种,介绍作家、艺术家两千多人次,翻译中国文学作品 3200 篇。但《中国文学》在 20 世纪 90 年代以后的国外读者越来越少,其最初的发行量为 3000 多万册,20 世纪 90 年代发行量连续下跌,1995 年发行量仅为 535.4 万多册。2001 年《中国文学》停止发行,此后几乎无人问津。[①] “熊猫丛书”的传播效果也不尽如人意。据耿强统计,英美两国的很多图书馆对“熊猫丛书”的收藏积极性不高。美国国会图书馆只收藏了 1998 年以前的部分“熊猫丛书”;英国大不列颠图书馆馆藏的 2000 年以后的“熊猫丛书”只有 3 部;美国纽约公共图书馆和美国华盛顿大学图书馆没有收藏 2000 年以后的“熊猫丛书”;牛津和剑桥大学图书馆馆藏的 2000 年以后的“熊猫丛书”也只有 2 部。[②]“大中华文库”也受到了冷遇,据谢天振先生的说法,“大中华文库”近百部译作中只有两本被英国的一家出版社购买了版权。

中国文学外译作品传播效果不佳的部分原因是译文质量欠佳。金介甫在评价 20 世纪 90 年代初的“熊猫丛书”时指出,该丛书部分译文质量低劣,有随意删减的现象,不是文学翻译。如对郑义和刘恒作品的翻译从某种程度上说只是为了适应电影剧本的长度和情节需要。[③] 但《中国文学》、“熊猫丛书”和“大中华文库”的翻译队伍中不乏一流的翻译家,如杨宪益、戴乃迭、杨绛、傅雷等,他们具有很高的语言造诣,译文质量很高。然而译本在西方社会产生的影响却不尽

---

① 郑晔:《国家机构赞助下中国文学的对外译介——以英文版〈中国文学〉(1951—2000)为个案》,上海:上海外国语大学,2012。

② 耿强:《文学译介与中国文学走向世界——“熊猫丛书”英译中国文学研究》,上海:上海外国语大学,2010。

③ 金介甫:《中国文学(一九四九——一九九九)的英译本出版情况述评》,查建明译,《当代作家评论》,2006(3):73—74。

如人意，其中的原因很值得深思。在此，笔者试从卡萨诺瓦的世界文学空间理论分析中国文学外译作品传播效果不佳的深层原因。

二、1949年后中国文学英语外译作品传播效果欠佳的深层原因

在其1999年的著作《文学的世界共和国》(*La République mondiale des lettres*)中帕斯卡尔·卡萨诺瓦(Pascale Casanova)提出了世界文学空间理论(world literary space)，指出世界文学空间由中心和边缘(或半边缘)构成。欧美等强势国文学处于空间的中心，它们确立的标准被认为具有普适性价值；弱势国文学处在边缘或半边缘地带，很难进入中心区域。她还认为自16世纪以来世界文学形成了半自治的"共和国"，它并不完全依赖政治和历史，有自身的权力关系结构。处于中心区域的文学空间自治程度较高，可以确立自己的法则，对政治的依赖程度较小，在世界文学空间中占有更多的文学资本；处于边缘和半边缘区域的文学空间自治程度较低，对政治的依赖程度较高，所占有的文学资本非常稀少，因而也处于劣势地位。世界文学是"一"，但并不平等。她的理论有助于我们深刻认识世界文学空间中的权力结构，从某种程度上能揭示中国文学外译作品在译入国受到冷遇的深层原因。

首先，中国文学外译作品受到译入国读者冷遇的第一个原因是世界文学体系的不平等性。如前所述，中国文学"走出去"的最终目的是向世界推介中国文学(尤其向英法美等发达国家介绍中国文学)，让世界了解中国文学，扩大中国文化的世界影响力。究其实质，这一愿望旨在使处于世界文学空间边缘的中国文学进入中心区域并获得其认同和肯定。在卡萨诺瓦看来，世界文学空间充满着竞争，各民族的文学都在为获得最多的文学资本而奋斗。翻译是处于边缘的文学空间进入中心文学空间的重要手段，也是世界文学空间中民族文学竞争的主要武器(奖励和课程设置依然在很大程度上依赖翻译，我国大学中文系的外国文学类课程所涉及的文学作品大多是翻译文学作品)。从这个角度来说，通过对外翻译让中国文学走向世界这一

策略抓住了世界文学空间竞争的关键。

但世界文学空间是不平等的,各民族文学空间的地位并不相同。“……那些最早进入文学竞争场域的民族,它们的民族经典也被视为世界经典。欧洲自16世纪以来的文学地图不能仅仅被视为文学信仰或文学观念延伸的结果……它也是文学空间结构不平等的结果,民族文学空间中资源分配不平衡的结果。”处在边缘的中国文学很难引起人们的注意,因为评判文学的标准是由处于支配地位的文学空间确立的,这些标准往往被理所当然地赋予了普适性价值。阿普特(Emily Apter)在评述卡萨诺瓦的世界文学空间理论时也指出:奖励、翻译以及学术课程的合并——这些形式的认可都被视为对选定作家及文作品普适性确认的途径。因为欧洲(尤其是法国)在普适的世界文学中被认为占有重要的地位,故而,卡萨诺瓦式的叙事才会流行,它有助于确立标准,而标准是符号资本得以评价和分配的依据。西方与非西方民族不平等的竞争意味着“小”文学——即,那些欧洲之外的文学或用少数民族语言写成的文学作品——很难引起人们的注意。由于这些作品被翻译和进入文学网络的机会更少,非都市文学在“文学的世界共和国”中往往被囿于边缘化的地位。

中国文学边缘化的地位使中国作家(尤其是近现代作家)在追逐世界声誉时面临重重困难。经过数百年的积淀,西方世界对中国古典文学有一定的了解和研究,中国古代作家如李白、杜甫、白居易等逐渐为读者所了解。从笔者搜集到的资料来看,英语世界翻译了很多中国古典诗词,粗略统计有近百本译作。他们对中国近现代作家,尤其是新中国成立后的作家的了解程度远不如古代作家。“熊猫丛书”中涉的中国文学,以近现代文学为主,涉及鲁迅、茅盾、巴金等作家,除少数作家在西方文学界有零星的研究外,大多数作家被排除在研究视野之外了,对普通读者而言这些作家就更陌生了。在评论张洁的作品《爱,是不能忘记的》时,李欧梵指出,尽管英美某些高校开设了中国当代文学课程,但读者的偏见使他们无法深入了解这些作品。[①]

中国文学外译中面临的第二个问题是文学的自治程度。卡萨诺瓦认为理解文学世界运行机制的关键是承认其边界、资本、途径和交流方式。“文学的世界共和国有其运作方式，即文学经济。它产生了等级，形成了诸种形式的暴力。最重要的是，它有自己的历史……”文学世界和政治经济世界并不是完全同步的。她用“自治”(autonomy)一词表示文学空间的独立性，自治程度较高的文学世界往往可以确立自己的标准和法则，评价文学作品的标准不一定和政治紧密相关。而中国文学的自治程度向来较低，与政治有千丝万缕的关系，近现代以来的文学尤其如此。传统文学的文化特征之一是作家的官吏化，“作家”并非一个独立的群体，他们与“官吏”往往是一体的。即使在20世纪，中国文学在很长时期内依然未摆脱意识形态的控制。“中国文学”“熊猫丛书”和“大中华文库”是政府作为文学翻译赞助人而实施的文学外译行为，在文本和作家的选择上或明或暗地受意识形态的操控，某些与主流意识形态不符的作品，如“伤痕文学”“反思文学”，还有“国统区文学”的部分优秀作品并未列入其中。有些作品中的政治价值判断居于文学审美之上，文学水准欠佳，无法唤起译入国读者的审美体验；另一方面，这些作品与政治的紧密联系也超出了译入国读者的生活体验，他们很难理解这类作品所宣扬的主题。例如，《中国文学》“文化大革命”期间只能以刊发毛泽东诗词、鲁迅作品、样板戏等作品为主，还有报刊社论和革命回忆录，文学成了政治的传声筒，政治标准取代了文学审美，文学的自治度降到最低，完全依附于政治，过分胶着于当下的现实，对译入国读者而言，这样的作品难以理解。当时，一名叫德怀特的澳大利亚读者在来信中对《中国文学》刊发的文章做出了如下评价：“也许你会放弃阅读《中国文学》，并且再不碰它了。有一段时间它的基调很乏味。短篇小说看起来千篇一律，只是名字不同，人物是用纸版刻出来的僵化木偶人——完美无缺的干部、农民与一无是处的走资派相对抗。”[②]

---

① 耿强：《文学译介与中国文学走向世界——“熊猫丛书”英译中国文学研究》，上海：上海外国语大学，2010。

② 林文艺：《英文版〈中国文学〉作品翻译选材要求及影响因素》，《龙岩学院学报》，2011 (8)：59。

邓滕克教授在论述这一问题时认为在西方，包括著名学者在内的一些人觉得1949—1976年间的中国文学毫无价值，因为它们具有"宣传"属性。对他们而言，为政治服务的文学不能算作文学。[①] 其背后的潜台词是这类文学作品没有艺术性，不值得一读。"……民族文学空间在世界文学空间中的地位取决于其相对的自治程度，而这种地位又决定了民族文学在世界文学空间所获得的文学资本……"

所以，中国文学作品在外译时必须要考虑译入国读者的期待视野，即翻译的作品有没有人阅读、能不能被读者所接受的问题。谢天振特别强调"译入"与"译出"的差异问题，他认为中国文化"走出去"时"不光要考虑怎么译的问题，译得正确，译得好，还要考虑译出去以后有没有人看的问题，能不能被人接受的问题，能不能产生影响的问题……"

第三，世界文学空间中普适性与本土性之间的张力也是中国文学作品英语外译面临的一个难题。如前所述，处于中心区域的文学空间所确立的标准被认为具有普适价值，相应地，处于边缘和半边缘文学空间的文学的本土性就很容易被忽略，成为中心区域读者无法理解的东西。歌德所提倡的世界文学时代早已来临，似乎也实现了，但其实早已远离了歌德的初衷。在歌德的世界文学理想中，各民族文学会保持自己的个性，但世界文学空间的权力结构却使弱势民族文学的本土性逐渐丧失，强势文学空间确立的文学法则（即普适价值）也成了衡量边缘和半边缘文学空间的标准，剥离这些作品的具体历史文化语境并对其加以简单地评判。正如迈克尔·邓宁（Michael Denning）在讨论世界小说的概念时指出的：如同"世界音乐"一样，"世界小说"是一个无法令人信服的范畴。若它真正指向业已变化的小说风貌，它就是一种市场手段，它使特色鲜明的区域传统和语言传统丧失而沦为单一的、具有全球性的"世界节拍"，与之相伴的便是魔幻现实主义审美的全球化。和被它所取代的现代主义与社会主义现实主义一样，这个术语只是一个空洞、精心打造的所指而已。

---

① 赵妍，赖宇航：《1949年后的中国文学在海外：无法摆脱的翻译难题与政治意味》，《时代周报》2012年10月18日。

若我们将邓宁的上述观点延伸，我们可以说世界文学空间的权力斗争使特色鲜明的区域传统和语言传统丧失而沦为单一的“普适性”模式。例如，英语在当今世界的成功有助于世界文学的理想的实现，成为世界各地的作家都可以采用的创作语言，但这也意味着它会压制用其他语言创作的文学作品，湮灭其他语言创作的文学作品的本土特色。

“大中华文库”的目的是“系统、准确地将中华民族的文化经典翻译成外文，编辑出版，介绍给全世界”。将蕴含中国文化精髓的文学作品通过翻译的方式原汁原味地介绍给译入国读者当然是他们了解中华文化最直接、最有效的方式，但就目前的现状而言，译入国读者不可能毫无障碍地阅读此类作品。忠实准确的翻译更能体现中国作品的本土文化特征，但中国本土文化的语境和价值能否被理解是另外一回事。因为中心区域文学空间的读者（尤其是英美国家的读者）理所当然地认为他们自己的文学具有普适性，会不自觉地用自己的民族文学所确立的准则衡量处于世界文学空间边缘的中国文学，忽略中国文学的独特之美。在阅读中国文学作品时，他们更希望从中国文学作品中体验到西方文学作品提供给他们的审美经验和生活经验，对中国文学特定的文化和历史语境他们知之甚少，缺乏理解中国文学作品的“前结构”，很容易误读并贬低中国文学作品。戴乃迭曾指出，在英国读者眼中，贾宝玉有女人气和自卑感，患狂郁症。只有了解他生活的那个令人压抑的社会后，我们才能准确地评价他。[①]

世界文学空间的不平等性注定了在大多数情况下处在中心区域的英美法等文学会向处于边缘地位的中国文学空间传播，而中国文学却很少有机会进入英美法等处于中心地位的文学空间。早在20世纪50年代，奥尔巴赫就曾指出：欧洲文化长久以来建立了富有成效的内部相互关系，充分意识到自身的价值，因此还保留着个性。然而，甚至在这些民族文化中，均等化过程也比以往任何时候更加迅猛地发展。简言之，标准化无所不在。人类的一切活动都集中表现为欧美或俄国布尔什维克模式；不管在我们看来二者之间的差距有多

---

① 邹广胜：《谈杨宪益与戴乃迭古典文学英译的学术成就》，《外国文学》，2007（5）：121。

大，相比于伊斯兰、印度和中国传统的基础模式，这些差距都是微乎其微的。如果人类能经得起如此迅猛的集中化过程——对这一过程人类精神还没有做好充分的准备——那么，人就必须习惯生存在一个标准化的世界上，习惯于一种单一的文学文化，只有少数几种甚或唯一一种文学语言。那么世界文学的概念也就同时既得以实现又被毁坏了。

葛浩文将《红高粱》中的这句话："我曾对高密东北乡极端热爱，曾经对高密东北乡极端仇恨，长大后努力学习马克思主义，我终于领悟到：高密东北乡无疑是地球上最美丽最丑陋……"[①]译作：

"I had learned to love Northeast Gaomi Township with all my heart, and to hate it with unbridled fury. I didn't realize until I'd grown up that Northeast Gaomi Township is easily the most beautiful and most repulsive..."[②]

对英语读者而言，他们无法理解马克思主义对中国人日常生活的影响，更无法理解马克思主义和叙事者对高密东北乡情感态度的必然联系。所以，葛浩文在翻译时考虑到了读者的生活体验，有意删除了这句话，而它背后独特的"文化大革命"历史语境也就被省略了。

所以我们要清醒地意识到，很多中国文学作品都和中国历史、政治、文化和社会有密切联系，而它们对译入国读者来说非常陌生，无法在阅读过程中引起共鸣，激发他们的审美体验，也导致了中国文学作品在海外的销量不佳。在将中国文学作品外译时必须考虑本土性和普适性之间的张力，力求在二者之间达成最大的折衷和妥协，既不能忽略中国文学的特殊价值也必须考虑读者的接受度，寻求他们之间的最大公约数。

三、中国文学如何译介，怎么才能走出去？

中国文学要"走出去"，翻译是实现这一目标的重要途径，但它不

① 莫言：《红高粱家族》，北京：当代世界出版社，2004：2。

② Mo Yan, *The Red Sorghum*, translated by Howard Goldblatt, NY: Random House, Inc. 2003: 4.

单单是译者外语水平的问题。诚如谢天振先生注意到的,“译入”和“译出”是有差异的。处于世界文学空间边缘的中国文学外译是弱势国文学进入世界文学空间中心区域的努力,不能想当然地认为译者语言水平是中国文学外译作品传播关键,只要解决了语言问题,中国文学必然会走向世界,会被世界文学空间中心区域的读者所接受和认同。中国文学在“译出”时必须考虑译入国读者的期待视野,考量他们对中国文学的认知水平,考虑中国文学在世界文学体系中的地位和文学的普适价值问题,否则只会浪费和耗费大量的人力物力而所获甚少。

笔者以为,在中国文学怎么译介,如何才能“走出去”这一问题上不能操之过急。一方面继续通过“孔子学院”、对外汉语教学等途径加强中国文化同世界其他各国文化的交流,以平等、开放和包容的态度对待异质文化,不能强行灌输,在文化交流中潜移默化地增加国外读者的中国文学审美体验,提高他们“前结构”中的中国文学知识储备。

近年来,海外汉语学习者人数不断增加。数据显示,截止 2010 年,美国有 4000 多所,英国有 5200 多所,澳大利亚有 1500 多所,泰国有 1000 多所中小学开设了汉语课。美国有超过 16 万人学习汉语,法国约有 4.6 万人在学习汉语,澳大利亚有 12 万人在学习汉语,泰国有超过 50 万人在学习汉语。国家汉办在世界各地建立的孔子学院约有 300 多所,孔子课堂约为 300 多个。还有来自 50 多个国家的约 260 个机构已提交了建立孔子学院或孔子课堂的申请。截至 2010 年,孔子课堂和孔子学院开设的汉语课达 1 万个班次,30 多万人成为注册学员。这无疑是提升中国文化及文学影响力的良好机会,我们必须抓住这一机遇,通过相互交流,逐步有效地向世界各国传播中国文化。

另一方面,中国文学的译介可通过政府资助并吸引国外的杰出翻译家参与中国文学的外译。但在文本的选择上要给予译者一定的自由。许渊冲先生翻译的中国古典诗歌要比翟理斯、韦利、庞德、王红公等人翻译的中国古典诗歌更贴近原文。杨宪益、戴乃迭夫妇翻译的《红楼梦》要比霍克斯翻译的《红楼梦》更为准确,但上述英语本土译者翻译的作品影响更大。所以,就传播的有效性而言,在翻译中国文学作品时,既能保持较高水准又能被外国读者所接受的译本几乎都出自译入国的翻译家之手，葛浩文是最典型的例子。葛浩文先后翻译了贾平凹的《浮躁》、莫言的《红高粱》《天堂蒜薹之歌》《酒国》《师傅越来越幽默》《丰乳肥臀》《生死疲劳》、刘恒的《黑的雪》《苍河白日梦》、马波的《血色黄昏》、苏童的《米》《我的帝王生涯》《碧奴》、古华的《贞女》、巴金的《第四病室》、阿来的《尘埃落定》、春树的《北京娃娃》、萧红的《染布匠的女儿》、毕飞宇的《青衣》《玉米》、姜戎的《狼图腾》和张炜的《古船》等 20 多位作家的 40 余部作品。葛浩文所译贾平凹的《浮躁》曾获美国美孚飞马文学奖。这些事实都说明：尽管外国译者对中国文学作品的理解没有本国译者的理解那么准确透彻，但其译本更能赢得译入国读者的认可。世界文学空间的不平等是我们所面临的现实，不能苛求外国译者对中国文学作品的理解达到本国译者的水平，因为文学翻译本身就是跨文化的旅行，除了文学空间的不平等性、自治程度以及普适性和本土性的张力外，文化的不可通约性是我们必须面对的现实，文学翻译中就难免产生种种误读、变异和文化信息的损失，必须以包容之心去看待他们的译本，肯定他们对中国文学的传播做出的贡献。

四、结语

中国综合国力的提升无疑给中国文学“走出去”提供了良好的契机，但我们必须要意识到这一目标实现的艰巨性和长期性。西方对中国的了解远远不如中国对西方社会的了解，加之对中国的长期偏见和巨大的语言文化差异，中国文学真正要“走出去”还需要数代人长期的努力。翻译家袁莉认为，就目前的现状而言，我们不宜大力宣传并强力灌输所谓的“文化名片”，因为西方读者对中国文学的接受是由其文化处境决定的，也受到自我认识的影响。他们观察中国文学的起点是自我式的。只有以宽容和开放的态度对待中国文学的译作，我们才能有更多的机会被对方发现并与之对话，也才能更好地展示自己。[①]

① 傅小平：《中国文学“走出去”：亟需跨越认识误区》，《文学报》2012 年 12 月 20 日。

从《狼图腾》版权输出看如何构建中国当代文学海外出版发行的新模式[①]

吕敏宏

《狼图腾》的海外版权输出可谓史无前例，已签约英、法、德、日等30多个语种，版权输出国涵盖英、美、法、德、日等发达国家和蒙古、印度、越南等发展中国家，版权预付金额已突破百万美金。[②] 目前，随着《狼图腾》多种译本的上市发行，其销量如何？异域读者买账吗？据企鹅有关人士透露，《狼图腾》英文版截至2011年5月已销售几十万册，意大利版截至2007年9月已销售4万本，又据亚马逊英文网站的记录，《狼图腾》的英文版、法文版、日文版、意大利文版，均创造了中国当代小说外译本的销量新纪录，其星级评分平均数值都在四星级至五星级之间浮动。[③] 此外，西里尔蒙古文版《狼图腾》还热销蒙古，成为英特尔大书店的畅销书，并连续20多天稳居日销量排行榜前5位。在中国文学“走出去”的征程中，《狼图腾》无疑是迄今最为成功的一个案例。

依据传播学理论，一部文学作品的海外出版发行过程，包含国内

---

① 本文为陕西省社会科学规划项目（项目号：11K046）以及中央高校专项基金项目（项目号：11SZYB23）的阶段性研究成果。

② 安波舜：《解密〈〈狼图腾〉版权输出神话》，http://www.china.com.cn/book/txt/2009-09/06/content_18471231.htm.

③ 魏本貌、魏薇：《企鹅购买〈北妹〉等版权中国作家将被世界接受》，载《人民日报》2011年5月3日。

出版——国内发行及读者阅读（国内文学界评论）——国外出版合同签约——译者翻译——国外出版——国外发行及读者阅读（国外文学界评论)这样几个环节。国外出版合同签约是文学作品海外传播的重中之重,作品翻译是海外传播过程中的重要环节。译本出版完毕,并不意味着传播的结束,通过国外出版商和发行商的营销,译本进入异域阅读界,赢得异域行家的肯定和异域读者的反响才是作品海外有效传播的最终目标。本文分析了中国文学海外出版发行过程中的不足,总结了《狼图腾》海外版在出版协议签署、译者翻译、发行营销等各个环节上的运作特点,以期构建中国当代文学海外出版发行的新模式。

一、中国当代文学海外出版发行存在的不足

改革开放以来,中国当代文学的海外传播依据出版社的属地可分为外文出版社等的内地出版、香港中文大学等的港台出版、国外出版三种。其中,国外出版发行,译者多为汉学家或汉学家与海外华人合作,采用读者本位、文学重写的翻译策略,再现了原作的文学性,而且依托国外出版发行商成熟的运营模式和市场渠道,从而为译本真正进入海外阅读界提供了一定的保证。近年来中国当代文学“走出去”的步伐明显加快,但在传播环节上仍然存在以下不足。

（一）通过版权代理机构促成合作的较少

中国文学海外出版的版权协议签署以这两种情况居多:(1)国内作家和国外出版商或经纪人相互直接联系,由于双方信息不对称,尤其是国内作家对国外经纪人或出版商的实力缺乏了解,签署版权协议后,违约情况时有发生。据陕西作协副主席李国平介绍,陈忠实的小说《白鹿原》及贾平凹的小说《废都》虽国内热销,但由于签约的国外出版商或经纪人没有履行合同,其英译本至今未能在国外出版。(2)海外华人和汉学家在翻译之余充当经纪人的角色,和国外出版商联系出版事宜。他们一般将作品的部分译文和一份内容提要交于出版商审读,由出版商根据读者的接受度确定是否出版。这种模式存

在一定的弊端，即译者兼经纪人在与出版商的洽谈过程中耗费了大量的时间和精力，倘若不能出版，译者的部分翻译也成了“无效劳动”，葛浩文曾坦言“他的抽屉里堆满了只译了 50 页的书稿，大多数则成了无起死回生可能的废稿”[①]。以上两种情况，由于我们的版权或市场意识淡漠，作者或译者始终处于被动的位置，不能适应当今社会信息高度发达、分工日益专业的新形势，即使达成出版意向，对外出版间隔也因此加长。《狼图腾》由版权机构或出版社代理作者面向国外出版商招商、签订版权输出协议，开了一个好头。近年来一些国外著名出版商开始涉足中国文学的外译出版。如企鹅（中国）从 2011 年开始计划每年出版 5～8 本中国题材小说。这必将带动我国版权输出业务的蓬勃发展，通过版权代理机构的市场化、专业化运作输出版权，是今后中国文学海外出版发展的大趋势。

（二）主流出版机构偏少出版间隔偏长

国外主流出版机构较少参与中国文学的外译，国外中小出版机构有意为之，但由于实力有限，无法实施大的或系统的翻译出版计划，也无力开拓市场和发行。英国伦敦大学伯克贝克学院教授、汉学家蓝诗玲指出：“（中国）文学翻译很难引起广告资金充裕的大商业出版社的兴趣，中国文学作品往往由学术出版机构出版，这更加使得中国文学始终被归在学术化专业化的角落。”[②]笔者对改革开放以来我国 40 余位当代著名作家的 70 余部作品的英译本进行了统计分析，其中只有莫言、王安忆、余华、苏童等几人的小说译本、合计不到 15 本，由 Viking，Arcade，Pantheon，Anchor 等国外主流出版社出版，更多的作品则由中小出版社或夏威夷大学、哥伦比亚大学、华盛顿大学、纽约州立大学等高校出版社出版。

把一部文学作品的国内出版到国外出版之间的时间差称为海外出版间隔，把从国外出版到每位读者购书的平均时间称为发行间隔，这样一部文学作品的平均海外传播间隔为：T 海外传播＝T 签约＋

---

① 陈歆耕：《葛浩文的“无效劳动”》，载《羊城晚报》2011 年 7 月 3 日。

② 蓝诗玲：《英译中国文学：英语出版所面临的问题》，见于《汉学家文学翻译国际研讨会演讲汇编》，中国作家协会，2010：7。

T 翻译+T 出版+T 发行。以近 30 年中国当代小说的英译出版为例，据笔者的不完全分类和粗略统计，从 20 世纪 80—90 年代和 21 世纪近 10 年两个时期看，随着中外文化交流的不断加强，这些英译本的海外出版周期逐步缩短，但比起其他发达国家，其出版间隔依然偏长，这反映出我们的文化输出意识不强，版权输出的激励机制和运作方式还有待于完善。

（三）营销活动较少发行渠道不畅

读者培育和发行开拓对中国文学海外传播至关重要。国外出版商和发行商在图书上市之际的媒体广告宣传和读者互动活动因出版社实力不同而差异较大，一些中小出版商和大学出版社靠资助出版，营销推广投入不足。另外，译本在国外市场的发行渠道也不是很畅通。美国弗吉尼亚大学教授、汉学家罗福林指出，“中国文学的译本在美国图书市场上，也就是说主流的连锁书店，基本上不会出现。……至于主流出版社出版的长篇小说和小说集，如莫言、苏童、王安忆、余华等当代作家的作品，虽然在主流的书店出售，但是它们与其他的所有的小说都放在一起，……经常没有东亚或中国文学的专柜。”[①]上述两个因素，导致很多中国当代文学译本局限于学术界交流，而在国外阅读界中的影响不是很大。

二、《狼图腾》海外出版发行的运作特点

（一）主动出击输出版权

《狼图腾》中文版凭其宏大的文化主题和成功的营销策划，4 年总计发行 240 万册，连续 4 年高居中文图书畅销书榜，吸引了国外著名出版商的目光，从而为其版权输出打下了基础。而长江文艺出版社不等不靠，主动出击，以原创为抓手，以版权输出为中心，其探索可

---

① 罗福林：《中国文学翻译的挑战》，见于《中国作家协会，汉学家文学翻译国际研讨会演讲汇编》，2010：81.

圈可点。[1] 首先，他们面对西方文化的霸权主义以及中西文化的不平等这一现实状况，提炼出《狼图腾》的文化主题，即当今社会人与自然的冲突，传统文化和现代文明的冲突，使得这部具有民族、时代和地域特点的小说超越了民族、时代和地域，人类文化主题是该书获得国外广泛认可的关键。在此基础上他们用地道的英文精心制作了可读性很强的国际市场宣传"文案"，内容包括故事梗概、作者简介、国内市场销售状况等。其次，采取了大手笔的宣传策略，充分利用境外主流媒体的辐射力，先后在美国的《时代周刊》《纽约时报》，德国的《南德意志报》，英国的《泰晤士报》，意大利的《意大利邮报》、中国香港的《南华早报》(英文)展开宣传，以吸引西方大出版公司和阅读界的关注，并使自己在商务谈判中赢得了主动。再者，在谈判阶段，以"能掌控出版社翻译和互动"为原则，抓大放小、分类对待。对于大语种或用汉语直接翻译的国家，自己谈判掌控，并选择与国际知名出版集团合作；而对于小语种以及汉语翻译水平低的国家，让企鹅出版社做代理，使用英语版本转译。此外，对于目前时兴的"在线阅读""电子书"等网上阅读和传播方式，作者和企鹅公司也签署了各类协议，加以约定。

(二) 名家翻译译文一流

翻译是中国当代文学海外出版发行成功的关键环节，既延续原作的文学性，又符合国外读者的阅读习惯、具有很强的可读性，还能原汁原味地再现中国文化，对于译者的确是个挑战。从《狼图腾》各外文版本的译者来看，这些译者翻译态度非常严谨，而且译技高超，均为各国最优秀的翻译家。如德文版译者卡琳是德国汉学界公认的最优秀的译者之一，她翻译非常严谨精细，多次通过电子邮件与作者姜戎讨论书中诸如"狼夹子"等细节。英文版译者葛浩文，翻译成就卓然，"是公认的中国现代、当代文学之首席翻译家"[2]，迄今为止，他已翻译出版了莫言、苏童、贾平凹、阿来、张洁等 30 位作家的 40 余部

---

① 安波舜:《当我独自面对世界——〈狼图腾〉版权输出过程》,《出版参考》2006 年第 9 期,第 5 页。

② 同上。

小说，2009 年获第四届“中华图书特殊贡献奖”。一流的译者使得《狼图腾》的译文具有较高的水准，其中法文、英文、日文、德文的译本最出色。法文译本获得了 2008 年度法国国际翻译奖(每年只评一部)。日文译本最为“忠实”，分上下册出版，入围日本年度翻译奖。2007 年 11 月，《狼图腾》葛浩文英译本历经为时半年的三轮评选，在 240 部亚洲各推荐的作品中脱颖而出，荣获首届曼氏亚洲文学奖。

翻译是再创作，汉学家具有语言的优势，其译文优美流畅，可读性强，但也存在为迎合市场随意增减篇幅、过度归化以及中国文化欠译等不足。如《狼图腾》葛浩文英译本就删除了中文版每一章开头引用的历史典籍，从而削弱了译作的历史深度和文学效果。近年来，国外汉学家和中国学者合作翻译逐渐兴起，既保证了译文质量，又加快了翻译进度，值得推广。

(三) 强势宣传营销多样

《狼图腾》英文版一上市，就引起了欧美国家主流媒体的极大关注。美国的《时代周刊》《纽约时报》和美联社，英国的《卫报》《泰晤士报》和《出版商》杂志，法国的法新社、《解放报》《快报》《独立报》，意大利的《意大利邮报》和《意大利共和报》，德国的《明镜周刊》和《德意志报》，日本的《读卖新闻》和《朝日新闻》等纷纷给予报道和评论。为了配合英文版《狼图腾》的发行，企鹅出版集团在全球举行了系列推介活动，包括英国企鹅在泰晤士河南岸文化中心举办内蒙古草原风情展览；澳大利亚企鹅在墨尔本召开游牧文化与现代文明研讨会；美国企鹅于 2008 年 5 月洛杉矶书展期间举办系列读书和推广活动等。

企鹅公司不仅借助媒体大力造势，而且其图书发行方式也灵活多样且紧跟信息时代的网上发行阅读新潮。《狼图腾》精装本出版一年后，简装本随之上市。同时还在网上开设了“在线阅读”“声音书”“电子书”等多种阅读方式。国外文学界的书评或亚马逊图书网站的读者调查及评分也是行之有效的营销手段，以英文版《狼图腾》为例，国外文学评论家在《纽约时报》“每周书评”、《每日电讯》等主流媒体上，就作者身份、小说故事主题、小说艺术特色及文学价值进行了深入的阐释和解读，引导英语读者对这部小说的看法，从而扩大了译作的影响和销售量。

三、加强中国当代文学海外出版发行的建议

长期以来，国内学界对中国文学海外传播的实效界定不清，笔者认为，译本销量和国外文学界的评论和影响才是实效传播的评测依据。由于经济发展水平、语言文化差异等因素，目前中国文学海外出版的成本依然较高，要实现最短间隔出版以至最有效传播，还需文学界、出版界等各方在政府的引导和支持下构建中外合作、市场运作、多方协作的新型模式，为此提出以下建议。

一是政府应加大扶植力度，为中国文学海外出版及中国文化输出营造良好的外部环境。应积极开展诸如“中国国家年”等大型文化交流推广活动，提高中国文化的影响力，应加强作家与外国读者的面对面交流，促进国外文学界及公众对中国文学的了解。建议相关部门和国外大学的孔子学院加强合作，将汉语教育与文学及文化的传播相结合，让中国文学走进课堂，以扩大海外读者群；与旅游部门合作，充分利用国内的旅游资源，结合地域文化，扩大中国地域文学的影响。

二是着力解决海外出版发行中存在的主要问题。中国文学海外出版发行虽有利于扩大其海外影响，但也存在出版题材狭窄、中国文化欠译、营销宣传中过多掺入政治等问题。由于意识形态、经济水平的差异，西方大众对中国文化的兴趣更多出自于文化猎奇的心理。为了迎合读者，一些国外出版商受市场和利益驱使对于民国和政治题材的中国小说兴趣浓厚，而一些真正反映当代中国人精神风貌的作品或文学艺术价值很高的作品的译介却比较少。再者，有的译者翻译时更注重故事的连贯，对反映中国文化的语句和段落归化过多，甚至直接略去不译，文化欠译时有出现。针对以上问题，应动员文学界、国内外出版界、翻译界、海外汉学界等各方合作，对上述问题进行系统研究，提出渐进的、可操作改进举措。

三是积极探索，大胆改革，建立符合市场体制的版权代理机构，加快发展市场经济条件下的版权代理业，使其在中国文学及文化输

出中发挥纽带作用。版权输出作为海外传播的重中之重，版权代理机构应主动出击，加强与文学界、国外出版商交流合作，就选题、翻译和推广等各个环节深入沟通与研究，并构筑先进的版权交易平台，以缩短中国文学的海外出版间隔。出版界应借鉴国外著名出版机构的运作经验，研究了解“国外出版发行体制的惯行方法，习惯他们的操作流程，例如经纪人、代理机构与出版系统之类”①，还应及时从一些成功的案例中总结经验，并加以推广。版权贸易专业人才是制约我国文学作品版权输出的重要因素，培养一批既精通外语，掌握现代传媒技术，又熟悉国际出版市场，了解国际版权贸易规则和相关法律的复合型高级人才，是扩大我国文学作品版权输出贸易的当务之急。

四是建立一支优秀的翻译队伍，中外译者各尽所长、合作翻译，以保证译本质量并缩短翻译间隔。随着林语堂、杨宪益等老一代中西会通的翻译家的离世，中国文学外译的本土高级人才尤为匮乏，优秀译者不足成了中国文学“走出去”的一道障碍。汉学家是中国文学外译的一支重要力量，我们应充分发挥汉学家的优势。建议教育部门设立留学基金或奖学金，吸引孔子学院的高材生来华学习中国文化和翻译，以壮大汉学家翻译队伍。应借鉴法国政府为推广法国文学与文化的做法，由政府相关部门设立翻译资助项目，支持优秀的翻译家潜心从事中国文学的翻译。还应加强不同语种翻译家之间的交流和培训，如2008年企鹅（中国）与新闻出版总署合作举办的文学翻译培训班，以期相互交流、学习与借鉴翻译经验。

以《狼图腾》为案例，构建中外合作，市场运作，多方协作的海外出版新模式，我方积极宣传，做大版权输出，并依托外方成熟的营销方式和发行渠道，以有效地扩大中国文学的海外影响。近年来，国内一些出版机构重新开始自主译介、海外发行中国文学，国外出版商重视译本的质量，积极开拓市场的一系列举措值得我们借鉴。我们深信，随着更多的文化输出政策的出台和实施，通过作家、文学界、版权

① 李永东，李雅博：《论中国新时期文学的西方接受——以英语视界中的〈狼图腾〉为例》，《中国现代文学研究丛刊》，2011（4）：79－89。

代理机构、译家、国外出版发行商、国外文学界及读者等多方的互动努力，自主译介和国外译介，双管齐下，中国当代文学的海外传播将会迎来一个前所未有的快速发展期，中国文学在世界文学格局中的影响将与日俱增。

先锋小说与当代文学海外传播之转型[①]

单　昕

先锋小说自80年代后期兴起，至90年代前期逐渐式微，在短短数年间完成了肇始——发展——鼎盛——衰落的轨迹。它的存在虽然短暂，却影响深远，在文学观念、叙事伦理、审美范式、生产机制等层面推动了中国当代文学的转型。先锋作家们也持续发力，跻身文坛翘楚之列。然而，与先锋小说在国内文坛取得的巨大成就相比，其在域外所受到的关注与影响却一直为人所忽略，而这恰恰是重评先锋小说价值的一个重要维度。本文将以先锋小说在英语世界的译介为切入点，将其作为跨语际、跨文化对话的一个标本，去探讨20世纪80年代后中国当代文学海外传播的转型问题。

一、美学与政治：当代文学海外传播的两个关键词

文学的域外译介与传播，说到底根植于同时期的文学创作，因而，20世纪中国文学的海外传播，也就与这一时期的中国文学一样，难逃政治与美学的纠葛，大体呈现出由社会性与文学性并重，到政治

① 本文为广东省学科建设专项资金优秀青年创新人才培养计划（育苗工程）项目“先锋小说与中国当代文学转型研究”（项目编号2013WYM0062）和广东第二师范学院教授博士科研专项经费项目“先锋小说与中国当代文学转型研究”（项目编号2013ARF11）的阶段性成果。

意识形态主导，再向文学审美回归的趋势，并逐渐多元化与市场化。

早在20世纪30年代，中国便有向西方介绍中国文学的英文刊物《中国简报》(*China in Brief*)。该刊由美国人威廉·阿兰与萧乾合办，译载了鲁迅、郭沫若、茅盾、郁达夫、沈从文、徐志摩、闻一多等人的作品，似有描绘中国新文化运动蓝图的雄心壮志；同时也译介民间文艺作品，向西方读者介绍中国的民生与"民粹"，传扬中国社会、文化之进展。除主动译介外，优秀的作家作品也陆续进入西方学者和译者的视线，鲁迅、沈从文、老舍等人的小说均有英文译本在西方出版。在选本方面，1936年，由埃德加·斯诺编选的《真正的中国：现代中国短篇小说集》(*Living China*: *Modern Chinese Short Stories*)在美国出版，收录了鲁迅、郭沫若、茅盾、巴金、丁玲、柔石、沈从文等人的多篇小说，呈现出中国作家特别是左翼作家创作的风貌，亦企图展现编者眼中"真正的中国"；1944年，美国哥伦比亚大学出版社出版了华裔学者王际真编选的《当代中国小说集》(*Contemporary Chinese Stories*)，更偏重作品的审美品质，可以看作是学术界对20世纪上半叶中国小说创作的一个总结性选本。[①]

不可否认，翻译是一种政治。建国之后的当代文学海外传播，主要依靠官方机构的组织和推动。外文出版社推出了一系列革命历史小说的英译本，并由文化部与外事局(今外交部)牵头组创了向西方世界介绍中国文学的刊物《中国文学》(*Chinese Literature*)，其主要任务是反映建国后"中国人生活新的一面，和迥然于外国所知的新人物形象的一面。"[②]该刊第一期刊发了《新儿女英雄传》《王贵与李香香》等作品，此外还有《太阳照在桑干河上》《白毛女》等。由刊物的时代背景、创刊宗旨、机构体制、作品选择不难看出，这份《中国文学》实际上是冷战时期在苏联模式影响下的一份文学版的对外政治宣传品，浓烈的意识形态色彩使文学传播效果大打折扣。与此同时，西方对于中国当代小说的翻译甚至海外汉学这一学科的建立，也基于意识形态的对立，这样的发端决定了西方对中国文学的研究只停留在

---

① 参见吕敏宏：《中国现当代小说在英语世界传播的背景、现状及译介模式》，《小说评论》2011年第5期。

② 何琳、赵新宇：《新中国文学西播前驱——〈中国文学〉五十年》，《中华读书报》2003年9月24日。

了解社会现实的粗浅层面。

80 年代是中国当代文学的黄金时期，也是对外译介的高峰期。1981 年，《中国文学》开始翻译出版“熊猫丛书”，共出版 190 多种，介绍作家、艺术家两千多人次，译介文学作品 3200 篇，几乎涵盖了当代所有重要作家及其作品。80 年代出版业已开始市场化，然而“熊猫丛书”这种毫无经济利益可言的出版物能够以如此大的规模出版，一方面是当时中国国内文学热的附属效应，也不难看出文学主管部门在文学的海外传播方面曾尝试做出过不少努力。然而即便如此，中国文学在海外的传播效果却仍不理想，翻译家葛浩文曾提到：“现在当代中国文学的翻译比以前多了。但是，这是不是就意味着，读者群同时也在扩大，这还很难说。我们要考虑到波动原则——每次新闻报道中报道了中国的事情，中国的文学作品销量就会好一些，而新闻报道没有什么中国的消息时，这些书就从书架上消失了。”[①]西方出版社所选择的有限的中国文学作品也多为反映“文化大革命”后社会问题的“伤痕文学”“反思文学”“改革文学”。可见，到此时，西方社会和学界对中国当代文学的关注还停留在社会学层面，注重作品的社会批判性，当然，这与彼时当代文学本身的发展潮流也是吻合的。

然而也有一些学者注意到 80 年代小说中的艺术创新。杜迈克在其编选的《当代中国文学》(*Contemporary Chinese Literature*)中，列出了一批不同寻常的作品，包括北岛的小说《陌生客人》、陈迈平的《广场》、史铁生的《黑黑》等；戴锦编选的《春竹：当代中国短篇小说选》(*Spring Bamboo: A Collection of Contemporary Chinese Short Stories*)中则以郑万隆、韩少功、陈建功、李陀、扎西达娃、莫言、阿城的“寻根小说”代表作为主体。《新鬼旧梦录》(*New Ghosts, Old Dreams*)记录了以王朔为代表的中国“垮掉的一代”的声音。[②] 90 年代，美国夏威夷大学出版社开始出版“现代中国小说”丛书，哥伦比亚

---

① 葛浩文：《美国汉学家：从翻译视角看中国文学在美国的传播》，中国新闻网 http://www.chinanews.com/cul/news/2010/01－25/2090499.shtml，http://www.chinatibetnews.com/wenhua/2010－02/08/content_403060.htm。

② 参见[美]金介甫：《中国文学(一九四九——一九七九)的英译本出版情况述评》，查明建译，《当代作家评论》，2006 年第 3 期及[加]梁丽芳：《海外中国当代文学的英译选本》，《中国翻译》，1994 年第 1 期。

大学出版社亦有中国当代小说翻译与研究丛书。通过这些途径，80至90年代的一些著名作家，如莫言、冯骥才、刘恒、贾平凹、王安忆、张辛欣等人的作品被翻译出版，这也说明了西方对中国80年代以后文学的接受进入了一个新阶段，那就是普及本出版商开始严肃地对待中国文学，他们对中国作家的选择有所拓展，这表明海外出版界试图从总体上来把握中国当代文学的趋势和走向。

二、先锋小说译介：当代文学海外传播开始转型

80年代中后期开始，当代文学的艺术性复归，自此走向“成熟期”，这一时期也正是先锋小说蓬勃发展的时期。如果说作品本身的繁盛是文学海外译介繁荣的内因，那么出版机制市场化改革就是当代文学浮出水面、飘洋过海的外在动力。自先锋小说开始，当代文学海外传播在价值观、传播方式、领域和效果等层面逐渐开始转型。

（一）当代文学海外传播的价值观转型

和在国内所面临的命名的尴尬一样，先锋小说诞生伊始在英语世界的传播中也有着各种各样的名称，如先锋小说（Avant-garde Fiction）、实验小说（Experimental Story）或新小说（New Fiction）等等，他们被作为一支异军突起的新生代创作势力，很快就被介绍到西方世界。1991年杜迈克编选的《中国小说的世界》是较早推介先锋小说的文集，囊括了残雪的《山上的小屋》和洪锋的《生命之流》两篇作品。[1]

当代文学海外传播发生变化的直观标志是，先锋小说在海外受到重视，作家作品的翻译出版数量较之此前大大增加，作家的知名度在商业化、市场化的运作下也得到大幅度提升。苏童、余华、残雪等是颇受西方出版商青睐的先锋作家。据现有资料，苏童作品有《米》

① ［加］梁丽芳：《海外中国当代文学的英译选本》，《中国翻译》，1994年第1期。

等七部被译为英文[①];余华有六部小说被译为英文,包括《兄弟》《活着》等[②];残雪作品的七部英译本是《五香街》《天堂里的对话》《苍老的浮云》《绣花鞋》(短篇小说集)、《天空里的蓝光》(短篇小说集)、《最后的情人》《垂直运动》[③],其中有的作品多次再版。这些作品在当代文学现实主义叙事规范产生危机时应运而出,它们提出并实践了一种新的文学可能,将文学由"写什么"带入了"怎么写"的现代主义丛林,扩大了当代文学的美学空间,具有更强烈的审美价值,因而海外中国文学传播由对先锋小说的译介开始,将全力聚焦于社会现实的目光,移向作品的文学性本身。这其中当然不能排除中国改革开放、世界格局变化的大环境影响,但融合了民族特征、普世价值和现代性精神体验的先锋小说作品本身居功至伟。夏威夷大学出版社在出版余华小说集《往事与刑罚》时,在封底做了这样的评价:"难怪余华的小说在 20 世纪 80 年代面市时引起了文坛的轰动,他的创作是对中

---

① 《河岸》(Su Tong, *The Boat to Redemption*, trans. Howard Goldblatt. London: Doubleday, 2010.);《大红灯笼高高挂》(Su Tong, *Raise the Red Lantern*, trans. Michael Duke. London: Penguin Books,1996./New York: William Morrow, 2004.);《米》(Su Tong, *Rice: A Novel*, trans. Howard Goldblatt. Now York: William Morrow, 1995.);《桥上的疯妈妈》(Su Tong, *Madwoman on the Bridge*, trans. Josh Stenberg. London: Black Swan, 2008.);《我的帝王生涯》(Su Tong, *My Life as Emperor*, trans. Howard Goldblatt. New York: Hyperion, 2005.);《碧奴》(Su Tong, *Binu and The Great Wall: The Myth of Meng*, trans. Howard Goldblatt. London: Canongate Books, 2008.);《刺青时代》(Su Tong, *Tattoo*, trans. Josh Stenberg. Portland, Maine: Merwin Asia, 2010.)

② 《往事与刑罚》(Yu Hua, *The Past and the Punishments*, trans. Andrew F. Jones. Honolulu: University of Hawaii Press, 1996.);《活着》(Yu Hua, *To Live*, trans. Michael Berry. New York: Anchor Books, 2003.);《许三观卖血记》(Yu Hua, *Chronicle of a Blood Merchant*, trans. Andrew F. Jones. NewYork: Anchor Books,2004.);《在细雨中呼喊》(Yu Hua, *Cries in the Drizzle*, trans. Allan H. Barr. New York: Anchor Books,2007.);《兄弟》(Yu Hua, *Brothers*, trans. Eileen Cheng-yin Chou & Carlos Rojas,2010.);《黄昏里的男孩》(Yu Hua, *Boy in the Twilight: Stories of the Hidden China*, trans. Allan H. Barr. New York: Pantheon, 2014.)

③ 《天堂里的对话》(Can Xue, *Dialogues in Paradise*, trans. Ronald R. Janssen & Jian Zhang. Evanston: Northwestern University Press, 1989.);《苍老的浮云》(Can Xue, *Old Floating Cloud*. trans. Ronald R. Janssen & Jian Zhang. Evanston: Northwestern University Press, 1991.)《;绣花鞋》(Can Xue, *The Embroidered Shoes*, trans. Ronald R. Janssen & Jian Zhang. New York: Henry Holt & Co, 1997.);《天空里的蓝光》(Can Xue, *Blue Light in the Sky and Other Stories*, trans. Karen Gernant & Chen Zeping. New York: New Directions Books, 2006.);《五香街》(Can Xue, *Five Spice Street*, trans. Karen Gernant & Chen Zeping. New Haven: Yale University Press, 2009.);《垂直运动》(Can Xue, *Vertical Motion*, trans. Karen Gernant & Chen Zeping. Rochester: University of Rochester Press, 2011.);《最后的情人》(Can Xue, *The Last Lover*, trans. Annelise Finegan. New Haven: Yale University Press,2014.)

国文学传统观念的反叛，令人想到卡夫卡、川端康成、博尔赫斯、罗布—格里耶这些西方现代主义作家。”[①]现代主义的精神内核嵌套进中国背景的故事当中，这种熟悉的陌生感极大地激发了西方读者的兴趣，人们急于读到融合了中国人生命体验和西方现代主义文学技巧的文本。纽约锚(Anchor)出版社在推介《活着》时，介绍小说“不仅写出了中国和中国人的精神内核，而且触及到人性的深处。……是一个震撼心灵的故事，融美德、反抗和希望于一体，……《活着》是人类精神的救赎，表达了人类共通的情感追求”。[②] 对人性的深入开掘是文学永恒的内部动力，也是沟通东西方心灵的有效捷径，先锋小说正是以文学价值观念的现代转变叩开了海外传播之门，也使中国当代文学以一个全新的形象展现于世界舞台。与余华相似，苏童小说在被西方解读时，使用频率较高的关键词为“超现实”“想象力”“欲望”“人性”“记忆”“历史”……可见，虽然先锋小说中无不暗藏对中国社会历史的折射，但更重要的是，作品展现的对人性的关怀、对灵魂世界的深刻体察打破了人类心灵的壁垒，通过文本实现了东西方情感的交流。

(二) 当代文学海外传播方式转型

先锋小说的海外传播方式较之以前也有了明显的变化。与国内官方机构一厢情愿的译介相比，西方出版社及代理人的作用日益重要，敏锐的眼光使他们持续挖掘和推出了先锋作家的一系列作品，并且在推销这些作品的时候具有相当的热情。译者和出版者获得作品的方式也渐渐多样化，出版者凭借影视改编效应、国内评论反响、业内人士推荐等多种渠道与作者和批评家展开交流与合作，将信息转化为成果。作家的明星化、作品的文集化以及如上种种出版方式的变化都表明了中国当代文学海外传播自先锋小说开始已经与国际出版操作规律接轨，作为海外文学生产的产品而不再是政治宣传品走向市场。

---

① 姜智芹：《中国新时期文学在国外的传播与研究》，济南：齐鲁书社，2011 年，第 112，116 页。

② 同上书，第 115－116 页。

先锋小说的海外翻译与出版虽然摆脱了一直高悬于其顶的政治意识形态的达摩克利斯之剑，却走入了另一个尴尬境地：为吸引读者的阅读兴趣、促进销量和影响力，海外出版者们多在小说的“中国风格”包装上下功夫，想要以绮靡神秘的东方风情吸引读者。这样的译介与出版策略体现在对作品的选择上，导致了题材的窄化。苏童的以历史与女性为主体的小说颇受欢迎，《米》在 1996 年第一次出版之后，八年内又四次再版；《大红灯笼高高挂》与《我的帝王生涯》也分别有两次以上再版，并被收入多种文集。苏童在这类小说叙事中所营构的阴郁氛围、家族和历史的奇情故事以及诸多神秘意象，不仅使作品具有可读性，同时也暗合了西方人的“东方主义”情愫。余华的《活着》《兄弟》作为对“现实”中国的深刻描摹也吸引了媒体与读者的关注，借此印证他们关于发展中中国的诸多想象。此外，这些小说的封面也弥漫着一股奇异的氤氲之气，龙袍、古装女性、祥云、灯笼、龙、旗袍、扇子、水墨画、京剧脸谱、汉字、红等“中国风”元素的大量使用在读图时代对读者造成了强烈的视觉冲击，提供了中国文化符号的视觉盛宴，共同参与了先锋小说的生产过程。这些策略消解了先锋小说的深度，将其平面化之后作为大众文化产品进行传播。勒菲费尔认为，翻译为文学作品树立的形象主要取决于译者的意识形态和当时占支配地位的诗学。① 这体现在当代文学海外传播上，在于支配力量已经由此前的政治意识形态过渡到了大众文化的商品意识形态，这不能不说是先锋小说所承载的中国海外文学传播内在机制的深刻变革。然而与先锋派所应承担的对文学机制的抵抗不同，这种变革是在全球化大众文化浪潮裹挟下被动产生的。从另外一个角度理解，它亦是一场文化殖民，是全球化时代弱势文化向强势文化融合过程中所必须付出的代价。

（三）当代文学海外传播领域拓展

“新潮文学为学院文集的编辑提供了绝好的材料，也成了英语国

① 陈德鸿、张南峰编：《西方翻译理论精选》，香港：香港城市大学出版社，2000 年，第 177 页。

家的中国和亚洲文学课堂上理想的教学内容”①。这段话说明，先锋小说在海外已进入学院视野，开启经典化进程，拓展了当代文学海外传播领域，并促进了相关专业的学术研究与学科建设。先锋小说和由其改编的影视作品已经进入美国高校的课堂，成为中国文化相关课程的重要文本，被广泛阅读、讨论和研究，重要性不言而喻。近年来，中国文学与文化研究渐渐脱离了传统的汉学而发展成为一门独立的学科。特别是90年代以降，随着大批中国大陆背景的北美青年学者的涌现，海外中国文学研究活力大增，他们多元化的理论、观点和视角甚至反过来影响了国内学界，形成了西方理论中国背景的对照和互补，这不能不说对国内的文学研究也大有裨益。

海外关于80年代后文学研究较为典型的一种思路是探讨文学或影视作品与当代中国的文化制度、教育体制、宣传政策、国家意识形态等的复杂关系，周蕾的《原初的激情：视觉·性欲·民族志与中国当代电影》②就是一例。周蕾以与先锋小说关系密切的第五代电影为个案，将当时流行的诸多理论如文化研究、性别、后殖民等融汇其中，并通过对本雅明《翻译者的任务》的特别解读，将第五代电影纳入后殖民世界文化翻译这一普遍议题内。这一视角成为一个时期之内解读八九十年代中国文学的支点。王晶编辑的《中国当代先锋小说》是少数英文先锋小说专门文集之一，该文集选取了格非的《青黄》、余华的《1986》、苏童的《飞越枫杨树故乡》、残雪的《山上的小屋》、孙甘露的《我是少年酒坛子》、马原的《虚构》等共计七位作家的十四部中短篇小说。在序言中，编者详尽分析了先锋小说产生的历史背景、主题及形式特征，最后指出先锋小说的出现对80年代弥漫在西方媒体中关于中国当代文学的描述是一个反拨：当西方媒介一致认为当代中国作家全神贯注于人权问题、寻求自由民主反对专制时，先锋小说家以其作品富有表现力地对社会政治意识进行了回望

---

① [美]金介甫：《中国文学(一九四九——一九七九)的英译本出版情况述评》，查明建译，《当代作家评论》，2006年第4期。

② 周蕾：《原初的激情：视觉·性欲·民族志与中国当代电影》，孙绍谊译，台湾：远流出版社，2001年。

与反思。[①] 赵毅衡主编的《迷舟—中国先锋小说选》共收入马原的《错误》《虚构》、格非《迷舟》、余华的《现实一种》为代表的八篇作品。编者在序言《中国近来小说新潮》中大体谈到了他的先锋小说观，指出先锋小说是中国当代小说发展的转折点。[②]

刘康的长文《短暂的先锋：余华的转型》对余华兼及先锋小说整体创作进行了述评，简述先锋小说历史，在与西方先锋派文学的比较中指出中国先锋小说的内在精神驱动力、自身矛盾及其衰落的不可避免。他指出，“先锋小说代表了中国在建立新的文化与意识形态形式和规范过程中所面临的对立和窘境”，而先锋派的内在矛盾既来源于其自身的理论紧张，也与其在历史时期中所处的尴尬位置息息相关。[③] 杨小滨的《中国后现代：先锋小说中的精神创伤与反讽》一书，探讨了余华作品中对过去的重现、对现在的肢解以及残雪作品中永不停歇的对噩梦的捕捉力证了精神创伤与暴力的关系；马原、格非、余华、莫言作品故意以拙劣的模仿解构宏大叙事，从而彰显出反讽的价值。[④] 吕彤邻的《厌女症，文化虚无主义和对立政治：当代中国实验小说》以莫言、残雪、苏童的作品为个案，探讨了“实验小说”中的革命与未来、暴力与文化虚无主义、男权中心与女性主义等问题。[⑤] 除以上作品之外，涉及先锋文学的专著还有王晶的《高雅文化热——邓小平时代中国的政治、美学和意识形态》、钟雪萍的《被围困的男性？——20世纪末期中国文学的现代性与男性主体性问题》、王斑的《历史的崇高形象——20世纪中国的美学与政治》、柯雷（Maghiel van Crevel）的《破碎的语言——当代中国诗与多多》等。另外一些中国学者如李欧梵、王宁、陈志远（音译）、李映红（音译）也都曾在文章

---

① Jing Wang, “Introduction”, in *China's Avant-Garde Fiction*. Durham: Duke University Press, 1998, p. 14.

② Henry Y H Zhao, “Introduction”, in *The Lost Boat: Avant-Garde Fiction from China*, London: Wellsweep Press, 1993, pp. 9—18.

③ Liu Kang, “The Short-Lived Avant-Garde: The Transformation of Yu Hua”, Modern Language Quarterly, 63:1, March, 2002, pp. 89—101.

④ Yang, Xiaobin, *The Chinese Postmodern: Trauma and Irony in Chinese Avant-garde Fiction*, AnnArbor: University of Michigan press, 2002.

⑤ Lu, Tonglin, Misogyny, *Cultural Nihilism and Oppositional Politics: Contemporary Chinese Experimental Fiction*, Stanford: Stanford University Press, 1995.

中对先锋小说进行过论述。[①] 除了华裔学者，一些西方背景的中国文学研究者亦感兴趣于这一崛起的当代小说潮流，在许多关于当代中国文学、文化及社会的大型百科全书或丛书中，先锋小说都已然成为重要问题而被谈及。在《哥伦比亚现代东亚文学》中，Andrew F. Jones 撰写了其中“中国先锋小说”一节，介绍了先锋小说发展的大致情形及代表作家作品；同样的还有 Rosa Lombardi 在《当代中国文化百科全书》中撰写的一节“先锋/实验小说”和 Bruce Doar 在《现代中国百科全书》中的一节“先锋小说”。先锋小说进入百科全书类典籍，表明其在中国当代文学中的重要地位得以确认，客观上推动了先锋小说经典化过程。

正像上文所分析的那样，海外学者常常把关注的焦点集中在先锋小说的社会历史意义和其与主流意识形态的紧张关系上，因而它们在论述中普遍谈及先锋小说与文革、时代政治、改革开放和文化热之间的联系。然而，张旭东注意到了阐释先锋小说的另外一种思路，在他的英文著作《改革时代的中国现代主义：文化热、先锋小说、华语新电影》中有一节专门论述先锋小说。在其中，张旭东虽然通过分析得出了相似的结论，认为先锋小说借助形式来寻找自主叙事，是建设中国现代性的一种掩护，但同时他注重论述先锋小说的存在、发展与变化语境，探讨了市场经济、批评家、读者等文化生产场域的变化对先锋小说产生的决定性影响。可见，海外学者对于先锋小说的关注由一致地集中在审美与意识形态领域，到开始关注到生产场域等其他领域，这本身就说明了先锋小说作为转型期的文学现象，为海外汉

---

① 李欧梵 Lee, Ou-fan,“Against the Ideological Grain: A View of the Resurgence of Artistic Creativity in China in the Eighties”, in “I don't want to play cards with Cezanne and Other Works:Selections from the Chinese “Avant-Garde” and “New wave” art of the Eighties, Edited by Strassberg, Richard E, eds., Pasadena, Calif.: Pacific Museum, 1991. pp. 1—4; 王宁 Wang, Ning,“Postmodernity and Contemporary Chinese Avant-Garde Fiction”, in “The Force of Vision: Proceedings of the XIIIth Congress of the International Comparative Literature, Association”, edited by Kawamoto, Koji; Yuan, Heh-Hsiang; Ohsawa, Yoshihiro, eds., Inter-Asian Comparative Literature, Tokyo: University of Tokyo Press, 1995. Vol. 6:, pp. 565 — 573; 陈志远 Chen, Zhiyuan, “Avant-Garde Literature”, in China Today: An Encyclopedia of Life in the People's Republic. edited by Luo, Jing. Westport, Conn.; London: Greenwood Press, 2005. xxviii, pp. 42—47;李映红 Li, Yinghong, “Contemporary Chinese Avant-Garde Fiction: A Historical Perspective”, Language Research Bulletin (Tokyo), 14 (1999), pp. 57—71.

学界对于中国当代文学的解读提供了多元化的视角、可阐释的文本与更为复杂的语境，丰富了海外汉学的研究思路。

三、结语

先锋小说产生于文学需要变革的80年代历史交汇点，又消逝于文学再次变革的90年代，曾以其独特姿态给国内读者带来了关于当代文学的崭新认知，无论在文本还是生产过程中都呈现出极大的张力和可阐释的空间，也为中国当代文学提供了独特的景观和难以被其他文学思潮所替代的独一无二的经验。在海外传播过程中，先锋小说在图书市场上的翻译出版与在学术领域中的译介研究并驾齐驱，共同开创了当代文学海外传播的新局面，从几个不同层面推动了当代文学海外传播的转型。同时，域外的收获也反过来影响着本土的文学创作，使文学渐趋摆脱非文学因素的制约，建构起自身的主体性，并呈现出文学精神的丰富性。当代文学在未来有理由剥除政治与商品意识形态的双重制约，激发原创性思想动力，关注人类命运，关注人的生存状态和心灵轨迹，建构尊重灵魂的中国文学精神，并积极参与世界文学图景的营构。

第四编

莫言与中国当代文学的海外传播

应该在鲁迅与五四文学以来的谱系中认识莫言

——答《新华月报》记者问

张清华

“孩子向前跑了。有跑的动作，没有跑的速度，两只细胳膊使劲甩动着，像谷地里被风吹动着的稻草人”。“他的头很大，脖子细长，挑着这样一个大脑袋显得随时都有压折的危险……”这是莫言的成名作《透明的红萝卜》中所塑造的一个整日不说一句话的，名字叫做“黑孩”的经典的孤独形象，据说这一形象的塑造与莫言自己同样孤独的童年有关。之后，这具有生命与岁月特质的孤独，使莫言创作出了一个个更加丰富的文学形象，创造出一个汪洋恣肆的文学世界。山东的“高密东北乡”，也像福克纳的“约克纳帕他法”小镇一样愈来愈为世界所知。北京时间10月11日晚7点，瑞典文学院常务秘书彼得·恩格隆德宣布中国作家莫言获得2012年度的诺贝尔文学奖。莫言所创造的精神世界和他曾赖以存身并使其写出几百万字的文字世界，立刻被人们以高密度的方式高速传播。一个星期左右，莫言旧居里的红萝卜和树苗等被来自世界各地的人们洗劫一空，甚至连一个多年前被无意注册和莫言无关的商标——“莫言醉”，也被炒到比莫言的诺贝尔文学奖金还要高的数额。

“十年前在课堂上经常讲到莫言的作品，讲着讲着讲兴奋了，脱口而出”，著名文学评论家、北京师范大学文学院副院长、博士生导师张清华教授堪称莫言研究专家，十年前曾在讲述莫言作品的课堂上预言,“莫言很有可能会在不远的将来获得诺贝尔文学奖”。莫言获奖的消息传来,张清华教授当年的学生们纷纷打电话、发短信表示祝贺,而他则把第二天的文学课堂临时改为莫言作品专题,“讲了一天的莫言”。自1993年,张清华发表有关莫言作品的评论和对话达十多万字。近年来,张清华教授一直提议以人才引进的方式把莫言请进北京师范大学,说“如果不赶紧请进来,瑞典文学院如果哪天忽然宣布莫言获得了诺贝尔文学奖,再请就来不及了”。

张清华强调,讲解和理解莫言的正确方式,是要把莫言放在从鲁迅与五四文学运动以来中国现代文学所创造的“文学谱系”中来讨论,如此才会得出有历史感的认识。

一、有责任花更多的时间、精力去讲解莫言

新华月报:十年前您曾说莫言是中国当代作家获诺贝尔文学奖的最佳人选之一,您成功预言莫言成为诺贝尔奖获得者的文学依据是什么?

张清华:十年前在课堂上经常讲到莫言的作品,讲着讲着讲兴奋了,脱口而出。因为最近经常把这十几年的诺贝尔文学奖获奖作家加以对照,一个很简单的道理是,高行健能够得奖,像莫言、余华这样的作家就更应该得奖。大江健三郎的东西我也看过不少,我也觉得大江的写作所表现的人性深度是耸人和深刻的,但是中国当代作家的作品不光“人性深度”大,而且“历史深度”表现得更明显。在他们的作品中,我们民族现代以来的重要的公共经验和历史记忆的复杂性得到了有力的呈现。总的来讲,莫言的小说,所呈现的历史、传统、民间文化以及思想的庞大信息,还有艺术上繁难的难度系数,可以说在当今世界的优秀作家中也是十分罕见的。我认为诺贝尔文学奖的评委也充分意识到了这一点。诺奖评委主席特别提到莫言作品里的魔幻现实主义,不是指的拉美的,而是独属于莫言的。莫言式魔幻的实际上具有很强、很鲜明的民族性,他可以说为世界文学贡献了独特的东西。早在十几年前,我确实在这些方面有一个基本的认知。那

时年轻，胆子大，敢乱说，所以说了也就说了，而且在课堂上经常说。很多老学生至今记忆犹新，来电话或者短信祝贺我，说我的预言实现了。我也曾经从引进人才这个角度跟我们学校的领导们谈起过，我们学校应该养几个作家，我说莫言是首屈一指应该引进的作家，因为我觉得他是有可能要得诺奖的。这些话都公开在学校里说过。总之，我个人对莫言的获奖，是觉得在情理之中，虽然有一点点“意料之外”——因为我觉得某种意义上，中国人常常是有“悲情”思想的，总觉得尽管我们够了，我们也很想得，但是可能人家不会如此痛快和及时地给我们。中国人下意识里总觉得这个奖不可能来得太快，虽然我们希望它尽快地到来。

新华月报：10月11日，瑞典文学院宣布莫言获2012年度诺贝尔文学奖，据说第二天您在北师大文学课堂上临时改换主题，讲了一天莫言的作品，主要给学生讲了哪些文本信息？

张清华：我平时讲课的内容就有莫言。其实当时也是进了课堂之后忽然想起来的，觉得不应该仅仅谈一下莫言获奖这件事，还要把后面要讲莫言作品的内容提上来。我是11号晚上得到的消息，接着就电话不断，一直到深夜十二点以后还有好友的来电，诉说激动的心情。我第二天上午刚好有本科的课，下午有研究生的课。早上到了课堂，本来是准备要讲一下莫言获奖的感想，头天深夜还专门做了一个“PPT”，关于莫言获奖的一些影像，但是我讲完那些感想以后，突然就决定要讲一下莫言的作品，因为他的作品对我而言非常熟悉，就在课堂上细读了他的中篇小说《透明的红萝卜》。下午研究生的课上，则集中讲了一下莫言的整体风格和长篇写作的一些特点。这是很正常的反应，莫言本来就是当代作家中重要的一个，他得奖以后就意味着他作品的“经典化程度”会得到空前的加强，因此我们有责任花更多的时间和精力去讲解莫言。“经典化”是一个很奇怪的事情，它也是一种选择和放大，某种意义上，他已经因此进入了伟大作家的谱系了，不管你承认与否，这都很难改变了。

新华月报：您跟莫言有哪些文学方面的交往？

张清华："交往"就不太好说了——要避免"攀结富贵"的嫌疑。不过，我跟他确有过一个很长的对话，收在我的一本叫做《存在之镜与智慧之灯》的书里，有将近两万字，主要是谈对莫言作品的理解，对小说本身一些艺术因素方面的认识，以及我们关于当代文学的一些看法。我写过一篇将近三万字的论莫言的文章：《叙述的极限——论莫言》，还有另外三四篇关于莫言的文章：1993 年发表的一篇《莫言文体多重结构中的传统因素》中，我就讨论过他小说中的传统因素，这已是将近 20 年前的事了；另一篇《天马的缰绳——论新世纪以来的莫言》，也是一篇长文，还有一篇《〈红高粱家族〉与长篇小说的文体变革》是专门谈《红高粱家族》对于 80 年代文学推动意义的。另外，在我的另一本书《境外谈文》中，还专门论述过"莫言的新历史主义叙事"。这些大块文章加起来有十几万字。另外还有一些短论和作品解析等文字。2000 年，莫言在台湾"两岸作家大会"上的一个演讲，叫《我与新历史主义文学思潮》，便摘引了我在《钟山》上发表的一篇很长的文章——《10 年新历史主义文学思潮回顾》，其中有三四千字讨论了他和《丰乳肥臀》，在那次会上，他即摘引了我这篇文章写他的那一部分，还戏谑地说"既然张清华把我放到他的文章里讨论没有跟我商量，那么我抄他的这些话也就不商量了"。

二、乡村经验是莫言与生俱来的基本经验

新华月报：在评论莫言《红高粱家族》时，您描述它是一部使莫言从一个民间歌手变成一个现代作家的"点石成金"的作品，其实他的其他作品普遍存在这种效果，您觉得是什么使莫言具有了这种点石成金的能力？

张清华：还是 20 世纪 80 年代中期中国的文化自觉。这种自觉表现在，一是重新认知本土文化，"寻根文学"即是一个标志；再一个，是通过拉美作家的成功看到中国文学走向世界的一个路径。在那个

年代最核心的思想精神是启蒙主义，启蒙主义思想成为作家写作中人文主义精神的引领。这使得作家获得了对于民间文化和中国历史，包括当代历史的认知和反思能力。早期的莫言小说，侧重于表现他的童年记忆、原始乡村与自然的浪漫和美丽，这些作品整体上还看不到作家对于历史的那种批判性认知。而在《红高粱家族》里面，首次出现了对于现代文明的反思，以及对于当代历史的一种批判。它是中国当代小说中第一部"反进化论叙事"的小说，就是从爷爷到父亲到我，不是一个"进化"的谱系，而是一个颓败和蜕变的"降幂排列"的关系，这就给当代小说注入了一种极大的叛逆性，以及思想动力，还有他艺术格局的根本性的改变。所以我说他是"点石成金"。

新华月报：莫言的作品具有浓郁、纯粹的乡土性，但莫言对其进行语言表达时却十分生猛和先锋，具有强烈的现代意识，怎样看待其作品里乡土性和先锋性这一对看似矛盾的主客体写作关系？

张清华：他的乡村经验是骨子里的，而他的童年经验和乡村经验是生长在一起的，这是莫言与生俱来的基本经验，也是本身最具有"文学性"的元素。或者说，它是莫言小说文学性的一个基本载体。这是他的作品世界之所以带有野蛮的、原始的、混沌的、庞然大物式的、泥沙俱下的、江河横溢的、莽莽苍苍的、生机勃勃的属性的一个根本原因。其次，是莫言所获得的后天的认知高度。后天的认知高度，我认为最核心的是他的"生命哲学"与"人类学视野"。之前作家的认知能力，仅限于"社会学"和"伦理学"的范畴，将人是分为"好"与"坏"的，历史是有"进步"和"倒退"的，文学本身是有"真善美"和"假恶丑"的对立的……以往的作家都是在这样一种"二元对立"的格局里生成他的价值与诗意，这种诗意看起来就是比较有局限的思维方式，有时是比较呆板、僵化和无趣的。但是莫言却大胆地超越了社会学与伦理学的界限，用生命哲学和人类学的眼光，来打量这个生机勃勃的世界，来还原作为生命、个体、有血有肉的生存者的一个"人"，这个人身上的全部属性，都生发出让我们全身心感动的一种蓬勃的天然的诗意。莫言的小说为什么让当代文学为之一变，让读者为之耳目一新，而且真正呈现出了属于文学的诗意？我觉得这是一个根本的原因。他的生命哲学和他的原始乡村和童年经验融为一体，形成了他作品的生机勃勃的面貌和风格。

新华月报：莫言的很多作品一上来就能立刻进入表达的高速通道，把内容、语言、结构等文学元素和个体生命体验结合和表达得浑然一体而又淋漓尽致，您怎么看莫言的这种文学加速度式的表达能力？

张清华：这主要源于几个方面。一个是他的“戏剧性”的天才。一个作家有没有戏剧性的才华，是决定他能否构建出伟大的叙事格局，构建出荡人心魄、引人入胜的故事的一个基本条件。莫言的戏剧性能力很强，他的作品总是有特别集中、紧张的人物关系及矛盾冲突。这使他进入叙述的速度非常之快，而且进入之后，整个故事始终处于紧张、“饱和”的状态。二是他的“语势”是特别充沛的，我把他的叙事叫做“饱和性的叙事”，极端饱和而且不加节制，这正是他的一种特色。如果过于节制、精致就不是莫言了。他是一种包含了毛细血管、神经末梢、皮肤触感的、灵敏而未加修饰的感觉，这种灵敏感觉特别迅猛、饱满、丰富、多样，所形成的信息流、语言流就特别充沛，所以他的“叙述动力”很强。首先是故事悬念和戏剧性的结构所带来的势能，其次是他的语言和感觉带来的强烈势能，使他的整个故事推进具有荡涤、冲击心灵的酣畅、激情澎湃的速度和力量，这就是他的风格之所在。一旦加以“节制”就不是莫言了——《蛙》就比较节制，但是《蛙》就不是莫言特别成功的有代表性的作品；《生死疲劳》叙述的洪流，加上华丽的技术性的东西，《檀香刑》《丰乳肥臀》叙述的激情和戏剧性的紧张，都是莫言的典型风格。《丰乳肥臀》是一部迄今为止，我认为是莫言最伟大的一部作品，那种历史的波澜壮阔和叙述的激情达到了完美的融合。

新华月报：莫言作品有着丰富奇特的想象力和语言表达能力，给人一种意料不到的动感，但其作品选材和结构，却往往具有一种“超稳定”的特点，使其直接指向一以贯之的人性、社会、历史等维度，您觉得这种动静分明的表达从文学原理上来说，莫言想指向怎样的表达效果？

张清华：莫言善于寻找一种“叙事的壳”。这个“壳”在《生死疲劳》里面所采用的是一个经典的中国式的文化经验，即人们所相信的佛学里的一个轮回说——“六道轮回”。借了这样一个文化经验的壳，确实是“稳定的结构”，这种东西本身具有“塑形”的力量。借用这样它来控制“叙事的洪流”，就达到一个效果：内在的创造激情和外在的文化经验对他的塑形达到一个非常有机和美妙的平衡状态。既有利于传达他创作的才能和内在饱满的情感，同时又能在表达的时候获得一个公共性、经验化的叙事载体，这就是他的一个高明之处。比如《檀香刑》，他结合了高密东北乡流行的一种民间戏曲——“茂腔”，借助这个“壳”，他所传达的是什么呢？就是中国民间文化本身的诸种特性，一个是审美的，就是说我们的民间文化虽然是粗糙的，但它也是审美的，贫瘠的乡野也有它的艺术，这就是中国文化一个内在结构性的特点。在世界已经进入了火车、铁路、蒸汽机的文明时代，我们的民族还唱着小曲，唱着茂腔，行走在自己古老的田野上，这就是两种文明之间的对照；还有一个，比如他在整体上采取了“凤头”“猪肚”和“豹尾”这种叙事的格局。“凤头”和“豹尾”部分都属于“戏剧独白”的叙事，就是每个人物都用自己的口，用角色化的语言来完成内心化的故事讲叙，但是它又要高度戏剧化，它既是高度内心化又是高度戏剧化，这是非常难的。中间“猪肚”这部分，是作家的角色在叙述。这样的一个“叙述体”也是得自传统的一个壳。

这种结构形式，使得他的叙事和中国的民间文化、传统文化之间发生了密切的关系，这就是一个作家使自己的个人叙事“公共化了”，这是非常重要的一点。所有的作家，其所有的创作，其实就其奥秘而言都是这样的。《红楼梦》其实就是曹雪芹把他的个人经历通过一种中国式的家族叙事，一个“长恨歌式”的、“春梦”般的悲欢离合、由盛而衰的故事，把一种个体记忆、个人记忆，变成我们整个民族的悲剧经验。所以它成为一部百科全书式的小说。也就是说，个人性如何通向公共性？必须要借助一个民族文化经验中的壳，这些是莫言所擅长的。

二、整个当代文学思潮和运动的一个最有说服力的体现者

新华月报：莫言作品对于民间哲学和乡村伦理的运用可谓烂熟于心，请谈一下乡村元素及农业文明元素对莫言作品的影响。

张清华：莫言迄今为止全部的文学想象的基本载体是“高密东北乡”。高密东北乡的基本载体是自然世界和农业世界。农业世界其实就是人类在进入文明以后唯一的自然世界，就是说我们已经没有原始的自然了，我们所拥有的自然只剩下农业自然。农业自然是人类文明和大自然保持的一种共生关系，它不是对立关系。而“工业文明”就不一样了，比如我们开一个矿，搞一个化工厂，对地球是有“化学性的破坏”的。农业时代对于自然没有这种破坏，可以周而复始，种庄稼不会毁坏土地，锄地以及在土地上生存，不会污染这块土地，即便是把粪便拉在大地上，它也不会“污染”大地，这就是说农业自然本身的诗意是“自足”的。人类现在所有的“怀乡病”，所有“文明的怀乡病”，都是寄托于乡土自然、农业自然。莫言的小说全部诗意的根基来自这里。

新华月报：乡村经验在文学普遍意义上具有怎样的文学价值？

张清华：乡村经验、乡村社会是新文学诞生以来最重要的文学温床，或者说是一个母体。迄今为止，最成熟的文学叙事，都是关于农业文明的。从鲁迅等文学研究会作家，到沈从文，到新中国成立以后的乡土文学、乡土作家赵树理、孙犁等，到 20 世纪 80 年代以来最有诗意的作家，包括莫言、张炜、张承志、韩少功、贾平凹、阎连科等。甚至像韩少功、李锐都是在城市里长大的“知青”身份的作家，但他们的作品也基本上是以农业自然作为核心场域的。迄今为止最成熟的叙

事样态，就是这种乡村叙事。莫言给乡村叙事带来的是，他超越了历史进步论，超越了社会学与伦理学的价值范畴，恢复了乡村的原始诗意，而且在原始诗意上又增加了哲学性的东西——比如说海德格尔式的关于“大地”的基本想象或者基本概念。他还原了乡村和土地意义上的自然，也给我们带来了一种终极的“存在”意义上哲学的自然，这是莫言的一大贡献。他的红高粱大地既是原始意义上的大地，又是一个哲学意义上的大地。这是莫言的才华高于同时代某些作家的很重要的一个标志。

新华月报：与当下普遍的文学表达相比，莫言的表达有一种反方向性，不和文学潮流一个方向，比如现在的文学表达追求一种形式感、形制化，甚至西方的表达样式或以文害意的过度雕饰，但是他是反方向的，他回到自己的个人经验做简约化处理，好像跟这个时代的整体表达不同，您怎么看这个问题？

张清华：不能简单地说他是“赶潮流”的或“反潮流”的，莫言的独特性在于他和整个时代的文明思潮、文化思潮有一种“间离”而又“共生”的关系。比如他的《红高粱家族》，就没有赶上1985年的寻根思潮，它们是1986年陆续发表的，可是他又是寻根文学真正的总结性的成果，或者说是它使得那些概念性的寻根文学作品获得了一个具有更多文学性补偿性的成果。很多作家的寻根小说常常观念大于形象，思想大于作品，但在莫言的小说里面，形象和思想达到了一种饱和性的统一，这是说莫言和整个时代文学思潮之间的关系，不是完全同步的，他有自己的游离性，但是他却真正体现了文学运动和文学思潮的实绩。20世纪90年代，当新历史小说、先锋文学显得有点式微的时候，他推出了他的《丰乳肥臀》，稍后又在世纪之初推出了《檀香刑》，这两部小说在我看来都是“新历史小说”的总结性成果，他稍慢了半拍，但这没关系，这些作品的诞生，你可以看到文学生产和文化思潮、文学运动之间某种“不平衡性”，或者微妙的一种间离性。总的来讲，莫言还是整个当代文学思潮和运动的一个最有说服力的体现者。

新华月报：是不是可以说莫言的这些个性吸引了诺贝尔文学奖评委？

张清华：莫言受到诺奖评委的青睐，我猜想有这样几个原因。第一，他作品中中国文化、东方文化、民间文化、土地文化、农业文化的丰富含量，就这一点来讲，他特别符合“越是民族的越是世界的”这条规则。莫言的小说无比生动和丰富地传达了我们这个农业民族的历史、记忆、伤痛与创伤，使他能够成为可以与世界文学对话的作家；第二，他的人文主义的价值立场。现在有种观点，就是把现代文学看成是优越的文学，而把当代文学看成是卑微的、粗鄙的文学，这种看法我觉得是非常幼稚的。“现代文学”和“当代文学”本身是一个整体，是一个谱系。从鲁迅和五四文学运动的伟大传统，到 20 世纪 80 年代以后波澜壮阔的文学运动和文学解放，这是一个血肉相连的整体，是 20 世纪汉语新文学运动的两个波澜。莫言和一批当代优秀作家传承了五四文学的伟大人文主义传统，在他们的作品里也同样充满了批判性。莫言的每部小说中几乎都充盈着这种人文主义精神，他对于历史和现实的反思，对农民文化的分析性认知，对于当代中国社会的忧患，都在他的作品里面得到了生动体现。《红高粱家族》是反思现代文明的，《丰乳肥臀》是反思整个 20 世纪历史的，它书写了外部社会与政治力量之间的争斗最终对于民间世界的侵犯和摧毁，这不就是人文主义的书写吗？《檀香刑》更是一部鲁迅式的国民性批判的作品，它讨论了我们这个民族是如何集体合谋演出了一场“围观”与杀戮的喜剧与悲剧的，这里面的围观主题、嗜血主题，不都是鲁迅式主题的光大和延续吗？《生死疲劳》是对当代历史中农民这个最大的人群，在历次政治风潮、政治运动中“被折腾”的历史的书写……你说莫言哪一点没有传承鲁迅和五四文学的伟大传统？我觉得这就是他的普世性价值所在，他的人文主义精神显然是一种普世价值的体现，这是他能获得西方读者和知识界认可的一个原因。第三，就是他在文体方面卓越的创造力。他的每一部长篇小说几乎都创造了一个特殊的文体，这就是他之所以获得承认，得到诺奖桂冠的原因。

三、莫言在20世纪80年代给我们提供了最有代表性的作品

新华月报：在对莫言作品的讨论中，以1982年诺贝尔文学获得者哥伦比亚作家马尔克斯为代表的拉美“魔幻现实主义”，和诺贝尔文学院称谓莫言时所使用的“迷幻现实主义”，吸引了人们注意，您觉得两者之间的区别在哪里？

张清华：我觉得莫言的魔幻现实主义也好，迷幻现实主义也好，神幻现实主义也好，都有两个资源，或者具有双重性。一个资源肯定是来自拉美作家的启示，这是毫无疑问的。莫言走向文坛，刚好是拉美魔幻现实主义文学旋风刮进中国，产生一连串神奇影响的时刻，说他不受其影响肯定是胡扯。他早期的一篇文章也提到了马尔克斯、福克纳是“两座高炉”，具有灼热的融化力、召唤力，但他要躲着这两座高炉，以防丧失自我。不过这里面包含了对话性、致敬、“影响的焦虑”，这是很复杂的、也是非常真实的一种心态，这证明早期的莫言小说确实受到了来自拉美魔幻现实主义的濡染、启示和影响。但在他之后20多年的创作中，支持他作品当中神奇想象的，不止是来自拉美的魔幻现实主义，更多的是来自中国传统和民间的想象方式、审美传统和叙事方法。因为在中国文学里面，有着一个最久远古老的“魔幻”传统，就是从六朝志怪到唐传奇，到明清笔记的中国小说传统。所谓“四大奇书”，实际上也分别代表了中国小说的四大类型——《金瓶梅》代表的是“世情叙事”、市井小说，《水浒传》代表的是“侠义叙事”，《三国演义》是“史传叙事”、讲史小说，《西游记》则是“神魔叙事”。这四大传统无不具有魔幻色彩，到集大成者《红楼梦》，也有非常多的魔幻因素。甚至拉美作家也曾经受到中国魔幻叙事的启示，博尔赫斯就曾专门研究过蒲松龄的《聊斋志异》，还为《聊斋志异》的阿根廷版写过序言，这些都是明证。莫言的魔幻与神话色彩的叙事，同中国传统文化之间有着更多的关系。你不觉得《生死疲劳》完全是一本“中国性”的魔幻小说吗？人“转世”为驴、牛、猪、狗、猴子，这种

"轮回"完全是中国式的想象。然后还跟他的家乡、童年所获得的一些民间叙事因素有关联。实际上,高密东北乡离蒲松龄的故居淄川直线距离也就100多公里,都属于齐文化的范畴。我们家离蒲松龄的故居也很近,我们这一代感同身受着民间神幻的、鬼怪的故事,这种想象方式、叙事方式是普遍存在的。莫言的神幻叙事能力的获得,更多的是来自民间和中国传统的资源。拉美魔幻现实主义激活、引燃、引爆了他的这种叙事能力和叙事风格。

新华月报:以拉美和福克纳为代表的魔幻现实主义的确曾给中国和世界文学带来强烈影响,您觉得莫言的迷幻现实主义会对世界文学产生影响吗?

张清华:从更大的视野来看,现代文明是一种"祛魅"的文化,但这种祛魅的文化恰恰是"反文学"的。历史上凡是文学比较繁荣的时代,都具有一种"魅性"的想象或者文化呈现。以赛亚·伯林的《浪漫主义的根源》即重新回顾了浪漫主义文学的历史。实际上,浪漫主义文学是19世纪文学的真正动力,在这之前欧洲经历了上百年的启蒙主义运动,启蒙主义运动恰恰是文学上一个特别乏味、成就特别低的时期。浪漫主义的魅性,对于"中世纪"和"东方"的追索与迷恋,突出的就是对于原始之魅、民间文明与文化的魅力的一种推崇。正是因为在德国出现了收集中世纪传说,在意大利、南欧出现了对东方文化的迷恋的思潮,才推动了浪漫主义文学的兴起。其实20世纪80年代中国文学的复兴,很大程度上是对于传统和民间文化的一种"重新发现",它表现出极大的魅性,这种魅性和现代文明、与当代中国的启蒙主义运动之间有一种互补的关系,也有人称之为"审美现代性"。

莫言在20世纪80年代给我们提供了最有代表性的这样的作品,从长远来看,也许就是一个小小的"文艺复兴"的标志,或者是一场属于中国20世纪80年代的"浪漫主义"的一个文学运动,或者叫做"现代主义和浪漫主义结合"的一种文学运动。我觉得20世纪90年代以来,文学之所以出现了某种让人担心的衰退局面,就是因为这样一种魅性的淡化和丧失。现在大家侧重于表现都市里的个体、个体生存中的繁冗和荒谬，这些叙事的诗意是相对匮乏的，但是这样一个趋势是很难挽回的，这也是我对文学的未来抱着某种悲观和忧虑的一个原因。

新华月报：怎样解读莫言作品里纯粹的民间文化元素，是否可以说莫言向世界文学贡献了中国文化样本？

张清华：如果说出现一个比较好的局面，那么就是莫言的作品“重新召唤了我们对于传统的认知”，和对于民间文化、民间记忆的一种热忱。如果能“召唤”的话，也许会推动文学的再次上升。

说莫言向世界文学贡献了中国文化元素，这似乎也符合西方人的“东方主义”，或者西方中心主义的一种东方视角。在西方人的想象里，东方是一个古老的国度，是一个落后然而神奇、贫穷然而浪漫的世界。莫言的小说在某种意义上“不经意地迎合了”西方中心主义所影响下的东方认知，或许说这是不谋而合的。比如张艺谋拍的《红高粱》为什么得到柏林电影节的推崇，获得金熊奖，无非是西方人看到了在东方有一群光着膀子的汉子，用了奇怪的醉姿抬着一个花轿，花轿里面有个新娘子在慌张惶恐，他们行走在红高粱地的田野小路上，然后遇到了土匪……这是一种“关于东方的叙事”和“西方人关于东方的想象”之间的不期而遇。但是这又要两面来看，其实这和眼下的“中国经验”相比，它已经显得非常渺远了。但是不要忘了，莫言还有《四十一炮》《蛙》，这些都是表现中国最新的当下经验的小说。他也成功书写了在城市化的进程中，中国人在伦理、道德、生命、精神、灵魂方面所付出的代价。

四、20世纪90年代中国文学曾迎来一个不大不小的黄金时代

新华月报：北师大文学院有一个对外交流项目——北京师范大学中国文学海外传播研究中心，作为该项目的参与者，您认为随着世界一体化进程，类似莫言笔下的中国文化在世界文化舞台上将会扮

演怎样的角色？

张清华：我们经常会看到19世纪法国、俄罗斯、英国的文学，这些文学都是批判性的。巴尔扎克笔下的1830年代的法国，雨果笔下19世纪上半叶的法国，都是充满罪恶的、黑暗的，但是我们并不会因为读了他们的小说，就会对法国、对欧洲产生恐惧和厌恶感，相反你会这个地方充满了神往和迷恋。你不会因为看到托尔斯泰和陀思妥耶夫斯基对于俄国现实的批判而憎恨俄罗斯，相反你会对这个民族产生由衷的敬意。莫言全部的表达包括对传统文化的批判，对当下经验的揭示，对农业文明的悲悯，都会激起更多人对中国的理解、了解和向往。对中国文化地位方面的上升完全是起正面作用的，我们不必担心会有任何"负面"作用。

新华月报：截止莫言获诺贝尔文学奖之前，中国社会一直处于诺贝尔文学奖焦虑症或综合症状态，正如一些评论者所说该症状终于可以有所缓解了，您认为诺贝尔奖焦虑症或综合症的主要原因是什么？

张清华：就中国当代文学本身的水准而言，应该早就得到承认。因为文学生产、艺术生产和文化、政治以及其他方面的社会状况之间，有一种奇妙的"不平衡性"。马克思、恩格斯都专门讨论过艺术生产与社会发展的不平衡性。即便我们在文化上或者其他方面还有很多不尽如人意的地方，但是中国当代社会所提供的"复杂经验"，却是这个时期全人类当中最复杂的经验。就像余华在《兄弟》后记里所说的，"一个中国人活了40年相当于一个西方人活了400年"，就是说，在我们这个40年里面集中了人类在最近的几个世纪里面所经历的一切，一切经验都在中国当代社会产生了，就必然会成为这一代作家最宝贵的资源。也就是说，这一代作家注定是幸运的、生逢其时的，只要他们认真地记录和传达这些经验，文学就是最了不起的。之前我们没有得到西方知识界的标志性的认可，但其实中国作家的作品翻译出去也已经有一些了。像莫言、余华、苏童在海外已经有较大的影响。这次莫言得到诺奖，我认为确实对于缓解中国人的焦虑有很大帮助。但最重要的是，中国当代的作家们应该充分认识到他们所面临的千载难逢的机遇。

今天的欧洲也会有很多的文学作品产生，但是激荡人心的、饱满酣畅淋漓的文学时代却一去不复返了。顾彬所推崇的一个瑞士籍的德语作家，说是“美得不得了”，因为“他写一个苹果写了100页”，“写他母亲注视一个苹果写了150页”——美得不得了，这就是欧洲，安静而发达的欧洲的文学资源吗？而我们中国的文学资源，你看一下，血与火的、波澜壮阔的，红尘万丈、浊流滚滚的，哪里的文学经验能像中国如今的现实经验这样生动、丰富？我们的作家应该抓住这个机遇，我们的读者应该认识到当代文学有很多问题、困难、困惑的情况下，也确实出现了一批杰出的作家和作品，你必须承认这个事实。你不能从逻辑上推论，中国好像什么都是坏的，文学能好了吗？这是这些年对于中国文学不看好，对中国文学有过多指摘和责备的人，他的发言的理由，大都是“从逻辑上说”，因为他根本不看作品。

新华月报：2006年曾出现过知识界和思想界炮轰文学界的事件，其中很明显的一个原因在于界别之间的间离状态和隔膜，您觉得它们之间怎样才能做到相互融合，找到一个平衡点？

张清华：在我看来，中国作家的现实认知、历史认知，远远超过了中国的思想界。只要他们认真地读这些作品，比如好好读一下莫言的《丰乳肥臀》《檀香刑》，你会对中国的近代史、现代史有新的认知，就会意识到莫言对于历史与现实认知的深度是惊人的，其他作家如余华、格非等也一样。我觉得中国知识界、思想界应该借鉴文学界所写下的充满勇气和批判精神的作品所承载的丰富思想。至少，他们应该好好看一看格非最近几年出版的《人面桃花》三部曲，应该会有新的看法。

新华月报：在物质主义和经济主义背景下，当代文学受到遇冷已20多年，甚至因此陷入一种深度迷惘期，您觉得莫言获诺贝尔文学奖对当代文学形势会有哪些影响？

张清华：我觉得影响肯定是正面的，也是深远的，但我无法在近期予以预期。他的这种影响可能是在很长一段时间之后次第释放或者爆发，但很难预料在近期就会改变什么。

其实，不看作品的人还是不看作品。在这个高度物质主义和功利主义的时代，能够耐下心来阅读作品的人确乎是越来越少了，眼下的热闹更多是一种新闻效应，这也符合我们中国人的民族性格和心态，不是我们长远要期待的一个局面。万众瞩目，洛阳纸贵，只是一种新闻效应。莫言要对中国人的文化和精神产生深远影响可能是需要假以时日才能逐渐显现。我觉得他有可能深远地影响到中国人关于新文学史的基本认知，关于这30年文学的基本认知，关于文学到底应该走什么样的道路的一个基本认知，甚至也会影响到知识界的心态和价值立场，这样，他所产生的深远影响也就是不可预计的了。

莫言作品的世界影响地图
——基于全球图书馆收藏数据的视角

何明星

莫言获得2012年诺贝尔文学奖，无疑是中国文学出版的一件大事，对于中国出版走出去，更具有标志性的意义，此时认真研究莫言作品的世界影响因素，梳理其逐步获得广泛知名度的路径，对于推出更多的中国文学、艺术名家，对于中国出版走出去具有实实在在的借鉴意义。

图书馆的馆藏对于一本图书的文化影响、思想价值的衡量是严格的，也是检验出版机构知名度、知识生产能力等诸项要素最好的一个标尺。世界图书馆界通常采用某一学科划定若干个核心出版社的评价办法来采购图书，这个办法也被中国图书馆界所广泛采用。因此用莫言中外文作品的全球图书馆收藏数据来衡量其世界影响力，是一个经得起推敲的评估标准。

目前能够提供全球图书馆收藏数据的OCLC（Online Computer Library Center，Inc），即联机计算机图书馆中心，属于覆盖范围相对较大的公益性组织之一，总部设在美国的俄亥俄州，成立于1967年。截至2011年底，加盟图书馆数量已达为23815家（公共图书馆5051家、大学图书馆4833家、中小学校图书馆8897家、各类政府图书馆1604家、职业学院、社区学院图书馆1074家、企业图书馆1296家、协会机构图书馆661家，其他图书馆297家），涉及全世界112个国家和地区，470多种语言。从图书馆国家分布来看，OCLC的数据还不能做到100%全部覆盖，但可以基本衡量出莫言作品在当今世界的影响范围。本文分别就莫言中外文作品的馆藏数量、出版时间、国家分布等数据给予分析，力争勾画出莫言作品的世界影响地图。

一、莫言作品英译本世界馆藏最多

本文根据 OCLC 提供的书目数据检索（检索时间为 2012 年 8 月 11 日至 18 日），再结合其他学者的研究[①]，发现莫言的中外文作品出版已有 355 种，其中中文作品超过了 250 种，外文品种超过了 105 种。目前比较确切的数字是法语 27 种，越南语 20 种，英语 17 种，日语是 11 种、韩语 7 种，德语 7 种，西班牙语、瑞典语各是 3 种，意大利语 5 种，挪威语、波兰语各是 2 种，希伯来语 1 种。

本文按照收藏图书馆数量在 30 家以上的品种进行筛选，这样在 355 种中共有 64 种符合条件。限于篇幅，本文只给出了 TOP30 明细，具体列表如下：

表一 莫言作品世界馆藏量排名 TOP 30

排名	语种	书名	译者	出版社	出版时间	馆藏量
1	英语	《红高粱》	葛浩文	纽约：企鹅集团所属维京出版社（New York : Viking）	1993 年	644
2		《生死疲劳》		纽约：拱廊出版社（NewYork:Arcade Pub.）	2008 年	618
3		《天堂蒜薹之歌》		纽约：企鹅集团所属维京出版社（New York : Viking）	1995 年	504
4		《丰乳肥臀》		纽约：拱廊出版社（New York:Arcade Pub.）	2004 年	472
5		《酒国》		纽约：企鹅图书（New York :Penguin Books）	2000 年	398
6		《师傅越来越幽默》			2001 年	357
7		《红高粱家族》			1994、1993 年	265

① 刘江凯：《本土性、民族性的世界写作》，《当代作家评论》，2011 年 4 期。

续表

排名	语种	书名	译者	出版社	出版时间	馆藏量
8	中文	《生死疲劳》		北京：作家出版社	2006 年	146
9	英语	《莫言短篇小说选》		香港：香港中文大学研究中心(Hong Kong：Research Centre for Translations，Chinese University of Hong Kong)	1991 年	130
10	中文	《檀香刑》		上海：上海文艺出版社	2009 年	127
11	英语	《变》	葛浩文	伦敦：纽约海鸥出版社(London：New York Seagull)	2010 年	101
12		《酒国》	葛浩文	伦敦：企鹅集团所属汉密尔顿出版社(London ：Hamish Hamilton)	2000 年	77
13		《丰乳肥臀》	葛浩文	伦敦：梅休因出版社(London ：Methuen)	2004 年	76
14		《师傅越来越幽默》	葛浩文		2001、2002 年	75
15		《天堂蒜薹之歌》	葛浩文	伦敦：企鹅集团所属汉密尔顿出版社(London ：Hamish Hamilton)	1995 年	75
16	中文	《红耳朵》		沈阳：春风文艺出版社	2003 年	69
17		《白棉花》		台湾：麦田出版有限公司	2001 年	66
18		《酒国》		台湾：洪范书店有限公司	1992 年	64
19	英语	《天堂蒜薹之歌》	葛浩文	纽约：企鹅图书(New York ：Penguin Books)	1996 年	64
20		《师傅越来越幽默》		伦敦：梅休因出版社(London ：Methuen)	2001、2003 年	63
21		《天堂蒜薹之歌》			1995、2006 年	58
22		《丰乳肥臀》			2005、2006 年	58

续表

排名	语种	书名	译者	出版社	出版时间	馆藏量
23	中文	《丰乳肥臀》		北京:作家出版社	1996 年	56
24 25		《拇指扣(合集)》		南京:江苏文艺出版社	2003 年	54
26		《酒国》		南海出版公司	2000 年	51
27		《十三步》		台湾:洪范书店有限公司	1990 年	50
28		《美女倒立》		台湾:麦田出版有限公司	2006 年	49
29		《丰乳肥臀》		北京:中国工人出版社	2003 年	49
30		《梦境与杂种》		台湾:洪范书店有限公司	1994 年	49
		《红高粱家族》		台湾:洪范书店有限公司	1988 年	45

由上表可以发现三个问题,一是莫言英文版的作品馆藏量最多,意味着其影响力超过了其他品种。排名前 7 的均是英文版,分别是英文版《红高粱》《生死疲劳》《天堂蒜薹之歌》《丰乳肥臀》《酒国》《师傅越来越幽默》《红高粱家族》,馆藏量分别是 644 家、618 家、504 家、472 家、398 家、357 家、265 家,分别由企鹅集团和它所属美国维京出版社(New York :Viking)、美国纽约阿卡德出版社(New York :Arcade Pub)出版,译者均是葛浩文。中文作品只有一本进入前 8 名,为作家出版社 2006 年出版的《生死疲劳》,馆藏量在 146 种。上海文艺出版社、春风文艺出版社、江苏文艺出版社、南海出版公司、中国工人出版社分列前第 10 名、第 16 名、第 24 名、第 25 名、第 28 名,位列第 23 名的是作家出版社的另外一种,即在莫言作品馆藏 TOP30 的排名中,作为中国文学出版的重镇,作家出版社有两本上榜。而中国台湾的两家出版社出版的 5 种中文繁体版也进入了排名。

依据上表的全球馆藏数据,可以确定,是莫言的英译作品为其赢得了广泛的世界影响,而莫言的法语、德语、日本语、越南语等其他外译作品则没有上榜。如果再把上表中的数据由 30 种扩大到 64 种,则法语和越南语均有一种上榜,上榜作品都是《生死疲劳》的法语版、越南语版,出版社是法国巴黎的埃德杜出版社(Paris:Ed. du Seuil)

和越南的妇女出版社(Hà Noôi :Nhà xuât bàn Phu nu),出版时间为2009年、2007年,馆藏量为33家和32家,排名分列第57名、第63名。德语、意大利语、瑞典语、挪威语、波兰语等作品均未上榜。

日本语、越南语作为区域语言不用说,但是法语、德语这些欧洲语言,在中国出版界的心目中长期是与英语等量齐观的,但从莫言外译作品的馆藏数据来看,其影响并不如中国出版界期待中的那样大。这从另外一个角度提醒中国出版界,在今天真正具有世界级影响力的语言方阵中,队形排列在悄悄发生变化,传统认知可能已经过时了。

二是与上一个问题相关,莫言英语作品的集中度非常高,显示了市场运作的高效和成熟,相应其传播范围也广,认知接受度也最高。所谓市场集中度,指的是在某一特定市场上,某一产品的竞争能力越强,在市场上所占市场份额也就越大,表明规模经济水平和企业的效率越高。由上表可以发现,莫言英译作品有17种,但仅有5家出版社,其中企鹅集团(含集团下属的美国维京出版社、英国的哈米什·汉密尔顿)合计出版了6种,属于英国联合出版集团的梅休因出版公司(Methuen)一家就出版了5种,美国的拱廊出版公司(NewYork: Arcade Pub)出版了4种,英国的海鸥出版社(London: New York Seagull)和香港中文大学各出版了1种。实际上莫言作品的英文版就控制在美、英两国的大出版集团手中,企鹅集团一家出版社6个品种的收藏图书馆数量就达到1629家,美国拱廊出版社的4个品种收藏图书馆数量达到1845家。

而反观莫言作品的中文出版,共有13个品种,却由作家出版社、上海文艺出版社、春风文艺出版社、江苏文艺出版社、南海出版公司、中国工人出版社、中国台湾麦田文化、中国台湾洪范书店等8家出版,除了中国台湾洪范书店出版了4种,中国大陆作家出版社、中国台湾麦田文化各出版2种外,其余出版社均为1种,8家出版社的莫言图书在全球图书馆收藏家数为875家,仅仅是企鹅集团一家出版社的一半。这也从另一个角度验证了中文出版在世界上的地位:规模小、实力弱,市场集中度底,无法与西方出版集团相抗衡,自然中文的影响力就要远远弱于英语。

这一点也可以通过莫言获得诺贝尔文学奖之后，西方主流媒体对于莫言作品的提及率上得到验证。纽约时报网站在2012年10月11日刊发的评论文章里，提到了《生死疲劳》，另一篇文章里提到了《师傅越来越幽默》《天堂蒜薹之歌》《红高粱家族》；华尔街日报网站的文章里提到了《生死疲劳》和《丰乳肥臀》；美国《基督教科学箴言报》刊发的文章里提到了《丰乳肥臀》《蛙》《红高粱家族》《生死疲劳》；英国金融时报网站刊发的文章中提到了《酒国》，德国之声电台网站刊发的德国法兰克福大学教授罗特雅·维普曼的文章里提到了《酒国》。可见，莫言获得西方社会广泛认知的作品，完全是进入馆藏排名前10名的英文作品。

三，尽管中文无法与英文相抗衡，但莫言作品的中文版作品馆藏量排名却超过法语、德语，表明中文图书在国际上的影响力在逐步扩大。在上表前30排名中，有13种中文作品进入排名，分别由6家中国大陆出版社和两家中国台湾出版社出版，占整个上榜品种的40％，如果把上表数据进一步扩大到64种，则而莫言作品的中文版共有42种进入排名，占总64种的66％。进入全球30家以上图书馆收藏排名的64种图书，分别由26家中外出版社出版，其中中国大陆出版社13家，美国4家，英国3家，中国台湾3家，中国香港、越南、法国分别是1家。在64种作品的整体排名中，中国出版机构、中文作品上榜数量都占据了绝对的比例，显然大大超过法语、德语等传统认为具有世界影响力的语言译作，表明中文图书在国际上的影响力在逐步扩大。当然这和莫言是中国本土作家、作者用中文创作并用中文第一时间发表作品有关。但通过全球馆藏数据的排名可以清楚的说明，中文图书的国际地位在逐渐提升，已经超过法语、德语，并位列英语图书之后，中国出版已经成为影响世界图书市场的一股重要力量。

这个判断也可以从莫言的另外一本中文图书《生死疲劳》的馆藏数据上得到验证。中国出版的中文图书出口到北美市场，其服务对象长期限于美国、加拿大的一些高校图书馆和研究机构，很少进入北美的主流社会。然而此次本文在莫言中外文作品的馆藏检索中发现，由中国大陆作家出版社2006年出版的《生死疲劳》一书，开始有了美国一些社区公共图书馆的名单。比如在美国的加利福尼亚州就有20家图书馆收藏该书，在名单中不仅有美国斯坦福大学、伯克利大学、美国加州州立理工大学、美国盖洛普研究所这些长期收藏中文图书的研究机构图书馆，还出现了像美国阿拉梅达郡图书馆(ALAMEDA CNTY LIBR)、美国阿罕不拉中心图书馆(ALHAMBRA CIVIC CTR LIBR)、美国丘拉维斯塔图书馆(CHULA VISTA PUB LIBR)、美国康特拉科斯塔郡图书馆(CONTRA COSTA CNTY LIBR)、美国克罗纳多公共图书馆(CORONADO PUB LIBR)、美国加州帕罗奥图城市图书馆(PALO ALTO CITY LIBR)、美国帕罗斯佛迪市图书馆(PALOS VERDES LIBR DIST)、美国普莱瑟郡图书馆(PLACER CNTY LIBR)、美国加州萨利纳斯公共图书馆(SALINAS PUB LIBR)、美国加州圣博纳迪诺郡图书馆(SAN BERNARDINO CNTY LIBR)、美国圣莱安德罗社区图书馆(SAN LEANDRO COMMUN LIBR)、美国加州圣马特奥郡图书馆(SAN MATEO CNTY LIBR)、美国加州圣路易·奥比斯堡城市图书馆(SAN LUIS OBISPO CITY/CNTY LIBR)、美国加州圣克拉拉郡图书馆(SANTA CLARA CNTY LIBR DIST)等等一批社区图书馆、公共图书馆。这表明中文图书已经开始进入美国人日常生活的社区中，中文图书长期处于边缘化、小众化地位开始发生改变。

李长春同志在祝贺莫言获得诺贝尔文学奖的贺信中提到，莫言获奖“既是中国文学繁荣进步的体现，也是我国综合国力和国际影响力不断提升的体现”，可谓一语中的。语言是一个国家综合实力的体现，从莫言作品的世界影响力来看，有充分理由相信，汉语在中外文化交流中的影响会逐步扩大，中文图书出版在全球文化格局中的地位将愈来愈重要。

二、莫言作品在北美传播范围最广

限于篇幅，本文只以出版最早的《红高粱家族》英文版(美国维京出版社，1993年版)为例，分析该部作品的全球馆藏国家分布，以此

勾画莫言作品在全球的传播范围和影响力。具体详见下图:

图一　收藏莫言《红高粱家族》英文版一书的图书馆国家分布图

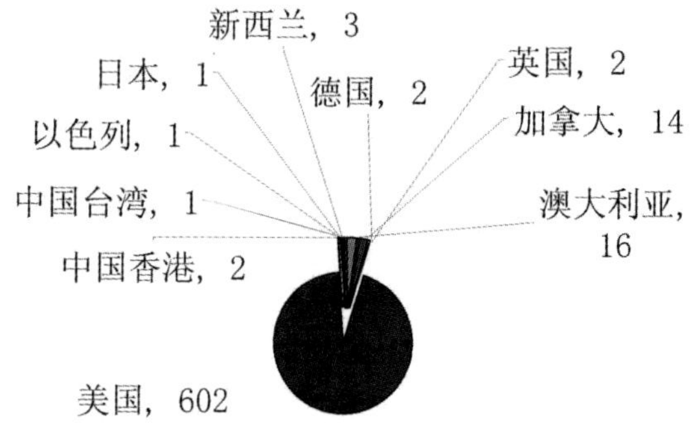

全球馆藏1993年《红高粱家族》英文版的分布
（图中数字为图书馆家数）

由上图可以发现,美国是该书的最大买家,在 644 家的总量中有 602 家图书馆收藏,比例高达 92%,而澳大利亚为 16 家图书馆,加拿大有 14 家图书馆,新西兰有 3 家图书馆,英国、德国、中国香港分别有两家,以色列、日本、中国台湾分别有 1 家。

这个数据再次验证了作者对于中国图书海外影响力的总体研究的结论:就当前中国图书海外市场而言,美国是中国图书的最大买家[①],中国出版走出去,其实主要是面对北美市场,而其中最大的市场就是美国。欧洲国家的馆藏数量大大少于北美国家,英国、德国的馆藏量还不及美国的一个州。而作为最早翻译出版莫言作品的法国,法国图书馆界竟然没有一家收藏该书英文版。当然不可能贸然做出这种判断,因为 OCLC 联盟图书馆的覆盖范围有很大局限,但这个数据似乎说明了欧洲图书市场在全世界图书市场格局中所占的份额。莫言《红高粱家族》英文版的全球馆藏数据,再次证明了上文的判断,在中国出版人的心目中,似乎欧洲、英国与美国具有同等重要的地位,但从对于中国图书的关注程度和购买实力来看,其实相差很大。

① 徐大平:《美国公共图书馆发展现状及启示》,《图书馆建设》,2011 年 11 期。

再看美国收藏莫言《红高粱家族》的602家图书馆分布情况，具体如下图二：

图二　收藏莫言《红高粱家族》英文版的美国图书馆分布图(602家)

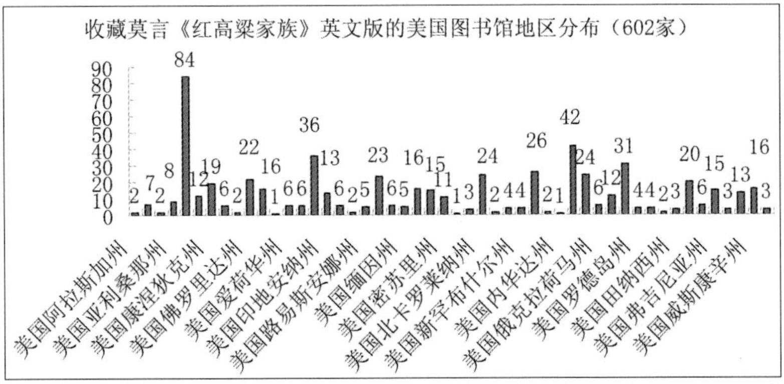

由上图二可发现，收藏莫言《红高粱家族》一书的美国图书馆，分布在美国50多个州，其中最多的是美国加利福尼亚州，有84家图书馆，其次分别是纽约州42家图书馆，伊利诺伊州36家，宾夕法尼亚州31家，新泽西州26家，北卡罗来纳州、俄亥俄州分别是24家，马萨诸塞州23家，佛罗里达州22家，得克萨斯州20家，康涅狄克州19家，威斯康星州、密歇根州分别是16家，弗吉尼亚州、明尼苏达州分别是15家，华盛顿州、印地安纳州分别是13家，科罗拉多州、俄勒冈州分别是12家，密苏里州11家，其余28个州收藏图书馆数量分别在2家至9家之间，收藏图书馆最少的三个州是夏威夷、内华达、密西西比州，分别各有1家。笔者注意到，OCLC的图书馆输入时间，是从1993年开始，这就意味着，这本《红高粱家族》在1993年由纽约维京出版社出版之后，就被美国50多个州的图书馆纷纷购进。

值得注意的是，美国602家图书馆中，其中大部分是社区、州郡的公共图书馆和免费图书馆。限于篇幅，本文无法给出美国602家图书馆的全部数据，只以美国收藏该书最多的加利福尼亚州84家图书馆为例，探讨本书所能够影响的人群范围。

美国图书馆系统种类众多，但一般分为两大类，一类是大学图书馆系统，这个系统包含私立、公立的世界级顶尖大学，也以基础教育为主的社区大学、职业学院。另一类是社区图书馆、公共图书馆系统，这个系统也包含美国各个州、郡设立的公共图书馆、社区图书馆，也含有私立的完全免费开放图书馆。收藏《红高粱家族》一书的加利福尼亚 84 家图书馆，其中美国社区、州郡公共图书馆系统占到 49 家，大学图书馆占到 35 家，社区、州郡公共图书馆数量占加州总数 84 家图书馆的 60%，这是作者发现的第一本公共图书馆馆藏数量，超过大学图书馆数量的中国主题图书。前文曾经提到，中国各类主题图书，不论是外文还是中文，在相当长的时间里是服务于西方学术研究，中文图书仅仅在一些开设汉学、东方学研究的大学图书馆里才有收藏，中国图书的边缘化、小众化的地位，在几百年的时间里没有发生过根本的变化。

但在莫言《红高粱家族》的英文版馆藏名单中，在大学图书馆项目下，此次除了有伯克利大学、加州大学戴维斯分校、欧文分校、洛杉矶分校、河滨分校、圣地亚哥分校、克鲁兹分校、圣塔芭芭拉分校、旧金山大学格里森图书馆、南加州大学等图书馆等这些传统收藏中国图书的图书馆外，还有一些像美国加州萨撤学校图书馆（THACHER SCH LIBR）、美国加州帕萨迪纳城市大学（PASADENA CITY COL ）、美国海岸社区学院，橙色海岸学院（COAST COMMUN COL DIST，ORANGE COAST COL）、美国德安扎学院（DE ANZA COL ）、美国埃弗格林学院（EVERGREEN VAL COL）、美国加州默塞德学院（HUMBOLDT、MERCED COLL LIBR）等相当一批私立大学、社区大学图书馆加入，这是中国主题图书获得广泛认知的一个标志性变化。社区大学，是美国高等教育的基础，约有 1600 所，在校生约 1000 多万，占美国大学生总数的 44%，每年社区大学接纳新美国大学新生总数的比例达到 50%，莫言这本《红高粱家族》进入社区大学图书馆系统，表明中国主题图书在美国传播范围的扩大。

更值得欣喜的是，《红高粱家族》一书开始进入美国的社区图书馆、公共图书馆系统，这是以前从未有过的。在加利福尼亚州的馆藏数据中，这些州郡图书馆，大量属于相当于中国县一级开设的公共图书馆和免费图书馆，有相当一部分是中国大陆出版界不熟悉的。如 ALAMEDA FREE LIBR （美国阿拉梅达免费图书馆）、

ALHAMBRA CIVIC CTR LIBR（美国阿罕布拉中心图书馆）、CERRITOS LIBR（美国塞里托斯图书馆）、CHULA VISTA PUB LIBR（美国丘拉维斯塔公共图书馆）、CONTRA COSTA CNTY LIBR（美国康特拉科斯塔郡图书馆）、CORONADO PUB LIBR（美国克罗纳多公共图书馆）、El Dorado County Library（美国艾多拉多郡图书馆）、ESCONDIDO PUB LIBR（美国埃斯孔迪多公共图书馆）、FRESNO CNTY FREE LIBR（美国弗雷斯诺郡免费图书馆）、GLENDALE PUB LIBR（美国格伦代尔公共图书馆）、HAYWARD PUB LIBR（美国海沃德公共图书馆）、MENDOCINO CNTY LIBR（美国门多西诺郡图书馆）、MENLO PARK PUB LIBR（美国门洛公园公共图书馆）、MERCED CNTY LIBR（美国默塞德郡图书馆）、MODOC CNTY LIBR（美国莫多克郡图书馆）、MONTEREY CNTY FREE LIBR（美国蒙特雷郡免费图书馆）、MOUNTAIN VIEW PUB LIBR（美国芒廷公共图书馆）、NEWPORT BEACH PUB LIBR（美国纽波特海滩公共图书馆）、OC PUBLIC LIBRARIES（美国奥兰治郡公共图书馆）、OXNARD PUB LIBR（美国奥克斯纳德公共图书馆）、PALO ALTO CITY LIBR（美国加州帕罗奥图城市图书馆）、PALOS VERDES LIBR DIST（美国帕罗斯佛迪市图书馆）、PLACER CNTY LIBR（美国普莱瑟郡图书馆）、SACRAMENTO PUB LIBR（美国加州萨克拉门托公共图书馆）、SAN BERNARDINO CNTY LIBR（美国加州圣博纳迪诺郡图书馆）、SAN JOSE PUB LIBR（美国圣荷西公共图书馆）、SAN LUIS OBISPO CITY/CNTY LIBR（美国加州圣路易·奥比斯堡城市图书馆）、SANTA CLARA CNTY LIBR DIST（美国加州圣克拉拉郡图书馆）、SANTA MONICA PUB LIBR（美国加州圣莫尼卡公共图书馆）、SIGNAL HILL PUB LIBR（美国加州信号山公共图书馆）、SOLANO CNTY LIBR（美国加州索拉诺郡图书馆）、SONOMA CNTY LIBR（美国加州索诺马郡图书馆）、TORRANCE PUB LIBR（美国加州托兰斯公共图书馆）、VENTURA CNTY LIBR（美国加州文图拉郡图书馆）、WATSONVILLE PUB LIBR（美国沃森维尔公共图书馆）、WOODLAND PUB LIBR（美国伍德兰公共图书馆）、

YOLO CNTY LIBR(美国约洛郡图书馆)、YUBA CNTY LIBR (美国尤巴郡图书馆)等等。

美国的公共图书馆、社区图书馆遍及全美每个社区,星罗棋布,高度发达的社区图书馆是美国社会的一个鲜明特征,也是每一个美国普通人进行文化活动的基本场所。它提供给社区各个层面的人群以不同的服务,如儿童可以把社区图书馆、公共图书馆当作放学后的安全之所,社区老人把它当作排解寂寞之处,成年人把它当作自我完善之地,就是大批来美国的新移民也把它当作融入美国社会的第一课堂。有学者统计,截至2011年在美国122101所各类型图书馆中,公共图书馆达到9 221所,约每18 400人就拥有1所图书馆。68%的美国人拥有公共图书馆的读者证,比持VISA卡的人数还多。美国公共图书馆每年接待约15亿人次到馆访问,人均年到馆5.1次,馆藏年总流通量227 754.9万册(件),人均年借阅馆藏7.7册(件)[①]。莫言《红高粱家族》进入美国公共图书馆系统,能够与普通美国人贴身接触,证明其传播范围之广,恐怕超过了此前任何一本中国图书,表明中国主题图书已经进入了美国主流社会,中国文化的影响已经深入美国民间。

三、对于中国出版走出去的启示

本文基于OCLC的书目数据,通过莫言中外文作品世界馆藏量和收藏图书馆的国家分布,粗线条地勾画除了莫言作品的世界影响地图,即莫言已出版的中外文作品中,英语作品馆藏数量最多,影响力也最大,而传播范围最广、认知度最高的国家地区仍然是美国、加拿大、澳大利亚等地区。莫言作品的法语、德语译作影响力并没有国人心目中的那么大,反倒是中国出版的中文作品在全世界馆藏数据的排名中有大幅提升。

梳理莫言作品获得世界影响的历程可以发现,莫言1986年出版中文版《红高粱家族》时,并没有引起海外的注意,1988年张艺谋改

① 徐大平:《美国公共图书馆发展现状及启示》,《图书馆建设》,2011年11期。

编自该部作品的电影《红高粱》获得柏林金熊奖之后，才有中国台湾洪范书店在当年出版了中文繁体版《红高粱家族》，两年后的1990年才有了这部作品的法文版，三年后的1993年才推出英文版、德文版。此后随着莫言作品翻译的不断增多，影响愈来愈大，并逐步获得一系列国际奖项，如2001年获得过法国"LaureBataillin外国文学奖"、2004年获得"法兰西文化艺术骑士勋章"之后，2005年获得意大利"NONINO国际文学奖"、2006年获得日本"福冈亚洲文化大奖"及美国"纽曼华语文学奖"等国外奖项。电影带动作品外译，外译作品影响逐渐扩大，最终获得诺贝尔文学奖，这是莫言作品走向世界的一个大致路径。

从进入全球30家以上图书馆收藏排名的64种作品出版时间来看，在1989年至2009年的十年间，其中经历两个出版高峰，一是1993年至1996年，一是2000年至2005年。这两个年度出版最多时间段正是莫言作品改编影视剧，或者获得一些国际性奖项最多时间。2000年达到年度出版7种，其次是1993年、2001年、2002年、2005年，分别是年度出版6种，再次是1992年、2003年、2004年，分别是年度出版5种。具体详见下图一：

图三:莫言中外文作品的出版走势

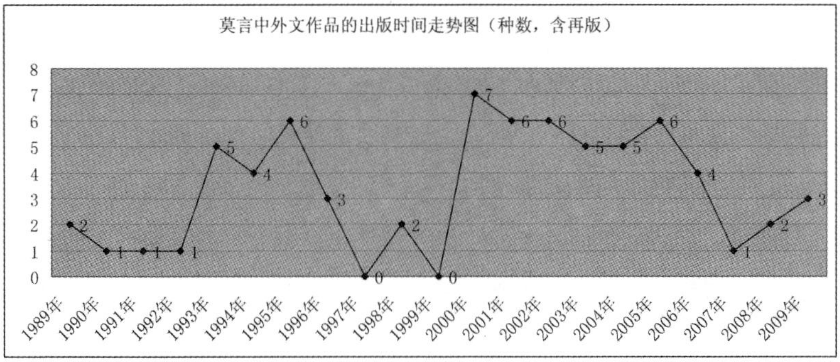

由于莫言作品改编的电影获得国际大奖的推动，才使其开始步入国际文坛，此后逐步获得了广泛的世界知名度，而维京出版社1993年出版的《红高粱家族》英文版，也是和这个时候广泛地进入美国社区图书馆、免费图书馆、大学图书馆系统的时间相吻合。

可见，莫言走向世界文坛路径的起点是从二十多年前的1990年开始的，截止至2012年获得诺贝尔文学奖，已经过去了22年，这差不多是一代人的时光。值得提出的是，从上文的梳理中可以发现，莫言尽管是中国本土作家，创作语言是中文，但获得世界级知名度的却是翻译成英文的少数作品，所获得的世界影响却不是由中国出版传媒所带来的，而是最先由电影带动，并借助世界出版巨头企鹅集团的影响才实现的。而这个目标的获得，就用了22年的时间。这对于中国出版人而言，除了承认中文还不具有英语那样强大的世界影响力之外，还有一丝无可奈何。因此，在现有世界文化格局中，中国出版走出去，要想获得预期的世界影响力，其实还有漫长的路要走。

莫言获诺贝尔文学奖的国外路线图

黄伟林　穆　莉

一、80 年代“徐福东渡”

1988 年，改编自莫言长篇小说《红高粱家族》的电影《红高粱》荣获第 38 届柏林国际电影节最佳故事片金熊奖，后又获诸多国际电影大奖。《红高粱》一时扬名四海，国际文坛的聚光灯开始投射在这位原著作者身上。莫言自己也坦言，“中国文学走向世界，张艺谋、陈凯歌的电影起到了开路先锋的作用。”[①]据日本汉学家谷川毅所说，“根据莫言的小说改编的电影在日本很受欢迎，他的小说也随之开始引起注意，所以，他进入日本比较早。……莫言几乎可以说是在日本代表着中国当代文学形象的最主要人物之一。”日本是世界上最早译介莫言作品的国家之一，1989 年就有井口晃翻译的《现代中国文学选集：莫言》一书出版，并很快再版。[②]

1989 年莫言的作品“徐福东渡”之际，一些港、台、旅外、华裔文学研究者和国外汉学家、文学研究者也开始向莫言投来注视的目光。

---

① 见《日本文学界只关注三位中国作家：莫言、阎连科和残雪》，《辽宁日报》2009 年 10 月 19 日。

② 刘江凯：《本土性、民族性的世界写作——莫言的海外传播与接受》，《当代作家评论》2011 年第 4 期。

1989年《当代作家评论》刊发了周英雄(香港)所著《红高粱家族演义》[①]一文。周英雄赞誉《红高粱家族》"可以称得上是近年来探讨中国历义、国民性格与文化的一项力作,其中探讨的问题足以令人一新耳目",在思想内涵上,"《红高粱家族》表现的是现代精神,使用的也不乏现代技巧"。同年,著名英文刊物《中国现代文学》(*Modern Chinese Literature*),后更名为《现代中国文学与文化》(*Modern Chinese Literature and Culture*)和《中国文学》(*Chinese* Literature)上分别刊登了周英雄所著的文章《红高粱家族的浪漫》[②]和刘毅然所著的文章《我所知道的作家莫言》[③]。对中国当代诗歌的法译深有造诣的著名法国汉学家尚德兰也在此年发表了《莫言"红高粱"》一文[④]。

二、90年代"融入了世界文学地图"

1994年,荣膺诺贝尔文学奖的日本作家大江健三郎在致领奖辞时,特别提到"由于共同分享着古老、熟悉而同时又是鲜活的诸隐喻,这些形象系统把我同韩国的金芝河、中国的郑义(Chon I)和莫言(Mu Jen)紧密地结合在一起。"[⑤]

除了影视传媒的推动作用,莫言作品的英语译者也不可不提,他就是夏志清称为"公认的中国现当代文学之首席翻译家——不仅'首席',甚至几乎唯一"的美国汉学家、翻译家葛浩文。[⑥] 1993年由美国

---

① 周英雄:《红高粱家族演绎》,《当代作家评论》,1989年第4期;据张书群的《最早的〈莫言研究资料〉校读札记》(《文艺争鸣》2012年第08期)一文所论,《红高粱家族演义》原"节选自七十七年(即1988年)八月十七——廿三日《中时晚报·时代副刊》(台湾)"。

② Modern Chinese Literature 5,1 (1989):33—42。转引自刘江凯:《本土性、民族性的世界写作——莫言的海外传播与接受》,《当代作家评论》,2011年第4期。

③ Chinese Literature(Winter 1989):32—42。转引自刘江凯:《本土性、民族性的世界写作——莫言的海外传播与接受》,《当代作家评论》,2011年第4期。

④ In La Litterature chinoise contemporaine, tradition et modernite: colloque d' Aix-en-Provence, le 8 juin 1988. Aix-en-Provence: Publications de l' Universite de Provence, 1989, 11—13。转引自刘江凯:《本土性、民族性的世界写作——莫言的海外传播与接受》,《当代作家评论》,2011年第4期。

⑤ Kenzabur6 Oe, "Japan, the Ambiguous, and Myself: Nobel Lecture 1994"/ (© The Nobel Foundation, 1994), *World Literature Today*, 1995, No. 1, Vol. 69。转引麦永雄:《自诺贝尔文学奖视域中的大江健三郎与莫言》,桂林市教育学院学报(综合版),1999年第2期。

⑥ 赋格、张健:《葛浩文:首席且惟一的"接生婆"》,《南方周末》2008年3月26日。

维京出版社出版的英译版《红高粱》(Mo Yan, *Red Sorghum*. Viking, 1993. 357 pp. Published Simultaneously in Great Britain by Heinemann. Penguin Modern Classic, 1994)就是出自葛浩文的手笔，从此之后葛浩文与莫言建立了长期的合作关系。2000年3月，莫言在美国科罗拉多博尔德校区演讲时说："如果没有他杰出的工作，我的小说也可能由别人翻成英文在美国出版，但绝对没有今天这样完美的译本。许多既精通英语又精通汉语的朋友对我说：葛浩文教授的翻译与我的原著是一种旗鼓相当的搭配，但我更愿意相信，他的译本为我的原著增添了光彩。葛浩文教授不但是一个才华横溢的翻译家，而且还是一个作风严谨的翻译家，能与这样的人合作，是我的幸运。"①

90年代开始，莫言的诸多作品开始被译为法语、英语、韩语、日语、希伯来语、意大利语、德语、瑞典语、西班牙语、挪威语等多国语言。②《红高粱》法语版(1990年)和英语、德语版(1993年)一经推出，就引起了欧美世界的巨大反响，"红高粱"一时开遍大洋彼岸。1992年美国著名教授、福克纳研究专家M. T. 英吉所著的《莫言和福克纳：影响和汇合》③一文，从作品叙事技巧、思想内容及作家背景几方面对福克纳和莫言进行了双向比较，并着重对莫言的几篇作品进行了剖析。英吉教授的文章后在美国《福克纳学刊》上发表，进一步使莫言受到了海外学术界的关注。

仅1993年这一年，就涌现出数量可观的港、台、海外华裔研究者和外国评论家的研究和评论文章，1993年堪称"红高粱年"。如朱玲(Zhu, Ling)《一个勇敢的世界？红高粱家族中的"男子气概"和"女性化"的构建》(A Brave New World? On the Construction of "Masculinity" and "Femininity" in The Red Sorghum Family)④，王德威《想象的怀乡：沈从文，宋泽莱，莫言和李永平》(Imaginary

---

① 莫言：《美国演讲两篇》，《小说界》，2000年第5期。

② 1989年—1999年莫言作品在海外的译介情况详见附录(二)。

③ [美]M·托马斯·英吉/金衡山编写：《外国文学动态》，1993年第5期。

④ Lu Tonglin, ed. Gender and Sexuality in Twentieth-Century Chinese Literature and Society Albany: SUNY Press, 1993, 121－134。转引自刘江凯：《本土性、民族性的世界写作——莫言的海外传播与接受》，《当代作家评论》，2011年第4期。

Nostalgia: Shen Congwen, Song Zelai, Mo Yan, and Li Yongping)[①], 杜迈克(Duke, Michael)《莫言一九八〇年代小说中的过去、现在与未来》(Past, Present, and Future in Mo Yan's Fiction of the 1980s)[②], Lu, Tonglin《红蝗: 逾越限制》(Red Sorghum: Limits of Transgression)[③]等等。

90年代初以来海外学术界对莫言的关注,标志着莫言的创作已经开始、并且越来越得到世界文学界的注意与认可。对此,钟志清和刘绍铭都在1993年著有文章予以论述。

钟志清在其编写的《英美评论家评〈红高粱〉》[④]中列举了《纽约时报书评》《伦敦图书评论》《文学评论》等三家报刊对《红高粱》的评论文章,其中《纽约时报书评》说:"莫言把高密东北乡安全地放到了世界文学的版图之上。"

刘绍铭在《入了世界文学的版图——莫言著作、葛浩文译文印象及其他》[⑤]中,赞誉英译《红高粱》的出版"由于原著、译者和出版社三方结合配搭得宜,堪称近年英译中国文学一大盛事","以想象之奇、风格之诡异、文字之澎湃,令译者不得不使出浑身解数去应付的,只有《红高粱》一部"。刘绍铭还引用了M.托马斯·英奇教授的一篇书评。

三、史诗一般的小说(Epic Novel)

"莫言是世界级的作家,可能是老舍、鲁迅以来最有前途的中国

---

① In Ellen Widmer and David Wang, eds, From May Fourth to June Fourth: Fiction and Film in Twentieth-Century China, Cambridge: Harvard UP, 1993, 107－132。转引自刘江凯:《本土性、民族性的世界写作——莫言的海外传播与接受》,《当代作家评论》,2011年第4期。

② In Ellen Widmer and David Wang, eds. , From May Fourth to June Fourth: Fiction and Film in Twentieth-Century China, Cambridge: Harvard UP, 1993, 295－326。转引自刘江凯:《本土性、民族性的世界写作——莫言的海外传播与接受》,《当代作家评论》,2011年第4期。

③ In X. Tang and L. Kang, eds. Politics, Ideology, and Literary Discourse in Modern China: Theoretical Interventions and Cultural Critique。Durham: Duke UP, 1993, 188－208。转引自刘江凯:《本土性、民族性的世界写作——莫言的海外传播与接受》,《当代作家评论》,2011年第4期。

④ 钟志清编写:《英美评论家评〈红高粱〉》,《外国文学动态》,1993年第4期。

⑤ 刘绍铭:《入了世界文学的版图——莫言著作、葛浩文译文印象及其他》,《作家》,1993年第8期。

作家。但这二位前辈的文学才华却不如莫言。英译《红高粱》的出现是英语文学(English Language Literature)一大盛事,由此可预见中国小说在 21 世纪的活力和影响力。”

对英奇教授的溢美之词,刘绍铭采取了审慎态度,但仍由此对中国当代小说寄予了殷切希望,“希望本行由此书的带动出现生机”。

四、新世纪“属于像莫言这样的中国作家”

新世纪以来,除了莫言的诸多新作品被翻译成 90 年代就有译本的语言外,越南语的译作也陆续出现。莫言的作品在越南引起了很大的反响,被称作“莫言效应”。有越南学者指出:“在一些书店,中国文学书籍甚至长期在畅销书排行榜占据重要位置。而在这些文学作品中,莫言是一个引人注目的代表性作家,其小说在中国作家中是较早被翻译成越南语的,并很受越南读者的欢迎。”“根据越南文化部出版局的资料显示,越文版的《丰乳肥臀》是 2001 年最走红的书,仅仅是位于河内市阮太学路一百七十五号的前锋书店一天就能卖三百多本,营业额达零点二五亿越南盾,创造了越南近几年来图书印数的最高纪录。”① 越南著名诗人、批评家陈登科评论道:“我特别喜欢莫言的作品,尤其是《丰乳肥臀》与《檀香刑》两部小说。莫言无疑是当今世界上最伟大的作家之一。”据不完全统计,2004 年到 2010 年之间莫言作品的越语译本就已达到 15 种之多。②

在法国,莫言是出版译著最多的中国作家,并且被称为“最受法国读者欢迎的中国作家”。③ 1993 年—2009 年之间莫言作品的法语译本共有 15 种。

2001 年《酒国》(法译版)获法国“儒尔 · 巴泰庸外国文学奖”,授奖词是:由中国杰出小说家莫言原创、优秀汉学家杜特莱翻译成法文

---

① 〔越〕陶文琉:《以〈丰乳肥臀〉为例论莫言小说对越南文学的影响》,资料来源见“中国文学网”http://www.literature.Org.cn/Article.aspx? ID = 33785。转引自姜智芹:《他者的眼光:莫言及其作品在国外》,《中国海洋大学学报》(社会科学版),2006 年第 2 期

② 2000 年—2010 年莫言作品在海外的译介情况详见附录(三)。

③ 见《莫言、李锐:“法兰西骑士”归来》,《新京报》2006 年 11 月 11 日。

的《酒国》，是一个空前绝后的实验性文本。其思想之大胆，情节之奇幻，人物之鬼魅，结构之新颖，都超出了法国乃至世界读者的阅读经验。这样的作品不可能被广泛阅读，但却会为刺激小说的生命力而持久地发挥效应。

至2004年"第24届法国图书沙龙"期间，莫言除了《丰乳肥臀》《藏宝图》《爆炸》《铁孩》4本新译介的作品，1993年的《十三步》《酒国》《透明的红萝卜》《红高粱》又都出版了简装本，书展上还同时有八九本作品展出。在这次书展上，莫言成为沙龙的焦点人物之一，受到法国读者的格外青睐。《世界报》《费加罗报》《人道报》《视点》《读书》和《新观察家》等法国重要报刊都对他作了采访和评论。

《人道报》在2004年3月18日发表了一篇题为《莫言：饥饿的农民，渴求真理的作家》的专访报道文章，将莫言誉为是"中国当代文学的一员悍将"。同年莫言被授予"法兰西艺术与文学骑士勋章"，授奖词是："您写作的长、短篇小说在法国广大读者中已经享有名望。您以有声有色的语言，对故乡山东省的情感、反映农村生活的笔调、富有历史感的叙述，将中国的生活片段描绘成了同情、暴力和幽默感融成一体的生动场面。您喜欢做叙述试验，但是，我想最能引起读者兴趣的还是您对所有人物，无论是和您一样农民出身的还是您所描写的干部，都能够以深入浅出的手法来处理。我很荣幸地授予您艺术与文学骑士勋章。"①

在日本，《丰乳肥臀》日文版(1999)出版发行后，曾一度出现了"莫言旋风"。2004年底莫言访问日本时，引起日本公众媒体的广泛关注，《文学界》《文艺春秋》《朝日新闻》《读卖新闻》等十多家报刊对他做了专访，日本放送协会(NHK)制作了"莫言文学"特辑的电视节目，并引起英国BBC广播电台的关注，对他的日本之行做了采访。②

同年，经日本汉学家谷川毅和中国诗人田原共同策划，日语杂志《火锅子》上开设了"华语文学人物"专栏，翻译并介绍中国当代文学的代表作家、诗人、评论家的作品。截至《火锅子》76号，总共介绍了

---

① 陈曦：《法国读者视角下的莫言》，《吉林教育学院学报》，2008年第5期。

② 姜智芹：《他者的眼光：莫言及其作品在国外》，《中国海洋大学学报》(社会科学版)，2006年第2期。

包括莫言在内的52位中国作家、15位中国诗人和7位中国评论家。

2006年莫言荣获日本第17届福冈亚洲文化奖。

2007年12月，日本中国当代文学研究会出版了《中国新时期文学日译一览》一书，其中网罗了从1976年至2007年6月之间所有在日本出版的中国当代文学作品。收录的项目多达2652条，刊载作家486位。其中作品超过十部的作家依照作品的多少依次被排列如下：

1 莫言(54)
2 残雪(46)
3 王蒙(41)
4 铁凝(35)
5 史铁生(25)
6 阿城(24)
7 金庸、张系国、乌热尔图(22)
8 刘心武(20)
9 苏童(18)
10 王安忆、王晓声、扎西达娃、拓拔斯·塔玛匹玛(16)
11 王曾琪、高缨(14)
12 冯骥才、朱天文(13)
13 迟子建、郑义、彭见明(12)
14 高行健、贾平凹、格非、陆文夫(11)
15 余华、张贤亮、陈若曦、赵本夫、李冯、谌容、张抗抗(10)

谷川毅认为，莫言为日本读者所推崇的原因在于，“莫言的作品可以说同时拥有让中国专家赞叹的深度和满足一般读者的娱乐性。”：“第一点是奇特的状况设定。从不断轮回的动物观点描写世上各种变幻的《转生梦现》(《生死疲劳》)，通过中国的处刑描述清末宫廷的《檀香刑》；以及对女性乳房异常执著的男性为主人公描述动荡历史的《丰乳肥臀》等，这些日本人所不曾有过的构思首先获得了日本读者的注意；再来让人目眩的故事令读者爱不释手，还有悲惨中不忘幽默和批判精神的口吻。”

同时,“莫言的作品当中也包含所谓‘中国式的怪诞’(中国非文化的野蛮要素)的要素。这是日本人在论述中国文学时(从古典文学至当代文学)无法排除的一个重要因素”①。

莫言在其他国家也拥有着广泛的读者群。在2005年5月韩国汉城举办的第二届国际文学论坛上,莫言被盛誉为“不仅在中国拥有广大的读者,在海外也是中国最有才气和趣味的作家之一”。中东国家以色列也很关注莫言,以色列著名的政治评论员、知名记者阿基瓦·埃达曾于2001年对莫言进行了深度采访,其夫人埃米尔将莫言的小说《枯河》译成了希伯来文,另外《红高粱家族》《天堂蒜薹之歌》也先后被译成希伯来文。②

莫言也吸引了当今许多海外著名作家的注目。上文多次提及的日本著名作家大江健三郎(1994年诺贝尔文学奖获得者)即是其中之一。大江健三郎对莫言评价甚高,曾说:“21世纪的文学就是属于像莫言这样的中国作家”,“要是让我来选诺贝尔文学奖获奖者,我就选莫言。”③两位作家实际上在会面之前就已经神交有十数年之久,早在上个世纪80年代大江就在他的教学、讲演中多次提到莫言和《红高粱》,而莫言也反复阅读了大江的作品。2000年9月,大江健三郎应中国社会科学院外国文学研究所邀请来华访问,两位作家第一次见面。2002年,大江健三郎再次来华时曾专程探访莫言在山东高密东北乡的老家。④ 2005年在中国出版的《我在暧昧的日本》⑤中收录2002年大江健三郎与莫言的多次交流谈话,这位日本作家称莫言为“文学的同路人”,认为他“用自己的文学支撑着中国”。凭着文学志趣上的契合和相互欣赏,两位作家结下了深厚的友谊,此后又在多种场合相互提及。

---

① 谷川毅:《中国当代文学在日本》,《中国图书评论》,2011年第5期。

② 姜智芹:《他者的眼光:莫言及其作品在国外》,《中国海洋大学学报》(社会科学版),2006年第2期。

③ Kenzaburo Oe, Ruchard Bernstein, Amy Tan Loma Williams. etc. Press Reviews on Mo Yan's Works, http://www. Arcade 2pub. com/ Book/ index. cfm. GCOI = 55970100309310 &fa = re2 views/ 10052128。转引自转引麦永雄:《自诺贝尔文学奖视域中的大江健三郎与莫言》,桂林市教育学院学报(综合版),1999年第第2期。

④ 《诺奖得主大江健三郎等莫共饮——缘起《红高粱》两人神交已有十数年》,《华西都市报》2012年10月13日。

⑤ [日]大江健三郎,王中忱、庄焰等译:《我在暧昧的日本》,南海出版社,2005年11月版。

2007年，莫言与多次获诺贝尔文学奖提名的以色列作家阿摩司·奥兹在北京国子监街留贤馆会面，这是奥兹本次访华行程中唯一的一次与中国作家之间单对单的交流。奥兹十分欣赏莫言在《红高粱》中的战争片段描写，称"我们都曾经是军人，但是时至今日，我从来也没有一部作品描写战争，描写军旅生涯。而您却成功地描写了军旅生活，这一点确实令人羡慕。"奥兹说，"这场谈话，分分秒秒都令我感到愉悦。"①

2008年北京歌德学院组织了一次著名的德国国宝级作家马丁·瓦尔泽(Martin Walser)与慕尼黑的美丽艺术院长迪特·波尔西迈耶(Dieter Borchmeyer)教授跟著名的中国作家莫言的会谈。2009年的9月莫言接受巴伐利亚美丽艺术学院的聘请，成为该学院院士，成为美丽艺术学院几百年历史上首位受聘为院士的中国作家。

2009年德国举办以中国作为主宾国的法兰克福国际书展，其间莫言也是备受注目的中国作家之一。会后德国作家马丁·瓦尔泽与莫言在慕尼黑进行了一次面谈，两位异国的作家互相尊重，对各自的作品都极为赞扬。瓦尔泽把莫言跟乔伊斯的《尤利西斯》、斯威夫特的《格列佛游记》等世界文学经典相联系，认为莫言的小说是世界文学的一个组成部分；同时瓦尔泽也指出，莫言的小说增进了世界对中国的了解："莫言小说里面有'真实性的诗意'，因为莫言写的那些故事是永久的。这些故事的来源是在现实当中还继续存在的传统，结果，读者认为通过看这一本小说可以更加了解中国，比看任何一种符合我们国家正统的，有关中国的报道了解得多得多。"②

同年德国作家马丁·瓦尔泽荣获"21世纪年度最佳外国小说"奖。③ 瓦尔泽赴京领奖期间在北大作演讲，他的演讲词中也多有对莫言的赞赏之辞：

---

① [日]大江健三郎，王中忱、庄焰等译：《我在暧昧的日本》，南海出版社，2005年11月版。

② 魏格林：《沟通和对话：德国作家马丁·瓦尔泽与莫言在慕尼黑的一次面谈》，《上海文学》2010年第3期。

③ 由人民文学出版社和中国外国文学学会联合主办的"21世纪年度最佳外国小说"自2001年首届至今已成功举办了8届，共有17个国家51部优秀外国作品获奖。其中，法国作家勒克来齐奥在领取该奖9个月后，就获得了2008年诺贝尔文学奖。而另一位诺贝尔文学奖得主大江健三郎因其新作《优美的安娜贝尔·李寒彻颤栗早逝去》获得第7届"微山湖奖"。

> 乌托邦是小说的命根子：它想让读者理解所有在小说中行动和遭受痛苦的人。也就是所有的人。陀思妥耶夫斯基做到了这点。说一个离大家更近的作家：莫言也做到了。莫言小说中的每个人物都是一部史书，一部故事集。我还没见过哪位作家描述当下的情节的时候同时讲述这么多历史。这就是作为资讯的文学。我不想妄下断言，但是我敢说，今天谁想写中国的事情，谁就最好先读读莫言。[①]

新世纪以来，《酒国》《丰乳肥臀》《檀香刑》《生死疲劳》等小说的各国译本引起了世界读者的巨大反响，甚至超过了通过电影媒介首先引起关注的“红高粱系列”。旅外华人、华裔学者和各国汉学家纷纷投来注视的目光。

2000年《当代世界文学》(*World Literature Today*)出版了莫言评论专辑，共发表了七篇讨论莫言作品的文章[②]，其中包括 Chan, Shelley W《从父性到母性：莫言的红高粱〉与〈丰乳肥臀〉》(From Fatherland to Motherland: On Mo Yan's "Red Sorghum" and "Big Breasts and Full Hips")；葛浩文《禁食》(Forbidden Food: "The Saturnicon" of Mo Yan)；托马斯·英奇(Inge, Thomas M)《西方人眼中的莫言》(Mo Yan Through Western Eyes)；王德威《莫言的文学世界》(The Literary World of Mo Yan)等四篇研究文章，以及2000年莫言在美国加州大学伯克利校区的演讲《我在美国发表的三部作品》(My Three American Books)[③]等等。

王德威的《莫言的文学世界》[④]一文对《酒国》中的历史空间建构作了精彩解析。他通过《红高粱》《天堂蒜薹之歌》《十三步》《酒国》《丰乳肥臀》五部小说，分析了莫言小说中悖反于主流宏大叙事的历史想象空间的建构。他认为莫言作品中的“历史空间”不完全等同于

---

① 《马丁·瓦尔泽：小说是为当代现实撰写历史》，搜狐读书频道，2009年12月17日。

② [美]葛浩文著：《莫言作品英译本序言两篇》，吴耀宗译，《当代作家评论》，2010年第2期。

③ *World Literature Today* 74,3 (Summer 2000)。转引自[美]葛浩文著：《莫言作品英译本序言两篇》，吴耀宗译，《当代作家评论》，2010年第2期。

④ Wang David Der-wei, 'The Literary World of Mo Yan', *World Literature Today* 74,3 (summer 2000): 487—94。转引自[美]葛浩文著：《莫言作品英译本序言两篇》，吴耀宗译，《当代作家评论》，2010年第2期。

传统的时空、历史和原乡这样的地方概念。"'历史空间'指的是像莫言这样的作家如何把线性的历史叙述和想象构成一个三维空间，他们如何把具体的人、事件和地方变成流动的、千变万化的历史坐标。"他说，"在中国共产党的艺术和政治理论中，'历史'一直都是一个核心问题。在三十多年的'毛式'话语影响下，出现了一种源于'毛式'革命话语的改编的话语形式，在其中'历史'一直被当作一个不容置疑的客观存在。"莫言在创作上则是在自己个人天才建构中的文学历史空间里，随意编造事件和人物。在《十三步》中作者更是把历史的空间转移到了城市，转移到了那个笼子中的"胡言乱语"的疯子身上。在这个想象的空间里，莫言可以恣意妄为地叙述故事，尤其是奇怪灵异事件，而这正是传统民间文学中的艺术技法。在从"官方历史"转向"民间历史"的同时，莫言也就实现了他的民间立场。

汉学家葛浩文在《莫言〈丰乳肥臀〉英译本导言》[①]中激赏这部小说"是一场丰盛的文学盛宴。莫言几乎将整个20世纪涵盖其中，以无畏的毅力和热情描述了中国社会的历史发展，它是展现作者独特风格的文学经典。"葛浩文指出《丰乳肥臀》能吸引世界读者的瞩目是因为莫言"惯于运用民间信仰、奇异的动物意象及不同的想象性叙事技巧，和历史现实（国家和地方性的、官方和流行的）混为一体，创造出独特的文学，唯一令人满意的文学。这些作品具有吸引世界目光的主题和感人肺腑的意象，很容易就跨逾国界。"在《莫言〈酒国〉英译本序》[②]一文中葛浩文说，"这部小说充满了爆炸力，其暴露嘲讽'文化大革命'后中国之政治结构或中国人在饮食上之持久沉耽，既妙趣横生又怨恨流露，在当代文学中并不多见；而结构之新颖独创，更鲜有能望其项背者。"

2000年以来海外研究刊物上发表的研究莫言作品的文章还有：钟雪萍（Zhong，Xueping）《杂种高粱和寻找男性阳刚气概》（Zazhong gaoliang and the Male Search for Masculinity，In *Masculinity Besieged Issues of Modernity and Male Subjectivity in Chinese*

---

① ［美］葛浩文著：《莫言作品英译本序言两篇》，吴耀宗译，《当代作家评论》，2010年第2期。

② 同上。

Literature of the Late Twentieth Century, Durham: Duke UP, 2000,119—149.);陈建国(Chen Jianguo)《幻想逻辑:出没于当代文学想象中的鬼魂》(The Logic of the Phantasm: Haunting and Spectrality in Contemporary Chinese Literary Imagination, *Modern Chinese Literature and Culture* 14,1〈Spring 2002〉):231—265;该文同时分析莫言、陈村、余华的作品);Stuckey, G. Andrew《回忆或幻想?红高粱的叙述者》(Memory or Fantasy? Honggaoliang's Narrator, *Modern Chinese Literature and Culture* 18, 2 (Fall 2006):131 — 62);蔡荣(Cai, Rong)《外来者的问题化:莫言〈丰乳肥臀〉中的父亲、母亲与私生子》(Problematizing the Foreign Other: Mother, Father, and the Bastard in Mo Yan's "Large Breasts and Full Hips", *Modern China* 29,1(Jan. 2003):108－37);Guptak, Suman《李锐、莫言、阎连科和林白:中国当代四作家访谈》(Li Rui, Mo Yan, Yan Lianke, and Lin Bai: Four Contemporary Chinese Writers Interviewed. *Wasafiri* 23,3〈2008:28－36〉)[①]等等。除了学术期刊外,著名的《哥伦比亚东亚文学史》中国文学部分也有论述莫言的篇章:伯佑铭(Braester, Yomi)《莫言与〈红高粱〉》(Mo Yan and "Red Sorghum", *Columbia Companion to Modern East Asian Literatures*. NY:Columbia UP,2003,541－45.)[②]

美国北卡罗来纳大学乐钢教授在一篇评论文章中称《酒国》有"跨时代的意义":

> 莫言只要好好写下去,是有可能获诺贝尔文学奖的。所以,若要讲《酒国》在现代汉语小说中的地位,考虑到时下的潮流可是各领风骚三五年,而它又未曾在学术圈外真正风骚过,这就从反面预示了《酒国》是一部无法以三五年为时尚标记的奇书。这样的评价已经接近'划时代'的意思了。[③]

---

① 转引自刘江凯:《本土性、民族性的世界写作——莫言的海外传播与接受》,《当代作家评论》,2011年第4期。

② 乐钢:《以肉为本,体书"莫言"》,《今天》2000年第4期。

③ 同上。

除了上述国内外学术界的各种赞许与评述，亦不乏预测莫言可能会成为诺贝尔文学奖得主的评论声音：《华盛顿邮报》专职书评家乔纳森·亚德利（Jonathan Yardley）评价《丰乳肥臀》："此书处理历史的手法，让人联想起不少盛名之作，如拉什迪的《午夜的孩子们》和加西亚·马尔克斯的《百年孤独》，他认为此书也许是莫言的成功良机，或可令他获得诺贝尔文学奖的青睐。[①]《华盛顿图书邮购大世界》持相同看法，认为"这部长篇巨著有 500 余页，几乎跨越了整个 20 世纪，是莫言获得诺贝尔文学奖的机会。"[②]

莫言的创作之路在新时期回暖的季候中启程，从 80 年代末开始走出国门、扬帆远航，手捧着炙热的高粱种子，看盛开的红高粱蒸腾起绯色的氤氲，似乎樱花羞赧于自己的苍白纷纷落下，自由女神像也抹上甜蜜的胭脂，殷红的胶东血气僭润了莱茵河畔的雾色，猫腔的调子唱和着沙漠中的驼铃，他的航行地图越绘越广。他不是第一个出发的人，却是第一个踏上诺贝尔领奖台的本土作家。这条"新航道"已经开启，我们相信，中国文学与世界，在这里还会有更精彩的际遇。

附录：

附录(一)莫言主要作品统计列表[③]

	作品名	出版社(期刊名)	出版时间(期刊号)
(长篇)1	《红高粱家族》	解放军文艺出版社	1987 年
		范洪书店(台湾)	1988 年
		人民文学出版社(百年百种优秀中国文学图书)	2000 年
		山东文艺出版社(东岳书库)	2002 年

① 见《莫言、李锐："法兰西骑士"归来》，《新京报》，2006 年 11 月 11 日。

② Alison Block：The Washington Post' s Book World，http：// www. Amazon. com/ exec/ obidos / ASIN/ 1559706724/ ref%3Dnosim/ seal2 arksgoodbook/ 1032133794822915821/ 200521217，转引自姜智芹：《他者的眼光：莫言及其作品在国外》，《中国海洋大学学报》(社会科学版)，2006 年第 2 期。

③ 该表所显示的仅为本文中以及所涉及的国内外研究、译介作品。序号按照长篇小说、中短篇小说的体裁先后排列，同一体裁作品按最早出版的时间排列。中短篇小说表只显示发表该作品的期刊名和期刊号。

续表

	作品名	出版社(期刊名)	出版时间(期刊号)
2	《透明的红萝卜》	新地出版社(台湾)	1987年
		林白出版社(台湾)	1989年
		山东文艺出版社(东岳书库)	2002年
3	《天堂蒜薹之歌》	范洪书店(台湾)	1989年
		北京师范大学出版社(修订版《愤怒的蒜薹》)	1993年
4	《十三步》	作家出版社(《文学四季》1988年冬之)	1989年
		洪范书店(台湾)	1990年
		《春风文艺出版社》	2003年
5	《酒国》	洪范书店(台湾)	1992年
		湖南文艺出版社	1993年
		南海出版公司(第二版)	2000年
6	《食草家族》	花山文艺出版社	1992年
		华艺出版社	1993年
		麦田出版社(台湾)	2000年
7	《丰乳肥臀》	作家出版社	1995年
		洪范书店(台湾)	1996年
		中国工人出版社(增补修订版)	2003年
8	《会唱歌的墙》	人民日报出版社(散文集)	1998年
		麦田出版社(台湾)	2000年
9	《红树林》	海天出版社	1999年
		上海文艺出版社	2009年
10	《檀香刑》	作家出版社	2001年
11	《拇指铐》	山东文艺出版社(东岳书库)	2002年
		江苏文艺出版社	2003年
12	《四十一炮》	春风文艺出版社与台湾洪范出版社共同推出	2003年
13	《生死疲劳》	作家出版社	2006年

续表

	作品名	出版社(期刊名)	出版时间(期刊号)
14	《蛙》	上海文艺出版社	2009年
(中短篇)15	《枯河》	《北京文学》	1985年第8期(获该刊本年度优秀小说奖)
16	《爆炸》	《人民文学》	1985年第12期
17	《红高粱》	《人民文学》	1986年第3期(《小说选刊》、《中篇小说选刊》、《新华文摘》同年转载,获当年全国优秀中篇小说奖)
18	《筑路》	《中国作家》	1986年第2期
19	《欢乐》	《人民文学》	1987年第1—2合期
20	《红蝗》	《收获》	1987年第3期
21	《生蹼的祖先》	《长河》	1988年10月(创刊号)
22	《白棉花》	《花城》	1991年第5期(《中篇小说选刊》1992年第1期转载)
23	《怀抱鲜花的女人》	《人民文学》	1991年第7、8合期
24	《战友重逢》	《长城》	1992年第6期
25	《拇指铐》	《钟山》	1998年第1期(《小说选刊》转载)
26	《牛》	《东海》	1998年第6期(《小说选刊》第9期、《小说选刊》第9期转载)

续表

	作品名	出版社(期刊名)	出版时间(期刊号)
27	《师傅越来越幽默》	《收获》	1999 年第 2 期
28	《藏宝图》	《钟山》	1999 年第 4 期
29	《变》	《小说选刊》	2009 年第 11 期

附录(二)1989 年—1999 年莫言作品翻译统计列表

(作品名参见附录(一)序号的对应作品名)①

	法语	英语	韩语	日语	希伯来语	意大利语	德语	瑞典语	西班牙语	挪威语
1990 年	3;1									
1992 年				23					17	
1993 年	8;2	17	2				1			
1994 年		17			17					
1995 年	4	3;17					1			17
1996 年		3		5						
1997 年							3	17		
1998 年							3	17		
1999 年				7						

附录(三)2000 年—2010 年莫言作品翻译统计列表

(作品名参见附录(一)序号的对应作品名)②

	法语	越南语	英语	韩语	日语	意大利语	波兰语	西班牙	德语	瑞典语
2000 年	5;2		5							
2001 年			3							3

① 表格数据依据刘江凯:《本土性、民族性的世界写作——莫言的海外传播与接受》,《当代作家评论》,2011 年第 4 期,个别作品因无法确定中文原名保留空白;出于篇幅考虑作品名以代号表示(参见附录(一)中的作品序号);除上表记录外,国外译介的莫言作品还有:《飞鸟》《夜渔》《神嫖》《翱翔》《地震》《铁孩》《灵药》《渔市》《良医》分别发表于马来西亚《南阳商报》《星洲日报》,台湾《中国时报》《联合文学》,1991 年;《莫言选集》(日语,1989 年、1990 年);《来自中国之村(莫言短篇小说选)》(日语,1991 年);《养猫专业户及其他故事》(意大利语,1997 年);中短篇小说集《枯河》(德语,1997 年)。

② 表格数据依据刘江凯:《本土性、民族性的世界写作——莫言的海外传播与接受》,《当代作家评论》,2011 年第 4 期,个别作品因无法确定中文原名保留空白。出于篇幅考虑作品名以代号表示(参见附录(一)中的作品序号);《最幸福的时刻(莫言短篇选集)》(日语;2002 年);《白狗秋千架(莫言短篇自选集)》(日语,2003 年);《铁孩》(法语,2004 年);《养猫专业户及其他故事》(意大利语,2008 年);《中国当代短篇小说集(莫言,阿来,叶兆言,李冯)》(德语,2009 年)。

续表

	法语	越南语	英语	韩语	日语	意大利语	波兰语	西班牙	德语	瑞典语
2002 年		7	27			7			5	
2003 年		9		10	10;17					
2004 年	7;16;28;4	12;10;5	7							
2005 年	7		7			17;10			5	
2006 年	10;27	21;1			12	7	5			
2007 年	19;8	7;13;12		3;1;6		10	7		1	
2008 年	12;3	26;20;22;18	13	12;3	13					
2009 年	10;13	24				13		17	3;10;13	
2010 年		14	29							

莫言在日本的译介

朱　芬

无论是作为莫言海外传播研究的一部分，还是作为中国当代文学在日本的一个个案研究，莫言在日本的译介问题都存有很大的研究空间和研究价值。目前，莫言日本译介方面的研究大都作为海外研究的一部分，[①]专门研究中，笔者仅见一篇发表在《文艺报》上的《莫言作品在日本》，[②]此外还有一些新闻媒体曾对莫言日译者进行过采访。

一、莫言作品在日本的译介历程

总体而言，国内对莫言日本译介的研究尚停留在远观阶段，本文试图在前人基础上将镜头推得更近一些，较为深入地考察日本译介日本译介莫言的几个阶段和主要力量，首先我们结合日本译介莫言的文献资料，如译后记、访谈、评论等，揭示日本译介莫言的"实况"。日本译介莫言近30年(1986年～至今)的历程大体可分为以下四个阶段：

① 参见刘江凯：《本土性、民族性的世界写作———莫言的海外传播与接受》，《当代作家评论》2011年第4期；宁明：《莫言海外研究述评》，《东岳论丛》2012年第6期。

② 见卢茂君：《莫言作品在日本》，《文艺报》2012年第11月14日第7版。

(一)早于西方的发端阶段与中短篇译介阵地之文学期刊一般认为,《透明的红萝卜》是莫言成名之作,日本对莫言的关注也起步于这部作品。

《透明的红萝卜》1985 年春在《中国作家》第 2 期上发表,很快日本的中国文学研究者近藤直子(1950—　)于 1986 年 4 月在日本杂志上发文,从文学角度对该小说进行了解读:"莫言细腻笔尖描绘出的不是世界本身,而是(观察世界的)眼镜。世界这个谜团,并不在世界那一侧,而在观察者这一侧。读者借着莫言观察世界的眼镜,可以从'文化大革命'时期农村某个孤独的工地现场的风景中,看到一场闪耀的感官盛宴。"对于"黑孩"这一人物,近藤认为"少年通过埋头于作为现在的'彼处',抗拒回到作为过去的'此处',抗拒回到他自己。对于少年而言,'此处'已然幻灭。……通过抗拒,获得了不可思议的清澈的原初视线。少年看到的不是世界中的什么,他自己即在世界的生成当中,那里既没有过往的投影,也没有历史的帷幕。一切仿佛都是新生般鲜活,等着他去看,去听,去碰触。……无条件接受所见一切,少年的眼中,红萝卜显现了被隐匿的全部,是最华丽光辉的答案。"[①]最后的总结是:"如果说这种消退过往的无条件视线是种幻想,那么《透明的红萝卜》的确是幻想作品。但这透明的幻想之眼,是想再次揭示封存于每个人内心的、世界原本的幻想性。'文化大革命'后,重新叩问'看'之内涵的作品中,莫言这枚透明的'窥视镜',给人印象特别深刻,应该说是一次有意识的尝试吧。"[②]

近藤比较关注中国先锋派作品,这篇评论从先锋派视野对莫言小说的艺术性、思想性和实验性给予了肯定。在日本,文学杂志是译介莫言作品的重要阵地。特别值得一提的是由日本"中国现代文学翻译会"2008 年 4 月创刊的《中国现代文学》。它的前身是 1987 年创办、2005 年停刊的季刊《中国现代小说》。这两本杂志都专注于译介中国现代文学,很多中国当代作家第一次被译介到日本都是这两份杂志的功劳,莫言也不例外。季刊《中国现代小说》译介的莫言作品

① 文中所引日文文献均由笔者译成中文,书名、篇名等中日文不一致者,在括弧中标出日文译文,以便读者检索。日本人名重复出现的时候取姓氏部分。

② 近藤直子:《莫言の中篇小説〈透明的红萝卜〉》,中国語,1986,(4):26.

有《枯河》(『枯れた河』,1988年4月第5期,井口晃译),《石磨》(『石臼』1997年第38期,立松昇一译),《拇指铐》(『指枷』2001年冬第54期,立松昇一译),《扫帚星》(『疫病神』,2005年1月第70期,立松昇一译)。《中国现代文学》译介的莫言作品有《月光斩》(第3期,2009年6月),《普通话》(第9期,2012年4月),译者都是立松昇一(1948—)。

据日本期刊网CiNii等网络资料显示,其他刊登在文艺杂志上的莫言作品还有,1989年10月《发现》(『ユリイカ』)杂志第21卷第13号刊登的《秋水》(『秋の水』,藤井省三译),2011年12月《新潮》(日中韩共同企划的亚洲文学"丧失篇"专刊)刊登的《澡堂》《红床》(『小説二題』,吉田富夫译)等。

(二)井口晃与莫言长篇译介的开端:《红高粱》从刘江凯(2011)的统计来看,海外最早的莫言长篇小说译介正是1989年出版的日文版《红高粱》①。

张艺谋执导的电影《红高粱》获得1988年柏林国际电影节金熊奖之后,莫言开始在国际上引起广泛关注,在日本也引起巨大反响,日本学界对莫言早有关注,这个时候翻译出版这部长篇也是顺理成章之事。

1989年4月出版的日文版《红高粱》以及1990年10月出版的《红高粱·续》是系列丛书《现代中国文学选集》的第六分册和第十二分册,②均由井口晃(1934—)翻译。这两个分册后来被岩波书店收入"岩波现代文库",作为文库本单行本发行,即2003年3月出版的『赤い高粱』和2013年3月出版的『続·赤い高粱』。日文版依据《红高粱家族》(解放军文艺出版社,1987年)译出,其中《红高粱》含前两章《红高粱》和《高粱酒》,《红高粱·续》含后三章《狗道》《高粱殡》《狗皮》。井口在译后记中说明:分成两册翻译出版并无特别用

① 刘江凯:《本土性、民族性的世界写作——莫言的海外传播与接受》,《当代作家评论》,2011,(4):20—33。

② 井口晃译:《赤い高粱[続]—現代中国文学選集(12)》,東京:徳間書店,1990。

意，仅出于刊行上的便利。[①] 不过，作为一名读者兼译者，井口认为《红高粱家族》更像系列中篇合集[②]。《红高粱》最初的确是作为中篇小说独立发表在1986年《人民文学》第3期上，后来改编成长篇的时候才做了修改，成为《红高粱家族》第一章。

有意思的是译者井口晃对莫言作品的评价并不是很高，最初甚至多有批判。在1989年出版的《红高粱》(含《红高粱家族》前两章)译后记中，井口对小说中描述麻风病人所用的歧视性语言进行了批评，对莫言作品中随处可见的粗暴詈骂语言颇为介怀。虽然他理解莫言作品中的"卑贱、丑陋、残酷"等"低贱"因素可能是"高贵、美丽、温柔"等"神圣"面的对立端，是一种叛逆，但他还是无法认可这种叛逆，认为叛逆的同时又树立了新的权威，甚至助长了对"低贱"的偏见[③]。针对井口的这一评论，另一位莫言译者和研究者藤井省三则给予了反驳："《红高粱》译后记6页纸的篇幅几乎都在说这部作品随处可见针对麻风病人的歧视性表达，似乎表达了对莫言的责难。但是，村里最富有的财主单家却遭受孽病，这是个悖论，用高粱酿出的高粱酒本身就含有可以消除该病毒的药效，且单家就是酿酒的，这一系列圣与贱的对立统一，与作品价值多元化这一主题密切相关，莫言并非有意描写歧视。正如井口氏在译后记中介绍的那样，现在麻风病已经可以预防治疗，中国的启蒙类家庭医学书里头也写得清清楚楚。我想中日读者应该都能够将井口氏所言'粗暴的歧视性言辞'放到小说的构造中去解读，而不会被煽动成一种对现实中的麻风病人的歧视吧。"[④]

在1990年出版的《红高粱·续》(含《红高粱家族》后三章)译后记中，井口认为中国1980年代出现的寻根文学探索在突破传统既存

---

① 根据舒晋瑜《一个日本翻译家眼里的中国当代文学——访中国图书特殊贡献奖获得者饭塚容》(《中华读书报》2013年2月20日第7版)，从事中国当代小说翻译的日本翻译家饭塚容说过："最近十年来中国作家的长篇小说太长，在日本翻译出版不方便。翻成日语的话，字数比中文多了1.5倍甚至2倍。一部长篇翻译成日语，书价也会贵，销路不好。"可见中国长篇小说日译本分册发行大概是日本出版社的现实考虑吧。

② 井口晃译：《赤い高粱[続]—現代中国文学選集(12)》，東京：徳間書店，1990。

③ 井口晃译：《赤い高粱—現代中国文学選集(6)》，東京：徳間書店，1989，p232—237。

④ 藤井省三：《中国文学この百年(新潮選書)》，東京：新潮社，1991，p145。

文化方面不成功，不彻底，对拉美文学只是形式上的模仿，认为将莫言称作“中国的马尔克斯”是种陈腐、无意义的类比，莫言作品中虚妄的“民族精神”礼赞、“原始世界”赞美，也只是外强中干。不过他最后还是肯定了《红高粱》，称它虽有缺点，但仍然是青年作家莫言展示其力量的代表作[①]。在2003年再版的文库本《红高粱》译后记中，井口晃对莫言给予了更多肯定，认为莫言有种让人“难以忽视”的力量，不过对于莫言作品中的粗暴语言则仍存芥蒂，希望读者能够注意到这种“危险性”。这一版还附有旅日华人——时任明治大学教授的比较文学学者张竞用日文撰写的《红高粱》解读，正面揭示了莫言作品中洋溢的生命力与野性等[②]。

（三）藤井省三、长堀祐造对莫言的译介——日本译介莫言的发展时期

1991年4月，藤井省三（1952— ）和长堀祐造（1955— ）编译的《来自中国农村·莫言短篇集》(『中国の村から·莫言短編集』シリーズ『発見と冒険の中国文学』第二卷）由日本JICC出版局[③]出版，翻译了《秋水》《老枪》《白狗秋千架》《断手》《金发婴儿》以及莫言作品集《爆发》自序。藤井还以《魔幻现实主义描写的中国农村》为题进行了作品解读。作品解读第一部分是介绍：“莫言——中国的马尔克斯”。第二部分引用张志忠的《莫言论》，指出莫言作品中的农民形象与长期以来文艺作品中看到的农民形象不太一样。第三部分探寻“农民政治上被愚弄，经济上受歧视”的共和国史是怎样一段历史。在第四部分中藤井认为张志忠所言的寻根文学所打破的“儒教正统文化”其实并非“孔孟之道”，而是“意识形态”。第五部分将莫言小说总结为“魔幻现实主义”的“危险文学”，认为是反体制小说。第六部分对该短篇集收录的每篇作品进行简要解读，主要是介绍小说的社会背景[④]。总的来说，藤井关注的是中国农村社会现实和意识形态

---

① 井口晃译:《赤い高粱[続]—現代中国文学選集(12)》，東京:德間書店，1990。

② 井口晃译:《赤い高粱》，東京:岩波書店，2003。

③ “JICC出版局”是出版社名，且已于1993年4月更名为“宝岛社”。

④ 藤井省三，長堀祐造译:《(シリーズ『発見と冒険の中国文学』第二巻)中国の村から·莫言短編集》，東京:JICC出版局，1991，p214—240。

批判。

其后,藤井于 1992 年选编了莫言短篇集《怀抱鲜花的女人》(『花束を抱く女』),翻译了《透明的红萝卜》《苍蝇・门牙》《怀抱鲜花的女人》,并附 1991 年 2 月在北京采访莫言的谈话整理,题为《从中国农村和军队走出来的魔幻现实主义》。[①] 访谈中藤井提出了很多关于莫言创作以及围绕莫言的社会背景方面的问题,莫言的回答都很直率。例如问莫言觉得自己和"寻根文学"有何关联,莫言的回答是"寻根文学"是评论家们创造出来的流派,他对这样的说法并无反对之意,但是他从来都只是按照自己的想法创作的,只是可能有时候自己作品中的某些东西偶合了评论家所言的"寻根文学"[②]。藤井还翻译了一部长篇,即 1996 年 10 月岩波书店出版的日文版《酒国》(『酒国—特捜検事丁鈎児の冒険』)。在该书的译者导读中,藤井指出莫言是"作为世界文学的莫言",1995 年夏天他在美国逗留期间发现美国学界出版界积极翻译出版莫言小说英译本,已经在押宝莫言将获诺贝尔文学奖,[③]他还指出德国、法国也相继翻译了莫言的小说,"莫言不仅代表了现代中国文学,而且占据了世界文学的一角。"作为日本的中国文学研究者,他为《酒国》这部广受争议的作品能够赶在欧美译本之前出版感到高兴至极[④]。其后,藤井对《酒国》进行了解读,认为改革开放政策下的中国社会充满结构性危机,丁钩儿的堕落是巨大迷宫之下无能为力的知识分子的暗喻[⑤]。

莫言获得诺奖之后,2013 年 2 月,藤井编译的短篇集《透明的红萝卜》(『透明な人参』)出版,译有莫言诺奖获奖演说《讲故事的人》《透明的红萝卜》《怀抱鲜花的女人》《良医》《辫子》《铁孩》《金发婴

---

① 该短篇集译后记中还介绍了日本报刊上针对上一部莫言短篇集《来自中国农村・莫言短篇集》的一些书评,在此不一一介绍了。参见藤井省三(訳):《『花束を抱く女』》,東京:JICC 出版局,1992 年,第 203—204 页。

② 藤井省三译:《花束を抱く女》,東京:JICC 出版局,1992,p193。

③ 1995 年夏天藤井省三在美国的书店看到莫言小说英译本书脊上印有"大江健三郎说如果让我选诺贝尔文学奖获奖者,我就选莫言"这样的宣传语。译者指出,1994 年大江健三郎在诺贝尔文学奖获奖演说中提到了 3 位东亚作家,即韩国的金芝河、中国的郑义和莫言,他也在北京曾向莫言提及那条美国出版社的宣传语,但莫言笑着回答"那应该是出版社的虚构吧"。

④ 藤井省三译:《花束を抱く女》,東京:JICC 出版局,1992,p289—290。

⑤ 藤井省三译:《酒国》,東京:岩波書店,1996,p299。

儿》,并附评论文《莫言——其人与其文学》以及作品解读。2013 年 3 月,由长堀祐造翻译的莫言自传体小说《变》由明石书店出版。

此外,藤井翻译的莫言短篇小说收录在日本一些文学选集中。如《秋水》曾收录在竹田晃(1930—)选编的《中国幻想小说杰作集》(『中国幻想小説傑作集』,1990 年 12 月),该选集收录了唐代沈既济、明代冯梦龙和清代蒲松龄的作品,最后现代部分除了莫言,还收录了爱罗先珂《时光老人》、[①]鲁迅《复仇之剑》和巴金《能言树》。《苍蝇・门牙》(『蝿・前歯』)曾收录在藤井选编的《中国幽默文学杰作选》(『中国ユーモア文学傑作選』,1992 年 6 月),该选集从鲁迅、胡适到沈从文、张爱玲,从杨绛、赵树理到莫言、张系国等,共收录 1910 年至今的中国现代作家作品 13 篇。《神嫖》(「女郎遊び」)曾收录在《世界文学前沿 4・乡愁》(『世界文学のフロンティア4 ノスタルジア』,1996 年 11 月),该文学选集共 6 卷,此为第四卷,中国作家收录了张爱玲和莫言。《良医》(『良医者』)、《辫子》(『お下げ髪』)还曾收录在藤井选编的《现代中国短篇集》(『現代中国短編集』,1998 年 3 月),同书收录的作家还有格非、余华、高行健、韩少功、李昂。

(四)吉田富夫对莫言的译介——日本译介莫言的鼎盛时期吉田富夫(1935—)是译介莫言长篇最多的日译者,也是唯一一位获邀出席莫言诺奖颁奖典礼的日译者。

吉田翻译的莫言长篇包括:平凡社出版的《丰乳肥臀》(『豊乳肥臀(上)(下)』,1999 年 10 月初版,2014 年 1 月再版),中央公论新社出版的《檀香刑》(『白檀の刑(上)(下)』,2003 年 7 月初版,2010 年 9 月以"中公文库本"再版),《四十一炮》(『四十一炮(上)(下)』,2006 年 3 月),《生死疲劳》(『転生夢現(上)(下)』,2008 年 2 月),《蛙》(『蛙鳴』,2011 年 5 月),《天堂蒜薹之歌》(『天堂狂想歌』。除了长篇,吉田还翻译了《师傅越来越幽默——莫言自选中短篇集》(『至福の時—莫言中短編集』,平凡社 2002 年 9 月),收录了《师傅越来越幽默》《长安大道上的骑驴美人》《藏宝图》《沈园》《红蝗》以及莫言写给日本读

---

① 爱罗先珂(1889—1952),俄国诗人,流亡印度、日本、中国等国,用俄语、世界语等语言写作。鲁迅很关注爱罗先珂,翻译了不少他的作品。此处所言中国小说《时光老人》,其实是鲁迅译介的爱罗先珂小说中文版。

者的后记《我想拒绝成熟》;《白狗秋千架——莫言自选短篇集》(『白い犬とブランコ—莫言自選短編集』,日本放送出版协会2003年10月),翻译了莫言早期作品14部:《大风》《枯河》《秋水》《老枪》《白狗秋千架》《苍蝇、门牙》《凌乱战争印象》《奇遇》《爱情故事》《夜渔》《神嫖》《姑妈的宝刀》《屠户的女儿》和《初恋》。吉田很注重将莫言本人对作品的解读传达给日本读者,例如《师傅越来越幽默——莫言自选中短篇集》日译本中的作品解读皆译自莫言本人写的"创作意图说明",另附莫言写给日本读者的后记。日文版《丰乳肥臀》附有莫言"写给日本读者的话"。吉田在译者后记中对于莫言作品的导读,一般都是为了便于读者理解而进行简单的小说背景知识介绍,[①]或对于读者较难理解的作品结构进行说明。[②] 可以说该译者的目标读者意识非常强烈,例如《丰乳肥臀》译后记中,就日译本每章都添加了原文没有的小标题这一问题,译者解释道:"考虑到有的读者可能对现代中国历史未必熟悉,在与莫言商量之后,添加了作为小说背景的小标题,并辅以简略注释。"[③]小说正文中则不再添加过多译注。短篇集标题《师傅越来越幽默》译作《至福时刻(至福のとき)》,是因为由《师傅越来越幽默》改编的电影《幸福时光》在日本上映时就叫这个名字[④]。选取小说同名电影名,受众更广。

如前文提到的,对于莫言小说的解读,藤井较多解析莫言小说背后的中国社会政治状况。他在《酒国》译后记中提及当时尚未译介到日本的《丰乳肥臀》,认为"这部小说虽不是正面批判,却也可以说是一部批判了共产党农村政策的作品吧"[⑤]。而吉田的关注点则有所不同,他在《丰乳肥臀》译后记中指出:"必须慎重说明一点的是,作者在这篇小说中不是要批判政府,作者并没有想要当一个反体制作家,

① 例如"在这个意义上来说,本书带有历史小说的意味,因此我们尽量注意不扫了各位读者的兴趣,在这里写生式地介绍一下作为小说背景的历史。"参见吉田富夫(訳):《『白檀の刑(下)』》,東京:中央公論新社,2012年,第403页。

② 例如解读《红蝗》时,译者指出该作品与莫言自身的一段恋爱经历有关,表达方式较晦涩,时间结构涉及"现在"和"过去"双重构造,希望读者注意到这一点,作品就不那么难懂了。参见吉田富夫(訳):《『至福の時—莫言中短編集』》,平凡社,2002年,第375页。

③ 吉田富夫译:《豊乳肥臀(下)》,東京:平凡社,1999,p386。

④ 吉田富夫译:《至福の時—莫言中短編集》,東京:平凡社,2002,p374。

⑤ 藤井省三译:《酒國》,東京:岩波書店,1996。

那是另一层面的事情。作者只是以老百姓的眼光关注现代史的转变，发挥了天生的奔放想象力。而且这历史的流转仅仅是横轴，形成纵轴的是背负着不幸禀性出生的主人公的爱欲(Eros)经历，且两轴交汇处还有母亲这一如同高密东北乡大地一般的存在。'丰乳肥臀'所象征的'母性'才是这个长篇故事的核心内在。"[①]至于莫言个人经历方面诸如退伍缘由这些事情，吉田认为是与莫言文学本质无直接关联的事情。

除上述译介内容以外，还有菱沼彬晁(1943—)翻译的中篇小说合集《牛·筑路》(『牛·築路』，岩波書店 2011 年 2 月)，立松昇一(1948—)翻译的《狗文三篇》(『犬について三篇』)，收录在 2010 年东亚文学论坛日本委员会编纂的《伊琳娜的礼帽·中国现代文学选集》(『イリーナの帽子·中国現代文学選集』)。[②] 总结起来，日本目前翻译出版莫言中长篇小说 9 部，中短篇小说集 6 本(含译者自行选译的)，莫言被收录进日本出版的一些中国文学集、世界文学集 5 次，另有一些零散发表于文学杂志上的莫言短篇翻译。除了译著中大量的译者译后记、作品解读外，日本期刊网上有关莫言作品的论文或评论文章多达 50 篇，《朝日新闻》等各大新闻媒体对莫言的相关报道更是不计其数。日本的一些中国现代文学论集中也有对莫言作品的解读和讨论。[③]

二、莫言在日本受关注的原因

吉田富夫曾经指出，在今日之日本欧美文学更受关注："与欧美文学不同，中国现代文学在我国的译介现状大大滞后。出版了日文版全集的只有鲁迅，老舍、郭沫若等人，虽有翻译，但都没有译全，很多作家甚至代表作都没有翻译过来。论起原因，我们这些专门研究

---

① 吉田富夫译:《豊乳肥臀(下)》，東京:平凡社，1999，p382。

② 该选集共 6 小册，分别译介铁凝、莫言、石舒清、金勋、卢文丽、苏德。

③ 如藤井省三(1993):《现代中国的轮廓———从鲁迅、胡适到郑义、莫言，通过文学的阅读》(『現代中国の輪郭—魯迅、胡適から鄭義、莫言まで文学を通して読む』)；萩野脩二(2010):《中国现代文学论考》(『中国現代文学論考』)等。

中国文学的研究者不够勤快是一方面，但最主要的原因恐怕还是读者、出版社的欧美文学倾向吧。”此现状之下的莫言译介现象显得尤为突出。下面我们就来分析一下莫言在日本受关注的原因。

（一）莫言作品与日本视域的相遇

莫言作品自诞生以来，在海内外受到各种角度的评判，几乎毁誉参半。有人说他颠覆了传统的二元对立模式，重构历史，也有人说他不顾历史，不顾人物形象；有人说他的语言打破了汉语的常规性，具有先锋实验性，也有人说他的语法错误，文理不通，修辞疏拙；有人说他的作品充满了野性魅力和原始的生命力，也有人说他趣味怪异，崇尚低贱；有人说他的作品思想内涵不够深刻，逃避社会现实，但也有人说他的作品深刻，批判了社会现实。

所有这些评价难道不是恰恰印证了莫言文学的奇特魅力？

那么，在日本，莫言文学的哪些特质被日本视域捕获了呢？如前文所述，有的评论家如近藤直子关注到莫言作品的先锋实验性，有的学者如《红高粱》日译者不满意其作品中粗暴的歧视性表达，却也不得不为这个年轻作家“难以忽视”的力量所吸引，还有日本学者从文体角度研究莫言小说的句子，剖析莫言的实验性句子和莫言作品寓意之间的关系。

译者吉田富夫 2006 年接受《中华读书报》采访①时，曾指出“缺乏自审意识的文学作品只能是通俗文学”。我们认为，“自审意识”是吉田欣赏并翻译莫言以及贾平凹②的关键原因。他在《莫言、贾平凹文学的可能性》这篇论文中，将莫言和贾平凹放在五四以来的中国近代文学长流中去看待，认为他们继承了自鲁迅《狂人日记》以来的文学“自审意识”，为今日中国文学提供了两种可能性。贾平凹提供的是“堕落”的可能性，并将其与日本战后文学坂口安吾的《堕落论》相对照。坂口安吾认为：“必须通过彻底的堕落发现自我，拯救自我。通过政治的救赎则只是表面肤浅愚蠢的东西。”吉田认为，《废都》中的

---

① 参见舒晋瑜：《十问吉田富夫》，《中华读书报》2006 年 8 月 30 日第 18 版。

② 吉田富夫还翻译过贾平凹的《废都》和《土门》，参见吉田富夫（訳）：『廃都』（上下），中央公論社 1996 年；吉田富夫（訳）：『土門』，中央公論社 1997 年。

颓废世界隐藏着通过凝视赤裸人类的丑陋迈向人类救赎的愿望，刘再复《论新时期文学的主潮》中所言的“自审意识”在这当中已经确立。莫言的作品则是通过“弱者视点”来实现“自审意识”的确立，并且不是站在“弱者”立场或者为了“弱者”而写，而是作者自身作为天生的“弱者”感受着世界①。

对于另一位日译者藤井省三而言，莫言研究与他之前的鲁迅研究是一脉相承的，藤井近期在一篇题为《莫言所描绘的中国农村的希望与绝望——〈怀抱鲜花的女人〉等归乡故事与鲁迅以及〈安娜·卡列尼娜〉》的论文中，以鲁迅的《故乡》《在酒楼上》《祝福》，莫言的《金发婴儿》《白狗秋千架》《怀抱鲜花的女人》这些短篇小说为例，研究了莫言小说中的鲁迅影响，以及鲁迅和莫言小说中共有的《安娜·卡列尼娜》的影子②。

（二）日本关注中国社会现实的需求

邵璐曾经指出：“由于中国的政治体制和意识形态跟西方国家不同，西方读者会以猎奇心态，从中国文学、电影中猎取异域文化和管窥中国的政治特征。据葛浩文看来：‘美国读者更注重眼前的、当代的、改革发展中的中国。除了看报纸上的报道，他们更希望了解文学家怎么看中国社会。另外，美国人对讽刺的、批政府的、唱反调的作品特别感兴趣。’”③这一透过文学看社会的心态，在日本也同样存在。

前文已述，藤井省三在译后记中表现出对中国社会现实的极大关注。《来自中国农村·莫言短篇集》1991 年 4 月出版之后，译者之一长堀祐造和日本现代中国学研究者加加美光行（1944—　）等人于 1991 年 4 月 20 日进行了一次谈话，讨论主题是《莫言与现代中国的农民形象》，透过莫言的农村主题小说，探讨中国农村社会问题④。

---

① 吉田富夫：《莫言や賈平凹の文学の可能性》，現代中国，2004，(78)：19－28。

② 藤井省三：莫言が描く中国の村の希望と絶望——「花束を抱く女」等の帰郷物語と魯迅および『アンナ・カレーニナ』，文学界，2014，(5)(通号 68 巻)：232－276。

③ 邵璐：《莫言小说英译研究》，《中国比较文学》，2011，(1)：45－56。

④ 加々美光行(他)：《莫言と現代中国の農民像》，《新日本文学》，1991，(7)(通号 46)：153－167。

邵璐还指出西方评论家认为莫言小说中体现了食人主义(cannibalism)[16:53][①]，我们发现日译者对《酒国》中的食人主题也很关心。1995年9月7日，当时正致力于《酒国》日译的藤井省三在北京对莫言进行了一次访谈，访谈中问及“食人”：

> 藤井：鲁迅《狂人日记》(1918年)通过食人这一主题，批判了以儒教为中心的传统社会。您的《酒国》中食人也是中心题材之一，您想要表达怎样的社会批判呢？
>
> 莫言：也可以说是因为鲁迅当年提出的社会问题，在新的社会制度下尚未完全解决。腐败的封建主义风气似乎并不是只残存于资本主义社会。吃孩子当然是我的虚构，作品中也明确点到此非真事。但是中医中有一些腐败的处方，譬如有种叫做“紫河车”的药材，是将人的胎盘干燥后制成的。中国现在有将胎盘、甚至流产的胎儿拿来食用作为强精剂的。我听我的一个做医生的朋友说，有些人不惜用权来干这些残忍的勾当。
>
> 藤井：这种腐败现象的滋生是否与70年代末以来的改革开放政策有关呢？
>
> 莫言：并无特别关系。与其说是社会体制导致的，还不如说是比鲁迅更久远的时代以来一直顽固滋生在国民体内的一种腐败，只不过因了改革开放的自由而呈现出来，表面化了而已[②]。

针对莫言的回答，藤井在《酒国》译后记中评价道：“尽管莫言本人慎重地回避承认自己的角色就是丁钩儿，否定了食人的腐败现象与改革开放政策之间的关系。但是，《酒国》中酒国市的美酒和食人料理开发就是作为改革开放的成果来描写的。”[③]可见在藤井的视域中有一些先入为主的看法，即便作家本人的回答否定了他的看法。正如作家蒋方舟所言：“一部作品一旦面世，就成了读者的财产，被读者按照自己的意愿去理解。比如东欧作家只是按照自己的本能书写

---

① 邵璐：《莫言小说英译研究》，《中国比较文学》，2011，(1)：45－56。

② 莫言：《インタビュー抑圧の下の魔術的現実・(特集中国現代文学の旗手連続インタビュ—)》，すばる，1996，(5)(通号18)：pp136－137。

③ 藤井省三译：《酒国》，東京：岩波書店，1996。

现实，却被西方理解成政治寓言与符号。”[①]事实上，这次访谈中当藤井问及莫言对于文学使命的看法，莫言也清晰表达了他的文学立场：

> 藤井：您觉得在现代中国，文学担负着怎样的使命呢？
>
> 莫言：如果仅就小说而言，我认为并无特别使命，而且也不应该有。过去提倡人民文学的时代，文学被迫担负政治宣传任务。如今已不是那样的时代。作家不断挑战尝新，读者体会文学独创性，进行自己的审美——文学正被接受为这样一种自我满足的艺术[②]。

然而作品一旦离开作者，便进入了研究者的视野。那么研究者为何持有这样的视野，则是一个值得我们进一步深思的问题。

（三）莫言在日文学推介活动的促进

最后，我们认为莫言文学对外传播过程中还有一些不容轻视的推动力量，那就是文学推介活动。在今天这样一个全球化时代，仍有学者或许是出于文人的清高孤傲，只愿孤芳自赏，认为莫言获得诺贝尔文学奖不过是翻译的功劳，西方人不懂得真正的中国文学。的确，我们不能完全依赖他者的承认来建立自我，但故步自封也不是应有的姿态。文学是全世界人民文化交流和沟通的重要渠道，中国作家、中国文学走出去，与世界文学构建对话的可能性，是一件有意义的事情。从这一点而言，莫言的成功值得借鉴。

莫言在日本的文学交流活动离不开一个重要桥梁——旅日华人作家毛丹青教授。吉田富夫与莫言的结缘即是通过毛丹青，毛丹青还于2002年春节陪同大江健三郎探访莫言老家山东高密，成就一段中日作家交流的佳话。下面列举莫言在日本的几次重要文学交流活动。

首先是1999年日文版《丰乳肥臀》出版纪念活动，莫言接受了译

---

① 参见蒋方舟：《文艺青年与“刻奇”》，原载《新西兰中文先驱报》2014年4月5日第D04版先驱博客 http：//www. chnet. co. nz /Html /2014－4－5 /News_76063. Html(2014年4月25日)。

② 莫言：《インタビュー抑圧の下の魔術的現実・(特集中国現代文学の旗手連続インタビュー)》，すばる，1996，(5)(通号18)：pp140。

者吉田富夫的采访,[①]并在京都大学发表演讲《我变成了小说的奴隶》。这次访日,莫言还体验了日本的风土民情,进行了围绕川端康成主题的文学之旅,这些体验都记录在其后他在日本驹泽大学的演讲《神秘的日本与我的文学历程》中。[②]

其次,莫言2006年曾获得"第17届福冈亚洲文化奖"。莫言是继巴金之后获此殊荣的第二位中国作家。围绕此次颁奖活动,2006年9月17日,莫言发表《我与文学的履历书》基调演讲,谈到了"饥饿和孤独是创作的源泉""向东西方文学学习""作家的使命"等话题。其后与日本评论家川村凑、日本当代小说家津岛佑子(太宰治之女)、旅日美籍作家李比英雄(リービ英雄,Ian Hideo Levy)进行了"亚洲文学对谈"。

最后,2010年12月莫言随中国作家代表团参加了在日本北九州市举行的第二届东亚文学论坛,发表了演讲《悠着点,慢着点——"贫富与欲望"漫谈》。

以上演讲日文版都收录在2013年8月吉田富夫编著的《莫言神髓》(中央公论新社)中。

三、总结与启示

随着镜头的拉近,越来越多有意思的现象吸引我们想把镜头拉得再近一些。但限于篇幅,本文只能止步于此。面对中国文学在日本、在海外的传播这一课题,我们应该如何深入研究,是个值得思考的问题。多年从事日本中国学研究的学界老前辈严绍璗先生2006年在《海外中国学研究之反思》的演讲中曾经指出:"当我们把'中国学'作为'它山之石'的时候,我们在学术观念上一般把它作为'中国学术研究'在域外的延伸。这本身没有什么不对,但如果仅仅只是这样的认识,那我们就多少失去了对'中国学'作为一门'跨文化'学科

---

① 参见莫言,吉田富夫:《『「豊乳肥臀」をめぐって——中国の作家莫言氏に聞く』》,《『月刊百科』》,1999年第10期(通号444),第2—9页。

② 除了莫言本人的演讲,当年陪同莫言探访伊豆的日本学者釜屋修也撰写了一篇回忆录。参见『釜屋修.莫言さんと天城の思いで』,『日本中国当代文学研究会会報』,2012年第26号,第74—77页。

的‘文化语境’的把握，因而也就对这一学术无论是作为‘学派’群体，还是作为‘学者’个人，在种种学术阐述背后支持这些学术观念的‘文化语境’未能有足够的认知，也就未能进行相应的、恰当的研讨和评价，从而，就‘日本中国学’而言，大多数的研讨，缺少了对内涵精神特征的解析。”[①]这一反思对我们的研究很有指导意义。具体到莫言在日本的译介，日本翻译、研究莫言的特点究竟是怎样的，不同译者的翻译风格有所不同，不同研究者关注莫言文学的视角也有所不同，这些特点背后又有哪些深层次的原因等等，都值得我们探究。

① 严绍璗：《日本中国学史稿》，北京：学苑出版社。

“谋杀”抑或“重生”：莫言获诺贝尔文学奖对中国文学作品翻译的启示[①]

丁旭辉　袁洪庚

莫言以其“魔幻乡土中国”获得2012“诺贝尔文学奖”的消息犹如石破天惊，在中国乃至世界造成了强烈的冲击波。除作家和作品外，莫言作品的译者也引起了世人的关注，一时间曾经对普通读者来说比较陌生的葛浩文、陈安娜等名字浮出水面，无论是作家还是普通读者都对他们赞誉有加，认为他们为莫言获奖立下了汗马功劳。中文作家早已具备获得诺奖的实力，但因为语言的隔阂一直和诺奖失之交臂，翻译的障碍一度是中国人心中“永远的痛”，而这一次莫言的得奖也使人们重新开始审视翻译和与翻译相关的问题，比如到底什么样的译者才能胜任文学作品的翻译？在现阶段全球化语境中，文学作品的译介推广主要受什么样的机制影响？以下通过对莫言作品译者的研究来探讨译者的素养问题，并从“翻译研究派”的观点出发来探讨“赞助人”(本文主要聚焦于出版商)对翻译作品的影响因素。

① 基金项目：兰州大学中央高校基本科研业务费项目“翻译的过滤功能在媒体语言中的应用”(10LZUJBWZY049)阶段性成果。

一、莫言作品的翻译和译者

一部好作品，如果没有较长时间跨度内的翻译推广就不可能在国外产生持续影响，更不可能获得国际大奖。莫言获奖，很大程度上得益于作品在世界范围内的知名度，而这个知名度是建立在他的作品被大量翻译出版基础之上的。莫言作品在海外的翻译出版始于20世纪80年代，迄今为止，其重要作品尤其是长篇小说几乎全部被译成英、法、德、意大利、瑞典、韩、挪威、日、希伯来、德、荷兰、西班牙等二十几种语言，版本多达200多册，是在以英、法为主流的阅读市场中被翻译最多、最精准的华语文学作品。回顾莫言获得诺奖的历程可以发现，翻译从始至终发挥了不可小觑的作用。在这一历程中，他的作品首先在世界范围内得到了大规模翻译传播，进而得到文学名流和评审委员的高度认可而被视为"中国最有希望的诺贝尔文学奖得主"，最终水到渠成地获得这一殊荣。

诺奖评委只阅读英、法和瑞典语等西方语言文学作品，因此英、法、瑞典语版本的重要性不言而喻。莫言作品的英语版本皆由葛浩文翻译，共有9部作品：《红高粱家族》(1993)、《天堂蒜薹之歌》(1995)、《酒国》(2000)、《师傅越来越幽默》(2001)、《丰乳肥臀》(2004)、《生死疲劳》(2008)、《变》(2010)、《檀香刑》(2013)、《战俘》(2013)；莫言作品的法语版本甚至比英语版本出现的更早，译介的更多，包括帕斯卡尔·桂诺(Pascale Guinot)和希尔韦·让蒂尔(Sylvie Gentil)译《红高粱家族》(1990)、陈安多(Chantal Chen-Andro)译《天堂蒜薹之歌》(1990)、小说集《铁孩子》(2004)、《檀香刑》(2006)、《筑路》(2007)、《生死疲劳》(2009)及《蛙》(2011)、帕斯卡尔·桂诺译《透明的红萝卜》(1993)、希尔韦·让蒂尔译《十三步》(1995)、诺埃尔·杜特莱(Noel Dutrait)与李莉昂·杜特莱(Liliane Dutrait)合译《酒国》(2000)、《丰乳肥臀》(2004)和《四十一炮》(2008)、安东尼·法拉涅(Antoine Ferragne)译《藏宝图》(2004)、诺埃尔·杜特莱译《师傅越来越幽默》(2005)、玛丽·劳雷拉(Marie Laureillard)译《欢乐十三章》(2007)；瑞典语译者均为陈安娜(Anna Gustafsson Chen)，共有三个作品:《红高粱家族》(1997)、《天堂蒜薹之歌》(2001)及《生死疲劳》(2012)。

许多人把莫言获奖归功于瑞典语译者陈安娜,实际上莫言不是光凭借瑞典语版本而获奖,英法译本也是评奖委员会重要的参考。一般来讲,重要作品一旦拥有世界上影响最大的语言——英语的版本,就会迅速走入欧美主流文学视野,从而使作品走向世界迈出坚实的一步。大量法语版本的翻译,更是为作品传播拓展了读者群体,英法版本为莫言打下一个良好的"群众基础",而瑞典语版本是评审委员会决定授予莫言诺奖的助推器,有点"临门一脚"的意味。从出版机制方面来讲,在瑞典这样的国家,出版社会根据英法版本的影响力来决定选择出版瑞典语版本,英法版本发挥着更为重要的铺垫作用。莫言作品不仅在英法语中得到充分译介,而且几本重要作品还有瑞典语版本,这使他获奖拥有了得天独厚的优势。其他语种的版本如日语、德语、意大利语和西班牙语也很多,同样为莫言撒播了影响的种子,例如在日本,莫言作品的众多日语译本不仅让莫言成为继鲁迅之后作品在日本翻译出版最完整、受众最多的中国作家,而且也使1994年诺奖得主大江健三郎这样的文坛名流认识了莫言的价值,并一再提名他角逐诺奖,因为在他心目中,诺奖非莫言莫属。

成功的翻译作品会在异国打开了解中国文化的窗户,不仅会使作者声望大增,译者也会引人侧目,最终使作者和译者达到"双赢"。莫言是世界一流作家,他的作品的译介也不能由泛泛之辈来完成。莫言作品的译者,不管是英语、瑞典语,还是德语、日语、法语,都有着深厚的文字能力和丰富的中国文学翻译经验,有的还集作家、学者与翻译家于一身。如果考察一下这些译者的背景,就会发现他们几乎是用各自的语言翻译莫言作品的不二人选。莫言作品的英文译者是大名鼎鼎的葛浩文(英文名 Howard Goldblatt),被国际上誉为"中国当代文学的首席翻译家"。葛浩文出生于1939年,曾获印第安纳大学中国文学博士学位,在读博士期间师从柳亚子先生的儿子、美籍华人柳无忌先生。他从事翻译四十余年,译著数量惊人,迄今为止他已经翻译了约25位作家的50多部中文小说或小说集,除了前文所列莫言的九部作品外,还包括萧红的《萧红小说选》《商市街》《呼兰河传》《生死场》;端木蕻良的《红夜》;张洁的《沉重的翅膀》;贾平凹的《浮躁》;刘恒的《黑的雪》和《苍河白日梦》;李锐的《旧址》;王朔的《玩的就是心跳》和《千万别把我当人》;苏童的《米》和《我的帝王生涯》;阿来的《尘埃落定》;白先勇的《孽子》;姜戎的《狼图腾》等。凭借娴熟的中英文表达和高超的翻译能力,他的严谨而讲究的译文颇受读者认可,读起来令人几乎以为就是用英语写成的。

莫言的获奖突然使得瑞典语译者陈安娜(Anna Gustafsson Chen)颇为引人注目,她的声望虽不及葛浩文,但她是诺贝尔文学奖评委、著名汉学家马悦然(Goran Malmqvist)的学生,也是一位资深的汉学家和翻译家。在过去的20年里,她翻译了约20部中文小说,除了前文提到的莫言的三部作品外,还用瑞典语翻译出版了余华的《活着》、苏童的《妻妾成群》和阿来的《尘埃落定》等作品。

在莫言的译者当中,中文名字叫李莎的意大利语译者、作家、诗人丽萨·卡尔杜齐(Lisa Carducci)值得我们特别关注。她与中国人和中国的渊源之深厚,恐怕没有其他译者能出其右。李莎为意大利裔加拿大人,1991年起长期定居在北京。她热爱中国文化,视中国为"第二故乡",已经出版60多本法文、意大利文和英文小说、短篇故事、诗歌、散文,其中三分之二左右都是关于中国。她翻译的莫言作品有《檀香刑》《生死疲劳》以及《蛙》,除此之外还翻译了姜戎的《狼图腾》,是一位地地道道热爱中国、研究中国、写中国、翻译中国的中国通。

其他译者也大都与中国文化有着深厚的渊源和翻译经验,如日本译者之一、日本前佛教大学名誉教授吉田富夫曾翻译莫言的作品《丰乳肥臀》(1999)、《檀香刑》(2003)、《四十一炮》(2006)、《师傅越来越幽默》和《生死疲劳》《天堂蒜薹之歌》等;除了莫言的作品,他翻译过的主要作品还有:鲁迅的《二心集》(1984)、叶紫的《丰收》(1962)、萧平的《三月雪》(1971)、茹志鹃的《阿舒》(1971)、贾平凹的《废都》(1996)与《土门》(1998)、叶广芩的《采桑子》(2002)等。翻译过《酒国》《丰乳肥臀》《师傅真幽默》《四十一炮》等作品的法国译者诺埃尔·杜特莱(Noel Dutrait)是法国普罗旺斯大学亚洲研究系中国语言文学教授,除了致力于中国当代文学研究之外,他还翻译过阿城的

《孩子王》《树王》《棋王》和《迷路》、韩少功的《爸爸爸》、苏童的《米》以及高行健的《灵山》等多部作品。

二、译者的素养

一直以来，制约中国文学在海外发展的一个主要原因，是缺少把中文翻译成英文的杰出人才。马悦然在一次采访当中表示，近百年来中国诞生了很多优秀的小说家、诗人，很多人完全有资格拿诺贝尔奖，但或多或少因为翻译的原因，这些作品未能被西方接受。他举例说，为迎合美国读者的需求，美国一位翻译家在翻译老舍的《骆驼祥子》时，竟然将小说的最后一章进行修改，把悲剧结局完全颠覆。① 所以将中国文学作品转换成外语，让世界了解中国文学，译者必然要具备极高的素养。那么，做一名优秀的文学作品译者到底应具备什么样的条件和能力？从以上部分译者身上我们足以看出他们所具备的素养，这种直观印象对于我们认识翻译作品和译者有深刻的启示。

首先，译者必须对中国文化有着浓厚的兴趣和深厚的感情。这样的译者往往会以介绍中国文化为己任，从而在翻译工作中倾注心血，以严谨的态度“善待”原作，不遗余力地传达原作的内容和精神，从这个意义上来讲，中国需要的正是马悦然、葛浩文、李莎等这种长期浸淫于中国文化，并与之休戚与共的翻译家。当葛浩文于1968年师从柳无忌开始研究萧红时，他发现了自己一生的兴趣所在。他说：“我发现了一件我能够做好的事情——也许是世界上我唯一能做好的事。”②文学翻译工作往往会面临重重困难，比如缺乏自主，报酬微薄等，而支持葛浩文对翻译倾注心血的恰恰就是对中国文化的热忱，对他来说，坚持翻译中国文学的原因是“出于一种对我所从事事业的热爱、对于优秀文学的热爱，以及希望看到我为这本书所付出的努力开花结果。”③对于翻译莫言小说，他说：“我真心喜欢莫言的所有小

---

① 王嘉、朱大勇：《诺贝尔文学奖终身评审：中国文学需好翻译》，《成都日报》(2007－12－02)。

② Goldblatt h.，“My Hero”，*The Guardian*，2012－10－12.

③ Goldblatt h.，“My Hero”，*The Guardian*，2012－10－12. http：//www. chinadaily. com. cn /hqzx / 2012－10 /11 /content_15808266_3. htm.

说，并对翻译它们乐在其中。”[①]这是一种真挚的情感流露，是做好翻译难能可贵的前提。当下很多译者，出于各种各样的目的所进行的翻译，漏译、错译、曲译、乱译比比皆是，其效果自然不敢恭维。

其次，译者必须在中国文化上有深厚的学养。中国文学翻译的难点在于合理转换那些包含丰富中国文化意蕴的文字。在翻译中，译者只有在了解其渊源，把握精要的基础上进行语言转换，而对中国文化不甚了解的译者，单凭查字典是万难胜任文学翻译的。葛浩文们深厚的汉学功底，才是他们翻译成功的前提。高明的译者往往会“慧眼独具”，能够以敏锐的审美眼光，像伯乐相马一样去发现优秀作家的优秀作品，而不以媚俗和商业目的为出发点来博取眼球。葛浩文们选取的作品，几乎都是中国当代文学的优秀作品，这不能不说与他们的中国文化素养有关。马悦然就对那种不能介绍中国文学好作品的译者痛心疾首，他说：“有些人无聊得要命，中国有这么多好的作品不去翻译，偏偏把什么《上海宝贝》翻译给国外人看，真是不像话！”李莎曾说：“翻译家有时也是探索家，在探索其他文化的过程中寻找与自己文化共同的元素。”[②]

再次，译者必须精通汉语，并且具有高超的外语写作水平，这是一个很多普通译者难以企及的“刚性”条件，尤其是中国人自己翻译文学作品，不论其外语水平多高，最终的效果总是差强人意。张爱玲、白先勇等作家不仅具有杰出的写作才能，还有很高的英语水平，他们曾尝试自己用英语翻译出版自己的作品，结果并没有取得预想中的成功。所以，外语水平是制约中国译者对外翻译中国文学作品的“瓶颈”，这就是为什么“中译外”的译者虽多，但获得目的语读者认可的并不多的原因。马悦然曾经举例说：“有的翻译不错，比方说杨宪益和他的妻子 Gladys 翻译的鲁迅的《呐喊》。但是有的是翻得一塌糊涂。像巴金的《家》，翻得就不成话了，真的不成话！”[③]“那是一

---

① 温宪、刘军国、崔悦等：《他还是中国的莫言》，《人民日报》2012 年 10 月 13 日。

② 铁凝：《在“汉学家文学翻译国际研讨会”上的致辞》，2012 年 10 月 18 日，http：//www.chinawriter.com.cn。

③ 王嘉、朱大勇：《诺贝尔文学奖终身评审：中国文学需好翻译》，《成都日报》2007 年 12 月 02 日。

个对中文没有感觉的人翻的，有问题的地方，不好翻译的地方就删掉了。”[①]中国不乏一流的翻译家，如朱生豪、傅雷等，不过他们的翻译，主要是以“外译中”为主，他们高超的中文能力才是外国文学在中国成功接受的保证。鉴于此，德国汉学家顾彬认为：“一个中国作家，假如他自己翻译自己作品的话，如果没有在国外生活十年以上，是无法以外文顺畅地表达自己的内心想法的。”[②]甚至在马悦然眼里，中国人自己就压根不能用外语翻译。他说：“一个中国人，无论他的英文多么好，都不应该把中国文学作品翻译成英文。要把中国文学作品翻译成英文，需要一个英国人，文学修养很高的一个英国人，他通晓自己的母语，知道怎么更好地表达。现在出版社用的是一些学外语的中国人来翻译中国文学作品，这个糟糕极了。翻得不好，就把小说给‘谋杀’了。”[③]语言能力具有天赋的因素，到底中国人具备怎样的外语条件才能把文学作品翻译为外语，这些见解当然有待商榷，但他们都共同强调的是外语语言能力的问题，对这一点我们应该有清醒的认识。另外，如果是外国人翻译中文作品，必然要精通汉语，对汉语有深刻的感知力，对于汉语没有多年的学习、理解、运用是不行的，就像葛浩文，经过多年的文学翻译实践，对中文产生了“感觉”，可以对莫言每一部小说的语言特色凭借直觉进行辨别，这就使他能够徜徉在两种文化中游刃有余地处理复杂的语言转换。

除上述几点能力之外，文学作品翻译还需要译者发挥创造性。德国哲学家、语言学家瓦尔特·本雅明(Walt Benjamin)在其大作《译者的职责》一文中将翻译上升到哲学高度，以神学思想对翻译做了一个形象的类比，提出译作是原作的“后世”(Afterlife)的说法。他认为译作对于原作而言，其实是一种生命的延续，文本经过翻译被赋予了新的意义，犹如获得新的生命而在“后世”得到“重生”。翻译家负有使作品重生的使命，优秀的批评家和翻译家近似于接受美学中“理想的受众”，他们具备所有需要的知识和素质，在作品的后世介

---

① 北明：《专访马悦然：谈中文文学和诺贝尔文学奖》，《联合报(副刊)》2000年10月13日。

② 袁剑：《写作需要“休息”——顾彬访谈录》，《中国图书评论》2012年4月19日。

③ 《诺贝尔奖评委马悦然称中国人不应翻译本国作品》，2012年10月18日，http://news.163.com/08/0909/21/4LE99LEM00011229.html。

入作品。自然，良好的翻译，就会保证原作在“后世”的“重生”。[①] 由于文化语境的差异，语言中很多富含文化意蕴的表达方式很难在另一种语言中找到完全对等的表达方法，此外作家个人化的写作风格，所使用的修辞手法、意象以及方言等都会给翻译造成很大困难。低水平的译者对此往往束手无策，要么删去不译，要么硬译，在译语当中不知所云，这无异于马悦然所说的对原文的“谋杀”，不仅使原作在译语环境中难以得到认可，而且会产生负面的效应，译语读者由此会对作者产生不好的印象。莫言作品的语言风格天马行空，他总是熟练运用民间修辞的技巧来拆解历史和现实，有很强的民族和地域色彩。高明的译者，往往会调动自己丰富的翻译经验和深厚的学养来创造性地处理这类翻译难题，使原作在全新的语境中“重生”。葛浩文就持此观点，他认为译者的工作比原作者更微妙更复杂，翻译就是更高级阶段的创作。[②] 优秀的译者莫不精于此道，比如马悦然在翻译李瑞作品《旧址》和《无风之树》时，为这两部作品各自创造了一种相应的瑞典语表达方式来对应李瑞作品的语言风格，[③]吉田富夫翻译《檀香刑》中的山东省地方戏“猫腔”时将其转化成了日本的“五七调”。[④]

三、文学作品翻译的“赞助人”因素

在当代全球化语境中谈论翻译，出版社的作用是一个不容忽视的因素。90 年代初，当苏珊·巴斯奈特(Susan Bassnett)和安德鲁·勒菲韦尔(Andrew Lefevere)推动翻译研究进行“文化转向”时，意识形态、赞助人和诗学等宏观的社会文化因素被纳入了翻译研究的视野，翻译研究开始从注重语言策略的微观翻译研究转换到注重社会文化的宏观研究。勒菲弗尔认为，翻译和文学创作受内外两个

---

① [德]瓦尔特·本雅明：《译作者的任务》，[德]汉娜·阿伦特编：《启迪：本雅明文选》，张旭东、王斑译，北京：生活·读书·新知三联书店，2008 年，第 81—94 页。

② Goldblatt h.,“My Hero”, *The Guardian*, 2012—10—12.

③ Goldblatt h.,“The Writing Life”, *The Washington Post*, 2002—04—28(BWl0).

④ 舒晋瑜：《十问吉田富夫》，《中华读书报》2006 年 8 月 30 日。

因素的控制。内因就是文学系统内的专业人员，包括批评家、评论家、教师和翻译家自己；外因则是“那些能够促进或阻碍文学的阅读，写作和改写的有影响力的个人或机构，即文学系统外的赞助者，包括在某一历史时期具有影响力的个人及团体，如出版商、媒体、政党，或负责传播文学和文学思想的机构如国家院校和学术期刊。[①] 在当代文学语境中，“赞助人”概念中比较突出的有出版社、作协、译协、政府相关机构等，翻译出版已经离不开这些“赞助人”，尤其是出版社的参与和支持，因此文学作品翻译一定要重视各方之间的“合作”，比如作者和译者、作者和出版社、译者和出版社之间的多向度选择与互动合作。

翻译活动必须考虑到出版社的因素。只有文学价值和商业出版价值结合得很好时，翻译作品才能达到理想的或者说超乎预期的传播效果。观察莫言作品的海外出版，出版社扮演着选择、策划和决策作用，他们在选择出版翻译作品前，首先会对作家和作品有较全面的了解，会把作品的文学价值和商业价值两方面结合起来进行评估，然后选择“赞助”优秀的译者并和作者形成良好合作关系，由此实现作者——译者——出版社三方的合作，推动作品的海外传播。《蛙》在中国出版仅仅 18 个月后就有了日译本，不能不说是日本学界、出版界和文坛对中国当代文学动态所作出的又一次迅速敏捷的反应。陈安娜翻译的《生死疲劳》今年刚在瑞典成功出版，就在哥德堡国际书展上被隆重推荐。

中国文学要想更多的走向世界，“赞助人”能做的还有很多，虽然莫言获奖，但也不能掩盖目前中国对作品翻译支持力度不够的问题。葛浩文就直言翻译这项事业急需得到资助：“请不要忘记，莫言的作品在世界各国都有很多才华出众的翻译，日本、法国、意大利和德国尤为突出，译者们为树立他的国际声誉做出了杰出贡献。中国在推动和资助文学翻译方面的确是落后了。美国、欧洲的一些国家，以及日本，都在积极资助以各种外语为母语的译者，促使其作品进入这些

---

① Andre Lefevere, *Translation, Rewriting, and the Manipulation of Literary Fame*, Shanghai: Shanghai Foreign Language Education Press, 2004, p. 15.

语言区的本土市场。中国在这方面理应做得更好。”[①]这就说明，向海外推广中国文学，还是得全面反思翻译人才的培养和挖掘以及作者、译者和出版社等机构的全面合作，以合力使中国文学形成更多更强的冲击波。

四、结语

莫言获得诺贝尔文学奖使得长期困扰中国人的作品翻译问题而产生的“焦虑”得到了部分缓解，从中我们得到了很多翻译方面的启示，其中最重要的是，文学作品的翻译并不是一道难以逾越的天堑，语言的障碍可以被打破。文学作品的翻译是作者和译者以及出版社等“赞助人”之间合作的产物，文学作品在异域的“重生”和“生命力”的延续不能只依靠作家自身的实力和作品本身的价值。译者的发掘和培养依然是中国文学走向世界的重要环节，对这个问题应从文化推广的战略高度来加以考虑，出版社、“作协”“译协”等具有“赞助人”色彩的机构可以发挥重要作用，为作品的翻译推广营造良好的环境。中国有很多伟大的作家，具有问鼎文学大奖实力的不止莫言一人，近年来也有很多作品得到了译介，如果我们充分研究从莫言作品译介得到的启示，认识翻译中应该注意的译者因素和社会文化因素，那么就会大大增加世界了解中国文学和中国文化的机会。

① 刘浚：《莫言，更富有历史感的中国作家》，2012 年 10 月 18 日，http: / /www. chinadaily. com. cn / hqzx /2012—10 /11 /content_15808266_3. htm.

走向“后诺奖”时代

——也从莫言获奖说起

曾艳兵

2012年诺贝尔委员会将该年度的诺贝尔文学奖颁赠给了中国本土作家莫言，释放或者说结束了中国作家乃至中国读者大半个世纪以来的“诺奖情结”。随着所有的问题都成为莫言获奖之后的问题，我们终于迎来一个“后诺奖”时代。

莫言获奖主要涉及两个问题：一个是莫言该不该获奖的问题，另一个是莫言凭什么获奖，或者说为什么获奖的问题。在我看来，讨论第一个问题没有什么意义，因为莫言已经获奖，这是无法否认的，无论你是赞成也好反对也好。这已经成为一个重要的文学“事件”，我们所能做的就是对这个“事件”进行叙述、说明、解释、分析和研究，也就是使这个文学“事件”变成一个文学“事实”。将这座文学的“丰碑”转换成各种各样的文学“文献”。这些自然都属于上面的第二个问题，也就是所谓“后诺奖”时代的问题。关于这个问题，我想有三点还可以继续思考和讨论。

一、翻译文学与文学翻译

莫言获奖，原因是多方面的，文学的原因、政治的原因、经济的原因，乃至影视改编以及媒介网络等，不一而足，但是，有一个原因应该是确凿无疑的，那就是翻译的问题。翻译的问题又包括两个方面，即翻译文学与文学翻译。

诺贝尔委员会给莫言的颁奖词为：莫言“将魔幻现实主义与民间故事、历史与当代社会融合在一起”。这就是说莫言显然受到了拉丁美洲魔幻现实主义的影响，当然，莫言受到外国文学影响的何止是魔幻现实主义，据莫言坦言，至少还有福克纳、海明威、卡夫卡、托尔斯泰、川端康成等，而这些作家分别用西班牙语、英语、德语、俄语和日语写作，莫言所能接触到的一定不是真正意义上的外国文学，而只能是翻译的外国文学。莫言是一位真正的中国本土作家，从来没有用过中文以外的文字写作，所以，外国读者或评论家如果要阅读莫言，除了极少数的杰出的汉学家，便只能通过翻译了，也就是莫言作品的外文译本，这就是文学的翻译问题。

莫言是一个善于博采众长而又能坚持自己风格的作家，但他所接受的正规教育非常有限。莫言，原名管谟业，1955 年 2 月生于山东高密。他在家乡上过 5 年小学，“文化大革命”后辍学在家务农，直到 1976 年参军入伍。尽管这以后，他也曾于 1986 年毕业于解放军艺术学院文学系，1991 年毕业于北京师范大学鲁迅文学院创作研究生班并获文艺学硕士学位，但这些不过是专业进修学习，算不得正规的教育。一个只接受过五年正规教育的作家荣获世界最高级别的文学奖，这对于那些接受了各种正规高等教育并握有各种正规文凭的作家和理论家来说，多少感到有些尴尬，并心有不甘，这使我们想起四百多年前英国的莎士比亚，因为只上过四年的文法学校，因而引起了某些人的强烈质疑并否认了莎士比亚的著作权。

莫言自然没有这层忧虑，但他却有着某种“影响的焦虑”。20 世纪五六十年代，正当我们在经历一场史无前例的文化浩劫时，拉丁美洲文学却在世界文坛异军突起，在西方，乃至整个世界形成了一股“拉丁美洲文学热”，或称“文学爆炸”。一时间，作家辈出、群星灿烂、流派纷呈、争奇斗艳。著名的作家有聂鲁达、博尔赫斯、阿斯图里阿斯、卡彭铁尔、马尔克斯、略萨、科塔萨尔、帕斯等。这些作家中先后有 5 人获得了诺贝尔文学奖，这不能不让中国作家怦然心动。照说当时拉丁美洲的经济、政治并不比中国先进，但其文学何以能率先走向世界,构成世界文学的又一个高峰?这自然是中国作家最感兴趣,同时也是最有意义的问题。一时间中国作家开口三句话便不得不说拉丁美洲那“斯们”。

正是在这种背景下,莫言也接受了以马尔克斯为代表的拉美魔幻现实主义文学的影响。“先锋派文学是西方现代主义思潮涌入中国的直接呼应,而寻根文学则是《百年孤独》等魔幻化叙事,和因外来参照而逐渐强化的民族精神文化源流的再审视。在先锋派文学和寻根小说之间活跃着的莫言,或者说与二者联系最为密切的莫言,从某种角度上可以被定位为用先锋文学的技法包裹了寻根文学内涵的当代作家。”[①]莫言曾经坦言:“像我早起的中篇《金发婴儿》《球状闪电》,就带有明显的魔幻现实主义色彩。”[②]

但是,比较而言,莫言受到美国作家福克纳的影响也许更为直接,也更为深刻。“有一种说法认为,福克纳和马尔克斯都对莫言有着很大的影响,但是据我的研究,还是福克纳的影响大一些。记得莫言曾经说过他看到《百年孤独》是在他写出《红高粱》这些小说,已经拥有了‘高密东北乡’这个文学共和国之后的事情,所以‘马孔多镇’对莫言的影响应该没有福克纳的‘约克纳帕塔法县’大。实际上,作为一个虚构的地理版图,福克纳的‘约克纳帕塔法县’对莫言当时还在试探和摸索的写作有醍醐灌顶的功效。”[③]这种说法也得到了莫言的证实。

1984 年,福克纳的代表作《喧嚣与骚动》由李文俊翻译成中文在上海译文出版社出版。同年 12 月一个大雪纷飞的下午,莫言从同学那里借到了这本书。莫言说:“读了福克纳之后,我感到如梦初醒,原来小说可以这样地胡说八道,原来农村里发生的那些鸡毛蒜皮的小事也可以堂而皇之地写成小说。他的约克纳帕塔法县尤其让我明白了,一个作家,不但可以虚构人物,虚构故事,而且可以虚构地理。于是我就把他的书扔到一边,拿起笔来写自己的小说了。受他的约克纳帕塔法县的启示,我大着胆子把我的‘高密东北乡’写到了稿纸上。

---

① 付艳霞:《莫言的小说世界》,北京:中国文史出版社,2011 年,第 237 页。

② 孔范今、施战军主编:《莫言研究资料》,济南:山东文艺出版社,2006 年,第 53 页。

③ 同上书,第 77 页。

他的约克纳帕塔法县是完全的虚构，我的高密东北乡则是实有其地。我也下决心要写我的故乡那块像邮票那样大的地方。这简直就像打开了一道记忆的闸门，童年的生活全被激活了。我想起了当年我躺在草地上对着牛、对着云、对着树、对着鸟儿说过的话，然后我就把它们原封不动地写到我的小说里。从此后我再也不必为找不到要写的东西而发愁，而是要为写不过来而发愁了。”[①]有人认为，莫言似乎没有读完《百年孤独》，甚至都否认读过《喧嚣与骚动》，因此，“无论是马尔克斯，还是福克纳，对莫言创作的直接影响似乎是微乎其微的”。[②]我以为不然，因为一个作家对另一个作家的影响更重要的体现在创作观念和创作方法上，而这方面的影响并不需要作家像研究者一样去研究对方的作品，甚至都无须多读或细读对方的作品，浅尝辄止，囫囵吞枣，顿悟中得到了自己最想要的东西，这就足矣。2012 年 12 月 8 日莫言在瑞典学院发表的讲演也印证了这一点。他说：“我必须承认，在创建我的文学领地‘高密东北乡’的过程中，美国的威廉·福克纳和哥伦比亚的加西亚·马尔克斯给了我重要启发。我对他们的阅读并不认真，但他们开天辟地的豪迈精神激励了我，使我明白了一个作家必须要有一块属于自己的地方。”[③]可见，作家对作家的真正影响并不在于细节，细节的影响恐怕还停留在模仿的阶段，深刻的影响应该是不留痕迹的。相互影响的作家其作品的相似性愈多则其创造性愈少。

莫言循此路线进行创作，我们发现他的小说《红高粱》基本上具备了《喧嚣与骚动》的特点：首先，完全打破了传统的时空顺序与情节逻辑。莫言说：“谈到《红高粱》，我最得意的是‘发明’了‘我爷爷’、‘我奶奶’这个独特的视角，打通了历史与现实之间的障碍。也可以说是开启了一扇通往过去的方便之门。”[④]其次，《红高粱家族》采用了多角度叙述结构，将一个故事分别叙述了 5 次。第三，《红高粱》充满了象征意象，整部《红高粱》就是一个巨大的象征。莫言曾经说过，

---

① 莫言：《福克纳大叔，你好吗？》，《小说的气味》，沈阳：春风文艺出版社，2003 年，第 40 页。

② 邵璐：《莫言小说英译研究》，《中国比较文学》2011 年第 1 期。

③ 莫言：《讲故事的人》，《新京报》2012 年 12 月 8 日。

④ 孔范今、施战军主编：《莫言研究资料》，济南：山东文艺出版社，2006 年，第 42 页。

没有象征和寓意的小说就是清汤寡水。如此看来,《红高粱》似乎有笼罩在《喧嚣与骚动》阴影下的危险。

莫言显然也意识到了这种危险。1986年6月21日,罗强烈在致莫言的信中指出,莫言在多种场合曾多次声称"应尽力从海明威、福克纳或马尔克斯的巨大身影中逃逸出去"。[①] 可见外国文学对于莫言的影响不是太小,而是太大了。莫言自己后来说道:"我承认他(福克纳)是我的导师,但我也曾经大言不惭地对他说:'嗨,老头子,我也有超过你的地方……你的那个约克纳帕塔法县始终是一个县,而我在不到十年的时间内,就把我的高密东北乡变成了一个非常现代的城市……另外我的胆子也比你大,你写的只是你那块地方上的事情,而我敢于把发生在世界各地的事情,改头换面拿到我的高密东北乡,好像那些事情真的在那里发生过……我的高密东北乡是我开创的一个文学共和国,我就是这个王国的国王'。"[②]莫言接受了福克纳,但他很快又超越了福克纳。当然,他所接受的福克纳不过是翻译的福克纳,或者说外国文学译介者笔下的福克纳。用莫言自己的话来说,他所接受的外国作家的影响,"其实是翻译家的语言的影响"。[③]

莫言的创作固然受到翻译文学的影响,但是,当莫言的创作逐渐成熟,并渐渐形成了自己风格和特色之后,他的作品又吸引了一批翻译家,将他的作品翻译成各种外文,在全世界传播和接受。莫言获奖,翻译家可谓功不可没。国外读者包括绝大部分评委均不可能直接阅读莫言的作品,因此,对于莫言作品的翻译,当是莫言获奖的不可或缺的因素。而对莫言作品的翻译,绝不仅仅只是一个语言问题。

美国著名汉学家葛浩文是翻译莫言作品最多的英语译者,他翻译了莫言6部作品:《红高粱》《天堂蒜薹之歌》《酒国》《师傅越来越幽默》《丰乳肥臀》《生死疲劳》。他在美国俄克拉荷马大学举办美国纽曼中国文学奖时,就提名他所翻译的莫言的作品《生死疲劳》。葛浩文几乎不放过任何机会赞扬和推荐莫言。但是,葛浩文对莫言的翻译未必是"忠实"的,为了迎合美国读者,以及更多的西方读者,葛浩

---

① 孔范今、施战军主编:《莫言研究资料》,济南:山东文艺出版社,2006年,第14页。

② 莫言:《福克纳大叔,你好吗?》,《小说的气味》,沈阳:春风文艺出版社,2003年,第58页。

③ 孔范今、施战军主编:《莫言研究资料》,济南:山东文艺出版社,2006年,第58页。

文在“译本里加上了一些……原著中没有的东西，譬如性描写”，有时又删除了一些比较露骨的性描写。在葛浩文看来，翻译的性质就是重写。在许多研究者看来，莫言作品的英译本显然比原文更为优美、华丽，少了些野气和粗俗。但是，莫言无疑认可了这种几近改写的翻译，甚至认为这种翻译比他的原文更为优秀。莫言曾公开表示：“如果没有他（葛浩文）杰出的工作，我的小说也可能由别人翻成英文在美国出版，但绝对没有今天这样完美的翻译。许多既精通英语又精通汉语的朋友对我说，葛浩文教授的翻译与我的原著是一种旗鼓相当的搭配，但我更愿意相信，他的翻译为我的原著增添了光彩。”①因此，“从根本上说，莫言作品在西方的传播与接收，最重要的还是译者所起的作用。他的作品获得当代最重要的汉学家、翻译家、评论家葛浩文的赞赏与垂青，从而成为他作品的最重要的英语翻译者，让其作品的译本有更大机会能在重要的西方出版社出版并加以宣传；同时也是由于译者的社会资本和象征资本，使译者有机会成为国际重要文学奖的评委，为自己的翻译作品的原作者提名……由此，莫言在西方文学界的被接受就成为必然之事。”②由此推论，莫言获奖也顺势成为必然之事。

二、文学经典与文学标准

任何一个作家获得诺贝尔文学奖都会引起争议，这种争论有大小不同，但完全的风平浪静似从未有过。争论的焦点就是诺贝尔文学奖的标准问题，诺奖的标准是否可以等同于文学的标准，文学标准是否能够选择出最优秀的作家和作品？我们是根据最优秀的作家作品来制定标准，还是根据事先拟定的标准来遴选作品？最优秀的作品是否依然有标准？那么，什么是最优秀的作品？我认为，那些最优秀的作品是已经成为文学经典的作品，这些文学经典绝不是诺贝尔文学奖评定的结果，它应该成为诺贝尔文学奖的原因和标准。经典

---

① 莫言：《我在美国出版的三本书》，《小说界》2000 年第 5 期。

② 邵璐：《莫言小说英译研究》，《中国比较文学》2011 年第 1 期。

不是因为它是经典而优秀，而是因为它优秀所以是经典。

自从诺贝尔文学奖设立至今，最优秀的作家没有获奖或者获奖的不是最优秀的作家，已经是不成问题的问题。有些作家获奖被认为名不符实，并且这样的作家并不在少数，因为他们的获奖并没有让人们记住他们，反倒是在人们很快将这些作家忘却后质疑诺贝尔文学奖的公平和水平。1901 年，首届诺贝尔奖颁赠给了法国作家苏利-普吕多姆，"以表扬他的诗作，因为它们揭示了崇高的理想主义、完美的艺术造诣，以及心与智两种元素的珍贵结合"。[①] 这个决定当时引起了轩然大波。从这位法国作家已经全然被人们忘却来看，当时的质疑显然是有道理的。有一些伟大的作家则并没有获奖，譬如托尔斯泰、左拉、易卜生、哈代、乔伊斯、卡夫卡、普鲁斯特、高尔基等，这使得人们对于诺贝尔文学奖的眼光和标准产生质疑，乃至于不屑。关于托尔斯泰与诺奖无缘，瑞典文学院常任秘书威尔生特别解释道："这位《战争与和平》的作者诚然是一位非常伟大的作家。不过，很不幸，他对道德表露出一种怀疑的态度；还有，他是一名文学家，对宗教缺乏深刻认识，可是却公然批评圣经。当然，就他的文学上的造诣来说，他是应该获奖。不过，如果真的把奖颁给了他，则此奖所象征的'理想主义'必然会助长那种革命性教谕的气焰，使它变得加倍的危险。瑞典文学院不欲这种事情发生。"[②]这番话激怒了托尔斯泰，他自动退出了诺贝尔文学奖的竞争。看来，诺贝尔文学奖不仅与文学有关，还与政治有关，与宗教有关，与"理想主义"有关。当然，这一切都与诺贝尔的遗嘱有关。有些作家虽然获奖，但他自认为来的太迟了，譬如肖洛霍夫。有的作家获奖后声言，获奖已经不能提升他的名誉了，反倒是诺奖颁赠给他提升了该奖项本身的名誉，譬如马尔克斯。有的作家索性拒绝了诺贝尔文学奖，众所周知的是萨特和帕斯捷尔纳克。还有作家考虑到拒绝诺贝尔文学奖比领奖更能引起新闻媒体的关注，以至于更有可能失去自己已有的平静的写作和生活，因而不得已选择了领奖，譬如贝克特。凡此种种，究竟是获奖作家的问

---

① 若利韦、阿司特隆·斯特龙伯格：《诺贝尔秘史》，王鸿仁译，北京：中国友谊出版公司，1989 年，第 4 页。

② 同上书，第 8 页。

题，还是那些没有获奖作家的问题，抑或是诺贝尔文学奖的标准有问题？

这与诺贝尔文学奖的评奖标准有关，也与我们对“最好的作家”的认识和理解有关。最优秀的作家应该是那些已经成为了经典的作家，诺贝尔文学奖的标准并不等同于文学的标准，况且文学标准一定是变化的，从来没有亘古不变的文学标准。是伟大的作家制定了文学的标准，而不是因为标准而制造了伟大的作家。如此看来，并不是诺贝尔文学奖成就了伟大的作家，而是伟大作家参与并制定了诺贝尔文学奖的标准。

在阿尔弗雷德·诺贝尔(1833—1896)的遗嘱以及根据它而制定的诺贝尔颁奖章程中，文学奖的审核标准是：不论国籍，但求对全人类有伟大贡献，且具有理想倾向的杰出文学作品。诺贝尔无论在时代上，还是在观念上都可以说是个彻头彻尾的 19 世纪人。他终身未娶，并无子嗣。临终前立遗嘱，拔 900 万美元为基金，以其年息奖掖五个部门有特殊成就的人才。他热情地信仰着人类的进步，对人类的前途抱着极乐观的想法。也许正是坚持诺贝尔的文学标准，1902年，该年度的文学奖颁给了德国作家蒙森，又一个被人们忘却了的作家。1903 年，法朗士提名勃兰兑斯，但勃兰兑斯的那种反神学、分裂主义，及煽动性文字不能为瑞典文学院接受，于是他们决定在易卜生与比昂逊中选一位。最终选了比昂逊。现在看来，这即便不能看作是错误的选择，至少是没有远见的选择。

这一次诺贝尔文学奖选择莫言，这是否意味着莫言的文学创作已达到或超越了世界水平，抑或诺贝尔文学奖的水平已经降落或者退化到了世界水平之下？莫言获奖，究竟是因为中国作家的“诺奖情结”，还是因为诺贝尔文学奖的“中国情结”？是莫言走向了世界，还是世界走近了中国？莫言是当代中国最优秀的作家之一，但他还不是经典作家，成为经典作家还有待时间和历史的考验。诺贝尔文学奖并不总是能奖给世界上最优秀的作家，因为它只颁赠给那些还活着的作家，而活着的作家寿命毕竟有限，通常情况下他还不如普通老百姓长寿，他无法看到二三百年后他的作品是否还有读者。

三、"诺奖"之后或曰"后诺奖"时代

莫言获奖之前，中国没有真正意义上的诺贝尔文学家奖的获奖人，虽然我们有过许多传说，譬如鲁迅、林语堂、沈从文等曾有机会获奖，但均因各种原因与诺奖擦肩而过。但是，传说毕竟不是事实，即便有零星的档案资料证明，档案仍然不能等同于事实，正如历史不能假设一样。令人颇感困惑的是，1938 年美国的赛珍珠因为"她对中国农村生活所作之丰富而生动的史诗式描绘"而获奖。这真是莫大的讽刺。这究竟是中国作家出了问题，还是诺贝尔文学奖出了问题？现在看来，真正成问题的是赛珍珠，因为美国的文学史上见不到她的踪影，中国的文学史也没有留下她的痕迹，诺贝尔文学奖似乎拿它的荣誉打了水漂。2000 年高行健的得奖，到底是因为政治的文学，还是文学的政治？高行健离文学有多远，尚有争议，但他离中国已经很远，1987 年他移居法国，1997 年他加入了法国国籍，已算不得中国作家了，顶多只能算是华裔作家。

然而，莫言获奖后这一切都发生了改变。莫言作为运用现代汉语写作的中国本土作家，他的获奖无可争议。而随着他的获奖，中国也就进入了所谓的"后诺奖"时代。"后诺奖"时代对于中国当代作家、理论家究竟意味着什么？这是我们应当思考和讨论的问题。

对于中国作家而言，莫言获奖无疑使他们更加接近了诺贝尔文学奖，从而增加了更多的文学自觉和自信。莫言虽然是中国当代最优秀的作家，但是与莫言不相上下的中国作家至少还可以列举出 20 余人，譬如贾平凹、余华、韩少功、刘震云、王安忆……。对于这些作家而言，莫言的获奖虽然不等于自己获奖，但至少说明他们与诺奖已经非常接近，只不过缺少些机缘罢了，譬如好的外文翻译，好的汉学家的赏识等。只要坚持本色写作，应该说这些作家还均有机会。况且，莫言获奖之后整个世界都开始关注莫言，这就必定会更为关注莫言的写作环境，因而也就一定会关注莫言周围的作家。当然，此前说过，诺奖的标准并不等于文学标准，作家完全没有必要为了诺奖而写作，为了诺奖而写作，未必就一定不能得奖，但一定创作不出日后成

为经典的作品。用莫言的话来说:“如果奔着这个奖那个奖写作,即便如愿以偿得了奖,这个作家也就完了蛋。”[①]当今社会,作家的身份多种多样,复杂多变,但优秀的作家有一点总是坚持不变:他是一个作家,他为写作而写作。

这一点,作为莫言的写作导师的美国作家福克纳堪为典范。福克纳一生扮演过太多的角色:孤僻的少年、负伤的老兵、流浪汉、波希米亚诗人、好莱坞写手、酒鬼、游手好闲的家伙、邮政局局长、丈夫和情人、猎手和养马人、诺贝尔文学奖获得者、文化大使、驻校作家、慈爱的外公、贵族……但他最终却是一个作家。虽然他经常为赚钱而写作,但他内心深处只想当一个纯粹的作家。“他写了一些书,然后死了”,这是他理想中的墓志铭。[②]

莫言在一次演讲中谈到作家为什么写作的问题,他认为,除了“为老百姓写作”之外,还有一种“作为老百姓的写作”,而后者才是真正意义上的民间写作。莫言说:“任何作品走向读者之后,不管是‘作为老百姓的创作’还是‘为老百姓的创作’,客观上都会产生一些这样那样的作用,都会或多或少地影响到读者的情感,但‘作为老百姓的写作’者,在写作的时候,不会也不必去考虑这些问题。”“真正的民间写作,‘作为老百姓的写作’,也就是写自我的自我写作。”[③]莫言确信,真正伟大的作品必定是“作为老百姓的创作”。面对现实生活中的名利和鲜花,作家如何保持本色,“作为老百姓而写作”,“不要忘记了最重要的东西”,这就是莫言经常提醒自己并保持警惕的。因此,莫言也算得上一个在众多复杂身份的作家中还能保持一些纯粹的作家。

莫言获奖之后,中国作家没有了“诺奖”的焦虑,应该可以成为更加纯粹的作家,这样他们不仅越来越接近乃至超过了“诺奖”的标准,甚至可以参与创建文学的标准。如此一来,他们已经“对全人类作出了伟大的贡献”,至于他们何时获奖或是否获奖便变得不再重要,也不再成为问题了。

莫言的获奖使我们可以重新思考比较文学和外国文学学者的职

---

① 孔范今、施战军主编:《莫言研究资料》,济南:山东文艺出版社,2006年,第39页。

② 杰伊·帕里尼:《福克纳传》,吴海云译,北京:中信出版社,2007年,第274页

③ 孔范今、施战军主编:《莫言研究资料》,济南:山东文艺出版社,2006年,第37—41页。

责与作为。如果说莫言的获奖离不开翻译文学与文学翻译的话，比较文学与外国文学学者便为莫言走向世界作出了不可或缺的贡献。莫言通过中文阅读了丰富外国文学作品，吸取了丰富的营养，甚至有了“醍醐灌顶”的效果；莫言的作品又被优秀的翻译家译成外文，为成千上万的国外读者所阅读和接受。莫言通过翻译文学走近世界，他又通过文学翻译走向世界。

外国文学学者应该给中国作家，当然更多的是中国的普通读者提供丰富的精神食粮，这些“食粮”有些是经过加工的，有些是没有经过加工的，再配上对这些“食粮”的分析和说明。这样的工作应该比当下更为风行的纯粹的符号游戏、语言游戏、结构游戏更为有益。正如英国当代著名理论家伊格尔顿所说，过去，活着的作家是不配成为研究的对象的，人文科学研究的大多是一些看不见、摸不着的东西，检验一项研究成果是否有价值和意义，其方法是看它是否无用、无聊，以及深奥的程度，“理论只不过是一群年轻幼稚、情感受阻的男人，在比较他们自己的多音节的长度而已。”[①]当以莫言为代表的一批作家接受了外国文学的影响，而他们的创作又成为了世界文学的一部分时，外国文学学者应该为此感到骄傲和自豪；而当他们的工作和研究与此毫无关系时，他们是否应该警醒和反思他们的工作和研究究竟还有什么价值和意义？

总之，莫言的获奖，应该说标志着中国文学走向世界，中国文学已成为世界文学的重要组成部分，然而，比较而言，我们的理论似乎太滞后了。我们的理论家睁大眼睛注视着西方学术一丝一毫的风吹草动，但国外学术界对中国的理论却关注太少，甚至不闻不问。什么时候中国的学术理论也像莫言的小说一样，拥有越来越多外国读者，从纯粹的“进口”到保持一种“进出口”的平衡？我们的理论走向世界似乎还颇需时日，因为我们模仿和借鉴得太多，甚至连评判理论的标准和语言也是外来的，而探索与独创则太少。这样的理论即便在国内也逐渐呈现萎缩的态势，遑论走向世界。

---

① 特里·伊格尔顿：《理论之后》，商正译，北京：商务印书馆，2009年，第18页。

第五编

中国当代文学海外传播个案研究

中国现当代诗歌英译述评(1935—2011)

李德凤　鄢　佳

一、引言

自改革开放以来,随着中国综合国力的提高,文化软实力建设和中国文学走出去的呼声越来越高。从1950年代《中国文学》外文版的创刊、到1980年代中国文学出版推出的熊猫系列丛书、1990年代国家立项的大中华文库、直至近年来外文局"对外传播研究中心"的创设、学术界"中国文学海外传播"工程的启动、中国作家协会频繁举办的汉学家文学翻译研讨会、世界见证了中国文学走出去的一次次不懈努力。目前,外国读者和学术界不仅对中国古典文学兴趣浓厚,对现当代文学作品的探求也与日俱增,有的作家和作品已开始受到关注。现当代诗歌不仅在文学史上占有重要地位,而且在近百年的英译和对外交流过程中,为中国文化的传播做了重大贡献,有力地呼应和推动了中国文学走出去及文化软实力建设这一浪潮。因此,本文拟对1935—2011年间的新诗译介活动进行梳理,以期对将来新诗的译介及中国文学走出去提供一点参考。

本文所研究的现当代诗歌是1917年后创作的诗歌,既包括白话诗又包括旧体诗,但白话诗占绝大多数部分。白话诗始自于1917年胡适在《新青年》杂志发表的《白话诗八首》,至今已走过了近百年的历程。白话诗揭开了白话文改革的序幕,经历了从内容到诗体上的不断改革和创新，记录了中国社会从战争岁月到和平年代的变迁，反映了诗人复杂的感受和思想。近百年来，涌现出了很多影响一代人的优秀诗篇和杰出诗人。而白话诗的英译可以追溯到1935年吴经熊在上海创办的英文杂志《天下月刊》。该月刊以传播中国文学和文化为目的，向海内外同时发行，其中的新诗英译部分由陈世骧和阿克顿负责，刊发了陈梦家、周作人、徐志摩等人的白话诗译文（彭发胜，2011）。1936年第一本英译诗集《现代中国诗选》就是在此基础上诞生的。为了更好地说明现当代诗歌英译状况，下面将分四个阶段对相关的诗人、诗作、译者和出版社状况进行梳理、总结和简评。

二、译本概况

本文旨在对1935—2011年间出版的现当代诗歌英译本做总体考察，所依据的材料来自于美国俄亥俄州立大学当代文学文化中心(MCLC Resource Center)、中国国家图书馆、《20世纪中国文学》(*The Literature of China in the Twentieth Century*. McDougall&Kam,1997)以及国内外相关论文等。经调查显示，各类诗歌英译本总计160多种，其中个人诗集106本，诗人合集44本，其他含英译诗歌的英译文集10多部。参照现行的20世纪中国文学史，本文以1949年新中国成立、1979年第四次文代会的召开、1999年盘峰诗会这三个时间点为界限，分四个阶段对现当代诗歌的译介情况做总体描述，即：1917—1949年现代诗歌、1950—1979年毛泽东时代的新诗、1980—1999年文学解冻后的新诗以及2000—2011年世纪之交的新诗。

（一）1917—1949年现代诗歌——在烈火中生出翅膀

新文学革命最早是从提倡白话诗开始的，以打破旧体诗的音韵格律对自由抒写、表达新思想的束缚。早期的白话诗具有实验性质，胡适、鲁迅等一些作家都尝试过新诗写作。20年代新诗逐渐发展起来，初期活跃的有冰心、宗白华等为代表的小诗派，应修人、潘漠华等组织的湖畔诗派，新诗奠基作郭沫若的《女神》也写于这个时期。20

年代中期有闻一多为代表、提倡“音乐美、绘画美、建筑美”的新月派诗歌，以李金发为代表、增加诗质美的象征派诗歌，受唯美主义影响、以冯至为代表的沉钟社创作的诗歌。30 年代有以戴望舒、废名等一大批诗人掀起的现代派诗歌，以胡风、艾青等为主流的七月革命派诗歌，40 年代主要是九叶诗派及解放区的民歌叙事诗派。这样，白话诗就在国内革命的背景下产生并壮大起来。

这一阶段的诗歌英译文主要收录在以下七部合集中：1936 年伦敦出版的陈世骧和阿克顿合译的《现代中国诗选》是第一部英译中国现代诗歌合集，共包含 96 首诗，其中一些曾发表于芝加哥的《诗刊》、上海的英文报《天下月刊》以及反映北京人生活的英文报《北平纪事》。阿克顿曾在北京大学西语系任教，陈世骧是他的学生，两人和京派诗人比较熟悉并有较多交往，欣赏继承中国古典诗歌传统的新月派、象征派，因此收录的诗人有新月派的闻一多、陈梦家、徐志摩、沈从文、邵洵美、孙大雨，象征派诗人废名、戴望舒、何其芳，现代派诗人李广田、林庚、卞之琳。此外还有白话诗初创期的俞平伯和之后的著名诗人郭沫若。选录最多的是林庚和卞之琳的诗歌，分别为 19 和 14 首，其次是何其芳、徐志摩和戴望舒。诗集前言追溯了白话诗的诞生过程，简要描述了所选诗人的特点，后记刊载了废名的论白话诗写作。这些努力均为海外了解白话诗起到了重要作用。第二部是 1947 年记者罗伯特·白英编选的《当代中国诗选》。该诗集出版于抗战时期，共选录了从五四运动到 1947 年间 9 位诗人的 113 首诗作。这九位诗人是徐志摩、闻一多、何其芳、冯至、卞之琳、俞铭传、臧克家、艾青和田间。白英认为，闻一多继承了中国古典诗歌的格律传统，艾青和田间为抗战时期的代表诗人，三位诗人构成了中国现代诗歌的主线。入选的诗歌有的反映了八年抗战现实，有的体现了很强的艺术性。所选诗歌的译者都是中国人，其中多半是诗人，如卞之琳、俞铭传的诗歌皆由本人翻译而成。如上所述，这两部早期的英译诗集收录的诗人主要是 40 年代前的新月派、象征派和现代派。

除此之外，1963 年许芥昱编选的《20 世纪中国诗歌选集》首次总结了新诗自诞生以来到 1963 年间所产生的流派和成就，收录的诗人有白话诗先驱胡适、刘大白等，玄学派卞之琳、冯至，象征派李金发、戴望舒等，未作分类的有李广田、臧克家、田间等。1972年张明晖(Julia C. Lin)撰写的《现代中国诗歌介绍》首次介绍并评论了1917—1937年先锋派、新月派和象征派的诗歌；1937—1969年间艾青、田间和郭沫若的诗歌。1992年叶维廉编辑的《防空洞里的抒情诗》则是第一部专注于探讨1930—1950年战争时期新诗发展的诗集，除了收录冯至、艾青、吴兴华、绿原外，还首次收录九叶派诗人，诗集体现了诗人在内容和技巧上的独立创造，填补了这一时期诗歌译介的空白。反映革命题材的诗歌英译本还有廖仲恺和何香凝感怀时事的《翱翔：廖仲恺与何香凝诗集》，毛泽东等老一辈革命家的《动地诗：现代革命家诗选》，分别于1980、1981年被翻译后在香港出版。

这一时期的诗人后来有英译诗集陆续出版的有：郭沫若、闻一多、何其芳、鲁迅、艾青、卞之琳和冰心。详细情况如下：1958年外文社出版郭沫若的《女神诗选》；1972年伦敦出版《红烛：闻一多诗选》，1987年中国文学出版社出版戴乃迭选译《闻一多诗文选》，于1999年再版，1990年“熊猫丛书”出版卓以玉译《闻一多散文诗歌选》；1976年澳大利亚出版何其芳的《梦中的道路：何其芳散文诗歌选》；1979年香港、1982年外文社、1988年美国、1996年美国出版《鲁迅诗集》，各译本为数目不等的鲁迅的古体诗和白话诗；1982年熊猫出版社出版艾青的长篇叙事诗《黑鳗鱼》、2000年印第安纳大学出版社出版艾青的诗歌和散文译本、2001年中国文学出版社出版《艾青诗选》，只收录了诗歌；2006年香港译文出版社出版卞之琳的《雕虫》；2011年译林出版社出版冰心的《繁星・春水》。如上显示，闻一多、鲁迅、艾青三位诗人在国内外均受到译者和出版社的关注，其中也有重合现象，表现了一定的互相影响性。

综上所述，这一时期各流派的诗歌均得到了不同程度的译介，其中被译介较多的是反映古诗传统的新格律派、象征派及关注国内现实的革命诗派。

(二) 1950—1979年毛泽东时代的新诗

——黑夜给我黑色的眼睛我却用它寻找光明

新中国成立后，新诗创作进入新的时期，在题材、审美趣味和艺术形式方面均呈现鲜明的时代特征。在1950—1979这30年间，颂歌、新民歌和政治抒情诗得到了蓬勃发展。而台湾诗歌，在1950年代后，出现了以纪弦为首的现代派，余光中、覃子豪为首的蓝星诗社，以洛夫为首的创世纪诗社和1960年代由林亨泰组成的笠诗社等；香港1950—1960年代则主要是现代派诗歌，1970年代开始出现写实派、浪漫派和现代派并立的局面。

以下13部合集收录了这一阶段诗歌的英译文。首先是1950年代在北京出版的路易·艾黎(Rewi Alley)编辑的反映历代人民抗争、和平和幸福主题的《人民的声音》《历代和平诗抄》和《人民的欢歌》，这三本诗集收录了该时期劳动人民创作的反映革命和建设题材的诗歌；艾黎编辑1984年北京出版的《大路上的光与影：现代中国诗选》，收录更加广泛，主要表现抗战、长征、建设、生活等主题，诗歌作者为近400位政治人物、少数民族诗人、革命志士、小说家、艺术家及港台诗人。1979年外文社出版含30首悼念周总理的英译诗歌集《天安门诗抄》。1963年印第安纳大学出版许芥昱编选的《20世纪中国诗歌选集》，该诗集首次按新诗发展中产生的流派分类，总结新诗成就，最后部分收录了1958年劳动人民赛诗大会的新民歌。1990年中外合编的《红色的杜鹃花》收录了从1930年代艾青到1980年代非非主义代表人物何小竹五代诗人的作品，很多诗歌是新潮文学，所选文革时期的作品以情动人，有强烈的感染力。另外，1972年在第二次国际女性运动影响下，王红公(Kenneth Rexroth)和钟玲合著的《兰舟：中国女诗人》出版，现当代部分收录冰心、白薇、蓉子、林泠等大陆和港台11位女诗人部分这一时期创作的作品。1992年张明晖编辑的《红土地上的女人》收录了“大跃进”时期一些女诗人创作的诗歌。台湾方面，1960年台北出版余光中先生编译的《台湾新诗》，这是第一部向国外介绍台湾诗歌的英译诗集，收录了以蓝星诗社为主的20位台湾诗人的作品；1970年叶维廉编辑的《现代中国诗选：二十位中国诗人》，介绍1955—1965年取得名声并活跃在香港、台湾的老一辈诗人；1987年哥伦比亚大学出版张错编辑的《千曲之岛——台湾现代诗选》旨在详细介绍五六十年代台湾诗坛情况，其中还包括了十余位知名度不高的诗人的作品；1972年出版美国俄勒冈大学教授荣之颖(Angela Jung Palandri)编辑《台湾现代诗》,收录有台湾现代派、蓝星诗社、创世纪派诗人和一些女诗人的诗作(Robertson Maureen,1972)。这一时期的英译作品集有1972年在纽约出版白芝(Cyril Birch)主编的《中国文学文集》,其中第二卷收录了徐志摩、闻一多、艾青、冯至,以及台湾诗人周梦蝶、洛夫、商禽、痖弦、叶维廉、叶珊的作品,反映了编者对中国现当代诗歌一定的评判选择标准。《百花齐放文集》第二卷介绍1956—1957年间的诗作,《中华人民共和国文学》介绍了延安时期到1979年毛泽东时代的诗歌。1980年出版的由南希、因编辑的《新声音:中国作家的小说和诗歌》也涉及了这一时期诗歌作品。

这一时期创作的诗歌得到译介的有李瑛歌颂解放军战士的《红花满山》、毛泽东诗集英译本先后共12本、痖弦的《盐》、余光中的《满田的铁丝网》、柏杨在狱中写的《柏杨诗抄》、张香华的《不眠的青青草和其他68首诗》等共17本在国内外出版。

综上所述,这一时期诗歌被译介的相对较少,有13部诗人合集关注该阶段的诗歌,其中,个人诗集得到英译出版的诗人有毛泽东、李瑛、余光中、柏杨、张香华。同时,台湾诗歌开始受到关注,有四部英译诗集专门收录1950—1979年间的台湾诗歌作品。

(三) 1980—1999年新时期以来的诗歌

——把爱装满我的篮子我喜爱阳光的羽毛

1979年第四次文代会召开宣告文学解冻后,诗歌创作也进入复兴阶段。有以艾青为代表的反思历史的老一辈"归来者"诗人群和突破现实主义传统的年轻一代"朦胧诗派"和"泛朦胧诗派"诗人群。1986年"现代主义诗歌大联展"上出现了被称为"后新诗潮""新生代诗人"的非非主义诗派、"他们"诗派、女性诗派等60余家诗派,其诗作开始体现后现代主义的特征。而从1990年代起诗歌创作趋向边缘化,呈现知识分子写作和民间写作对立的观念。台湾诗歌则从1980年起,回归民族和乡土诗风,"都市诗""生态诗"等多元化趋势并存。

这一时期的诗歌英译文大部分收录在下面16部诗歌合集中。

重点收录朦胧诗派诗歌的诗集有《中国艺术家:中国诗人》《破碎的镜子:中国民主运动诗歌选》《来自暴风雨:中国新诗》和《曲折的路》这几本诗集。其中《来自暴风雨》还包括了泛朦胧派的作品,诗集选择面广泛并具有代表性。1999 年诗人王平编辑的《新一代:中国当代诗选》,第一次收录新一代先锋诗人的作品,介绍了 1980—1999 年间诗歌的发展,主题多反映文化和社会的变迁。2006 年悉尼出版陶乃侃和托尼·普林斯(Tony Prince)合编的《八位中国当代诗人》,诗集集中探讨了杨炼、江河、韩东、翟永明、张真、西川、海子这八位影响当代诗歌发展的领军诗人;1990 年出版的中外学者合编的《红色杜鹃花:中国"文化大革命"以来诗歌选集》收录了"文化大革命"后归来的老一辈诗人、朦胧派诗人、新生代代表诗人的作品。许多诗歌虽然是"新潮文学",但既有强烈的情感表达,又有熟练的诗歌技巧。相比而言,1992 年出版的奚密编辑的《中国现代诗歌选集》所包罗的年度、地域和诗人更广泛,选择了 1917—1990 年间大陆和港台主要流派代表诗人的诗作。由于其参照杨牧、郑树森编辑的《现代中国诗选》,选择的诗人和以往略有不同(Eugene Eoyang,1994),另外一些台湾诗人的诗作首次被译介。除此之外,还有 1993 年国内出版的《中国现代诗一百首》,其收录从白话诗创始到朦胧诗派为止期间出现的经典诗作的汉英对照本;1992 年《红土地上的女人》则收录了建国后大陆女诗人的作品,如陈敬蓉、王小妮、舒婷等,还有作协成员白虹、柯岩及一些少数民族诗人。港台方面有 6 本诗集,1982 年《夏照:当代汉语诗集》所选的诗歌体现了回归中国传统诗风的倾向;1986 年比利时诗人兼出版家杰曼·卓根布鲁特以促进文化交流为目的,出版了 50 页台湾诗歌小册子《中国:当代台湾诗歌》;1993 年美国出版的杨牧和罗青的《禁忌的游戏与录影诗》,收录了两位诗人共 150 多首英汉对照诗歌。这一时期在香港出版的诗集有三本,其中,1996 年出版的《来自海湾最蓝的地方:香港诗歌》,反映了 1997 年政权交接时香港人的兴奋和焦虑,1997 年出版的《香港诗歌——姜安道、黄国彬中英文作品选》,把来自中国和加拿大的两位诗人的诗歌并置,提供了对香港过去和未来的洞察。1991 年出版的《诗歌香港:中国诗选英译》的诗集,尚未获得相关资料。这一阶段的英译作品集中,《山上的树》主要介绍了1980年代大陆和港台的诗歌、小说、戏剧等的复苏和多元化发展(Wang C. H.,1986),诗歌部分收录了八位朦胧诗人及渡也、罗青、向阳等七位台湾诗人。《中国当代文学:毛泽东之后的小说和诗歌》《火种》《毛的收获:中国新一代的声音》《倔强的草》《二十世纪中国文学》和《裂缝:中文当今作品》这几部作品集则主要收录了朦胧诗派代表诗人的诗作。

这一时期,下列诗人均有一本或多本英译诗集在国内外陆续出版:大陆诗人有九叶派女诗人陈敬容;朦胧派诗人北岛、杨炼、顾城、舒婷;圆明园派诗人雪迪、黑大春,张香华;1989年去世的诗人海子;长期旅居海外的诗人多多、赵廉、张耳、刘洪彬、叶维廉;港台诗人有谢丰丞、洛夫、杨牧、商禽、梁秉钧、向阳和陈黎。

综上所述,这一阶段译出的作品数量大幅增加,有好几本英译诗歌合集梳理了1917—1990年代诗歌发展的流派。诗作被译成英文最为频繁的是该时期的朦胧派诗人和大陆、港台的新生代诗人。

(四) 2000—2011 世纪之交新诗

——我很丑但是我有音乐和啤酒

自1999年盘峰诗会"知识分子写作"和"民间"写作冲突后,在不同诗学主张下,出现了70后、中间代、下半身写作、灵性诗歌、垃圾派等一系列个性写作方式,诗坛争鸣激烈,并呈现口语化、网络化的写作倾向。

这一时期创作的诗歌被译成英文的散见于下列合集中:2007年出版的《诗天空中国当代诗歌集:2005—2006》为网络诗刊年度结集,收录了"诗天空"双语诗歌交流网站的优秀作品,体现了最新诗歌创作和交流情况;同年出版的《别处的集合:中国当代诗选》旨在译介出生于1960—1970年代的大学生诗派诗人;2007年还出版了由蔡丽双、张智等民间力量组织编译的《20世纪中国新诗选1919——2000》,该诗集收录非常广泛。2009年出版的《20世纪中国女性诗歌》收录了大陆和台湾地区40位女诗人245首诗作,翻译优美;同年出版的《中国当代诗歌前浪》以介绍上海成都两地的海派诗人为主,译介的诗歌均是1980年后的作品;台湾方面既有按主题分类,展现当代台湾诗歌成就的《台湾新疆域：中国现代诗选》《水星升起：台湾当代诗选》和《航向福尔摩莎：诗想台湾》三本诗集，也有应台北诗歌节编译、收录中青年诗人诗作的《15 位台湾诗人重新定义现代主义》和《台湾诗选》两本诗集。英译作品集有《哥伦比亚现代中国文学作品选集》，诗歌部分收录了 1918—1995 年的诗歌作品，其中 1949—1976 年间收录的全部是台湾诗人作品。

在 2000—2011 年有 44 本个人英译诗集问世，收录的诗歌作品多创作于之前的几个时期。有几本诗集得到翻译出版的诗人有北岛、杨炼、顾城、多多、张耳、雪迪、艾青、梁秉钧。除此之外，被译介的诗人还有：在海外坚持中文写作的黄翔、叶春、麦芒，少数民族诗人阿库乌雾，先锋诗人伊莎、于坚。台湾诗人被译介的数量明显增加，夏宇、郑单衣、余光中、洛夫、商禽、罗门、张错、焦桐、陈义芝、许悔之和席慕蓉等均有诗集得到翻译出版。

综上所述，这一时期诗人对本流派及个人的诗集译介自觉性很强，如陈东东和吉狄马加分别主持出版了大学生诗派和海上诗派的诗歌集《别处的集合：中国当代诗选》和《中国当代诗歌前浪》；很多活跃在海外的诗人也出版了大量个人英译诗集。此外，台湾诗歌合集和个人诗集的译介也呈现出空前繁荣的状况。

三、译本评论

（一）诗作和诗人情况

首先，诗人合集形式多样，有的按流派、主题、年代、性别、地域划分，还有的是名家代表作集萃，兼有艺术价值和史料价值。1920—1970 年代诗歌的主要流派均已被各诗集涵盖，容易被忽视的 1940—1950 年代的九叶派诗人诗作、政治抒情诗和民歌也分别由华裔美国学者许芥昱和叶维廉收集在《20 世纪中国诗歌集》和《防空洞里的抒情诗 1930—1950》中。1970—1980 年代的大学生诗派、知识分子诗派等，目前已经有五六部诗集涉及，比如诗集《新一代：中国当代诗选》《别处的集合：中国当代诗选》和《中国当代诗歌前浪》等。但以昌耀为代表的新边塞诗派、福建霞浦的丑石诗群,以及由江堤、彭国梁、陈惠芳发起的新乡土诗派,在这些诗集中则没有体现或很少涉及。同时,在1990—2010这20年间新涌现的下半身写作、荒诞主义、灵性诗歌及网络诗刊的诗人及作品尚未被合集收录出版。以北岛为首的朦胧派、1920—1930年代以闻一多为代表的新月派和以卞之琳为代表的现代派最受译者青睐,其中被收录最多的是朦胧派诗歌。1980年后出版的英译诗人合集基本上是由国内诗人主持编辑。

其次,英译个人诗集出版数量不断增加,有两本以上诗集被翻译出版的诗人如下图所示:

图一　诗人出版诗集数量图

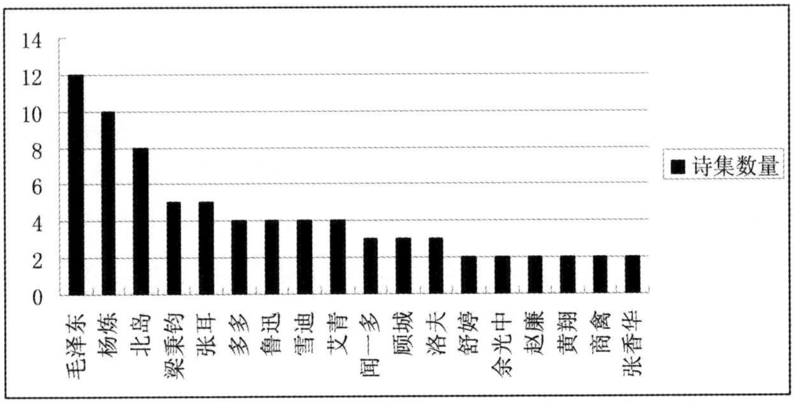

据统计,1935—2011年间共出版个人诗集106本。毛泽东旧体诗词译本最多,达12种;朦胧派诗人杨炼、北岛、多多、顾城、舒婷的诗作一直受到广泛关注和译介。梁秉钧,笔名也斯,香港学者、诗人,其《形象香港》《食事地域志》等诗集传达了香港的声音。张耳、雪迪、赵廉和黄翔等都是在海外写作的活跃诗人。此外被译介的还有台湾诗坛最杰出的人物洛夫、以表现超现实主义和散文诗著称的商禽、专注表达女性感受题材的张香华。鲁迅的旧体诗,闻一多的诗文集,艾青的代表作在不同时期也得到了译介。除上述的诗人外,截止到目前有个人英译诗集出版的大陆诗人有12位,分别是:郭沫若、卞之琳、何其芳、李瑛、海子、冰心、黑大春、于坚、黄翔、叶春、麦芒、阿库乌雾;台湾和香港诗人有18位,分别是:痖弦、叶维廉、杨牧、柏杨、陈敬容、谢丰丞、刘洪彬、向阳、陈黎、张错、焦桐、陈义芝、夏宇、许悔之、伊莎、郑单衣、罗门、席慕容。

可见，个人诗集英译本较多的主要是活跃在海外的诗人，如北岛、杨炼、张耳、多多、雪迪等。其余的英译本有的是由外文社或熊猫丛书组织译介，如鲁迅、艾青和舒婷的诗集；有的是由海外学者出于自己的研究兴趣译介，如卞之琳、闻一多、何其芳和陈敬容等人的诗集；还有的是诗人自译出版，如余光中、痖弦等对自己创作的诗集的译介。进入新世纪，诗人推介自己作品的意识也增强了许多，这对英译本的产生起了重要作用，例如，凉山学派彝族人阿库乌雾，坚持用诺苏语和汉语两种语言创作，自 2005 年在国际诗歌刊物发表作品后，受到美国诗歌和人类学界的关注，应邀前往多所著名大学用母语朗诵，收到良好效果。

从地域来看，自 1960 年余光中在台北出版英译诗集《中国新诗》、首次介绍台湾诗人以来，1980—2010 年间台湾出版的英译诗人合集占到大陆出版的一半，而个人诗集的翻译出版数量则超过了大陆诗人。这一方面说明了台湾诗歌在中国当代诗歌史上的前沿地位，另一方面也是和诗人自身的推介和对外交流有关。1950 年初，台湾诗人在艰苦的条件下自费出版诗集，后经留美诗人叶维廉、奚密和张错的倡导，很多台湾诗人的诗作得到翻译出版。除此之外，台湾诗人、小说家还积极参与到保罗·安格尔和妻子聂华苓在爱荷华创办的“国际写作计划”中，这些因素都在客观上促进了台湾诗歌的发展和传播。

各阶段出版的包括诗歌在内的英译文学作品集有 11 部，其中《中国文学文集》第二卷收录了 1917—1972 年大陆和台湾诗歌，《哥伦比亚现代中国文学作品选集》收录了 1918—1996 年间的诗歌，其余作品集基本是收录了某个历史时期的作品，其中以毛泽东时期诗歌和文学解冻后的诗歌居多。比如，《中华人民共和国文学》收录了 1942—1979 年毛泽东时代诗歌，《百花齐放文集》第二卷收录了 1956—1957 年的诗作，《中国当代文学：毛泽东之后的小说和诗歌集》收录了毛泽东后期批判现实主义的诗歌，《倔强的草》收录了 1979—1980 年文学解冻时期的诗歌，《毛的收获：中国新一代的声音》收录了1979—1981年间的现实主义诗歌,《山上的树》收录了20世纪80年代大陆、香港和台湾的诗歌。另外,值得一提的还有杜博妮和雷金庆编辑的《二十世纪中国文学》。该书以评论的方式探讨了1900—1989年间的各种文学类型,诗歌方面则对郑敏和朦胧派诗人进行了译介和讨论。这些作品集为了解诗歌在整个文学史上的地位和某一特定年代的诗作提供了宏观和微观上的参考。

(二)译者和出版社情况

首先,对英译本的译者和编者身份进行考察发现,从事诗歌翻译的主要是中外诗人和学者。有些诗人如余光中、痖弦、叶维廉、张错、叶春、麦芒等还亲自执笔,翻译自己创作的诗歌。对附表1—6译者身份一栏统计显示,中国诗人编辑合集和参与翻译个人诗集的人数逐年增加,尤其是台湾诗人更加活跃。自1980年以来,国外的译者组成中,诗人数量开始超过学者。其中,参与诗歌翻译的美国诗人最多,有垮掉派诗人鲍勃·霍尔曼(Bob Holman)、纽约派诗人罗恩·帕吉特(Ron Padgett)、诗人隆德(David Lunde)、唐飞鹤(Donald Finkel)、彼得·波特(Peter Porter)、伦纳德·施瓦茨(Leonard Schwartz)和基思·沃尔德罗普(Keith Waldrop)等近20位。可见,自意象派代表诗人庞德以来,美国诗人对中国诗歌保持着密切的关注,两国诗人之间交流合作越来越紧密。此外,一些学者已针对某个特定诗人进行了研究和翻译,如杜博妮和大卫·亨顿对北岛诗歌的译介、陈顺研和霍布恩对杨炼诗歌的译介都在客观上提升了翻译质量并扩大了诗人的声望。另外,在不同时期,汉学家荣之颖(Angela Jung Palandri)、杜博妮(Bonnie McDougall)、张明晖(Julia C. Lin)、奚密和诗人叶维廉编辑了多本诗人合集和发表了一些相关学术论文,对中国现当代诗歌做了许多梳理和研究工作。

其次,对四个阶段各国出版社出版的诗集数量进行统计后发现,美国出版的诗集数量居首位,国内出版的英译诗集数呈缓慢增长趋势。其他国家如澳大利亚、比利时、加拿大、西班牙、新西兰也开始零星出版中国诗集(见表二)。如比利时诗人兼出版家杰曼·卓根布鲁特创办了 Point 诗歌网站，他认为诗歌翻译是国际文化交流的方式，热心出版中国当代新诗英译本。但自 1980 年后，在中国出版或是由官方推介的译本数量呈逐年下降趋势，大陆尤为明显。1980—1999 年中国出版了 25 本英译诗集，其中大陆出版 13 本，主要有艾青、闻一多、鲁迅、毛泽东等老一辈诗人的诗集；港台地区出版 12 本，介绍了诗人顾城、舒婷、洛夫等。而 2000—2011 年中国仅出版了 13 本英译诗集，大陆 4 本，译自艾青、冰心和毛泽东的诗集，另外《诗歌前浪》在青海和比利时同时出版。港台地区 9 本，包括卞之琳、郑单衣、梁秉钧、余光中等个人诗集和诗人合集。而在这十年中在美国出版英译诗集达 37 本，很多都是先锋诗人和朦胧派诗人最新作品（见表二）。这种状况一方面说明中国诗人在国际上的影响力和活跃度在增强，另一方面也说明国内组织和出版社对现当代诗歌，尤其是对当代诗歌的英译支持力度在减弱，大陆表现更为明显。

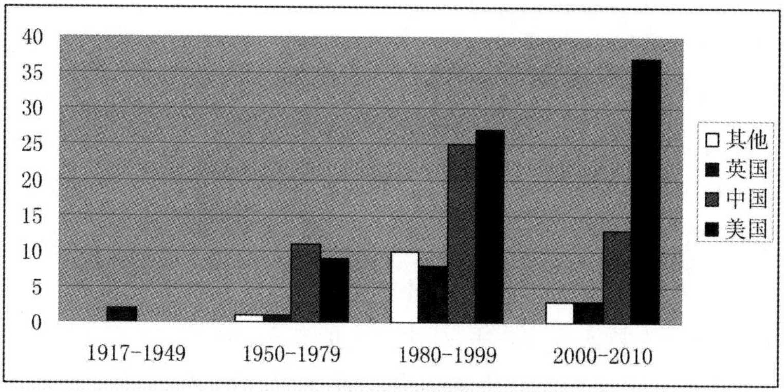

图二　各国出版社出版的诗集数量

再次，还可以发现自 1980 年后，个人诗集出版数量激增（见图三）。一些诗人自发翻译诗集，还有一些诗人创办网站（如绿音的诗天空网站）及时关注翻译最新诗作。可以预见，随着诗人通过网络、出访、朗诵等多种方式传播当代诗歌，个人诗集英译本的出版数量将会与日俱增。

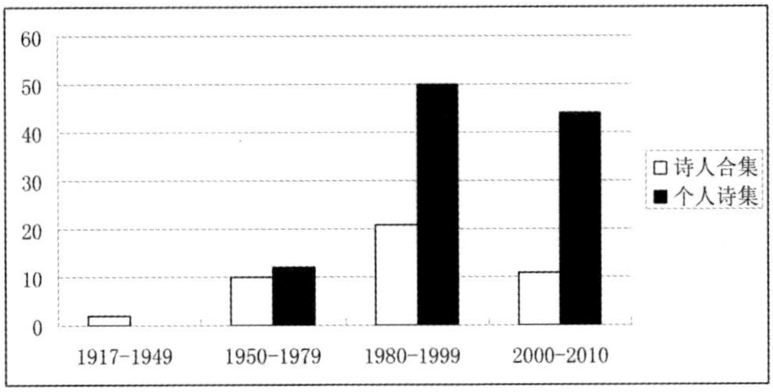

图三　四个阶段出版的诗人合集和个人诗集情况对比

最后经观察发现，国内政治形势和国际思潮对译本的出现也有一定影响。1947 年罗伯特·白英编辑的《当代中国诗选》，最初是为了反映八年抗战的现实。1997 年香港回归期间有《来自海湾最蓝的地方：香港诗歌》和《香港诗歌——姜安道、黄国彬中英文作品选》两本诗集与此相关。鉴于对国内变化的关注，国外编辑出版的反映中国“文化大革命”时期及改革后状况的英译作品集也很多，共 6 本(见表三)。编者加拿大诗人路易·艾黎，参加了中国革命，其 4 本诗集都有一定政治倾向(见表一、表三)。毛泽东是诗集被重译最多的诗人，国内外共有 12 个译本。《柏杨诗抄》《翱翔：廖仲恺与何香凝诗集》和《动地诗：现代革命家诗选》也都因其诗人的政治人物地位而受到更多关注。另外，在国际女性主义运动思潮的影响下，国外学者组织翻译了 3 本中国现当代女诗人作品集，即 1972 年《兰舟：中国女诗人》、1992 年《红土地上的女人》和 2009 年《20 世纪中国女性诗歌》。北美的民族诗学运动，关注少数族裔、注重口头诗学，也成为吉狄马加、吉木狼格、阿库乌雾等凉山诗人在国外受到关注的原因。

四、结论①

综上所述，现当代诗歌英译本出版数量呈快速上升趋势。国内诗人越来越多地参与到诗歌的译介和推广中，国外学者、诗人的关注和参与也加强了诗歌的翻译质量，新诗英译发展前景良好。但是，相

① 原文发表时，此处作“三”，实际上应为“四”。——编者

比较而言，现当代诗歌史上比较小的流派如湖畔诗派、边塞诗派等还未受到足够的关注。对主要诗派中较有名气的诗人如沈玄庐、傅斯年等译介还不充分或是缺失。这一方面反映了中外学者对诗歌的欣赏角度不同，另一方面还可以看出这些编者和国内中文学术界观点的细微差别。此外，目前对某些诗人、某个阶段的诗歌译介过于集中，并有重复现象。如北岛的《零度以上的风景线》《九月在天涯：1991—1996年间的诗歌》和《时间的玫瑰》三部诗集收录的诗歌有重复的情况。台湾有四部诗集《中国新诗》《现代中国诗选：二十位中华民国诗人》《台湾现代诗》和《千曲之岛－台湾现代诗选》都重点收录台湾早期20世纪50－60年代的诗歌。

迈入新世纪，诗歌与歌曲、影视等多媒体的结合，网络诗歌社区的兴起，诗歌成为文化交流的方式，这些新变化无疑将大大拓宽新诗的发展道路，也将带动更多更精彩的英译本出版。同时，我们还应注意到现当代诗歌英译还有很多问题亟待研究，如现当代诗歌英译内容和形式的理论探讨，国外学者翻译中国现当代诗歌所持的观点和策略，海外中国诗人的流散写作、双语写作现象和现当代诗歌英译中的自译现象等等。本文旨在通过对现当代诗歌英译本出版状况的梳理描述，勾勒出在近百年中现当代诗歌英译的大概面貌，为深入探讨现当代诗歌英译的其它问题提供资料基础。

“熊猫丛书”英译本的跨文化传播①

耿　强

一、引言

近几年，中国文学的对外译介每每引起热烈争论，不过多数学者认为，中国文学的对外翻译具有文学译介和文学传播的性质。（潘文国，2004；谢天振，2005；2008；胡德香，2006；王宁，2009；高方、许钧，2010）至于传播与接受的具体过程尚待细究。本文借用皮埃尔·布迪厄（Pierre Bourdieu）的“场域”（field）与“资本”（capital）概念，以文学社会学方法研究“熊猫丛书”英译本在异域文化中的接受，侧重分析译本在跨文化传播过程中文化价值的生产过程。

二、“熊猫丛书”简况

“熊猫丛书”（The Panda Books）出版于 1981 年，以英语、法语（后有少量德语和日语）向西方主动译介中国文学。1987 年 2 月，中国文学出版社正式成立，专门负责“熊猫丛书”与《中国文学》杂志的翻译和对外出版工作。2000 年底，中国文学出版社被撤销，杂志停刊，丛书转由外文出版社出版。截至 2009 年，丛书共出版英文版图

① 基金项目：教育部人文社会科学青年基金项目“晚清至现代中国文学对外译介史”（11YJC751023）。

书149种，法文版图书66种，日文版图书2种，德文版图书1种及中、英、法、日四语种对照版图书1种，共计200余种。[①]

三、场域与资本

"熊猫丛书"致力于向西方传播中国文学，如何研究其接受情况既是重点，也是难点。布迪厄提出的"场域"与"资本"概念恰好可以适用于这一研究。

所谓"场域"是指"可以被定义为在各种位置之间存在的客观关系的一个网络或一个构型"。[②] 由于位置关系随时会发生变化，因此场域不是一种本质性的存在。同时，行动者或机构在场域内部活动，它们根据掌握的权力或资本对其进行控制。"占有这些权力就意味着把持了在这一场域中利害攸关的专门利润的得益权。"[③]掌握较多数量的资本意味着行动者或机构拥有场域的主导权。特定社会中有很多类型的场域，最主要的是政治、经济和文化场域。文学场域是文化场域的"次场域"(subfield)，"是一个遵循自身的运行和变化规律的空间，内部结构就是个体或集团占据的位置之间的客观关系结构，这些个体或集团处于为合法性而竞争的形势下"。[④] "文学场域是由参与者和机构在文学的物质生产和象征性生产过程中组成的一个利益团体，它的行为起码受到自主性原则的支配，这一原则多少会与非自主性原则发生冲突。"[⑤]这里的"自主性原则"即"为艺术而艺术"，

---

① 原外文局中国文学出版社中文部编审徐慎贵(2005)在《中国文学出版社熊猫丛书简况》一文中统计"熊猫丛书"共出版英文版图书130种，法文版图书66种，日文版图书1种，德文版图书1种及中、英、法、日四语种对照版1种。这个统计数据没有将重印的图书计算在内，另外，由于"熊猫丛书"目前在国内各大图书馆的馆藏不全，这个数据本身存在遗漏，尤其是德文版和日文版图书，因此实际出版的数量多于统计数据。据笔者现在掌握的数据，日文版图书就有2000年出版的鲁迅《阿Q正传》以及2003年的日汉对照版《故乡》2种。

② [法]皮埃乐·布迪厄、华康德等：《社会实践与反思》，李猛、李康译，北京：中央编译出版社，1998年，第211页。

③ 同上。

④ [法]皮埃乐·布迪厄：《艺术的法则：文学场的生成和结构》，刘晖译，北京：中央编译出版社，2001年，第262页。

⑤ Hockx, Michel, "Introduction", Michel Hockx, *The Literary Field of Twentieth-Century China*, Honolulu: University of Hawaii Press, 1999, p. 9.

而"非自主性原则"意味着文学场域会受到来自政治或经济场域各类资本的渗透甚至操控,如在极权国家,政治场域会严重干涉文学场域,甚至颠覆文学场域的自律,来自外部的他律机制占据统治地位,文学沦为服务政治的工具。

而所谓"资本"指的是"积累的(以物质化的形式或'具体化的''肉身化的'形式的)劳动,当这种劳动在私人性,即排他的基础上被行动者或行动者小团体占有时,这种劳动就使得他们能够以物化的或活的劳动的形式占有社会资源。"[①]资本有经济资本(财产)、社会资本(主要体现为社会关系网络,尤其是社会头衔)以及文化资本(尤其是教育资历)[②],3 类资本之间可以相互转换。文化资本有 3 种存在形式,其中一种是体制化的文化资本。它是个体的文化能力经过文化体制的资格授权后的存在形式。文化管理部门通过对文化资本制度化来实现干预控制,使它成为一种标签。如某部文学作品获得文化机构的认可,被授予某种奖项,该作品就很有可能凭此进入文学经典之列。因此,布迪厄指出,资本"意味着对于某一(在某种给定契机中)场域的权力,以及,说得更确切一点,对于过去劳动积累的产物的权力(尤其是生产工具的总和),因而,也是对于旨在确保商品特殊范畴的生产手段的权力,最后,还是对于一系列收益或者利润的权力"。[③] 谁掌握了更多的资本,谁就有资格和权力在场域中推行自我的一套游戏规则,并借势获取更多的资本。

四、"熊猫丛书"的传播

20 世纪 80 年代,"熊猫丛书"在英美文学场域的传播可以从以下两个方面进行考察。

---

① [法]皮埃乐·布迪厄:《文化资本与社会炼金术:布尔迪厄访谈录》,包亚明译,上海:上海人民出版社,1997 年,第 189 页。

② 同上书,第 189—211 页。

③ Bourdieu, Pierre, *Language and Symbolic Power*, Cambridge: Polity Press, 1991, p. 230.

(一) 场域中的行动者

就丛书而言，有两类行动者或机构：一类主要负责物质生产和分配，另一类主要负责象征性生产。前者主要包括作者、印刷商、销售商、图书馆和书店等机构；后者包括文学批评家、教育家和学者。[①]

负责丛书分配的行动者或机构包括丛书的专门销售商中国书刊公司（China Books & Periodicals Inc.）和剑桥出版社（Cheng & Tsui Company）以及各类图书馆。

位于南加州的中国书刊公司和位于波士顿的剑桥出版社是北美最大的两家代理销售丛书的公司。自20世纪80年代初期，“熊猫丛书”开始在两家出版社销售，90年代中期以后中断。[②] 两家公司销售比较好的译本包括：《边城及其他》《三部古典小说节选》《新凤霞回忆录》《老残游记》《中国当代七位女作家选》《芙蓉镇》《北京人》《爱，是不能忘记的》《人到中年》。这些译作都在随后的时间中再版和重印，平均销售量在2万册左右。其中，张辛欣、桑晔的《北京人》是节译本，而1987年英国麦克米兰伦敦有限公司推出了全译本，美国兰登书屋下属的纽约万神殿丛书（Pantheon Books）稍后也推出了同名全译本。

英美图书馆是传播“熊猫丛书”的另一个重要机构。这里我们考察国家图书馆、公共图书馆和大学图书馆，包括美国国会图书馆和英国大不列颠图书馆，美国纽约公共图书馆和克里夫兰公共图书馆，美国华盛顿大学图书馆、美国费城3所学院联合图书馆[③]以及英国牛津大学伯德雷恩图书馆和剑桥大学图书馆。进入上述图书馆的网络目录，以Panda Books为关键词进行检索，结果如表1所示。

---

① Hockx, Michel, "Introduction", Michel Hockx, *The Literary Field of Twentieth-Century China*, Honolulu: University of Hawaii Press, 1999, p. 7.

② 关于这两家公司的情况，读者可以参考笔者的博士论文《文学译介与中国文学“走向世界”》(2010)。

③ 这3所学院包括布林茅尔大学、哈弗福德学院、索斯摩大学。

表 1 "熊猫丛书"在英美图书馆的馆藏量(1981 ~ 1989)[1]

	1981	1982	1983	1984	1985	1986	1987	1988	1989
"熊猫丛书"	6	13	9	7	9	11	13	6	7
美国国会图书馆	5	9	6	4	3	1	1	1	1
英国大不列颠图书馆	0	7	3	3	3	7	5	1	0
美国纽约公共图书馆	6	10	5	2	4	5	3	2	5
克里夫兰公共图书馆	2	2	1	2	5	2	1	0	0
美国华盛顿大学图书馆	3	5	3	2	3	7	2	1	2
美国费城 3 所学院联合图书馆	0	3	2	0	5	3	1	1	3
牛津大学伯德雷恩图书馆	5	9	8	4	5	6	5	5	4
剑桥大学图书馆	2	5	3	1	3	0	0	0	1

由上表可知,美国国会图书馆共收藏丛书 31 种。国会图书馆所藏只占丛书全部出版种类的 20%左右,显然并没有照单全收,而且自 1982 年之后数量逐渐减少。不过,我们发现销售量较好的几个译本如《边城及其他》《三部古典小说节选》《芙蓉镇》《中国当代七位女作家选》等都出现于馆藏目录之中,但张辛欣、桑晔的《北京人》没有丛书的译本,倒有纽约万神殿丛书的全译本。

英国大不列颠图书馆收藏丛书 29 种,从译本的种类看,沈从文的作品、《中国当代七位女作家选》《老残游记》《爱,是不能忘记的》《北京人》《人到中年》都在收藏之列。美国纽约公共图书馆是北美最大的两家公共图书馆之一,主要面向一般读者。网络检索发现所藏丛书共 69 种,94 册,丛书头两年的译本几乎都被收入。相比国会图书馆,纽约公共图书馆在馆藏丛书的数量和种类方面明显更多。上面提到的销量较好的几部译本都出现在馆藏目录中,这或许说明了丛书的一些译本比较受读者欢迎。

克里夫兰公共图书馆馆藏丛书只有 15 种,即《聊斋故事选》《三部古典小说节选》《中国当代七位女作家选》《北京的传说》《单口相声故事选》《唐宋诗文选》《郁达夫作品选》《浮屠岭及其他》《绿化树》《苏

---

① 检索时间为 2010 年 2 月 10 日。

菲女士的日记》《茹志鹃小说选》《老舍小说选》《北京人》《汉魏六朝诗文选》《茅盾作品选》。

与上述图书馆相比，大学图书馆针对的读者相对比较固定，那些对中国历史、社会、文化和文学感兴趣的学生以及相关领域的研究者都可能是丛书潜在的读者群。下面我们做一简要介绍。

华盛顿大学图书馆馆藏的丛书种类远远少于这个时期实际出版的数量。不过，与前面几家图书馆类似的是，销量较好的几部译本都在馆藏之列，如《三部古典小说节选》《边城及其他》《老残游记》《芙蓉镇》《爱，是不能忘记的》《北京人》等。

通过对费城 3 所学院联合图书馆目录的检索发现，其所藏丛书种类较少，其中《湘西散记》《中国当代七位女作家选》《北京人》《芙蓉镇》《爱，是不能忘记的》也都在馆藏之列，显示出了某种共性。牛津大学是英国汉学研究的重镇，汉学研究历史悠久，其馆藏丛书的数量和种类也最多，丛书已经出版的译本基本上都能在这里找到，与之相比，剑桥大学图书馆的馆藏数量则少得多，但《边城及其他》《老残游记》《中国当代七位女作家选》仍在其中。

通过对以上 3 类图书馆馆藏丛书的类型和数量的统计，我们发现以下 3 个特点。首先，英美图书馆有选择地收藏丛书的译本。丛书的大部分译本根本就没有进入图书馆，也因此少了一个到达读者手中的重要渠道。其次，丛书中的某些译本都被上述图书馆收藏，这表明这些译本可能受英美读者的欢迎。最后，一个比较突出的现象是，丛书所译中国女性作家的作品较受欢迎，3 类图书馆都有收藏。①

相比图书馆仅仅负责图书的流通与分配，丛书所获得的文化资本主要来自那些对其进行文学价值再生产的机构、媒介或个人。媒介包括英美国内的各类报纸与杂志，如《纽约时报》《纽约时报书评》；文学教学体系内的专业期刊，如《中国文学》(*CLEAR*)、《中国季刊》(*China Quarterly*)、《中国现代文学》(*Modern Chinese Literature*)等；影响较大的教学文集，如《中国现代小说》(1981)、《当代中国文

---

① 这 3 个特点只是一种粗略的分析。必须指出的是，藏书种类丰富并不一定说明所有译本都深受大学师生的欢迎，如果能够获得有关译本的借阅率，或许更能说明某部译本的畅销度。不过遗憾的是，由于客观研究条件的限制，这部分工作暂时无法展开。

学:后毛时期小说与诗歌选集》(1984)等。

对丛书进行文学价值再生产的个人包括从事(中国)文学教学和研究的学者、评论家及教育家等,他们对丛书能否在英美产生影响起着重要的导向作用。著名旅美学者夏志清(C. T. Hsia)就曾指出:“虽然中国文学英译本能得到汉学家的积极批评,但却吸引不了那些研究欧洲文学的著名学者和批评家。假如乔治·斯坦纳(George Steiner)、约翰·厄普戴克(John Updike)和格尔·维戴尔(Gore Vidal)对英译中国文学感兴趣并给予评论,中国文学对此可谓感激不尽了。”①这说明,在英美文学场域中,不同文学评论家和研究者所掌握的文化资本是不一样的,研究欧洲文学或广义的西方文学学者和评论家在赋予某个文本价值方面比汉学家和研究中国文学的学者更具影响力。

根据目前掌握的资料,英美的一些主要报纸和专业期刊在 20 世纪 80 年代对丛书给予了一定的关注。整个 80 年代,《纽约时报书评》有关中国文化方面的报道有 51 篇,其中有 2 篇与丛书相关。一篇是汉学家林培瑞(Perry Link)1986 年 7 月 6 日对“熊猫丛书”中的《老舍小说选》《丁玲小说选》《茹志鹃小说选》《绿化树》《浮屠岭及其他》这 5 部译本进行了简评。整体而言,林培瑞对于 80 年代出版的丛书基本持肯定意见,认为丛书虽然受到各种条件的限制,但仍坚持出版译作。第一个限制条件就是丛书受到对外宣传要求的制约,在选材上无法做到真正的自主。第二个限制条件是翻译人手太少,时间要求太紧,因而不能保证翻译质量。不过他承认,即便存在这些不利条件,丛书的译本还是得到了一些好评,并列举了沈从文、萧红和老舍的作品作为例子。林培瑞同时指出,丛书推出的 1949 年以后的作家由于受到当时中国现实的影响,其作品在美学上对西方读者没有多少吸引力,那些对中国这段历史不太了解的读者读不懂这些小说。除了评论小说本身的文学价值外,林培瑞还对这 5 部小说的译文进行了简评,认为老舍的译者科恩(Don J. Cohn)在传递老舍作品

① Hsia, C. T., “Classical Chinese literature: Its reception today as a product of traditional culture”, *Chinese Literature: Essays, Articles, Reviews*, 1988, (1/2), pp. 138—139.

的风格上有所损失，但努力保留住了原作意象上的新鲜感。林培瑞对丁玲的小说评价不高，对译作方面也没做评论。对于茹志鹃的小说，他认为英美读者并不了解小说所反映的时代背景，它们看起来“构思简单，充满了毫无生气的政治行话”。林培瑞认为张贤亮的《绿化树》与古华的《浮屠岭及其他》有太多文学上的陈词滥调，政治上哗众取宠的语言不时出现。[①] 按照评者的观点，5 位作家中只有老舍的作品值得一读。这表明，丛书在选择翻译对象时与英美某些专业读者的期待之间存在着不小的鸿沟。

《纽约时报书评》上的另一篇文章是李欧梵[②]对张洁《爱，是不能忘记的》的评论。李欧梵给予张洁作品很高的评价，认为与大多数政治色彩较强的作品相比，张洁小说描述的内容新鲜而生动，处理的问题也是人类共同面临的问题，如爱情、婚姻、工作及情感。这部译作明显地“表现出了女性的敏感”。李欧梵对比原文与译文发现，“原文有一些煽情、描述上的陈词滥调与夸张的抒情，这些都能在译文中找到，尽管译文的风格经著名翻译家戴乃迭和詹纳的处理而变得柔和”。李欧梵对译作的公允评价对一般英美读者来说自然是一个好信号，多少会增加一些他们阅读中国文学的信心。

同一时期，另有 10 篇相关书评发表在专业刊物上，但因为针对专业读者，影响范围比较有限。不过，何谷理（Robert Hegel）及李欧梵的评论文章可以说是 80 年代比较重要的集中评价丛书的专论。何谷理的“熊猫丛书翻译系列”发表在《中国文学》1984 年 7 月第 6 卷上，对丛书在 1981—1985 年间的译本进行了分析和评价。[③] 他首先指出，“熊猫丛书”定价低廉，目的在于通过北美经销商扩大销售量，打开读者市场。丛书的装帧、纸张和印刷还算不错，是课堂用书的较好选择。作者觉得杨宪益和他的翻译团队的工作值得赞赏。其次，何谷理认为丛书的选材广泛，包括中国现代短篇小说选集、散文、回忆录、长篇小说、诗歌等。他对丛书的出版前景持十分乐观的态

---

① Link, Perry, “k review of the panda books”, *New York Times Book Review*, 1986－07－06.

② Lee, Leo Ou-fan, “Under the thumb of man”, *New York Times Book Review*, 1987－01－18.

③ 何谷理的这篇文章发表于 1984 年 7 月，但在所评的“熊猫丛书”译本中出现了 1985 年的版本，不知是何缘故。

度，认为“毫无疑问，杨宪益夫妇和他们的同事所做的努力将左右英语阅读世界怎样看待中国文学，尤其是 20 世纪的中国文学”。[①] 再次，他重点介绍了丛书中令人感兴趣的一些译本，如《单口相声故事选》和《三部古典小说节选》，认为后者对学生了解中国古代文学是一本很好的入门书。此外，何谷理还特别提到了令人印象深刻的几部译本，一是葛浩文翻译的《萧红小说选》，另一是沈从文的两部作品《边城及其他》和《湘西散记》，后者为西方读者进一步了解沈从文的创作起到了推动作用。何谷理认为整体来看，“熊猫丛书明显意图向外界展现出现代中国文学的标准形象”，虽然丛书本身有一些缺陷，但“毫无疑问它反映出中国人将中国文学推向世界让海外读者欣赏的雄心壮志”。[②] 可见，他对丛书持十分肯定的态度。

稍后，李欧梵发表《翻译中的现代中国文学综述》一文对“熊猫丛书”进行了评论，认为北京的对外翻译计划可谓雄心勃勃。进入 80 年代以来，中国当代文学创作十分活跃，这使得杨宪益夫妇不得不出版“熊猫丛书”让中国作品走出去。“很明显，熊猫丛书无论从形式还是设计来看都是以企鹅丛书为榜样的，学习中国现代文学的学生应该对这套丛书表示欢迎。”[③]李欧梵观察到，丛书以纯文学翻译为主，相对具有独立性，而且工作效率高，短短 4 年内就翻译出版了十几部译本。不过他也怀疑，丛书的选材除了受杨宪益本人的兴趣影响外，可能还为政治或学术因素所左右。

李欧梵对 20 世纪 30 年代作品的译本做了评论，如巴金《春天里的秋天及其他》、沈从文《边城及其他》和《湘西散记》《萧红小说选》《李广田散文选》和老舍《正红旗下》等。另外《新凤霞回忆录》和金受申《北京的传说》也很有特色。作者认为，上述这些作品可读性强，很吸引人，与外文出版社出版的那些政治性作品相比，给人带来了一股新鲜的空气。但是，丛书中 1949 年以后的作品并没有给人留下太多

① Hegel, Robert E. “The panda books translation series”, *Chinese Literature: Essays, Articles, Reviews*, 1984, (1/2), p. 180.

② Ibid., p. 182.

③ Lee, Leo Ou-fan, “Contemporary Chinese literature in translation—A review article”, *The Journal of Asian Studies*, 1985, (3), p. 562.

深刻的印象。他还认为《中国当代七位女作家选》和蒋子龙《赤橙黄绿青蓝紫》具有独特的价值，因为读者可以从中了解到中国文学和社会的发展现状，其言外之意即这两部作品的社会学价值大于文学价值。于是，他分析道："鉴于中国当代文学的持续创造力，人们更渴望看到翻译一些艺术上更出色的作家和作品，如小说家高晓声、张辛欣、陈建功，剧作家高行健和沙叶新，年轻一代的诗人顾城、北岛、舒婷、杨炼等等"。[①]

最后，李欧梵呼吁海内外更多有志之士加入中国现代文学的翻译事业中来，因为杨宪益夫妇为他们树立了很好的道德榜样。从以上评论来看，李欧梵认识到并赞赏杨宪益夫妇努力向外译介中国现当代文学的价值和意义，但对其所选作品和翻译问题提出了自己的看法。总之，以上几篇文章是80年代英美批评界对丛书最深入和全面的分析和评论，评论者不偏不倚的态度对西方读者阅读中国现当代文学是一个很好的引导。

（二）文本阐释

英美读者习惯从政治的审美视角阅读中国现当代文学，即英美文学场域中的诗学标准左右了对丛书的阐释。政治或意识形态的因素渗透到英美读者对丛书的阅读过程中，政治的审美视角决定了有的读者采取泛政治性的方式阅读丛书，希望能从作品中获取有关中国历史与现实的社会学信息，文学作品被当成社会学文本来阅读，可以说是对丛书小说文类的误读。有的读者以英美主流诗学观念来评价丛书中的某些作品，认为后者在小说艺术上不太成熟。这种看似纯粹的审美判断本身摆脱不了西方中心论的嫌疑。难怪有的美国学者在从事世界文学教学的过程中不得不指出下列事实："世界文学教学所面临的最明显的一个挑战是学生接触到的文本受到西方形式影响（英或法）与本土色彩的形塑。由于学生一般是在理解西方文学形式的过程中形成了自己的批评之镜，于是便以此来衡量和建构世界

---

① Lee, Leo Ou-fan, "Contemporary Chinese literature in translation—A review article", *The Journal of Asian Studies*, 1985, (3), p. 564.

文学文本的意义，结果他们缺乏理解文本之中‘本土色彩’的足够知识。”[①]

在西方文学典范熏陶下成长的学生，他们赖以进行文学欣赏和批评的眼光早已深深打上了西方文学的烙印，他们如同戴上了有色眼镜，以自己的一套准则对来自非西方的文学进行审美过滤。于是，有的西方作家和学者觉得中国作家在作品中表达的观念太过幼稚，或者根本就是一种陈词滥调；有的读者从女权主义的视角出发，对中国女性作家的作品十分感兴趣，希望借此了解中国妇女的生存现状。如此等等构成了丛书在英美文化场域中的接受景观。这也许正印证了韦斯坦因(U. Weisstein)的那句话：“读者大众对某一外国文学的知识，大体上取决于非文学的因素。”[②]英美读者对丛书的文本阐释便具有上述特点。他们面对历史背景复杂的中国文学，毫不费力地打发掉了作品中只能借助有关中国现代历史的知识才能欣赏的部分，并称之为“政治的陈词滥调”而不予理睬。这种立场或态度很难不让人怀疑其中掺杂了意识形态霸权。这产生的一个直接后果是，西方读者很容易将这类小说当成历史性的文献解读，正如加拿大汉学家杜迈可(Michael Duke)所言：“我也认为多数当代的中国文学作品缺少了艺术性的语言和想象的特色。换句话说，我认为多数当代中国文学作品仍然局限在中国特殊的历史环境里，成了西方文学批评家韦勒克(Rene Wellek)所说的一种历史性的文献，但是在艺术水平上却还没有提升成为他所说的文学上的不朽著作，在特定的历史时期过去后仍然具有高度的可读性”。[③]

这种情况突出表现在大受欢迎的中国女性作家作品的翻译上。1983年，丛书选译了茹志鹃、黄宗英、宗璞、谌容、张洁、张抗抗、王安忆7位女作家的作品，合编为《中国当代七位女作家选》。这部译作在英美的销量很好，20世纪80年代重印了2次，总印刷量达到3万

---

① Agathocleous, Tanya & Karin Gosselink, “Debt in the teaching of world literature: Collaboration in the context ofuneven development”, *Pedagogy: Critical Approaches to Teaching Literature Language, Composition, and Culture*, 2006, (3), p. 462.

② [美]乌尔利希·韦斯坦因：《比较文学与文学理论》，刘象愚译，沈阳：辽宁人民出版社，1987，第60页。

③ 马祖毅，任荣珍：《汉籍外译史》，武汉：湖北教育出版社，2007，第281页。

册左右,英美一些报纸杂志对其也有评论文章。但更多的读者并非来自文学专业,他们对这部选集的兴趣更多源于英美国家在20世纪80年代日益高涨的女权主义意识。那些具有女权主义意识的读者对大洋彼岸一个打开国门不久的神秘国度充满好奇,很想知道那里的女性在历史和现实生活中的经历与情感,她们在生活和工作中遇到了怎样难以想象的困难,并在这种困难中艰难地生存和奋斗。于是,《中国当代七位女作家选》成为英美读者了解80年代初期中国女性生活的绝佳社会材料。难怪有评论者指出,这部文集中的故事"间接地告诉读者关于女性在当代中国社会中占据的位置"①。评论者最后认为这些故事叙述真实,没有这个时期中国文学常见的政治俗套,读起来十分有益,给人一种新鲜感。

我们认为,这部文集成功的原因在于以下几点。首先,英美国家的女权主义运动给来自中国的女性作品提供了生存的土壤。其次,文集所描写的人物身份、经历和背景各不相同,为读者展现了一幅复杂而多样的中国女性生活和情感经历的全景图。茹志鹃描述了知识青年上山下乡所遇到的种种困境;张抗抗作品中的女主角是来自工厂的工人;宗璞描写了中年音乐女教师"文革"期间受到的迫害;黄宗英作品中的主角是中年职业女性;谌容的《人到中年》描写了眼科大夫陆文婷生活中的苦恼和烦闷。这些迥然不同的人物塑造和描写为读者提供了充分阅读的空间,不同的读者可以在这里各取所需,读到他们想要了解的内容。也许是受到这部文集以及《萧红小说选》成功的影响,丛书在以后几年重点推出了一系列女性作家的作品,其中包括《丁玲小说选》(1985)、《茹志鹃小说选》(1985)、《北京人》(1986)、《张洁小说选》(1986),这些女性作家作品的译本都不同程度地受到了欢迎。其中有一点必须指明,许多英美读者关注这些作品很大程度上并非出于纯粹的美学欣赏,而是采用政治的审美视角阅读丛书以及相关的中国现当代文学,不少人将文学作品视为纯粹的社会变迁的记录。

---

① Wettenhall, Irene, "Review of seven contemporary Chinese women writers", *China Affairs*, 1983, (10), p. 176.

五、结语

综合上述分析，我们可以得出初步的结论：整个 20 世纪 80 年代，“熊猫丛书”在英美的文学场域内传播，但只有少量的译本引起了英美读者的注意，一些读者表示出阅读的兴趣，而多数译本并没有取得预期的接受效果。[①] 英美读者从政治的审美视角对丛书进行了跨文化的选择性过滤和阐释，受欢迎的译本满足了接受方在某个方面对中国文学、文化、社会等的好奇和兴趣。

“熊猫丛书”给我们的启发在于：以跨文化传播为目的的主动译出虽然以本土文化为导向，但译本的接受却受到目标语文化系统的制约。译本完成后在接受方的地理与文化空间内流传，此时译本已经脱离了原文语境而在目标语语境中求生存，它要面对复杂多变的读者和很多意想不到的变数。“所有的作品在域外的接受过程中难免遭受操纵甚至变形。”[②]目标语文化的读者会根据自己的一套文化规范和阅读惯例对译本进行阐释，然而一旦源语文化与目标语文化处于不平等的位置，对文学翻译的阐释就不是单纯的审美或诗学因素能解释的。制约译本接受的因素可以是诗学的偏差或者意识形态的冲突，可以是语言的规范，也可以是社会历史作用。这样，中国文学若要实现“走出去”的战略，必须整合跨文化的文学生产所涉及的方方面面，应该充分考虑原文的选择、译者的挑选、文字的转换、译本的传播和消费等因素。从这一角度观察，中国文学的对外译介绝非纯粹的语言翻译问题。

---

① 关于“熊猫丛书”的出版情况，读者可参考笔者的专访《中国文学对外译介的国家实践——原中国文学出版社中文部编审徐慎贵先生访谈录》。

② Damrosch, David, *What is World Literature?* Princeton and Oxford: Princeton University Press, 2003, p. 24.

Chinese Literature in Indian Translations: Issues and Challenges

B. R. Deepak

India and China are two of the most ancient civilizations with extremely rich literary tradition. There has been an uninterrupted civilizational dialogue between the two for two millennia. The dialogue sprawls into various fields but could be broadly classified into two categories-material and spiritual domains. The literary dialogue, which could be clubbed under the latter, was an important part of the civilizational dialogue. The Chinese historical records stand testimony to these interactions and have been referred to by various eminent researchers such as Ji Xianlin, Xue Keqiao, Geng Yinzeng on the Chinese side and scholars like P. C. Bagchi, H. P. Ray, Tan Chung and Tansen Sen on the Indian side. Most of the Chinese as well as Indian scholarship has tried to justify how the Chinese literary scene was influenced by the Indian literature and how the Indian content got absorbed into the Chinese. Even though the dialogue has to be two way traffic but the findings reveal that the ancient Chinese literature was more influenced by the Indian literature than other way round, for simple reason that Buddhism acted as a catalyst in this influence.

This is also demonstrated by the fact that there have been very few translations of the ancient Chinese literature in India, notwithstanding the fact that the Indian scholarship represented by Kumarajiva of 4—5^{th}century and Xuan Zang of 7th century were the pioneers in the field of translation. It would not be wrong if we say that these two monks were responsible for the existing repository of the entire East Asian Buddhist literature. The Chinese scholars have argued that the difference is made by the strong textual tradition of China against the tradition of *shrutis*(oral tradition) in India. The textual tradition cannot be said to be the lone culprit, for Chinese literature has such an enormous and unrivaled time line. And that none of the classics in the entire history of civilizational dialogue were rendered into Indian languages and are not preserved is quite bewildering! Chinese *Classic of Odes* (诗经)① is at least 1,500 years old, even Tang Poems and Song Lyrics are also 1000—1300 years old and nothing have been preserved in translations in India is quite intriguing.

Conversely, the lopsided tradition of translating Indian literature in China including contemporary times has continued. For example, translation and publication of Kalidasa's *Abhijānashākuntala* and *Meghadūta* in the 1950s and 1960s, the *Rāmāyana* from Sanskrit in the 1980s, Rabindranath Tagore's works in 24 volumes in 2000, and the complete *Mahābhārata* from Sanskrit in 2005. ②

---

① *Classic of Odes* or *Book of Poetry* is a collection of 305 poems, which is the oldest existing collection of Chinese poetry dating from the 11th to 7th centuries BC.

② Zeng, Qiong, (2012) "Text and Alter Text: Chinese Literature in Indian Translations", in Rizio Yohannan Raj (ed.), *Quest of a Discipline: Academic Directions for Comparative Literature*, Foundation Books, pp. 182—190.

1. FROM CLASSICS TO CONTEMPORARY TRANSLATION

In India it is believed that the earliest Chinese work that was rendered into Sanskrit was *Daodejing*① by none other than Xuan Zang at the request of the Kamarupa king Bhaskara Varman, whom Xuan Zang mentions as "Kumara Raja". Xuan Zang must have been pained at heart to see the ignorance among the Indians about China except some at the royal courts. His translation of *Daodejing* was a very thoughtful endeavor to introduce Chinese philosophy and culture to the Indians. But alao, this translated text in Sanskrit is lost to us②. P. C. Bagchi tells us about the debate that ensued between the Buddhists and Taoist as to how to translate the word *Dao*, finally Xuan Zang prevailed over the Taoists and suggested that *Marga* was the better word ③. Notwithstanding the loss of text in ancient times, but presently we see many editions of *Dao Dejing* including Hindi, but mostly rendered from English versions. Rajneesh (1931 — 1990) popularly knew as Osho, a professor of philosophy and spiritual leader who influences eastern as well as western people commented widely on *Daodejing* and made it extremely popular amongst his disciples all over the world.

Max Muller who compiled and edited a monumental volumes *The Sacred Books of the East*, a set of English translations of Asian

---

① *Daodejing* believed to be written around 6th century BC by Laozi is the main classic of the Taoist philosophy.

② Ray, H. P (1998), "Understanding Xuanzang and the Xuanzang Spirit", in Tan Chung (ed.), *Across the Himalyan Gap: An Indian Quest for Understanding China*, Gyan Publishing House, New Delhi, http://ignca.nic.in/ks_41020.htm (March 16, 2014).

③ Chaudhary, I. N (2012), "印度对《道德经》的回应" (Indian Responses to Daodejing) in Yi, Xinan ed. (2012), 印度比较文学论文选译(*Selected translated essays on Indian Comparative literature*). Sichuan Publication Group, Chengdu.

religious writings that was published by the Oxford University Press between 1879 and 1910 contained six collections from China. These were classics on Confucianism *Shujing* (Book of History), *Shijing* (Book of Songs) and *Xiaojing* (Book on filial piety, *Liji* (Book of Rites), *Yijing* (Book of Change) and Taoism (*Zhuangzi*). Wang① posits that these were printed six times between 1960 and 1990s in India with inspiration from Dr. S. Radhakrishnan, the then President of India and were endorsed by the Indian National Academy of Letters as Indian translation series of the UNESCO collection of representative works. Obviously these were also translated from James Legge's translation. In India most of the Chinese classics have been rendered into English or Hindi and other local languages from the existed English translations.

The same has been true to the translation of Chinese novels, dramas, and other literary genres. Wu Chengen's (1500—1582) *Journey to the West* that is full of Buddhist content and many stories have found their origin in India, was only translated into Hindi in the year 2009! Whereas, in Japan the Ming vintage novel was translated into Japanese in the year 1831.② Thanks to the efforts made by Beijing Foreign Language Press, and those by veteran Indian language experts such as Manmohan Thakor and Jaanki Ballabh with China Pictorial. Other classics such as *Dream of the Red Mansion* and *Romance of the Three Kingdoms* and many others are yet to see the light.

Recently, with the rise of China and increased level of interaction between India and China, there is an increased interest in Chinese classics and contemporary works. For example, National

---

① Wang Hui, *Translating Chinese Classics in a Colonial Context: James Legge and His Two Versions of the Zhongyong*, Bern: Peter Lang, 2008, p. 181.

② Ji, Xianlin. "前言" (Preface)《西游记》(*Journey to the West*) written by Wu Chenen and translated into Hindi by Manmohan Takor and Janaki Ballabh, Bejing: Foreign Language Press, 2009, p. iv.

Book Trust of India (NBT), largest government-owned press has published selected plays of Guan Hanqin in 2013. It has been translated by Ashok Lal from Gladleys Yang's English translation, the translator may have done justice to the translation but basic names have been incorrectly spelt owing to language issues. Qin of Guan Hanqin has been written as Jing and so are many other names in the text. However, this is encouraging to note that there is an interest in India to know more about the Chinese writers and their works in recent time.

In 2012, after Mo Yan won the Nobel Prize for literature, there is a new zeal in India to translate his novels into local languages. Though most of his works in India are known through Howard Goldblatt, however, there is an attempt to make these available in to local languages. For example, Professor Pushpesh Pant of Jawaharlal Nehru University has just finished rendering *Change* into Hindi. The novel is also being translated into Malayalam by Sreelatha Nellooli from its English version is named *Maattam* and is brought out as a joint venture of two relatively new publishing houses in the State, Raspberry Books and Book Port, Thiruvananthapuram.

2. TRANSLATION OF CHINESE POETRY IN INDIA

Translation of poetry has been considered an extremely challenging task, be it content or form. The difficulty lays in terms of linguistic nitty-gritty as well the socio-cultural, historical and geographical connotations in the poems. That's why the notion of "beauty is unfaithful" is true as far as translation of poetry is concerned. But that does not mean that the poetry is untranslatable. Various translations of poetry native or foreign in various target languages have appeared since time immemorial. The poetic aesthetics have been reproduced time and again in target languages, and the translation has been as aesthetic as the original version. Unfortunately, in India we have not found many takers to the classical Chinese poetry.

When we mention of poetry in Chinese context, one immediately think of Tang Poems and Song Lyrics. Historically also, these poems have attracted worldwide attention and have been translated widely, albeit mostly from second language. Perhaps the earliest collection that is preserved in the Visva-Bharati Museum is an English version of *Three Hundred Tang Poems* published in the beginning of the twentieth century. Perhaps the first to translate Chinese poetry from source language into English is Prof. Tan Chung of Jawaharlal Nehru University. *Classical Chinese Poetry* (in *Classics of the East* series) published in 1991 and funded by The MP Birla Foundation. Noted contemporary Indian writer Vikram Seth has too brought out an anthology called *Three Chinese Poets* in 1991. In the collection Seth has translated 12 poems by Wang Wei, 11 by Li Bai, and 13 by Du Fu with a long introduction in 13 pages by him①. Obviously, he has rendered these from English versions.

There are the sporadic translations of some more Tang poems by people like Trinetra Joshi, alumni of Jawaharlal Nehru University in Hindi. However, the first complete anthology of Chinese poems translated from original Chinese into Hindi is by this author. *Cheeni Kavita : Gayahrvin shatavdi se Chauhdvin shatavdi tak* (*Chinese Poetry : 11th Century BC to 14th Century*), published by Prakashan Sansthan, Delhi in 2010. The collection is first of its kind, translation and annotation of 88 poems selected from various

① Zeng, Qiong (2012), "Text and Alter Text: Chinese Literature in Indian Translations" in Rizio Yohannan Raj (ed.), *Quest of a Discipline: Academic Directions for Comparative Literature*, Foundation Books, pp. 182—190.

poetic periods of the Chinese history ranging from *Shijing* (*Book of odes*) of pre Qinto *Xixiangji* (Romance of the West Chamber)[①] of the Yuan dynasty.

The book provides a kaleidoscopic view of the poetic tradition and genres such as *Chuci*, *Han yuefu*, *Tang Shi* and *Song Ci* to the readers, and also to those who understand Chinese as the original Chinese text has also been provided. The collection also incorporates the poetry from *Classic of Odes*, of great patriot poet Qu Yuan, folk songs of Northern and Southern dynasties, and some lyrics from Yuan drama. It is perhaps for the first time that the Indian readers, especially the vast majority of the Hindi speaking have been exposed to the glorious poetic tradition and culture of ancient China. Each poetic period or genre has been preceded by an introduction about the historical developments of the times and literary genres and the poets of the times. In 2011 the book was awarded "Special Book Prize of China", the first Indian to receive a literary award from China. While writing a critique of the book on China Social Sciences Online, Prof. Yu opines that the author has wisely chosen simple, smooth and modern poetic language keeping in mind the readability and Indian readership in mind.[②] Versification according to the critic would have made it rigid and unreadable.

Bengali perhaps remains the only language that has seen most of the translations of Chinese works from secondary sources as well as original Chinese. The vibrant literary and intellectual tradition that culminated into Tagore winning Nobel in 1913 is undoubtedly

---

① *Romance of the West Chamber*, is one of the most famous Chinese drama written by the Yuan Dynasty playwright Wang Shifu.

② Yu Longyu., "印译中国诗歌:古老文化的交融字号" (Chinese Poetry in Indian Translations: Confluence of ancient cultures), Chinese Social Sciences online, http://www.csstoday.net/Item/48373.aspx (March 18, 2014)

the reason behind such a feat. Even today, if one says that West Bengal produced the earliest sinologists would not be wrong; the Indian sinology remains to be dominated by intellectuals from West Bengal albeit the scope has broadened in recent times to other parts of India as well. P. Mukherji, Professor of Chinese in Jawaharlal Nehru University perhaps has translated most of the modern Chinese poetry from original Chinese into Bengali.

His first translation was *Poems of Lu Xun: An anthology of forty-five poems by Lu Xun* (1991). In this collection, 38 poems are in the classical form, and 7 in the modern or folk ballad form. Another anthology entitled *Samkaaleen Cheeni Kavita* (*Contemporary Chinese Poetry*) published in 1998 is an anthology of 54 poems by 27 contemporary Chinese poets and poetesses with brief biographies accompanied by a comprehensive introduction to Chinese literature in general and Chinese poetry in particular. The anthology begins with poems by Zang Kejia (1905—) followed by Ai Qing (1910—1996); and poetesses like Shu Ting (1952—), Zhang Ye (1949—), and a number of poetesses born between 1953 and 1972 are also included. The poems chosen are mainly self-introspective, with deep traces of pain, sense of loss, with the spirit of root-seeking (*xungen*), obscurity (*menglong*), and search for solace and the self, set in the backdrop of pain and loss that people had to undergo during the "Cultural Revolution".

Poems and Fables of Ai Qing published in March 2000 in Bengali is an anthology of eighty-six poems—spanning between 1928 and 1983. Most importantly, the book incorporates a rare interview of Ai Qing taken by Prof. Mukherji in July 1990. The poems have been categorized according to different periods of Ai Qing's life. Ai Qing's more poems have been translated by Prof. Mukherji from Chinese to English in yet another anthology entitled *Cross-Cultural Impressions: Ai Qing, Pablo Neruda and Nicolas*

Guillen in 2004. The anthology of reminiscences and poems by three internationalist poets: Ai Qing (1910 — 1996); the Chilean Nobel laureate Pablo Neruda (1904—1973); and the famous Afro-Cuban poet Nicolás Guillén (1902—1990) reflect the cross-cultural impressions that they had during their transcontinental tour. The poems are depictions of how these Oriental and Occidental poets viewed different societies in other corners of the world in a cultural atmosphere so alien to them. Ai Qing's impressions of some European, Latin American and African countries; and Neruda and Guillén's impressions of China, Vietnam and India constitute the corpus of the book. Prof. Mukherji's recent anthology published in 2012 in the Form of *Complete Poems of Mao Tse — tung and the Literary* Analysis *from Chinese to Bengali*. The anthology of 95 poems is with exhaustive annotations, thematic classification, chronological index and literary analysis of the poems.

Inbisvin sadi ki cheeni kavita (*20th Century Chinese Poetry*), a translation of 31 poems from Chinese to Hindi by Prof. D. S Rawat of Jawaharlal Nehru University has attempted to portray a picture of 20th century China by selecting the representative poems of ten contemporary Chinese poets that also include two poetesses. In these 12 are by Guo Moruo, 10 by Jiang Maowen, and rest by Zhang Kejia, Ai Qing, Li Ying, Zhou Difan, Yang Mu, Shu Ting, Lei Shuyan and Bei Dao. The poems according to Rawat, reflect the socio-political realities of the times. Ideological compulsions besides the reflections of nature, love, life, death, and individual struggles are quite visible. The author has also contributed translated poems to the January-March 2003 special issue of *Shavd* (Word) on Chinese literature, and also to *Saar-Sansar* issue of April-June dedicated to Chinese poetry.

Besides, Chinese poetry has found its voice in Tamil as well. In 2012, Sridharan Madhusudhanan, an Indian diplomat who served in

China has translated a selection of 36 poems from *Book of Ode* into Tamil. The translations from the source language have been titled Vaari Choodinum Paarppavar Illai:Kavi Thogai -Chinaavin 'Sanga Ilakkiyam'. Arimugamum, Neradi Thamizhakkamum (Even if I adorned, there's none to behold: Shi Jing-China's 'Sangam Literature' Introduction and Direct Translation). The translation is believed to be the first from Chinese to Tamil.

Sridharan compares the anthology with Tamil Sangam literature, which according to him is strikingly similar with the Chinese anthology. It was the Sangam literature that he developed a keen interest in Shijing and ancient Chinese literature. Being modest he says, "I know this book is not perfect," "In the domain of Chinese-to-Tamil direct translations, my book is like a single-cell organism. Within a few years, somebody will write better books, and people may just laugh at mine." [①]Another critic P. Rajaram, who worked with China Radio International from 2004 to 2006 says that "It doesn't seem to be a translation at all. Reading the Tamil version gives the impression that I am reading an original poem."

3. GOVERNMENT INITIATIVES

The translation of Chinese literature into Hindi and Indian literature into Chinese got a shot in the arm when Ministry of External Affairs, India signed an Mou with the State Administration of Press, Publication, Radio, Film and Television, China on *cooperation in mutual translation and publication of Classic and Contemporary* works during Chinese Premier Li Keqiang's India visit in May 2013. As per Article 2 of the MOU, each country

---

① Das, Arunava., "China classic gets Tamil voice" China Daily, March 30, 2012 http://www.chinadailyapac.com/article/china—classic—gets—tamil—voice.

would translate 25 books over a five year period. Each would be responsible to acquire the copyrights of the titles being handed over to the other side for translation and publication. This author is heading the Chinese Translation team from the Indian side. The Joint Working Group has already been constituted and has exchanged the lists of titles to be translated by both sides during the visit of Chinese expert group on 27－28 February 2014. The author has suggested a comprehensive Collection of Tang Poems and Song Lyrics to be included in the translation project besides other classics such as *Four Confucian Classics*, "Four Great Classical Novels"—*Romance of Three Kingdoms*, *Outlaws of the Marsh*, *Journey to the West* and *A Dream of Red Mansions*, masterpieces from Yuan Drama, and many other modern and contemporary works including those of Nobel laureate Mo Yan.

Besides, there are dialogues between Indian and Chinese writers being initiated by civil societies in India. The online literature journal *Almost Island* founded and edited by novelist Sharmishtha Mohanty along with poet Vivek Narayanan has initiated a dialogue with mainland Chinese writers. The first such dialogue, led on the Chinese side by the great contemporary poet Bei Dao in 2009 in New Delhi. This was possibly the first unofficial dialogue between Indian and Chinese writers in recent times. The second was held in Beijing and Shanghai. The third was held in Mumbai in 2011.

4. PROBLEM AREAS FOR NOT GAINING POPULARITY

Although the Chinese Ministry of Culture on its part has been promoting Chinese literature abroad by way of translating and publishing these into various languages such as Hindi, Urdu, Bengali, Tamil and English, but the overall response in India, may be in other countries as such has remained lackluster. As far as translation of Chinese literature, especially in Hindi is concerned, it is almost abysmal. I am aware of the translation of Wu Chengen's *Journey to the West*, *Lu Xun's short stories* and a few other works from English to Chinese, but not the poetry. Most of the translation is done into English and published by the Foreign Language Press. What could be the possible reasons behind this lackluster response, I have tried to identify some as the following:

1. US and Euro Centrism

This is perhaps the most common phenomenon in India and perhaps in most of the countries. The US and Euro Centrism owing to various political and economic reasons, has dominated the entire cultural, and philosophical discourse in the 19th and 20th century. As a result Indian education system has been dominated by western discourse; French, Spanish and German etc. languages are offered from the first standard in primary schools itself. Conversely, China studies in India are a relatively recent phenomenon, even though gaining popularity of late, but remains highly lopsided due to the lack of *real* language expertise amongst our China experts. In Chinese there is a saying that goes, "The wheat that is sown late, ripens early" implying that the late entrant would win over the early entrants, whether the phenomenon can be applied to the growth of China studies in India and elsewhere, we will have to wait and watch.

2. Cultural Constraints

Indian and Chinese literary traditions are quite different. Whereas India has an extremely strong oral tradition, primarily in verse form, China has a very strong textual tradition dominated by prose and fiction, albeit verse during Tang and Song ruled the roost. Secondly, Indian literary scene from ancient to medieval has been dominated by the spiritual contents, whereas Chinese literary scene except Taoist philosophy is dominant in Confucian pragmatism. It may be this reason that even during the hay days of cultural intimacy between India and China almost no major Indian work was translated into Chinese and the same is true for the Chinese literature. Therefore, the lack of understanding towards each other's literary tradition has continued even during present days. Lack of each other's literary tradition has caused as sort of cultural disequilibrium between the so called 'cultural cousins' of the past; thanks to Nobel Prize that some of our literary giants have been rendered into Chinese and Indian languages respectively. But what about writers like, Mao Dun, Lao She, Ba Jin and many others in India?

3. Difficulty of Language

The origin and development of Chinese ideographic system is closely related to evolution and development of Chinese culture. Therefore, if one needs to understand the evolution of Chinese culture, one need to master the language. Now, forget a non native saying Chinese is very difficult language, even a native Chinese would proudly acknowledge the fact that Chinese is the most difficult language on earth. There are reasons for it, it is non alphabetic and the ideographs could be non phonetic in nature contrary to alphabetic languages of the world languages. It is a tonal language with heaps of similar words but different meaning and writing style. Besides, most of the Classical Chinese literature is in literary Chinese (*wenyanwen*). Literary Chinese is to modern Chinese as Latin is to Italian (or as Sanskrit is to Hindi). In India, what students learn is modern Chinese (*Putonghua*), and if we are thinking of reading and translating Confucius and Mencius with training in Modern Chinese one is certainly mistaken. Moreover, Chinese poems, especially after Han are full of classical allusion and historical references. Therefore, to translate correctly these poems one needs to have a deeper understanding of Chinese culture, history, literature and tradition. Obviously, poetry translation poses more difficulty than prose translation.

4. Market

Even though China has made huge strides in its comprehensive national strength, however, the export of its 'soft power' has not caught up with the export of manufacturing products, irrespective of the fact that hundreds of Confucius Institutes (CI) have mushroomed all over the world. CI may contribute their bit however, it is the market that would determine the acceptability of the Chinese cultural tradition abroad. At present it is sheer perseverance or love towards the discipline by some China experts in India that are contributing a little towards popularizing Chinese literature in India. The remuneration is low as there are not enough projects offered by the funding agencies; moreover the time taken to complete a project would be huge. Even if there are a few projects, the publishers would shoot them down as there would be limited readership.

5. Bilateral Relations

State of India-China relationship has to take some blame for Indian and Chinese literary tradition not being able to take roots in each other's countries after 1947. The mutual distrust and lingering security deficit has prevented a firmer literary exchange between the two. Owing to such a relationship, there were not many takers for Chinese language in India. Moreover, Chinese language as well as China studies remained Delhi centric not only in terms of teaching and research but also in terms of resources and funding. Of late owing to greater trade and economic interaction, Indian government is forced to open China studies programs in various universities which is indeed a silver lining for China studies.

6. Insufficient Bibliographical Sources of Chinese Literature

It is acknowledged by all that India does not have necessary bibliographical resources for carrying out substantive and advanced research in China studies, neither a lively intellectual milieu to share findings of one's research. Shantiniketan has a wonderful collection of Buddhist bibliographical sources, but the material is adding dust as there are very few takers of literary Chinese, which is necessary for understanding not only the Buddhist classics but all other literature pertaining to 24 histories of China, its philosophy and ancient literature.

JNU considered to be one of India's best for Chinese language is not even a match to the Delhi University as regards collection of Chinese source material on history, language, literature, least to talk about bibliographical sources pertaining to other China related disciplines. The Euro-centric approach is the culprit, owing to which East Asian streams are accorded step motherly treatment. Also, since there is no expertise on Chinese language in the library, the university administration in order to save cost will not employ people for cataloging the books in Chinese. Finally, the mutual distrust between India and China has also obstructed the desired reciprocity as regards exchange of scholars as well as bibliographical databanks between Indian and Chinese universities. The computerization of Indian libraries has matched the 'Hindu rate of growth' and hampered, delayed the MOUs between Indian and Chinese libraries; the CI would have sorted out some of the issues, but the ghosts of 'security issues' have put most of these into the backburner.

4. CONCLUSION

If there has been a lackluster response, there are signs of optimism as well. One, the level of engagement between India and China has been unprecedented since late 1980s, be it at political or economic level. From this perspective China's rise should be viewed as a positive phenomenon and a catalyst for furthering an all out exchange between India and China. The MOU on *cooperation in mutual translation and publication of Classic and Contemporary* works" during Chinese Premier Li Keqiang's India visit in May 2013 should be considered an outcome of these exchanges and an urge to strengthen understanding between the two people. Secondly, the rise of China has also forced the Indian government to strengthen China studies in India. It has been demonstrated by inviting 22 Chinese teachers by India to introduce Chinese language program in junior high schools in India.

More importantly in order to make up for the language expertise in India, under the aegis of Central Universities Act of 2009, the government has established 16 new Central Universities in each such States (except Goa) which did not have a Central University. Some of these universities such as Central University of Gujrat, Mahatma Gandhi International Hindi University in Wardha, Maharashtra, Sikkim University, Jharkhand Central University, Ambedkar University, Delhi, Central University of Jharkhand, Hemvati Nandan Bahuguna Gharwal University have started undergraduate and postgraduate degree programs in Chinese and also offered courses related to area studies; some however have offered certificate course before setting up a full-fledged degree program. Many state universities have also initiated similar programs due to the demand of Chinese language. Most of such demand at present is business oriented but the interest in academics is also on the rise and we could foresee a great future for India and Chinese literature.

It could be discerned that translation of Chinese literature including poetry has a huge scope in India. If the market response hereunto was lackadaisical, there are signs that the market is taking a shape, the capacities are being built at government, private as well as individual levels. I believe in the coming decade, we will witness a kind of boom in China studies in India, and one would not be surprised if we find many versions of a same work in different Indian languages.

20 世纪以来印度的中国文学:译介研究[1]

曾　琼

在当今这样一个充满变化的时代里,恒定的事物似乎越来越少。新鲜事物不断涌现,如何面对和处理自身文化所拥有的重要的过去,是当代每一种文化都在面临的问题。文学经典正是“文化所拥有的重要的过去”的重要组成部分和集中的代表之一,对经典的思考和重视代表着对传统的自觉思考,而经典本身“提供了一个引发可能的问题和可能的答案的发源地”[2]。从文学自身的发展来看,语种文学的发展除了需要继承已有的遗产,也需要从外国文学中汲取力量。对于译入语文学而言,翻译文学作品可以为其自身的发展带来新的观念和动力。斯达尔夫人(Madame de Stael)在其著名的《翻译之精神》一文中阐述了她的翻译思想,认为翻译是文学和政治变革的动力,并将翻译看作是对文学发展的积极贡献,[3]而雪莉·西蒙(Sherry Simon)也认为,一个精心制作的译本能够“比较高效率地……阻止文学堕入昭示衰微的平庸状态”[4]。而翻译——无论是口译还是笔

---

① 本文为国家社科基金一般项目“中国文学作品在海外的传播及影响(项目编号:09BWW003)”阶段性成果。

② [荷兰]佛克马,[荷兰]蚁布思:《文学研究与文化参与》,俞国强译,北京:北京大学出版社,1999 年,第 39 页。

③ 参见雪莉·西蒙:《热尔曼娜·德·斯塔尔和加亚特里·斯皮瓦克:文化掮客》,《翻译与后现代性》,北京:中国人民大学出版社,2005 年,第 276－280 页。

④ 转引自费小平:《翻译的政治:翻译研究与文化研究》,北京:中国社会科学出版社,2005 年,第 146 页。

译——也是文学经典跨越地理条件的限制，从地区走向世界必由之路。

在中印文学文化交流史上，佛典的汉译是浓墨重彩的一笔。历史上从事这一翻译活动的翻译家既有印度人，也有中亚人，还有中国人，鸠摩罗什、真谛、菩提流支、不空、玄奘、义净均是重要的翻译家，其中玄奘和义净是真正精通双语（汉语和梵语）的翻译家，而玄奘无疑是这群翻译家中最具代表性的人物。在佛典汉译过程中佛教文学也随之传入中国，并对中国文学的发展产生了非常重要的影响。胡适在《白话文学史》(1928)一书的《佛教的翻译文学》两章中，论述了印度的佛经文学对中国文学的影响。他认为，佛教翻译文学"给中国文学史上开了无穷新意境，创了不少新文体，添了无数新材料"。胡适总结了佛经翻译文学在中国文学史上的影响。一、在中国文学的语言"最浮靡又最不自然的时期，在中国散文与韵文都走到骈偶乱套的路上的时期"，佛经翻译文学却使用了朴实平易的白话，"成为白话文与白话诗的重要发源地"；二、"佛教文学最富有想象力，虽然不免有不近情理的幻想与'瞎嚼蛆'的滥调，然而对于那最缺乏想象力的中国古文学却又很大的解放作用。我们差不多可以说，中国的浪漫主义的文学是印度文学影响的产儿"；三，在文体形式上，印度文学的输入，"与后代弹词、平话、小说、戏剧的发达都有直接或间接的影响"，中国叹词中的说白与唱文夹杂并用，也是从印度的"偈"这种文体形式学来的[①]。而另一方面，保存完好的汉译佛典，也为印度提供了还原历史、追忆曾有的文化盛事所必需的重要史实素材。玄奘等翻译家在游历印度时所留下的翔实、准确的记录，不但为印度的历史和现代考古发掘提供了佐证，甚至也已成了研究印度和中亚古代历史的不可缺少的材料。历史的事实表明，中印之间的文学实践活动，对于中印两种文明以及世界文明来说，都具有重要的意义。

然而遗憾的是，近现代以来，中印之间文学文化的交流活动并不频繁，两种文明之间的文学翻译活动也并不平衡。在当代中国，印度文学的翻译和出版出现一些有代表性的重大事件。如 20 世纪 50 年

---

① 参见胡适:《白话文学史》，合肥:安徽教育出版社，2006 年，第 142—143 页。

代和60年代初高质量地翻译了一批印度经典文学作品，包括迦梨陀娑的《沙恭达罗》《云使》，戒日王的戏剧《龙喜记》、10卷本的《泰戈尔作品集》等；20世纪80年代出版了由季羡林先生翻译的《罗摩衍那》全译本；2000年出版了刘安武等主编的24卷本《泰戈尔全集》；《摩诃婆罗多》精校本全译本也在2005年翻译出版。此外，中国文学翻译家也对印度英语文学作品保持了比较高的关注度，印度现当代三大英语作家拉贾·拉奥、纳拉扬、安纳德的代表作、V. S. 奈保尔的主要作品、阿兰达蒂·罗易(Arundhati Roy)的《微物之神》(*The God of Small Things*)都在中国获得了翻译、评论和研究，有的甚至有数个译本。与此相比，中国经典文学作品在印度的翻译却显得非常薄弱。正如之前所说的，中印之间的文学交流对于世界文明来说也是具有重要意义的实践活动。而对于目前的两国而言，向双方介绍对方优秀的文学作品，是一种促进相互理解的有效方式。目前印度的中国研究大部分集中在政治、军事、外交、经济等时事方面，对中国文学的关注远远不够。中印之间的友谊无疑具有悠久的历史并注定将源远流长，而对对方文学和文化的充分理解将则会使这种友谊更具有质感、更牢固和丰满。

一、20世纪印度对中国文学译介概况

季羡林先生曾按照时间先后顺序将中印文化交流划分为不同时期，并认为其中的鼎盛期大致从公元3世纪中叶到10世纪初(265—907)，这段时期内在精神文化方面交流的以佛教传入中国为主。尽管现存的资料主要集中在佛教传入中国以及它对中国文化和文学所产生的巨大影响这各方面，但这并不意味着中国文化和文学对印度没有丝毫影响。季羡林先生曾明确提出反对中印文化交流单向论，并认为造成这种表象的原因主要在于印度的史籍缺乏，这给中印文化关系的研究、特别是中国文化在印度传播和影响研究造成了难度。印度著名汉学家师觉月(Prabodh Chandra Bagchi，1898—1956)对此也持相似观点。台湾学者糜文开曾撰文论证印度佛教故事吸收中国

民间月中兔故事的一则例子。[①]

可以确证的是，在唐代贞观年间，李义表出使西域，647年，李义表归国后，向唐太宗提到他向东天竺迦摩缕波国童子王(Kumara)介绍《老子》，唐太宗于是下敕："令玄奘法师与诸道士(将《道德经》)对共译出，……奘乃句句披析，穷奇义类，得其旨理，方为译之。"[②]如果考虑到玄奘对梵语的掌握和对中印文化的熟悉，那么有理由相信由他翻译的《道德经》应当是一部高质量的译作。由于史料的缺失，因此这部译作在印度的传播、接受情况无法具体考证。但从近现代《老子》在印度的译介情况还是可以看出一些端倪。泰戈尔对中国文化充满敬意和热爱，他在演讲和文章中曾多次引用英文的《道德经》，如在《人在宗教》的《人的天性》一节中，他分别在5处引用了《道德经》，分别是"死而不亡者寿""生而不有，为而不恃，功成而弗居。夫唯弗居，是以不去""不知常，妄作——凶""殁身不殆""有德司契，无德司彻"和"益生曰祥"。从他的引用场合和阐释来看，泰戈尔对《道德经》是十分熟悉且认同的。据薛克翘论述，在20世纪80年代，印度北方一些城市的书摊出售印地文和乌尔都文《道德经》，且印地文的《道德经》不止一个版本，其中，北方邦瓦拉纳西全面服务协会出版、1984年4月第三次印刷的译本，既非译自汉文，亦非译自英文，而是译自马拉提文。马拉提文译者在其1959年写的该书序言中说，他是在20年前得到《道德经》的英文译本并将它译为马拉提文的，由此可知印度人至少在三十年代末即已见到英文本的《道德经》。薛克翘认为印度其他文种的本子虽未见到，但仅据已知的四种文本来看，《道德经》在印度的流传已相当广泛，而且已至少流传了半个世纪。

《道德经》并不算严格的文学作品，印地文的《道德经》被意译为《道奥义书》，可见它在印度很大程度上是被当作一部哲学著作。中国古代文学经典在20世纪的印度流传较广的当属诗歌，其中尤以唐

---

① 糜文开在《中印文学关系举例》一文中对此进行了详细的论述和考证。该文可参见郁龙余编:《中印文学关系源流》，长沙:湖南文艺出版社，1987年，第248—269页。但季羡林在《印度文学在中国》(《比较文学论文集》，北京大学出版社，1984年)一文中提出，中国的"月中有兔"这一说法是来自于印度。笔者曾就相关问题讨教知名印度学学者谭中先生，谭先生与季羡林先生持相同观点。

② 参见薛克翘:《中国与南亚文化交流志》，上海:上海人民出版社1998年，第246页。本文关于老子与印度的论述多参考自该书。

诗为代表。在印度国际大学图书馆藏有翟理思 1898 年出版的《英文韵文中的中国诗歌》(*Chinese Poetry in English Verse*)和他 1901 年出版的《中国文学史》(*History of Chinese Literature*),以及英国翻译中国诗歌最多的亚瑟韦利(Arthur Waley)于 1923 年出版的《一百七十首中国诗歌》(*A Hundred and Seventy Chinese Poems*)。这些都是泰戈尔生前用过的书,在亚瑟韦利书上还有泰戈尔的亲笔划线与注解。[①] 因此,可以推断的是,泰戈尔通过英语细读并喜爱上了结构精巧的唐诗,他尤其推崇李白及其诗作。在讨论什么是"现代"文学这个问题时,泰戈尔认为,"现代"不是时间上的概念,而是意愿上的概念[②],情感的真实、自然是"现代"的核心。李白是泰戈尔心目中现代诗人的代表:"中国诗人李白创作的诗已有上千年的历史,但他仍不失为现代诗人。他的观点就是现今观察世界的观点,他以简洁的语言写下了五言诗和七言诗。"[③]泰戈尔还引用了李白的《山中问答》《秋浦歌(十三)》《夏日山中》《长干行》来证明自己的观点,这显示出他对李白诗歌的熟悉、认同和喜爱。他甚至还曾经将李白一些诗歌和元稹的一首诗歌从英文翻译成孟加拉语,李白的诗歌是泰戈尔阐述"现代"概念的例子,而元稹的诗歌则是泰戈尔用来说明韵律重要性的素材之一。

1952 年,国际大学中国学院创始人谭云山曾撰写了一篇文章《中国语言文学史》,对中国文学做了概括性介绍,其中也涉及了传统诗歌,这篇文章的主要目的是介绍中国文学,因而并没有对诗歌进行专门的翻译。他的儿子谭中也曾翻译出版了英译唐诗集。在 20 世纪 50 年代,新中国曾组织了外文出版社翻译介绍了许多中国古今名著,这些译作在印度有一定反响。在最近的 20 余年期间,印度当代作家维克拉姆·赛特(Vikram Seth)对唐诗的翻译和传播起到了重要作用。赛特是在泰戈尔之后,极少见的、主动接受中国文化影响的

① 参见谭中:《中国古典诗歌对泰戈尔的影响初探》,王邦维、谭中主编:《泰戈尔与中国》,北京:中央编译出版社,2011 年,第 193 页。

② 泰戈尔:《现代诗歌》,倪培耕等译,《诗人的追述》,桂林:漓江出版社,1995 年,第 232 页。

③ 《现代诗歌》,同上,第 244 页。

印度作家的典型。[①] 赛特曾在中国学习、生活，懂中文。1990年赛特出版诗集《你们那所有入睡者》，其中收入了他翻译的一首杜甫诗《赠卫八处士》。1992年，维克拉姆·赛特翻译的中国诗歌集《三个中国诗人》出版，其中有王维诗12首，李白诗11首，杜甫诗13首，并附有赛特所作13页引言，对这三位诗人做了详细的介绍。这本译诗集1992年在英国和印度同时出版，1994年和1996年在印度再版，可见还是拥有一定的阅读市场。在赛特自己的诗歌中，也有丰富的中国文化意象和唐诗潜移默化的影响。

中国现当代文学在印度的翻译、出版比较有限。新中国成立后，中国文化部曾组织过翻译一部分作品，其中包括老舍、茅盾、鲁迅等名家名作，其中鲁迅在印度的影响最大。我国外文出版社曾将《鲁迅全集》(共4卷)和《鲁迅短篇小说选》翻译为英文，也曾将鲁迅的一部分作品翻译成印地语、乌尔都语、孟加拉语、泰米尔语等区域文字，使其在印度流传。此外，印度的一些文学杂志也时常译介一些鲁迅的作品或介绍鲁迅的生平和创作。印度印地语诗人S.瑟克赛纳先生曾以《乡村耍蛇人——读鲁迅的〈社戏〉有感》向鲁迅致敬，印度著名戏剧家巴努·巴拉提(Bhanu Bharati)的《昌德拉马辛赫别号查马库》(*Chandramashinh Urf Chanmaku*)带有《阿Q正传》的影子，受到印度普通民众的喜爱。[②] 2007年，笔者在印度国际大学访学期间，发现鲁迅的作品在孟加拉地区仍拥有不少喜爱者，该校孟加拉语系的阿莫尔·古马儿·巴尔(Amal Kumar Pal)教授正在致力于将鲁迅的部分散文从英文翻译成孟加拉语。

从这些已被翻译出版的作品来看，20世纪以来中国文学经典在印度的翻译和出版中缺失了很多经典。一般而言，说起中国古典文学经典，除了唐诗宋词，还会被提到是“四大名著”：《三国演义》《水浒》《西游记》《红楼梦》。但遗憾的是，据笔者所知，除《西游记》之外，其余三部题材各异、各具特色，且在中国文学史上拥有重要地位，在

---

① 尹锡南：《印度的中国形象》，北京：人民出版社，2010年，第143页。本文关于赛特与中国文学关系的论述多参考该书。

② 本文关于鲁迅作品在印度的翻译、接受和影响的论述，多参考薛克翘所著《中国与南亚文化交流志》与《中印文学比较研究》(昆仑出版社，2003年)两书。

国际上也具有相当知名度的经典作品，在印度各主要语言如印地语、乌尔都语、孟加拉语中均没有译本。目前为止，《西游记》只拥有一个印地语全译本。这个译本由中国政府先后聘请的两位印地语专家合作，花费近 20 年的时候完成，并于 2009 年出版。但奇怪的是，这个本应具有重大意义的事件，在中印两国都没有获得应有反响。实际上，除去部分专门从事汉学研究的印度学者，大部分印度文学爱好者对这几部古典名著可以说是一无所知。在中国政府组织的翻译行为之外，中国现当代文学的优秀作品在印度得到的翻译和出版十分有限的。“中国当代文学作品有女诗人舒婷的诗歌、小说家谌容的《人到中年》、陈建功的《丹凤眼》、马拉沁夫的《活佛》等被译成印地语出版”。[①] 近年来，中印当代文学之间的交流出现了一些可喜的新动向，中印当代诗人、作家之间出现了多次的、有些是周期性的民间互访和交流活动，如 2009 年的中国作家和诗人欧阳江河、西川、格非等人与印度当代著名学者、作家、诗人的互动与座谈；2010 年在北京、上海等地举行的中印诗乐文化交流活动，中国当代诗人的一些优秀作品也零星地被翻译成英文在印度出版，如欧阳江河、臧棣、西川、翟永明等人的作品。但大部分的中国新诗、大量的当代小说如海子的诗歌、余华的《活着》、莫言的《红高粱》系列、陈忠实的《白鹿原》等这些被公认为在中国当代文学史上占有重要地位的优秀作品，除了在印度的某些汉学家眼里具有价值外，似乎并没有获得印度翻译家和出版界的足够重视。

二、几点可能的原因与分析

20 世纪以来中国文学在印度的翻译和出版情况并不令人满意，印度文学界在对待中国文学经典的翻译和出版问题上，在很大程度上因循已有的轨迹，缺乏主动的意识、足够的好奇心和有品味的眼光，也缺少优秀的翻译人才。这样的评价或许有点苛刻，但并不是完全不尊重事实。造成这种情况的原因是复杂的。

---

① 尹锡南：《印度的中国形象》，北京：人民出版社，2010 年，第 204 页。

从当下的现实来看，翻译需要巨大的人力、物力，印度对于翻译事业是非常重视的。但印度翻译的精力（主要是政府部门，如“National Book Trust/国家图书出版局”及“Sahitya Akademi/文学院”）都集中在国内语文的翻译上，特别是从英文译成印度本国文字，从印度本国文字译成英文。而要能把中国文学作品译成印度语文，需要译者有很高的中文造诣。目前印度所有的中文课程都远远不能达到那种水平，印度的中文专业几乎没有专门为翻译事业供应人才的。中文专业的学生多半被政府机关吸收从事时事性的翻译、或者当导游、或者帮助涉华企业工作、或者为研究中国当前问题服务。这在事实上造成了文学翻译人才的早夭。此外，对于那些志愿从事文学翻译事业的人来说（其中绝大部分为高校教师），政府和学校也并不为他们提供积极的出版和翻译资助。既缺乏资金资助，又缺少精神鼓励，仅凭翻译者的个人热情和兴趣，长期的翻译行为（比如长篇小说的翻译）难以为继。

从文学与文化自身的角度而言，中国与印度的文学传统和审美取向有着巨大的差异，这是中印两国在文学交流活动中必须正视的事实。从文学形式上来说，中国文学经典除了包括诗歌，还有许多优秀的散文作品，中国文学史上散文文学的地位和成就并不逊色于诗歌，包括“四大名著”在内的小说作品，虽然在被正统文学认为是旁门左道，但其成就和在民众中的接受程度却是很高的。相比而言，印度作为“诗的国度”，其诗歌艺术高度发达并深受印度人民喜爱。印度文学对诗歌的喜爱也引导着它的文学趣味，使得在对中国文学的欣赏中，它的兴趣点自然地聚焦在了中国诗歌上，中国诗歌的顶峰——唐诗成为了它最大的关注点。从文学审美来看，中国文学重史，有着悠久的史传传统，文学审美追求质朴、持重，少年老成，文学关注现世、人生，深受儒家思想浸润；印度文学重神，文学创作修辞繁复，它拥有发达的想象力，情感虔诚而想象肆意，文学关注的是出世与解脱，追求精神的寄托，植根于印度教传统思想。在这样的差异之下出现的、历史上的中印文化交流的盛况，有着一个非常重要的桥梁，即佛教。佛教文学的传入中国是与佛教东渐紧密联系在一起的，随着佛教在印度的消亡，中国与印度的文化交流活动也逐渐沉寂。而实际上,在20世纪之前的文化交流活动中,佛教文学之外的印度教文学在中国的译介也非常罕见(尽管有时候存在佛教与印度教故事融合在一起的情况,但那是因为印度佛教文化本身的复杂性)。了解了这一点以后,20世纪中国文学在印度译介的状况变得比较易于理解。印度文学在历史上原本就缺乏对中国文学的基本了解,而在20世纪的中印文化交流中又失去了宗教因素的推动作用。在这种尴尬的局面中,中国的翻译家显得比印度的同行们更积极和开放一些。泰戈尔的作品——包括英语的和孟加拉语的——在中国一直拥有广泛的译者和读者,这是众所周知的。季羡林、金克木、吴晓铃、黄宝生、刘安武等人怀着极大的热情,在研究印度文学文化的同时,翻译了大量梵语、印地语的经典作品,他们甚至还撰写了梵语文学史、印地语文学史。更值得一提的是,他们还培养了一批精通梵语、印地语的接班人,以继续他们的事业。此外,般吉姆·钱德拉·查特吉、萨拉特·钱德拉·查特吉的孟加拉语作品,以及一些近当代乌尔都语的作品在中国都有翻译,而当代的印度英语文学在中国拥有不少读者——尽管有时候,他们是被作为英语文学的一部分翻译和阅读。

中印文化都是有着悠久历史和旺盛生命力的文化。印度文化在南亚地区长久地居于中心地位,并在历史上对东南亚地区的文学传统和社会意识有着深远的影响。东南亚早期国家的文字,大都是在印度婆罗米字母和天城体字母的基础上创制的。印度两大史诗《摩诃婆罗多》和《罗摩衍那》所使用的史诗梵语对东南亚国家的文字、语言和文学的发展有相当大的直接影响。[①] 东南亚北部国家如泰国、柬埔寨等主要受印度佛教影响,南部国家如印度尼西亚等主要受印度教影响,史诗《罗摩衍那》是东南亚大部分语言文学的一部分以及文学发展中素材、母题等的源泉。如果视野更广阔一点,我们会发现印度佛教文学的影响并不限于南亚东南亚地区和亚洲,而在近现代历史上,当印度处于英国殖民统治之下时,它的文化依然散发着吸引人的光彩,西方哲学家、文学家同样从中掘取了不少宝藏(尽管在现在流行的后殖民批评视角下,这样的掘取备受质疑)。实际上,印度

---

① 张玉安、裴晓睿:《印度的罗摩故事与东南亚文学》,北京:昆仑出版社,2005年,第40页。

文化在面对殖民文化的侵袭时，并未一味退让。在向西方翻译和传播印度教文化特有的一些概念时，它用罗马字母为梵语字母注音，而西方文化接受了这些概念，比如 Dharma，Maya，在这一点上，它是值得赞赏的。印度文化是一个完全有资格为自己感到骄傲的文化，如果骄傲的同时它也保持一种开放的心态那么会更可爱。如果暂且将印度佛教文化和文学对中国文化文学的深远影响——这早已得到中印学者的共识——放到一边，印度文学再看看中国，那么它一定会发现在中国文学中还有很多与它并不一样、但同样有趣、值得翻译、可供交流的作品。也许除了唐诗，还有宋词元曲；也许你并不喜欢《红楼梦》，但是你可能会喜欢《聊斋志异》。

实际上，印度文学界并未真的因为历史的骄傲而完全闭上双眼，20 世纪印度文学对西方文学的大量翻译与学习是印度文学现代化过程中的重要一环。通过对西方文学的翻译和学习，印度文学所专注的对象从神走向人，现实生活代替神话和传说，开始逐渐成为文学表现的主要内容，文学家和诗人赋予传统的英雄史诗题材以新的阐释和意义，文学与宗教的分离使印度文学获得了独立的地位。由于曾被英国长期殖民统治的缘故，英语是当代印度的通用语言之一。对英语的熟练掌握和运用拉近了印度文学界与西方文学界的距离，当代印度文坛不仅熟悉西方英语文学，而且其自身的英语文学创作也十分发达，近年来不少印度（裔）作家的作品频频获得西方主要文学奖项，如从 1981 年萨尔曼·拉什迪至今，已有 4 位印裔作家赢得了布克文学奖。

值得注意的是，这种对西方文学的热情并不仅仅只出现在印度，在中国文坛、日本文坛以及其他东方国家的文学界同样如此，日本文学因为对西方文学的密切关注和学习，在 20 世纪最初的 20 年中成为了中国文学翻译和学习西方文学的主要渠道之一。西方文学无疑曾为东方文学的现代化提供了榜样，它在今天也仍有许多值得东方文学学习的地方。但在长久地举目西望之后，东方文学是否也应当回过头来看看自己的周围？由中国文化圈、印度文化圈、阿拉伯—伊斯兰文化圈所构成的东方文化圈，孕育了丰饶多姿、各具魅力的东方文学经典。在与单纯地反对西方文化对东方的误解、误读乃至建构相比，更多地译介属于东方文学的经典，用中国文学的眼光来看待印度文学，用印度文学的眼光来欣赏中国文学，用丰富的事实来支持富有建设性的理论，或许能更有力地帮助东方文学以及富有强烈自尊心的东方学者们摆脱局限于西方话语体系的尴尬地位。在高呼实现东方与西方的理解的同时，东方与东方内部之间的、具有地缘战略意义的相互理解与尊重是否具有同样甚至更重要的意义？

文学交流作为文化交流的一部分，自然受制于各种现实的因素。必须承认的一个事实是，在20世纪的上半叶印度文坛对中国文学和文化的关注更多。1962年的中印冲突之后两国关系曾陷入长时间的冷淡，中国文学和汉学研究在印度也因此遭遇了挫折甚至停顿。从1962年至今，印度对中国的关注点大部分集中于政治、军事、经济等问题。然而时间早已进入了21世纪，中印之间的关系也正在进入更多元、更开放的阶段，中国文学经典也在期待着，在印度获得除了汉学研究者之外的更多的阅读与理解。

三、结语

文学是文化精神的代表和产物，经典文学尤其如此。在不同文学的互动实践中，经典文学作品的翻译是基础，也是必要。印度文学对中国文学的经典的翻译应当是中印日益频繁的文化互动应有的题中之意，这样的翻译活动也必然能促进中印的相互理解，而可以确信的另一点是，在印度翻译家的笔下，中国文学经典也将获得一些新的意义。

在印度以往的中国研究中，大部分研究者都是通过英语资料来获得相关信息，在这样的信息来源中，要想摆脱西方观点的立场和影响非常困难。谭中先生在《现代印度的中国研究》中为印度的中国研究提出了“将来式”，其中很重要的一点是在将来印度的中国研究者们都应该更好地掌握中文。[①] 当代印度的青年一代汉学家中不乏熟练掌握了现代汉语的佼佼者，如尼赫鲁大学的狄伯杰（Deepak）、邵葆

---

① 参见谭中：《现代印度的中国研究》，《南亚研究季刊》，2011年第1期，第89—95页。

丽（Sabaree Mitra）、国际大学的阿维吉特（Avijit Banerjee）等，与前辈汉学家相比，新一批学者的眼光更多地看到了中国当代文学的发展，他们的研究范围已有意识地涉猎、关注了 20 世纪 80 年代后的中国文学。如果这些学者能将中国当代文学的优秀作品从汉语直接翻译为英语（如果能译为印度主要语言将更完美），那么无论对于中国文学还是印度文坛来说都将是值得欢喜的事情。然而遗憾的是，至今在印度仍然缺乏熟练掌握古代汉语的翻译家和汉语人才，这对于中国文学经典在印度的翻译来说一个极大的缺憾。

中国是印度在地缘政治中最重要的国家，中印文化交流和中印关系是一个复杂的课题。文学离不开政治，但文学有时也可以与政治保持一定的距离。而世界文化交流史的历史则说明，从长远的角度来看，文学的翻译实践活动，能为不同文化的相互理解、共处和发展带来深远的、有益的影响。

中国当代小说在北美的译介和批评①

王 侃

一

2011年10月，中国作家余华赴美，为他的英文版新书《十个词里的中国》(*China in Ten Words*)进行长达月余的宣传。此前，2009年初，他也曾赴美协助宣传长篇小说《兄弟》的英译本。尽管可以用“好评如潮”来形容美国读书界对这部长达600页的“大河小说”的阅读反响，《纽约时报》等重要媒体也不惜篇幅向美国读者推荐这位当代中国最著名的作家，但余华的赴美行程却不巧撞上了一场巨大的金融危机。这场金融危机引发的经济萧条以及人们对危机本身的关注，极大地化解了《兄弟》所期待的起码的阅读热情。2008年3月，在介绍中国当代小说方面用力甚勤的美国著名翻译家葛浩文接受中国媒体人采访时说：“目前，中国当代文学真能深入美国社会的根本没有。”②而有意思的是，早在1993年，莫言的《红高粱》经由葛浩文翻译到美国时，美籍华裔作家谭恩美曾断言：“像昆德拉和加西亚·马尔克斯一样，莫言的声音也会找到进入美国读者内心的途径。”但15

---

① 本文所谓“中国当代小说”是指“中国大陆当代小说”；“北美”是指美国和加拿大，由于众所周知的原因，“北美”有时也与“美国”混用。

② 刘江涛：《葛浩文：一个不要“家”的中国小说的翻译》，载《上海电视》2008年3月D期。

年过去了，显然，葛浩文更为客观地看到了中国当代文学在美国的接受现状。而约翰·厄普代克(John Updike)则干脆说："那是颗又硬又老的心，我不敢保证中国人能够打动它。"①

西方殖民主义历史的一个文化结果是：伴随武力征服、经济掠夺和文化辐射，由莎士比亚、但丁、歌德所代表的某一地缘文学或某一语种文学成为了"世界文学"。这样的世界文学格局与等级秩序迄今不曾改变，而且还日益坚固。也就是说，"西方"或"西语"之外的文学——如中国文学，被强行摁定在这样一个地位：在这个地位上，中国作家不得不对西方文学持仰视姿态，最后，不得不以获得"西方"的认可方能晋身"普世"的行列。

更有甚者，中国作家对于在英语世界、在北美地区获得成功是尤为看重的。原因不在于北美市场的巨大，而在于英语之外的语种都是"小语种"。因此，某种意义上讲，一个中国作家的书在德国即使卖到八万册，仍然是不够成功的，因为你还缺少在北美、在英语世界的销售指标。不过，一般中国读者难以料想，虽然大多数中国作家对其作品在北美的发行会不遗余力地奔波、宣传，虽然北美市场也确实庞大，但对于中国作家来说，其作品的销量若能"成功"地达到两三千册的指标便已属不俗②。这是一个无论在中国还是在美国都几乎可以忽略不计的销售数字。这个"成功"的指标，仍然只能用来说明，"中国当代文学真能深入美国社会的根本没有"。当现代以来的中国作家孜孜以求于向西方学习，并对西方文学熟稔到如数家珍的地步时，在整个西方世界里，通读《红楼梦》和《三国演义》的作家却是微乎其微，更别说要他们去了解、熟悉中国现当代文学。道理很简单：在那样一个文学的等级秩序里，他们没有向中国文学求教的愿望与必要。

由是，在中国文学与美国文学之间，在汉语文学与英语文学之间，存在着一个巨大的翻译"逆差"。约翰·厄普代克为2005年5月9日的《纽约客》所撰长篇书评《苦竹》(*Bitter Bamboo*)一文中，不无自得地，但也并非虚夸地说出了这样一个事实："据《时代周刊》报道，

① [美]约翰·厄普代克《：苦竹：两部中国小说》，季进、林源译，《当代作家评论》2005年第4期。

② 参见黄咏梅、陈宵采写的访谈文章《余华：西方读者并不只想读"中国政治书"》，《羊城晚报》2011年10月23日。

(中国大陆的)书店里……有一半的翻译作品是美国书籍。与此同时,美国对中国当代小说的翻译却好像只是葛浩文教授一人的孤独事业。”[①]用“沧海一粟”来形容中国当代文学在北美的微弱处境,或许夸张;但说中国当代文学在北美读书界处于四舍五入的微妙界点,大概是一个不错的形容。也由是,我们会明白,当中国作家为宣传自己的一本英译著作开始漫漫西游路时,厄普代克们何以能在蓝天暖阳下的庭院里,或在落日余晖的咖啡桌旁,安享(或巡检)来自东方的文学敬仰。

二

由于交通、通讯、传媒等技术的高度发展,当今世界已在“速度”的裹挟、催逼、挤迫下由“天下”而为“村落”:“速度”正在填平所有的空间距离,并改变了人们对于世界的空间观念。在这个不断微缩的世界里,文学的传播变得异常快捷。中国地域广大,但如今在中国大陆出版的任何一部文学作品几乎都可以在一夜之间抵达神州的任何一个角落;倘通过因特网发布,则全世界都可以同时接收、同步阅读,且更为快捷。以往,一个作家或一部作品的经典地位的确立,通常需要几十年甚至上百年的时间,而随着传播的“提速”,之前的一切都发生了根本性的改观。余华就直言:当今的作家,如果得不到时代的认可,就不可能得到历史的认可。

然而,所谓的“全球化”也在这不断微缩的世界景观中得以真正运行。就文化层面来说,全球化者,究其实质,是以西方为标本的“现代性”的全球工程。这个全球工程的推行,依仗的是近代殖民历史所形成的霸权世界体系,并反过来维护和强化了这个世界体系,当然也包括附着于这一体系之上的全球文学格局与等级秩序。换句话说,“全球化”只是更有利于处于世界体系顶端或中心的地缘文学加速度地向全球传播并“普世”,而处于世界体系底部或边缘的地缘文学则在“向上”或“向心”的传播中仍然阻力重重,尤其是由冷战造成的东/

① [美]约翰·厄普代克《:苦竹:两部中国小说》,季进、林源译,《当代作家评论》2005年第4期。

西格局，仍然是东方（以中国为代表）文学在西渐途中艰于跨越的鸿沟。

近 20 年来，英语世界不断译介中国当代文学。以小说为例，王蒙、莫言、余华、王安忆、苏童、毕飞宇、贾平凹、阎连科、徐小斌等当代重要作家及其作品，都在英美有相当充分的译介。这些作家和作品的译介，不但在 20 年间形成了连续性，而且相当及时、快捷。其中的一些作家，如余华、王安忆，在美国读书界和文学界获得过很高的“专业评价度”。表面上看，中国当代文学在英语世界的翻译和传播似乎没有什么阻碍，很多人愿意相信“多元化”的英语世界先天地能对异国异语文学（包括对中国文学）存有宽厚包容与善意接纳。但我想说的是，“三千册”的成功指标，其实真切地反映着英语世界对中国当代文学的冷漠：中国当代文学在英语世界、在北美传播的巨大阻力，正被这种冷漠所表征着。

这种阻力，细究起来，可归结为如下三个日益明显、不断强化的方面：

第一，翻译中的“制度性”过滤。译界和语言学界历来有“翻译等于叛徒”的说法，尤其是文学翻译。相比较而言，叙事类文学的翻译是使这一说法趋近于最低值的一类。这也是为什么诗歌在翻译中会受到怠慢，而小说则会受到更多关照的重要原因。但不管如何，文学的母本和译本之间不可能是尺码相当的等量关系：即便是最优秀的翻译，由于语言、文化以及其他种种社会性因素的差异，使译本努力保有与母本大致体貌的同时，也必会出现程度不一的变形和扭曲。就小的方面来说，至少，语言和文化差异形成的滤网会或多或少地滤去母本中的丰富信息，并且因为某些语言之外的原因，母本中被滤去的信息有时可能是至关重要的。

大部分的信息“滤网”是天然地存在于语言之中的，并在不同语种的转译中随时随地、永动机式地发挥着效用。我在这里想谈论的是后天形成的、制度性的滤网。先举一例：余华的长篇小说《兄弟》，开篇两章即有长达几十页的有关“厕所偷窥”的描写，并在其中密集地使用诸如“屁股”（两章中共计出现 121 次）、“阴毛”（两章中共计出现 12 次）等关乎性下体的语汇；余华有显而易见的对于“恶俗”的有意为之，而这种“恶俗”因设在小说开篇且占有大量篇幅而使读者对之有“扑面而来”之感。《兄弟》的“恶俗”风格所反映的美学意义，以及“厕所偷窥”在这部小说整体结构中的核心意义，陈思和先生在《我对〈兄弟〉的解读》[①]一文中有高论，我不在此赘述。然而，这种“恶俗”在英译本中被进行了显然是刻意地修饰。首先，12 处“阴毛”，大多译成了“pubic area”或“pubic region”(阴部)，以“面”代“点”，或者翻译成带有隐喻性的“bush”(密林)，而不是直截了当、引人遐想的“pubic hair”，母本中语言的粗砺和直露就此被隐去。其次，译者设法捕捉英文里描绘女人后面部位的同义词——“butt”“bottom”“buttocks”“backside”，交替使用，以避免一味的“butt”下去，而余华在密集使用“屁股”一词时显见的刻意反复以及在这种刻意反复中追求的“恶俗”、(黑色)幽默效果，都在译者的“求雅”的措词转换中被模糊和被削弱。《兄弟》的英译，使原著减“色”不少，但这样的过滤，也使原著的美学效果以及试图展现中国民间清浊混杂的生存状态的写作意图被稀释。

毫无疑问，这样的过滤，其力量不是来自语言本身，而是来自美国的出版制度。就《兄弟》的翻译中出现的减“色”问题而言，是因为上世纪 60 年代末以来美国强大的女权运动及其理论成果对于本国的话语秩序、文化格局与出版制度的深刻影响，使对“纯文学”或“严肃文学”中涉及女性身体的描写必须符合“思无邪”的硬性规定[②]。诸如此类的“制度性”规定尚有许多，除了上述有关女权的方面之外，还有来自宗教、种族以及地缘政治方面的种种规定。它们既是翻译和出版的技术层面的问题，同时也涉及意识形态层面的问题。它们使语言自带的“滤网”得以升级和加密[③]。

之所以要论及英译中的“制度性”过滤，原因有二：一是长期以来，我们较多地注意了外国文学在汉译中的误译或“被过滤”的问题，

① 陈思和：《我对〈兄弟〉的解读》，《文艺争鸣》2007 年第 2 期。

② 我们可以联想一下凯特·米丽特的《性政治》一书对美国作家米勒肆无忌惮的情色描写所作的愤怒批判。自此，文学作品(尤其是男性作家的文学作品)中的情色描写受到了约束，并逐渐在文学出版中成为一种制度性的约束。

③ 作为一种对比，余华小说《兄弟》在法国受到的欢迎可谓风头无俩。《兄弟》中的“恶俗”部分在法语译本中被尽可能地保留。原因很简单：法国有拉伯雷《巨人传》式的“恶俗”的文学传统。

而较少甚至基本没有讨论中国文学在它译或英译中的相同问题，我们甚至在缺少细究的前提下单方面地信任它译尤其是英译的包容性与可靠性，其实不然[①]；二是由此我们可以认识到：假如说某些语言或文化差异尚可以通过交流而得以弥补和跨越的话，那么，“制度”则因其刚性而难以穿透，它有可能是中国文学向英语世界进行传播时最要命的阻力。

第二，迄今为止，北美对中国当代文学的译介，就大势而言，仍然是“选择性翻译”。我们且不论到底谁真正坐拥“政治正确”，但美国出版界对中国当代文学的译介确乎显示出冷战思维的典型特征。比如，但凡在中国遭禁的作家作品，美国人总是更为热衷翻译的：最近这 15 年来，先有卫慧，再有阎连科。并且，因为是在中国“遭禁”，于是《上海宝贝》式的露骨描写就仿佛有了某种正当性。

西式冷战思维的典型结论是：中国一直处在与不义、争霸和丑行相伴的历史之中。中国社会固然有因为自立“竹幕”造成的不透明性而招致种种不良猜议，但前述“结论”也不过是自命“政治正确”的意识形态所施行的政治攻击。很显然，“政治正确”的意识形态也使文学翻译出现了“选择性”。比如《狼图腾》，国内的评论界毁誉不一，但在讨论中都涉及“国民性改造”的论题，并由此不得不将鲁迅与其进行捆绑式讨论。但《纽约时报》评论则认为，“《狼图腾》只是以其诊断当代中国精神不适的努力来吸引外国读者”[②]。也就是说，吸引美国读者的，是这部小说对于汉民族与汉文化的自贬，对于“狼性”的崇敬，以及将“狼性”与“西方”并举，对诸如“‘自由’来自于当代西方人继承自游牧祖先的有益‘传统和习惯’”的武断认定。同样的，美国人对阎连科的译介有着更为显见的“选择性”。在这样的“选择性”的译介中，“文学性”并非不可或缺的，甚至是可以被忽略的。《纽约时报》在 2008 年 5 月 4 日的《书评周刊》中集中评论了莫言的《生死疲劳》、王安忆的《长恨歌》、姜戎的《狼图腾》、阎连科的《为人民服务》，在由

① 如由英国“布克文学奖”所属机构设立的亚洲曼氏文学奖，在其设立的最初若干年里就要求候选作品必须是英译本而非母语本。

② Pankaj Mishra, “Call of the Wild”, *The New York Times*, May 4, 2008. 感谢朱颖女士提供的中文翻译。

美国著名学者、作家和媒体人撰写的书评中可以看出，姜和阎的作品在“文学性”方面显然乏善可陈，它们作为被力荐的作品，更多是出于冷战思维下“选择性翻译”的结果。

冷战思维还导致了对于原著的误读加大，形成过度阐释。再以余华的《兄弟》为例。译者为这部长篇小说撰写的译序中这样写道：“出于预料之中和意料之外的诸多理由，2008 年注定成为了当代中国的一个分水岭。四川地震中从倒塌校舍的废墟中挖出孩子尸体的惨景，以及随后民众自发的捐助和祈愿；北京奥运会前期筹备工作引发的世界范围内的议论纷争，以及奥运会本身的举国盛典，这一切使中国在一年的时间内经历了前所未有的大悲和大喜。同样的，这过去的一年似乎浓缩了中国自毛泽东时代到超资本主义时代几十年历史中的重重矛盾。”于是，在译者看来，余华在《兄弟》中讲述的处美人大赛以及在这个大赛过程中出现的处女膜修复手术等便有了这样的寓意：“大赛以个人形象的重新塑造，创造一个贞洁的虚伪外表为主旨，这也暗示了北京为筹备 2008 年夏天举办的第一次奥运会，试图重新塑造自己，给世界一个新的形象。余华似乎告诉读者，中国正给世界呈现一个刷新的纯洁幻象……”①译者的这一解读显然过度，并且明显出于冷战思维的逻辑。而余华本人就此表明的态度则是更好的证明：“作为中国人，我理解中国人对奥运会的感情。春节每年都有，但是人们要花很长时间为此做准备。对于中国人，奥运会是一个世纪才有一次的春节。中国人希望邀请众多外国友人来参加。我从来没想过这是一起政治事件。”②

第三，英语文学内部存在一种自以为是的普世文学观或文学标准。由于英语文学在全世界的推广力度和普及程度是最大、最高的，英语文学尤其是美国文学无形中常以“领先”自居。毫无疑问，这种“领先”是以英语文学的标准来认定的，并且，因为“领先”，从而又将这“标准”普世化。这使得美国文学界对中国当代文学的评价，无论

① Yu Hua, *Brothers*, translated by Eileen Cheng-yin Chowand Carlos Rojas, Picador Asian of Pan Macmillan Ltd(2009), pp. Ⅶ－Ⅸ. 感谢郭建玲博士提供的中文翻译。

② *La Chine est plus riche et la vie plus exagérée que jel'imaginais*, Claire Devarrieux, liberation, jeudi24 avril 2008. 感谢蔡丽娟女士提供的中文翻译。

褒贬，都带有显见的傲慢。

前文所揭厄普代克的《苦竹：两部中国小说》一文中对两位中国作家的“委婉”批评就是很好的例证。在厄普代克看来，苏童的《我的帝王生涯》(全书共十六章)是一部头重脚轻的小说，前三分之二的篇幅里人物完全被情节所淹没，无甚价值，只有最后三分之一的篇幅(第十一至第十六章)，即“燮国亡国后，端白自由地四处漂泊流浪，追寻自己的梦想，成为流动的杂耍戏班的走索艺人，穷困潦倒而又危险重重，但只有在这时，他才得以成为西方意义上的小说主人公——用志气、奋斗与发现来进行界定；小说也相应地转换为流浪汉小说的风格。”而对莫言的《丰乳肥臀》的批评，则引发了他对中国小说与中国作家的“道德水平”的质问：“中国小说或许由于缺乏维多利亚全盛期(以社会对道德的严谨要求著称——引注)的熏陶，没有学会端庄得体。因此，苏童和莫言兴高采烈地自由表现生理细节，其中往往伴随着性、出生、疾病及暴死。”[①]

厄普代克在美国声名显赫，他写的书评和他的小说一样在美国有着广泛影响。他以“西方”的文学标准对当代中国两位重要作家的重要作品进行的品评和判断，无疑会影响甚至左右北美读书界对中国当代文学的理解和接受。且不对厄普代克的“批评”进行臧否，至少，我们可以先从厄普代克的“批评”中看出，美国主流文学界的批评标准并不那么“多元”和“包容”。

厄普代克对《我的帝王生涯》之“情节”大于“人物”的批评，表明他并不了解中国文学史尤其是中国小说史。当然，他可能认为，这种“了解”并非必须的，因为他已在或隐或显间以“领先”自居，并以“普世”自命(无独有偶的是，另一个来自欧洲的汉学家顾彬(Wolfgang Kubin)也对中国当代小说的“故事化”颇多非议)。厄普代克当然也不会不知道，迟至19世纪，西方小说的主流仍然由“情节化”“故事化”所把持，“去情节化”“去故事化”不过是现代主义出现之后才产生的对于“纯文学”的特定要求。但厄普代克仍然持一种偏执的进化论理念，视当下、“此在”的西方文学形态为先进、普世的圭臬。而厄普

① [美]约翰·厄普代克：《苦竹：两部中国小说》，季进、林源译，《当代作家评论》2005年第4期。

代克对《丰乳肥臀》、对中国作家之“道德水平”的批评，则更见出其对中国社会与中国历史的偏见，以及出自其自身文学立场的傲慢。正如有论者指出：“对于莫言的风格，厄普代克见到粗鲁，但未必见到这语言释放背后的强权压制下的无力和无奈。他就体会不到刘再复所讲的‘（莫言）是生命，他是搏动在中国大地上赤裸裸的生命，他的作品全是生命的血气与蒸气。……只有性的觉醒，只有生命原始欲望的爆炸，只有充满自然力的东方酒神精神的重新燃烧，中国才能从垂死中恢复它的生命。十年前莫言的《透明的红萝卜》和《赤热的红高粱》，十年后的《丰乳肥臀》，都是生命的图腾和野性的呼唤。’”[①]

夏志清曾指出，中西两传统中最伟大的小说在“叙事格式”上存在很大歧异，然而，自“新批评”当道以来，一般美国学院派批评家为流风所及，在美国研究中国小说的学者便对几部中国古典小说“亟亟摸寻其复杂之结构，认为非此不足以与西方的经典小说相提并论”。[②] 夏志清讥讽的虽是“学院派”，但非学院派如厄普代克，同样也会持“新批评”式的西方准对当代中国文学作出褒贬。正如“新批评”之于《红楼梦》的失当，厄普代克式的文学标准之于当代中国文学同样难免偏狭：当代中国文学作品中，许多与中国历史与中国社会密切相关的关键内容，因为这种偏狭而遭遮蔽，或被边缘化。

不过，美国文学界和读书界对中国当代文学的阅读和接受，也有其充满分裂感的矛盾冲突的一面。一方面，中国作家中确有像王安忆这样比较靠近厄普代克式标准进行写作的作家，她或他们的作品被译介到美国后也获得很高的“专业评价度”[③]。然而，“在英美出版商眼里，这样的作品，或许不够‘异国情调’，对一般的读者，不够怪诞新奇”[④]，以至于这样的作品通常只能由大学出版社出版，定价也较高，无法为公众更为广泛地接受。而另一方面，《丰乳肥臀》《我的帝王生涯》这样充满“中国情调”的作品则饱受“普世”文学标准的曲议。

---

① 吴澧：《厄普代克的中国苦竹》，《南方周末》2009 年 2 月 11 日。

② 夏志清：《中国小说、美国批评家——有关结构、传统和讽刺小说的联想》，刘绍铭译，《当代作家评论》2005 年第 4 期。

③ 参见 Francine Prose, *Miss Shanghai*, *The New York Times*, May 4, 2008.

④ 吴澧：《厄普代克的中国苦竹》，《南方周末》2009 年 2 月 11 日。

三

综上所述，中国当代小说在北美、在英语世界的传播时面临三个层面的阻力：它可能来自某种制度化的语言过滤，也可能来自“政治正确”的意识形态选择，也可能来自文学本身的价值偏见。实际上，这三个层面的阻力通常是铰合着同时发挥作用的，而且，后两者的力量往往是主导的。比如，虽同属“东方”，但日本文学在美国的境遇明显好于中国文学，包括厄普代克在内的美国作家对日本文学都相当熟悉，并高度嘉许。美国一般公众对日本、对日本文学的接受、了解也明显高于对中国和中国文学的接受、了解。原因固然很复杂，但简单说来，美国人对于日本文学和中国文学的不同态度，是冷战思维逻辑在文学领域的反映。

中国当代小说通过各种形式的翻译向全世界传播，尤其是通过英译向北美地区传播，是文化和文学交流的双重需要，也是势所必然。但同时必须意识到，中国之外的文学世界并非一马平川的自由之地。在对外传播过程中，若能清楚地意识到有哪些力量有助于推动，哪些力量会形成阻碍，哪些批评意见是中肯的，哪些批评意见是偏狭的，那么，我们的作家和作品就可以学会不轻易地为外界的毁誉而悲喜。

其实，文学传播永远不会只是文学自身的命题，尤其是，中国当代文学若要在当今世界文学格局和等级秩序中晋身“普世”，成为“经典”，这一命题的“非文学性”就尤为突出。正如有论者曾精当地作过如下概述：“文化始终是以经济、政治，乃至军事力量为支撑的。……19 世纪的法国文学走遍天下，靠的主要是法国的国际地位和文化影响力；一如现今的美国文学，其所以受到一般读者的格外关注，那也是由美国的国际地位及其文化影响力所决定的。……从这个意义上说，中国作家走向世界、中国文学经典获得‘普世价值’的首要因素恐怕必得是国力的进一步强盛。”①

---

① 陈众议：《下现实主义与经典背反》，《东吴学术》2010 年创刊号。

域外风景：王蒙作品在海外

朱静宇

王蒙自19岁创作长篇处女作《青春万岁》以来，已发表文学作品一千多万字。在小说、散文、诗歌、报告文学、文学理论研究、《红楼梦》研究、李商隐研究、老子研究诸方面，实绩享誉海内外。虽然国内外对于王蒙以及作品的研究文章及其论著已较为深入，虽然对于王蒙译作及其作品的外译情况在一些关于王蒙研究资料中也有所涉及，但对其作品在海外译介及其研究的系统全面的研究尚还欠缺。本文拟就此展开研讨，以作拾遗补缺之用。

一、王蒙作品的海外译介

作为中国当代的著名作家，王蒙的作品已被译成俄、英、德、法、意、日等多种文字在国外出版。下面我们就王蒙作品的外译情况逐一简要介绍。

（一）王蒙作品的俄译本

1982年，苏联进步出版社出版的由热洛霍夫采夫和索罗金编选的中国当代作家作品集《人妖之间》，收有王蒙的《夜的眼》。1983年，苏联青年近卫军出版社出版了合集《一个人和他的影子》，其中收录了由索罗金翻译的王蒙的《蝴蝶》。1984年，托罗普采夫翻译的王蒙的《春之声》《海的梦》，被收录在索罗金为《外国文学》杂志所编辑的丛书系列编选的《当代中国小说：王蒙·谌容·冯骥才》中，由苏联消息出版社出版。1985 年，苏联文学出版社出版的索罗金编选的《纪念》中也选收了王蒙的《春之声》。苏联汉学家李福清编选的《人到中年：中国当代中篇小说选》由苏联长虹出版社 1985 年出版，其中选入了王蒙的《杂色》。1987 年长虹出版社又出版了《中国当代小说》，王蒙的《夜的眼》等 5 部作品都被选入。俄国莫斯科大学亚非学院的著名汉学家、翻译家华克生教授翻译了长中短篇小说集《王蒙选集》(俄文译本)由莫斯科虹出版社 1988 年出版，其中收有王蒙的长篇力作《活动变人形》。2004 年新版的《王蒙中短篇小说集》俄文版，由托罗普采夫翻译编辑，收录了《夜的眼》《杂色》《木箱深处的紫绸花服》《深的湖》《焰火》《他来》等。

除了俄罗斯本土作家对王蒙作品的译介之外，北京外文出版社也于 1988 年出版了中短篇小说集《王蒙小说集》的俄文译本。

(二) 王蒙作品的英译本

王蒙作品最初走入英语世界是在 1982 年。美国加利福尼亚大学出版社于该年出版了合集《玫瑰花与刺》，其中收入了唐·吉布斯翻译的王蒙的《夜的眼》。王蒙曾多次在其自传中谈及他认识的美国小说家格丽斯·佩丽曾当面称赞《夜的眼》的英译本，从时间上推断估计就是吉布斯的这个版本了。1989 年，美国华盛顿大学出版社推出了由温迪· 拉森翻译的王蒙中篇小说《布礼》和中短篇小说集《相见集》。1994 年，美国乔治·布莱兹勒出版社出版了王蒙的短篇小说集《坚硬的稀粥和其他故事》。

除了美国对王蒙作品的英译以外，中国本土也极为关注王蒙作品的外译。北京外文出版社分别于 1983 年与 1989 年出版了由杨宪益、戴乃迭夫妇翻译的王蒙中短篇小说集《蝴蝶》和长短微型小说集《雪球集》。外语教学与研究出版社在 1999 年推出了英汉对照的《王蒙小说选》。此外，香港三联书店在 1993 年出版了中篇小说集《相见时难》的英译本。

（三）王蒙作品的德译本

1982年，鲁赫特汉出版社推出一部封面上印有王蒙《风筝飘带》中文书名的短篇小说集。波恩大学顾彬教授等人翻译的王蒙的中短篇小说集《夜的眼》，则在1987年由瑞士第三世界对话出版社出版。1988年柏林建设出版社出版了由格鲁纳等人翻译、以王蒙《蝴蝶》为书名的中短篇小说集子。不仅如此，《蝴蝶》还被改编成广播剧在几家电台播出。柏林和魏玛建设出版社也于1988年出版了《王蒙小说选》，内收有《夜的眼》《风筝飘带》和《杂色》等10个中短篇小说。波鸿洛克迈耶出版社于1990年推出了由马汉茂等人翻译的《王蒙小说集》。1994年，德国罗曼·瓦尔特库特出版社出版了由希·考茨翻译的长篇小说《活动变人形》。

据王蒙自己回忆："后来得知，这篇东西很快被一位在《德国之声》供职的深度近视眼的联邦德国汉学家(他的姓名的第一个字母是D或T，我记得应该译作杜什么)译成了德语。"他所说的"这篇东西"指的就是刊载在《作品》上的获得1978年全国优秀短篇小说奖的短篇小说《最宝贵的》。如确如王蒙先生所言，那么《最宝贵的》应是王蒙复出后由外籍人士译介的最早的德译作品。

（四）王蒙作品的法译本

1982年，北京外文出版社推出了法文版的中短篇小说集《蝴蝶》。1985年，《欧罗巴》文学杂志社推出了一期"中国：一个新的文学"专号，包括王蒙在内的中国新时期作家的作品陆续被翻译出版。1988年5月，为配合中国作家代表去法国访问，《欧罗巴》文学杂志社专门编辑出版了《当代外国文学精萃·中国专号》。其中，王蒙及其作品为该刊评介的重点对象之一。1989年巴黎人道报出版社出版了由尚塔干·什纳德罗翻译的中篇小说《布礼》。法国中国蓝出版社分别于1994年和2002年先后推出了王蒙的法译本短篇小说集《我又梦见了你》和短篇小说集《淡灰色的眼珠》以及短篇小说集《〈哦，穆罕默德·阿麦德〉〈葡萄的精灵〉》。

（五）王蒙作品的意大利文译本

1987年，米兰赛维德书局出版王蒙的长诗《西藏的遐思》意大利文单行本，王蒙也因此摘取了意大利西西里大区首府巴勒莫第十三届意大利蒙德罗国际文学奖。1989年，米兰加尔赞蒂书局出版了由康薇玛翻译的长篇小说《活动变人形》的意大利文译本。1998年，意大利拉孔蒂马尔西利奥出版社和意大利卡福斯卡里纳出版社分别推出了意大利文译本《不入酸辣汤及其他》和短篇小说集《坚硬的稀粥》。

（六）王蒙作品的日译本

早在1981年，日本大阪三铃书房就出版了由相浦杲翻译的王蒙的中篇小说《蝴蝶》。1984年6月，《无名》杂志第4号登载了由柴内秀实翻译的王蒙的《风筝飘带》。1987年，东京德间书店推出了日文译本的中短篇小说集《淡灰色的眼珠——在伊犁》。1992年，东京白帝社出版了由林芳翻译的日文译本长篇小说《活动变人形》。

（七）王蒙作品的其他语种译本

在欧洲的其他国，对王蒙作品也有一定程度的译介。南斯拉夫的诺维萨德塞尔维亚文化教育协会出版的1982年第11期文学月刊《年鉴》，译载了王蒙的小说《夜的眼》。匈牙利欧洲出版社于1984年7月，以“现代丛书”形式推出由鲍洛尼·布琼尼翻译的王蒙的小说集《说客盈门》的匈牙利文版，其中《春之声》《蝴蝶》被收录在内。1984年，曾任罗马尼亚驻华使馆文化参赞的康斯坦丁·鲁贝亚努与夫人，合译了王蒙的短篇小说《深的湖》（罗马尼亚文）由书籍出版社出版，《海的梦》（罗马尼亚文）译载在1984年第10期的《阿特内马》杂志上。1985年，墨西哥学院出版社出版了西班牙文的《王蒙短篇小说集》，收录了《风筝飘带》等5个短篇。在瑞典、荷兰，王蒙的小说也有一些译介。

在亚洲，王蒙的作品有朝鲜文和泰文等语种的译介。1984年黑龙江朝鲜民族出版社出版了朝鲜文版长篇小说《青春万岁》，1989年韩国中央日报社出版了长篇小说《活动变人形》的朝鲜文译本。1994年，泰国南美书店出版了诗琳通公主翻译的泰文译本《蝴蝶》。

此外，王蒙的作品也有被译成维吾尔文出版的。1985年，新疆青年出版社出版了中篇小说《相见时难》的维吾尔文单行本。1989年，新疆青少年出版社出版了系列小说《淡灰色的眼珠——在伊犁》的维吾尔译本。1990年，北京民族出版社出版了中短篇小说《心的光》的维吾尔译本。

港台地区对王蒙的作品也颇为关注。不仅出版了王蒙作品的简体版，还出版了其作品的繁体字版。在香港，香港天地图书有限公司分别于1988年出版了长篇小说《活动变人形》，于1990年出版了《坚硬的稀粥》，于1993年出版了《〈红楼梦〉启示录》，于1994年出版了《天地文丛——九星灿烂闹桃花》，于1999年出版了《王蒙说》。香港勤十缘出版社于1992年出版了散文集《冬雨》和小说集《表姐》。2001年，香港明报出版社有限公司出版了《当代中国文库精选王蒙卷》；2002年，香港三联书店有限公司出版了散文集《三联文库——难得明白》。在台湾，1988年，台湾新地出版社出版了短篇小说集《加拿大的月亮》。1989年，台湾远景出版实业公司出版了中篇小说集《蝴蝶》。1993年，台湾时代风云出版社出版了文学评论专著《〈红楼梦〉启示录》。1995年，台湾时报文化出版企业有限公司出版了《"红小说系列"——淡灰色的眼珠》。1996年，台湾风云时代出版有限公司出版了长篇小说《暗杀——3322》。2001年，台湾天下远见出版股份有限公司出版了长篇小说《恋爱的季节》(繁体字版)和长篇小说《失态的季节》。

从以上笔者所介绍的王蒙作品外译本的简单罗列中，我们可以发现王蒙作品最早的国外译介本似乎应该是在20世纪80年代前后。各种王蒙研究资料中关于王蒙作品译介本的最早的记载，几乎都锁定在1981年日本大阪三铃书房出版的由相浦杲翻译的王蒙的中篇小说《蝴蝶》。其实不然，在《王蒙自述·九命七羊》中，王蒙这样回忆："捷克从1959年就翻译介绍了我的作品《冬雨》，斯时我在北京门头沟区潭柘寺一担石沟为绿化山野而贡献青春。我与捷克同行的友谊也算源远流长的了。前后他们翻译了我的六篇作品，这次都找了出来复印装订后送我。在捷克与斯洛伐克也都举行了小型的我的中文、捷文、斯文、德文作品展示。这些作品的译介时代令人百感交集，令人一笑莞尔。”可见，最早的王蒙作品外译本应该是1959年的捷克文本《冬雨》。这样算来，王蒙作品在海外的译介时间已有半个多世纪了。

综观王蒙作品的海外译介，我们可以发现如下一些译介特征：

（一）译介语种类多。根据以上的译介罗列，我们可以看到王蒙的多种作品已经被译成俄语、英语、德语、法语、意大利语、南斯拉夫语、匈牙利语、西班牙语、罗马尼亚语、捷克语、日语、朝鲜语、泰语、维吾尔语等数十种语言，涵盖世界上通行的主要语种。甚至他的一部作品会同时被译成许多种外文，如《活动变人形》就先后被译成意大利文、俄文、德文、日文、朝鲜文、英文等文字出版，还有《蝴蝶》《布礼》等都被相继翻译成多种文字出版。

（二）译介时间集中。虽然对王蒙作品的译介，从1959年捷克文的《冬雨》算起，已有半个多世纪。但国外对王蒙作品的译介大多集中在20世纪80至90年代。尤其在80年代，几乎每年都有王蒙作品的外译本出版。有时甚至同一年份会同时出版不同的外译本，如1987年就有日文版中短篇小说集《淡灰色的眼珠——在伊犁》、德文版中短篇小说集《蝴蝶》和《夜的眼》以及意大利文版的长诗单行本《西藏的遐思》等四部不同的外译本作品。1989年更是盛况空前，仅仅这一年就出版了王蒙作品的英译本、法译本、意大利文译本、朝鲜文译本、维吾尔文译本等八部不同的译文作品。

（三）译介小说种类齐全。王蒙的创作可谓种类繁多，仅小说就涉及微型小说、短篇小说、中篇小说、长篇小说以及系列小说等。而海外对王蒙小说的译介也几乎囊括了他所有的小说门类，如英文版长短微型小说集《雪球集》、德文版中短篇小说集《夜的眼》、日文版中篇小说《蝴蝶》以及长篇小说《活动变人形》等等。

（四）《蝴蝶》与《活动变人形》影响最大。王蒙的中篇小说《蝴蝶》，在1981年由相浦杲翻译成日文，1982年出了法文版，1983年由索罗金翻译成俄文，戴乃迭翻译成英文，1984年由鲍洛尼·布琼尼翻译成匈牙利文，1988年由格鲁纳等人翻译成德文，1994年由诗琳通公主翻译成泰文。如此多种译本的《蝴蝶》，也足见王蒙《蝴蝶》的影响力。而《活动变人形》则似乎影响更大。"《活动变人形》是我的最有影响的作品之一。它先后翻译成意大利文(康薇玛译)、俄文(华克生译)、日文(林芳译)、英文、韩文、德文(用名《难得糊涂》)。它在苏联一次就印了十万册，抢售一空。"1989年苏联外长谢瓦尔泽纳德来访时，曾提到王蒙的《活动变人形》在莫斯科彩虹出版社出版，其俄文本一次印十万册，一抢而光。令在场陪宴的王蒙得意地开玩笑称考虑今后是不是主要应为俄罗斯读者写作。由此可见，王蒙《活动变人形》的海外影响力。

对于自己的作品被翻译成外文，王蒙先生在2006年接受《中华读书报》记者舒晋瑜的采访时，这样说道："1981年日本大阪的相浦杲先生给我寄来了他翻译的《蝴蝶》，我很高兴，我当然希望有外国的读者与我分享感受和心思，分享自己的劳动。"①王蒙作品的海外译介，让世界各地的人们都有可能走入王蒙的世界，并进而了解当代中国。

二、王蒙作品的海外研究

随着王蒙作品在海外的广泛译介，王蒙的研究队伍也由国内扩大到了国际汉学研究范围。下面我们就王蒙及其作品的海外研究作一简要梳理。

早在20世纪60年代，大卫(R. David Arkush)就在《中国评论》(1964年第18期)上发表《"百花之一"——王蒙的新来的年轻人》。②可以说，这是迄今为止最早的海外人士对王蒙创作的评述。

在苏俄，苏联的汉学家谢尔盖·托罗普采夫十分喜爱王蒙的作品。除了十分投入于对王蒙作品的译介之外，还发表了许多关于王蒙作品的评介文章：《王蒙对文学创作的探究》③《王蒙小说中"未自

① 舒晋瑜：《"十问王蒙：中国作家难获诺贝尔文学奖?"》，《中华读书报》2006年9月7日。

② R. David Arkush, "One of the Hundred Flowers: Wang Meng's 'Young Newcomer'", Papers on China 18 (1964):155-86.

③ 参见应天士译：《钟山》1984年第5期。

我实现的冲突”》[①]《王蒙散文中“没实现的冲突”》[②]《中国作家对苏维埃国家的印象——评王蒙〈访苏心潮〉》[③]《王蒙小说中的“意识流”》[④]《不断变化中的王蒙小说》[⑤]等。

在德国，波恩大学汉学系教授沃尔夫冈·顾彬（Wolfgang Kubin）十分关注中国现当代文学。在80年代，他就直接与王蒙见面[⑥]。虽然曾发表“中国当代文学是垃圾”的争论性意见，但他对王蒙还是给予了充分的肯定和欣赏。顾彬在《当代作家评论》2004年第3期上曾发表过《圣人笑吗？——评王蒙的幽默》（王霄兵译）一文。现任教于慕尼黑应用语言大学的吴漠汀（Prof. Dr. Martin Woesler）教授，曾经将王蒙的《坚硬的稀粥》全文译成德文，并就各方面的观点进行了分析与评述。他把王蒙研究作为自己的研究重点。他以“王蒙的现代散文”为题撰写了硕士学位论文，又在此基础上扩展为博士论文《20世纪的中国散文作家》。他先后在1994年第12期的《争鸣》上发表了《王蒙访谈论》（“Visit to Wang Meng: Record of a Talk”），在《德国之声》上发表了《采访王蒙》的报道，出版了《1991—1992年中国的政治文学：王蒙的早餐改革》（德国波鸿大学出版社1994年版），翻译并编著了《王蒙散文选：1984—1992》（皮特·朗出版社1998年版）。

在美英等英语国家，汉学家们对王蒙及其作品也给予了高度的关注。主要有：菲尔·威廉姆（Phil William）的《一只有光明尾巴的现实主义“蝴蝶”》[⑦]、菲利克思·格林的《艺术直觉不能代替艺术典型——读王蒙〈漫话小说创作〉》[⑧]、菲利普·威廉姆斯（Philip Williams）的《一名中国作家的风格变异：1979—1980文化解冻时期

---

① 参见王燎译：《当代文艺探索》，1987年第3期。

② 参见徐家荣译：《当代文艺思潮》1987年第4期。

③ 参见王燎译：《当代作家评论》1988年第3期。

④ 参见理然译：《文学研究参考》1988年第3期。

⑤ 参见吴天译：《批评家》1988年第4期。

⑥ 根据可参见瑞士第三世界对话出版社1987年版《夜的眼》（德文译本）的序“与文化部长王蒙的会面”。

⑦ 参见刘嘉珍译：《当代文艺思潮》1983年。

⑧ 参见《钟山》1984年第5期。

的王蒙小说》[①]、郑树森(William Tay)的《王蒙、意识流和关于现代主义的论争》[②]、查玲(Ch'a Ling)的《王蒙的乡村生活和进展》[③]、马丁(Helmut Martin)的《痛苦的相遇：王蒙小说〈相见时难〉及其中国当代文学中的"外国主题"》[④]、安妮特·鲁宾斯坦的《中国文学复兴的第一批成果？——从西方学者角度出发，评论陆文夫、邓友梅、王蒙、张洁的作品》[⑤]、张泽昌(Chang Tze-chang)的《孤立和自我疏远：王蒙疏离的世界》[⑥]、文迪·拉森(Wendy Larson)的《王蒙的布尔什维克情结：中国现代主义和不被确定的知识分子身份》[⑦]、查培德(Zha Peide)的《中国当代小说中的意识流叙述：以王蒙为个案研究》[⑧]、郑树森(William Tay)的《现代主义和社会现实主义：以王蒙为例》[⑨]、格莱迪斯(Yang Gladys)的《王蒙和他的小说》[⑩]、巴姆(Geremie Barme)的《稀粥的风暴——王蒙和虚幻的政治》[⑪]、安妮(Keyser Anne Sytske)的《王蒙的故事〈坚硬的稀粥〉：一种社会—政治讽刺》[⑫]、

① Philip Williams, "Stylistic Variety in a PRC Writer: Wang Meng's Fiction of the 1979—1980 Cultural Thaw", Australian Journal of Chinese Affairs 11 (1984): 59—80. &. nbsp.

② William Tay, "Wang Meng, Stream-of-consciousness, and the Controversy over Modernism.", Modern Chinese Literature 1, 1(1984):7－24.

③ Ch'a Ling, "Wang Meng's Rustication and Advancement", Issues and Studies 22.9(1986):50－61

④ Helmut Martin, "Painful Encounter: Wang Meng's Novel Hsiang chien shih nan and the 'Foreign Theme' in Contemporary Chinese Literature", In Yu-ming Shaw, ed., China and Europe in the Twentieth Century, Taipei: Institute of International Relations, National Chengchi University 1986. 32－42.

⑤ 参见杉子译,《外国文学》1988 年第 2 期。

⑥ Chang Tze-chang, "Isolation and Self -Estrangement: Wang Meng's Alienated World", Issues and Studies 24. (1988).

⑦ Wendy Larson, "Wang Meng's Buli (Bolshevik salute): Chinese Modernism and Negative Intellectual Identity", In Bolshevik Salute: A Modernist Chinese Novel. Seattle: University of Washington Press, 1989, 133－54, &. nbsp

⑧ Zha Peide, "Stream of Consciousness Narration in Contemporary Chinese Fiction: A Case Study of Wang Meng", B. C. Asian Review 3/4 (1990). &. nbsp

⑨ William Tay, "Modernism and Socialist Realism: The Case of Wang Meng", World Literature Today 65,3 (1991):411－13. &. nbsp

⑩ Yang Gladys, "Wang Meng and his Fiction", In Yang Bian, ed., The Time is Not Ripe, *Contemporary China's Best Writers and Their Stories*, Beijing: FLP, 1991, 238—45. &. nbsp.

⑪ Geremie Barme, " A Storm in a Rice Bowl: Wang Meng and Fictional Chinese Politics", China Information7 Autumn 1992.

⑫ Keyser Anne Sytske, " Wang Meng's Story Hard Thin Gruel: A Socio—Political Satire", China Information7 Autumn 1992.

堂·蒂姆赛(Tung Timothy)的《粥与法:王蒙诉求》[①]、鲁道夫·瓦格纳(Rudolf Wanger)的《当代中国散文研究》[②]、金介甫(Jeffrey C. Kinkley)的《坚硬的稀粥及其他故事》[③]、林和玛利亚(Lin Min and Maria Galikowski)的《王蒙的〈坚硬的稀粥〉和中国改革的矛盾》[④],等等。

在亚洲,日本的相浦杲先生不仅翻译了王蒙的《蝴蝶》,而且还展开了对王蒙作品的研究。他在《译海》1986 年第 5 期上发表了《中国当代文学一瞥——谈王蒙和他的作品》(金定译)。1996 年北京大学出版社出版的《考证比较欣赏:二十世纪中国文学研究论集》中就有相浦杲先生的论文《关于王蒙的〈蝴蝶〉》。近藤直子也是日本汉学家,她著有《有狼的风景——读八十年代中国文学》(人民文学出版社 2001 年版)一书,其中就有她对王蒙作品研究的论文《读王蒙的〈海的梦〉》。泰国的诗琳通公主在泰国南美书店 1994 年出版的《蝴蝶》(泰文版)时专门撰写了《〈蝴蝶〉泰版序言》。新加坡的 2000 年 10 月 5 日的《联合早报》刊发了《王蒙:文学不再高姿态是正常的》的文章。韩国的李珠鲁发表了论文《论王蒙小说的文学空间》[⑤]。

从以上对王蒙及其作品的海外研究梳理中,可以发现国际汉学家们对王蒙及其作品研究呈现出以下特点:

(一)海外研究者与王蒙作品的译介者合二为一。许多王蒙作品的海外研究者,同时也是王蒙作品的海外译作者。如苏联的谢尔盖·托罗普采夫、德国的吴漠汀以及日本的相浦杲等人,他们既译介了王蒙的作品,同时还持续对王蒙的创作进行专门研究,成为王蒙作

① Tung Timothy, " Porridge and the Law: Wang Meng Sues", Human Rights Tribune 3, 1 Spring 1992.

② Rudolf Wanger, Inside the Service Trade: Studies in Contemporary Chinese Prose, Cambridge: Council on East Asian Studies, Harvard University, 1992, 193—212, 481—531. [Deals with "A Young Man Who Only Recently Joined the Organization Dept." and "The Loyal Heart"]

③ Jeffrey C. Kinkley, " The Stubborn Porridge and Other Stories", World Literature Today 69. (1995).

④ Lin, Min and Maria Galikowski, " Wang Meng's ' Hard Porridge' and the Paradox of Reform in China", In Min Lin and Maria Galikowski, The Search for Modernity: Chinese Intellectuals and Cultural Discourse in the Post—Mao Era. NY: St. Martin's Press, 1999, 71—88.

⑤ 参见《中山大学学报》(社科版)2003 年第 2 期。

品的海外研究的主要生力军。

(二)海外研究与王蒙的国际研讨会相辅相成。早在1982年5月,在纽约圣约翰大学召开的“中国新写实主义文学”研讨会,来自美国、加拿大、德国、澳大利亚的46名作家、学者欢聚一堂。主持人——来自美国的雷金庆(Kam Louie),在会上专门介绍了王蒙的小说《布礼》,并认为王蒙是中国最优秀的作家之一。这无疑推动了海外学人对王蒙及其作品的关注。1985年,王蒙带领作家代表团前往德国西柏林参加“地平线艺术节”,其间德国汉学家顾彬主持了王蒙作品的专题国际研讨会。在会上,“汉学家马丁谈了《相见时难》。瓦格纳谈的是《悠悠寸草心》。顾彬谈的是《夜的眼》。刘剑青作了综合分析。总之也算是一番热烈。”这种专题国际研讨会从客观上推动了海外对王蒙创作的研究。

(三)海外研究主要聚焦王蒙的文学探索。海外研究者们围绕着王蒙的文学创作主题、创作风格、艺术特点等展开了多方面的讨论,这其中尤为关注王蒙的文学创新。查培德(Zha Peide)教授在《英属哥伦比亚大学亚洲评论》1990年第三、四期合刊上发表的长篇论文,就是选取了王蒙的《夜的眼》《春之声》《风筝飘带》《海的梦》《布礼》《蝴蝶》这六篇小说,对中国当代文学的“意识流”特征进行了分析,从而高度评价了王蒙在借鉴西方意识流理论的基础上为中国当代文学创新的贡献。菲尔·威廉姆(Phil William)也在文中充分肯定了王蒙文学形式的创新,指出了王蒙作品中对历史的审视带有深刻的人文关怀,所采取的内心独白的叙述方式体现了人物心理的自我发现,运用的讽刺和幽默技法使人在笑声中品味人生的苦难和曲折。金介甫(Jeffrey C. Kinkley)更是直言不讳地说“在文学试验方面,王蒙总是比国内的同行先行一步。”①

(四)海外研究主要关注中短篇小说。王蒙作品的海外研究与王蒙作品的海外译介呈现出不同步的景象。王蒙小说的海外译介几乎囊括了王蒙的微型以及长中短篇小说各个类型。然而王蒙作品的海

① Jeffrey C. Kinkley, “The Stubborn Porridge and Other Stories”, World Literature Today, 1995 (69).

外研究却几乎集中关注在他的《蝴蝶》《坚硬的稀粥》等中短篇小说上，而对王蒙自己最满意的翻译成外文的长篇小说《活动变人形》，却鲜有评述。

透过王蒙作品的海外研究，我们可以清晰地认识到：王蒙不仅属于中国，也属于世界。海外研究者对王蒙及其作品的研究，是王蒙研究不可或缺的一部分。

三、王蒙作品在海外探因

随着作品在海外的译介传播、海外研究的深入，王蒙以其脍炙人口、发人深省的作品在国外赢得了多项荣誉。1987 年，王蒙问鼎日本创作学会的“和平文化奖”，摘取了意大利西西里大区首府巴勒莫第十三届意大利蒙德罗国际文学奖。此外，王蒙连续 7 次被全美中国作家联谊会、美国诺贝尔文学奖中国作家提名委员会推荐参加诺贝尔文学奖评选，这也足以证明王蒙作品在海外的影响力。1998 年，日本大阪外国语大学研究中国文学的学者青野繁治通过日本的《中国文艺研究会会报》等刊物，就“1976 年至 1996 年之间在中国发表的文学作品中国给您印象最深的 5 篇作品”这个问题展开调查，根据 31 位日本汉学家的回答，王蒙成为受欢迎的作品最多的作家。[①]而这一切都与王蒙作品的海外译介及其海外研究密不可分的。

王蒙作品之所以在海外如此广泛的被译介、如此深入地被研究，笔者以为有以下几个方面的原因：

（一）独特的个人魅力。王蒙是一位极具个人魅力的作家，在他的身上有着中华民族率直朴实、真情待人、豁达乐观等优秀品质，这为他赢得了许多读者和文学界的知音。苏联汉学家谢尔盖·托罗普采夫就是其中的一位。在王蒙首次访问苏联时，未曾谋面的他就早早地迎候在机场。托罗普采夫十分喜爱王蒙的作品，在 1984 年 3 月就曾托我国驻莫斯科使馆的同志给王蒙捎信并随信附上了苏联出版的两本《当代外国文学》杂志，杂志上有他关于王蒙作品的评介文章。

---

① 赵晋华：《中国当代文学在国外》，《中华读书报》1998 年 11 月 11 日。

托罗普采夫对王蒙作品的译介是如此投入,“以至他的妻子抱怨说:托罗普采夫最爱的人不是她。”“在当代中国文学中,王蒙是我的初爱!王蒙将生活带入了文学,将文学回归了生活!王蒙的作品将中国介绍给了全世界!因为这个原因,我非常关注王蒙——王蒙作家所创作的作品,王蒙活动家所作的行为所说的话,王蒙旅行者所参观的地方。1984年他第一次来到我国,那时,这是苏联;20年后,他第二次来到我国,这时,它已不是苏联,是俄罗斯。他两次访问的是一个国家还是两个国家?看过他写苏联与俄罗斯的文章后,我明白了——实际上他访问的不是苏联,也不是俄罗斯,他访问了第三个地方——就是他本人的青年,他的爱情,他的‘桃源’”。从这位俄罗斯科学院远东研究所资深研究员的话语中,不难看出这是一位王蒙的海外知音。再如泰国的诗琳通公主。1987年2月王蒙正式访问泰国。“最难忘的是在泰国夏都清迈与公主诗琳通会面的情景。……此后传出来诗琳通公主要翻译我的作品《蝴蝶》的消息。90年代,终于译好后并以泰语在曼谷出版了。此后公主多次来华,我们都有机会见面。2001年公主到北京大学留学一个月,其间还驾临寒舍对我进行家访。公主的好学不倦,友好质朴,都给人留下了深刻印象。至今,公主每年都与我互致贺卡,祝贺新年新春。”由此可见,王蒙作品的海外译作者、研究者们大多都与王蒙本人有着极为亲密的关系。

(二)频繁的海外出访。王蒙不仅是国内的知名作家,还曾担任过政府和文化团体的要职,这为他的海外出访提供了其他人难以具备的条件。他先后访问过世界五十多个国家和地区,进行大量讲学、研究和文化交流活动。王蒙作品的海外译介与作者本人的海外出访直接相关。一种情形是王蒙本人的海外出访直接催生了其作品的海外译介。譬如,西班牙文的译介,正是因王蒙的墨西哥之行,时任墨西哥学院亚洲与北非研究中心的中国研究社负责人弗萝拉·巴东女士(中文名字白佩兰),用不到两个月的时间,组织一批墨西哥学院的汉学家和来自中国的留学生,把王蒙的六篇小说译成了西班牙语,在正式出版之前,先影印出若干份,发给与会者。“这次访墨之行后,墨西哥学院的出版社出版了白佩兰领衔翻译的我的小说集西班牙文版。”另一种情形是作品的海外译介导致王蒙的海外出访。1987年的意大利之行就是这种情形。1987 年，正是由于米兰赛维德书局出版了《西藏的遐思》(长诗单行本意大利文本)，致使王蒙获得了意大利第 13 届蒙德罗国际文学奖而首次出访意大利。王蒙作品的海外研究也与王蒙本人的海外出访有很大的关联。他的出访有时会促成他本人的专题研讨会，有时又使他直接接触到许多海外学人。这些都有助于其作品在海外的研究。

(三) 不懈的艺术追求。自新中国成立以来，无论在充满坎坷的年代中，还是在光环闪烁的岁月里，王蒙从未停止过创作的步履，他始终坚守着自己崇高的文学理想，创作了大量脍炙人口的佳作，塑造了众多鲜明的人物形象。这种执著的文学坚守为他赢得了广大的中外读者，也为其作品的海外译介提供了可能性。王蒙作品的海外译介及其海外研究与作者本人执著的文学创作和不懈的艺术探索是紧密相连的。王蒙是中国当代文坛一道独特的风景，他不仅是中国当代社会的精神之旅的探寻者，更是艺术创作上下求索的独创者。他的《蝴蝶》《布礼》等小说的艺术探索，使中国小说艺术走向了现代，走向了开放、走向了多元；他的《坚硬的稀粥》等具有隐喻象征色彩的小说，使小说在现实性的基础上获得了更为丰富的文化哲学韵味。王蒙先生在小说艺术上的不懈探索，使他赢得了海外研究者的好评，也使他的作品在海外找到了知音和共鸣者。

正因为此，王蒙的作品在国外的传播得以长久地进行，在国外的影响也持续不断。王蒙在谈起自己的写作，曾说过这样一段充满激情的话："至少我有理由相信，我的作品会比我自己走更远的路。我的作品会走进我还没有机会走进的房子，我的作品会说我还不会说的话，我的作品会有比我自己更宽阔的胸怀和翅膀，拥抱我们的这个星球，拥抱我们的这个世界，拥抱那个叫做人的同类。"确实，王蒙的心愿如今正在逐渐地实现。我们期待着王蒙的作品走得更远、更长久！

当代文学诧异“风景”的美学统一：余华的海外接受[①]

刘江凯

迄今为止，余华和莫言可以说是海外影响力最好的两位中国当代作家。如果说莫言是本土性、民族性见长的世界写作，那么余华则是极简化的人类性、世界性写作。他们的写作特点都有效地融入了世界文学。因此莫言获得2012年诺贝尔文学奖时，笔者在为莫言高兴的同时也为余华感到深深的惋惜[②]。和其他当代作家一样，相对于日渐深入系统的国内研究，余华的海外传播研究目前也并不充分。同一研究对象在不同民族国家、文化语境中的传播问题，以及全球化的发展使得这种跨语境的传播更加普遍和快速，要求我们应该具备一种跨语境的研究视野与能力。当同样的对象处于异质文化的研究视域时，无疑可为我们提供一种充满对话、启示和张力的观察角度。通过对余华作品海外接受的研究，不仅可以更好地反思他的创作与经典化过程，同时也可以在更为开阔的世界文学语境中观察中国当代文学的实绩与问题。

---

① 本文为2012年国家社会科学重点课题“中国当代文学海外传播研究”（批准号：12AZB086），2012年教育部人文社会科学青年项目“本土写作与世界影响——中国当代作家海外传播研究”（批准号：12YJC751054）阶段性成果。

② 莫言海外接受的研究文章请参阅刘江凯：《本土性、民族性的世界写作：莫言的海外传播与接受》，《当代作家评论》2011年第4期。

一、"出门远行"的作品规律与差别

以先锋文学创作成名的余华，随着1991年《细雨与呼喊》、1992年《活着》的发表，在90年代的写作转型中迅速走向经典，并开始了作品的海外传播之旅。余华最早的外文译本是1992年德译《活着》，但我们更愿意把1994年视为余华小说全面向外传播的扩张元年，因为这一年其代表作《活着》被译成多种语言单独出版，其作品陆续被广泛译介到其他国家，如法国Hachette出版公司出版了《活着》，Philippe Picquier公司出版了小说集《世事如烟》；荷兰De Geus公司出版《活着》；希腊Livani也出版了《活着》。为了更加详细、全面、准确地了解余华作品的海外传播情况，我们综合利用了各种手段最大限度地获得余华作品的外译信息[①]。

余华作品翻译统计列表

语种	中文/译名	外文	译者	出版社	年份
法语	《十八岁出门远行及其他》	*Sur la route à dix-huit ans : et autres nouvelles*	Jacqueline Guyvallet; Angel Pino	Arles: Actes Sud	2009
	《古典爱情》	*Un amour classique : petits romans*	Jacqueline Guyvallet	Leméac, impr	2009 2000
	《兄弟》	*Brothers*	AngelPino; Isabelle Rabut	Actes Sud	2008
	《活着》	*Vivre!*	Ping Yang	Actes sud; Librairie Générale Française	2008 1994

① 本表主要依据世界图书馆联机检索(WorldCat)整理，同时参考了Googlebook、Amazon进行补充(截止时间为2011年)。表中空白部分表示来源信息中没有，个别作品名因无法确定中文原名保留空白。

续表

语种	中文/译名	外文	译者	出版社	年份
法语	《一九八六年》	*1986*	Jacqueline Guyvallet	Arles: Actes Sud	2006
	《在细雨中呼喊》	*Cris dans la bruine*	同上	Actes Sud	2003
	《世事如烟》	*Un Monde évanoui*	Nadine Perront	P. Picquier	2003 1994
	《许三观卖血记》	*Le vendeur de sang*		Actes sud	2006 1997
韩语	《炎热的夏天》	무더운여름: 위화소설	Cho Sŏng-ung	문학동네	2009
	《我没有自己的名字》	내게는이름이없다	Po-gyŏng Yi	푸른숲	2007 2000
	《活着》	인생: 위화장편소설	Wŏn-dam Paek	푸른숲	2007
	《许三观卖血记》	허삼관매혈기	Yong-man Choe	Pŭrun SupTosŏ	2007 2002
	《在细雨中呼喊》	가랑비속의외침: 위화장편소설	Ch'oe Yong-ma	푸른숲p'an	2003
	《世事如烟》	세상사는연기와같다	Cha-yŏng Pak	푸른숲	2000
越南语	《在细雨中呼喊》	Gào thét trong mu'a bụi	Công Hoan Vu	Hà Nôi : Công an nhân dân	2008
	《兄弟》	Huynhê	Công Hoan Vu	Nhà xuát bàn Côngann hân dân	2006
	《许三观卖血记》	Chuyên Hua Tam Quan bán máu		同上	2006
	《活着》	Song:truyen vua	Cong Hoan Vu	Ha Noi Van Hoc	2005 2002
	《古典爱情》	Tình yêu côđiên	Công Hoan Vu	同上	2005

续表

语种	中文/译名	外文	译者	出版社	年份
英语	《兄弟》	*Brothers*	EileenCheng-yin Chow; Carlos Rojas	NY: Pantheon Books	2009
	《在细雨中呼喊》	*Cries in the drizzle: a novel*	Allan Hepburn Barr	Anchor Books	2007
	《许三观卖血记》	*Chronicle of a blood merchant: a novel*	Andrew F Jones	NY: Anchor Books	2004 2003
	《往事与刑罚》	*The past and the punishments*	Andrew F Jones	University of Hawai'i Press	1996
	《活着》	*To live*	Michael Berry	Anchor Books	2003 1993
瑞典语	《许三观卖血记》	En handelsman i blod	AnnaGustafsson Chen	Stockholm: Ruin	2007
	《活着》	Att leva	同上	同上	2006
	《许三观卖血记》	Dva liangy rýžového vína : osudy muže, který prodával vlastní krev	Vasilij Tůtůnnik	Praha: Dokorân	2007
德语	《活着》	Leben!	Ulrich Kautz	Klett-Cotta	1992
	《兄弟》	Brüder	Ulrich Kautz	Fischer	2009
	《许三观卖血记》	Der Mann, der sein Blut verkaufte		Klett-Cotta	2000
日语	《兄弟》	兄弟	泉京鹿	文藝春秋	2008
	《活着》	活きる	飯塚容	角川書店	2002
希伯来语	《许三观卖血记》		Dan Daor		2007

续表

语种	中文/译名	外文	译者	出版社	年份
Malay alam		Oru raktavilåpanakkārante purāvrttam		Kottayam, India :DC Books	2006
西班牙语	《兄弟》	Brothers	Vicente Villacampa	墨西哥: Grupo Editorial Planeta	2009
塞尔维亚语	《活着》	Živeti	Zoran Skrobanovic	Beograd: Geopoetika	2009

余华的作品翻译远不止于表中所列。根据余华自己博客提供的资料,表中出现但信息不完备的语种有:韩文《活着》(韩国绿林出版社 1997)、《许三观卖血记》(1999)、《在细雨中呼喊》(2004);《夏季台风》(韩国文学村庄出版社)、《1986 年》《战栗》;《兄弟》(韩国人文出版社 2007);《灵魂饭》(2008)。越南文《活着》(越南文学出版社 2002);德文《活着》(德国 KLETT-COTTA 出版社 1998,btb 出版社 2008);《许三观卖血记》(KLETT-COTTA 出版社 1999,btb 出版社 2004)。西班牙文《活着》(西班牙 Seix Barral 出版社)、《许三观卖血记》《兄弟》《在细雨中呼喊》。印度 Malayalam 语《活着》(印度 Ratna 出版社)、《许三观卖血记》(印度 Ratna 2005)。

表中没有出现的语种作品有:意大利文《折磨》(意大利 EINAUDI 出版社 1997)、《许三观卖血记》(1999)、《世事如烟》(2004);《活着》(DONZELLI 出版社 1997;Feltrinelli 出版社 2009);《在细雨中呼喊》(DONZELLI 出版社 1998);《兄弟》(上部,Feltrinelli 出版社 2008;下部,2009)。荷兰文《活着》(DE GEUS 出版社 1994)、《许三观卖血记》(2004);葡萄牙文《活着》(巴西 Companhia das Letras 出版社 2008)、《许三观卖血记》《兄弟》(长篇小说);挪威文《往事与刑罚》(挪威 TIDEN NORSK FORLAG 出版社 2003);希腊文《活着》(希腊 Livani 出版社 1994);俄文《许三观卖血记》(俄罗斯《外国文学》月刊连载);捷克文《许三观卖血记》(捷克

Dokoran 出版社)；斯洛伐克文《兄弟》(Marencin PT 出版社 2009)；泰文《活着》(泰国 Nanmee 出版社)、《许三观卖血记》《兄弟》。

以上资料显示：从语种规模来讲，余华的外译作品语种有 20 种，数量不算少。从传播区域来看，主要集中在欧洲和亚洲，几乎没有看到非洲和南美洲(仅有墨西哥)的出版信息。这是一个很有意思的现象，说明余华的作品传播主要遵循着两个基本规律：其一是经济文化的发达性，如欧洲语言的传播国家其经济水平和文化传统也相对发达；其二是历史文化关联性，这一点以亚洲国家日本、韩国、越南、泰国、印度的传播较为突出，它们都和中国有着密切的文化渊源，形成某种共同的文化圈。

从传播特点上看，余华的海外传播首先从德语、法语、英语开始，由代表作《活着》牵头，然后渐渐地扩展到其他语种。这一点，余华、苏童、莫言三位作家具有相似的特点，即首先都有代表性的作品打开海外市场，而欧美市场、尤其是英、德、法三大语种的译介往往会极大地带动其他语种的翻译传播。另一位海外传播也很广泛的作家卫慧在形式上也具有相似的特点，她靠《上海宝贝》首先在英、德、法语种取得市场，然后一举拿下二十余个语种的海外拓展。卫慧是爆发性的海外拓展，给人昙花一现的印象，和余华他们凭着多年的艺术积累不断开拓当代文学的海外市场有着显著的区别。

余华最早的英文版单行本应该是 Anchor Books 公司 1993 年的《活着》，他的长篇小说，除新作《第七天》因为出版不久，海外翻译状况还不清楚外(韩文版已出)，其余都被译成不同语种出版。余华在和笔者的交流中表示：小说里《活着》在美国、西班牙和意大利最受欢迎，《兄弟》在法国和德国最受欢迎，《许三观卖血记》在韩国最受欢迎，《兄弟》在日本的影响也是大于《活着》。他还为我们提供了一个重要且有趣的问题：在截至目前翻译出版的四部长篇小说中，《在细雨中呼喊》出版的国家最少，其他三部长篇出版的国家都在 15 到 20 个之间，《在细雨中呼喊》大约只有七个国家出版，没有什么影响(没有什么评论)，读者也不关心，这个让他有些失望。我们知道《在细雨中呼喊》在中国得到了很好的评价，也是余华自己很喜欢的作品，可是走出国门后就远不如另外三部长篇了，余华本人似乎也非常好奇其中的原因。这种中外不同的接受差异既是客观的存在,更是我们今后研究中要做出进一步解释的重要问题。

以余华的四部长篇小说的中外接受反差为例:《在细雨中呼喊》的国内批评反应较好,但国外却是几部小说反响最小的。《活着》刚出版时,国内批评反应并非一致叫好,甚至有许多批判的声音,而在1998年后却迅速成为余华最著名的小说,海外则持续看好。《许三观卖血记》的国内外批评反应相对持平,而《兄弟》却又有着明显的差异——海外似乎好于国内。这些现象背后的深刻原因,正是我们要特别关注的问题。余华提到很多年前在巴黎,一位法国的著名评论家告诉他读完了刚刚出版的《在细雨中呼喊》,以为这是在《活着》和《许三观卖血记》之后完成第三部长篇小说,直言让他失望。听完余华解释这是他的第一部之后才客气地说可以理解。同样的评论也出现在美国,当年兰登书屋出版《活着》和《许三观卖血记》后,曾经拒绝出版《在细雨中呼喊》,他们开会讨论后认为《活着》和《许三观卖血记》在美国有了不错的反应,如果接下去出版《在细雨中呼喊》的话,可能会毁了余华在美国的前途。在余华的坚持下,兰登书屋还是出版了《在细雨中呼喊》,结果是确实没有什么评论,不过倒也没有毁了余华在美国的前途。

就个人的阅读感受来说,《在细雨中呼喊》比较难"进入",在叙述形式和故事内涵方面杂糅了"先锋"和"传统"写作的两种风格,读起来有点分裂的感觉,读者很不容易把握其中的意旨。国内批评家因为熟悉当代文学的发展及余华个人的写作变化,所以对该作的"变革"力量和价值更容易看清楚,也有及时的批评反应。《活着》相对于《在细雨中呼喊》和《许三观卖血记》,甚至没有看到当时批评界专门的讨论文章,褒贬争议中,有人认为这是一种先锋精神的倒退,似乎又回到了现实主义的套路上去。而《许三观卖血记》出版后,不仅有专门的讨论文章,而且多有肯定之意,这和该作的形式感强且容易感受大概很有关系。《活着》缘何在1998年之后迅速成为余华的经典代表作?《兄弟》的海内外批评反差又对我们有哪些启示?余华为我们提供了极好的海内外接受反差分析案例。

如果仅从读者接受的效果来讲,《活着》等作品都比较好进入,没有过多的形式纠缠和叙述实验，内容情节清晰，人物形象鲜明，语言简练，情感真挚，在表达中国经验的同时也很好地融入了人类性的主题，小说潜在的指向性或批判性都很明确，都比《在细雨中呼喊》更容易识别。由此，笔者推断余华的新作《第七天》，这部"当代性"突出的作品，也会以其勇敢的批判性继续得到较好的海外接受[①]。

与我们臆想印象不同的是，余华的外译语种最多的不是英语，而是法语、越南语甚至韩语。就笔者对苏童、莫言等当代作家的统计资料而言，整体上法语和越南语的翻译数量确实比英语要多一些。具体又各有不同，比如莫言在日本的传播和接受就比苏童和余华要广泛许多。还有一个现象是三位作家每个语种都会拥有一个比较稳定的翻译者，由此看来，找到一个合适稳定的译者，对于作家的海外传播是非常重要的事情，如果这个译者本身又是声名卓越的大家则效果更好，比如葛浩文之于莫言、马悦然之于李锐。

海外不同国家对中国当代作家的接受程度有所区别的原因非常复杂：和作家风格、作品内容、翻译质量、宣传营销以及所在国的历史文化传统，民族性格等都有关系，除了国家的整体原因外甚至还有非常偶然的个人因素。比如莫言、余华都在越南有着很好的翻译介绍，甚至能形成某种热潮，但余华在越南整体上存在着非常明显的"翻译先行，研究滞后"的现象[②]。越南批评界这种"缺席"的状况有一部分来自历史社会经验的隔膜，还有一部分是越南文学批评实力所导致的，甚至和两位作家的译者也有关系。比如莫言的越南语译者是汉学家、文学批评家陈廷宪(Trần Đình Hiến)，他专门译介莫言作品的同时也是越南研究莫言的专家。而余华的译者是武公欢(V Công Hoan)，今年已72岁的武公欢虽然是余华作品在越南的翻译代理人，但他只是翻译，并不研究和评论余华。

---

① 更多讨论参考刘江凯：《余华"当代性写作"的意义：从〈第七天〉谈起》，《文学评论》，2012年第6期。《发现并重建"善良"：论〈第七天〉的"当代"与"经典"问题》，《南方文坛》2014年第2期。

② ［越］陶秋惠(Dào Thu Huê)，刘江凯：《翻译先行，研究滞后：余华作品在越南》，《长城》，2012年第6期。

二、"精英"与"大众"的并行:余华海外接受的特点

首先需要申明的是:当代文学在海外整体的接受特征依然是十分边缘化,不要因为中国媒体或者学术热点的集中讨论,产生宣传式的虚假繁荣印象。莫言获得诺贝尔文学奖除了带动他本人的海外接受状况外,在短期内于大局不会有实质性影响。当代文学的海外接受除了依靠作家的创作实力外,和整个国家的综合国力也确有关系,还和接受国也有关系。比如美国和德国对于外国文学的接受差别就很大,不论是王德威的观察还是美国的图书调查报告都证明:外国文学在美国所占的份额不超过百分之三。其实就文学而言,一个更准确的统计数据是连百分之一都不到,只有百分之零点七。请注意,这一特点并不针对中国文学,而是包括日本、法国、德国等其他美国以外的文学。而德国的外国文学所占的份额却远远地超过了美国,按照顾彬的说法,德国每年出的书可能百分之七十是译本①。另一方面,和《上海宝贝》《狼图腾》这类海外"新一本书"现象不同,余华等实力作家的海外接受在"精英"和"大众"两个层面,整体上都呈现出缓慢稳定的开拓特点。

随着余华作品外译质量和规模的提高,他也渐渐地进入到海外各种奖项的关注视野。如 1998 年《活着》获意大利文学最高奖——格林扎纳·卡佛文学奖。《许三观卖血记》《往事与刑罚》《在细雨中呼喊》《兄弟》等也都获得各种海外重要奖项。我们知道,获奖有两个基本意义:众里挑一和价值肯定,在客观上是作品开始获得经典地位的标志之一。虽然不同的奖项关注的角度并不相同,获奖与否也并非作品艺术高下的绝对标准,但考察获奖情况无疑是我们观察作品接受程度一个较好的参照。相对于各类国内的文学大奖,余华似乎有点"墙里开花墙外香"的意思,其海外奖项不论是从数量还是分量上讲,都似乎超过了国内奖项。从时间上来看,《活着》是 1992 年发表,1994 年开始收获包括港台地区的各类奖项,随着翻译的推进,在

---

① [德]顾彬:《海外中国当代文学与文学史写作》,《山西大学学报》(哲社版)2013 年第 1 期。

近十年的时间里收获了包括意大利、法国等图书大奖，其海外接受和经典化的速度相对还是较快的。海外获奖以及影视改编和作家国内经典地位的形成会有什么样的关系？让我们先看余华、苏童、莫言的一组对比数据。

余华的成名作是1987年发表的《十八岁出门远行》，而奠定其经典地位作品应该是1992年发表的《活着》。《活着》也是余华最早的外文版单行本，分别有1992年德语版，1993年英语版和1994年法语版。《活着》被导演张艺谋改编成电影，赢得1994年戛纳电影节陪审团大奖。1998年《活着》获意大利文学最高奖——格林扎纳·卡佛文学奖。可以看出，从成名到成为国内非常有影响力的小说家，余华用了五年时间，同样的时间里他也开始了其外文出版。不太确定1994年电影获奖对其小说的海外传播是否有直接关系，一个客观事实是1994年起余华的小说开始有了更多的外译，但这个时候他无疑已基本确认国内的地位。

苏童的成名作当推1987年发表的《一九三四年的逃亡》，1989年发表的《妻妾成群》可视为其最早的经典性作品。1991年张艺谋根据《妻妾成群》改编的电影《大红灯笼高高挂》获第48届威尼斯电影节银狮奖、金格利造型特别奖、国际影评人奖和艾维拉诺莉特别奖。《妻妾成群》也是苏童最早的译作，分别于1992年出法语版，1993年出英语版。尚未查到有这部小说获得国外文学奖的信息，而且相对于余华、莫言，苏童的获奖似乎也很少，比较著名的海外奖项是以小说《河岸》获得了2009年度的曼氏亚洲文学奖。相对于余华，苏童从成名到写出他本人比较经典性的作品速度似乎更快一些。因为电影改编出现在外文译本之前，因此我们可以把电影的宣传效果考虑在内。和余华、莫言不同的是，苏童的获奖情况明显不如其他两位，但就他的海外出版和接受情况状况来看，又不见得比莫言和余华逊色多少。苏童的例子也许正好说明：海外获奖和作家经典化之间并不存在必然的关系。一个作家的地位归根结底是由他手中的笔决定的。

莫言成名作应该是1985年发表的《透明的红萝卜》，而1986年《红高粱》发表则立即引起轰动，可视为其经典性作品，1987年长篇小说《红高粱家族》由解放军文艺出版社出版。1988 年由张艺谋改编的电影《红高粱》获西柏林电影节金熊奖，引起世界对中国电影关注的同时，也极大地带动了小说翻译。1990 年出法语版，1993 年出英语、德语版。2000 年《红高粱家族》获亚洲周刊选为 20 世纪中文小说 100 强。莫言和余华、苏童比起来，最明显的特点就是经典化速度更快。用作家史铁生的话讲就是："我觉得莫言几乎是直接走向成熟的作家，从一开始他的作品就带有自己独特的语言风格"①。从目前公开的信息来看，莫言的海外传播可能是三位作家中受电影影响最明显的一位。

之所以把莫言、苏童、余华放在一起比较除他们三位非常有可比性外，还在于三人能从不同向度反映中国当代文学海外传播的现象。三人年龄虽然略有差异，但从成名来说基本处于同一时期，都经历了先锋写作实验和之后的写作转变，都有较好的译者，成熟的海外经纪人和广泛的海内外影响，并且都被张艺谋成功改编过电影。但仔细比较又会发现每个人成功的路径和原因并不一样，分析和对比他们三人海内外的创作与传播情况，会给我们带来更多有益的启发。比如关于电影对作家海外传播的影响，莫言发生的最早，其次是苏童，再次是余华，虽然我们相信电影会对小说的海外传播起到很强的影响作用，但就三人的情况来说影响并不是等同的。莫言是最早明显从电影改编中获益的当代作家，只是后期他用创作证明了自己的实力。苏童的创作也和影视改编的宣传效应有着密切的联系，相对而言，余华在这方面表现的倒不是特别显眼。那么海外获奖是否会加速或加强作家在国内的经典性程度？虽然并没有直接的证据显示海外获奖将会加速作家在本国的经典地位的形成，至少对于苏童、莫言、余华等来说，他们的经典地位基本上是在国内就已确立，然后才引起国外的注意，但《活着》的经典化加速似乎又颇值得玩味。获奖本身意味着一种价值肯定，而我们面对西方这种强势文化多少又有点"仰视焦虑"，影响范围的扩大意味着知名度的提高，加之这些作家

① 华语文学传媒年度杰出成就奖：莫言。http://news.xinhuanet.com/book/2004－04/19/content_1427049.htm

作品本身具备的艺术才华，这些因素的综合无疑最终会加速或加强作家作品的经典性。这一点，在莫言获得2012年诺贝尔文学奖以后，不论他的同行们如何看待，评论家们喜欢与否，他在中国文学史的经典地位显然已经确立了。

莫言、余华、苏童还有一个共同特点就是都有不少海外学者的研究文章。代表性的研究成果主要发表在海外各类重要学术期刊和专著中，除了海外学者外，也有少量大陆学者如汪辉、张颐武等的研究文章被翻译发表。有些海外学者发表了不止一篇余华的研究，如陈建国《暴力：政治与美学——余华的一种解读》(Violence: The Politics and the Aesthetic-Toward a Reading of Yu Hua)；《感官世界：余华对真实的困扰》(The World of the Sensory: Yu Hua's Obsession with the 'Real')；《逻辑幻象：中国当代文学想象中的困扰和幽灵》(The Logic of the Phantasm: Haunting and Spectrality in Contemporary Chinese Literary Imagination，文章同时分析了莫言、陈村、余华的小说)①。再如美国史密斯学院东亚语言文学系的桑禀华(Deirdre SabinaKnight)先后发表过《1990年代中国小说中的资本主义与启蒙：以余华〈许三观卖血记〉为例》(Capitalist and Enlightenment Values in 1990s Chinese Fiction: The Case of Yu Hua's Blood Seller)；《中国1990年代小说中的自主权与资本主义》(Self-Ownership and Capitalist Values in 1990s Chinese Fiction，文章涉及余华《许三观卖血记》)②。丹麦奥胡斯大学的魏安娜(Anne Wedell-Wedellsborg)发表的研究文章有《中文现实一种：阅读余华》(One Kind of Chinese Reality: Reading Yu Hua)；《幽灵小说：中国现代文学与迷信》(Haunted Fiction: Modern Chinese Literature and the Supernatural，分析了余华《世事如烟》)；《后社会主义中国文学身份中的多重临时性：余华小说〈兄弟〉及其接受的讨论》(Multiple

---

① American Journal of Chinese Studies 5, 1 (1998), pp. 8—48; In Chen, The Aesthetics of the 'Beyond': Phantasm, Nostaligia, and the Literary Practice in Contemporary China, Newark: University of Deleware Press, 2009, pp. 91—125; Modern Chinese Literature and Culture 14, 1 (Spring 2002), pp. 231—65.

② Textual Practice 16, 3 (Nov. 2002), pp. 1—22; In The Heart of Time: Moral Agency in Twentieth-Century Chinese Fiction, Cambridge: Harvard University Asia Center, 2006, pp. 222—58.

Temporalities in the Literary Identity Space of Post-Socialist China: A Discussion of Yu Hua's Novel Brothers and Its Reception)[①]。另一位华人学者杨小滨也撰写过不少关于余华的文章,如《余华:过去的记忆或现在的分裂》(Yu Hua: The Past Remembered or the Present Dismembered);《余华:迷茫的叙事与主题》(Yu Hua: Perplexed Narration and the Subject);《欲望"主体"与精神残渣:对〈兄弟〉的心理—政治解读》[②]。以上是比较集中讨论余华的海外学者,其研究思路大体可分为作品研究、主题研究、比较研究等几个类型;涉及余华长、中、短篇新老作品。当然还有其他更多海外学者也对余华持有研究的热情,如美国埃默里大学俄罗斯与东亚语言文化系蔡荣(音 Cai,Rong)的《余华小说中的孤独旅行者再认识》(The Lonely Traveler Revisited in Yu Hua's Fiction);美国加州大学伯克利分校的 Andrew F. Jones 教授《文本暴力:阅读余华和 Shi Zhicun》(The Violence of the Text:Reading Yu Hua and Shi Zhicun);赵毅衡《余华:颠覆小说》(Yu Hua: Fiction as Subversion);魏玛莎(MarshaWagner)《余华小说的颠覆性》(The Subversive Fiction of Yu Hua)[③]。此外还有发表在学术专著和论文集里的文章如刘康《短暂的先锋文学运动及其转型:以余华为例》(The Short-Lived Avant-Garde Literary Movement and Its Tranformation: The Case of Yu Hua);沈丽妍(音,Shen,Liyan)《先锋小说中的民间元素:余华的〈现实一种〉和〈世事如烟〉》(Folkloric Elements in Avant-garde Fiction: Yu Hua's 'One Kind of Reality' and 'World like Mist')[④]以及一些访谈等。以上我们收集了截止 2011 年关于余华海外研究的主要学

---

① Chinese Literature: Essays, Articles, Reviews 18 (1996), pp. 129 — 145; International Fiction Review 32 (2005) [deals with Yu Hua's "Shi shi ru yan"] ; In Postmodern China. Chinese History and Society, Berliner China-Hefte 34 (2008).

② In Yang, The Chinese Postmodern: Trauma and Irony in Chinese Avant-garde Fiction, Ann Arbor: University of Michigan Press, 2002, pp. 56—73, pp. 188—206;第三篇参见《清华学报》(台湾)2009 年第 6 期。

③ Modern Chinese Literature 10, 1/2 (1998), pp. 173—190; positions 2, 3 (1994), pp. 570—602; World Literature Today (Summer 1991); Chinoperl Papers 20—22 (1997—99), pp. 219—44.

④ In Liu, Globalization and Cultural Trends in China, Honolulu: University of Hawai'I Press, 2004, pp. 102—126; Canadian Review of Comparative Literature 35, 1—2 (March-June 2008), pp. 73—86.

术论文信息，有些海外评论确实角度新颖，有些则以介绍为主，对于作品的解读不见得真有多少洞见。

海外普通读者对余华作品的接受状况如何？以谷歌图书用户评论系统为例（截止2010年10月），初步的观察结论是：《活着》是争议最少的经典性作品，《许三观卖血记》有不同意见，总体来说，认为不错的还是占了多数。《在细雨中呼喊》相对而言也没有太多争议。人们对《兄弟》的评论最热闹，意见虽然极不统一，恶评者还是属于极少数。一方面，余华的海外市场和反响确实显示了他强劲的海外拓展能力。另一方面，作家对自己的海外影响却有着清醒的认识："现在全世界开始更多地关注中国，我想这对中国文学是一件好事。"同时，他指出"像我这样的中国作家即使有一些作品在海外获奖和出书，影响力仍然有限得很。文学发生影响力是一个缓慢暗藏的过程，正因为如此，它的影响力才能穿越时空穿越具体时代而直指人心"①。按照笔者在海外书店的亲身经验和其他海外学者也多次提到的感受，我更愿意把余华的这段说辞看成他真实的感受而非谦虚。

三、"当代性"与"粗鄙化"
《兄弟》海内外评论的差异

如果用一句话来概括海外与国内对《兄弟》评论的最大差异：窃以为是"当代性"和"粗鄙化"。海外对《兄弟》的肯定往往集中于"当代性"，而国内对《兄弟》的批判则纠结于"粗鄙化"。除此之外，海外的评论喜欢套用某些批评理论——可是拿着国外理论套在当代作品上侃侃而谈的震惊年代应该差不多可以过去了吧？国内的批评意见则多数仍未脱离"道德指责加技术分析"的窠臼——让人不得不怀疑这些论调者近二十年究竟有多少进步？如果站在世界文学市场的角度来观察《兄弟》，我们有理由相信海外视角很有可能拆穿了国内批评界的一种局域性盲视，可能揭示了我们批评理论僵化，批评视野狭

① 余华：《必须忘掉以前的小说才可能写出新的小说》，http://www.chinawriter.com.cn/2007/2007－03－19/62759.html

窄并缺乏从创作实践中总结理论的问题。

《兄弟》在国内出版后经历了巨大的争议和毁誉。总体来讲，国内的评论应该是“恶评多于赞美”。如果说《兄弟》(上)批评家们还在持观望态度的话，《兄弟》(下)的出版则把这种批判推上高潮，甚至出现了给余华“拔牙”专辑。直到以陈思和为代表的“上海的声音”出现后，主流批评界才有点逆转的意思。需要说明的是，《兄弟》在国内的网民评论中，反响似乎并没有专业批评界那么惨，这一点从市场反映也能说明问题。我在想，如果专业批评和大众评论出现分裂时，究竟是大众的审美品味在下降，还是批评家的审美理论太死板？这其中很可能隐藏着某种变革的成分。《兄弟》的确是一本很有意思的书，随着对它研究的深入，我越来越倾向认同它是一本“有小瑕疵的时代大书”，标志着余华一次巨大的创作转变，《第七天》不过是这种转型之后的延续和调整。

国内的学术批评对于《兄弟》的争论主要围绕着它的“粗鄙化”展开。依笔者观察，“拔牙派”的意见基本是“审美名义下的道德技术主义”批判，虽然语调夸张、言辞激烈，只是这种从内容和写作技术出发的批评实在无多少新意。相反，“护牙派”也必须对《兄弟》的“粗鄙化”作出合理的解释。如陈思和利用巴赫金的理论对《兄弟》的解读，确实能比较合理地解释《兄弟》中语言与情节的“粗鄙化”问题[①]。

相对于国内，海外的评论正好相反，基本上是“赞美多于恶评”——在专业批评界和普通读者评论中都如此。市场方面《兄弟》的法文精装本700多页，已经印刷了十多次；美国在经济十分不景气、大量书店倒闭的情况下，《兄弟》也加印了三次。评论方面如法国最大的两家报纸《世界报》和《解放报》都以两个整版的版面来报道和评论，并引发五六十篇评论，其法文翻译称这一现象十多年未见；美国的《纽约时报》等重量级媒体不断参与报道；德国出版社也反馈余华此书被很多记者一致称好。而且，我们注意到，余华新作的翻译出版时间间隔大大缩短，这也是莫言、苏童等海外影响力很大作家的共同特点。按照余华自己说：“以前我写完一本书，差不多两年以后可

① 陈思和：《我对〈兄弟〉的解读》，《文艺争鸣》，2007年第2期。

以写作了，现在两年以后刚好是其他国家的出版高峰来了，所以只能放下写作，出国去。”[①]2004 年《活着》和《许三观卖血记》都在《纽约时报书评》做过广告，余华说“我感觉当时美国媒体相对还是比较冷漠的，《纽约时报》告诉出版社说会有一篇书评结果最后什么也没有。除了《华盛顿邮报》出过一篇，其他媒体几乎没什么反响。”2009 年英文版《兄弟》出版前后，美国主要媒体几乎无一例外地大篇幅介绍余华和他的作品，“甚至包括 NPR 这样的很重要的广播”。

余华的小说语言以简捷著称，他的这种语言风格对于小说翻译中的常见的语言“围墙”有着很好的“翻越”效果，而他作品中对于人类共通经验的描写又容易帮助海外读者理解作品。《兄弟》在海外的好评我觉得除了以上两个因素外，还有一个重要因素：这是第一部正面强攻、详细刻画中国当代社会生活的时代巨著。尽管它有一些国内批评界认为不满意的表现，但这些批评意见在海外可能正好被忽略掉，而其中有价值的部分却被更鲜明的突显出来，如余华博客里有 15 篇“《兄弟》在国外”的评论资料，都是欧洲报纸的评论，我们发现：几乎所有报纸评论都提到了这部小说全面描写了中国当代社会这个事实[②]。这些评论对小说中情节失实、语言粗糙、内容低价等缺陷，并不像国内批评界那么在意和夸张，往往轻轻一提便略过。另外，这些评论或访谈多次提到的还有接近 700 页的长度，滑稽荒诞奇妙的情节，拉伯雷式的语言，幽默讥诮的写法、翻译的成功与否等，许多人都对这部作品为什么没有在中国被禁感到惊讶，他们觉得这部小说对“文化大革命”和现实都有明显的批判，是社会批判小说。

海外当然也有不同的批评意见，比如美国很著名的《纽约时报书评》虽然给了《兄弟》一个整版评论，得到的却是毁誉参半的评价。新泽西学院(the College of New Jersey)任职的评论者杰斯·罗(Jess Row)称此书“实乃 20 世纪末的一部社会小说”，同时指出它超出了西方读者的阅读体验，乃社会喜剧、市井粗俗和尖锐讽刺的混合体，尤其“充满了狂风暴雨般的语言和肉体暴力——诅咒，贬斥，乌眼青，

---

① 《跟余华聊 5 年来中国在美国不断扩大的影响力》，http://blog.sina.com.cn/yisuli，以下两处引文均出于此，不再另注。

② 欧洲对于余华作品的评论意见，可参见余华博客，http://blog.sina.com.cn/yuhua。

痛殴——而且余华描写此种暴力时是如此写实，不厌其烦，虽经翻译过滤，仍然令人感到无法消受”[①]。评论者最后甚至认为小说的结尾沉闷而乏味，几乎令人无法卒读。他怀疑英文版的《兄弟》也许正好证明“中国与西方之间在普遍的意义和理解之间，仍然存在着何等宽广的鸿沟”。余华通过别人的转述对这篇书评的反馈意见是：其一书评仅是个人意见，并不代表《纽约时报》；其二作者资历平平，未必完全能懂他的作品。

英国剑桥大学蓝诗玲(Julia Lovell)的《在共产主义与资本主义之间》一文，是《卫报》上的一篇短评[②]。对《兄弟》中不加节制的污秽描写、夸张语言、闹剧戏谑的风格似乎颇有微词，认为余华太急于从一种怪异的滑稽跳跃到另一种，以至于都不能给我们喘息的机会去完成体会它们的荒谬。她尤其对小说的女性形象刻画不满，指出余华似乎“厌女症”般地刻画了一群妓女般的女人：刘镇的女人们似乎很享受她们并不吸引人的几种选择：被偷看屁股；自愿或者不自愿地被抚摸或者侵入；被遗忘或者死亡。如果她们想从镇上任何男商人身上获得利益，正如林红对李光头所为，就只能利用她们的身体。她认为余华告诉我们一个从未听过却讲了几百遍的当代中国的老故事：粗鲁、混乱的中国在共产主义与资本主义之间发生了许多我们尚不了解的事情。

关于《兄弟》的“粗鄙化”，华人学者杨小滨是用拉康主义“小他物”(objet petita)来理解的。认为只有从与表面现实相对的实在界遗漏出来的精神残余物中，我们才能把握内在的历史创伤[③]。拉康在最初界定“小他物”时曾经列举了某些具有细小裂口的身体部位如“唇、牙齿的封口、肛门的边缘、阴茎的触端、阴道、眼睑形成的裂口……”。另一位拉康主义思想家齐泽克(Slavoj Zizek)则将小他物阐释为一种“经历了符号化过程后的残余”，是一种代表着虚无的否

① 杰斯·罗：《中国偶像》，《上海文化》，2009 年第 6 期，原文发表于《纽约时报书评周刊》2009 年 3 月 8 日。下边一处引文出处相同。

② Julia Lovell, *Between communism and capitalism* , *The Guardian*, Saturday 18 April 2009.

③ 杨小滨：《欲望“主体”与精神残渣》，《上海文化·新批评》2009 年第 6 期。下边两处引文均出于此，不再另注。

定量。作者认为小他物并不是写作所追寻的目标，而是激发欲望的原因，《兄弟》中包含深刻的“创伤”体验，“粗鄙化”不过是这种创伤体验外在符号的表现。虽然笔者一直比较讨厌动辄搬出国外理论、令人半懂不懂的桀骜语句、方砖式的学术论述文章，但不得不承认其中确实也有闪烁着的思想光芒，合适的“阅读机遇”往往会促生一些意想不到的研究成果。

加拿大英属哥伦比亚大学雷勤风(Christopher Rea)的《〈兄弟〉：作为一部小说》也值得一读[①]。雷勤风认为《兄弟》是一本嬉闹之书，阅读该小说就是置身一场癫狂闹剧，经历野心、残酷，曲折，混乱以及深思。中国自“文革”以来究竟发生了什么？为何作家们以荒谬方式表现社会已经成为一种普遍形式？雷勤风主要讨论了《兄弟》的两个最突出特征：以李光头代表的骗子/混世魔王形象及闹剧框架下的语体构造(the trope of the trickster, personified by Baldy Li; and the manipulation of modal registers under the rubric of farce)。闹剧是一种很富有吸引力的创造形式，却经常容易被低估和误解。《兄弟》的阅读既可以是闹剧的也可以是现实主义的。余华用现实主义元素、戏仿以及悲剧等各种方式调节了他的闹剧。比如李光头这个骗子/混世魔王形象，既是中国当代社会强力苦难的承受者也是四面风光的胜利者。

该文最后也对《兄弟》的翻译有所分析，认为虽然英文版《兄弟》是由两个人翻译(Eileen Cheng-yin Chow, Part I; Carlos Rojas, Part II)，但整部小说的叙述语调却浑然一体。译者灵活地使用了斜体成语、谚语、俗语、典故及其他短语，这些共同有效地解决了小说语言的误用和滥用问题。包括大量的名称、标语口号也被用与汉语一样形象的英语译了出来，比如“余拔牙”译为“Yanker Yu”，以两个“Y”很好地替代了普通话中的两个“a”。当然有的翻译也值得继续推敲，比如李光头后来报怨赵诗人进来太早，导致他在公共厕所里没有看到林红更多秘密这一句，原文、译文 1 和作者认为更好的译文 2 分

---

① Christopher Rea, *Brothers: A Novel*, *MCLC Resource Center Publication* (Copyright October 2011). 中译文可参考金文豪:《与时代笑成交响乐团:评余华〈兄弟〉》,《现代中文学刊》2012 年第 3 期。

别是：

> “十分钟？”李光头低声叫道，“你这王八蛋晚进来十秒钟都成了。”
>
> “Ten minutes?” Baldy Li grumbled. “If you had arrived ten seconds later, even that would have been enough, you bastard.”（译文 1）
>
> “Ten minutes?” Baldy Li grumbled. “Ten seconds later would have been enough, you son-of-a-bitch.”（译文 2）

根据余华的原文的叙述特色，结合李光头在小说中的说话风格，笔者也认为译文 2 更好一些。因为后者译的更简短精要，形式上更集中而接近于原文；语气上更有李光头的无赖嚣张感；除了词语本身的因素外，也因为句子缩短显得更有抱怨的力量。译文 1 中“If you had arrived ,even that ”如果和译文 2 相比较，就会觉得译的有点“娘炮”，虽然这种译法尊重了原文的词语或者英语语法，也表达清楚了意思，但损耗了李光头说话的精气神儿。

四、结语：诧异“风景”的美学统一

余华的海外接受显示了当代文学某种对象统一却内外有别的“风景”特征。不论是海外亦或是国内，都意味着双方在观察中国当代文学时，固有的视野在带来洞见的同时也会伴随着不察与盲视。不唯洋是从，也不唯我独尊，在世界性的视野中重新确立自己，形成真正的平等对话大概是今后中国当代文学创作及其研究追求的目标。局限于习惯的研究格局，已经很难适应中国当代文学不断国际化带来的挑战，培养跨语境的研究模式是未来学术研究的基本趋势。只有这样，我们才有可能看清楚中国当代文学之于世界文学、传统文学的位置，当代文学中的“中国经验”也才能真正有效建立起来。

“对象”永远是统一的整体，而我们往往因为语言、国别、文化、理论、方法等以及个人能力的局限，只能如“盲人摸象”一般“切割”地研究对象。当我们在海内外不同语境中来重新观察《兄弟》时，也许就会弥补国内单一视角带来的种种局限，也会校正海外理论批判中各种误读，做出更接近于客观的艺术判断。从《十八岁出门远行》到《第七天》；从偏僻的海盐小城到全世界的大都市；从无名小辈到具有世界声誉的当代名家，余华二十多年的写作除了完成个人文学的经典化历程外，也给中国当代文学及其学术研究贡献了一些新的启发。从长远来看，当代作家这种缓慢的努力和积累比莫言获得诺贝尔文学奖更有利于中国文学的海外传播事业。

木心短篇小说在英语世界的文化飞散之旅①

卢巧丹

一、引言

中国现当代小说是中国文学发展史上的一座丰碑，新世纪以来，它正进一步走向世界。2012年10月11日，瑞典诺贝尔委员会宣布中国当代作家莫言获得2012年诺贝尔文学奖，莫言，连同中国现当代小说，成为了全世界的焦点。莫言作品获奖，除了其本身独特的艺术魅力，翻译功不可没，文学译介是推动中国文学走向世界的最重要的途径。

目前，中国文学的译介主要有四种模式：中国译者翻译、外国译者翻译、作者自译和海外华人翻译。1981年出版的《熊猫丛书》(Panda Books)是由中国本土策划的最大规模的文学"走出去"活动，其得与失耿强在其论文中已有详述。作者自译的成功例子有张爱玲、凌叔华等，但这样的译者毕竟是少数。就影响力而言，现在能把现当代中国小说译成英语并保持原著文学水准的，还是外籍翻译家。现在中国现当代小说在英语世界最有影响力的译者是美国的葛浩文

① 本文为2010年教育部人文社会科学研究青年基金项目[项目编号：10YJC740076]和浙江省哲学社会科学规划课题重点青年项目[项目编号：10CCWW012Q]"中国现当代小说在英语世界的译介与接受"的阶段性成果。

先生，他翻译了近50本中国现当代小说，其中包括莫言的9部小说，对推动中国文化"走出去"做出了巨大的贡献，但愿意或者有能力翻译中国文学作品的外籍翻译家只是少数。优秀的海外华人，精通双语，又熟悉东西方文化，是中国文学跨文化译介的又一理想人选。

2011年5月，由童明(原名刘军)翻译的第一本木心短篇小说集《空房》(*An Empty Room*：*Stories*)由美国知名文学出版社"新方向"(New Directions)出版，并由全球知名出版商"企鹅"集团在加拿大同步出版。译本一经出版，即在美国引起较大关注，《出版人周刊》(*Publishers Weekly*)、《百分之三》(*Three Percent*)等都发表了评论，有力地助推了该小说集在英语世界的传播。

海外华人本身是飞散者，翻译的过程也是中国文化的飞散过程。童明认为翻译是原文的飞散状态，飞散可以看作是一种和翻译有亲缘关系的形式。飞散至少涉及两种文化或文化语言，以此创造一种"更丰富的语言"。飞散者既要坚持自己家园文化的差异，又要将这些差异用另一种文化语言再创造，形成跨民族的特征(童明，2004：57)。本文以《空房》的英译为例，来探讨现当代小说在原文转化成译文的过程中，语言文本如何在不同文化间通过碰撞、沟通、逐渐融合，完成文本旅行，产生新的文化视野，获得新的生命。

二、飞散之始：作者与译者的相遇相知

纽约杂志社的马克·斯蒂文斯(Mark Stevens)说："木心熟知亚洲和西方——他是我们时代的人——他创造了交流的艺术，汲取各自的传统精华，连接过去和现在。"木心的作品，连同中国的传统和文化精粹，走进了英语世界，吸引着读者。他的作品之所以能产生震撼力，不仅由于其本身的独特风格，而是跟译者精湛的翻译艺术分不开。

木心，本名孙璞。1927年出生，浙江桐乡乌镇人。上海美术专科学校西画系毕业，曾任杭州绘画研究社社长，上海市工艺美术协会秘书长，《美化生活》期刊主编，交通大学美学理论教授。1982年移居纽约，从事美术及文学创作。2006年返回乌镇，2011年12月21

日在故乡逝世，享年84岁。从1984年起，台湾洪范、圆神、远流等出版社陆续出版了木心作品，包括散文集《琼美卡随想录》《散文一集》《即兴判断》《素履之往》《马拉格计画》《鱼丽之宴》《同情中断录》；诗集《西班牙三棵树》《巴珑》《我纷纷的情欲》《会晤中》；小说集《温莎墓园日记》等。从2006年开始，其作品由广西师范大学出版社在中国内地陆续出版。

译者童明是美国加州州立大学洛杉矶分校英语系教授，80年代初期，曾任联合国总部高级译员。1992年获美国麻省大学英美文学博士学位；2000年和2005年两次收入《美国教师名人录》。1998年获加州州立大学终身教授职位。在国内外发表六十多篇学术论文，涉及飞散、民族主义、美国现代文学、亚裔文学等多个主题。

童明从80年代末起就开始读木心的作品，在90年代，多次对木心先生进行访谈，请他谈对艺术、历史和文化的看法，部分已整理发表。2006年，在《中国图书评论》上发表了"世界性美学思维振复汉语文学——木心风格的意义"一文，给予了木心热情洋溢的赞美："20年来，我一直在读他的小说、散文、诗歌、俳句、箴言式评论，幽邃往复，历久弥新……我的认知是：木心是以精神为体的中国作家。他与世界思想和文学的相通，体现着他与现代的中国思想和文学的相关……对木心风格的认知加深，促使我下了将木心作品译为英语的决心"（童明，2008：21－24）。

童明所译的木心短篇小说刊登在美国的在线世界文学杂志《没有国界的文字》（*Words without Borders*）、《北达科达季刊》（*North Dakota Quarterly*）（1997年春季）、《柿子》（*Persimmon*）（2002年）、《圣彼得堡评论》（*St. Petersburg Review*）（2009年）等文学刊物上。从2010年起，他担任纪录片《木心》的主题顾问。2011年，木心先生作品的第一部英译本终于与读者见面。里面共有13篇短篇小说，是童明从木心的《散文一集》《温莎墓园》和《巴珑》三本书中精心挑选翻译的，译作就以其中的短篇小说"空房"作为书名。

童明与木心先生交往二十多年，关系密切。童明长期生活在美国，精通英语和汉语，在诗歌、文论、翻译等方面都有很深的造诣，对东西方文化有着双重体悟，加上对作者风格的深刻理解，使原作的视野可以很好地在译者的理解中得到展现，是最理想的跨文化交流使者。遇有疑问之处，童明随时向木心请教；每逢有创造性的转换之处，也随时同木心先生商量。童明在译作后记中提到："在过去的十来年，我经常就该书的一些问题向他请教。哪些细节该保留，哪些细节该删除，他都给了我很好的建议。翻译过程中细节的保留或改变看似微不足道，其实意义重大。譬如，《芳芳 No. 4》我译成了'Fong Fong No. 4'，这里芳芳没有用汉语拼音'Fang Fang'，因为'Fang Fang'在英语中有着不好的联想，容易引起误解。"可以说译作《空房》是建立在译者与作者不断对话的基础上的。更恰当地说，译者以非凡的洞察力，直达原文的情感世界，与作者达到心神的和谐，产生思想共鸣，开始木心小说的文化飞散之旅。

三、飞散之旅：异易和移

飞散(Diaspora)是个古词，究其词源，是希腊文，原意是种子或花粉"散播开来"(to sow/scatter across)，植物得以繁衍；自《旧约》以来，这个词长期与犹太民族散布世界各地的经历联系在一起，增添了在家园以外生活而又割不断与家园文化种种联系这层涵义。但是，近十几年来，飞散概念不断被重构，在当代文学创作和文化实践中，飞散成为一种新概念、新视角，含有文化跨民族性、文化翻译、文化旅行、文化混合等涵义。当代意义上的飞散少了些离乡背井的悲凉，多了些生命繁衍的喜悦，更贴近飞散词源的本意。

飞散至少涉及两种文化或文化语言，以此创造一种"更丰富的语言(Greater Language)"。翻译是两种语言和文化间的"旅行"，原文转化成译文的过程也是文化飞散的过程。他的家园文化如不参与跨民族活动，也无法体现出自身的差异。他只有参与跨民族实践，才能实现他的故国文化的可译性，使其在飞散中繁衍。在翻译中，原文(包含原文代表的文化和语言)是译者寄怀在心的家园。译者成了飞散者，译者离开家园是带根旅行，最后，在另一个语言文化里再现故国风貌。

在翻译过程中，译者首先要坚持自己家园文化的差异，然后把这些差异用另一种文化语言再创造出来。在这一过程中，翻译应巧用“转换”，完成文化旅行。童明把翻译中差异、转换、旅行这三个相关环节简称为：“异、易和移”①。

“移”的核心概念是“旅行”，从原文进入译文的过程中，是文化飞散繁衍的过程。认识“异”，灵活“易”，正是为了成功“移”。

译者首先要对英汉之间的差异了然于心，才能做到下笔如有神。英汉翻译向来被认为是最具挑战性的翻译之一，因为它首先要跨越语言藩篱。英语属于印欧语系（Indo-European Language），汉语属于汉藏语系（Sino-Tibetan Language），两个不同语系在词法、句法、修辞、逻辑结构等方面都存有巨大差异。译者在充分意识到双语间差异的基础上，采用恰当的翻译策略，进行灵活转换。根据需要“增一点，减一点”，以求译文通顺自然，合乎译入语的表达习惯。以下例子可见译者在翻译时如何做到知彼知己，灵活转换的：

例 1：我是小叔，侄女只比我幼四岁，三人谈的无非是年轻人才喜欢的事。虽然男女有别，她们添置衣履，拉我一同去品评选择，这家那家随着转——这就叫作青年时代。（《芳芳 No. 4》，木心，2006：79）

译文：I'm only four years older than my niece—her youngest uncle. Talking with her and Fong Fong wasn't any different from conversing with my other friends. And despite the gender difference, they dragged me along when they went shopping for dresses and shoes as they respected my opinions in such matters. We went casually from store to store, idling away that wondrous phase of life called youth. (Fong Fong No. 4, Mu Xin, 2010:33)

这段译文译者增加了“as they respected my opinions in such matters”，把原文隐含的信息烘托了出来，译文读起来更加流畅。另外，译文没有拘泥于原文的字词，把“这就叫作青年时代”译成了“idling away that wondrous phase of life called youth”，很好地把上

① 作者在 2011 年 7 月有幸就《空房》的翻译采访了童明教授。文中提到的童明教授的一些翻译观点直接来自本次访谈。

下文隐含的意义用非常地道的英语表达了出来。

例 2：门开着，院里的落叶和殿内的尘埃，告知我又是一个废墟。这里比教堂有意思，廊庑曲折，古木参天，残败中自成萧瑟之美。（《空房》，木心，2010：34）

译文：The gate was open. Fallen leaves in the yard and dust floating in the hall indicated that this was another place in ruins. The temple was more appealing than the church, though. The corridors crisscrossed and the tall ancient trees provided heavy shade so that even in decay there was a tranquil beauty.（An Empty Room，Mu Xin，2010：28）

译者在翻译时，形式上并没有拘泥于原文字面，灵活运用了各种转换技巧，例如把"这里比教堂有意思"译成"the temple was more appealing than the church，though"，这里用"，though"强调了原文隐含的让步关系。"廊庑曲折，古木参天，残败中自成萧瑟之美"中的两个四字格译成了"The corridors crisscrossed and the tall ancient trees provided heavy shade"，然后用"so that"与后面分句构成结果状语从句。

在社会和文化实践中，飞散者不能向同化的压力屈服，不能因为别人认为他的文化太"异域"，就放弃自己的文化差异。另一方面，他的家园文化一定要参与跨民族活动，才能在飞散中繁衍。从以下例子，我们可以管窥译者处理文化信息的匠心。

例 3：不满十岁，我已知"寺""庙""院""殿""观""宫""庵"的分别。当我随着我母亲和一大串姑妈舅妈姨妈上摩安山去做佛事时，山脚下的"玄坛殿"我没说什么。半山的"三清观"也没说什么，将近山顶的"睡狮庵"我问了："就是这里啊？"（《童年随之而去》，木心，2010：13）

译文：Before I was ten years old，I already knew the nuanced differences between the seven types of Buddhist temples：si，miao，yuan，chan，guan，gong，and an. That year I followed my mother and the whole retinue of my paternal and maternal aunts to Mount Mo-An for a Buddhist service. I didn't complain when we passed a temple at the foot of the mountain or when we reached another one halfway up. But when we neared the Shizi Mian An (Sleeping Lion Nunery) close to the peak, I asked, "Is this the place?" (The Moment When Childhood Vanished)

中国的佛教和道教文化源远流长。第一句中的"寺""庙""院""殿""观""宫""庵"如果只用汉语拼音，英语国家读者可能会不知所云，如果每一个都细加解释，又会繁琐冗长，让读者失去兴趣。这里，译者巧妙地加上了"the seven types of Buddhist temples"，点明了原文的文化信息。不过，这里译者如果只用"the seven types of Buddhist temples"来概括，也有不妥之处，因为"殿""观""宫"一般是道教供奉神灵的场所，所以可以改为"the seven types of Chinese Religious Temples"。第二句"玄坛殿"和第三句的"三清观"都只是用"a temple"和"another one"来代替，"睡狮庵"在文中比较重要，所以用了汉语拼音加英语解释的方法，既能保持汉语文化，又能让英语读者理解。但这种方法不宜用得太多，否则会影响译文的流畅，译者在这里有所取舍，很好地把握了这个度。

例 4：我家素不佞佛，母亲是为了祭祖要焚"疏头"，才来山上做佛事。"疏头"者现在我能解释为大型经忏"水陆道场"的书面总结，或说幽冥之国通用的高额支票、赎罪券。阳间出钱，阴世受惠——众多和尚诵经叩礼，布置十分华丽，程序更是繁缛得如同一场连本大戏。(《童年随之而去》，木心，2010：14)

译文：My family never failed to honor the Buddha. It was for the purpose of worshipping our ancestors and burning shu-tou that my mother had decided to make this trip. As far as I could explain then, shu-tou was the written penance sent to the dead ancestors "by water route and by land route," the entire rite involving an elaborate performance. Or, as I understood it, a kind of bank check with a high monetary value acceptable in the other world, an otherworldly currency for penance. People in the world of Yang supposedly paid for the benefit of the people in the world of Yin. Many monks were involved in this extravagantly observed rite of complicated procedures as if it were a grand drama acted out in sequential segments with monks reciting the scriptures and kowtowing on the grand. (*The Moment When Childhood Vanished*, Mu Xin, 2010:4)

英美读者对神秘的东方文化充满好奇,包括宗教文化。原文中对中国做佛事的描写非常生动,译文忠实于原文,用地道流畅的语言把“佛事文化”描写得惟妙惟肖。“疏头”用了音译法“shu-tou”,因为后面对这一佛事用语有解释,不影响读者的理解,同时又能激发读者的好奇心。“阴”和“阳”也用了音译法,分别翻译成了“Yin”和“Yang”,很好地保留了源语中的文化。“如同一场连本大戏”中的“大戏”一般指中国传统戏曲,如京剧,越剧等,但这里译者翻译成了“drama”。译者在最大限度地保留源语文化和最大程度地吸引译入语读者方面拿捏自如。

但是,译者在翻译时会受到译入语的文化和意识形态的操控。为了能让译作在译入语国家更好地被接受,一般都会以译入语的文化为依归,也就是说译者翻译时采取什么策略,往往会受译入语文化的影响。除了译入语文化,意识形态方面的影响则更为深远。

翻译文化学派代表安德烈·勒弗维尔(André Lefevere,1946—1992)就提出了意识形态、赞助人、诗学三要素理论,他认为译者翻译时,主要受到两方面的限制:意识形态(ideology)和诗学形态(poetology)。译者往往会对原作进行一定程度的调整,使其符合当时占统治地位的意识形态和诗学形态,使改写的作品尽可能多地被读者接受。

童明在访谈中也提到在翻译过程中经常会受到编辑干预,编辑要求根据他们的意愿删除或改变一些信息,来迎合读者,有时甚至态度非常傲慢。但童明认为,译者不能向同化的压力屈服,不能因为别人认为他的文化太“异域”,就放弃自己的文化差异。他字词力争,不向编辑屈服,尽最大力量在保持民族文化和考虑译语文化间找到最佳平衡点。他认为译介作品时,译文既要保持作品的民族性,又要使作品具有世界性,翻译最终会繁衍家园。

四、文化的繁衍:再创艺术胜境

童明用“异、易、移、艺”四个字概括了他的翻译观。他说:“所谓可译,意味着可异、可易、可移。归根结底,可译,亦为可艺。‘艺术’则是翻译中神秘的第四维”(童明,2013:119)。如果说“异、易、移”是基本功,“艺”就是译者灵性的发挥。译者在翻译过程中异中求同,在易、移之中取得神似,完成艺术,原作在另一种语言和文化中投胎转世,文化得到飞散,生命得以繁衍。

译作散发的艺术魅力对译本的接受与传播起着至关重要的作用。《熊猫丛书》传播失败的原因之一就在于“丛书所选的中国当代文学本身在诗学层面上还比较稚嫩,那些对中国文学语境毫不知情的英美读者自然不会关注。纯粹从文学技巧、主题、结构等角度观察,中国现当代文学借鉴西方的多,自我创造又因种种客观因素局限在本土文化语境中,没有更深入地参与世界文学的交流”。而“木心是以世界精神为体的中国作家。他与世界思想和文化的相通,体现着他与现代的中国思想和文学的相关”。童明从译本选择,到细细品读,到字斟句酌,认真领悟作者的匠心,抓住行文中的“文脉”,准确把握原文的语气、口吻、结构等,最终再创艺术胜景,带给了读者阅读的愉悦与惊喜。美国诗人唐纳德·琼京(Donald Junkins)说:“我喜爱短篇小说,但是好多年不读了,因为没有太好的作品。看到木心的短篇小说让我惊喜。短篇小说又有生命力了。”蒂莫西·斯蒂尔(Timothy Steele)教授认为木心的小说“以含蓄的笔法唤醒心灵……使我想起读霍桑小说时经历的那种虽不同却又相似的感觉;生命看似平凡,而在平凡的浅象之下却是魂牵梦萦的神秘”。马科维茨(W. L. Markowitz)认为“木心的小说是一个宝藏……作者是位极具才华的作家,译者刘军翻译水平精湛,这本小小的译作精彩绝伦,值得拥有。”(http://www.amazon.com/review/RLAMZNDH2NUTN)。

从读者的评价可以看到,木心作品已经穿越界限,尤其是国家民族界限,童明将家园的历史文化在跨民族的语境中加以翻译,形成本雅明所说的那种“更丰富的语言”,在新环境中繁衍出了新的文化。

木心的短篇小说文字简洁高雅，语气平淡，却饱含情感和智慧。童明在译文中也用了简明的句式和诗性语言，以再现木心风格。

例 5：正殿后面有楼房，叫了几声，无人应，便登楼窥探——一排三间，两间没门，垩壁斑驳，空空如也。最后一间有板扉虚掩，我推而赶紧缩手——整片粉红扑面袭来，内里的墙壁是簇新的樱花色。感觉“有人”，定睛搜看，才知也是空房，墙壁确是刷过未久，十分匀净，没有家具，满地的纸片，一堆堆柯达胶卷的空匣。我踩在纸片上，便觉得纸片的多了，像地毯，铺满了整个楼板。（《空房》，木心，2010：34）

译文：Behind the main hall stood a two-story building. I called out a few times but received no response. I walked upstairs to look around. Two of the three rooms didn't have doors, their dilapidated wooden walls exposed within. Empty, empty. I came to the third room and found a screen door ajar. I pushed it open but withdrew my hand immediately-a sudden flood of pink washed over me. The walls inside were painted color of flowering cherry blossoms. I felt a “human presence,” but after a quick inspection it was clear that this room, too, was empty. The walls, however, were freshly painted with a clean eveness. No furniture. The floor was covered with pieces of paper and piles of empty Kodak boxes. Stepping on the paper scraps, I felt as if a rich carpet covered the entire floor. (*An Empty Room*, Mu Xin, 2010:28)

译文以直译的方法为主，多用简单句，力求在词汇、句法和语篇各个层面上传达出原文的语言特征，再现木心朴实无华的文字风格，如“空空如也”译成了“Empty, empty”，并且单独成句。分句“没有家具”译成了“No furniture”，也是单独成句，原文四句“流水句子”被译成了十三句短句，节奏明快，突显了“空”的意象，吸引着读者迫不及待地往下读，跟随着“我”在粉红色的空房、黄色的柯达胶卷空盒、浅蓝的信纸片中、在想象和现实中去解读“空房”。

《芳芳 No. 4》是探索“文革”前后人性为何失落的短篇小说。以下这段文字是“我”与芳芳最后一次见面的情景：

例 6：她在重复着这些："……要满十年才好回来，两个孩子，男的，现在才轮到啊，轮到我回上海……他不来，哈尔滨，他在供销社，采购就是到处跑，我管账，也忙，地址等忽儿写给你，来信哪，我找到音乐会，噢不，音乐协会去了，一回家，弟妹说你是上海三大名人，看报知道的，报上常常有你的名字，你不老，还是原来那样子，怎么不老呢……"(《芳芳 No. 4》，木心，2006：89)

译文：Her words didn't stop: "Ten years is how long it has taken for me to return… two children… yes, boys… it took me all these years to be able to return to Shanghai… he didn't come this time… yes, he works in a food and goods co-op in Harbin and travels everywhere for supplies… I'm the accountant of course… very busy… I'll give you the address so do write me… I went to the Musicians' Congress… sorry, Association… the first thing that my brother and sister told me when I came home is that you are one of the most prominent celebrities in Shanghai… I also read it in the paper… your name is often in the paper… you don't look old, still your former self… how is it that you haven't aged… (*Fong Fong No*. 4, Mu Xin, 2010:44)

这段译文共用了 16 个省略号，来表示芳芳的"话语连连"，但这些省略号的用途可能远不止这些，随着她的"话语连连""我""几乎听不清说什么"，这些省略号在帮助"我"延长"幕间休息"，希望她能静下来，能让"我"找回往昔的芳芳，"也就是从前的我"，读者跟着作者(或者说译者)一起等待奇迹发生，但一切都随着三位不速之客的到来戛然而止，为"我"，也为读者留下了许多思索的空间。译者把木心小说优美的语言连同古今相通、中西合璧的艺术意境一起传递给了读者。

译者在再创造的过程中，想作者之想，思作者所思，把木心的思想精髓和人生感悟用优美地道的译入语传递给目标读者，他的译文被读者誉为"极具文学性的译文"(*Three Percent Review*)。译文完成了艺术之旅，也完成了文化飞散之旅。

五、结语

童明在木心短篇小说翻译过程中，以“异、易、移、艺”翻译观为准则，以文化飞散传播为己任，以再现木心文学艺术为目标，融合了译介和传播中的策略选择、营销战略等，努力保持译作的民族性和世界性，译作最终在英语世界获得了新生，完成了文化飞散行旅。

木心短篇小说的成功译介在由谁译、译什么、译者和作者对话、如何出版推广等方面给中国现当代小说更好地译介与传播提供了很多启示。

首先，译者童明是海外华人，精通英汉双语，深谙中西文化，知识广博，学养深厚，对原作风格有着深刻的洞察力，为正确理解原文和译文流畅表达打下了坚实的基础。译者独特的飞散视角，更为文化的有效传递增加了砝码。

其二，中国文学作品在“走出去”时，如果为了赢得市场，一味屈从于译入语文化和意识形态，随意删改原文，破坏了原文的完整性，也会失去译文的民族性，对推广中国文化产生消极影响。因此，在译介作品时，既要使作品具有世界性，又要保持作品的民族性。译者童明并不屈从于来自译语主流文化的压力，字词力争，在保持民族文化和融入译语文化之间找到了很好的平衡点。

其三，《空房》由美国知名出版社“新方向”出版，并积极加以推广。杜克也呼吁，中国现当代文学要获得其应有的声誉和地位，“必须选择有竞争力的商务印书馆出版译本”(Duke，1990:216)。选择译入语国家的知名出版社能保证图书销售渠道的畅通。所以要力争让更多的英美国家的主流出版机构参与到中国文学的译介与推广中来。

其四，童明在翻译了木心短篇小说后，先发表在美国文学刊物上，获得了不俗的评价，这也可能是“新方向”有信心来出版该译作的原因之一。为了作品能在国外有更深入的传播，要注重国外文学研究界的评论。在《空房》出版前，《出版者周刊》就已经进行了推广，高度评价了原作和译作：“童明翻译堪称完美，成功抓住了这些故事中敏锐的、清澈透明的品质"(*Publishers Weekly*)。随着该书的出版,《出版者周刊》对该书的网上评论也不断增多。同年6月17日,维尔·伊尔斯(Will Eells)在《百分之三》也发表了对该译本的评论,表达了自己读到译文的惊喜:"无论用什么标准来看,这都是一本极其优秀的小说集。小说的质量和情感的深度都给我带来了惊喜,我衷心希望能在将来读到更多木心作品"(*Three Percent*)。

木心短篇小说的文化飞散之旅为中国现当代小说在英语世界的传播做出了贡献,相信会有更多优秀的海外华人承担起译介中国现当代小说的重任,中国文化在英语世界会继续繁衍生息。

由《解密》的海外热销看欧美对于中国当代文学的接受屏幕[①]

何明星

所谓“接受屏幕”，原为计算机术语，指的是只有通过一定的程序编码输入之后才能在计算机屏幕上显现所要输出的结果，后来被传播学借用，其意义主要是传播者所要传播的信息必须要经过一定过滤才能抵达受传者那里，受传者已有的教育、文化、语言以及历史知识等形成的一个综合信息过滤系统，这个信息接受前的过滤被称之为“接受屏幕”。

事实上，中国文学在欧美世界的传播史，就是欧美学术界按照西方文化价值观解释、评价中国文学的历史。在学术研究、出版机构、媒体评论甚至大众书店、读者口碑等几个层次，共同形成了对于中国文学的接受屏幕。其核心层次往往是从学术界开始形成解释中国文学的基本理论和观点，这些观点再凭借欧美主流大众传媒的传播进一步放大，最后影响读者的阅读选择，再反过来间接影响出版机构的选题投入。本文跟踪麦家小说《解密》的英文版、法文版和西班牙文版一年来海外的传播历程，收集自 2013 年下半年开始至 2014 年底，西方主要学术媒体所刊发的书评和大众媒体所关注这部作品的报道要点，尝试分析欧美对当代中国文学“接受屏幕”的话语逻辑。

---

① 本文为“北京文化国际传播策略研究”研究成果，项目编号 2014SKLGZ008。

一、欧美大众媒体的传播视角

自2013年6月推出《解密》英文版之后，英国企鹅出版集团和美国FSG出版公司在长达八个月的宣传以及主流传媒的推广中，迅速把《解密》推向畅销书榜，其报道主要集中在如下几个方面：

（一）把《解密》在欧美的出版定义成为对于中国当代作家作品的一个重新发现。

在欧美媒体书评以及大众传媒报道中，充满着对于《解密》这部作品的一种重新发现的语气。比如FSG出版公司总编辑艾瑞克·钦斯在扉页写道："麦家可能是这个世界上你们尚未听闻的最受欢迎的作家。"一些媒体书评明确宣称麦家"是当今世上闻所未闻的最为风靡的小说家"。甚至一些较有影响的评论家也称《解密》为"2014年最出人意料的悬念作品""中国最重要的文学现象登陆西方"。其实，对于麦家《解密》，国内文学界早有自己的判断。作家本人的声望早已经在中国本土获得承认和认可。麦家的《解密》是他十年前的一部作品，而且，就文字的流畅、写法的娴熟而言，《解密》远不及后来的《风声》《暗算》等等更为成熟。此次企鹅集团和美国FSG出版公司热炒《解密》，无非是为了强调西方文坛这种对于中国作家作品的"发现"与"眷顾"，是西方文化中心主义一以贯之的视角。

（二）强化对于中国作家作品的意识形态的阐释与政治解读。

所谓意识形态化特征，就是凡是中国当代文学作品，都差不多被贴上"人权"的标签，这是欧美舆论界对于中国当代文学一贯持有的"有色眼镜"。此次麦家《解密》小说的系列宣传报道依然如此。

《纽约时报》2014年2月20日刊发的对麦家本人的长篇采访中，就刻意突出麦家本人的家庭经历："对麦家而言，17岁从军是对其不幸童年的一种逃离和解脱。在解放之初，他的家庭有着三重'污点'：地主、基督徒和右派——他爷爷是基督徒，外公是地主，父亲是右派。事实上，麦家先生说，他的父亲被定为右派其实是公社为了完成上级分配的额度，理由是因为他平时说话太出格。"

《纽约客》主笔Jiayang Fan发表在美国《新共和》杂志（2014年3

月 25 日）的文章也提到："上世纪 60 年代，时值共产党将有神论、资本主义思想以及拥有私有财产这三者视为最反动政治的时期，而麦家就不幸地出生于这样的家庭——一个信仰基督教、有财产的、反革命的地主家庭。对幼年的麦家来说，孤独和遭受排挤早已司空见惯……麦家曾说过，'文学的诉求是高于政治的'，但这不代表他是一个持政治异见或与当局唱反调的作家。审查部门找不到任何理由封禁他的作品，甚至他已经获得过诸多省部级的最高文学奖项，受到极大的鼓励。麦家作品成功的部分原因源于他的某种能力。"这种强化作家本人受到中国政治"迫害"的身份，欧美文坛从中国改革开放之初向西方读者介绍上世纪 80 年代的知青作家，到 2008 年推广姜戎的《狼图腾》，再到 2013 年的麦家，一直持续了 30 多年没有改变。其实，无论是姜戎还是麦家，抑或是整个中国当代作家群，其创作早已没有禁区。以至于美国《新共和》杂志在 2014 年 3 月 25 日的书评中也承认，"纯文学作家极少获得商业成功，而同时做到打破小说类型、以寓言呈现历史、挖掘国家隐匿的真实，而且据说又有数百万的销量，这样的作家只有一位。更令人惊讶的是，这个人竟来自中国"。西方媒体对于中国作家个人经历不惜"无中生有"的解读，多少损害了学术批评的严肃性。这种话语逻辑的背后显示的是，欧美在翻译出版中国当代文学作品时的意识形态化阐释习惯是顽固而难以改变的。

（三）与斯诺登等国际政治事件挂钩，表面上是借助国际事件炒作《解密》，但也不乏影射中国政府之意。

《纽约时报》2014 年 2 月 20 日刊发对麦家的专访中特别提到，"随着斯诺登新闻事件的发生，美国情报部门对全世界大规模实施监视、侦听这一耸人听闻的事件公之于众后，人们对麦家的作品顿时又有了新的认识和感受，其现实意义不容置疑"，"这在一党执政的国家尤其明显，如中国，政府具有无可争议的洞察人们生活的权力"，"斯诺登事件使麦家的写作具有世界性"。言外之意已经把《解密》小说中呈现的 20 世纪 60 年代，中国与美国对立时代的中国监听破译，与斯诺登所爆料的美国中情局对于全世界的监听画上了等号。

英国《每日电讯》在 2014 年 3 月 5 日刊发的书评中甚至明确认

为:“麦家的所有小说都很容易被归类为间谍惊悚类,然而对于西方读者来说,绝对跟传统意义上所熟知的同类小说截然不同。麦家的作品在中国可以获得如此成功,为我们提供了一个全新的视角和线索,从不同的根源探索当代中国人民的思想模式和现状。”

英国《卫报》周刊在2014年4月25日的书评中甚至写道:“小说以它自己的方式,展示了个体在强大的国家(中国与美国——笔者注)敌对状态下难以预知的如密码破译的命运历程。”这种生拉硬拽的做法,连作家麦家都感觉到有些诧异。他在接受北京青年报记者采访时说:“他们(指企鹅集团和美国FSG出版公司)给我寄来一堆明信片,要我签名……我可以感觉到,他们在宣传上动了很多脑筋,花了不少精力,比如频繁安排海外记者来采访我,采访的有些问题可以说是挖空心思的,比如把我的书跟斯诺登联系在一起。”

斯诺登事件把美国中情局借助现代科技手段对于全世界的监听丑闻公布于世,使一贯标榜自由、人权、公正的美国主流舆论界颜面尽失,欧美很多普通民众对于美国主流舆论的权威性逐渐失去了信任。此时推出中国当代作家的同类性质小说,企鹅集团与美国FSG出版公司有意无意借助斯诺登事件来宣传推广《解密》,吸引欧美社会的普通读者对于情报、监听等作品的兴趣,固然是为了加大市场销售力度的目的,但也有借机影射中国政府的嫌疑。

当然,对于《解密》这样一部与欧美文坛上流行的悬疑、探秘之风格十分接近的作品,除了上述特征明显的“接受屏幕”之外,欧美舆论界此次给予了相当大的正面评价,这是近些年少见的。如美国FSG出版社的主编艾瑞克(Eric),在美国版《解密》扉页上致读者的信中写道:“在《解密》中,人物的取胜筹码确实也是攸关生死,但是整体呈现出的却是心理剖析和形而上的神秘迷宫,而不是简单的曲折小巷和禁闭密室。你可能会辨认出在其他优秀悬疑小说中同样存在的相似技巧,你也会找到中国民间传奇、历史小说元素、亨利·詹姆斯式的心理描写和元小说的特色。在此基础上,麦家写就的是一部难得一见、引人入胜、语言优美的小说。”在一些相对较为专业书评里,都特别称赞《解密》的艺术特色。美国*BOOKLIST*在2013年12月23日刊载的书评就有:“小说的结尾令人痛心而发人深省,让读者开始思考密码世界中的集体智慧。才华横溢的作者给英语读者展现了一块中国文化瑰宝”;英国《泰晤士文学增刊》(2014 年 1 月 25 日)刊载的书评中就有“小说《解密》于微妙与复杂中破解秘密、探索政治、梦想及其意义”。《华尔街日报》(2014 年 2 月 15 日)评价道:“《解密》一书趣味和文学色彩兼容并包,从一种类似寓言的虚构故事延伸到对谍报和真实的猜测中,暗含诸如切斯特顿、博尔赫斯、意象派诗人、希伯来和基督教经文、纳博科夫和尼采的回声之感。”在笔者收集整理的麦家书评中,对于麦家《解密》写作手法、艺术风格等正面称赞,要远远超过 2008 年企鹅集团在欧美推广《狼图腾》的时候。

二、边界模糊的欧美学术研究

欧美主流大众媒体站在西方中心主义的文化立场对《解密》的“接受屏幕”,与欧美学术界对于中国当代文学的研究具有一脉相承的逻辑。

欧美学术界对于中国文学研究,特别是中国当代文学研究的定位边界模糊,并与中国政治、经济、文化、历史研究混杂在一起,有时甚至以文学现象作为历史研究、政治研究的史料与例证,使一些学术判断的严肃性受到损害。这种源自于欧美学术界的研究倾向直接影响了欧美大众媒体对于中国作家作品的阐释与解读。

本文依据 OCLC 世界图书馆在线目录数据库检索发现,涉及中国当代文学研究的学术期刊大约有 25 家。而在这 25 种英语世界影响较大的杂志中,专业以中国文学研究为主的期刊只有美国比较文学协会主办的《比较文学》、美国俄克拉何马大学主办的《当代世界文学》等 8 种。其他 17 种都包含了中国哲学、中国政治、中国历史、中国社会甚至民族学、宗教学、人类学、语言学等其他领域的研究。将中国当代文学与其他领域研究结合在一起,使得中国当代文学研究的边界模糊,这是欧美学术界研究中国当代文学的一个突出特点。

以收藏图书馆数量最大的《美国历史研究评论》为例,将中国文学研究与中国历史研究综合交叉的学术取向十分明显,可以说代表了美国学界对于中国当代文学的基本定位。该刊物主办者是美国历史学会(American Historical Association,AHA),是美国历史最悠久、规模最大的历史学家和历史教授协会组织。被北京师范大学收入《新世纪国外中国文学译介与研究文情报告》的篇目,在2001—2003年有83篇学术论文,但仅有3篇研究中国当代文学的文章。中国当代文学研究在美国学术界的分量可见一斑。

这里值得提出的是收藏图书馆数量排在第四位的《当代世界文学》,这本杂志应该是欧美刊发中国当代文研究最多的期刊之一。根据刘江凯博士的研究,该刊创办于1927年,主要刊登包括中国在内的当代世界各国文学作品,发表相关作家、作品评论,报道各类图书出版以及相关学术信息,应该是欧美影响力较大学术期刊中关注中国当代文学研究较多的一份学术杂志。但是十分遗憾的却是仅此一份。

总体上看,欧美学术界对于中国当代文学的研究尚且没有达到专业化发展阶段,而是混在极为宽泛的中国政治、经济、文化、历史研究之中,这从学术期刊、刊发的学术论文数量、内容都可以得到验证。国内学界长期以来认为欧美文学研究界,是采取一种跨学科的研究方法,重视文学艺术与语言、神话、宗教、历史、科学关系的研究,并把这种方法引进到国内文学批评之中。从传播学的角度来看,边界模糊的欧美中国当代文学研究,与其说是文学研究方法的一种丰富,倒不如说是中国当代文学在美国学术界处于边缘化地位的一种表现。

这个判断可以从日本学术界对于中国当代文学的研究倾向上得到相反的证明。日本学术界不仅翻译中国当代文学作品翻译的数量多,学术期刊专业,而且还有单一中国当代作家的研究会。如2008年日本学人就组建了"残雪研究会",发行《残雪研究》会刊,截至2012年已经发行了4期。当然这是日本学术界长久以来保持着的一个优良学术传统。如对于中国古代文学研究有白居易研究会,中国现代文学研究有鲁迅研究会、老舍研究会、闻一多研究会、郭沫若研究会,这是中国文学在日本学术界、研究界具有重要学术地位的一种体现,也是中国文学在日本具有广泛深刻的文化影响的一种标志。与日本相比,中国文学在欧美的影响力显然还相差一个档次。

总之,通过麦家小说《解密》在海外热销的案例分析,再次提醒中国出版界以及文学批评界，要充分重视欧美对于中国作家作品的接受屏幕，切不可盲目乐观。随着我国国际影响力的日渐增强，欧、美一些跨国出版集团逐步加大在中国市场掘金的力度，其中中国当代文学将成为最为主要的关注领域。一些中国作家作品被“发现”的频率越来越大，作家作品也会越来越多，甚至中国当代文学创作与欧美主流文坛的一些现象日渐合流。此次麦家《解密》就与欧美文坛近10年来流行的探秘、悬疑风格几乎同步，这也是欧美出版集团不惜花费巨资推广《解密》的原因。值得提出的是，在面向欧美普通民众解释中国当代文学作品，中国的学者以及相关研究机构要有自己的观点和声音，不可能听任西方大众媒体人云亦云。中国文学批评界以及中国主流媒体要面向欧美普通大众指出欧美学术界对于中国文学研究的缺陷，指出欧美舆论的意识形态化缺陷和对中国文学长期持有的“有色眼镜”，有针对性地开展关于中国当代文学批评话语权的正面交锋。中国主流对外传播媒体的传播能力，也必须在一些具体传播任务中得到锤炼和提升。这正是麦家《解密》的海外热销给以中国文学出版界、文学批评界最有价值的提醒。

附录:中国文学海外传播研究论文存目(2012—2014)

备注:本存目分为两部分,第一部分为2012年至2014年间国内学术期刊上发表的与中国文学海外传播直接相关的研究论文索引,第二部分为国内各高校2012年至2014年间完成的以中国文学海外传播为选题的硕士学位论文、博士学位论文,每一部分的索引均按发表或完成的年份先后排序。限于篇幅,未列入发表在报纸和网络上的相关新闻报道和文章。

一、2012—2014中国文学海外传播研究论文

1. 谢天振:《中国文学走出去:问题与实质》,载《中国比较文学》,2012年第1期。
2. 谢天振:《换个视角看翻译——从莫言获诺贝尔文学奖谈起》,载《东方翻译》,2012年第1期。
3. 耿强:《中国文学走出去政府译介模式效果探讨——以“熊猫丛书”为个案》,载《中国比较文学》,2012年第1期。
4. 耿强:《国家机构对外翻译规范研究——以“熊猫丛书”英译中国文学为例》,载《上海翻译》,2012年第1期。
5. 刘江凯:《政治美学的“混生”与“延宕”——中国当代文学海外接受的发展》,载《长城》,2012年第1期。
6. 熊修雨:《中国当代文学的海外影响力因素分析》,载《文学评论》,2012年第1期。
7. 杨四平:《北岛海外诗歌的传播与接受》,载《井冈山大学学报》(社会科学版)》,2012年第1期。
8. 付文慧:《新时期中国女作家与异域传播:不同视阈与定向诠释》,载《河南师范大学学报》(哲学社会科学版),2012年第1期。

9. 闫秋红:《论早期海外华人作家德龄的清宫题材创作》,载《满族研究》,2012年第1期。
10. 孙卫国、张光宇:《〈史记〉对朝鲜王朝政治文化的影响——以〈史记英选〉之编选与刊印为中心》,载《中国高校社会科学》,2012年第1期。
11. 张聪:《"中国文学走出去:挑战与机遇"学术研讨会综述》,载《中国比较文学》,2012年第1期。
12. 綦亮:《从翻译到创作和评论都应多些文化自觉——"从莫言获奖看中国文学如何走出去"学术峰会述记》,载《中国比较文学》,2012年第1期。
13. 蔡丹丹:《尊文重译——"非主流"英语文学暨中国文化走出去的翻译视角专题研讨会召开》,载《中国比较文学》,2012年第1期。
14. 彭萍:《中国文学与翻译》,载《重庆大学学报》(社会科学版),2012年第1期。
15. 张舸:《莫言获"诺奖"与中国文学翻译的透视研究》,载《北方文学》,2012年第1期。
16. 钱灵杰、操萍:《论中国古典文学作品翻译中的受众意识——以德庇时英译〈好逑传〉为例》,载《西华大学学报》(哲学社会科学版),2012年第1期。
17. 李延林、季淑凤:《李清照词在美国的英译方法及启示》,载《中州学刊》,2012年第1期。
18. 曾雯洁:《试论粤剧翻译——以著名剧目〈帝女花之香夭〉为例》,载《科技资讯》,2012年第1期。
19. 崔丞:《用译者角色身份解读"诺贝尔文学奖・莫言"现象》,载《中州大学学报》,2012年第1期。
20. 李凤亮:《"海外中国现代文学研究"专题主持人语》,载《文艺理论研究》,2012年第1期。
21. 鲍晓英:《"中学西传"之译介模式研究——以寒山诗在美国的成功译介为例》,载《外国语》,2012年第1期。
22. 史国强:《葛浩文的"隐"与"不隐":读英译〈丰乳肥臀〉》,载《当代作家评论》,2012年第1期。
23. 廉亚健:《葛浩文翻译思想探究》,载《潍坊学院学报》,2012年第1期。
24.《苗怀明:海外中国通俗文学研究丛谈》,载《陕西理工学院学报》(社会科学版),2012年第1期。
25. 侯少隽、杨慧君:《莫言荣获诺贝尔文学奖的助推器———论莫言获奖的传播因素》,载《西南农业大学学报》(社会科学版),2012年第1期。
26. 胡淑成、M・托马斯・英吉:《西方视野下的莫言》,载《长江学术》,2012年第

1 期。
27. 郭玉梅:《〈红楼梦〉在法国的传播与研究》,载《红楼梦学刊》,2012 年第 1 期。
28. 钟玲:《谈中国戏曲在海外的推广》,载《四川戏剧》,2012 年第 1 期。
29. 李四清、陈树、陈玺强:《中国京剧在海外的传播与影响——翻译与传播京剧跨文化交流的对策研究》,载《理论与现代化》,2012 年第 1 期。
30. 李萍:《中国古典文化海外影像传播的特点分析——以〈西游记〉为实证》,载《社会科学家》,2012 年第 1 期。
31. 陈逢玥:《论〈受活〉的英译策略》,载《当代文坛》,2012 年第 2 期。
32. 何明星:《由〈狼图腾〉的世界影响看中国出版的海外发行体系建设》,载《出版发行研究》,2012 年第 2 期。
33. 单昕:《论先锋小说在英语世界的传播与影响》,载《文学界》(理论版),2012 年第 2 期。
34. 张淑娟:《俄罗斯杜甫诗歌的翻译探析》,载《中国文化研究》,2012 年第 2 期。
35. 杨艳华、樊莉图、程绍华、张树凡:《英译本〈格萨尔王〉的语言正负偏离现象》,载《大连民族学院学报》,2012 年第 2 期。
36. 王颖冲、王克非:《现当代中文小说译入、译出的考察与比较》,载《中国翻译》,2012 年第 2 期。
37. 张思:《中国当代文学海外译介的文化新理念》,载《大家》,2012 年第 2 期。
38. 余东、张艳:《变通意识与国粹心态——葛浩文的文学翻译观解读》,载《广东第二师范学院学报》,2012 年第 2 期。
39. 杨四平:《"走出去"与"中国学"建构的文化战略》,载《解放军艺术学院学报》,2012 年第 2 期。
40. 何明星:《中国文学的世界影响——新世纪十年回眸之二》,载《中国图书评论》,2012 年第 2 期。
41. 高方、苏童:《偏见、误解与相遇的缘分——作家苏童访谈录》,载《中国翻译》,2012 年第 2 期。
42. 王宁:《翻译与跨文化阐释》,载《中国翻译》,2012 年第 2 期。
43. 李慧:《汉学家杜博妮的中国文化诗学立场——基于杜博妮和詹纳尔的〈棋王〉英译对比》,载《山东大学学报》(哲学社会科学版),2012 年第 2 期。
44. 耿强:《"熊猫丛书"英译本的跨文化传播》,载《解放军外国语学院学报》,2012 年第 2 期。
45. 董国俊:《忠实的美人:〈兄弟〉中习语的英译策略分析》,载《语言与翻译》,

2012 年第 2 期。

46. 赵敬鹏:《论明代文学成像研究的海外参照》,载《文学评论丛刊》,2012 年第 2 期。
47. 王晓平:《中国现当代文学和文化研究在美国》,载《厦门大学学报》(哲学社会科学版),2012 年第 2 期。
48. 刘一鸣、杨跃:《翻译伦理视阈下的文化"他者"研究——以葛浩文的英译本〈丰乳肥臀〉为例》,载《东疆学刊》,2012 年第 2 期。
49. 李玉英、张蕾:《论文学翻译的补偿类型——以莫言小说英译为例》,载《江西教育学院学报》,2012 年第 2 期。
50. 王晓平:《海外汉学界对莫言获诺贝尔奖的反应综述》,载《文学评论》,2012 年第 2 期。
51. 邵璐:《莫言〈生死疲劳〉英译中隐义明示法的运用:翻译文体学视角》,载《外语教学》,2012 年第 2 期。
52. 陈晓明、唐韵:《莫言获诺贝尔文学奖的中国意义》,载《解放军艺术学院学报》,2012 年第 2 期。
53. 薛国林、李逸凡:《解析西方媒体对莫言获诺奖的报道》,载《青年记者》,2012 年第 2 期。
54. 秦琴、曹颖:《基于莫言小说〈生死疲劳〉英译本的翻译补偿策略研究》,载《齐齐哈尔师范高等专科学校学报》,2012 年第 2 期。
55. 陈雅文、袁苓:《论文学翻译的补偿策略——兼评莫言小说〈檀香刑〉英译》,载《江西教育学院学报》,2012 年第 2 期。
56. 孙跃鹏、葛向宇:《从莫言作品译介研究翻译对民族文学走向世界文学的意义》,载《芒种》,2012 年第 2 期。
57. 杨乃乔:《比较文学与第三种文学批评——兼论比较文学介入当代文学研究的可能性》,载《东疆学刊》,2012 年第 2 期。
58. 安芳:《众声喧哗:莫言小说〈酒国〉英译研究》,载《东方翻译》,2012 年第 2 期。
59. 单昕:《论先锋小说在英语世界的传播与影响》,载《学界》(理论版),2012 年第 2 期。
60. 宋炳辉:《作为文学关系研究范畴的"世界性因素"》,载《中国比较文学》,2012 年第 2 期。
61. 马会娟:《解读〈国际文学翻译形势报告〉——兼谈中国文学走出去》,载《西安外国语大学学报》,2012 年第 2 期。
62. 刘杨:《视阈拓展与实践局限——论海外汉学对新时期以来当代文学史写作

的影响》,载《中文学术前沿》,2012 年第 2 期。
63. 谢森:《新时期文学在德国的传播与德国的中国形象建构》,载《中国现代文学研究丛刊》,2012 年第 2 期。
64. 谢森:《德国汉学视野中的阿城》,载《中国文学研究》,2012 年第 3 期。
65. 宋妍:《〈陈三五娘〉与闽南文化传播》,载《长春工业大学学报》(社会科学版),2012 年第 3 期。
66. 何明星:《从〈海娃的故事〉到“乌贾马运动”——中国斯瓦西里文书刊的海外传播》,载《济南大学学报》(社会科学版)2012 第 3 期。
67. 朱静宇:《域外风景:王蒙作品在海外》,载《中国比较文学》,2012 年第 3 期。
68. 何明星:《欧美翻译出版中国当代文学作品的现状及其特征》,载《出版发行研究》,2012 年第 3 期。
69. 程春兰:《〈红楼梦〉在英语世界中的三重符号学意义》,载《外国语文》,2012 年第 3 期。
70. 程国赋:《资料完备史论结合——评〈韩国所见中国古代小说史料〉》,载《洛阳师范学院学报》,2012 年第 3 期。
71. 詹晓娟:《李白诗歌英语译介历史研究状况述要》,载《四川外国语大学学报》(哲学社会科学版),2012 年第 3 期。
72. 顾彬、胡少卿:《好作品培养自己的读者——德国汉学家顾彬访谈》,载《西湖》,2012 年第 3 期。
73. 高方、毕飞宇:《文学译介、文化交流与中国文化“走出去”——作家毕飞宇访谈录》,载《中国翻译》,2012 年第 3 期。
74. 郑穹:《中国文学走出去的困境》,载《郑州航空工业管理学院学报》(社会科学版),2012 年第 3 期。
75. 赵勇:《中国文学走出去靠什么》,载《同舟共进》,2012 年第 3 期。
76. 华燕:《从莫言获奖谈中国当代文学“走出去”的现状》,载《探索与争鸣》,2012 年第 3 期。
77. 罗清月:《典籍与现当代文学的传播模式对比研究》,载《四川外国语大学学报》(哲学社会科学版),2012 年第 3 期。
78. 高方、阎连科:《精神共鸣与译者的“自由”——阎连科谈文学与翻译》,载《外国语》,2012 年第 3 期。
79. 刘云虹、许钧:《文学翻译模式与中国文学对外译介——关于葛浩文的翻译》,载《外国语》,2012 年第 3 期。
80. 师雅:传播学视角:《〈浮躁〉英译本翻译研究》,载《新西部:中旬·理论》,2012 年第 3 期。

81. 孟祥春:《葛浩文论译者——基于葛浩文讲座与访谈的批评性阐释》,载《中国翻译》,2012 年第 3 期。
82. 朱佳琦:《莫言作品在法国的传播与接受初探》,载《语文知识》,2012 年第 3 期。
83. 任慧:《获奖的莫言与中国国家形象》,载《对外传播》,2012 年第 3 期。
84. 罗鹏、姜璇:《论文学翻译的补偿原则——兼评莫言小说〈檀香刑〉的英译》,载《连云港职业技术学院学报》,2012 年第 3 期。
85. 缪建维:《莫言小说英译研究述评》,载《芒种》,2012 年第 3 期。
86. 晏飒绮:《译者:跨文化交际之使者——从莫言获诺奖谈起》,载《江西青年职业学院学报》,2012 年第 3 期。
87. 邵璐:《翻译阅读模式研究——莫言〈生死疲劳〉英译解读》,载《语言与翻译》,2012 年第 3 期。
88. 李嘉英:《新世纪中国当代文学研究与译介在韩国——以 2001 年至 2009 年为中心》,载《绥化学院学报》,2012 年第 3 期。
89. 王建开:《中国现当代文学作品英译的出版传播及研究方法刍议》,载《外语教学理论与实践》,2012 年第 3 期。
90. 吴赟:《中国当代文学译介伦理探讨——以白睿文、陈毓贤英译〈长恨歌〉为例》,载《中国翻译》,2012 年第 3 期。
91. 朱静宇:《域外风景:王蒙作品在海外》,载《中国比较文学》,2012 年第 3 期。
92. 冯强:《顾彬对中国当代诗歌的传播》,载《长城》,2012 年第 3 期。
93. 姜智芹:《中国当代文学海外传播研究的方法及存在的问题》,载《青海社会科学》,2012 年第 3 期。
94. 赵勇:《中国文学走出去靠什么》,载《同舟共进》,2012 年第 3 期。
95. 杨四平:《中国学家对现代中国文学的译介与研究》,载《文学评论》,2012 年第 4 期。
96. 赵颖:《中国古典诗艺在海外的传播及其影响——以当代新加坡华文旧体诗为考察视阈》,载《世界华文文学论坛》,2012 年第 4 期。
97. 宁明:《简评莫言海外研究之热点》,载《首都师范大学学报》(社会科学版),2012 年第 4 期。
98. 颜敏:《"世界性"的差异表述——1980 年代以来中国内地、新马和香港文学期刊的华文文学传播》,载《广东第二师范学院学报》,2012 年第 4 期。
99. 姜智芹:《中国当代文学对外传播中的几组矛盾关系》,载《南京师范大学文学院学报》,2012 年第 4 期。
100. 刘江凯:《巴别塔上补天——中国当代诗歌的翻译与研究》,载《南方文坛》,

2012年第4期。

101. 李永村:《德国汉学家顾彬对杜牧诗歌研究管窥》,载《赤峰学院学报》(汉文哲学社会科学版)2012年第4期。

102. 曾建萍:《"洋气"的道教士——论罗慕士〈三国演义〉译本中道教士的异化翻译》,载《怀化学院学报》,2012年第4期。

103. 耿强、梁真惠:《国家机构翻译规范研究:译介学视角》,载《外国语文》,2012年第4期。

104. 钱灵杰、操萍:《翻译规范与德庇时〈中国小说集〉英译》,载《南昌航空大学学报》(社会科学版),2012年第4期。

105. 莫运国:《中国文学作品海外译介的归化与异化论》,载《怀化学院学报》,2012年第4期。

106. 黄轶:《八九十年代以来现代文学的价值重建和文学史重构与海外研究》,载《文艺理论研究》,2012年第4期。

107. 杨四平:《海外认同与现代中国文学输出》,载《南方文坛》,2012年第4期。

108. 应凤凰:《姜贵长篇小说〈旋风〉接受史——"旋风研究"的三次变迁》,载《现代中文学刊》,2012年第4期。

109. 高春元:《评论王德威〈被压抑的现代性——没有晚清,何来"五四"?〉》,载《语文学刊:高等教育版》,2012年第4期。

110. 赵丹:《试论中国文学翻译整体弱化的深层原因》,载《中州大学学报》,2012年第4期。

111. 柳欣:《国的胜利还是文的胜利——从莫言获诺贝尔文学奖谈起》,载《西昌学院学报》(社会科学版),2012年第4期。

112. 王玉娜:《试析目的论视角下葛浩文翻译莫言〈丰乳肥臀〉的策略》,载《牡丹江教育学院学报》,2012年第4期。

113. 尹明福:《莫言〈丰乳肥臀〉中儿童视角情景的翻译》,载《桂林师范高等专科学校学报》,2012年第4期。

114. 赵丽萍、董国俊:《从颁奖词看莫言小说的域外接受》,载《甘肃社会科学》,2012年第4期。

115. 李筱逸:《莫言获奖:"孔夫子"的胜利——俄罗斯评论界眼中的莫言》,载《外国文学动态》,2012年第4期。

116. 李直飞:《探析中国文学出版传播模式转向——以莫言热为视角》,载《中国出版》,2012年第4期。

117. 陆宣鸣、张越、张映先:《葛浩文翻译思想探究——以莫言作品《人与兽》翻译为例》,载《无锡商业职业技术学院学报》,2012年第4期。

118. 谢淼:《〈骆驼祥子〉在海外的传播与接受》,载《民族文学研究》,2012 年第 4 期。
119. 胡安江、胡晨飞:《再论中国文学“走出去”之译者模式及翻译策略——以寒山诗在英语世界的传播为例》,载《外语教学理论与实践》,2012 年第 4 期。
120. 吴赟:《陌生化和可读性的共场:〈长恨歌〉的英译研究》,载《外语教学理论与实践》,2012 年第 4 期。
121. 吴自选:《翻译与翻译之外:从〈中国文学〉杂志谈中国文学“走出去”》,载《解放军外国语学院学报》,2012 年第 4 期。
122. 杨四平:《贺敬之文学创作在海外的传播与接受》,载《文艺理论与批评》,2012 年第 4 期。
123. 刘涵之:《莫言获诺贝尔文学奖与中国文学自信力》,载《中国文化研究》,2012 年第 4 期。
124. 杨四平:《贺敬之文学创作在海外的传播与接受》,载《文艺理论与批评》,2012 年第 4 期。
125. 李晗佶:《余华作品在英语国家的译介与传播》,载《辽宁工业大学学报》(社会科学版),2012 年第 5 期。
126. 高博涵、程龙:《文本译介与国族身份双重视域下的海外阿来研究——以 Red Poppies 为中心》,载《当代文坛》,2012 年第 5 期。
127. 杨夫高:《〈平家物语〉对〈长恨歌(传)〉的借鉴研究》,载《天津外国语大学学报》,2012 年第 5 期。
128. 范劲:《鲁迅形象在德国的最初建构——以两部早期的鲁迅博士论文为例》,载《社会科学》,2012 年第 5 期。
129. 王燕:《〈花笺记〉:第一部中国“史诗”的西行之旅》,载《文学评论》,2012 年第 5 期。
130. 王萍:《中国文学“走出去”与国家文化形象建构》,载《中原文化研究》,2012 年第 5 期。
131. 黄友义:《中国文学:大步“走出去”》,载《中国政协》,2012 年第 5 期。
132. 吕世生:《18 世纪以来“走出去”的中国文学翻译改写模式》,载《中国翻译》,2012 年第 5 期。
133. 徐刚:《“中国故事”与本土传统的观念化表达——略论〈炸裂志〉的寓言和形式》,载《南方文坛》,2012 年第 5 期。
134. 吴赟、顾忆青:《困境与出路:中国当代文学译介探讨》,载《中国外语:中英文版》,2012 年第 5 期。
135. 刘云虹:《翻译的挑战与批评的责任——中国文学对外译介语境下的翻译

批评》，载《中国外语：中英文版》，2012 年第 5 期。
136. 郝俊杰：《王小波作品英译的译介研究》，载《重庆交通大学学报》（社会科学版），2012 年第 5 期。
137. 胡安江、周晓琳：《法国汉学家吴其昱的寒山诗英译本研究》，载《外国语文》，2012 年第 5 期。
138. 许钧：《我看中国现当代文学在法国的译介》，载《中国外语》（中英文版），2012 年第 5 期。
139. 孙会军：《葛译莫言小说研究》，载《中国翻译》，2012 年第 5 期。
140. 陈蜀玉：《观莫言获奖，察翻译之道》，载《湖北师范学院学报》（哲学社会科学版），2012 年第 5 期。
141. 江寒冰、卓星：《汉英翻译中的审美补偿——以莫言小说〈酒国〉为例》，载《新余学院学报》，2012 年第 5 期。
142. 和苗：《瑞典主流媒体对莫言获诺贝尔文学奖报道的批评性话语分析》，载《河南师范大学学报》（哲学社会科学版），2012 年第 5 期。
143. 张元：《中国当代小说在日本的译介与受容情况》，载《赤峰学院学报》（汉文哲学社会科学版），2012 年第 5 期。
144. 耿强：《论英译中国文学的对外传播与接受》，载《天津外国语大学学报》，2012 年第 5 期。
145. 吴赟、顾忆青：《困境与出路：中国当代文学译介探讨》，载《中国外语》，2012 年第 5 期。
146. 王侃：《中国当代小说在北美的译介和批评》，载《文学评论》，2012 年第 5 期。
147. 倪秀华：《建国十七年外文出版社英译中国文学作品考察》，载《中国翻译》，2012 年第 5 期。
148. 刘江凯：《“沾光”或“聚光”：当代中国电影与文学的海外接受关系——以〈红高粱〉〈活着〉》为例，载《长城》，2012 年第 5 期。
149. 郭建玲、顾彬：《在中国文学里栖居——顾彬访谈录》，载《当代作家评论》，2012 年第 5 期。
150. 赵顺宏：《中国当代文学的故事该结束了吗？——就顾彬论及中国当代文学状况的一点思考》，载《当代作家评论》，2012 年第 5 期。
151. 吕敏宏：《论葛浩文中国现当代小说译介》，载《小说评论》，2012 年第 5 期。
152. 谢淼：《在汉学家阐释与阐释汉学家之间——读季进的〈另一种声音——海外汉学访谈录〉》，载《东吴学术》，2012 年第 5 期。
153. 刘江凯：《当代文学诧异“风景”的美学统一：余华的海外接受》，载《当代作家评论》,2012 年第 6 期。
154. 江慧敏:《中国小说在英国的翻译传播与影响》,载《北京第二外国语学院学报》,2012 年第 6 期。
155. 刘江凯:《通与隔——中国当代文学海外接受的问题》,载《文艺争鸣》,2012 年第 6 期。
156. 王燕:《语言奇才包令与英译〈花笺记〉研究》,载《中国人民大学学报》,2012 年第 6 期。
157. 尹永达:《戴遂良〈现代中国民间故事〉一书的耶稣会色彩》,载《天津外国语大学学报》,2012 年第 6 期。
158. 祁晓明:《江户初期汉诗人对于〈沧浪诗话〉的拒斥——以石川丈山〈诗法正义〉为例》,载《文史哲》,2012 年第 6 期。
159. 刘江凯:《独语的,世界的——鲁迅〈野草〉英语接受的启示》,载《文艺争鸣》,2012 年第 6 期。
160. 张建军:《中国文学"走出去":译者两难的困境》,载《现代语文:下旬.语言研究》,2012 年第 6 期。
161. 李建军:《"公共性"与中国文学经验》,载《文学评论》,2012 年第 6 期。
162. 张伟红:《〈狼图腾〉英译本评析》,载《芒种:下半月》,2012 年第 6 期。
163. 王国礼:《建国后中国文学的英语外译作品及其传播效果研究》,载《东南传播》,2012 年第 6 期。
164. 胡安江、胡晨飞:《"整合适应选择度"与译本的接受效度研究——以〈好了歌注〉的两个英译本为例》,载《外国语文》,2012 年第 6 期。
165. 葛文峰:《唐诗选集的最早译介:弗莱彻〈英译唐诗选〉(Ⅰ & Ⅱ)研究》,载《安康学院学报》,2012 年第 6 期。
166. 鞠凯:《以可读性权衡陌生性——白睿文〈活着〉异化策略的接受美学解读》,载《新校园:上旬刊》,2012 年第 6 期。
167. 张英进(著)、林源(译):《从反文典到后文典时期的超文典:作为文本和神话的张爱玲》,载《当代作家评论》,2012 年第 6 期。
168. 朱芬:《莫言作品走进日本的引渡者——翻译家吉田富夫访谈录》,载《东方翻译》,2012 年第 6 期。
169. 芭芭拉:《在意大利看莫言》,载《海南师范大学学报》(社会科学版),2012 年第 6 期。
170. 曹露:《论莫言小说〈天堂蒜薹之歌〉英译本中的文化缺省与补偿》,载《牡丹江教育学院学报》,2012 年第 6 期。
171. 赵丹:《中国文学翻译的现状及其对策——由莫言获诺贝尔文学奖引发的

思考》，载《郑州航空工业管理学院学报》(社会科学版)，2012 年第 6 期。
172. 张晓玥：《中国文学再出发的路径——从莫言获诺贝尔文学奖谈起》，载《创作与评论》，2012 年第 6 期。
173. 杜文晓：《越南读者接受中国 80 后文学的情况》，载《南都学坛》，2012 年第 6 期。
174. 邓如冰、格非：《对话格非：走向世界的当代汉语写作——关于“爱荷华国际写作计划”和当代汉语写作“国际化”》，载《江汉大学学报》(人文科学版)，2012 年第 6 期。
175. 杨四平：《中国新诗海外传播与接收的主体性因素迁移》，载《淮阴师范学院学报》(哲学社会科学版)，2012 年第 6 期。
176. 海滨：《一部印在宣纸上的英译李白诗集——艾龙选译〈李白诗集〉初探》，载《绵阳师范学院学报》，2012 年第 7 期。
177. 孙桂荣：《关于山东文学“走出去”的几点思考》，载《山东文学》，2012 年第 7 期。
178. 雷高林：《〈四世同堂〉与浦爱德》，载《炎黄纵横》，2012 年第 7 期。
179. 吕敏宏：《从〈狼图腾〉版权输出看如何构建中国当代文学海外出版发行的新模式》，载《出版发行研究》，2012 年第 7 期。
180. 黄龙：《文学作品海外传播力探析——以莫言获得诺贝尔文学奖为例》，载《新闻前哨》，2012 年第 8 期。
181. 贾燕芹：《翻译家葛浩文研究述评》，载《楚雄师范学院学报》，2012 年第 8 期。
182. 丁旭辉、袁洪庚：《“谋杀”抑或“重生”：莫言获诺贝尔文学奖对中国文学作品翻译的启示》，载《西南民族大学学报》(人文社会科学版)，2012 年第 8 期。
183. 王启伟：《“中国文学走出去”之翻译机制与策略——以莫言作品和〈红楼梦〉翻译为例》，载《出版发行研究》，2012 年第 8 期。
184. 李昂：《浅析翻译对文学输出的影响》，载《科技经济市场》，2012 年第 8 期。
185. 刘毅：《解密〈解密〉的海外成功》，载《今日中国：中文版》，2012 年第 8 期。
186. 郑若冉：《莫言小说翻译中的前景化现象》，载《开封教育学院学报》，2012 年第 8 期。
187. 张清华：《身份困境与价值迷局：中国当代文学的世界处境》，载《文艺争鸣》，2012 年第 8 期。
188. 程光炜：《当代文学海外传播的几个问题》，载《文艺争鸣》，2012 年第 8 期。
189. 张晓峰：《中国当代作家的“汉学心态”》，载《文艺争鸣》，2012 年第 8 期。

190. 吴俊:《走向世界:中国文学的焦虑》,载《文艺争鸣》,2012 年第 8 期。
191. 李健:《我国近代英文翻译出版管窥》,载《出版发行研究》,2012 年第 9 期。
192. 杨夫高:《中国古典文学对日本中世军记物语的影响研究》,载《重庆科技学院学报》(社会科学版),2012 年第 9 期。
193. 吴锦华、何墨桐:《微缓不绝的异样“文火”——中国当代文学在荷兰》,载《长城》,2012 年第 9 期。
194. 王佳欣:《世界的认可——曹文轩文学作品频频走向海外》,载《全国新书目》,2012 年第 9 期。
195. 王文强、刘婷婷:《试析葛浩文的翻译伦理观——以莫言小说英译为例》,载《淮海工学院学报》(人文社会科学版)》2012 年第 9 期。
196. 王丽:《法国汉学家林雅翎:莫言背后的“翻译女神”》,载《分忧》,2012 年第 9 期。
197. 张小杰:《〈纽约时报〉“莫言获得诺贝尔文学奖”观念建构探析》,载《新闻世界》,2012 年第 9 期。
198. 赵枰:《改写理论视角下莫言小说〈天堂蒜薹之歌〉的英译》,载《安徽文学:下半月》,2012 年第 9 期。
199. 荀羽琨:《再论中国当代文学应该“向外转”——与许玉庆关于当下中国文学走向问题商榷》,载《文艺争鸣》, 2012 年第 9 期。
200. 吴赟:《上海书写的海外叙述——〈长恨歌〉英译本的传播和接受》,载《社会科学》,2012 年第 9 期。
201. 徐笑影:《〈生死疲劳〉汉英版本中“莫言”形象的对比研究》,载《科教导刊(电子版)》,2012 年第 10 期。
202. 郭永生:《莫言获诺奖给陕西文学“走出去”带来的启示——以陈忠实、贾平凹作品的翻译为例》,载《山花:下半月》,2012 年第 10 期。
203. 武光军:《中国文学“走出去”:当下问题及前景展望》,载《北京第二外国语学院学报》,2012 年第 10 期。
204. 许文丽:《葛浩文英译莫言小说的生态翻译学诠释》,载《语文学刊:高等教育版》,2012 年第 10 期。
205. 黄龙:《莫言获得诺贝尔文学奖的传播学分析》,载《今传媒》,2012 年第 10 期。
206. 张佐丽:《探析〈桃花源记〉英译本的审美再现》,载《英语广场:学术研究》,2012 年第 10 期。
207. 熊建鹏:《莫言获奖开启中国文学与世界对话新起点》,载《赤子》(下半月),2012 年第 10 期。

208. 林文艺:《建国十七年中国国家形象的塑造与传播——以〈中国文学〉(英文版)革命历史题材作品的选取为例》,载《福建论坛》(人文社会科学版),2012 年第 10 期。

209. 李宝珠、孙光旭:《对中国文学走出去战略的重新解读》,载《中国出版》,2012 年第 11 期。

210. 李平、黄慧:《中国文学走出去——汉籍英译模式探究》,载《现代语文:下旬.语言研究》,2012 年第 11 期。

211. 张莉:《中国文学"走出去"与文化接受——以〈赵氏孤儿〉三个译本为例》,载《中州学刊》,2012 年第 11 期。

212.《中国作家出版集团与中国国际出版集团合作推动文学"走出去"》,载《出版参考:业内资讯版》,2012 年第 11 期。

213. 祁福雪:《现实主义是中国文学走向世界的头雁——兼论莫言获得 2012 年诺贝尔文学奖》,载《湖北经济学院学报》(人文社会科学版)》2012 年第 11 期。

214. 吴琪:《中国古典诗歌翻译的西方接受——以巴顿·华兹生英译〈归田园居〉(其三)为例》,载《北方文学:中》,2012 年第 11 期。

215. 陶秋惠、刘江凯:《翻译先行,研究滞后——余华作品在越南》,载《长城》,2012 年第 11 期。

216. 孙桂荣:《莫言获诺奖与中国文学的"走出去""走下去"》,载《出版发行研究》,2012 年第 11 期。

217. 李晓滨:《从〈红高粱家族〉看莫言的世界之路》,载《黄河文学》,2012 年第 12 期。

218. 李平、黄慧:《中国文学走出去——汉籍英译模式再究》,载《现代语文:下旬.语言研究》,2012 年第 12 期。

219. 杨全红:《向世界撒播中国文学——翻译家沙博理先生印象》,载《英语世界》,2012 年第 12 期。

220. 杨四平:《现代中国文学域外传播的历史脉络考察》,载《西部学刊》,2012 年第 12 期。

221. 托马斯·英奇(著),Fred(编译):《西方视角中的莫言》,载《市场周刊》,2012 年第 12 期。

222. 宁明:《西方文化视野下莫言作品的美国研究》,载《理论学刊》,2012 年第 12 期。

223. 谢稚:《从莫言获诺贝尔文学奖看中国文化的海外传播》,载《理论月刊》,2012 年第 12 期。

224. 刘江凯:《政治美学的“混生”与“延宕”——中国当代文学海外接受的发展》,载《长城》,2012 年第 12 期
225. 陈薇:《莫言的诺贝尔文学奖与文学翻译之我见》,载《长春教育学院学报》,2012 年第 16 期。
226. 高静:《莫言获奖对文学翻译的启示——意识形态操控下的诺贝尔文学奖之路》,载《试题与研究:新课程论坛》,2012 年第 17 期。
227. 彭红:《浅谈莫言小说的文化软实力》,载《网友世界》,2012 年第 17 期。
228. 韩阳:《苏少社举办曹文轩文学作品走向海外版贸成果会》,载《出版参考:业内资讯版》,2012 年第 17 期。
229. 韩阳:《文学豫军“走出去”》,载《出版参考:业内资讯版》,2012 年第 17 期。
230.《文学“走出去”:翻译和版权代理人要改观》,载《出版参考:业内资讯版》,2012 年第 17 期。
231.《徐则臣〈耶路撒冷〉举行中外版权签约仪式》,载《文学教育》,2012 年第 19 期。
232. 刘英爽:《莫言作品的出版、翻译与版权保护研究》,载《中国出版》,2012 年第 19 期。
233. 瀚湘:《莫言:土是我走向世界的重要原因》,载《武汉宣传》,2012 年第 20 期。
234.《麦家认为文化传播是个慢活》,载《文学教育》,2012 年第 21 期。
235. 何明星:《莫言作品的世界影响地图——基于全球图书馆收藏数据的视角》,载《中国出版》,2012 年第 21 期。
236.《中国当代文学海外传播:翻译与推广很重要》,载《出版参考:业内资讯版》,2012 年第 21 期。
237. 葛浩文:《中国小说为何走不出去》,载《中外文摘》,2012 年第 21 期。
238. 李星颖、熊杰:《赞助人意识形态对〈红楼梦〉王际真译本的操纵》,载《神州》,2012 年第 26 期。
239. 金容兰:《从〈中国文学〉杂志谈中国文学走出去》,载《科教文汇》,2012 年第 28 期。
240. 陈心哲:《莫言作品英译本海外传播的阶段分析——以莫言获诺贝尔文学奖为界(1988—2012 年)》,载《学理论》,2012 年第 35 期。
241. 孙海伦、何佳倩:《鲁迅及其作品对外传播研究综述》,载《考试周刊》,2012 年第 85 期。
242. 罗清月:《多元系统理论视角下的中国文学“走出去”模式》,载《外国语文》,2012 年第 S1 期。

243. 王建开:《借用与类比:中国文学英译和对外传播的策略》,载《外文研究》,2013年第1期。
244. 何明星:《中国文学的世界影响——新世纪十年回眸》,载《中国图书评论》,2013年第1期。
245. 刘贵珍:《如何有效地推进中国现当代文学走向世界——王宁教授访谈录》,载《山东外语教学》,2013年第1期。
246. 马会娟:《英语世界中国现当代文学翻译:现状与问题》,载《中国翻译》,2013年第1期。
247. 付文慧:《新时期中国女作家与异域传播:不同视阈与定向诠释》,载《河南师范大学学报》(哲学社会科学版),2013年第1期。
248. 卫立平:《中国文学走出去与翻译》,载《华中师范大学研究生学报》,2013年第1期。
249. 崔涛涛:《莫言作品在德国的译介与接受》,载《西安外国语大学学报》,2013年第1期。
250. 邵璐:《从诺奖看中国当代文学外译——以莫言小说英译为例》,载《中译外研究》,2013年第1期。
251. 阎安:《诺贝尔奖下的中国文学——潇潇对话顾彬、陈晓明》,载《延河》,2013年第1期。
252. 杨四平:《现代中国文学海外传播与接受的差异性问题》,载《中国现代文学论丛》,2013年第1期。
253. 张伟红:《〈狼图腾〉英译本对中国当代文学"走出去"的启示》,载《中译外研究》,2013年第1期。
254. 何明星:《中国文学的世界影响——新世纪十年回眸之二》,载《中国图书评论》,2013年第2期。
255. 杨四平:《文学输出与意识形态的国家掌控》,载《南方文坛》,2013年第2期。
256. 高方、苏童:《偏见、误解与相遇的缘分——作家苏童访谈录》,载《中国翻译》,2013年第2期。
257. 耿强:《"熊猫丛书"英译本的跨文化传播》,载《解放军外国语学院学报》,2013年第2期。
258. 刘成才:《日本学者中国当代文学研究的方法论与批判性主体构建》,载《内蒙古社会科学》(汉文版), 2013年第2期。
259. 何明星:《由〈狼图腾〉的世界影响看中国出版的海外发行体系建设》,载《出版发行研究》,2013年第2期。

260. 阿·罗季奥诺夫：《前苏联地区的中国现当代文学研究》，载《俄罗斯文艺》，2013 年第 2 期。

261. 胡少卿、西川：《好东西不怕翻译——诗人西川访谈》，载《西湖》，2013 年第 2 期。

262. 杨四平：《现代中国文学海外传播与接受的国别关系研究——以欧美与苏俄为例》，载《长江师范学院学报》，2013 年第 2 期。

263. 李德凤、鄢佳：《中国现当代诗歌英译述评(1935—2011)》，载《中国翻译》，2013 年第 2 期。

264. 于翠玲：《宏观背景出版视角——中国文学海外传播研究的多维思考》，载《励耘学刊》(文学卷)，2013 年第 2 期。

265. 华燕：《从莫言获奖谈中国当代文学"走出去"的现状》，载《探索与争鸣》，2013 年第 3 期。

266. 黄伟林、穆莉：《东方有鸟，卅载不鸣，何若"莫言"——莫言获诺贝尔文学奖的国外路线图》，载《沈阳师范大学学报》(社会科学版)，2013 年第 3 期。

267. 洪世林：《"莫言·诺贝尔奖·中国当代文学"高峰论坛综述》，载《高校社科动态》，2013 年第 3 期。

268. 杨四平：《现代中国文学在日本的传播与接受》，载《井冈山大学学报》(社会科学版)，2013 年第 3 期。

269. 吴赟：《〈浮躁〉英译之后的沉寂——贾平凹小说在英语世界的译介研究》，载《小说评论》，2013 年第 3 期。

270. 姜智芹：《中国当代文学海外传播研究的方法及存在的问题》，载《青海社会科学》，2013 年第 3 期。

271. 谢琰：《〈联珠诗格〉的东传与日本五山七绝的发展——兼论中国文学经典海外传播的路径与原则》，载《江海学刊》，2013 年第 3 期。

272. 姜智芹：《英语世界中国当代文学译介与研究的方法论及存在问题》，载《中外文化与文论》，2013 年第 3 期。

273. 黄立：《英语世界中国文学译介与研究的得与失》，载《中外文化与文论》，2013 年第 3 期。

274. 何明星：《〈人民文学〉在世界的传播与影响》，载《传媒》，2013 年第 4 期

275. 王萍：《中国当代文学对外传播中的中国形象建构》，载《郑州大学学报》(哲学社会科学版)，2013 年第 4 期。

276. 李直飞：《探析中国文学出版传播模式转向——以莫言热为视角》，载《中国出版》，2013 年第 4 期。

277. 张乃禹：《韩国文化语境中的余华》，载《小说评论》，2013 年第 4 期。

278. 吴赟:《西方视野下的毕飞宇小说——〈青衣〉与〈玉米〉在英语世界的译介》,载《学术论坛》,2013 年第 4 期。
279. 周岩丽:《分析全球化语境下中国当代文学的民族性》,载《剑南文学》(经典教苑),2013 年第 4 期。
280. 莫运国:《中国文学作品海外译介的归化与异化论》,载《怀化学院学报》,2013 年第 4 期。
281. 张晓帆:《国际化、多元化、本土性视域下的中国现代诗歌研究——美国英文学术期刊〈中国现代文学与文化〉及其中国现代诗歌研究》,载《科教导刊》(中旬刊),2013 年第 4 期。
282. 刘贵珍:《自我与他者:霍米·巴巴的后殖民理论对中国当代文学"走出去"的启示》,载《深圳大学学报》(人文社会科学版),2013 年第 4 期。
283. 赵丽萍、董国俊:《从颁奖词看莫言小说的域外接受》,载《甘肃社会科学》,2013 年第 4 期。
284. 杨四平:《中国学家对现代中国文学的译介与研究》,载《文学评论》,2013 年第 4 期。
285. 胡安江、祝一舒:《译介动机与阐释维度——试论阎连科作品法译及其阐释》,载《小说评论》,2013 年第 5 期。
286. 许钧:《我看中国现当代文学在法国的译介》,载《中国外语》,2013 年第 5 期。
287. 张元:《中国当代小说在日本的译介与传播》,载《文艺评论》,2013 年第 5 期
288. 杨四平:《艾青在海外的接受》,载《长沙理工大学学报》(社会科学版),2013 年第 5 期。
289. 史国强:《葛浩文文学翻译年谱》,载《东吴学术》,2013 年第 5 期。
290. 由兴波:《俄罗斯 1991—2011 年中国文学研究述评》,载《社会科学战线》,2013 年第 5 期。
291. 何明星:《〈中国青年〉的海外传播与国际影响》,载《传媒》,2013 年第 6 期。
292. 郝莉:《浅论王安忆英译作品的出版与传播》,载《中国出版》,2013 年第 6 期。
293. 王侃:《翻译和阅读的政治——漫议"西方""现代"与中国当代文学批评体系的调整》,载《文学评论》,2013 年第 6 期。
294. 张清华:《世界视野、海外传播与中国当代文学》,载《文艺争鸣》,2013 年第 6 期。
295. 杨四平:《现代中国文学海外传播与接受的国别关系研究——以欧美与苏

俄为例》,载《长江师范学院学报》,2013 年第 7 期。
296. 许玉庆:《论中国当代文学的走向与评价问题——与王伟就中国当代文学“向外转”商榷》,载《社会科学论坛》,2013 年第 7 期。
297. 陈道谆:《莫言:“讲故事”的文学策略——兼及德国学者顾彬的中国文学评判》,载《海南师范大学学报》(社会科学版),2013 年第 7 期。
298. 陈薇:《诺奖效应下中国新时期文学西方传播的译者取向》,载《长春师范学院学报》,2013 年第 7 期。
299. 何明星:《中国当代文学海外出版传播 60 年》,载《出版广角》,2013 年第 7 期。
300. 丁旭辉、袁洪庚:《“谋杀”抑或“重生”:莫言获诺贝尔文学奖对中国文学作品翻译的启示》,载《西南民族大学学报》(人文社会科学版),2013 年第 8 期。
301. 陈国华:《中国传统戏曲海外传播问题探究》,载《中国戏剧》,2013 年第 10 期。
302. 刘梅:《莫言作品在中西文化中的接受度比较》,载《学术界》,2013 年第 10 期。
303. 熊修雨:《莫言获奖:文学挽歌或奇迹——我们该如何看待莫言获奖》,载《学术界》,2013 年第 10 期。
304. 方爱武:《论 20 世纪中国现代文学中中国形象的传播问题》,载《新闻界》,2013 年第 11 期。
305. 张淑卿:《中国图书“走出去”:译介、精细与传播》,载《学术交流》,2013 年第 12 期。
306. 宁明:《西方文化视野下莫言作品的美国研究》,载《理论学刊》,2013 年第 12 期。
307. 陈薇:《我国当代文学西方推介的影像路径探量》,载《芒种》,2013 年第 14 期。
308. 范通英、管向丽:《莫言小说海外传播的文化认同》,载《短篇小说》(原创版),2013 年第 15 期。
309. 何明星、崔明淑:《中国文学期刊走向世界的瓶颈》,载《出版广角》,2013 年第 15 期。
310. 陈薇:《莫言的诺贝尔文学奖与文学翻译之我见》,载《长春教育学院学报》,2013 年第 16 期。
311. 鄢佳、杜鹃:《中国当代文学作者英译之旅》,载《中国出版》,2013 年第 18 期。

312. 吕游、陈杰慧:《从翻译视角看现当代文学在西方的传播》,载《芒种》,2013年第24期。
313. 陈心哲:《莫言作品英译本海外传播的阶段分析——以莫言获诺贝尔文学奖为界(1988—2012年)》,载《学理论》,2013年第35期。
314. 范春祥:《中国文学译介翻译障碍和解决策略》,载《语文建设》,2013年第30期。
315. 罗清月:《多元系统理论视角下的中国文学"走出去"模式》,载《外国语文》,2013年第S1期。
316. 乔幪:《谈中国文学对外传播过程中的主体性建构——以畅销书〈狼图腾〉为例》,载《出版广角》,2013年第Z1期。
317. 李大博,赵莉莎:《〈红楼梦〉海外传播空间的建构》,载《长城论坛》,2014年第1期。
318. 王德威:《根的政治和势的诗学,华语论述与中国文学》,载《前沿评论》,2014年第1期。
319. 贺海涛:《汉语桥,世界大学生中文比赛海外传播影响研究》,载《东南传播》,2014年第1期。
320. 张聪:《中国文学走出去:挑战欲机遇学术研究会综述》,载《中国比较文学》,2014年第1期。
321. 许方、许钧:《关于加强中译外研究的几点思考》,载《中国翻译日记》,2014年第1期。
322. 谢稚、孙茜:《海外传播:文化符号到文化内涵的转变》,载《实践探索》,2014年第1期。
323. 李延林、季淑凤:《李清照词载美国的英译方法及启示》,载《中州学刊》,2014年第1期。
324. 钱灵杰、操萍:《中国古典文学作品翻译中的受众意识》,载《西华大学学报》,2014年第1期。
325. 卢巧丹:《木心短篇小说在英语世界的文化飞散之旅》,载《中国翻译》,2014年第1期。
326. 郑娜:《莫言小说在海外的传播与接受》,载《重庆邮电大学学报》(社会科学版),2014年第1期。
327. 张新:《从莫言获诺贝尔文学奖看中国当代文学的海外传播》,《长安学刊》(哲学社会科学版),2014年第1期。
328. 王宁:《世界主义、世界文学以及中国文学的世界性》,载《中国比较文学》,2014年第1期。

329. 谢天振:《“中国文学走出去”研究特辑》,载《中国比较文学》,2014 年第 1 期。
330. 鲍晓英:《中学西传之译介模式研究—以寒山诗在美国的成功译介为例》,载《外国语》,2014 年 1 月第 37 卷第 1 期。
331. 李晶:《2013 年〈红楼梦〉报刊类研究述评》,载《红楼梦学刊》,2014 年第 1 辑。
332. 光明日报理论部:《2013 年度中国十大学术热点》,载《光明日报》,2014 年 1 月 16 版。
333. 谷倩兮:《中国新时期小说在意大利的推介与研究》,载《出版广角》,2014 年 1 月下。
334. 刘江凯:《国际意识和视野中的中国当代文学》,载《山西大学学报》,2014 年 1 月。
335. 刘江凯:《跨语境的叙述—中国当代小说的海外接受》,载《山西大学学报》,2014 年 1 月。
336. 张春燕:《中华文化海外传播的路径和内容选择》,载《云南师范大学学报》,2014 年 1 月。
337. 徐正威:《“非主流”英语文学暨中国文化走出去的翻译视角专题研讨会》,载《上海翻译》,2014 年第 1 期。
338. 杨梅:《读者的“欣喜”:莫言外译小说海外成功传播启示》,《阜阳师范学院学报》,2014 年第 2 期。
339. 张帆:《对近三十年我国戏曲传播学研究的反思》,载《中央戏剧学院学报》,2014 年第 2 期。
340. 刘一鸣、杨跃:《翻译伦理视域下的文化“他者”研究》,载《东疆学刊》,2014 年 4 月第 31 卷第 2 期。
341. 张泉:《后莫言时代对诺贝尔奖与中国议题的再审视》,载《海南师范大学学报》,2014 年第 2 期。
342. 侯羽、刘泽权、刘鼎甲:《基于语料库的葛浩文译者风格分析》,载《外语教学》,2014 年第 2 期。
343. 韩晗:《论“文学现代性”研究的一个新视角》,载《宁夏大学学报》,2014 年 3 月。第 2 期。
344. 蔡之国、余梦阳:《论中国电视剧对外传播的策略》,载《现代传播》,2014 年第 2 期。
345. 吴赟:《民族文学的世界之路——〈马桥词典〉的英译与接受》,载《小说评论》,2014 年 2 期。

346. 赵丹:《儒家典籍外传播的文化自觉和受众意识》,载《湖北社会科学》,2014 年第 2 期。
347. 陆宣鸣、张越、张映先:《寻觅中国文化海外传播的灵药——以葛氏英为例》,载《教育文化论坛》,2014 年 2 期。
348. 陈逢玥:《论〈受活〉的英译策略》,载《海外汉学》,2014 年 2 月。
349. 祝一舒:《翻译场中的出版者—毕基埃出版社与中国文学在法国的传播》,载《小说评论》,2014 年 2 月。
350. 余夏云:《重写现代—“海外中国现代文学研究译丛”》,载《南方文坛》,2014 年 2 月。
351. 辛红娟、张越、陆宣鸣:《从葛浩文英译看中国文化的海外传播——以莫言〈师傅越来越幽默〉为蓝本》,载《当代外语研究》,2014 年 2 月。
352. 《〈中国比较文学〉2014 年第 1 期推出“中国文学走出去”研究专辑》,载《东方翻译》,2014 年第 2 期。
353. 程春兰:《〈红楼梦〉在英语世界中的三重符号学意义》,载《外国语文(双月刊)》,2014 年 6 月第 20 卷第 3 期。
354. 付忠:《近年来比较文学发展状况研究》,载《西南交通大学学报》,2014 年 5 月,第 15 卷第 3 期。
355. 张潇雨:《从京剧赤壁说起—试析京剧应如何在海外传播》,载《音乐探索》,2014 年第 3 期。
356. 刘云虹、许钧:《文学翻译模式与中国文学对外译介》,载《外国语》,2014 年第 3 期。
357. 董凤霞:《中国当代文学作品英译中的注释策略研究——以〈红高粱家族〉〈丰乳肥臀〉〈青衣〉三部作品为例》,载《兰州文理学院学报》(社会科学版),2014 年第 3 期。
358. 元青、尹广明:《留学俄国与中国文化的在俄传播》,载《长向学刊》,2014 年第 3 期。
359. 熊鹰:《当莫言的作品成为世界文学的时候—对英语及德语圈里“莫言现象”的考察与分析》,载《山东社会科学》,2014 年第 3 期。
360. 刘艳红、张丹丹:《邦斯尔译本及之前的〈红楼梦〉译本》,载《红楼梦学刊》,2014 年第 3 辑。
361. 梁冬丽:《话本小说海外翻案与诗词引入》,载《兰州文理学院学报》,2014 年 3 月。
362. 朱波:《小说译介与传播中的经纪人》,载《小说评论》,2014 年 3 月。
363. 姜智芹:《中国当代文学海外传播与中国形象塑造》,载《小说评论》,2014

年3月。
364. 黄鸣奋：《从联机目录到大数据：英语世界中国古典文学数字化传播》，载《现代传播》，2014年第4期。
365. 徐志啸、朱寿桐：《宏观认识中国文学》，载《文史研究》，2014年第4期。
366. 郑友阶：《海外楚辞学研究评述》，载《学习与实践》，2014年第4期。
367. 宁明：《简评莫言海外研究之热点》，载《首都师范大学学报》(社会科学版)，2014年第4期。
368. 朱芬：《莫言在日本的译介》，载《中国比较文学》，2014年第4期。
369. 王宁：《世界文学的中国版本》，载《学术研究》，2014年第4期。
370. 王建开：《走出战略与出版意图的契合：以英译作品的当代转向为例》，载《上海翻译》，2014年第4期。
371. 蒋柳、何敏：《论清小说在英语世界的传播及其经典化建构过程》，载《广西师范大学学报》，2014年8月第4期。
372. 许多、许诗焱：《译者—编辑合作模式在中国文学外译中的实践》，载《小说评论》，2014年4月。
373. 姚本标：《〈虚无诗学：亚洲思想在美国诗歌中的嬗变〉出版》，中国社会科学出版社出版，2014年4月。
374. 杨四平：《海外认同与现代中国文学输出》，载《南方文坛》，2014年4月。
375. 许文荣：《华文流散文学的本体性：兼及海外华文文学研究的再思》，载《华文文学》，2014年4月。
376. 单昕：《先锋文学与中国当代文学海外传播之转型》，载《小说评论》，2014年4月。
377. 张西平：《中国文化海外传播中的汉学与国学对话》，载《对外传播》，2014年4月。
378. 蔚蓝：《出走与回望：第三文化空间中的文学建构》，载《山东女子学院学报》，2014年10月第5期。
379. 陈竑林：《浅析中国现当代诗歌的英语翻译概况》，载《湖北科技学院学报》，2014年5月第5期。
380. 罗岗：《现代国家想象、民族国家文学与20世纪中国文学的重构》，载《文艺争鸣》，2014年第5期。
381. 李晗佶：《余华作品在英语国家的译介与传播》，载《辽宁工业大学学报》，2014年第5期。
382. 西川、胡少卿：《访谈：中国当代文学的海外传播(节选)》，载《诗刊》，2014年第5期。

383. 谢颖:《在世界书写中国文化——北京外国语大学海外汉学研究中心主任张西平教授访谈》,载《人民政协报》,2014 年 5 月 12 日。

384. 高博涵、程龙:《文本译介与国族身份双重视域下的海外阿来研究》,载《中国文学海外影响研究》,2014 年 5 月。

385. 李丽:《〈红楼梦〉登上英媒读书榜引发的思考》,载《红楼梦学刊》,2014 年第 6 期。

386. 王燕:《语言奇才宝令与英译〈花笺记〉研究》,载《中国人民大学学报》,2014 年第 6 期。

387. 白杨、崔艳秋:《英语世界里中国现当代文学研究的格局与批评范式》,载《吉林大学学报》(社会科学版),2014 年第 6 期。

388. 江慧敏:《中国小说在英国的翻译传播与影响》,载《北京第二外国语学院学报》,2014 年第 6 期。

389. 张伟红:《〈狼图腾〉英译本评析》,载《文本研究》,第 459 期,2014 年 6 月 15 日。

390. 马会娟:《解读〈国际文学翻译形势报告〉》,载《西安外国语大学学报》,2014 年 6 月。

391. 王国礼:《建国后中国文学的英语外译作品及其传播效果研究》,载《东南传播》2014 年 6 月。

392. 周建华:《民族文学跨文化传播新范式》,载《中国出版》,2014 年 6 月。

393. 徐琴媛、周超婕:《世界一流媒体的国际化战略及对央视海外传播的启示》,载《现代传播》,2014 年第 7 期。

394. 张毅:《从泰戈尔莫言现象看中国文学文化走出去》,载《长春大学学报》,2014 年第 7 期。

395. 李正栓、贾晓英:《乐府诗载海外翻译与传播研究》,载《河北师范大学学报》,2014 年 7 月。

396. 黄龙:《文学作品海外传播力探析》,载《传播技巧》,2014 年第 8 期。

397. 龙扬志:《建构海外华文文学诗学批评体系》,载《暨南学报》,2014 年第 8 期。

398. 翟华兵:《莫言小说艺术特征与中国文学发展的可能性》,载《长江师范学院学报》,2014 年 8 月。

399. 葛文峰:《〈中国文学〉与〈译丛〉:中国文学对外翻译出版模式的范例》,再《史料研究》,2014 年第 9 期。

400. 杨全红:《中国文学走出去之醒世“铭”言——刘绍铭先生印象》,载《英语世界》2014 年第 9 期。

401. 崔羽琛:《循序渐进,任重道远——从莫言获奖谈中国文学走出去》,载《点评文学》,2014年9月25日。

402. 李刚:《镜像的流变:论哥伦比亚〈中国现代文学〉英译选本与西方重构》,载《河北师范大学学报》,2014年9月。

403. 古婷婷、刘洪涛:《跨文化语境中的文学翻译策略选择——以金介甫〈边城〉英译本为例》,载《燕山大学学报》,2014年9月。

404. 郭永生:《莫言获诺奖给陕西文学走出去带来启示》,载《山花》,2014年10月。

405. 林雪微:《从语义韵看小说翻译中联想意义的损失——以莫言〈生死疲劳〉英译本片段为例》,载《当代外语研究》,2014年10月。

406. 叶延滨:《茶和咖啡的对话——谈中国文学海外传播的作家经验》,载《声音》,2014年11月。

407. 王颖:《海外华侨华人在中华文化国际传播过程中的问题探析》,载《教育教学论坛》,2014年11月。

408. 闫雅萍:《〈文心雕龙〉的英语翻译与研究概述》,载《国际汉学》,2014年第25辑。

409. 曹亚明:《海内外中国古代文学研究前沿问题》,载《中国文学研究》,第十七辑。

410. 樊伟:《海外孔子学院中文阅读推广概述》,载《科技情报开发与经济》,2014年第24卷。

411. 闫枫、李志远:《从〈三字经〉的英文译本差异看中华文化海外传播的演变》,载《考试周刊》,2014年第68期。

412. 张长虹:《中国——东南亚潮剧网络中的泰国潮剧—文化地理视野下的中国戏曲海外传播研究》,载《戏曲研究》,第79辑。

413. 许燕:《遗漏的意义,美华文学在大陆语境传播过滤研究断想》,载《华文文学》,2014年总第120期。

二、2012—2014年中国文学海外传播学位论文

414. 张若琳:《莫言小说中的"世界性因素"》,宁夏大学硕士生学位论文,2014年3月。

415. 金正恩:《明代历史演义小说在韩国的传播研究》,东北师范大学博士学位论文,2014年3月。

416. 林宛莹:《传统的再生:中国文学经典在马来西亚的伦理接受》,华中师范大

学博士学位论文,2014 年 3 月。
417. 李昕岳:《走出去背景下我国图书版权输出的对策研究》,黑龙江大学硕士研究生学位论文,2014 年 4 月 20 日。
418. 熊炎熙:《2003—2013 中国电影海外传播状况研究》,载西南大学硕士生学位论文, 2014 年 4 月。
419. 张琦:《创造性叛逆——莫言〈生死疲劳〉英译本研究》,安徽大学硕士学位论文,2014 年 4 月。
420. 张宏:《全球视野下的中国出版社走出去:话语权和传播力构建》,上海外国语大学硕士学位论文,2014 年 4 月。
421. 王春强:《〈聊斋志异〉闵德福英译本研究——以翟理斯译本为参照》,北京外国语大学硕士论文,2014 年 3 月 21 日。
422. 张雅博:《〈人民日报副刊〉与缅甸华文文学》,厦门大学硕士毕业论文,2014 年 5 月。
423. 王璇:《〈红楼梦〉在美国的传播研究及其对文化外交的启示》,北京外国语大学硕士学位论文,2014 年 5 月 8 日。
424. 张志美:《从功能对等理论看葛浩文对〈生死疲劳〉的翻译》,内蒙古大学硕士学位论文,2014 年 5 月 20 日。
425. 徐佩玲:《中国现代文学对泰国影响之研究》,山东大学硕士生学位论文,2014 年 5 月 30 日。
426. 张冰妍:《北美汉学家南韩文学活动研究》,东北师范大学博士学位论文,2014 年 5 月。
427. 赵跃:《孔子学院教育功能研究》,山东大学博士学位论文,2014 年 5 月。
428. 陆杳:《德庇时英译中国古典小说研究——以〈十二楼〉和〈好逑传〉译本为中心》,北京外国语大学硕士学位论文,2014 年 6 月 4 日。
429. 刘璐天:《从阐释学视角探讨〈呼兰河传〉英译本译者主体性发挥》,北京外国语大学硕士学位论文,2014 年 6 月 4 日。

论文作者简介

B. R. Deepak.(狄伯杰,Bali Ram Deepak),男,尼赫鲁大学语言文化学院中国和东南亚研究中心教授,主要研究方向:中印历史文化研究、汉语语言文学、中国社会政治和经济问题研究。

丁旭辉,男,兰州大学外国语学院讲师、兰州大学文学院博士研究生,研究方向:翻译文学。

于翠玲,女,北京师范大学文学院教授、博士研究生导师,主要研究方向:中国古典文献学、文献信息学、编辑出版与文化传播等。

王侃,男,杭州师范大学人文学院教授、博士研究生导师,主要研究方向:中国现当代文学思潮、性别文化与文学、中国当代文学批评、中国电影。

王国礼,男,北京师范大学文学院在读博士生,西北师范大学外国语学院副教授、硕士研究生导师,主要研究方向:英美文学与中西比较文学。

王建开,男,复旦大学外国语言文学学院教授、博士研究生导师,主要研究方向:文学翻译理论与实践、中国现代翻译史、中国文学英译研究、英美文化。

卢巧丹,女,浙江大学外国语言文化与国际交流学院高级讲师,浙江大学人文学院比较文学与世界文学博士生,主要研究方向:翻译和比较文学。

吕敏宏,女,陕西师范大学外国语学院副教授、硕士研究生导师,主要研究方向:翻译理论与实践、文学文体学、叙述学、英语教育。

朱芬,女,华东政法大学外国语学院讲师,华东师范大学外语学院在读博士生,主要研究方向:翻译理论与实践、汉日语言对比。

朱静宇,女,同济大学人文学院中文系教授、硕士研究生导师,主要研究方向:中西小说比较研究、欧美文学、比较文学学科理论。

刘云虹,女,南京大学外国语学院法语系副教授、硕士研究生导师,法语系副主任,主要研究方向:翻译理论与实践。

刘江凯,男,浙江师范大学文学院副教授、硕士研究生导师,主要研究方向:中国当代文学及其海外传播。

许钧,男,南京大学外国语学院法语系教授、博士研究生导师,主要研究方向:翻译理论与实践、法国文学。

李德凤，男，上海交通大学讲习教授、英国伦敦大学亚非学院教授、博士研究生导师，主要研究方向：翻译学和第二语言教学研究。

杨四平，男，安徽师范大学文学院教授、硕士研究生导师，主要研究方向：中国现当代诗歌、比较诗学、中国当代先锋文学研究

吴俊，男，南京大学文学院、教育部人文社会科学重点研究基地南京大学中国现代文学研究中心教授、博士研究生导师，主要研究方向：20 世纪中国文学史，文学批评和鲁迅研究。

何明星，男，北京外国语大学中国海外汉学研究中心教授、硕士研究生导师，主要研究方向：出版文化史、中国书刊史对外传播研究。

张晓峰，女，对外经济贸易大学中文学院副教授，主要研究方向：中国当代文学。

张清华，男，北京师范大学文学院教授、博士研究生导师，主要研究方向：当代文学思潮、小说与诗歌的现象及作家研究。

林文艺，女，福建商业高等专科学校外语系副教授，福建师范大学 2009 级比较文学与世界文学博士研究生，主要研究方向：中外文学关系、翻译研究等。

单昕，女，广东第二师范学院中文系讲师，主要研究方向：中国当代文学、比较文学与外国文学。

赵勇，男，北京师范大学文学院教授、博士研究生导师，主要研究方向：基本理论、大众文化理论与批评、西方文论。

姜智芹，女，山东师范大学文学院教授、博士研究生导师，主要研究方向：比较文学、欧美文学

袁洪庚，男，兰州大学外国语学院教授、博士研究生导师，主要研究方向：现代主义文学、比较文学。

耿强，男，上海海事大学外国语学院副教授、硕士研究生导师，主要研究方向：中国近百年翻译史和中西翻译理论。

黄伟林，男，广西师范大学文学院教授、博士研究生导师，主要研究方向：中国当代文学、地域文化。

程光炜，男，中国人民大学文学院教授、博士研究生导师，主要研究方向：中国当代文学史。

曾琼，女，天津外国语大学比较文学研究所副教授、硕士研究生导师，主要研究方向：中印比较文学、印度现当代文学与文化。

曾艳兵，男，中国人民大学文学院教授、博士研究生导师，天津师范大学文学院特聘教授。主要研究方向：西方文学与比较文学、卡夫卡研究。

谢淼，女，湖南师范大学文学院副教授、硕士研究生导师，主要研究方向：20 世纪中外文学关系研究、海外汉学研究。

谢天振，男，上海外国语大学高级翻译学院翻译研究所所长、比较文学教授，兼任《中国比较文学》季刊主编。

鄢佳，女，辽宁大学外国语学院讲师，山东大学在读博士，主要研究方向：翻译学研究。

穆莉，女，广西师范大学文学院硕士研究生，主要研究方向：中国当代文学。

备注：

1. 简介中的所有作者均按其姓氏笔画先后排序；
2. 为简洁起见，所有作者简介仅包括其“性别”、“现职单位”、“职称”及“主要研究方向”，不介绍其教育背景、学术兼职和头衔等信息；
3. 所有作者的简介信息以其原文发表时载明的为主要依据（若个别论文作者在其原文发表时注明为在读学位生，则依据原刊载明的信息予以保留），入选本论文集时，遇有发生变动者，主编则依据经作者确认后的信息，或作者现就职单位官方网站公布的信息，进行了相应调整。

编后记

在《中国当代文学海外传播研究》的编选过程中，我得到了诸多学界同行，尤其是入选本论文集的各位作者的帮助和支持。就此而言，这本论文集得以最终完成，是我和入选本论文集的各位作者共同努力的结果，谨此向他们一并致谢。

我要特别感谢北京外国语大学中国海外汉学中心、中国文化"走出去"协同中心的张西平教授。正是在他的筹划下，才有了整套文集的出版。

我的研究生王莹、卢阳和陈图南在查找和收集材料方面协助我做了许多工作，我的侄女姚泳伶在将入选论文从PDF文件转换为word文档方面投入了很多的时间和精力。如果没有他们的帮助和辛勤工作，这部论文集就很可能无法按照中国文化"走出去"协同中心的要求交稿。

我要感谢金泰成先生、金希庭小姐、张健教授、张清华教授、吴岩教授、狄帕克教授、阿维杰特博士、谭五昌博士、李敏女士、冯刚博士、郭景红博士、王文欣博士候选人等国内外学术同行、朋友和同事，在材料的收集和整理，乃至解决入选论文授权的过程中所给予的热情帮助。

最后，特别感谢北京大学出版社乐意接受这部论文集的出版。特别感谢本书的责任编辑朱丽娜女士。她耐心、细致，而又极其专业的工作作风，惠我良多，令我甚为感佩。

姚建彬

2015年4月16日

于京师园寓所